**Oskar Maria Graf
Der Abgrund**

Oskar Maria Graf Werkausgabe Band III
Herausgegeben von Wilfried F. Schoeller

Oskar Maria Graf
Der Abgrund

Ein Zeitroman

List Verlag
München · Leipzig

Die vorliegende Fassung folgt der 1936 publizierten Erstausgabe. Eine von Oskar Maria Graf vor seinem Tode überarbeitete Fassung erschien unter dem Titel »Die gezählten Jahre«.
Typographie Hans Peter Willberg
Umschlaggestaltung Klaus Detjen

ISBN 3-471-77684-2

© 1994 Paul List Verlag
in der Südwest Verlag GmbH & Co KG München
Alle Rechte vorbehalten
Printed in Austria
© 1982 für das Nachwort Büchergilde Gutenberg
Frankfurt am Main

Inhaltsverzeichnis

Erster Torso: Das war Deutschland

1.	Ein Familienvater kommt zu seiner Berufung	9
2.	Der erste Stoß	24
3.	Die guten Knechte	38
4.	Schritt für Schritt	54
5.	Ziellose Ordnung	68
6.	Wir sind jung	82
7.	Zwischen Hoffnung und Abfall	97
8.	Es rinnt ins Ungewisse	117
9.	»Nicht verzweifeln...«	136
10.	Wetterleuchten	157
11.	Alarm! Alarm!	178
12.	Die Karten werden gemischt	199
13.	Der letzte Marsch	220
14.	Die deutsche Nacht beginnt	237
15.	Kapitulation	246

Zweiter Torso: Auf Sand gebaut

1.	Vorwärts und nicht vergessen!	259
2.	Der leere Wahn	275
3.	Ungewohnte Wege	292
4.	Experimente	308
5.	An die Arbeit!	327
6.	Zwischenspiel	345
7.	David gegen Goliath	360
8.	Die Reise nach Prag	382
9.	Die Kette schließt sich	402

10.	Hintergründe	417
11.	Die Verdammten erwachen	433
12.	Wir kommen wieder	448

Editorisches Nachwort 463

Erster Torso
Das war Deutschland

1
Ein Familienvater kommt zu seiner Berufung

Damals, in den für das neue Deutschland von Weimar so gefahrvollen Jahren 1923 und 24, erfaßte den Joseph Hochegger fast zwangsläufig seine eigentliche Berufung. Sie erfaßte ihn, man konnte es nicht anders bezeichnen. Er war kein politischer Mensch, er war nichts anderes als ein sozialer Praktiker aus Hilfsbereitschaft. Das gab den Ausschlag.
Als kaum Einundzwanzigjähriger war er als junger Buchdrucker über die Gewerkschaften in die Sozialdemokratie gekommen.
Bebel und Wilhelm Liebknecht, Ignaz Auer, Vollmar und Grillenberger – diese Männer standen in der Mitte seines Denkens, unverrückbare Symbole. Ihre Parteitagsreden hatte er oft und oft gehört, ihre Reichstagsdebatten verschlungen, und manchmal war er selber vor ihnen gestanden, hingerissen und ehrfürchtig. Seinerzeit, da er als blutjunger Delegierter eine kurze Rede auf dem Münchner Parteitag 1902 hielt, wurde er sogar von Vollmar persönlich belobigt. »Nur so weitermachen, junger Genosse. Bloß nie was verdrücken! Immer raus mit der Sprache«, sagte der hünenhafte, soldatische Alte zu ihm, klopfte ihm auf die Schulter, und die scharfen Augen hinter den Brillengläsern leuchteten dabei väterlich. Und Bebel drückte dem Jungen die Hand. Unvergeßliche Augenblicke!
Neue, ähnlich gerichtete Menschen hatte Hochegger im Lauf der Jahre kennengelernt, und unter den Massen war er, wenn man die Alten zu Grabe trug. Sein Herz schlug jedesmal bedrängt, und in der Gurgel saß eine harte Kugel, wenn er die jeweiligen Trauerreden hörte. Alle Triumphe des Aufstieges der Partei hatte er miterlebt: jenen Jubeltag, den 16. Juli 1903, an dem die Zahl der sozialdemokratischen Stimmen zur Reichstagswahl von ein und einer halben Million auf drei Millionen stieg. Die ganze blühende Vorkriegsära mit ihren glanzvollen Parlamentskämpfen bis zu den hundertzehn Ab-

geordneten im 1912er Jahr, jenen Männern, die bei Kriegsausbruch die Kredite bewilligten und in den ›Burgfrieden‹ eintraten. Unbeirrbar parteitreu blieb Hochegger. Freilich, bisher hatte es immer geheißen: ›Es lebe die internationale, völkerversöhnende Sozialdemokratie!‹ Rügte nunmehr jemand das Abweichen von diesen Grundsätzen, so blieb er ruhig und fest und erwiderte: ›In so einer Ausnahmezeit wie im Krieg kann unsere Parteipolitik ruhig rasten. Aussetzen ist nicht Aufgeben. Die englischen und französischen Genossen machen's ebenso... Krieg ist eben Krieg. Die Hauptsache ist, daß unsere Organisationen intakt bleiben, und die nehmen ja, Gott sei Dank, sogar zu.‹ Mit bösartiger Verbissenheit polterte er bei jeder Gelegenheit gegen die Parteispalter. Wie Auswurf haßte er ›Unabhängige‹ und Ultralinke. Rosa Luxemburg und Karl Liebknecht waren für ihn verächtliche Meuterer und ›unverantwortliche Zerstörer der organisatorischen Einheit‹. Auch er war gegen jeden Eroberungskrieg und verfocht, wie Scheidemann in der Reichstagsfraktion, in Gewerkschafts- und Parteisitzungen mit größtem Eifer ›einen Frieden ohne Annexionen‹. Als dann – angesichts des Zusammenbruchs der deutschen Front – über Nacht von der Obersten Heeresleitung die sofortige Parlamentarisierung und die Hinausgabe eines Waffenstillstandsangebotes sozusagen kommandiert wurden, als endlich in überstürzter Eile Prinz Max von Baden dem Parteivorsitzenden Friedrich Ebert sein Reichskanzleramt übergab, da trank sich Hochegger einen Rausch an.
»Herrgott, der Bebel! Der Bebel wenn das noch erlebt hätt!« sagte er fast zu Tränen gerührt zu seinem alten Freund, dem Abgeordneten Gleiber. »Stell dir vor, Heinrich!... Der Wilhelm und sein ganzer Zauber, wie ein Kartenhaus ist alles zusammengebrochen, und wir, die man ewig verfolgt hat und am liebsten mit Stumpf und Stiel ausgerottet hätt: – wir haben alles überlebt! Wir haben gesiegt!«
Er hob den Krug: »Heinrich, prost! Prost, alter Freund! Jetzt kann Deutschland was werden!« Mit glasigen Augen saß er in der rauchi-

gen Luft des Lokals. Er blickte aufgelockert in eine glückliche Ferne . . .
Die unruhigen Revolutionstage waren ihm zuwider. Derartige Unordentlichkeiten lehnte er entschieden ab. Von da ab datierte auch seine Abneigung gegen Scheidemann. »Ebert hat ganz recht gehabt, daß er ihm einen Rüffel gegeben hat. So einfach vom Fenster herab die Republik ausrufen, das ist keine Politik, das sind Fisimatenten!« behauptete er und schloß: »Absolut recht hat er, der Ebert, so was hat durch Volksabstimmung zu geschehen und nicht einfach à la Räuberhauptmann Karl Liebknecht!« Er war der giftigste Feind aller aufkeimenden Revolten der radikalisierten Massen. Aufrichtig jubelte er dem starken Mann der Partei, dem damaligen Reichswehrminister Gustav Noske zu, der mit einer zusammengewürfelten Truppenmacht die Münchener Räterepublik blutig niederschlug und schonungslos in den Aufruhrgebieten ›Ruhe und Ordnung‹ wiederherstellte.
In Weimar, wo endlich die Verfassung des republikanischen Deutschland verkündet wurde, saß Hochegger – nicht als Abgeordneter, nur als einfacher Zuhörer – und fiel fast in einen Taumel von Glück. Wie unendlich weit hatte es die Partei gebracht, welch ein Weg: 1848 war das Kommunistische Manifest erschienen, das zur Grundlage aller sozialdemokratischen Programme wurde. Der Schlachtruf: ›Proletarier aller Länder, vereinigt euch!‹ hatte zum ersten Mal die kapitalistische Welt erschreckt. 1863 gründete Lassalle den ›Allgemeinen deutschen Arbeiterverein‹. Jahre und Jahre bekämpften sich seine Anhänger und die eigentlichen Sozialdemokraten marxistischer Richtung. Der Krieg von 1870 und 71 brach aus und ging zu Ende, langsam begann in der Arbeiterschaft der Prozeß der Klärung, und endlich, 1875, folgte die Einigung. Nun aber breitete sich die düstere Ära Bismarck über Deutschland aus, das berüchtigte ›Sozialistengesetz‹ begann kurz darauf zu wüten, und zwölf Jahre lang war jeder Sozialdemokrat vogelfrei. Hunderte und aber Hunderte wanderten in die Zuchthäuser und Gefängnisse,

Tausende von Existenzen wurden vernichtet, die Verfolgungen und raffinierten Schikanen drohten die junge Partei zu zermalmen – und 1890, kurz nach dem Sturz Bismarcks, erhoben ein und eine halbe Million Menschen ihre Stimme für die verfemt gewesene Bewegung. Der unaufhaltsame Zustrom endete nicht mehr. Und jetzt? Jetzt war man der Staat. Ganz groß und sichtbar strahlte die Macht. Unerschütterlich funktionierte der Apparat der Organisation. In allen Regierungen saßen Genossen als Minister, in allen staatlichen, kulturellen und kommunalen Körperschaften gab es eine sozialdemokratische Fraktion. Ein unumgängliches Faktum im öffentlichen Leben war die Partei geworden. Sie und ihre Gewerkschaften waren verankert in der Wirtschaft, schier schon so wie die Kapitalien in der Industrie.

Die so schnell gewachsenen ›Unabhängigen‹ mit ihrem Linkskurs, was hatten sie schon erreicht? Zuletzt waren sie froh gewesen, sich mit der großen Partei wieder verschmelzen zu dürfen.

Und die Kommunisten? Schade um jedes Wort, das man über sie verlor! Putschisten! Verärgerte Wirrköpfe und Irregeleitete machten ihren Anhang aus. Keine Ahnung von Staatspolitik hatten sie. Zu keiner positiven Mitarbeit waren sie zu brauchen. Genauso wenig wie die paar randalierenden Nationalsozialisten, die sogenannten ›Völkischen‹.

Seit jenen machtvollen Weimarer Verfassungstagen waren für Hochegger die alten Vorkämpfer unmerklich in die Vergangenheit gesunken, sie lebten nur noch als pietätvolle Erinnerungen in ihm. An ihre Stelle traten Ebert, Noske, Severing, Otto Braun und Hermann Müller. Diese Männer bildeten für ihn seither gleichsam den lebendigen Parteibegriff.

Er saß schon lange Jahre in der Leitung des Konsumvereins und war Stadtrat. Die Angelegenheiten des Mieterschutzes und der Wohnungsfürsorge oblagen ihm. Er stand damals am Anfang der Fünfziger und hatte sich nach kurzer Witwerzeit mit seiner jetzigen, zweiten, knapp fünfunddreißigjährigen Frau, Babette, verheiratet. Sie überragte ihn fast um Kopfeslänge, war starkbusig, blond und machte einen imposanten Eindruck, was sie durch die Adrettheit, mit welcher sie sich kleidete, noch besonders zu unterstreichen suchte.

Hochegger lernte sie als geschiedene Frau kennen. Ihr erster Mann, ein Vertreter in Strümpfen und kunstseidener Damenwäsche, hatte sie sehr jung geheiratet und das beträchtliche Vermögen, das sie als einzige Tochter eines wohlhabenden Kaufmanns mitbekam, schnell durchgebracht. Er spielte und trank, stürzte sich in immer neue Spekulationen und betrog sie auf Schritt und Tritt. Als Babettes Eltern starben, ging auch der Rest der Erbschaft noch drauf. Endlich erwirkte sie die Scheidung und brachte sich kümmerlich durch Gelegenheitsgeschäfte fort. Bei Hochegger bewarb sie sich um einen Posten im Konsumverein. Die trüben Erlebnisse der vergangenen Jahre hatten sie gekennzeichnet. Für ihren früheren Mann war sie immer nur ›die dumme Gans‹ oder das ›Frauenzimmer‹ gewesen, mit dem man sich in guter Gesellschaft überhaupt nicht sehen lassen könne, weil sie sich nicht einmal richtig anzuziehen verstehe. Derartige Erniedrigungen bleiben bei einer Frau nicht ohne nachhaltige Wirkung. Der beleidigte Instinkt wird überwach und belehrt sie, wie man Menschen gegenübertritt und was die Männer anzieht.

Ihre gutbürgerliche Erscheinung, die schmeichelnde Höflichkeit ihrer unaufdringlich klagenden Stimme, das bescheidene Auftreten, die sprechenden Augen in dem frauenhaft reifen, leicht verspielten Gesicht und die berechneten, verhaltenen Bewegungen, kurz, dieses Gemisch von anschmiegsamer Unterwürfigkeit und weiblicher Gewiegtheit zog Hochegger sofort an. Es wurde eine jähe, fast etwas tölpische Liebe, wie man sie bei alternden Männern meistens trifft. Verjüngt war Hochegger, eine heftige Unternehmungslust kam über ihn. Bislang hatte er mit seinen drei aus erster Ehe stammenden Kindern eine ziemlich bescheidene, unordentliche Wohnung in der Altstadt innegehabt. Jetzt auf einmal genügte sie ihm nicht mehr. Auf die Kinder, die von seiner Wiederverheiratung nicht sonderlich erbaut waren, hörte er nicht. So arg war es ja auch nicht mehr mit ihnen: Joseph, der älteste, war Gewerkschaftsbibliothekar und trug sich schon lange mit Absichten, einen eigenen Hausstand zu gründen. Er wohnte nicht mehr zu Hause. Die Tochter Lotte war Stenotypistin bei einer großen Möbelfirma, und Albert, der jüngste – von Beruf Automechaniker – arbeitete meistens auswärts.

Hochegger beriet und beriet tagelang mit seiner Frau, suchte und suchte und fand endlich etwas Geeignetes: fünf geräumige Zimmer mit allem Komfort. Da das Geld zur selbigen Zeit fühlbar an Wert verlor, erwarb er neue, moderne Möbel bei Lottes Firma. Die alten bekamen die Kinder in ihre Zimmer. Lotte wohnte zu Hause, Albert nur hin und wieder, wenn er stellungslos war.

Mit einer fast besessenen, drolligen Hingabe begann der neugebackene Ehemann einzurichten. Nicht auf Luxus kam es ihm an, nur auf größte Behaglichkeit. Bis tief in die Nacht hinein bastelte er oft herum, strengte alle seine Erfindungsgabe an und war glücklich über die kleinste Verbesserung.

Auch Babette war überglücklich.

Hochegger, das war der Mann, den solche Frauen suchen: ›längst über die dummen Jahre hinaus‹, nicht mehr allzu aufregend, grundsolid und vor allem in einer gesicherten Position. Er ließ ihr freie Hand in allen Haushalts- und Frauendingen, nie war er kleinlich, und es behagte ihm, daß sie sich nie in seine Angelegenheiten mischte. In Heim und Küche war sie äußerst umsichtig, und nicht nur das. Erschien er mit ihr auf irgendeiner festlichen Veranstaltung, im Theater, oder hatte er – was er jetzt besonders liebte – Sonntags Besuch bei sich, so erfüllte es ihn stets mit verborgenem Stolz, wenn die Männer mit halb bewundernden, halb lüsternen Blicken seine stattliche, gutgekleidete Frau musterten. Das fühlte auch sie, und ein leises Prickeln lief in solchen Augenblicken über ihre Haut. Ein warmer Blutquell stieg von ihrem Herzen auf und ergoß sich wohltuend in die Adern. Ihre Wangen röteten sich, das freundliche Gesicht wurde noch belebter, und ihre Augen glänzten.

Nur die nächsten Freunde waren da: Gleiber, dann der etwas jüngere, gedrungen gebaute, gut aussehende Gewerkschaftsvorsitzende Haller, manchmal auch der kleine, rundliche Sekretär des Landesvorstands, Jakob Rauchleitner, ehemals Schlosser und ›Unabhängiger‹, jetzt aber die ›rechte Hand‹ Gleibers. Der technische Kreisleiter des Reichsbanners ›Schwarzrotgold‹, Bangler, ein hünenhafter Mensch mit einem dunkelhäutigen, nackten Gesicht, in dem Entschlossenheit und Draufgängertum lagen, und der Chefredakteur Kofler, ein quallenähnlicher Sechziger mit sackigen Glotzaugen, gut zweieinhalb Zentner schwer, immer nach Schnupftabak riechend, stets raunzig humorvoll, dabei maulfaul, beschlossen die Runde. Man unterhielt sich über den letzten Tarockabend, über kleine Parteireibereien und Politik und trank Kaffee dabei. Jeder fühlte sich behaglich.

»Wirklich, das reinste Schmuckkästlein, was du da hast«, lobte Gleiber die Wohnung, und alle stimmten mit ein.

»Da läßt sich's sogar daheim aushalten«, sekundierte Kofler. Er nämlich hatte eine ziemlich zänkische, zaundürre Frau, die fortwährend putzte. Es gefiel ihm allnächtlich in einer Wirtschaft bei einem behäbigen Tarock besser. Alle lobten und bewunderten Hocheggers Wohnung. Das freute ihn. Und bei einer solchen Gelegenheit sagte er einmal: »Ja, Genossen, viel Müh' und allerhand Geld hat mich das schon gekostet, aber wenn wir es recht anschauen, so müßt eigentlich heutzutag jeder wohnen können . . . Jeder, das wär auch noch eine Aufgabe für uns.« Er redete es eigentlich nur so hin, ganz von ungefähr, und die anderen waren seiner Meinung. »Stimmt! Das wär noch zu überlegen«, meinte Rauchleitner. Jeder nickte. Die Gäste erhoben sich und gingen.

Das Jahr 23 war für Hochegger bewegter als je eins gewesen. Voller Unsicherheit und Grauen. In die persönlichste Sphäre, in sein Privatleben, in seine neue Ehe, in sein scheu umbangtes Glück waren die Erschütterungen gedrungen. Manchmal sah er sich, seine Position – alles bedroht. Nichts schien mehr Bestand zu haben.
Nach dem völlig mißglückten, verheerenden ›passiven Widerstand‹ gegen die Besetzung des Ruhrgebiets durch Franzosen und Engländer hatte die kurzlebige Regierung Cuno zurücktreten müssen. Deutschland stand vor dem Bankrott, die Währung war vernichtet, und die Inflation nahm ihre gräßlichsten Formen an. Unbeschreiblich wüteten in den Mittelschichten und in der Arbeiterschaft Not und Elend, Demoralisation und Sterblichkeit. Wahrhaft ekelerregend gebärdete sich die Verschwendungssucht der Schieber und sogenannten ›Neureichen‹. Als Gustav Stresemann Kanzler wurde und das Kabinett bildete, wollte niemand mehr von diesem ruinierten Staat etwas wissen. Die Satten nicht, die Hungrigen nicht und das Ausland schon gar nicht. Der Zerfall schien unausbleiblich. Die Separatisten verkündeten unter französischem Schutz eine ›Rheinische Republik‹, und die bayrische Pfalz wollte sich vom Stammland lossagen. Verzweifelt vor Hunger, zermürbt durch die Trostlosigkeit erhoben sich noch einmal die Massen in Mitteldeutschland und in den Industriegebieten, in Hamburg kämpften die Kommunisten tagelang gegen die überlegenen Regierungstruppen. Alle moderne Kriegswaffen – Kanonen, Panzerautos, Tanks und Flammenwerfer – traten in Tätigkeit. Die letzten revolutionären Kader wurden zerstampft. Die deutsche Linke war lahmgelegt.

> ›1918, Prolet,
> war Deutschland dein Vaterland.
> Seitdem Ebert mit den Generalen geht,
> stirbst du vergeblich an der Wand‹,

sangen jetzt die verbitterten Arbeiter.

Ein anderer Feind sammelte sich jetzt auf einmal und ging überall zum Angriff über: der totgeglaubte Chauvinismus.
In Italien hatte der Faschismus gesiegt und machte sich daran, die Sozialisten auszurotten, in Deutschland trieben die nationalen Geheimverbände ihr Unwesen, die Reichswehr sympathisierte mit ihnen und unterstützte sie. Meuterer, Fememörder und Staatsfeinde saßen in den höchsten Vertrauensstellungen, und kaum drei Wochen nach dem Hamburger Aufstand erlebte München den nationalsozialistischen ›Hitlerputsch‹. Nur die Uneinigkeit der führenden Verschwörer verhinderte den Zusammenbruch der geschwächten Republik. Eine unsagbar bedrückte Stimmung herrschte überall. Krank war der Staat, erschöpft waren die Menschen. Langsam und behutsam, wie nach einer schweren Operation, erholte sich der riesige Körper des Gemeinlebens. Immer wieder gab es zwar Rückschläge, aber plötzlich wurde die Inflation abgestellt, die Mark wurde fest, die Wellen der Revolten zerflossen, der unerwünschte Putschist Adolf Hitler saß in der bayrischen Festung Landsberg, und jenes internationale Abkommen, der ›Dawesplan‹, das die deutschen Zahlungsverpflichtungen regelte, brachte einigermaßen Beruhigung. Die phantastisch hohen Zinssätze sanken, das steckengebliebene Triebwerk der Wirtschaft kam wieder in Bewegung. Ungestört gingen die Neuwahlen vor sich, der Reichskanzler hieß jetzt Luther, die Parlamentstätigkeit lebte wieder gleichmäßig auf, aber zum ersten Male hatten die Nationalsozialisten zweiunddreißig Mandate im Reichstag.
Auf jenem Berliner Parteitag der Sozialdemokraten im Juni 1924, als man sich nach beendeter Debatte gerade über die Protestresolution gegen die Ermordung des italienischen Sozialistenführers Matteotti schlüssig werden wollte, sprang Hochegger ganz unerwartet noch einmal auf und vergaß alle Disziplin. Cholerisch, wie einer, den man tief beleidigt hat und dessen zurückgehaltene Wut plötzlich hervorbricht, wiederholte er einige Worte aus seiner wirkungslos gebliebenen Debattenrede.

»Genossen!« schrie er aufgebracht, »ich kann mir nicht helfen, ich muß diesmal Geschäftsordnung und Brauch durchbrechen! Ich möchte nochmals mahnen! Man hat mich überhört!... Ich beschwöre euch!... Man kennt mich, ich bin kein Linker!«
Mürrisch blickten die leitenden Genossen vom Vorstandtisch auf ihn. Eine Stockung kam in die Versammlung.
»Na, wat denn? – Zur Sache! – Was will er denn? – Is wohl verrückt geworden!« klang es durcheinander.
»Aber Genosse Hochegger, die Diskussion ist doch geschlossen! Die Resolution! Wo sollen wir denn da hinkommen?« rief der Vorsitzende. Vergeblich. Kreideweiß, mit gausternden Armen, stand Hochegger da.
»Ganz gewiß, über die Wahnsinnspolitik der Kommunisten ist kein Wort zu verlieren, aber...«, hub er erneut an.
»Schluß! – Resolution!« umdröhnte es ihn. Ganz selbstvergessen, mit einer unbegreiflichen Hartnäckigkeit fuhr Hochegger fort: »Die Kommunisten nicht, nein! Aber haben wir denn noch nicht genug mitgemacht? Wie kam's denn überhaupt, daß der ganze Abschaum von Fememördern straflos auf uns losgehen kann? Wie war es möglich, daß diese verbrecherischen Staatsfeinde schier wie zur Belohnung für ihr hinterhältiges Putschen auch noch in den Reichstag gewählt worden sind? Wir Sozialdemokraten, weil wir Deutschland aus dem Dreck gezogen haben, wir gelten jetzt als Landesverräter und Novemberverbrecher! Dagegen macht kein Gericht was!... Fast drei Dutzend so Nazi hocken im Reichstag, den *wir*...«
»Quatsch! Alte Leier! Drei Dutzend? Zweiunddreißig Männekens sind's!« zischte es ihm entgegen. Viele waren aufgesprungen. Alle schimpften durcheinander. »Disziplin, Genossen!« rief der Vorsitzende und läutete. »Ruhe! So kommen wir doch nicht weiter!« Das wirkte ein wenig. Da saß der rundgesichtige, bebrillte Hermann Müller, daneben der kantig-massige Otto Wels; der mittelgroße Severing sah scharf ins Gemeng; neben ihm saßen Crispien mit dem

schönen Vollbart und dem wallend zurückgekämmten Haar und der lässige Rudolf Hilferding; der ergraute Scheidemann unterhielt sich flüsternd mit dem ehemaligen ›Unabhängigen‹ Breitscheid, und der nacktköpfige Otto Braun blickte gelassen in die Aufregung. Die meisten von ihnen schätzte Hochegger, und er hatte Vertrauen zu ihnen. Aber in seinem aufgeschreckten Herzen, in seinem Hirn rumorte noch die erlebte Unsicherheit der vergangenen Monate. Seine eigene Existenz, seine Wohnung – alles, was er sich mühsam geschaffen hatte, wurde in diesem Augenblick etwas wie ein Allgemeinschicksal. Unbeirrt wehrte er sich gegen die Zwischenrufer. »Zweiunddreißig? Was heißt das? Und in den Landtagen?« Er stemmte sich und polterte nun schon: »In Bayern allein haben wir vierundzwanzig solche Verbrecher im Landtag! Warum laufen denn die Massen diesen gemeinen Schwindlern nach, Genossen? Das ist nicht einfach die Not allein, nein-nein! Das ist – unsere Partei kümmert sich zu wenig ums Wirtschaftlich-Praktische!«
»Hoho! Hoho! Auch eine Weisheit!« unterbrach ihn eine hämische Stimme. Wieder wurde es rundum laut. Mit letzter Anstrengung schrie Hochegger: »Weisheit? Das ist nur die Wahrheit! Dem Arbeiter und Angestellten, dem kleinen Mann muß was Handgreifliches geboten werden! Anregungen haben wir genug gehört, Kommissionen sind da, aber Taten! Taten! Durchdrücken müssen wir, daß die Hauszinssteuer ausschließlich für Wohnbauzwecke verwendet wird! Das ist was Praktisches! Das sieht und spürt der Genosse! Und, wie ich schon gesagt hab, wir selber als Partei, wir müssen produktive Wohnbaupolitik machen, wir müssen Produktivgenossenschaften gründen und bauen! ... Wohnungen, billige Wohnungen!!« Seine weiteren Worte gingen in einem allgemeinen Lärm unter. Der Vorsitzende hatte Mühe, die Ruhe wiederherzustellen. Verstört und ermattet sank Hochegger auf seinen Sitz nieder und schnaubte kurzatmig.
»Taktisch war's nicht gut angefangen, aber recht hast du«, lispelte ihm Gleiber wie tröstend ins Ohr.

Die Wogen der Erregung hatten sich gelegt. Die Matteotti-Resolution wurde verlesen und einstimmig angenommen. Alle hoben den Arm.
»Italien? Immer bloß für weiß Gott wo, nie was für uns«, brummte Hochegger, als er seinen Arm herabfallen ließ. Resigniert war er. Ganz verdrossen.
Sein plötzlicher Aufschrei aber war doch nicht wirkungslos geblieben. Das stellte sich bald heraus. In dem folgenden Jahr schlugen Partei und Gewerkschaften einen ›praktischen Kurs‹ ein. Die kurz zuvor gegründete ›Arbeiterbank‹ wurde mehr und mehr zur Geldgeberin für sozialdemokratische Unternehmungen.
Der Initiative Joseph Hocheggers war es zu verdanken, daß alsbald in seiner Heimatstadt eine ›Gemeinnützige Wohnhausbaugenossenschaft‹ ins Leben trat. Jetzt, nach der Inflation, flossen beträchtliche ausländische Anleihen ins Land, das Reichsbudget kam ins Gleichgewicht, und Geld zur Finanzierung war verhältnismäßig leicht zu bekommen. Zweiprozentige Hauszinssteuer-Hypotheken bildeten den Grundstock, die Regierung beteiligte sich mit einem Förderungszuschuß, und die Wohnungssuchenden – meist fest angestellte Arbeiter, junge Ehepaare und kleine Beamte – zeichneten einen bestimmten Betrag in ›Anteilen‹. Die seriösesten Firmen rissen sich um die Bauaufträge. Infolge der immerhin nicht geringen Belastung blieben die Mieten zwar etwas hoch, aber in kurzer Zeit wuchsen riesige Wohnbaublocks an der Peripherie der Stadt aus der Erde, Hunderte und Hunderte kamen zu einem Heim, und Hochegger wurde zur populärsten Partei-Persönlichkeit. Sein Eifer war grenzenlos. Als schließlich die organisierte Bauarbeiterschaft eine Produktivgenossenschaft unter dem Titel ›Bauhütte‹ gründete, die teils aus eigenen Mitteln, teils aus den bei der ›Arbeiterbank‹ liegenden verfügbaren Gewerkschaftsgeldern Bauaufträge unter Ausschaltung des privaten Unternehmertums ausführte, kamen weit billigere Wohnungen zustande, und Hochegger verkoppelte die beiden Genossenschaften sehr geschickt.

Die Worte, die Hochegger an einem gleichgültigen Sonntagnachmittag, gewissermaßen überwältigt von seinem eigenen Glück, nur zufällig ausgesprochen: ›Es müßt jeder von uns mit der Zeit so wohnen können wie ich‹, hatten sich nach und nach zu einem Gedanken verdichtet. Und der Gedanke war gewachsen und zum Plan geworden. Und jetzt war das alles fruchtbare Wirklichkeit!
Tief erfüllt von seiner Berufung betrachtete Joseph Hochegger jedesmal die Zeichnungen für einen neuen Wohnhausblock. Er stiefelte auf den schlammigen, aufgewühlten Bauplätzen herum. Die Arbeiter hoben Gräben aus. Die Pickel wuchteten in die nachgiebige Erde, flink schwangen die Schaufeln den Kies, und die Mörtelmischer waren heiter, die riesigen Löffelbagger schepperten und knirschten. Alles interessierte ihn. Jeden Mann grüßte er freundlich und sprach ihn an. Wenn er so einen allmählich aufwachsenden Bau besuchte, hinaufstieg bis zum Dachgerüst und dieses Werden vom rohen Ziegelstein bis zur schlüsselfertigen Wohnung erlebte, erfaßte ihn jedesmal ein seltsamer, heimlicher Rausch. Sein gesunder Hausverstand vermengte sich mit der Ergriffenheit des Herzens, und er zog Vergleiche merkwürdigster Art: so aus dem Dreck und Durcheinander war schließlich auch das neue Deutschland erstanden. Fast genau so.
Nein, tausendmal nein! Nicht die abstrakte Politik, nur das unverzagte Streben nach konkreter Wohlfahrt brachte etwas zuwege und schlug den Feind.
»Jetzt sehn unsere Arbeiter, daß die Partei was tut! Jetzt graben wir den wilden Schreiern das Wasser ab«, konnte Hochegger sagen, und es sah ganz so aus, als sei dies der rechte Weg in eine bessere Zukunft. Tatsächlich verloren die Nationalsozialisten bei der Herbstwahl des gleichen Jahres fast drei Viertel ihrer Mandate. Nur noch zwölf ihrer Abgeordneten zogen in den Reichstag ein. Viele waren zu den Deutschnationalen, der Partei der ostelbischen Junker, übergegangen. Hundert Sitze hatten die errungen.
»Aber«, meinte Gleiber selbstbewußt, »wir sind doch die meisten!

Wir bleiben bei unserm Standard von hundertundzwanzig.« Und er lobte seinen Freund Hochegger: »Recht hast du gehabt, Joseph, ganz recht ... Jetzt sieht man's.«
Eine ganze lange Zeit blieb es so. Friedrich Ebert starb, der kaiserliche Generalfeldmarschall wurde gegen einen Republikaner zum Reichspräsidenten gewählt. Aber der sozialdemokratische Parteivorsitzende Hermann Müller bildete eine Regierung der ›großen Koalition‹. So sehr schien die ruhige bürgerliche Demokratie gesichert, daß nur noch die Kommunisten und die Nationalsozialisten in Erregung blieben! Und man war als Sozialdemokrat ein geachteter Mensch. »Herr Stadtrat!« grüßte die Krämerin, Frau Schwinglinger, und erkundigte sich ab und zu über steuerliche Dinge. Der Friseur buckelte von weitem. Jeder Mensch schien sich an die Republik gewöhnt zu haben.
Die neue, gemilderte Regelung der Reparationszahlungen, der ›Youngplan‹, kam durch die Zustimmung eines Teiles der sonst heftig opponierenden Deutschnationalen unter Dach und Fach. Stresemann errang als Außenminister internationales Ansehen, und kurz nach seinem Tode wurde das letzte Stück Rheinland frei von der Besatzung. ›Der Kurs der Außenpolitik verändert sich nicht‹, hieß es in den Zeitungen, und beruhigt nahm es der Bürger zur Kenntnis.

Man sagt: Die Arbeit hält einen Menschen in der Wirklichkeit. Falsch!
Im unaufhörlichen Trott der Betätigung lief Hochegger die Zeit weg. ›Der Quadratmeter Fliesen kostet um drei Mark weniger ... Parkettböden stellen sich nicht viel höher und sind weit haltbarer‹, *das* waren seine Sorgen. Darüber vergaß er die Ereignisse. Nicht einmal die bedrohlich zunehmende Arbeitslosigkeit wurde ihm bewußt. Warum auch? Wo er sich tummelte und wirkte, arbeitete jeder Mensch. Zum ersten Mal verbot ein Sozialdemokrat, der Berliner Polizeipräsident Zörrgiebel, den Arbeitern jegliche Demonstra-

tion am 1. Mai. Ganz zufällig las Hochegger einige Tage darauf, daß es zu blutigen Zusammenstößen zwischen Polizei und Arbeitern gekommen war, daß es dreiunddreißig Tote gegeben hatte.
»Hmhm, immer bloß diese Kommunisten! . . . Jetzt haben sie wieder was zum Agitieren und Hetzen«, brummte er fast gleichgültig, hob sein Gesicht und schaute auf Babette. »Ich weiß nicht, unsereins, wo ewig zu tun hat, begreift solche Dummheiten nicht . . . Hm, als ob's mit einem Aufmarsch was leisten!« Dann nahm er eine Preisliste über Zementplatten in die Hand und studierte sie eingehend.

2
Der erste Stoß

Der Zug raste mit fanatischem Gehämmer durch die flache, eintönige Gegend. Es hörte sich an, als sei er besessen von Ungeduld, bald ans Ziel zu kommen. Er schien in seinem Dahinjagen alles, was sich ihm in den Weg stellte, zu überrennen und zu zermalmen. Wenn er eine Weiche passierte, wurde das Gehämmer zu einem wütenden, knirschenden Krachen. Eine Sekunde lang schwankten die Wagen, die Reisenden wurden auf ihren Sitzen hin und her geschüttelt und mußten sich wieder ins Gleichgewicht bringen. Ermüdete, die eingenickt waren, fuhren ruckartig in die Höhe, schauten mit kleinen, verklebten Augen träge gradaus, atmeten tief und schlossen schluckend ihre trockenen Lippen. »Hm«, machte ein gut angezogener Mann mittleren Alters und sah auf seine Taschenuhr, »jetzt haben wir's bald geschafft.« Er blickte dabei auf das gleichgültige Gesicht der Dame, die ihm gegenübersaß, und setzte dazu: »Knappe drei Viertel Stunden nur noch.«
»Naja, alles hat mal ein Ende«, antwortet seine Partnerin. Da und dort fielen belebtere Worte, und die lahmgewordene Unterhaltung kam wieder in Fluß. Draußen peitschte ein dünner Strichregen gegen die Coupéfenster. Nackte, kahle Bäume und Telegraphenmasten flogen vorüber, die Landschaft verdunkelte sich, und manchmal tauchte in der öden Ferne ein gelbes Licht auf, das wie ein heller Strich eine Zeitlang mitlief.
»Noch weit hinten heuer, das Frühjahr . . . Noch kaum ein Trieb an den Bäumen«, sagte jemand. »Bei uns putzt's jetzt erst den letzten Schnee weg.«
»Jaja, genau wie bei uns . . . Voriges Jahr im April war's schon viel weiter«, antwortete es. Man sprach vom Wetter und von bäuerlichen Angelegenheiten. Dazwischen hinein, aus irgendeiner Ecke heraus, klang das Wort ›Brüning‹, und eine forsche Männerstimme dröhnte: »Die Pfaffen und die Juden, die Barone und Exzellenzen!

Gute Nacht, Deutschland! Für die Herren Böß und die Barmats wird's deswegen nicht schlechter. Den Sklareks geht's sehr gut in der Haft. Sogar Champagner saufen sie, diese Lumpen ... Ein sauberes System haben wir! ... Und für so was hat man im Krieg seinen Kopf hingehalten ... Mensch, wenn da nicht bald aufgeräumt wird ...«

»Der Film ist ja wirklich sehr gut, ausgezeichnet ... Ich hab mich glänzend amüsiert dabei, aber – ich weiß nicht, ich bin gewiß nicht prüd – die Dietrich ist doch zu ordinär«, ertönte eine flinke weibliche Stimme.

»Will Ordnung machen, hm! Sparmaßnahmen? Sparmaßnahmen! ... Und aus wem wird's rausgepreßt? Bloß aus dem kleinen Mann«, schimpfte irgendwer.

»Aber interessant, sehr interessant ... Jannings ist glänzend! Naja, die Dietrich! Ein bißl gewagt schon, aber sehr interessant ... Ich hab mich auch ...« antwortete ein Herr der weiblichen Stimme, wurde aber überschmettert von jenem Politiker, der gegen die Groß-Schieber gewettert hatte.

»Ob jetzt Brüning oder sonstwer! Dieses System hat uns alle ruiniert! ... Für *wen* sollen wir denn überhaupt sparen? Zuerst der saubere Versailler Vertrag, an dem wir uns alle dumm und arm zahlen können, dann die Inflation, wo der Staat jedem kleinen Sparer das Letzte gestohlen hat, dann der Herr Stresemann mit seiner ewigen Erfüllungspolitik, Dawesplan, hm! Schabbesplan wär besser! Ganz raffinierter Ausplünderungsplan dieser internationalen Judensippschaft! ... Und jetzt durch den Sozi Hermann Müller – Herrgott, wenn ich schon den Namen hör, graust mir – jetzt diesen famosen Youngplan! Man verpfändet uns einfach unser Hab und Gut vom Haus weg! Und da meint jetzt der Herr Brüning – Sparmaßnahmen! Was wollten denn die Franzosen machen, wenn wir einfach nicht mehr zahlen? Zum zweiten Mal besetzen sie das Rheinland nicht mehr, ausgeschlossen!«

»Die Garbo ist mir lieber. Sie hat so was Feines, Gediegenes ... Da

kann die Dietrich nie mit«, meinte die filmbegeisterte Dame zwischendurch. Irgend jemand fing wieder vom Wetter an und vom ›hintengebliebenen Frühjahr‹. Die Gesprächsfetzen vermengten sich seltsam. Der Zug ratterte und ratterte. Einer schnarchte sägend, und über die Dietrich und die Garbo, über den letzten Schnee und die Sparmaßnahmen wehte: ›Dieses System hat restlos abgewirtschaftet.‹
Im Speisewagen vorne klirrten mitunter die Gläser leise aneinander, aber das Hämmern und Krachen klang hier dumpfer, und das Rütteln war lange nicht so störend. Eine angenehme Wärme durchzog den Raum. Nur wenige Gäste waren da. Dort saß ein Ehepaar, studierte dauernd die Getränkekarte und empörte sich halblaut über die hohen Preise. Hier hatte ein Reisender sein Lieferbuch aufgeschlagen, rechnete Posten zusammen und notierte unentwegt Zahlen. In der Nähe las eine aufgedonnerte Dame ein Buch. Weiter weg an einem Tisch saßen zwei ältere, weltmännisch aussehende Herren, offenbar Industrielle. Von Zeit zu Zeit beugten sie einander die Köpfe zu und unterhielten sich gedämpft. »Vor allem«, meinte der eine und lugte spähend nach allen Seiten, »wir müssen unsere auswärtigen Häuser selbständig machen. Gänzlich abtrennen ... Es darf kein Zusammenhang mehr bestehen, verstehen Sie? ... Die Schweiz soll Weizsäcker als selbständige A.G. auftun, genau wie Baschwitz in Österreich ... Unser Stammhaus muß ganz auf Deutschland umgestellt werden ... Die Unternehmerschaft kann sich doch nicht ganz ausrauben lassen von diesem bankrotten System.« Der andere Herr zupfte an seinem angegrauten, zurechtgestutzten Schnurrbärtchen, hüstelte ein wenig und rückte auf dem Sitz zurecht. »War immer meine Meinung ... So Transaktionen lassen sich ja leicht durchführen ... Ob Brüning oder ein Roter, alle wollen sie auf die Wirtschaft los.« Er lächelte ein wenig und bekam vielsagende Blicke. »Na, unser Stammhaus ist ja, Gott sei Dank, in den letzten Jahren sehr bescheiden geworden ... Darüber können wir beruhigt sein.«

»Wer uns drückt, den drücken wir wieder«, antwortete der andere ebenso. »Schlammer hat das ausgezeichnet arrangiert . . . Tüchtiger Kerl, das.«

»Hat sich sehr bewährt, ja . . . Nichts zu sagen«, stimmte der andere zu.

Ein ziemlich junger, eleganter Mensch, der an einem Tisch in der Mitte Platz genommen hatte, drückte seine Zigarette aus und hob sein überhebliches Allerweltsgesicht. Er sah auf seine goldene Armbanduhr, stützte dann sein Kinn auf den Handrücken und schaute scheinbar gelangweilt bald auf den einen, bald auf den anderen Gast. Vor allem aber schienen ihn Gleiber und Hochegger zu interessieren, die an der Glaswand, die das Raucherabteil von dem der Nichtraucher trennte, einen lebhaften Disput miteinander führten. Der mächtige Fleischberg Gleiber mit seinen grauen Haaren und dem dichten Schnurr- und Spitzbart sah zerzaust aus und blickte mürrisch drein. Sein Kopf war zwischen die gerundeten Hügel der Schultern gezwängt, und die dicken Arme lagen unförmig auf dem Tisch. Hin und wieder schnaubte er vernehmbar.

»Wenn eine Regierung so eine verfahrene Erbschaft übernimmt wie unser Hermann, da soll's einmal einer besser machen . . . Schon die Schwierigkeiten mit dem Versorgungsgesetz, dann die Hetze gegen den Panzerkreuzer und den Youngplan . . . Hm, der wird froh sein, daß er nicht mehr Kanzler ist«, sagte er. »Ich kann's ihm nachfühlen.« Eine stumme Sekunde lang sah er in die Luft, als denke er über die ganze Zeitspanne nach. »Hm, Panzerkreuzersozialisten haben sie uns geheißen«, brummte er immer noch abwesend und schüttelte seinen massigen Kopf. »Kindisch, so was . . . Daß das Kabinett Marx den Panzerkreuzerbau schon so gut wie beschlossen gehabt hat, davon sagt kein Mensch was! Abwenden hat sich das nicht mehr lassen . . . Freilich, wenn kein Sozialdemokrat Nachfolger von Marx geworden wär, das wär für unsere Partei keine solche Belastung geworden, aber so? Drumrum ist die Regierung Müller nicht mehr gekommen . . .« Er gab sich einen Ruck, als schüttle er

gewaltsam diese trüben Gedanken ab. Er nahm das Glas und trank den schal gewordenen Rest seines Bieres aus.
»Joseph«, sagte er leiser und schaute Hochegger fast treuherzig in die Augen, »du hast das nicht miterlebt. Du hast, Gott sei Dank, mit diesen politischen Kalamitäten nichts zu schaffen . . . Sei froh.«
»Ich bin's auch, aber Sorgen hab ich auch grad genug«, meinte Hochegger.
»Joseph«, wiederholte Gleiber im gleichen Ton, »ich kann dir sagen, wie damals die Frauendelegation aus Kiel zu uns in die Fraktion gekommen ist, wie diese ausgehungerten Genossinnen uns schier beschworen haben, wir *müssen* für den Panzerkreuzer stimmen, damit ihre Männer Arbeit kriegen, – ich kann dir sagen, ich kann ein dickes Fell haben, wenn's sein muß, aber wie ich das erlebt hab, da ist mir's kalt über den Buckel hinuntergelaufen . . . Da hab ich wieder einmal gesehen, wie recht Ebert immer gehabt hat, – mit dem Parteiprogramm läßt sich eben keine Staatspolitik machen! Wie's wirklich ist, davon haben unsere Herren Radikalinskis keinen schwachen Dunst! Sie können bloß nachher auf dem Parteitag Krach machen und alles durcheinanderbringen . . .« Sein Gesicht wurde sehr ernst. Etwas wie Melancholie huschte über seine Züge.
»Ich sag's ja immer, wenn da der Parteivorstand nicht einmal radikal säubert, seh ich ganz schwarz«, begann jetzt Hochegger. »Ich erleb's ja bei mir im Kleinen am deutlichsten . . . Wie ich die Genossenschaft aufgezogen gehabt hab, da hat alles gejubelt . . . Dann ist das Raufen um die Wohnungen losgegangen . . . Gott sei Dank, dazumal haben wir ja noch schnell bauen können, aber jetzt? Jetzt bei der Krise, wo alles stockt, wo kein Geld mehr aufzutreiben ist – jetzt bin ich auf einmal der Bonze, der Sozialverräter! Als ob ich was für die schlechten Zeiten könnt! Krank kann man sich ärgern! Hinschmeißen möcht ich oft alles!« Seine schlaffen, blau durchäderten Hängebacken wurden dunkelrot, die kleinen mausgrauen Augen verwinzigten sich noch mehr, und wie eine Bürste begann sich sein dichter Schnurrbart zu sträuben. Er dachte an vieles. Unter der

Last seiner Verantwortungen war er in den letzten Jahren sichtlich gealtert. Die Verdrießlichkeiten hatten ihn vergrämt gemacht. So einfach wie am Anfang lagen die Dinge längst nicht mehr. Die zahlreichen Wohnbaublöcke standen da; aber die Mieter waren zum großen Teil arbeitslos geworden und blieben mit ihren Zahlungen im Rückstand. Die heftigsten Auseinandersetzungen und Reibereien gab es seither. Ob er wollte oder nicht, Hochegger mußte Kündigungen genehmigen und sogar Wohnungsräumungen vornehmen lassen. Jetzt fluchten die verbitterten Genossen ihrem einstigen ›Wohltäter‹. Nicht nur seine Verdienste minderte man herab, allenthalben wurden seine Ehrlichkeit und Uneigennützigkeit in Zweifel gezogen. Sein Privatleben wurde durch die Presse in die Öffentlichkeit gezerrt. Er, dem gerichtliche Austragungen bis ins Innerste zuwider waren, mußte gegen die Verleumder prozessieren, und wenn er auch stets siegte und gerechtfertigt war, etwas blieb eben doch immer hängen und sprach sich versteckt herum. Das alles zerrieb ihn fast. Bitter beklagte er sich bei Gleiber.
»Sogar Häuserzellen haben sie gebildet! Nationalsozialisten und Kommunisten, dieselbe Bagage!« schimpfte er weiter. »Oppositionsgruppen tauchen da auf einmal auf bei den Genossenschaftssitzungen, und unsere Genossen – Menschen, bei denen man das nie für möglich gehalten hätt – unsere eigenen Genossen lassen sich von diesen Hetzern einfangen!«
»Wie bei uns im Reichstag.« Gleiber verzog trüb das Gesicht. »Diese saubere Opposition! Jeder hat das große Maul. Keiner ist in der Partei groß geworden. Noch keinen einzigen hab ich kennengelernt, der seine Existenz, seine Gesundheit aufs Spiel gesetzt hat . . . Aber wenn's was zu *holen* gibt, da sind sie alle da . . .«
»Der ganze Humor ist mir vergangen«, klagte Hochegger verdrossen.
»Hm«, machte Gleiber und reckte seinen unförmigen Oberkörper, »sie werden's ja sehen, was ihnen diese Brüningregierung alles beschert. Vielleicht gehn ihnen dann die Augen auf.« Er wand sich in

die Höhe. Auch Hochegger stand auf und sagte ebenso: »Jaja, Zeit wär's, höchste Zeit.«
Sie verließen den Speisewagen. Um den Mund des jungen eleganten Mannes, der sie die ganze Zeit abgehorcht hatte, spielte ein hämisches Lächeln. Auch die anderen Gäste erhoben sich und gingen. Der Zug näherte sich seinem Ziel. Aus den rußigen Dampfwolken ragten hohe Hauswände, wirre Lichter warfen Reflexe, das Gestäng der bunten Signalmaste zerteilte die regenschwere Dunkelheit, und andere Züge schoben sich hell an den Coupéfenstern vorüber. In den Gängen drängten sich die Menschen ...
»Steig nur ein, Joseph! Nur schnell! Wir fahren ja direkt bei dir vorbei!« Mit diesen Worten nötigte Gleiber seinen Freund Hochegger ins Auto, als die zwei auf dem regenglänzenden Platz vor dem Bahnhof angelangt waren. Er gab rasch dem Chauffeur die Weisung und sackte selber in den gepolsterten Sitz. Nebenher verlor er noch etliche ärgerliche Worte über das schlechte Wetter und kam dann auf das alte Thema zurück.
»Sie sagen«, begann er, »Ebert hat's damals bei der Ruhrbesetzung genau so gemacht, er hat über Nacht den Cuno zum Kanzler gemacht. Aber was war denn das damals für eine Zeit! Fast wie im Krieg! Da den Reichstag aufzulösen und Wahlen zu machen, das wär doch reinster Wahnsinn gewesen! Heut ist das doch ganz anders. Ist doch eine vollkommen ruhige Zeit! Daß jetzt der alte Hindenburg einfach unserer Regierung die Reichstagsauflösung verweigert, das kann man doch mit damals gar nicht vergleichen! ... Hm, ein starkes Stück, das! Was tut er denn dann, wenn das Kabinett Brüning in solche Schwierigkeiten kommt? Und die bleiben doch nicht aus! ... Dann *muß* er doch auflösen und wählen lassen, der alte Dickkopf! Und was denkt sich denn da die Wählerschaft? Unser Hermann Müller hat *nicht* auflösen dürfen, weil er Sozialdemokrat ist, der Brüning, weil er rechter Zentrumsmann ist, *darf* auf einmal! ... Ich glaub immer, die Herren verrechnen sich ... Sie unterschätzen uns.«

»Ich sag, das sind reine Schikanen, weiter nichts. Das rächt sich«, erwiderte Hochegger und setzte dazu: »Und sicher kriegen wir bei einer Neuwahl massenhaft Zuzug aus dem freiheitlichen Bürgertum ... Druck bringt Gegendruck.«
»Naja«, meinte Gleiber beruhigt, »vorläufig muß man erst einmal abwarten mit Brüning. Solang er verfassungsmäßig vorgeht, ist nichts dagegen einzuwenden. Er ist ein alter Parlamentarier und kennt sich aus. Uns kann er nicht einfach übergehen, wir sind schließlich immer noch die stärkste Partei. Wenn's uns nicht mehr paßt, können wir von heut auf morgen in Opposition gehen, dann kann er sehn, wo er bleibt.« Selbstsicher klang jedes Wort. Er machte eine kleine Pause und erwähnte seinen alten Parteifreund, den erst kürzlich zurückgetretenen Reichskanzler Müller.
»Schlecht sieht er aus, der Hermann«, erzählte er. »Sein altes Leiden hat ihn wieder. Ganz zusammengerackert ist er. Gar nicht hat er mir diesmal gefallen.« Hochegger wurde nachdenklich und meinte ebenso: »Hm, *den* wenn wir auch noch verlieren, das wär ein schwerer Schlag. Wir Alten müssen ja doch immer den Karren aus dem Dreck ziehn!« Er drückte den Wagenschlag auf und verabschiedete sich: »Dank dir schön, Heinrich, gute Nacht!« Der Wagen surrte an und fuhr in den Regen hinein.

Mit griesgrämigem Gesicht stieg Hochegger die Treppen hinauf. Öfter blieb er stehen, verschnaufte schwer und schüttelte den Kopf. Er war in Berlin gewesen und hatte mit der Arbeiterbank verhandelt. Alle möglichen Büros und Parteiämter hatte er aufgesucht. Überall schlug ihm ein lähmender Pessimismus entgegen. Es waren auch nicht mehr jene fast zunftmäßig zusammenhängenden alten Parteigenossen, die er von früher her kannte, es saßen meistens fremde Menschen in den Büros, die für wirtschaftlich-praktische Dinge gar kein Ohr mehr hatten, umso mehr aber politisierten. Und wo er wirklich einen Alten traf, da hörte er immer die gleiche hilflose Redewendung: »Hm ... tja, die verschärfte Krise! ... Wir sitzen nicht mehr in der Regierung! Schwer, sehr schwer!« Jeder Posten müsse drei-, viermal geprüft werden, eh man sich auf solche Experimente einlassen könne. Schon das Wort ›Experimente‹ ärgerte Hochegger. Seine Leistungen seien keine ›Luftgespinste‹, brauste er auf und wies immer wieder nach, wieviel Wohnungen er geschaffen, wieviel Menschen er für die Partei gewonnen habe. Er gab Einblicke in die Bilanzen und kam in Wut, wenn man immer noch verständnislos blieb.

»Konjunktursozialist war ich nie! Bei uns stimmt alles auf's Tipferl!« hub er erregt an. »Mich als alten Genossen in so eine dreckige Nähe von so unsauberen Konsorten zu bringen, das verbitt' ich mir entschieden! Pfui Teufel! Da-das –« Das Wort brach ihm ab. Er schlotterte. Mit ingrimmig geblähtem Gesicht, mit geballten Fäusten stand er da: die beleidigte Biederkeit selber.

»Aber! Aber Genosse!« lenkte der erschrockene Bürokrat vor ihm besänftigend ein. »Genosse! Nur man ruhig, man bloß nich so wild! 's war doch nich so schlimm jemeint, entschuldje! Gegen dich sagt doch kein Mensch was, entschuldje!« Mit derlei nichtssagenden Höflichkeiten wurde er überall abgespeist, und das Ende vom Lied war immer dasselbe: »Wir sitzen nicht mehr in der Regierung ... Abwarten.«

Wirklich, diesmal hatte Hochegger Berlin mit einem bitteren, unsicheren Gefühl verlassen.

»Hm, hm, seltsam, hmhm! ... Einfach so mir nichts dir nichts jagt er unsern Hermann Müller davon, dieser Hindenburg? Hmhm! ... Seltsam, seltsam«, brümmelte er beunruhigt in sich hinein, als er die Schlüssel in seine Wohnungstür steckte. Es kam ihm dunkel vor, als sei die Partei, die ihm im Laufe eines halben Lebens zur Gewohnheit geworden, ins Wanken geraten.

Es war schon spät. Vorsichtig ließ er das Schloß einschnappen, um niemand aus dem Schlaf zu wecken. Behutsam riegelte er ab. In seine Benommenheit schlugen rücksichtslos laute Stimmen. Heftig redeten sie ineinander. Er drehte sich um und sah die hell leuch-

tende Milchglasfüllung der schräg gegenüber liegenden Zimmertür. Eine jähe Wut packte ihn.
Das war wieder sein Jüngster, der Albert, dieser unverschämte Bengel! Seit Wochen und Monaten hockte er daheim und hatte keine Arbeit mehr. Ganz und gar aus der Art war er geschlagen. Die Babette behandelte er äußerst respektlos, ihm selber – dem Hochegger – begegnete er stets mit einer aufreizenden jugendlichen Ironie, und Lotte, seine Schwester, war ihm Luft. Da drinnen, in seinem unordentlichen Zimmer, hauste er, wie es ihm paßte, las den ganzen Tag politische Bücher und Broschüren, und wenn er grade keine Versammlung besuchte, lud er einfach gleichaltrige Kameraden ein und diskutierte mit ihnen die halbe Nacht so laut, daß kein Mensch mehr schlafen konnte.
Hochegger knirschte. Rasch knipste er das Ganglicht an und ging resolut auf die Tür zu, drückte wütend den Griff herunter und riß sie weit auf. Eine dicke Wolke von Zigarettenrauch schlug ihm entgegen, wie abgehackt verstummten die Stimmen, und vier junge Proletariergesichter schauten verdutzt auf den unerwarteten Eindringling. »Albert! Himmelherrgott!« fauchte Hochegger bebend, und alle erhoben sich bestürzt. Die drei Kameraden ergriffen wortlos ihre Mützen und Windjacken. Hochegger beachtete sie nicht, er starrte nur auf Albert. Sie schienen derartige Auftritte zu kennen, ohne Entschuldigung und Gruß tappten sie aus dem Zimmer, einer schloß mit dem steckengelassenen Schlüssel auf, die Tür fiel ins Schloß, weg waren sie.
Zwei, drei Sekunden standen sich Vater und Sohn gegenüber. Breitbeinig und unangerührt der Junge mit seinen ausgebuchteten Knickerbocker-Hosen, dem grauen Pullover und dem offenen Hemd; gepreßt und schnaubend der Alte. »Unverschämtheit! Da-das ist mir aber jetzt das letzte Mal! Jetzt wird's mir zu bunt mit dir!« polterte Hochegger unterdrückt. Er wollte nicht zu laut sein.
»Geld hab ich kein's, um in die Wirtschaft zu gehn, und –« sagte Albert gleichgültig und plump.

»Erzähl mir bloß nichts!« fiel ihm der Alte ins Wort und schaute böse im Raum herum. »Wie in einer Kaschemme, pfui Teufel!«
Ohne ein Wort drehte sich Albert um und tappte hin und her. Er schien keine Nerven zu haben. Das machte Hochegger immer noch verbissener.
»Pfui! Pfui Teufel, wenn das unsere Jugend sein soll!« zischte er. »Rumhocken und siebengescheit daherreden, hetzen und nichts leisten.« Er wußte, jeder, der mit Albert verkehrte, war oppositionell.
»Das sind lauter Genossen! Deine und meine Genossen«, sagte Albert wiederum und blieb vor Hochegger stehen. Fast höhnisch klang es.
»Ge-genossen?!« hackte der Alte verächtlich. »Ha, p-ha, nette Genossen, die nicht einmal wissen, was sich gehört. Pfui! Pfui! Pfui Teufel! . . . Jetzt komm mir auch noch mit dem! Spiel dich noch auf als weiß Gott was! . . . Ich bin mit der Partei groß geworden! Zu meiner Zeit hat man erst zeigen müssen, was man kann! Mach du erst einmal soviel wie ich, und dann red! . . . Früher sind solche Diskutanten und Wirrköpfe überhaupt nicht in die Partei aufgenommen worden!«
»Naja, brav und diszipliniert vom Parteirekruten bis zum seligen Ebert, bis zu Hermann Müller . . .« spottete Albert.
»Du – du – du Kommunist!« unterbrach ihn Hochegger, und seine kleinen Augen funkelten. Seine kurzen Finger spreizten sich und ballten sich zur Faust. Kaum mehr Luft bekam er. Seine Schläfenadern drohten zu platzen. Wie ein Stich traf ihn dieses Wort ›Hermann Müller‹, und fast so, als schöbe er gewaltsam etwas Unglückseliges aus seinem Hirn, begann er sich jetzt selber niederzureden. Er plärrte wirr: »Hinauswerfen tu ich dich noch! Geh hin, wo du hingehörst! . . . Daheimhocken ist keine Kunst! Herrgott-Herrgott, schämen muß man sich!«
»Bitte, ich kann ja zu Genossen gehn«, meinte Albert mitten hinein.
»Warum tust du's denn nicht? Warum?« japste Hochegger.

»Erstens, weil ich dich nicht ins Gerede bringen will, und zweitens, weil's für die Genossen ein unnötiges Opfer ist... Hier macht's doch nichts, ob ich noch mitwohne oder nicht«, parierte Albert trokken.
Wie er schon dieses ›hier‹ sagte! Völlig pietätlos, als sage er es zu irgendeinem aufsässigen Herbergswirt. Hochegger fand kein Wort mehr. Er hob die geballten Fäuste.
»Ich mag gar nichts mehr sagen! Pfui Teufel!« warf er giftig hin und machte eine schroffe Kehrtwendung. Zermürbt kam er ins eheliche Schlafzimmer. Sein ganzer Körper zitterte. Er machte kein Licht. Ächzend ließ er sich auf das Bett nieder und zog sich im Dunkeln aus. Unablässig rumorte der Ärger in ihm.
Der Ärger aber verändert einen Menschen. Zorn und Wut sind dazu nicht imstande. Sie stellen sich plötzlich ein und verwehen nach einiger Zeit wieder. Der Ärger hingegen, dem Hochegger in den letzten Jahren verfallen war, dieser Ärger ist wie ein unsichtbarer Staub, wie schleichende Kälte oder brütende Hitze. Er kriecht daher, er dringt auf eine unerklärliche Weise in unser Inneres und nistet sich in der Herzgrube ein. Er weicht nicht mehr. Er gleicht einem geschwulstartigen, ungeheuer gefräßigen Tier, das sich von lauter mißlichen Nebensächlichkeiten nährt und sie beständig wiederkäut. Er wächst und gedeiht unbeschreiblich schnell, dehnt und dehnt sich aus in uns, läßt schließlich für nichts anderes mehr Platz und erfüllt bei der geringsten Erregung den ganzen Körper mit seinen galligen Absonderungen.
Gut war's bloß, daß wenigstens Joseph, der älteste Sohn, der dem Vater am meisten ähnelte, schon verheiratet war und in einem Häuserblock der ›Gemeinnützigen‹ eine Wohnung besaß. Er hatte seine Position gefestigt und war ein beliebter Parteimann. Aber Lotte saß zu Hause und war seit einiger Zeit stellungslos. Nichts hatte sie im Kopf als Mode und Sport, und sie dachte mit ihren vierundzwanzig Jahren immer noch nicht ans Heiraten. Von Zeit zu Zeit gab es Streit zwischen ihr und der Stiefmutter. Und da war dieser unver-

trägliche Albert. Auch schon lang ohne Arbeit und ebenfalls daheim. Keine friedliche Viertelstunde gab's mehr.
Menschen wie Hochegger, die einmal am Ärger kranken, verändern sich nicht nur innerlich, auch ihr Äußeres formt sich um. Ihr Gesicht reagiert bei bestimmten Anlässen immer gleichartig. So und nicht anders furcht sich die Stirn; derart kommt die Unterlippe ins Hängen, noch kleiner werden die Augen, halb ist es List, halb zögernde Furcht, was auf ihren Pupillen glänzt, und beleibt wird so ein Mensch und bekommt mit zunehmendem Alter etwas leicht Asthmatisches, was besonders bei Gemütsaufwallungen bemerkbar wird. Und er bewegt sich nicht mehr gern, dieser Mensch. Phlegmatische Grämlichkeit ist sein Grundzug.
Hochegger legte sich ins Bett und konnte nicht schlafen. Immer und immer wieder sah er diesen frechen, hämisch dreinblickenden Albert mit seinen unversöhnlich verständnislosen Augen vor sich. Da stand er, kalt, unerregt und unempfindlich wie ein Klotz.
Der Alte knirschte mit den Zähnen.
»War war denn?« fragte seine Frau aus dem Schlaf.
»Ah! Nichts, der Albert wieder . . . Schlaf nur, schlaf!« gab er mürrisch zurück und schnaubte tief. Sie schwieg. Sie wußte, das war das beste. Sein Hirn aber durchzogen tausend Überlegungen.
»Undank! Nichts als Undank!« stöhnte er auf einmal bitter. »Kein Verständnis in der eigenen Familie.« Etwas wie Rachsucht gegen Albert befiel ihn. Seine Frau suchte mit ihrer warmen Hand seine zitternde Wange und erinnerte ihn sanft daran, daß er sich morgen rasieren lassen müsse. Das beruhigte ihn merkwürdigerweise. Sie streichelte noch ein paar Mal über sein Gesicht und zog ihre Hand wieder zurück.
Er schwieg und dachte. Die aufgepeitschten Nerven züngelten wie Stichflammen gegen sein Herz. Ganz tief innen verspürte er etwas wie eine dumpfe Unterlegenheit, die bis zur Kehle heraufdrückte und einen galligen Geschmack auf der Zunge auslöste. Er schluckte ihn hinunter.

Er ließ sein ganzes Leben an sich vorüberziehen und versuchte sich Rechenschaft abzulegen. Immer nur hatte er für die Partei, für alle gesorgt und gerackert und gewirkt wie . . .
Ja, wie denn?
Wie die Besten, wie Ebert, wie Hermann Müller!
Und das nannte dieser ungehobelte Lümmel von einem Albert ›verwässerten Almosensozialismus‹!
›. . . und‹, fiel ihm so ganz von ungefähr ein, dem verdrossenen Joseph Hochegger, ›und den Müller hat der Hindenburg einfach . . .‹
Seine Augenlider schlossen sich. Er fiel in einen traumlosen Schlaf.

3
Die guten Knechte

Schon seit einer langen Reihe von Jahren war es üblich, daß Partei und Gewerkschaften am ersten schönen Mai-Sonntag in einer ungefähr eine Gehstunde von der östlichen Stadtgrenze entfernten umfänglichen Bräuwirtschaft mit riesigem Biergarten ein großes Arbeiterfest abhielten. Die Landschaft rundherum war leicht gehügelt. Dünner, frischblätteriger Laubwald umsäumte die zartsprossenden Wiesenhänge, und in der Ferne zackten die blauen Berge in den heiteren Himmel. Drunten in der Mulde wurde der breite Arm des Flusses sichtbar, darüber spreizte sich eine eiserne Brücke, Hausdächer lugten aus dem Grün, und das angerußte, kahle Stationsgebäude der Lokalbahn lag dort. Die silbrig-glitzernden Schienen verliefen um die Flußbiegung, und daneben her, auf der dunkel-asphaltierten Staatsstraße, flitzten die Autos der vornehmen Ausflügler.
Auch diesmal leerten sich schon in der Frühe die Mietskasernen, in welchen die Arbeiter wohnten. Rudelweise und lustig lärmend sammelten sich ›Sozialistische Arbeiterjugend‹ und ›Rote Falken‹ in ihren blauen Blusen mit den roten Selbstbindern, formierten sich und marschierten singend aus der Stadt. Dreieckige rote oder schwarzrotgoldene Wimpel ragten aus der Schar. Niemand trug eine Kopfbedeckung. Braune, gesunde Gesichter und muskulöse Gestalten, rund aufgeblühte Mädchen mit nackten Armen und Beinen, die in gerollten Söckchen und derben Schuhen steckten, gingen neben ausgezehrten, blassen, abgehärmten jungen Menschen mit spindeldürren Gliedern. Das Schuhwerk klapperte auf dem Pflaster, und die Stimmen stiegen hell in die Luft.
Die älteren Genossen mit ihren Frauen und Kindern rotteten sich an den Haltestellen der Straßenbahnen zusammen und zwängten sich in die rasch überfüllten Wagen. Erschreckt plärrten die Kleinen auf, aber alles lachte. Immer noch jemand und noch wer

drückte sich in den berstend besetzten Wagen, und trotz allen Vermahnungen hielten sich die letzten auf dem Trittbrett fest. Alles war sonntäglich beisammen, selbst das grämlichste Gesicht war fröhlich oder wenigstens zufrieden. Die Männer machten Späße, und die Frauen trugen dickgefüllte Taschen und Netze voller Lebensmittel, mit denen sie im Gedränge nicht aus und ein wußten. Die reinste Wallfahrt war's. Tausende überzogen die hügeligen Wiesen um den überfüllten, wogenden, musik-durchschmetterten Biergarten. Einem bunten, lauten, wüsten Heerlager glich die Landschaft. Überall im Grün lagerten dichte Menschengruppen und verzehrten ihre mitgebrachten Speisen.
Kinder schrien, Frauen plapperten, Männer leerten durstig die schäumenden Bierkrüge oder hockten im Kreis und spielten Karten, während der Lautsprecher auf der Tribüne im Garten die jeweilige Programm-Nummer ankündigte.
Jugendliche gingen mit roten Papiernelken, mit Zeitungen und Sammelbüchsen herum und verkauften kleine Papierfähnchen, nach einem gewaltigen Tusch der Musikkapelle strömten die neugierigen Massen auf einen mit Stricken abgegrenzten Platz, auf dem sich Turner und Jiu-Jitsu-Ringer produzierten, schließlich veranstalteten etliche Züge des ›Reichsbanners‹ einen Propagandamarsch rund um das ganze Geviert und nahmen stramme Aufstellung vor der Festtribüne. Von lautem Jubel begrüßt, trat Heinrich Gleiber aus der Reihe der Parteiprominenten zum Lautsprecher, legte seine Joppe ab und hielt hemdsärmelig die Festrede. Mächtig dröhnte seine volle Stimme in alle Winkel und Ecken, und je nachdem, was er sagte, unterbrach ihn bald stürmischer Beifall, bald wüstes Pfui- und Niederrufen, das dem ›reaktionären Treiben‹ der Nationalsozialisten oder der ›kindischen Politik‹ der Kommunisten galt.
»Genossen und Genossinnen!« donnerte er. »Man wirft uns Sozialdemokraten von kommunistischer Seite vor, daß wir Sozialfaschisten sind!«

»Pfui! . . . Lüge! Gemeine Hetze!« schrie es aus vielen hundert bierheiseren Kehlen. Heinrich Gleiber hob seinen wuchtigen Arm, und sein mächtiger Körper straffte sich, prall spannte sich sein Bauch unter der zwängenden Weste, jedes Haar seines Spitzbartes zitterte. Er wartete, bis die Lärmwelle sich gelegt hatte.
»Wenn wir Sozialdemokraten 1918 nicht die Verantwortung übernommen hätten, dann wäre Deutschland heute ein Chaos! Kein Genosse von uns hat sich jemals um irgendeinen Ministersessel gerissen, wie man es gern hinzustellen beliebt, – im Gegenteil, *weil* sich eben nach dem Zusammenbruch anno 18 jeder von den feinen Herren der Reaktion und von den Maulaufreißern auf der spartakistischen Seite gedrückt hat«, er hob seine Stimme und ballte die Faust, »eben darum, weil wir Sozialdemokraten Deutschland und das deutsche Volk nicht untergehen lassen wollten, darum nahmen wir die Zügel der verfahrenen Staatskutsche in die Hand!«
»Sehr richtig!« rief es da und dort.
Ein Mann legte seine Handflächen gebogen aneinander, preßte sie an den Mund und trompetete laut: »Hoch die Partei! Hoch!«
Teilweise stimmten Gruppen mit ein, andere wieder zischten »Psst« und mahnten zur Ruhe.
»Und heute, Genossen und Genossinnen?« fragte Gleiber und wurde pathetisch. »Die Weltkrise hat grade Deutschland am meisten erfaßt. Furchtbare Not hat sie in unsere Reihen gebracht, Tausende und aber Tausende sind arbeitslos! So manche Mutter weiß nicht, was sie ihren Kindern geben soll. Die Unterstützungssätze für die Erwerbslosen langen nicht hin und nicht her – alle und alles droht die Krise zu zermalmen. Konkurse häufen sich, der Mittelstand wird proletarisiert, der kleine Geschäftsmann verliert seine Arbeiterkundschaft – die graue Zukunft, die furchtbarste Zukunft tut sich auf vor uns. Ich sage es offen, Genossen und Genossinnen, *keine* Regierung, es mag die loyalste und beste sein, nichts kann diese Verschärfung der Krise beheben. Wieder steht Deutschland fast vor dem Abgrund, und da ist es die Sozialdemokratie, die sich

sagt: Nur die ehrliche Zusammenarbeit aller Verantwortungsbewußten kann uns über diese schwere Zeit hinwegbringen!«
Wieder dankte ihm tausendfacher Beifall. Hände hoben sich und schwenkten die Fähnchen, ›Freiheit‹-Rufe erschollen.
Gleiber wischte sich mit seinem großen Schnupftuch den Schweiß von der Stirn und fuhr fort: »Jetzt erleben wir es wieder wie anno 18, Genossen und Genossinnen! Die Feinde der gesunden Demokratie, die gewissenlosen Hetzer von rechts und links versuchen mit allen Mitteln, nicht nur den Staat von Weimar zu vernichten, nicht nur uns Sozialdemokraten den Garaus zu machen, nein, noch viel schlimmer! Nicht umsonst hat Friedrich Ebert das Lied ›Deutschland, Deutschland über alles‹ wieder zum wahren Nationallied erhoben! Wir Sozialdemokraten sind die einzigen, die dieses Deutschland immer mit jeder Faser unseres Herzens geliebt haben. Im Weltkrieg sind Millionen unserer besten Parteigenossen verblutet. Nicht für Nationalismus und Wilheminertum, sondern für Deutschland und sein Volk!« Ein neuer schmetternder Beifall zerriß die bierdunstige Luft, etliche wollten das Deutschlandlied singen, aber von allen Seiten gebot man heftig Ruhe. Mit ganzer Lunge schrie Gleiber: »Und heute stehn wir vor der beschämenden Tatsache, daß Hakenkreuz und Sowjetstern Deutschland ins endgültige Chaos stürzen wollen. Mit den unsaubersten Mitteln wollen sie ihre blutrünstigen Diktaturen aufrichten. Und *weil* die Sozialdemokratie als einzige Hüterin von Recht und Verfassung sich entschlossen hat, die legale Regierung Brüning zu unterstützen, *weil* wir Deutschland nicht untergehen lassen wollen, *darum* sind wir Sozialfaschisten! Ärger und niedriger kann man die Demagogie nicht treiben!«
Die Worte wirkten. Erregte ›Pfui!‹-Rufe auf die Gegner erschollen, die Menge war aufgebracht und stieß Drohungen aus. Gleiber war in seinem Element.
»Panzerkreuzersozialisten heißen uns die Herrschaften vom Sowjetstern!« hub er von neuem an. »Gewiß, ich bin nicht für solche

Kriegsrüstungen, aber, Genossen und Genossinnen, machen wir uns doch nichts vor! Wenn wir ein Staat nach sowjetistischem Muster wären, dann, ja, dann würden diese selben Herrschaften nicht nur nichts dagegen haben, daß man Panzerkreuzer und Kriegsmaterial in Massen herstellt, dann wären wir auf einmal die ausgemachten Verbrecher, wenn wir etwa dagegen stimmten! Die niederträchtigsten Sozialverbrecher, die gemeinsten Verräter wären wir dann, wenn wir nicht Dutzende solcher Kreuzer« – er legte eine ätzende Ironie in seine Worte – »für die Verteidigung von Sowjetdeutschland bauen würden.« Das schlug ein. Gleiber wußte es. Er verstand volkstümlich zu reden.

»Sehr richtig! Bravo! Kommunistische Bauernfängerei!« verstand man aus dem Lärm, der hochstieg. Hingerissen klatschten die Menschen. Mit zufriedenen Blicken musterte Gleiber die Scharen und wollte eben wieder losdonnern. Da machten ihn Hochegger und einige Genossen, die auf der Tribüne um ihn herumstanden, auf das unregelmäßige, heftige Ineinanderwogen einer Gruppe am Rande des Menschenhaufens aufmerksam. Er hob sein Gesicht und sah scharf hin. Die Menge merkte es. Eine Stockung trat ein. Hälse reckten sich beunruhigt, Reichsbanner-Männer zwängten sich geschwind durch das Gewühl, und entfernt hörte man stumpfes Schimpfen und Schreien.

»Es lebe die Sowjetunion! Nieder mit den Panzerkreuzlern! Hoch die Kommunistische Partei! Rot Front!« bellten junge Stimmen und versuchten zu singen. Die Menschen in jener Ecke knäulten sich. Man sah gereckte Arme, die niederfielen, hörte Fluchen und Schreien. Die ganze dichtschwarze Masse fing auf einmal zu treiben an.

»Ruhe! Disziplin, Genossen!« brüllte Gleiber mit gelassener Deutlichkeit in den Lautsprecher.

»Dableiben! Das Reichsbanner macht Ordnung!« erdröhnte es abermals metallisch über das Kopfmeer hinweg.

Da geschah etwas Unerwartetes. Aus der gegenüberliegenden

Richtung erscholl wie auf Kommando ein dreimaliges, gezacktes: »Heil – Hitler! Heil – Hitler! Heil – Hitler!« Die bestürzten Massen hielten eine Sekunde inne und brachen jäh los. Alles lief in- und übereinander, wildes Schreien und Plärren erfüllte die Luft, Arme warfen sich, Weiber heulten schrill auf, Kinder weinten, Männer fluchten und Kommandorufe ertönten. Alle Genossen auf der Tribüne waren ins Gemeng gesprungen, fuchtelten und redeten. Nur Gleiber stand unbeweglich wie ein Baum vor dem Lautsprecher und rief befehlshaberisch: »Nicht provozieren lassen! Stehnbleiben! Ste-e-eehnbleiben!«
Er war ein mutiger Mann. Das wußte jeder von ihm. Er hatte im Laufe seines politischen Lebens schon weit schlimmere Paniken erlebt und nie den Kopf verloren. Während einer Landtagssitzung in der Revolutionszeit hatte einmal ein Radikaler von der Zuhörertribüne herab auf ihn geschossen. Die Kugel drang in seinen Bauch. Gleiber suchte geistesgegenwärtig Deckung. Neben ihm brach ein anderer Abgeordneter zusammen. Wild und wirr stob alles durcheinander und floh aus dem Sitzungssaal. Zuletzt hockte Gleiber allein da und beugte sich trotz seiner gefährlichen Schmerzen nieder auf seinen anderen Leidensgenossen, rüttelte ihn, sagte etliche Worte und merkte plötzlich, der war tot. Als die Sanitäter kamen, sagte er mit trockener Ruhe: »Mit dem ist's aus. Mich können S' in die Klinik bringen.« Operiert mußte er werden, wochenlang schwebte er zwischen Leben und Tod. Kaum gesundet, stürzte er sich mit der ihm eigenen Vehemenz erneut in die politische Arbeit. Erst vor einigen Monaten, beim nächtlichen Heimgang von einer Parteisitzung, hatten Unbekannte abermals ein Attentat auf ihn verübt, das indessen gut ausgegangen war. Fünf oder sechs Revolverschüsse krachten hinter einer Friedhofsmauer hervor, singend pfiffen die Kugeln an Gleiber vorbei, seine Genossen liefen davon, er aber griff unerschrocken in seine Tasche, zog den Browning und schoß in die Dunkelheit. Erst als er nichts mehr hörte, gab er dem herbeigeeilten Schutzmann Auskunft.

Nein, feig war er nicht, der Heinrich Gleiber. Auch jetzt blieb er besonnen. Noch gebieterischer schrie er in den Lautsprecher: »Dableiben! Reichsbanner hat die Ordnung schon hergestellt!« Das stimmte zwar nicht. Rechts außen tobte noch immer ein wildes Gerauf mit den über die schon dunkelnden Hügelhänge hinabfliehenden Nationalsozialisten. Von den paar jugendlichen Kommunisten, die schon während des Festes durch den Verkauf ihrer Maizeitung unliebsam aufgefallen waren und zuletzt die tollkühnen Zwischenrufe gemacht hatten, schien keiner mehr da zu sein. Gleiber schaute auf den brodelnden Brei der schwarzen Masse und spürte ein Zucken in seinen Muskeln. Er wußte, die Störer waren vertrieben. Es kam nur auf einen verblüffenden Einfall an, um der Lage Herr zu werden.
»Freiheit!« schrie er plötzlich unvermittelt und reckte die Faust.
»Freiheit!« wiederholte er, und die Masse stand. Tausendstimmig scholl ihm das gleiche Wort entgegen. Über seine Züge huschte ruhige Zuversicht. Die Gefahr war behoben. »Erledigt!« rief er, und langsam entwirrten sich die verknäulten Menschenrudel. Etliche Kinder waren zu Schaden gekommen, einer Frau war das ganze Kleid zerrissen, zwei Genossen hatten Schlagringhiebe bekommen. Die Arbeitersamariter verbanden sie.
Gerade dieses gefährliche Zwischenspiel aber hatte die Massen aufgepulvert. Jeder einzelne kam sich gewissermaßen als Sieger vor, und viele brüsteten sich mit Heldentaten, die nie geschehen waren, erzählten alles mögliche und wurden bestaunt. Als Gleiber die verbundenen zwei Reichsbannerkameraden auf die Tribüne treten ließ, erbrauste ein ungeheurer Jubel. Unbeholfen sagten sie etliche Worte und schlossen abermals mit einem kräftigen ›Freiheit!‹
Mächtiger noch wirkte, als Gleiber selber noch einmal das Wort ergriff. »Genossen und Genossinnen, was ich immer gesagt habe, ist uns grade heute sehr deutlich illustriert worden. Wenn's gegen uns Sozialdemokraten geht, arbeiten Hakenkreuz und Sowjetstern einträchtig zusammen. Grad dieser kleine Zwischenfall wird selbst

dem loyalsten Genossen unter uns gezeigt haben, wo unsere wirklichen Feinde stehen. Dennoch aber – bei uns werden sie auf Granit beißen! Freiheit!«
Die Reichsbanner-Kameraden und Arbeitersamariter erhielten je eine Maß Freibier, was die Stimmung wieder völlig glättete. Das Feuerwerk begann, und das Fest nahm einen harmonischen Verlauf. Angeheitert und zufrieden strömten die Menschenscharen über die dunklen Hügelwiesen hinunter ins Tal. Es flatterten die Wimpel vor den Zügen der Arbeiterjugend und der Roten Falken, es trompeteten und trommelten die voranmarschierenden Musikzüge des Reichsbanners, und wenn sie verstummten, fing die Jugend zu singen an. Schwerzüngig und bassig fielen die älteren nach und nach ein. Voll und immer voller stiegen die Lautwellen zum nächtlichen Sternenhimmel empor ...
Später – ihre Frauen hatten sie heimfahren lassen – saßen Gleiber, Kofler, Bangler und Hochegger mit seinem Sohn Joseph im Stamm-Café zusammen. Auch der Ortsvorstand des Reichsbanners, Karl Mögler, ein rundköpfiger Vierziger mit einem dichten schwarzen Schnurrbart, und der Gausekretär August Kaufel waren dabei. Kaufel sah aus wie ein etwas alt gewordener Wandervogel mit leicht künstlerischem Einschlag. Auf dem dicken Hals, den das Schillerhemd bloßlegte, saß ein glattrasiertes, sehr gebräuntes, scharfgeschnittenes Gesicht mit würdig dreinblickenden Augen. Kaufel war ein verunglückter Dichter und verfaßte meistens die Festgedichte für die Partei.
Hochegger war gar nicht so zufrieden wie die anderen. Eine gequälte Miene machte er, die er ängstlich zu verbergen suchte.
»Immer frecher werden diese Nazirotzbuben«, warf er hin. Kofler blies den Rauch seiner Zigarre in die Luft. Seine Augenlider waren halb herabgerutscht. »Tjaja, die sticht der Haber«, brummte er.
»Das heutige ist noch gar nichts«, erzählte Mögler. »Heut waren sie ja bloß ein Bäckerdutzend, und Prügel haben sie richtig gekriegt, aber neulich, bei uns draußen im Bezirk Osten? Da hat's bös

hergeschaut, da waren fast hundert da . . . Aufkommen sind s' ja nicht, aber die Polizei hat den Saal räumen müssen und sechs von uns verhaftet. Es war haarig . . . Drei Kameraden haben sie ja wieder freigelassen, aber die andern . . .«
»Das wird auch geregelt«, fiel Gleiber ein. »Entlastungszeugen sind massenhaft da.«
Hochegger sah trüb ins Leere. Sonderbar, in der schlimmsten nationalsozialistischen Hochflut, anno 23, war er nie behelligt worden. Jetzt bekam er fast täglich unflätige anonyme Drohbriefe, und oft und oft waren Hakenkreuze auf seine Wohnungstür gemalt. Im Stadtrat krawallierten die Nazi bei jeder Gelegenheit gegen seine Wohnungspolitik, und nachts, wenn er heimging, kam es ihm manchmal vor, als verfolgten ihn verdächtige Gestalten. Die kleinsten Unregelmäßigkeiten gaben ihm zu denken. Er fühlte sich ständig belauert.
»Jedenfalls, heut haben wir's wieder erlebt, unsere Partei steht gerüstet da«, sagte Gleiber. Hochegger hörte nur das Wort ›Partei‹. Er empfand sie nicht mehr so wie noch vor ganz kurzer Zeit als Schutz und Zuflucht, viel eher schon als – ja! – als bedrückende Art von Gezeichnetsein, als ein verräterisches Fluidum, das der Gegner von weitem roch. Alt war er, müde war er, gejagt kam er sich an manchen Tagen vor, und ratlos klammerte er sich manchmal an irgendwelche Hoffnungen auf ein unbestimmtes Wunder. Er schaute unvermerkt hinüber zu seinem Sohn Joseph. Stark, groß und unverbraucht, jung, mit männlichem Gesicht saß der da. Er dachte an ihn, er dachte an ihn hundertmal, tausend- und zehntausendmal, und es kam eine schüchterne Beruhigung über ihn.
»Jaja, die Nazi arbeiten jetzt wieder sehr aktiv. Sie haben so ziemlich alles vom Roten Frontkämpferbund übernommen«, sagte Joseph jetzt. »Unser Reichsbanner darf nicht hinten bleiben, überhaupt, Genosse Gleiber, ich glaub, wir müßten auch die Partei mehr aufpulvern.«
»Eine ganze Partei militarisieren wär Unsinn«, erwiderte Gleiber.

»Ich bin absolut dafür, daß unser Reichsbanner überall möglichst schlagkräftig aufgezogen wird.«
»Schon, schon, aber es kommt drauf an, mein ich, daß im gegebenen Fall die Massen hinter uns stehn ... Ich mein, wenn die Nazi vielleicht drauf verfallen sollten, was Größeres zu inszenieren, da müßten die Massen dem Reichsbanner den Rückhalt geben«, warf Joseph ein.
»Solche Dummheiten, daß sie jetzt offen herausfordern, die Nazi, das wird ihnen die Polizei schon austreiben ... Vorläufig sind wir in einem Rechtsstaat«, bog Gleiber ab, und der Bezirksleiter Haller stimmte ihm zu. Bei allem, was er bis jetzt mitgemacht habe, bestätigte er, müsse er zugeben, daß die Polizei korrekt ihre Pflicht und Schuldigkeit tue. »Schon, jaja«, beharrte Joseph, »aber der Kurs der Regierung Brüning ist sehr undurchsichtig. Es fragt sich, wie lang wir überhaupt da noch mittun können.«
Erstaunt maß ihn Gleiber.
»Mittun? Wir?« brach er heraus. »Du meinst wohl, wie lang Brüning noch mit *uns* mittun darf?« Er war etwas ungehalten. Die Politik war seine Sache.
»Hochzollpolitik macht er«, fiel Joseph dennoch ein. »Die Erwerbslosenunterstützung baut er ab, die Landwirtschaft braucht bald gar keine Steuern mehr zu zahlen, der kleine Bauer spürt davon nicht viel, aber die Großgrundbesitzer freuen sich ... Ob wir da noch lang mitmachen können, fragt sich.«
»Jedenfalls, die Sozialdemokratie hat nichts zu fürchten«, schnitt ihm Gleiber ein wenig schärfer das Wort ab. »So Minderheitsregierungen wie die jetzige, die müssen bei jeder Gelegenheit kuschen. Da haben wir's als stärkste Partei gar nicht schlecht ... Da läßt sich mitunter was durchdrücken, was wir als verantwortliche Regierung nie wagen könnten.«
Dem jungen Hochegger kam das unverständlich vor. Immer dieses Paktieren, dieses kleine Überlisten mit taktischen Winkelzügen! Er hatte eine andere Vorstellung von Demokratie, von Sozialismus

und Partei. Unklar und ein wenig überschwenglich glaubte er an die Macht der Massen.
Nicht hörte er auf, schon wieder sagte er: »Daß sich überhaupt so Minderheitsregierungen bei uns bilden können, das geht mir nicht in den Kopf ... Und der Brüning? Er sagt bloß immer was vom ›Vertrauen des Herrn Reichspräsidenten‹ – vorher hat's immer geheißen ›getragen vom Vertrauen des Volkes‹ ... Ich versteh das nicht.«
Gleibers Stirn faltete sich kurz, gleich aber war er wieder die Ruhe selber.
»Wenn heut eine Wahl kommt, nehmen wir zu«, sagte er ohne Übergang. »Die Bevölkerung ist müd von dem ewigen Hin und Her und will Ruhe haben ... Jeder Mensch ist heutzutag republikanisch und wählt uns, weil wir einfach für Ruhe sind.« Und so, wie es seine Gewohnheit war, sah er eine Sekunde lang gradaus. Dann setzte er in anderem Tonfall dazu: »Frech kann keiner gegen uns werden, und« – mit entwaffnender Biederkeit schaute er dem jungen Hochegger ins Auge – »wenn jeder Reichsbannermann immer so auf seinem Posten ist wie du, dann kann's nicht fehlen.« So siegte er immer. Jedesmal, wenn er auch nur die leiseste Gegnerschaft witterte, lenkte er ins Private ein und fing den betreffenden Menschen mit einem Lob.
Der junge Hochegger schwieg fast verlegen. Sogar rot wurde er. Wohlgefällig musterte ihn sein Vater.
»Joseph«, sagte der Alte zum Jungen, »wenn dich der Heinrich lobt, dann stimmts's ... Prost!«
Joseph versuchte krampfhaft zu lächeln und trank ihm zu. »Naja, an mir soll's nicht fehlen«, sagte er, um endlich seine Verlegenheit loszuwerden. Alle sahen brüderlich auf ihn.
Hochegger und Joseph fuhren miteinander bis zur vorletzten Haltestelle der Straßenbahn. Eigentlich sollte Joseph weiterfahren, aber er stieg aus und begleitete seinen Vater bis vors Haus.
»Hm, ich weiß nicht«, sagte er während des Dahingehens, »grad wie eine dicke Wand ist's zwischen uns Jungen und den Alten ... Die

Alten meinen immer bloß, wenn nur die Organisation, die Partei, groß bleibt, dann kann man mit jeder Regierung was machen. Die Jungen denken da ganz anders...«
»Ich werd dir was sagen, Joseph«, meinte sein Vater in einer Art liebevoller Belehrung. »Wenn du einmal so alt bist wie ich oder Gleiber, da denkst ebenso... Das ist so im Leben... Wir haben mit Müh und Not das alles zusammengebracht...«
»Ja, aber für was denn?« rutschte es Joseph auf einmal heraus.
»Für uns und für euch«, gab der Alte mild zurück.
»Hm«, machte Joseph. Offenbar wollte er nichts mehr erwidern. Irgendeine unbestimmte, fast mitleidige Regung schien ihn befallen zu haben.
»Gute Nacht, Joseph... Man muß seiner Sache treu bleiben«, sagte Hochegger wieder so rührselig und drückte ihm die Hand. »Ich dank dir schön für die Begleitung.«
Schweigend und nachdenklich ging der junge Hochegger weiter. Die Straßen waren menschenleer. Er kam auf ein freies Feld. Drüben ragten die dunklen Häuserblöcke empor und hoben sich scharf vom mondhellen, sternbesäten Himmel ab.
Warum, wenn sie dasselbe wollen wie wir? fragte er sich im stillen und dachte an die paar Jungkommunisten, die man heute nachmittag wegen ihrer Zwischenrufe verprügelt hatte. Sie spüren doch, wo wir mit dem Brüning hinsteuern!
Er kam tagsüber mit vielen Jugendgenossen zusammen, denn außer einigen Frauen lasen ja nur sie. Kommunisten und Sozialdemokraten trafen sich in der Bibliothek. Alle diese jungen Menschen verstanden sich sogar noch im Streiten. Alle waren lernbegierig und heftig beunruhigt. Die meisten waren arbeitslos, hungerten und hofften.
Hofften gemeinsam! Hofften unbezähmbar!
Und die Alten kalkulierten nur tägliche Möglichkeiten aus, rechneten Monate und Jahre hindurch, ob da oder dort ein Vorteil herauszuschinden sei, der wieder für eine Weile die Massen beruhigte...

Joseph sah bedrückt und verwirrt in den hohen Himmel. In vollen Zügen sog er die erfrischende Nachtluft in sich hinein. Still war es rundum. Ein hauchzarter Wind strich über die unregelmäßig dichten, hohen Grasbüschel, die da und dort aus der zertretenen Wiese emporschossen. Etliche Bäume standen rechter Hand vor einem Hauseingang. Ihre Kronen bewegten sich leicht, und die Blätter raschelten leise. Hin und wieder summte ein losgelöster Maikäfer kurz auf und fiel klatschend auf den Boden.

Ganz von ungefähr, in einem Anflug von träumerisch-weicher Stimmung, dachte der Dahingehende: Hm, das – das – die Bäume, der Himmel, das Gras – das ist immer gleich, immer unverändert friedlich und vernünftig – es wächst, vergeht wieder und macht kein Wesens, es ist eben da und fertig . . . Nur die Menschen bilden sich was anderes ein und ruinieren sich gegenseitig, hm . . .

Er trat mit einem Male fester auf, so fest, als zerträte er die aufkommenden Zweifel. Sein Gesicht verdüsterte sich, und unwillkürlich murmelte er aus sich heraus: »Dieser christkatholische Brüning! Lohnabbau überall, weniger Erwerbslosenunterstützung, Kopfsteuer . . .«

Er stand unversehens vor dem Haustor und brach ab.

Nachdem der alte Hochegger wie gewöhnlich die Wohnungstür vorsichtig von innen abgeschlossen und seinen Hut auf die Ganggarderobe gelegt hatte, streifte er mit der Hand im Dunkel die Windjacke Alberts. Dabei wurde seine Hand naß. Komisch, es hatte doch gar nicht geregnet.

Hochegger machte Licht und sah größere Blutflecke auf der Jacke. Benommen starrte er darauf.

Blut?

Blut, wo kam das her?

Er erschauerte.

Blut, das war ihm immer zuwider, ekelte ihn. Im Nu begriff er: Schlägerei, Zusammenstoß, Polizeiwidrigkeiten.

Er betrachtete die Jacke genauer. Eine zerfetzte kommunistische Maizeitung steckte in ihrer rechten Tasche. Auch sie war blutbespritzt.
Hochegger dachte im Augenblick nur an sich. ›Unannehmlichkeiten wird's geben, ins größte Schlamassel komm ich.‹ Erbost ging er auf Alberts Zimmertür zu, aber er öffnete sie sehr behutsam. Weiß der Teufel, was man zu sehen bekam! Er war froh, es war dunkel, und Albert schnarchte regelmäßig. Einige Sekunden schnupperte Hochegger in die verbrauchte Luft, besann sich und zog die Tür wieder zu. Abermals musterte er die Jacke. Etliche Knöpfe waren gewaltsam losgerissen.
›Zweifellos, der Kerl – na, ich dank schön, was das wieder gibt‹, reihte es sich im Hirn des unruhigen Alten aneinander. Auf einmal aber brach dieser Gedanke ab, und viel unbesorgter erinnerte er sich an die frechen kommunistischen Lausbuben vom Nachmittag auf dem Maifest.
›Na‹, sagte er sich, ›sicher war er da dabei, der Flegel. Die Tracht Prügel schadet ihm gar nichts. Wenn er noch dazu so gut schläft, wird's auch nicht so gefährlich sein.‹ Er knipste das Licht aus und ging zu Bett . . .
Am anderen Tag war Alberts Zimmertür verschlossen. Der Bursch war in aller Frühe weggegangen. Erst abends erwischte ihn Hochegger. Das Gesicht sah wüst aus. Eine starke, blutverkrustete Hiebschramme lief quer über Stirn und Nase, und die Wangen waren verkratzt. Auch die Hände sahen zerschunden aus.
»Was hast du getrieben?« fuhr Hochegger seinen jüngsten Sohn an. Babette stand mit weinerlichem Gesicht da und schüttelte in einem fort den Kopf. Albert verzog die Lippen hämisch.
»Was wird schon gewesen sein? Mit den Nazi . . .«, warf er hin und kam nicht weiter. Hochegger blähte sich erbleichend und bellte mit erschrockener, fast berserkerischer Wut:
»Wa-was?! Wassss?! Das auch noch! Jetzt haben wir den Salat!« Er warf wie verzweifelnd die Hände ineinander: »So?! Polizei wird

kommen, und die ganzen Verbrecher hast du mir direkt auf den Hals gehetzt! Unerhört! Niederträchtig!« Er holte Luft. Seine Augen preßten sich aus den Höhlen. »Direkt auf mich gelockt!«

»Locken brauchen wir die nimmer«, spöttelte Albert.

»Wieso? Warum?« Hochegger erschrak noch mehr. »Wieso, möcht ich wissen?!«

»Ist doch sowieso jeden Tag ein Hakenkreuz auf unsre Tür gemalt«, erinnerte ihn Albert und wollte weiterreden. »Ich bleib dabei: schlagt die Faschisten, wo ihr sie trefft...«

»Kein Wort mehr!« schrie Hochegger wild dazwischen und fuchtelte ingrimmig. »Hundsgemein ist das, hundsgemein! Mich, deinen alten Vater, jagst du direkt ins Verderben damit! Mich! Mit so einem Verbrechergesindel raufst du herum, und ich habs auszubaden. Jetzt geht's noch ärger auf mich los! Pfui, pfui Teufel!« Er schäumte fast und rannte hin und her wie angestochen, er fuhr sich in die Haare und suchte nach Worten, er blieb plötzlich stehen und kläffte wie ein Unteroffizier.

»Ich bin nicht gewillt«, donnerte er, »ich bin nicht gewillt, mich mit diesem Gesindel, mit solchen Rotzbuben herumzuraufen! Ich versteh was anderes unter Politik! Mach, daß du mir aus dem Haus kommst, marsch! Und laß dich ja nicht mehr blicken! Sofort gehst du! Marsch!«

»Fürchterlich!« stieß Babette wimmernd heraus. »Keine ruhige Viertelstund hat man mehr!«

»Naja, ich geh ja! Meinetwegen! Aber wohin? Was soll ich anfangen?« Albert behielt seine kalte Ruhe.

Besinnungslos griff Hochegger in die Tasche und riß aus seiner Börse zwei Hundertmark-Banknoten. »Da, da! Aber geh! Geh auf der Stelle! Geh sofort! Komm mir nicht mehr unter die Augen! Ich hab genug jetzt!« Seine Hände zitterten. Wie ein Loskaufen sah das aus. Angst und Schrecken fieberten auf Hocheggers Zügen. Albert mußte leicht lachen und griff ohne Scheu zu. So eine Summe hatte er schon lange nicht mehr besessen.

»Aber jetzt, jetzt geh auch wirklich! Verzieh dich! Sofort, sofort!« bestürmte Hochegger ihn.
»Meinetwegen«, gab Albert zurück und ging in sein Zimmer.
»Also so was! So was! Ich dank schön! Ich dank schön! Jeden Tag jetzt dieses Gesindel auf dem Nacken!« polterte Hochegger. Es trieb ihn auf und ab, unentwegt. Er sah sich schon überfallen, erschlagen.
Albert packte währenddessen seinen Koffer. Kurz darauf flog die Wohnungstür zu. Hochegger blieb endlich mitten im Zimmer stehen und schnaubte wie erlöst: »Gott sei Dank! Gott sei Dank!« Und wieder verfaltete sich sein Gesicht ängstlich und verdrießlich.
»Aber geschehen ist das Unglück schon . . . Wenn bloß die Polizei nicht kommt und noch nachforscht.«
»Ich glaub ja nicht«, meinte Babette etwas gefaßter. Hochegger sah mit lauernden Augen auf sie und sagte gedämpft, als fürchte er einen unsichtbaren Lauscher: »Ich tu gewiß immer meine Parteipflicht . . . Nein, nein, keiner soll mir was nachsagen können, aber jetzt ist man als Sozialdemokrat schon fast ein Selbstmordkandidat . . .« Er stockte, als besinne er sich, und setzte noch leiser hinzu: »Ich hab nie so eine sehr sichtbare Stellung gesucht, den Ehrgeiz überlaß ich gern anderen . . . Ich tu, was ich kann, aber womöglich . . .«
»Aber Joseph, das glaub ich nicht!« fiel ihm Babette schnell ins Wort. »Nein-nein, du hast ja immer alles getan, damit du nicht auffällst!« Gut und besorgt schaute sie ihn an, und das fegte das letzte hemmende Mißtrauen aus ihm.
»Ja«, sagte er, »jetzt, wo das passiert ist, wird's gut sein, daß ich noch weniger auffalle . . . Noch weniger.« Seine Blicke waren vielsagend, und sie begriff. Sie nickte nur und sagte nichts mehr . . .

4
Schritt für Schritt

Kurz vor den großen Sommerferien trat der Reichstag zusammen. Der Kanzler Heinrich Brüning war ein frommer Mann. Beten, sparen, opfern, – dies bildete den Inbegriff seiner Politik. Er lebte bedürfnislos und handelte mönchisch. Die irdischen Gewalten waren für ihn wenig maßgebend. Neben Gott, dem Allmächtigen, ließ er nur noch Hindenburg gelten. Gestützt auf das Vertrauen des Reichspräsidenten, hatte seine Regierung versucht, eine Notverordnung in Kraft zu setzen, die neben einer einschneidenden Verschlechterung der bisherigen sozialpolitischen Gesetze die sogenannte ›Negersteuer‹, eine rigorose kommunale Kopfsteuer, einführen sollte. Gemäß der Verfassung mußte jedes solche Notgesetz dem Reichstag vorgelegt werden. Dieses Mal stimmten die Sozialdemokraten mit den Kommunisten und Nationalsozialisten gegen das willkürlich erlassene Gesetz. Schon als der sonst ziemlich trocken referierende Otto Landsberg, der Redner der Sozialdemokraten, die ersten zehn Sätze gesagt hatte, horchte alles auf.
»Das ist, hm . . . Da stirbt das Kabinett dran!« flüsterte Gleiber seinem Nebenmann zu und machte ein verblüfftes Gesicht.
»Ja«, sagte der andere, »wir tolerieren nimmer.« Gleiber schwieg. Landsberg holte weit aus und motivierte juristisch ausgezeichnet. Vom staatsrechtlichen Grundsatz Montesquieus, der in der Erklärung der Menschenrechte erscheint und die Unabhängigkeit der Gesetzgebung, der Exekutive und der Rechtsprechung von einander fordert, sprach er und wies nach, daß die Regierung offen gegen Wortlaut und Sinn der Verfassung gehandelt habe.
»Hört, hört!« erscholl es da und dort. Beifall kam. Das verschlossene, karge Gesicht des Reichskanzlers wurde bleich. Als Landsberg geendet hatte, wußte jeder, daß das Kabinett nicht mehr zu retten war. Die kommunistische und die nationalsozialistische Rede bestärkten diesen Eindruck.

Das ganze Haus war rebellisch. Die Abstimmung ergab einen überwältigenden Sieg der Oppositionsparteien. Die Regierung war desavouiert. Der Kanzler löste den Reichstag auf.
»Hm, richtig, ganz richtig, was wir gemacht haben«, sagte später Gleiber im Fraktionszimmer zu einigen Parteifreunden, »aber ich glaub immer, wir haben einen schweren, einen sehr schweren Stand diesmal.«
»Die Lage war untragbar«, rief einer kurzangebunden.
»Ich mein bloß«, schloß Gleiber während des Weggehens, »die diesmaligen Verbündeten haben mir gar nicht gefallen, gar nicht.« Seine Miene war wenig zuversichtlich.
Die Abgeordneten verließen Berlin. Die Neuwahlen waren für den Herbst zu erwarten.
Eine Woche darauf besuchte Gleiber seinen Freund Hochegger, der schon mitten in den Urlaubsvorbereitungen steckte. Hemdsärmelig stand Hochegger im Wohnzimmer und packte mit Babette die Koffer. »Wir fahren diesmal ins Tirolische ... Ganz versteckt, daß uns niemand aufgabelt«, erzählte er aufgekratzt. »Man lebt auch billiger dort ... Ich brauch das Ausspannen diesmal wirklich.« Er schaute lächelnd und zärtlich auf Babette. »Und meine Frau kann's noch notwendiger brauchen ... Hab ich nicht recht, Babett?«
»Jaja, einmal raus aus dem ganzen Getrieb und gute Höhenluft ... Ich bin nicht dagegen ... Das muß ja auch wieder für ein Jahr vorhalten«, sagte sie ebenso. Die beiden bemerkten gar nicht, daß Gleiber immer noch dastand und ein unbestimmtes Gesicht machte.
»Ja«, meinte er jetzt wie aus schweren Gedanken heraus, »ich hätt's auch nötig, aber es geht nicht.«
»Warum nicht? ... Du willst diesmal gar nicht weg?« fragte Hochegger erstaunt. Er und Babette schauten auf ihn.
»Ich hätt mit dir zu reden, Joseph ... Wichtige Sachen«, meinte Gleiber. »Es handelt sich – du weißt doch, im Herbst gibt's Neuwahlen.« Kaum merklich überhuschte ein Unbehagen Hocheggers Gesicht.

»Soll ich 'nausgehn?« frage Babette. Beide Männer verneinten zwar, aber sie ging trotzdem. Hochegger und Gleiber unterhielten sich lange und eingehend. Von Wort zu Wort, von Satz zu Satz bekam Hochegger ein hilfloseres Gesicht. Gleiber entging das nicht, aber er ließ nicht locker.

»Diesmal müssen wir uns alle voll und ganz hineinknien in die Arbeit, diesmal geht's hart auf hart«, erzählte er. »Die Nazi machen jetzt schon einen Propagandaaufwand, der zu denken gibt... Diesmal darf keiner von uns zurückstehn.« Hochegger erriet, wo sein Freund hinauswollte, und suchte nach Ausflüchten. Er sei doch nicht mehr der jüngste, und politische Sachen verstehe er nicht recht; der frühere bärengesunde Mensch sei er auch nicht mehr. Und reden, richtig auf Versammlungen reden, – dazu tauge er am allerwenigsten. Jeder Zwischenruf bringe ihn draus. Es sollten doch die Jungen mehr herangelassen werden.

»Ich versteh dich ja, Joseph!« meinte Gleiber. »Die Jungen sind sowieso alle schon erfaßt, aber du hast deine Meriten, dich kennt man, und dein Name wirkt... Deinen Urlaub kannst du ja ruhig verbringen. Ist ja noch Zeit, aber nachher!... Erhol dich nur gut... Wenn's aber angeht mit dem Wahlkampf, ich kann dir nicht helfen, ein halbes Dutzend Versammlungen mußt du übernehmen... Du brauchst ja gar nicht so sehr politisch reden, bloß, was du im Wohnungsbau geleistet hast.«

»Hm, wenn ich da anfang, plärren die ganzen Unzufriedenen dazwischen, wirst es sehen«, warf Hochegger ein. »Dank hat man doch keinen, im Gegenteil, Undank, nichts wie Undank!«

»Sei beruhigt, sei ganz beruhigt! Gegen jede Störung sind wir geschützt. Reichsbanner-Saalwachen sind genug da... Wie gesagt, auf das kannst du dich nicht hinausreden.« Gleiber musterte seinen Freund einnehmend.

»Hinausreden will ich mich gar nicht«, verteidigte sich Hochegger lahm. »Du wirst wissen, Heinrich, daß ich meinen Mann noch immer gestanden hab. Aber man muß mich da einsetzen, wo ich be-

wandert bin . . . Politische Reden halten, das liegt mir nicht. Da versag ich absolut . . .«
Gleiber unterbrach ihn: »Ich hab dich hundertmal gehört bei der Genossenschaft, in der Gewerkschaft und in Sektionssitzungen . . . Du mußt! Da hilft nichts! Also, wie ist's, ich setz dich auf alle Fälle in die Rednerliste ein?« »Naja, naja, drücken will ich mich nicht . . . Was soll ich denn machen, wenn's die Partei will?« Hochegger ergab sich. »Man macht, was man kann. Ich probier's eben. Es soll nicht heißen, wir Alten sind pflichtvergessen . . .«
»Ich hab's gewußt«, lobte ihn Gleiber, »du stehst da, wenn Not am Mann ist, Joseph.«
Sie erhoben sich. Babette spitzte durch die Tür.
»Hätt'st ruhig dableiben können, Babettl«, rief ihr Mann. »Für die Wahlzeit hat er mich vorgemerkt, der Heinrich.« »Soso, naja, überall brauchen sie dich eben«, erwiderte Babette. Die Eheleute drückten Gleiber die Hand.
Als die beiden allein waren, sah Babette ihrem Mann unruhig fragend in die Augen. Er verstand sie.
»Mein Gott, ich hab nicht recht drumrum kommen können«, sagte er und furchte seine Stirn. »Rein gefangen ist man . . . Was will ich machen.« Ratlos sah er drein.
»Politisch warst du doch nie«, meinte sie, schlug aber sogleich einen anderen Ton an und tröstete ihn. »Na, bis dahin hat's ja noch Zeit . . . Vorläufig lassen wir uns unsern Urlaub nicht verderben davon.« Es klang fast mütterlich zärtlich.
Zwei Tage darauf, an einem strahlenden Tag, fuhren die Hocheggers ins Tiroler Gebirge und blieben fast fünf Wochen aus.
Immer und immer hatten sie die Rückkehr um einen Tag verschoben. Als sie endlich im Zug saßen, machten sie süß-saure Mienen, wenig redeten sie, und je näher sie der Stadt kamen, um so schweigsamer wurden sie. Alle zwei waren sie braungebrannt. Blühend und verjüngt sah Babette aus. Von Zeit zu Zeit betrachtete Hochegger sie geschwind. Von unten herauf, von ihren Knien über den etwas

breitgeratenen Schoß liefen seine Blicke und blieben kurz verweilend stehen auf ihren prallen Brüsten, deren Warzen sich fast sichtbar auf dem dünnen Seidenkleid abzeichneten. Mit einer verhaltenen Inbrunst verschluckten seine Augen jedes Fältchen und umspielten ihr glattes, volles Gesicht. Wenn sie es merkte, wurden seine Züge wieder bekümmert, und blicklos starrte er eine kurze Weile. Die sommerliche Stadt bot nichts Ungewohntes. Aber von den Litfaßsäulen herab schrien grelle, großletterige Wahlplakate. Hochegger sah hin und gleich wieder weg. »Es ist ein Elend«, murmelte er einmal im Auto.
»Ja, man sollt drinnen bleiben können im Gebirg ... Ganz für sich, und nichts von der verrückten Welt wissen«, meinte Babette schwer.
»Überhaupt nichts wissen, ja, das wär das Gescheiteste«, stimmte Hochegger zu ... Die Augustmitte war schon vorüber, und mit ganzer Gewalt entbrannte der Wahlkampf. In der Frühe ging der Mensch friedlich an seine Arbeit oder zur Stempelstelle, abends verwandelte er sich in einen besinnungslosen Draufgänger. Nur *ein* Gedanke beseelte ihn, wenn er mit den Massen seinesgleichen die großen Säle füllte: die Niederringung des politischen Gegners. Kopf an Kopf stand man im heißen, dumpfriechenden, rauchgeschwängerten Raum, die Reden hämmerten und peitschten selbst den Teilnahmslosesten in tobende Leidenschaft. Der geringste Zwischenfall löste Tumulte aus. Wilde Saalschlachten, blutige Raufereien zwischen nächtlichen Klebekolonnen, Überfälle auf einzelne Parteifunktionäre waren alltäglich. Ganze Litfaßsäulen wurden in Brand gesteckt. Die Polizei kam kaum mehr zur Ruhe. Die Gerichte hatten vollauf zu tun mit Beleidigungsklagen und einstweiligen Verfügungen.
Die Propaganda der Nationalsozialisten überbot alles bisher Dagewesene. Nicht ein Plakat, nicht zwei und drei – zehn neue Plakate klebten an jedem Morgen an den Wänden und Säulen und erdrückten die der anderen Parteien. Ihre Texte waren von wahrhaft dämo-

nischer Erfindungsgabe. Einfallslos und unwirksam nahmen sich dagegen die der regierungsfreundlichen Parteien aus, die meistens nur den Reichskanzler Brüning als einzigen Retter aus aller Not verkündeten. Die der Sozialdemokraten hin wiederum hatten merkwürdig hergebrachte Inhalte, die kunstgewerblich oder auch altertümelnd volksmäßigen Bilderbogen verrieten einen säuerlich gewordenen Humor. Auffallend selten sah man Plakate der Kommunisten. ›Brüning – das ist weitere Volksausplünderung! Das ist verschärfte Faschisierung und weiterer Lohnabbau!‹ hieß es da, und die ›verräterische Tolerierungspolitik der Sozialfaschisten vom Schlage des kleinen Metallarbeiters Severing‹ wurde gegeißelt.

Eines Tages las Hochegger seinen fettgedruckten Namen auf einem Plakat, darunter stand ›Organisator der ‚Gemeinnützigen Wohnbauhausgenossenschaft' und städtischer Referent der Wohnungsfürsorge‹. Das Thema hieß: ›Was haben wir Sozialdemokraten geleistet?‹ Mit Pathos wurden die Verdienste Hocheggers im weiteren Text gerühmt und jeder ›vorurteilslose Wähler‹ zum Besuch dieser Massenversammlung aufgefordert.

Hochegger gab es einen Stich. Noch vor einigen Tagen war er bei Gleiber gewesen und hatte ihn beredet. Vergeblich. Sein Sohn Joseph war in einer großen Saalschlacht durch einen Kopfhieb verwundet worden und referierte dennoch jeden Abend mit verbundenem Kopf vor den Massen. Überall wurde er umjubelt.

»Und da willst du zurückstehen, Joseph?« sagte Gleiber zu Hochegger und wurde immer dringlicher. »Wo du doch überhaupt schon gar kein politisches Thema hast, und wo wir den Saalschutz verdoppelt haben!« Hochegger schlug zerknirscht und beschämt die Augen nieder.

»Schau mich an! Meine Nieren geben keine Ruh, aber ich find keine Zeit zum Arzt! . . . Jeden Abend red ich!« sagte Gleiber von neuem. Was blieb übrig? Hochegger mußte. Er las seinen Namen. Er kam heim. Sein Kopf war leer. Zitternd und mit kaltem Schweiß in den

Achselhöhlen hockte er sich an seinen Schreibtisch und notierte Sätze. Es wollte und wollte ihm nichts einfallen. Er stöhnte und ächzte. Keinen Appetit hatte er.
»Leg dich doch einfach nieder . . . Du bist doch krank«, riet ihm Babette.
»Ich kann nicht . . . Das geht nicht«, antwortete er tonlos.
»Allein laß ich dich nicht gehn . . . Ich komm mit«, meinte Babette bekümmert. Er wollte sich wehren, aber sie gingen miteinander.
Der Saal war zum Brechen voll. Die Reichsbannerkapelle schmetterte, daß die Wände zu bersten drohten. Als Hochegger das Rednerpult betrat, wurde er mit tausendfachen ›Freiheit‹-Rufen empfangen. Babette saß ganz vorne, direkt unter der Tribüne, und sah unentwegt zu ihrem Mann empor. Nach kurzen Einführungsworten des Versammlungsleiters begann Hochegger. Bei den ersten Worten stockte er. Er schluckte mit trockener Kehle. Er rang mit den verwirrend auf ihn einströmenden Gedanken, das Herz blieb ihm stehen, dann wieder jagte das Blut heiß gegen seine Schläfen. Er sah verzweifelt über das Kopfmeer, hielt sich mit beiden Händen fester an den Kanten des Rednerpultes und begann von neuem. Wie gut, dachte er blitzschnell, daß es die Anrede ›Genossen und Genossinnen‹ gibt. Das war gleichsam immer ein Anlauf, ein Wort, ein Satz hängte sich daran, und schließlich ging es doch. Als der erste Beifall losbrach, als keine Störung kam, wurde ihm ein wenig leichter. Er redete jetzt und redete, nur um nicht mehr in Verlegenheit zu kommen, und allem Anschein nach war es gut. Die Menschen klatschten und ermunterten ihn.
Er erwischte endlich mit einem verwirrten Blick Babette und sah, sie hatte hochrote Backen und ein bewunderndes Gesicht. Sie lächelte.
Ihm wurde noch freier. Nun sprach er ungehemmt. Er erzählte einfach über seine Tätigkeit und legte gewissermaßen Rechenschaft ab. »Wenn die Partei«, schob er öfters ein und meinte damit immer nur sich. Und – seltsam – er bekam sogar auf einmal ein mitreißen-

des Temperament, als er, verdrossen und beleidigt fast, in ein moralisierendes Räsonieren verfiel.

»Ich verwahre mich ganz entschieden dagegen, daß ich mich irgendwie bereichert habe bei meiner Tätigkeit! Mein Grundsatz war immer der Grundsatz der Partei: ›Einer für Alle! Alle für einen!‹ Ich hab mir noch kein Auto und keine Villa kaufen können, und das Geld, das andere auf den Banken haben, möcht ich nicht einmal haben!« Er hatte eine glückliche Wendung gefunden. Es rauschte um ihn, es tobte, er wurde emporgetragen von einem brüllenden Wortgemeng.

»Wer so wie wir alten pflichttreuen Parteimänner denkt, der weiß, die Sozialdemokratie ist für wirkliche Volkswohlfahrt, für die Verfassung, für Recht und Gerechtigkeit und für einen wirklichen Frieden unter den Völkern! Und der, der das weiß, der wählt als seine Partei die Sozialdemokratie! Freiheit!« schloß er und hob den kurzen Arm mit der geballten Faust, und tausend solcher Arme streckten sich ihm begeistert entgegen.

Die Kapelle begann wieder zu schmettern. Hocheggers Kragen war aufgeweicht. Er wischte sich verschnaufend den Schweiß aus dem Gesicht. Alles an ihm klebte. Endlich, nach einigen freundlichen Abschiedsworten, stieg er vom Podium herab, zwängte sich auf seine Frau zu und verschwand aus dem übervollen Saal.

»Gott sei Dank, Gott sei Dank, das ist wieder rum«, flüsterte er halblaut auf der dunklen Straße.

Unbemerkt stiegen sie in ein Auto und fuhren nach Hause. Erst im Wohnzimmer atmete er leichter, und weil Babette ihn unablässig lobte, freute er sich sogar ein wenig. Er kam sich gehoben vor. Nur wenn er an die nächsten Versammlungen dachte, beschlich ihn ein Unbehagen.

Sechsmal sprach er so. Sechsmal geschah ihm nicht das geringste. Wie erlöst sagte er am Wahlsonntag in der Frühe: »*Der* bittre Kelch ist ausgetrunken ... Hoffentlich kommt so was nicht so bald wieder.« Als seine Tochter Lotte, fesch und ausflugsmäßig zurechtgemacht, zur Tür hereinkam, fragte er sie barsch: »Hast du denn schon gewählt?«

»*Ich?* Was geht *mich* denn das an? Ich wähl überhaupt nicht«, warf sie respektlos hin, und schon wandte sie sich zum Gehen.

»Du wählst!« schnaubte er und wollte sie aufhalten.

»Awo!« gab sie nur noch flink zurück und war schon draußen. Hochegger knirschte, Babette schüttelte den Kopf. Keine Autorität kannte diese leichtfertige Jugend mehr. »Jede Zucht geht ihr ab... fürchterlich!« schimpfte Hochegger. »Rein schämen muß man sich als Vater.« Er knöpfte seine Weste zu und schlüpfte in den Sakko. Es war ein warmer, sonnenleuchtender Septembertag. Die Eheleute begaben sich zum Wahllokal. Der Andrang war diesmal stark, aber alles verlief reibungslos. Verdoppelte Schutzmannsposten patrouillierten vor den Wahllokalen, blieben ab und zu stehen und lasen gleichgültig die Plakate.

Die Stadt leerte sich um die Mittagsstunde. Jeder wollte den schönen Tag ausnützen. Auch die Hocheggers fuhren ins Freie und machten einen langen Spaziergang. Erst als es dämmerte, kamen sie zurück. Hochegger ging nicht ins Standquartier der Partei. Er setzte sich mit seiner Frau an den Lautsprecher im Wohnzimmer. Gemütlich tranken sie Rotwein und knabberten Kekse dazu.

Die ersten Resultate des Rundfunks boten kein klares Bild, nach und nach aber kamen wahre Hiobsbotschaften. Von zirka achthundertsiebenundsiebzigtausend Stimmen waren die Nationalsozialisten bis zu sechs und einer halben Million hinaufgestiegen, und über eine Million mehr als das letztemal hatten kommunistisch gewählt. Die Sozialdemokratie büßte fast drei Viertel Millionen ihrer Wähler ein.

»Da-das ist doch ganz unmöglich!« brach Hochegger plötzlich ratlos aus sich heraus. »Da-das gibt's doch nicht! Woher kommt denn das?«

Weit aufgerissen starrten seine kleinen Augen. Ein Schauer überlief ihn.

Die Wohnungstür wurde sacht aufgeschlossen und schien diesmal länger als sonst offenzustehen. Babette hob ihr Gesicht. Die Tür schloß sich, und die von Lottes Zimmer quietschte kaum hörbar. Babette glaubte, jemand flüstern zu hören. Sie lugte mit vielsagendem Blick auf ihren Mann und wollte etwas sagen. Hochegger aber verwehrte es ihr und überhörte alles.
Immer und immer wieder sagte er: »Da-das kann doch gar nicht sein, kann nicht...«
Die Gonguhr im Zimmer schlug brummend zweimal. Babette schien beständig abwesend zu lauschen. Eine sonderbar prickelnde Neugier schien sie zu bannen, und ihre Phantasie arbeitete. Lotte war heimgekommen. Nicht allein, todsicher. »So eine Frechheit«, brummte sie und erging sich in halb neidischen, halb wohltuenden Vermutungen. Manchmal musterte sie ihren Mann. Der saß da, alt und vergrämt und entsetzt.
»Unmöglich – nein das...«, stotterte er erneut. Mittenhinein bellte der Lautsprecher. Hochegger hielt den Atem an. Schweißperlen traten ihm auf die Stirn.
»Demnach ergeben sich nach dem amtlichen Resultat folgende Mandate«, kam die trockene Meldung: »Sozialdemokraten 143 – bei der letzten Wahl 153...« Die Veränderungen bei den Deutschnationalen, beim Zentrum, ja sogar, daß die Kommunisten von 54 auf 76 Mandate vorgedrungen waren, interessierten den Erschrockenen nicht. »Nationalsozialistische Deutsche Arbeiterpartei 107 – bei der letzten Wahl 12 Mandate«, erklang es metallisch im Raum. Hochegger wurde auf einmal kalkweiß, und sein hängender Mund brach auf. Hilflos schaute er auf Babette.
»Da-das ist der Untergang! Da ist's aus mit Brüning! Da-das bringt uns alle um«, plapperte er, verstummte jäh und glotzte verstört ins Leere. Es war, als habe ihm jemand mit einem Hammer auf den Kopf geschlagen. Er sackte in sich zusammen.
»Au-aus«, hauchte er tonlos. Babette ging an den Lautsprecher und stellte ihn ab. Einige Sekunden saßen beide wortlos da.

Im Zimmer schwamm eine längliche Rauchwolke. Es roch nach ausgegangenen Zigarren.
Irgendwo drunten in der fernen Stadt schoß es drei, viermal. Hochegger zuckte kurz zusammen. Es war drückend warm geworden im Raum. Babette wollte ein Fenster öffnen.
»Laß zu! Laß zu!« murmelte Hochegger lahm. »Vergraben möcht man sich.«
Undeutlich drang vom tiefen Straßenschacht herauf das Klappern schwerer Stiefelschritte, kam näher und näher. Klopfenden Herzens lauschte Hochegger. Er rührte sich nicht, nur seine Augen hingen an Babettes Gesicht. Auch die war todernst geworden. Schritte zogen vorüber. Stimmen hallten auf, und jetzt begann es zu singen:

»Die Fahne hoch! Die Reihen fest geschlossen!
SA marschiert in ruhig festem Schritt ...«

Voll dröhnte es, plötzlich aber zerhedderten sich die Laute, die Stiefelschritte wurden eilsam, und vereinzelt riefen Männer ein geschwindes ›Heil Hitler!‹ Die Polizei war offenbar eingeschritten.
Im Gang draußen wurde ein Geräusch vernehmbar. Wieder schloß sich die Wohnungstür.
»Das ist – da muß wer sein! Lotte hat Besuch«, hastete Babette heraus und blickte gespannt auf Hochegger. Der saß wie gelähmt da und reagierte nicht.
»Da-das auch noch«, murmelte er abwesend, und abermals sagte er, wie aus einer zermalmenden Gedankenreihe heraus: »Das ist der Untergang! Jetzt ist's aus ...«
Sein dumpfer Kopf schüttelte sich von selbst. Er sah nicht, daß Babette ein fast verächtlich böses Gesicht bekam ...
Am anderen Tag trieb es Hochegger voller Unruhe ins Parteihaus. Seltsam, da war man gar nicht sonderlich beunruhigt. Er verlangte nach Gleiber. Der riesige Mann saß im breiten Sessel vor seinem Schreibtisch und sagte unverändert ruhig: »Die Partei hat sich gehalten ... die paar Mandate tun uns nicht weh ... Mehr kann man

bei so einer Zeit nicht verlangen . . . Wenn Brüning jetzt vernünftig ist, kann er weiter auf uns rechnen . . .«
Hochegger verschlug es die Stimme. Sekundenlang schaute er bloß unbestimmt drein. Endlich sagte er gefaßter: »Naja, Heinrich, wenn du die Situation so siehst . . .«
»Das ist der letzte Aufschwung der Nazi . . . Lang halten sich die nicht . . . Denk bloß an den ungesunden Zuwachs der Unabhängigen damals bei der Revolution!« versicherte Gleiber. »Solche Konjunkturparteien haben immer nur ein kurzes Leben.« Er sagte es wie ein selbstbewußter Kaufmann, der auf die Unerschütterlichkeit seiner alteingesessenen Firma schwört. Hochegger stand auf und drückte ihm die Hand. Mit sichtlichem Zweifel sah er seinem alten Freund ruhig in das undurchdringliche Gesicht.
»Nur ruhig Blut, Joseph«, versuchte ihn Gleiber noch einmal aufzumuntern und geleitete ihn zur Tür. »Was soll da ich sagen? Du steckst doch gar nicht drin in dem Wirbel. Dir will doch kein Mensch was . . . Nie kann dir was passieren.« Kleingläubig nickte Hochegger. Unerleichtert verließ er das Parteihaus. Verwirrt und planlos ging er durch die Straßen. Das Leben lief wie immer an ihm vorüber. Die Straßenbahnen fuhren, die Menschen hasteten beschäftigt dahin, die Autos hupten, die Schutzleute ordneten den Verkehr, und in die Warenhäuser strömten die Leute. Er sah alles und sah es nicht. Es brach in seine verstörten Blicke, es zerrann zu einem Eindruck und verschwamm als undeutliches Gemeng.
Bedrückt dachte er immer nur nach einer Richtung. »Hm, ich steck nicht drin? Mir will kein Mensch was?« wiederholte er fortgesetzt im stillen und wurde fast ärgerlich über Gleiber. »Hat man dich nicht extra rausgestellt bei der Wahl? Hab ich mich nicht zu allem Unglück noch bemerkbar machen müssen durch die Versammlungen?« Er hatte das dumpfe Gefühl, als kröchen tausendfache unsichtbare Gefahren heran, als schlösse sich ein Ring um ihn, um sein Leben, und würde von Ruck zu Ruck immer enger.
Ungefähr eine Woche darauf, an einem trüben Herbstabend, fuhr

er mit der Trambahn in die innere Stadt hinein und sah Albert mit einem gleichaltrigen Menschen im Wagen sitzen. Er wollte wegschauen, aber sein Jüngster sah ihn ohne Scheu an und lächelte fast schadenfroh. Grüßend nickte er. Hochegger entdeckte auf einmal in seinem Knopfloch das Abzeichen der Nationalsozialisten und stutzte. Er maß mit unsicherer Geschwindigkeit Alberts Begleiter. Dunkel erinnerte er sich an dieses verwichtigte Gesicht. Irgendwo mußte er es schon gesehen haben. Er dachte fliegend nach, aber es fiel ihm nicht ein. Auch dieser Bursch in strammer Haltung trug das Abzeichen. Hie und da sprach er mit Albert etliche Worte. Hochegger spürte, sie unterhielten sich über ihn. Sie schielten manchmal schnell und hämisch auf ihn.

Unbemerkt stieg Hochegger an der nächsten Haltestelle aus und ging rasch weiter. Am liebsten wäre er gelaufen. Plötzlich hörte er ebenso schnelle Schritte hinter sich. Unheimlich wurde ihm zu Mute. Er wollte laufen, aber seine Füße waren bleiern schwer. Da faßte ihn Albert respektlos dreist an der Schulter. Zuckend drehte er sich um. Die beiden Männer mußten lächeln. Zerfahren starrte er auf sie. »Wa–as ist's?« brachte er gerade noch heraus.

»Nichts, gar nichts!« erwiderte Albert keck und deutete auf sein Abzeichen. »Na, bist du jetzt im Bild mit mir, ja? Kannst zufrieden sein, mir geht's ausgezeichnet... Ich wollt dir eigentlich bloß meinen Freund vorstellen – bitte, Scharführer Mantler – mein Vater.«

Der junge Herr nahm unwillkürlich eine stramme Haltung an. Hochegger wurde nur noch verdatterter.

»A–albert? Albert?« hauchte er erschüttert heraus. Flehend war sein Blick.

»Na, was denn? Was denn schon?« fiel Albert ein. »Ich weiß genau, was ich tu... Diese idiotischen Kommunisten sind nichts als Maulaufreißer... Ein junger Mensch will für was kämpfen! Das kann ich jetzt.« Zweideutig verzog er seine Mundwinkel. »Kamerad Mantler ist auch sehr speziell mit Lotte... Und dich kennt er auch, das heißt...« – »Wir sind neulich mal mit'm Speisewagen von Ber-

lin runtergefahren, Herr Hochegger«, ergänzte sein Begleiter. »Werden sich nicht mehr erinnern . . . Herr Gleiber saß bei Ihnen am Tisch . . . Übrigens wohnen wir ja in der gleichen Straße . . . Ich seh Sie oft.« Leicht angeschärft klang das. Der Blick dieses Herrn hatte etwas von einem Kriminalbeamten. Hochegger erinnerte sich: Ja, ich hab ihn sicher schon oft gesehen . . . Hm, überall lauern sie . . . Und in meiner Näh wohnt er auch noch!
»Tja, sei froh, um mich brauchst du dich nicht mehr kümmern . . . Wir wollten dir eigentlich bloß Grüß Gott sagen oder – Heil Hitler! Auf Wiedersehn!« schnitten Alberts Worte mittendurch. Gezackt machten die zwei kehrt und verschwanden kichernd um die nächste Ecke. Hochegger blieb wie angewurzelt stehen. Seine Knie waren weich. Er drückte die Augen zu und riß sie wieder auf, als wolle er sich vergewissern, daß er nicht träumte. Er schüttelte seinen schweren Kopf.
»U–untergang! Schritt für Schritt Untergang«, stammelte er mechanisch und trottete vernichtet weiter. »Mantler – Lotte – Ali – ein Kreis!« Er bekam kaum noch Luft . . .

5
Ziellose Ordnung

Nein, es war kein Untergang. Hochegger irrte. Ein alternder Mensch, dem die persönliche Existenz immer mehr zur Bangigkeit seiner Tage wird, treibt ungewollt aus dem Zusammenhang, seitab in eine beständig umdrohte, schmerzliche Vereinsamung.
Der Scharführer Mantler zum Beispiel, den er mißtrauisch im Auge behielt, sah das alles ganz anders an. Er stolzierte jetzt herausfordernd selbstbewußt herum und hatte stets ein heiteres Gesicht. Mit jedem freundete er sich an. Bald war er sehr speziell mit dem Metzger von gegenüber und redete oft lange mit ihm. Beim Schwinglinger kaufte er ein. Im Friseurladen saß er hin und wieder mit Hochegger und hatte immer so ein verstecktes Grinsen im Gesicht. Und die Leute wußten schon, daß Lotte öfter in das Haus ging, in welchem er wohnte. Dieser Mensch kroch heran, ganz unauffällig und lächelnd, aber umso zielbewußter. Kroch heran wie schleichendes Unheil...
Es war etwas ganz anderes als Untergang. Das Volk selber, die wirrgewordenen Wählermassen hatten durch diese Septemberwahl den deutschen Politikern ihre eigene Ziellosigkeit erschreckend sichtbar demonstriert.
Unwahrscheinliches hatte dieses Volk geleistet und erduldet: Halb verblutet im Krieg, war es nach dem Zusammenbruch aus den zerschossenen Schützengräben und großstädtischen Elendsquartieren hervorgekrochen zur Revolution. Wochen- und monatelang hatte es um einen sozialistischen Staat gerungen und war, auf Friedrich Eberts Befehl, durch den damaligen sozialdemokratischen Wehrminister Gustav Noske blutig in die ›Ruhe und Ordnung‹ zurückgejagt worden. Ebert wurde Reichspräsident, nach der Nationalversammlung gab es wieder einen Reichstag wie ehedem. Wählen durften die Massen, doch wieviel sie auch sozialdemokratische Stimmen abgeben mochten, es wurde immer nur *gegen* sie

beschlossen. Kein Großgrundbesitzer, kein Industrieller, nicht einmal die alten Generale waren verschwunden.
Diese Herren machten schließlich den Kapp-Putsch gegen Ebert, Regierung und Staat.
Und was taten die Massen? Wieder erhoben sie sich wie ein Mann zum Generalstreik, vertrieben mit der Waffe in der Hand die Feinde der Republik, retteten denselben Ebert und die gleiche Regierung! Weiter fochten sie für die Säuberung aller Ämter von reaktionären Elementen, für Ausbau sozialer Gesetze. Und erneut schickte die gerettete Regierung Reichswehr und mordbrennende Freischaren gegen sie. In Sachsen, Mitteldeutschland und im Ruhrgebiet starben ungezählte Proletarier für ihre Treue zur Republik. Blutopfer mußten diese Massen jedesmal bringen, wenn sie ihre geringen, zugestandenen Rechte forderten. Zerstampft wurden ihre verzweifelten Aufstände, überlistet und zusammengeschossen ihre Streiks. Eine noch entsetzlichere Not, noch grausigeren Hunger brachte die Inflation über sie, während die Trustherren emsig Dividende und Profite einheimsten. Nie, niemals spürten diese unglücklichen, ewig verratenen Massen etwas von ihrem Staat. Der gläubige Republikaner, der hoffnungslos-selige Demokrat, der biedere Sozialist – sie standen von Jahr zu Jahr verdrießlicher, mißtrauischer und fassungsloser vor diesem unbegreiflich zweideutigen Regime.
Nun schrieb man Herbst 1930. Über drei Millionen angemeldete Arbeitslose gab es. Tausende nicht gemeldete, sogenannte ›Ausgesteuerte‹ verbrachten ein trostloses Bettlerdasein, und der Winter stand vor der Tür. Für diese Menschen, für die von Mal zu Mal schlechter entlohnten Arbeiter und für den verarmten Mittelstand war die Krise unerträglich geworden. *Diese* Massen hatten verbittert nationalsozialistisch oder kommunistisch gewählt und warteten auf einen gewaltsamen Losbruch einer dieser Parteien. Einfach auf den dunklen Losbruch!
Aber es geschah nichts dergleichen.
›Die Faschisierung schreitet dank der sozialdemokratischen Ver-

räterpolitik mit Riesenschritten fort‹, schrieb die kommunistische Presse, rief das Proletariat zu erhöhter Wachsamkeit auf und triumphierte über das siegreiche Vordringen der Partei Lenins. ›Aber wir befinden uns noch keineswegs in einer akuten revolutionären Situation‹, stellten die Leitartikler fest.
Wegen geheimer nationalsozialistischer Propaganda und Zellenbildung im Heere waren in Ulm an der Donau etliche junge Reichswehroffiziere verhaftet worden. Der Prozeß ›gegen Scheringer und Genossen‹ fand vor dem Reichsgericht in Leipzig statt. Adolf Hitler wurde als Zeuge vernommen und beschwor, daß seine Partei einzig und allein mit völlig legalen Mitteln zur Macht strebe.
Die Massen harrten.
Die Jugend, die keine Zukunft mehr sah, harrte.
Halb Deutschland harrte vergeblich!
Und nun erst eigentlich begann Brüning ungehemmt zu regieren, denn die Sozialdemokraten tolerierten seine Politik. Mit ihrer Zustimmung schaltete er den Reichstag aus und erließ auf Grund des Artikels 48 der Reichsverfassung seine Notverordnungen. Ein nochmaliger Abbau der Arbeitslosenunterstützungen wurde dekretiert, und die Renten für die Kriegsopfer, für die Alten, die Witwen und Waisen wurden brutal gekürzt. Die ehemals abgelehnten Kopfsteuern, dazu eine Krisensteuer und eine Ledigenabgabe, traten in Kraft, und die ostpreußischen Großgrundbesitzer verlangten Zollerhöhungen. Sie wurden unbedenklich genehmigt. Dadurch stiegen die Lebensmittelpreise aufs neue. Merkwürdig, woher nahmen bloß diese paar tausend unersättlich habgierigen Junker ihre rätselhafte Macht? Darüber schien sich kein Mensch den Kopf zu zerbrechen. Vor Jahrhunderten waren die Urväter dieser Herren noch Raubritter und blutrünstige Freibeuter gewesen. All ihr Besitz – die riesigen Ländereien, die Waldungen und die Menschen darauf – all das stammte aus plumpem Raub. Ihren Adel hatten die Alten sich selbst zuerkannt und auf die Nachfahren vererbt. Jeder dieser wenigen war ein kleiner tückischer König in seinem Bereich,

herrschte unbeschränkt und übte lange Zeit hindurch Gericht über seine Untertanen. Vaterland und Patriotismus waren jedem von ihnen fremd. Bäuerlich verstockt dachte jeder immer nur an die Mehrung seiner Habe und Macht, und niemals wagte es ein preußischer Herrscher, sich's mit dieser Sippe zu verderben. Friedrich der Große machte die meisten von ihnen zu Heerführern. Es wurden simple Haudegen und widerwärtige Soldatenschinder aus ihnen. Der so viel gerühmte König liebte jene besonders, die ihre Rekruten am erbärmlichsten züchtigten. Er teilte ihnen Garnisonen zu, bestätigte erneut ihre Adelsbriefe und förderte ihren Landhunger auf jede Weise. Bismarck und Wilhelm II. waren ergebene Freunde der Junker, und die Revolution berührte diese Kaste nicht. Die Republik tastete ihre ›Rechte‹ nicht an. Alles blieb, wie es war. Sie hockten, genau wie ehedem ihre Väter, prassend auf ihren überschuldeten Gütern und ließen sich vom Kanzler ›sanieren‹. Durch die ›Osthilfe‹ zahlte Brüning mit Millionen von Steuergeldern ihre Schulden. Mehr forderten sie! *Ihre* Kartoffeln, *ihr* Getreide und *ihr* Vieh durften nur noch gekauft werden!
»Und det was man so Preisjestaltung nennt, det machen wia, verstan'n!« kommandierte der besessenste Wilhelminer unter ihnen, der Freiherr von Oldenburg-Januschau.
Die Regierung gehorchte.
Ungezählte griffen in Deutschland zum Gasschlauch, um dem langsamen Verhungern ein Ende zu machen. Ja, manchmal lief so ein Häuflein Verzweifelter auf die Straße. Rücksichtslos zersprengte die Polizei die Demonstranten. Wochenlang oft war die kommunistische Presse verboten. Eine verdrossene Lethargie breitete sich allenthalben unter den Massen aus, entmachtet zerfielen sie wieder in verängstigte Einzelne. Jeder war wieder sich selber der Nächste, und der kleine, erlistete Vorteil wurde zur Lebensart der Hoffnungslosen. Der fromme Kanzler verfaßte jede Woche eine neue Notverordnung, Hindenburg unterzeichnete sie, und das Parlament konnte sich ab und zu darüber aussprechen. Mehr aber nicht.

Verhindern ließ sich ein solches Gesetz nicht. Das Parlament war nur noch Staffage.
Ein Einzelner war durch all die letzten Erlebnisse auch der alte Joseph Hochegger geworden. Wo war denn noch Schutz für ihn, für seine Familie und Existenz? Rundherum wuchsen nur neue Gefahren auf. Und der Ärger wurde chronisch. Babette benzte ewig in ihn hinein. Die Leute redeten sie öfter an wegen der Stieftochter.
»Ein reines Lotterleben führt sie, weiter nichts!« quängelte sie. »Man schämt sich halbtot . . . Bierfeste gibt dieser Herr Mantler, und da ist sie dabei . . . Ein Straßenmensch benimmt sich besser! . . . Und da schaust du zu! Du, ihr Vater!«
»Wo ist denn der Albert? . . . Ist der nie dabei?« fragte Hochegger bedrückt.
»Der? . . . Nein, er soll wo auswärts sein . . . Schulung heißen sie das! Weiß Gott, was der treibt! Aber der ist wenigstens nicht da, den haben wir nicht zu erhalten.« Babette ließ nicht locker. »Das Saumensch bringt uns um den ganzen Ruf, pfui Teufel!« Da aber Hochegger zu nichts zu bewegen war, stellte sie Lotte zur Rede. Ein ordinärer, bellender Streit wurde daraus.
»Was? Du? . . . Dich gehn meine Sachen einen Dreck an!« schrie Lotte. »Was bist denn du schon gewesen, hä! Bloß weil der Vater so dumm war, bist du was . . . Und jetzt auf einmal willst du regieren da! . . . Ich hab mehr Recht wie du! . . . Bei mir bringst du's nicht fertig, daß ich geh wie der Albert! . . . Den hast bloß du hinausgeekelt! Der Vater hätt das nie getan!«
Babette fing an zu schreien und weinte. Die beiden wollten auf einander los, als Hochegger zur Tür hereinkam. Er drückte Lotte ins Zimmer. Babette heulte zerstoßen. Er stand ratlos da. Heftig beschuldigte sie die Stieftochter. Nichts unternahm er gegen die unverschämte Person, im Gegenteil, zu versöhnen suchte er sie.
Hochegger hatte Angst vor Lotte. Hin und wieder hörte er aus ihren Andeutungen dunkle Drohungen heraus, und dann fiel ihm Mantler ein.

»Naja, naja, man muß sich aber doch vertragen«, sagte er fast entschuldigend zu seiner unnachgiebigen Tochter. »Streiten verbittert doch bloß das Leben ... Und was ist das schon, das bißl Leben! Denk doch nach! Auf einmal bist du auch alt und denkst genau so wie ich ...« Er hielt kurz inne und warf einen Blick nach der Zimmertür. Er hörte, wie Babette in der Küche heulte, und sagte noch nachgiebiger zu Lotte: »Schau, ich bin doch auch bloß ein Mensch! ... Ihr Kinder hättet euch ja nie um mich gekümmert ... Was wollt ich denn machen?«
Lotte schaute vom Tisch her auf ihn und fand seine Augen. Ihre Unterlippe schob sich verächtlich vor.
»Armer Mensch«, sagte sie. Er ging aus dem Zimmer wie ein geschlagener Pudel.
Nachts, wenn er so dalag in seinem Bett und ins schwarze Dunkel schaute, fing es auf seiner Haut langsam zu kribbeln an, als kröchen lauter unsichtbare Käfer über ihn weg. Und der Kopf wurde ihm heiß. Jedes Haar spürte er einzeln.
Er wollte denken und konnte nicht.
Ruhig atmete Babette neben ihm. Ein jäher, wilder Drang stieg in ihm auf. Er wollte sie aufwecken, sich an sie klammern und all das Bedrückende in sie, in ihren Leib hineinreden.
Seine Brust wurde eng. Kaum noch Luft bekam er. Grausige Dinge fielen ihm ein und flohen durch ihn. Im Leipziger Prozeß hatte Hitler gesagt: ›Köpfe werden rollen!‹ Erst kürzlich rief ein Nationalsozialist in die aufgepeitschte Versammlung: ›Die Abrechnung kommt, darauf können sich die Herren Bonzen verlassen. Jeder einzelne von ihnen ist genau notiert! Keiner kommt uns aus!‹ Er erschauerte. ›Hochegger Joseph, sozialdemokratischer Wohnungsbonze‹, sah er ganz deutlich auf irgendeiner Femeliste stehen, und die genaue Adresse stand daneben. Mochte er sich auch noch so dagegen sträuben, sein Hirn arbeitete wie von selber. Auf einmal klopft es, malte er sich aus. Genau weiß er, das sind sie. Er hört rohe Stimmen, und ungeduldig stoßen schwere Stiefel an die Tür. Er geht

schlotternd hin, öffnet, und schon brechen baumstarke Körper auf ihn nieder. Er schreit bellend auf, aber niemand kommt zu Hilfe. Die Genossen wissen nichts, die Partei nichts, die Polizei kommt nicht. Es haut auf ihn ein. Das Blut spritzt. Babette plärrt schrill auf und verstummt. Er sinkt wie zerfallend um, und sie treten mit ihren schweren Stiefeln auf seinen blutigen Kopf. Er hört die Hirnschale krachen, es tritt weiter, er spürt klebrigen Brei und es wird still . . .
Draußen riß der Wind an den heruntergelassenen Holzjalousien und verfing sich wimmernd in Ecken und Nischen. Beim Einzug ihrer hundertsieben Abgeordneten demonstrierten die Berliner Nazi, die Schaufenster schlugen sie ein, Geschäfte demolierten sie und verprügelten Passanten. Hernach schoben sie das auf ›Rowdys‹ und ›kommunistische Provokateure‹.
Wieder hörte Hochegger das erst verhaltene, dann losbrechende Wimmern des Windes. Es klang wie das Heulen gejagter, mißhandelter Frauen.
›. . . und Babett, die wird einer an die Wand drücken, wird ihr den Mund zuhalten, wenn ich tot bin . . .‹ Er warf sich auf die andere Seite, um die Vorstellung loszuwerden. ›Jaja, das geht ganz systematisch‹, rechnete er weiter. ›In Thüringen ist schon ein Nazi, der Frick, Innenminister, und in Braunschweig der Franzen. Sie sabotieren jedes Reichsgesetz. Polizei darf nicht einschreiten, wenn die SA Überfälle auf die Unsrigen macht . . . Wir sind einfach ausgeliefert, verloren . . .‹
Und die Partei? Die Gewerkschaften? Ja, in den Zeitungen brachten sie Proteste und Anklagen, aber die Schandtaten der Mordbuben wiederholten sich Tag für Tag.
Die Partei blieb ruhig. Und neulich war er einmal bei einer Gewerkschaftssitzung, da bezeichneten Genossen die Reden des Nationalsozialisten Gregor Strasser als ›ehrlich‹ und absolut ›annehmbar‹. Noch mehr sogar.
»Die Gewerkschaften als wahre Körperschaften der Schaffenden sehen in Strassers Ideengängen bei aller parteipolitischen Gegner-

schaft die Basis zur ehrlichen Zusammenarbeit«, hatte der Vorsitzende Haller gesagt.
»Niemals! Lug und Trug!« schrien einige radikalere Genossen, und zum ersten Mal in seinem langen, langen Parteileben stimmte Hochegger mit ihnen überein. Gregor Strasser, dieser biedertuende Landshuter Apotheker, dieser doppelzüngige, bauernschlaue Niederbayer, der vor noch gar nicht langer Zeit gedroht hatte: ›O gewiß, höflich sind wir bis zuletzt, aber gehängt wird doch!‹, dem wollte man glauben? Nein, das konnte nicht, das durfte nicht sein! Er sprach sich nach der Sitzung mit den älteren Genossen aus, er warnte, aber überall stieß er auf ungläubige Ohren.
»Wir denken nur realpolitisch«, sagte Haller fast herablassend zu Hochegger. »Wenn wir heute – davon ist natürlich im Augenblick gar keine Rede – überhaupt jemals, sagen wir, mit den Nazis Strasserscher Richtung zusammengingen, dann würden wir selbstredend unsere konkreten Forderungen stellen.« Das klang verräterisch. Das böse Mißtrauen Hocheggers regte sich. Das war ja schier, als sei zwischen den Nationalsozialisten um Strasser und den Gewerkschaften ein verstecktes, verstehendes Verhandeln im Gange. Hochegger sagte nichts mehr.
Heimgekommen war er damals von dieser Sitzung ganz allein, und jeder Glaube war in ihm gestorben. Die furchtbare Gewißheit stand vor ihm auf: niemand wird der hereinbrechenden Flut entgegentreten, man wird sich ihr anpassen.
Die Bettdecke wurde dem Liegenden zur Last. Er kochte vor Hitze. ›Am Ende die Kommunisten‹, fiel ihm ein. Doch es verwehte in tausend Zweifeln. Rund um ihn wurde die dicke Schwärze des Zimmers zu einem undurchdringlichen Dickicht. ›Oder fortgehn ... Jetzt – morgen – sofort fliehen! Einfach weg!‹ dachte er, doch seine Wohnung, seine Stellung, seine täglichen Gewohnheiten, seine Frau schoben sich wie eine Mauer vor diesen Entschluß.
Am anderen Tag nach Büroschluß ging er zu seinem Sohn Joseph in die Wohnung. Verlegen und niedergeschlagen fragte er die er-

staunte Schwiegertochter an der Tür: »Ist der Joseph da?« Sogar das Grüßen vergaß er. »Noch nicht, aber er wird bald kommen«, gab Klara zurück und ließ ihn eintreten. Er legte Hut und Mantel nicht ab. Auf den Stock gestützt, saß er in der kleinen, sauberen Küche und fand keinen rechten Anfang.

»So ruhig, wie's bei euch ist«, sagte er und erzählte obenhin von den Streitigkeiten zwischen Lotte und Babette.

»Soso, die Lotte . . . Jaja, mein Gott, heiraten soll s' halt«, meinte die Klara und rührte im dampfenden Krauttopf. Hochegger betrachtete sie. Fest stand sie auf ihren gesunden runden Beinen. Einfach, aber nicht schlampig war sie. Eine ausgewaschene Schürze hatte sie sich umgebunden, aus den aufgestülpten Ärmeln streckten sich die braunen Arme. Der glatte, gescheitelte Bubikopf stand ihr gut.

»Ihr habt's schön, ihr seid allein«, sagte er wiederum so ins Leere.

»Ja, wir verlangen uns auch gar nichts anderes«, gab Klara zurück und schaute auf die Uhr. »Jetzt muß er gleich daherkommen . . . Sitzung hat er ja heut keine.«

Sie drehte sich um und blickte den Alten freundlich an.

»Hast du schon gegessen?« fragte sie.

»J–a, jaja«, log er überstürzt, »jaja, ich geh ja auch gleich wieder . . . Ich hätt ja mit dem Joseph bloß was zu bereden . . .« Klara blickte fragend in sein verstörtes Gesicht und musterte den ganzen Mann, der da unschlüssig und zusammengesunken vor ihr saß.

»Alt wirst du aber jetzt, Schwiegervater«, sagte sie mit behutsamer Leichtigkeit.

»Jaja«, plapperte er wie abwesend, »es ist nicht mehr schön heutzutag . . . Immer schlechter wird's mit den Zeiten.«

»Ja, dem Joseph haben sie auch das Gehalt gekürzt«, fiel sie ein, aber gar nicht weiter verärgert fügte sie hinzu: »Naja, überall baun sie ab . . . Wir sind froh, daß es bei uns noch so geht.«

»Soso . . . Gekürzt, hm«, meinte Hochegger und schien langsam aufzuwachen. »Da heißt's auch zusammenhalten, was?«

»Jaja, schon, aber wie's den Arbeitern und erst den Erwerbslosen geht, da mag man gar nicht dran denken . . . Und immer neue Notverordnungen.«

Hochegger ging darüber hinweg. »Ihr wohnt gern da, was? Nett ist's bei euch.« »O ja, sehr gern«, konnte sie noch antworten, da ging die Wohnungstür. Klara trat auf den Gang. »Besuch hast du . . . Dein Vater ist da«, hörte Hochegger sie sagen. Aufrichtig erfreut kam Joseph zur Küchentür herein. Einen Zug von frischer Luft brachte er mit.

»Hast auch einmal wieder hergefunden? Das ist nett«, sagte er. »Leg doch ab! Was sitzt du denn so auf dem Sprung da? . . . Gibt's was Besonderes?«

Diese Worte weckten den Alten sichtlich auf. Er erhob sich, Klara nahm ihm Mantel, Hut und Stock ab. Während sie draußen war, sagte Hochegger gedämpfter: »Ich hab allerhand Wichtiges mit dir zu reden, aber eßt nur zuerst.«

»So? Wichtig?« entschlüpfte es Joseph, und einen kurzen Moment sah er seinem Vater forschend in die Augen.

»Eßt's nur erst, guten Appetit. Ich hab schon . . . Laßt euch nicht stören.« Er setzte sich auf die Wandbank und freute sich, daß es den beiden so schmeckte. Er bekam eine ausgeglichenere Miene.

»Ewig kommt heuer kein richtiger Schnee . . . Nie wird's was Rechtes mit dem Skifahren. Da, fürcht ich, müssen wir zu unserm Weihnachtsurlaub daheimbleiben«, sagte Joseph einmal während des Essens. Kräftig griff er zu. Er spießte jedesmal einen Fleischbrokken auf die Gabel und belud ihn mit dem saftigen Kraut.

»So, Weihnachten wollt ihr wieder weg, so?« fragte der Alte und setzte dazu: »Ich hätt euch gern an den Feiertagen bei uns gesehen . . . Babett hat sich auch schon gefreut.«

»Nein, wenn's wirklich noch Schnee herwirft, du kennst uns ja, da kann uns nichts mehr halten . . . Ich hab jetzt schon Skifieber«, antwortet Joseph.

Sie bemerkten nicht, daß Hoheggers Gesicht mit einem Male wieder trostlos wurde. »Hm«, sagte er, »hm, deswegen bin ich eigentlich hauptsächlich hergekommen . . . Ich wollt mir Gewißheit holen, daß wir euch einmal sehen, daß ihr kommt . . . Babett will ein schönes Ganserl machen.«

»So, bloß deswegen bist du gekommen?« Joseph wandte sich leicht erstaunt an ihn und legte Messer und Gabel auf den leergegessenen Teller.

»Jaja, eigentlich, jaja . . . hauptsächlich, jaja«, stotterte Hochegger etwas verwirrt. »Ich wollt mich mit dir auch über die politischen Dinge ein bißl aussprechen, bloß so, nichts weiter, aber, wie gesagt, die Babett hat's mir schon lang aufgetragen, euch einzuladen, und heut hab ich grad Zeit gehabt . . .« Es war höchst seltsam, er stand jetzt auf, als habe er es mit einem Male eilig, oder als sei er insgeheim beleidigt über die Absage.

»Naja, es kann ja sein, daß wir nicht wegkönnen, dann kommen wir natürlich gern«, lenkte Joseph ein. »Wir können ja auch so einmal an einem Sonntag kommen, es muß doch nicht grad Weihnachten sein . . . Was hast du denn, willst du schon gehn?« Auch Klara war verdutzt.

»Jaja, es wird mir sonst zu spät . . . Es wär schon sehr schön, wenn man sich einmal gemütlich sehen könnt! . . . Ja, ich muß gehn . . . Überlegt's euch doch noch. Babett möchte das doch wegen der Gans wissen«, erwiderte Hochegger. »Ich schau wieder einmal vorbei, oder komm du einmal, Joseph.« Das Zureden der beiden jungen Eheleute half nichts. Dabei verplapperte er sich plötzlich, er habe zu Haus das Abendessen stehen, Babette werde warten. Joseph und Klara wurden noch verdutzter. Er lenkte schnell ab, als ihm Klara noch was warmmachen wollte. Er ließ sich nicht aufhalten.

»Hm, sonderbar . . . Was er bloß wollen hat?« sagte Joseph, nachdem er weg war. »Was Wichtiges, hat er gesagt, wollt er mir sagen . . . Die Einladung war doch nicht so wichtig.« Nachdenklich schüttelte er den Kopf.

»Ja, er war auch bei mir schon so komisch . . . Sie streiten jetzt viel,

die Lotte und die Babett, hat er erzählt«, meinte Klara ebenso. »Er hat die ganze Zeit dagesessen. Wir haben gar nicht recht gewußt, was wir miteinander reden sollten ... Sonderbar! Er muß was auf dem Herzen haben ... Vielleicht hat er sich vor mir geniert.«
»Vor dir?« hielt ihr Joseph entgegen. »Warum denn? Er weiß doch, daß wir nichts voreinander verstecken. Er kennt uns doch!« Aber Klara blieb dabei. Am besten wär's, sagte sie, Joseph schaue einmal nach, vielleicht rücke der Alte unter vier Augen eher mit der Sprache heraus. Joseph versprach ihr das und suchte die alten Hocheggers ein paar Tage später auf. Die Freude über seinen Besuch war groß. Er mußte lange bleiben, und Babette tischte eifrig auf. Immer wieder fingen die beiden mit der Weihnachtseinladung an. Sonst aber sagte Hochegger kein auffälliges Wort. Absichtlich schien er nur über gleichgültige Dinge zu plaudern. Einmal ging er wie zufällig mit Joseph durch die zwei nebeneinanderliegenden Zimmer, in denen es kalt war und ungemütlich. Eins davon war als Arbeitszimmer Hocheggers eingerichtet, aber man merkte, er saß dort nie. Es roch nach Unbewohntheit und Staub. Trist und unbenützt standen die Möbel da. Ein Schreibtisch mit eingetrocknetem Tintenzeug und verrosteten Federn, ein kleiner Rauchtisch mit etlichen Aschenbechern und verbrauchten Zigarrenspitzen, eine kahle Chaiselongue und bequeme Polstersessel. Der Teppich war eingerollt und lag an der einen Wand auf dem Boden. Nebenan, im ehemaligen Zimmer Alberts, war alles mit Möbeln vollgestellt.
»Ganz hinten haust Lotte«, sagte Hochegger. »Eigentlich ist die Wohnung viel zu groß für uns zwei. Macht der Babett bloß einen Haufen Arbeit ... Da könnt ruhig noch jemand wohnen, das tät uns gar nichts ausmachen.« Er sagte es leichthin, und da ihm das auf einmal einfiel, erzählte er Joseph die Begegnung mit Albert.
»Was? Ich hab immer geglaubt, er ist Kommunist?« fuhr Joseph heraus und erkundigte sich sehr interessiert. Hochegger erzählte, was er wußte. Auch den Scharführer Mantler, der nach Alberts Aussagen mit Lotte speziell sei, erwähnte er.

»Pfui Teufel!« entrüstete sich Joseph über seine Schwester. »Ich würd sie glatt hinauswerfen ... Hat sie denn gar kein Hirn.« Aber Hochegger tat gar nicht so, als bedeute ihm das viel. Ein Weib, meinte er, das sei immer was Unberechenbares. Er lenkte ab von diesem Thema. Er lobte Klara und streifte flüchtig die Gehaltskürzung Josephs. Ungewohnt rührselig sagte er: »Naja, auf alle Fälle bin ja ich noch da, wenn Not am Mann ist ... Euch zwei, Joseph, dir und deiner Klara, könnt ich alles geben.« Joseph wurde ein klein wenig verlegen darüber und fand kein geeignetes Wort darauf.

»Leider, leider, es schneit, was es kann«, warf Babette dazwischen und fragte mit der einnehmendsten Liebenswürdigkeit: »Also, wie ist's, kann man hoffen auf euren Besuch? Kann ich mein Ganserl herrichten?« Aber Joseph ließ sich, obwohl es ihm leid tat, nicht umstimmen. Mit herzlichen Entschuldigungsworten verabschiedete er sich.

Ein verschneites Weihnachten rückte näher. Tag für Tag freuten sich Joseph und Klara, Tag für Tag bangten sie, ob's denn zu ihrem Urlaub auch den richtigen Schnee geben werde. Die Flocken tanzten vor ihren Fenstern. Sie erinnerten sich an viele lustige Skitouren, und eine unbezähmbare Sehnsucht ergriff sie. Der graue Alltag zerstäubte ihnen. Eifrig betrieben sie die Vorbereitungen und hatten für nichts anderes mehr einen Kopf. Die schweren Gebirgsstiefel wurden hervorgeholt und sorgfältig eingeölt, die dicken Wollsachen und Strümpfe herausgesucht und durchgesehen, die Rucksäcke, die Windjacken und Skianzüge geprüft und ausgebessert, kleine Neuanschaffungen gemacht und die Skier hergerichtet und gewachst. Klara errechnete jede Tagesration und zählte das Geld. Sie kaufte Dauerwürste und Konserven, Suppenwürfel, Kekse, Kondensmilch und Hartspiritus. Eine ganze Tabelle hatte sie sich aufgeschrieben.

Gespannt lauschten die beiden jungen Eheleute am Radio.

»Vorarlberg 30 Zentimeter alt, 20 Zentimeter neu, Pulver«, meldete der Bericht, und ihre Augen glänzten.

»Zugspitze 50 Zentimeter alt, 10 Zentimeter neu, Harsch, schlecht fahrbar«, erklang es wiederum, und ihre Stirnen runzelten sich besorgt. Jeden Abend studierten sie die Karte, und die Wahl wurde ihnen schwer. Durch die vielen ›Naturfreunde‹-Fahrten waren sie weit herumgekommen. Die bayrischen Berge, das Tirolische und Salzburger Gebiet, das Engadin und Kärnten kannten sie, über jede Schutzhütte wußten sie Bescheid, und die Eigentümlichkeiten begehrter Abfahrten hatten sich ihnen eingeprägt.

In der grauen Frühe eines Tages fuhren sie endlich schwerbepackt und aufgeheitert in einem überfüllten, verbilligten Sonderzug gebirgswärts. Die Stadt schlief noch und versank hinter ihnen in einem nebligen Gebräu von Rauch und Dunst. Langsam wurde es hell, und schließlich strahlte die Sonne. Ausgeglichen breiteten sich die weißen Flächen aus, und klar wurde die Fernsicht.

Sorglos und aufgelockert, zwischen lärmende, plappernde singende Großstadtmenschen eingequetscht, saßen die zwei Urlauber und machten die gleichen harmlosen Späße wie diese, lachten ebenso über die uralten Witze. Quer von einem Gepäcknetz zum andern lief das unentwirrbare Gestäng der Skier und Stöcke, die prallen Rucksäcke türmten sich übereinander, und ihre herabhängenden Riemen schlenkerten hin und wieder irgendeinem Passagier ins Gesicht. Der erschrak ein wenig, lachte dann und fing einen kleinen Boxkampf mit dem Messinghaken an. Alle amüsierten sich darüber. Es roch nach Juchtenleder, nach Mottenpulver und Schuhschmiere, nach Menschenschweiß und schlechtem Tabak. Vor den Fenstern aber lag glasklar die Luft zwischen Himmel und Schnee, und nach und nach stiegen die ersten, bewaldeten, weißvermummten Vorberge empor. Fast gierig erwartungsvoll wurden die Gesichter. Tage völliger Losgelöstheit winkten.

6
Wir sind jung ...

Dieses Mal aber – verfluchtes Pech! – stürzte Joseph am fünften Tag bei einer Abfahrt. Die hinter ihm dreinsausende Klara plumpste über ihn weg. Sie arbeitete sich lachend aus dem Schnee, er jedoch konnte und konnte nicht mehr stehen. Sobald er aufzutreten versuchte, knickte sein rechter Fuß am Knöchel um.
»Was ist's denn?« fragte die herankommende Klara und stützte ihn.
»Weiß der Teufel! Ich glaub, ab ist er nicht, der Fuß, aber stimmen tut's auch nicht mehr mit ihm«, erwiderte er verdrossen, schnallte die Skier ab, löste den Schuh und merkte, daß der Fuß haltlos am Bein baumelte. »Sauber, sauber! Eine nette Bescherung das!« Nur mit größter Mühe gelangten die zwei bis zur Hütte. Einen Tag lang lag er dort noch. Viele betreuten ihn, massierten den Knöchel, machten unsinnige Diagnosen, wickelten das Bein fest ein, doch es wurde immer schlechter. Joseph mußte sich zu Tal bringen lassen. Trostlos und verärgert fuhren er und Klara in die Stadt zurück. Als sie am Bahnhof ausstiegen, war der Fuß schrecklich angeschwollen. Joseph konnte sich nicht mehr weiterbewegen. In einem Taxi fuhren sie zur Poliklinik. Sehr gefährlicher Knöchelbruch, hieß es. Hartnäckig weigerte sich Joseph dazubleiben. Der Fuß kam in einen Streckverband, und nachdem man endlich zu Hause ankam, mußte sich der Patient niederlegen. Der Doktor Homlinski kam, ein in der Partei bekannter Arzt. Ihn holte jedermann, obgleich er sehr ironisch sein konnte und bei den ernstesten Fällen sein meckerndes Lachen nicht sein ließ. Er hielt ab und zu bei den Gewerkschaften oder in den Frauenorganisationen Vorträge über Gesundheitspflege und soziale Hygiene, war aber sonst nicht sehr begeistert von der Politik der Partei. Darüber aber sprach er nur ganz, ganz selten. Er vertrat auch den Standpunkt, daß die Juden sich nicht allzu bemerkbar machen sollten im politischen Leben der Öffentlichkeit.

»Na, alles ordentlich gemacht, hähähä«, sagte er. »Jetzt heißt's brav abwarten.«
»Wie lang kann denn das dauern?« erkundigte sich Joseph unmutig. Wieder kicherte Homlinski. »Nur Geduld! Die Genossen von der Bibliothek und die treuen Leser werden schon zu Besuch kommen.« Joseph brummte etwas von ›netten Aussichten‹ und knirschte. Da lag er nun, durfte sich nicht bewegen und konnte nichts tun als lesen. Zuwider. Die alten Hocheggers kamen. Verdrießlich konnte man darüber werden, was sie alles daherredeten.
»Ich weiß nicht, mir ist fast so was vorgegangen . . . Ich hab was geahnt«, schwätzte Babette fast abergläubisch. »Ich wollt natürlich nichts sagen . . . Aber, wie gesagt, mir ist so was vorgegangen.«
»Fehlt bloß noch, daß du sagst, das ist Gottesfügung«, spottete Joseph sarkastisch.
»Aber wie werd ich denn?« meinte sie freundlich. »Man meint bloß oft . . .« Um und um war ihr Körper gepolstert. Sie saß ein wenig steif da. Man merkte, daß ihre Fülle, ihre ausladenden Hüften von einem hemmenden Korsett in die gewünschten Formen gebracht waren. Stramm saß die Bluse um ihre gehobenen Brüste, der Rock spannte sich um die breit auseinanderlaufenden Oberschenkel.
»Ich hab's auch immer gesagt, immer schon – dieses waghalsige Umeinanderrasen da droben in Eis und Schnee . . .«, brümmelte der alte Hochegger ahnungslos und vorwurfsvoll besorgt. »Es mag ja sein, daß dieses Skifahren gesund ist, aber ich versteh den verrückten Sport nicht . . . Meiner Meinung nach ist das Überanstrengung, weiter nichts . . . Da werkelt man sich die Lunge raus, bis man endlich auf so einem Berg droben ist, und – sst! – ist man, wenn's gut geht, wieder herunten . . . Andernfalls als Krüppel oder als Leich . . . Wenn das was Schönes sein soll, ich weiß nicht! Ich kann mir was Gemütlicheres vorstellen.« Wie eh und je nörgelte er über den Wintersport. Fast mitleidig musterten ihn Klara und Joseph.
»Wie schön wär's gewesen, wenn ihr zu uns gekommen wärt«, sagte Babette gutmütig. »Da wär gar nichts passiert . . . Das Ganserl hab

ich trotzdem gemacht. Ausgezeichnet war's, gell Joseph? Man lebt nur einmal.«

»Essen und Trinken hält Leib und Seel zusammen«, stimmte er nickend zu. »Was hat man denn noch viel von diesem miserablen Leben? ... Nein, nein! Keiner glaubt's! Ausgerechnet so einen gefährlichen, wirbligen Wintersport haben sich die Leute erfunden, hmhm, unbegreiflich so was!« Klara und Joseph atmeten auf, als die zwei weg waren. Hochegger jedoch kam jetzt auffallend oft und brachte alles mögliche mit. Er zeigte sich von seiner besten Seite. Ein sorgender, bekümmerter Vater war er. Stundenlang saß er manchmal vor dem Bett Josephs. Jeden Wunsch las er aus den Augen seines Sohnes. Sie kamen auf viel zu sprechen.

»Hast du den Albert wieder einmal gesehen?« fragte Joseph, und als sein Vater verneinte, setzte er hinzu: »Der bildet sich also aus zum Arbeitermörder ... Der steht drüberhalb der Barrikaden, wenn's einmal losgeht.«

»Gleiber sagt, soweit kommt's nie«, sagte Hochegger. »So Radauparteien, sagt er, die halten sich nicht.«

»Hm, Gleiber? ... Und der Parteivorstand und Severing und Braun? Und der ›Vorwärts‹? Die glauben das alle nicht«, warf Joseph leicht verächtlich hin, und es war merkwürdig, sein Vater sagte nichts mehr dagegen, er verteidigte diese Männer nicht mehr wie früher. Er sah nur trüb auf die weiße Bettdecke.

»Wir wollen ja den Bürgerkrieg nicht, aber die andern«, blieb Joseph beim Thema; aber als er merkte, daß der Alte schwieg und ein immer resignierteres Gesicht bekam, fragte er: »Und was macht denn die Lotte?« Das weckte Hochegger wieder auf.

»Die? ... Ja, ich kenn mich nicht aus mit ihr ... Jeden Abend bummelt sie«, erzählte er. »Und wo hat sie das Geld dazu her?« wollte Joseph wissen.

Hochegger zuckte die Achseln. »Ich weiß nicht ...« Er verschwieg vieles. Alles.

»Wie eine schleichende Pest ist das ... Die Nazibazillen dringen in

jede Familie«, sagte Joseph. »Ich wett, sie muß schnüffeln bei dir ... Warum schmeißt ihr sie denn immer noch nicht hinaus?«
»Mein Gott, was will man machen? Gibt nur Stunk und Wirbel«, brummte Hochegger ratlos und vergrämt. »Schnüffeln?... Das kann sie kaum ... Es ist immer wer daheim.« Joseph war entwaffnet von soviel Arglosigkeit und zwang sich zu schweigen. Etliche Sekunden vergingen. Der Alte rückte näher ans Bett, und seine Blicke hefteten sich auf Joseph.
»Ja, weißt du«, fing er verlegen und stockend an, »weißt du, Joseph, ich wollt dir ja schon damals vor Weihnachten den Vorschlag machen ... Ich hab nur gemeint, da – das mögt ihr nicht...« Er zögerte.
»Was denn?« trieb ihn sein Sohn weiter. Er erinnerte sich an den sonderbaren Besuch des Alten.
»Tja ... Ja, weißt du ... Die Klara und die Babett kommen doch gut miteinander aus ... Es könnt vielleicht sein, man kürzt dich nochmal ... Man weiß heutzutag gar nichts«, redete Hochegger immer noch drumherum.
»Ich versteh dich immer noch nicht ... Warum genierst du dich denn so?« meinte Joseph und wurde erstaunter.
»Ja ... Ich hab dir doch die zwei Zimmer bei uns gezeigt. Ich meine – vielleicht könnt man verbilligen. Zusammen ...«
»Ah, jetzt versteh ich!... Du meinst, wir sollten zu euch ziehn?« fiel ihm Joseph ins Wort. Er wollte weiterreden, aber der Alte sprach jetzt eifriger: »Ich mein, die Lotte würden wir dann vielleicht doch wegbringen ... Selbstredend, wenn du vielleicht nochmal gekürzt wirst ... Babett und Klara kommen doch gut aus. Da wär das leicht ... Man könnt sich einrichten, zusammen essen ... Wär weit billiger ... Und, und wir zwei – wär ja jeder für sich – wir würden uns schon auch nicht streiten, oder?«
Es klang bedrängt und bittend. Joseph hatte viel auf der Zunge. Er erriet alles. »Du hast Angst«, wollte er sagen. »Ich soll sozusagen dein Torwächter sein, was?« Laut aber sprach er nur: »Das geht

nicht, Vater . . . Das tut nicht gut auf die Dauer. Jeder hat sein eignes Leben . . . Das geht nicht. Da wird auch Klara dagegen sein.«
Sein Vater bekam ein todtrauriges Gesicht. Er tat ihm leid.
»Klara! Klara!« schrie er, und von der Küche her gab es an.
»Fragen wir sie selber . . . Frag du sie selber, meinetwegen«, sagte Joseph zu Hochegger.
»Was ist's denn? Brauchst du was?« kam Klara zur Tür herein.
»Nein . . . Der Vater meint, wir sollten zu ihm ziehn«, klärte Joseph sie unvermittelt auf. Geduckt, wie geschlagen saß Hochegger da und wagte sie nicht anzusehen. Klara blieb eine flüchtige Weile stumm stehen und war sprachlos.
»Er meint eben, die Lotte kommt auch weg . . . Die drei Zimmer könnten wir haben«, half ihr Joseph.
»A–ber, das geht doch nicht«, stotterte Klara endlich. »Wo sollten wir denn mit unseren Möbeln hin? Da–das geht wirklich nicht . . . Das tät auch nicht gut.« Joseph mußte ein wenig lächeln.
»Mit den Möbeln? . . . Naja, das würde sich schon machen lassen, aber ich seh schon – jaja . . . Neinnein, ich möcht euch nichts einreden, neinnein«, brachte Hochegger schwer heraus. »Ich hab bloß gemeint . . .« Er atmete bedrückt. Eine peinliche Pause verrann. Josephs und Klaras Blicke trafen sich manchmal. Sie verstanden einander.
»Ich wohn so gern da«, sagte Klara einmal.
»Es ist ja schön von dir, Vater, sehr schön . . . Man kann vielleicht auch einmal drüber nachdenken«, schwächte Joseph mitleidig ab. Bitter tropfte jedes Wort in Hocheggers Herz. Vereinsamter als je verließ er die zwei Leute. Er kam lange nicht mehr.
Tag für Tag verging. Der Urlaub war abgelaufen, und Joseph konnte höchstens einmal, wenn er sich auf einen Krückstock und auf Klara stützte, hinhumpeln bis zum Lehnstuhl und dort hocken bleiben. Eine heftige Unlust überwältigte ihn oft. Mit ungeduldiger Spannung verfolgte er die politischen Ereignisse. Eine Menge Zeitungen mußte Klara täglich mitbringen. Alle in- und ausländischen Radio-

stationen hörte er ab. Wie in einem Käfig saß er, aber das wilde Brausen der Welt drang durch seine vier Wände.

Nach einer lärmenden Sitzung verließen die Nationalsozialisten und die Deutschnationalen den Reichstag und kehrten nicht wieder zurück. Sie berieten für sich, gleichsam als Gegenparlament.
Erregt riß sich Joseph von seinem Sitz hoch und sackte wieder zusammen. Der stechende Schmerz in seinem Bein durchlief den ganzen Körper. Er biß die Zähne aufeinander und fing zu poltern an: »Ja, da muß doch jetzt diese Mistregierung Brüning zusammenbrechen! Das kann doch nicht sein – unsere Partei darf doch jetzt nicht mehr mitmachen! Unmöglich!«
Aber nein – mit dem verbliebenen Rumpfparlament regierte Brüning weiter! Die Parteipresse schrieb sogar, jetzt, nachdem diese unfruchtbaren Störer weg seien, wäre erst positive Parlamentsarbeit möglich.
»Ja, Herrgott, sind denn die ganz von Gott verlassen?« brüllte der Kranke und zerknüllte die Zeitung. Wütend warf er sie in die Ecke. Am liebsten hätte er sich den bleischweren Fuß abgehackt. Der brannte und fieberte. Er zerredete Stunden mit Klara. »Und die Kommunisten? ... Die bleiben auch drinnen und kuschen! Pfui Teufel!« schrie er sie an.
»Das hab ich dem Peter gestern auch vorgeworfen«, sagte sie. »Ich versteh das auch nicht.« Der Schlosser Peter Meidler war ein alter Freund Josephs noch aus der sozialistischen Jugendbewegung. Eines Tages war er nach harten Überlegungen zur Kommunistischen Partei übergetreten. Er war ein junger, ausgehungerter und etwas kränklicher Mensch.
»Ja, und was sagt er?« forschte Joseph hastig weiter.
»Er meint, das ist von den Nazi und den Deutschnationalen bloß ein geschickter, raffinierter Schachzug gewesen«, erzählte Klara. »Er glaubt sogar, alles wär mit Brüning vorher abgemacht worden, damit die Kommunisten in die Falle gehen sollten ... Wenn sie dann

auch rausgehn würden, tät der Brüning einfach den Staatsnotstand verkünden . . . So aber kann er nichts Rechtes machen, und die Kommunisten, wenn er sie auch noch so drangsaliert und verfolgt, haben doch noch wenigstens einige sichere Positionen, wo sie arbeiten können . . .«

»Ausreden!« warf Joseph verbittert hin. »Wann kommt er denn wieder, der Peter? Mich kann er mit solchen Spitzfindigkeiten nicht dumm machen.«

»Er kommt schon einmal . . . Er läßt dich grüßen, sagt er«, fuhr Klara fort. »Du kennst ihn doch! Er ist zwar bloß noch Haut und Knochen . . . Auf Kurzarbeit haben sie ihn gesetzt, aber er macht in einem fort Parteiarbeit, wenn er Zeit hat.«

»Schön, aber für wen, für was?« brummte Joseph und verwünschte seine Partei und die Kommunisten. Allen war er tief feind.

Er saß da und konnte nichts tun. Er hielt es nicht aus, so tagelang ohne Menschen, ohne Genossen, so ohne das Bewußtsein, im Getriebe der Partei zu stehen.

Der Februar kroch träge dahin. Die Faschingsfeste jagten sich. Mit schier unnatürlicher Gier stürzten sich die Menschen ins Vergnügen, in die Betäubung, um das Morgen und Übermorgen zu vergessen.

Und der Lautsprecher dröhnte. Und die Zeitungen brachten alarmierende Nachrichten. Amerika verlangte Gold, reines, blankes Gold, von seinen Schuldnern aus dem Kriege. Die Einsprüche und Verhandlungen nützten nichts. Ramsay Macdonald, der ehemalige Sozialdemokrat und jetzige englische Premierminister, hatte eine Regierung der nationalen Konzentration gebildet. Das britische Weltreich ging vom Goldstandard ab, das Pfund sank und sank, die Börsen der Welt wurden erschüttert, die Kurse purzelten. Die Kapitalisten der Erde hatten kein Zutrauen mehr zueinander. Wie ein unaufhaltsames Geschwür breitete sich die Krise in Deutschland aus. Die Verwirrung wurde undurchdringlich. Verängstigt durch die unsichere innerpolitische Lage, mißtrauisch geworden durch

Brünings zweideutige Haltung, kündigten mehr und mehr ausländische Geldgeber ihre kurzfristigen Anleihen. Die Wirkungen waren furchtbar. Privatbanken krachten zusammen, die Konkurse mehrten sich erschreckend.
Immer von neuem wurde Joseph aufgewühlt.
Gerade sein Verharrenmüssen in dieser ungewohnten Abgeschlossenheit aber zwang ihn unablässig zu regstem Nachdenken. Reizbarer wurde er von Tag zu Tag. Auf die kleinsten Eindrücke reagierte er, und die nebensächlichste Zeitungsnotiz beschäftigte ihn. Scharf und immer schärfer zergliederte er das Aufgenommene. Er war herausgehoben aus dem vertrauten Trott seiner Funktion, aus der Enge des Bekannten. Sein Blick wurde anders. Gleichsam wie ein forschender Beobachter auf einem Berge übersah er die durchzuckte Landschaft der Kämpfe und Strömungen. Ursachen und Wirkungen wurden ihm klar, die er früher nie geahnt hatte. Ungehindert konnte er überlegen und mit immer unbezwingbarerer Neugier pirschte er sich in das verhangene Gestrüpp der politischen und wirtschaftlichen Verkettungen. Mit wahrem Heißhunger fing er an, die theoretischen Schriften der großen Sozialisten zu lesen. Er studierte eingehend die Parteiprogramme. Ein Tag zerrann oft, eh er sich's richtig versah. Er wunderte sich darüber. Kaum ein Viertel oder noch weniger von dem vorgenommenen Pensum hatte er bewältigt. Eine verzehrende Besessenheit trieb ihn an. Die wenigen Freunde und Genossen, die ihn nach und nach aufsuchten und schließlich regelmäßig an jedem Mittwochabend bei ihm zusammenkamen, merkten die Veränderung an ihm. Im Nu war man jedesmal in der hartnäckigsten Diskussion, und die Meinungen prallten heftig aufeinander. Joseph führte eine Sprache, die alle stutzig machte. Aus bestürzenden Tatsachen baute er Beweise auf und argumentierte verblüffend. Man kam nicht mehr auf gegen ihn. Er duldete kein Abweichen vom Thema. Er konnte verletzend grob und aufreizend spöttisch werden, wenn einer unklar und phrasenhaft daherredete. Einige blieben denn auch beleidigt weg und

klatschten über ihn alles mögliche herum in den Parteizimmern und Gewerkschaftsbüros.

Nur vier Getreue blieben: Peter Meidler, dann der untersetzte, mittelgroße Sekretär der Metallarbeitergewerkschaft, Karl Wetterle, mit seinem unverhältnismäßig großen Kopf, der ellenlange Bezirksleiter der Sozialistischen Arbeiterjugend, Koller, schließlich noch der etwas elegante, sportlich sehr interessierte jüdische Student Fritz Freundlich, Sohn eines begüterten Justizrates. Sie alle waren so um die dreißig herum, nur Koller und Freundlich zählten fünfundzwanzig.

In jenen Wochen beschäftigte sich die Tagespresse erneut mit den drei seinerzeit verurteilten Ulmer Reichswehroffizieren Scheringer, Ludin und Wendt. Eigentümliche Dinge erfuhr man bei dieser Gelegenheit. Die drei hatten Urlaub bekommen. Der hitlertreue Ludin wurde nationalsozialistischer Funktionär, Wendt ging zur ›Schwarzen Front‹, einer mit Hitler verfeindeten, radikalen nationalsozialistischen Gruppe über, die Doktor Otto Strasser, der Bruder Gregors, gegründet hatte. Scheringer endlich war während seines Urlaubs zum Berliner Gauleiter der NSDAP, Dr. Joseph Goebbels, und zu Adolf Hitler nach München gefahren und hatte mit diesen prominenten Führern über die Stellung ihrer Partei zum Sozialismus gesprochen. Überall aber hatte man ihn mit leeren Redensarten abgespeist. Tief enttäuscht kehrte er in die Festung Gollnow zurück und trat der Kommunistischen Partei bei. Im deutschen Reichstag verlas der kommunistische Abgeordnete Kippenberger Scheringers Erklärung. Schon im Sommer 1930, vor den Septemberwahlen, hatte die Kommunistische Partei ein Manifest für die ›soziale und nationale Befreiung der Arbeiterklasse Deutschlands‹ erlassen und zum ›Kampf gegen den Versailler Tribut-Vertrag‹ aufgerufen. Scheringer sandte aus der Festung Manifeste im gleichen Sinne an die Kameraden in der Reichswehr und an die Jugend. Wegen staatsfeindlicher Betätigung wurde ihm abermals der Prozeß gemacht. Mannhaft bekannte er sich in Leipzig zu seiner gewonnenen Überzeugung und wurde neuerdings verurteilt. Immer mehr nationale Jugendgruppen horchten auf. Überall bildeten sich sogenannte ›Aufbruchkreise im Sinne Scheringers‹. Bei ihren Diskussionsabenden fanden sich junge Menschen aller politischen Richtungen zusammen.

»Auffallend«, sagte Joseph, »zur Sozialdemokratie treten nur seriöse bürgerliche Herren oder Verräter von links und rechts über, die Geld verdienen möchten und komischerweise bei uns schnell avancieren.«

»Verräter? ... Der Mensch kann sich doch wandeln«, hielt ihm Wetterle entgegen und erinnerte an die zwei nationalsozialistischen Kapitänleutnants von Mücke und Klotz. Mücke wurde mit großer Reklame seitens der sozialdemokratischen Parteileitung in alle Städte geschickt, klagte rührselig seinen einstigen Führer Hitler an und hielt ahnungslose Reden über Sozialismus. Klotz wußte als ehemaliger Intimus Hitlers viele peinliche Dinge aus dem Privatleben der SA-Führer und veröffentlichte die Briefe des Stabsleiters Roehm, die dieser an seine homosexuellen Freunde geschrieben hatte. Er entwickelte innerhalb der Parteipresse eine rege journalistische Tätigkeit.

»Na – unsere Partei bietet doch sehr schöne Verdienstmöglichkeiten«, spöttelte Joseph. »Wandeln haben sich diese Herren nicht viel brauchen.«

Peter schaute auf. Die Haut spannte sich um seine Backenknochen, rote Flecken bekam sein Gesicht, und seine tiefliegenden Augen belebten sich. Er griff nach einem Butterbrot und zerkaute es gierig.

»Wenn die feinen Herrn ein oder zwei Jahre Kleinarbeit ohne was machen müßten, da möcht ich sie sehen«, murmelte er nebenbei. Seine dünnen, blutleeren Lippen klappten wieder zusammen. Er kaute und kaute.

»Massenpartei ist sie schon, die löbliche SPD, nur keine Klassenpartei mehr«, sagte Fritz Freundlich und wollte fortfahren: »Solang's nur auf die Stimmenzahl ankommt...«

»Auf die Massen kommt's an. Sie schaffen die Macht!« fiel ihm Koller ins Wort. »Es muß bloß gründliche Erziehungsarbeit gemacht werden.« Freundlich lächelte überheblich, und auch Peter verzog den Mund. »So lang habt ihr uns jetzt erzogen, daß wir schon jeden neuen Lohnabbau schlucken«, warf er verächtlich hin.
»Lieber Freund, denk mal nach, was die Gewerkschaften grad für den einzelnen Arbeiter geleistet haben«, wollte ihn Wetterle gönnerhaft belehren. »Wenn die nicht wären, dann gäb's überhaupt keine sozialen Gesetze mehr.« Er fuhr sich dabei in seine langen, tiefschwarzen, strahlenförmig auseinanderstehenden Haare.
»So? Haben wir die noch? Soso? ... Ich denk, der Brüning hat sie kassiert?« höhnte Peter noch bissiger. »Hm, das ist ja wunderbar, daß wir die noch haben ...«
Gleich sprang Koller seinem Freund Wetterle zu Hilfe. »Natürlich baut Brüning ab, wo er kann! Aber woher kommt denn das? Weil ihr Kommunisten keine Realpolitiker seid und uns nie unterstützt ... Die Arbeiterschaft spaltet und spaltet sich, und die Feinde sammeln sich immer mehr ... Bei euch Kommunisten und Linken« – er schielte dabei verärgert auf Freundlich – »da ist das jetzt überhaupt große Mode, alle Errungenschaften der Revolution herunterzumachen und die SPD zu diffamieren ... Wenn wir nicht eine wirkliche Klassenpartei wären, hätten wir keinen so großen Anhang grad bei den besten Arbeitern.« Er tappte auf und ab.
»Partei? Gewerkschaft? Was heißt das schon?« fuhr Joseph dazwischen. »Das sind rein automatisch-organisatorische Angelegenheiten geworden ...«
»Sehr richtig! Ganz meine Meinung«, eiferte sich Wetterle, »die Klasse ist das Fundament, die Organisation das Haus drauf.« Er war immer erpicht auf solch schlagwortartige Redewendungen.
»Die Massen – nicht die Klasse! Nicht mehr!« widersprach ihm Joseph. »Untersuch doch einmal ehrlich, *wer* heutzutag alles Parteimitglied und Gewerkschaftler ist, du erlebst dein blaues Wunder ... Genau so wie beim Konsumverein ist's.«

»Ich versteh dich nicht! Das sind reine Haarspaltereien!« empörte sich Wetterle. »Das sind Tatsachen!« rief Fritz Freundlich und betonte jedes Wort. »Nicht wegzuleugnende Tatsachen.«
»Man merkt, du übst dich auf Rechtsanwalt«, sagte Wetterle und maß ihn geringschätzig. Wie ein eingefleischter Fachmann den Laien, so lehnte er von vornherein jedes Nicht-Parteimitglied ab.
»Mensch?!« wandte sich Joseph an ihn. »Wetterle, Mensch?! Verstehst du denn nicht, oder willst du's schon nicht mehr verstehen? Das ist doch das Grauenhafte – die Partei hat es faktisch doch schon so weit gebracht, daß die Proleten schon nicht mehr wissen, sie sind eine einzige Klasse! Eine *Klasse,* verstehst du, nicht eine Masse. Wenn sie das jemals wieder erkennen, völlig erkennen, dann ist die Einigung da! Dann haben wir die Partei, die siegt.«
»Diese Partei ist längst da«, ließ sich Peter vernehmen.
»Schon, schon ... Ganz gewiß kann's nur die Kommunistische sein, aber ...« Joseph stockte plötzlich und sah auf Koller und Wetterle.
»Aber die SPD verhindert diese Einigung, willst du sagen«, ergänzte Wetterle und bekam ein Geschau wie ein Lehrer, der seinen Schüler bei einer Peinlichkeit ertappt. »Sicher werden auf beiden Seiten massenhaft Fehler gemacht«, meinte Joseph, »aber die Proleten sind ja einig ... Stell einen Reichsbannermann und einen Kommunisten vor etliche SA-Rowdys ... Was werden sie tun? Streiten sie sich vielleicht vorher über ihr Parteiprogramm? Nein, sie schlagen gemeinsam los ... Die Arbeiter riechen den Feind. Sie wissen, was kommt. Sie haben den richtigen Instinkt, nur müssen sie sich dessen wieder bewußt werden ... Das klingt vielleicht ein bißl dozierend, aber es stimmt. Und ich meine, wir müßten alle zusammenhelfen und dahin wirken ...«
Derartige Gespräche wurden nicht nur an den Mittwochabenden bei Joseph Hochegger geführt. Überall, wo junge sozialistische Menschen zusammenkamen, stritten sie über diese Dinge. Es gärte und rumorte besonders unter den jungen sozialdemokratischen Ar-

beitern. Seit der Regierung Hermann Müller war eine schwere Vertrauenskrise unter ihnen ausgebrochen. Diese Jugend hatte den Glauben verloren und war unfruchtbar kritisch. Man kümmerte sich wenig um sie, man dämmte sie ein, wo es ging. Immer und immer wieder aber rebellierten ganze Bezirke, und die Parteileitung fand kein anderes Mittel als die rigorosesten Ausschlüsse solcher Oppositioneller. Seit der Genehmigung zum Panzerkreuzerbau hatte sich unter dem sächsischen Metallarbeiter Seydewitz und dem Rechtsanwalt Rosenfeld eine linke Gruppe abgespalten. Doch ihre Anhänger schwankten beständig zwischen Sozialdemokratie und Kommunistischer Partei hin und her und fanden nie die rechte Entscheidung. Die Gruppe, aus der später die ›Sozialistische Arbeiterpartei‹ hervorging, blieb arm. Ihre Aufrufe und Zeitungen waren wirkungslos.

Tief unglücklich, innerlich zerrissen, zerrieben von der langen Arbeitslosigkeit dämmerte die Jugend dahin. Viele fanden zu den Kommunisten, aber nur wenige hielten stand. Die Anforderungen waren hart. Die Tätigsten wanderten in die Gefängnisse und Zuchthäuser. Der vierte Strafsenat des Leipziger Reichsgerichtes verurteilte erbarmungslos.

Jeder Tag blähte sich vor so einem jungen Menschen auf wie ein leeres Nichts. Der Hunger kann nicht wählen.

Da lungerten und vegetierten diese Ausgestoßenen herum und schliefen nachts auf den Anlagebänken. Stumpfe Verzweiflung glomm in ihren Augen. Im Dunkel tauchten gut bürgerlich gekleidete, mitleidige Menschen auf. Man unterhielt sich zwanglos, setzte sich hin und rauchte eine Zigarette.

»Na, Kamerad, arbeitslos, was? Schon lang nichts mehr im Magen? Sauber, das System, hm?« begann der Fremde. Das klang menschlich. Man ging miteinander. Der Fremde besorgte ein Quartier, dort gab es zu essen, heitere, freundliche Leute zahlten Bier und spendeten Zigaretten.

›Kamerad‹, hörte der junge Mensch immer wieder, und nach eini-

gen Tagen war das alles wie ewig bekannt. Junge Braunhemden sah er und da einen Revolver, ein Gewehr. Er fand nichts Schreckliches dran. Arglos freundete er sich an.
Hitler gab Löhnung, Unterkunft, bot Zeitvertreib und besorgte sogar Stellungen. Der Ausgehungerte wurde wirklich ›Kamerad‹.
»Wir haben diese natürliche Kameradschaft umgebracht ... Das vertreibt die Jugend aus unseren Reihen«, sagte Joseph einmal schmerzlich.
Der Sommer begann schon, als er endlich wieder ins Büro gehen konnte. Voller Tatendrang war er. Große Pläne beschäftigten ihn. Aber man begegnete ihm überall frostig. Um ihn herum wisperte und munkelte es. Man wich ihm aus. Die abgebrühten Parteisekretäre unterhielten sich nur ungern mit ihm, und wenn, dann bekamen sie listige Blicke und stellten arglose Fragen.
»Hm, du, das hab ich noch gar nicht gewußt, dein Bruder Albert ist ja SA-Mann ... Unser Reichsbanner-Erkundungsdienst hat's ausgeforscht«, sagte einmal Kaufel im Gang des Gewerkschaftshauses zu ihm. »Was sagt denn da dein Vater dazu?« Wetterle kam daher und blieb stehen.
»Mein Vater? ... Der hat ihn rausgeschmissen«, antwortete Joseph. Wetterle zog seine spitze Sattelnase ein bißchen höher.
»So, hm! ... Recht hat er gehabt ... Ich hab immer gemeint, der Albert hat stark gekommunistelt?« tastete Kaufel in seiner langsamen, bassigen Würde weiter.
»Jaja, das hab ich auch immer gehört«, mischte sich Wetterle ein.
»Umso ärger ... Ich kenn ihn nicht mehr ... Ich hab ihn auch nie mehr gesehen«, erwiderte Joseph abermals.
»Jaja, er ist, soviel wir wissen, in Württemberg bei einem SA-Schulungskurs«, berichtete Kaufel und hielt inne. Er schaute arglos auf Joseph. »Na, weißt du, er ist eben doch dein Bruder! ... Wenn's jetzt beispielsweise einmal gegen die Nazi losgeht von unseren Leuten aus, und er ist dabei, was tät'st du da?«
»Dann stech ich ihn ab wie eine Sau«, gab Joseph grob zurück.

»Na, na? . . . Übrigens, so was wär ein interessantes Problem für einen Romandichter«, sagte Wetterle siebengescheit. Kaufel zuckte die Achseln und meinte heimtückisch, aber unentwegt pastoral: »Abstechen, das läßt sich leicht sagen! . . . Weißt du, gleiches Blut? Ich würde mir, offen gestanden, das nicht zutrauen.«
»Gleiches Blut?« rief Joseph baff. »Du sprichst ja wie ein ausgewachsener Nazi! Ich stech ihn tot, verlaß dich drauf . . . Beim Klassenfeind hören so familiäre Sentimentalitäten auf.«
»Du ein Nazi? Ein guter Witz, hähähä!« lächelte Wetterle dünn und sah auf Kaufel. »Schön, sehr schön . . . Meiner Ansicht nach ist das in Wirklichkeit sehr schwer, wenn Bruder und Bruder nicht im gleichen Lager stehn und sollen aufeinander losgehn«, schloß Kaufel und tappte auf dem hallenden Gang weiter. Seine stämmigen X-Beine gingen nach auswärts. Bedächtig schritt er dahin. Wetterle, der viel kleiner war, schloß sich ihm an. Sie verschwanden in einem Büro. »Scheißkerle!« knurrte Joseph in sich hinein.

7
Zwischen Hoffnung und Abfall

Sengend heiß brannte die Julisonne auf die breite, schnurgerade Asphaltstraße, die von einem runden Platz fast im Zentrum der Stadt, an mächtigen amtlichen Gebäuden wie Kriegsministerium, Staatsbibliothek und Universität vorbei, durch einen dreitorigen, steinernen Triumphbogen ins schönste und reichste Wohnviertel lief. Zum Schluß mündete sie wiederum in einen viel unansehnlicheren Platz, auf dem die Trambahnlinien eine Schleife machten. Zwei Biergärten mit uralten Kastanienbäumen und ältere, ärmlichere Häuser zäunten ihn ein. Rechts und links von der Straße auf den von hohen Pappeln beschatteten Trottoiren gingen die Menschen mittagsträge dahin. Hell und freundlich leuchteten die großgeblumten, luftigen Kleider der vorüberschlendernden Mädchen und Frauen, die jüngeren Männer trugen nur Hemd und Hose, die älteren Herren breitkrempige Strohhüte und dünne Jacken in schwarz oder beige. Auf jedem Gesicht glänzte der Schweiß. Die tausend Gesprächsfetzen, das Klappern der Schritte, hin und wieder ein kurzes, schrilles Auflachen, das Surren der Lastkraftwagen und das Geschepper der schwerbeladenen, mit prallen Bräurossen bespannten Bierfuhrwerke vermengten sich mit der Hitze, und der wirre Lärm ähnelte dem unablässigen Brodeln eines kochenden Riesenkessels.

Der alte Hochegger ging kurzschrittig dahin und hatte eine verschlossene Miene. »Mensch, hast du gelesen«, schlug es an sein Ohr, »der Severing-Braun-Kurs geht ruhig weiter ... Im Reichstag Tolerierung unentwegt, bis zum Exzeß ... Austerlitz war als Wiener Gast auf dem Leipziger Parteitag ... Gesagt soll er haben, die Partei begeht Selbstmord, weil sie Angst hat vor dem Tod! ... Ausgezeichnet gesagt! Stell dir vor! *Diese* Situation und keine Änderung!« Er hob den Kopf und schielte bösartig auf zwei stämmige, barhäuptige Burschen, die die Straße überquerten.

»Hm, was ist denn das? Bei den Banken stehn die Leute an«, sagte eine weibliche Stimme besorgt. Zwei girrend lachende Mädchen mit Badezeug unterm Arm hasteten vorüber. »Sehr fesch sieht er aus, der Walter! Reizend, sag ich dir!« plapperte das eine. »Die neuen Uniformen, die sie jetzt kriegen, sind blendend... Schwarz mit Silberknöpfen. Fabelhaft einfach! Er hat's mir gezeigt... Es darf noch niemand wissen, daß sie neu uniformiert werden.« Schmollend kicherte das andere: »Neidisch bin ich auf dich. Er mit seiner schlanken Figur muß sehr elegant aussehn.«
»Auch was, hm!... Zum Gendarm von Hildburghausen hat der Frick den Hitler gemacht. Ganz Deutschland lacht drüber! So blamiert hat sich der Frick damit, daß er in Thüringen gehn hat müssen... Jetzt wollen sie's ableugnen«, spöttelte ein kleiner, elegant gekleideter Rechtsanwalt und grüßte Hochegger flüchtig. »Ganz gut so«, sagte dessen Begleiter. »Mit solchen Mätzchen ruinieren –« Er stockte plötzlich und rief verwundert: »Da schau! Was ist denn da los?«
Die Leute blieben stehen. Auch Hochegger hielt inne. Auf der glühsonnigen Straße, zwischen einem schwitzenden Schutzmann und einem Zivilisten, dem man den Kriminalkommissar von weitem ansah, schritt Peter Meidler dahin. Kalt schaute er drein, ohne Scheu; mit verächtlichem Haß maß er ab und zu einen Gaffer. Ohne Kopfbedeckung war er, sein strähniges Haar troff von Schweiß; verrußt, schlampig und dreckig sah er aus. Offenbar hatte man ihn von der Arbeitsstelle weg verhaftet.
»Ah, hab die Ehre! Das ist gut, daß ich dich treff, Joseph!« Hochegger vernahm jetzt eine wohlbekannte Stimme. »Was schaust denn? Das wird eines von den kommunistischen Bürscherln sein.« Gleiber hielt vor ihm und wischte sich mit dem großen, roten Taschentuch das nasse Gesicht ab. »Propaganda bei der Reichswehr sollen sie gemacht haben...« Einige Neugierige hörten hin.
»Ein Kommunist, hm«, sagte da und dort jemand. Weiter gingen die Leute.

»Ja, tja . . . Heinrich. Grüß dich! So eine Hitze heut«, fing Hochegger zu reden an. »Wo aus, wohin?«
»Komm heut oder morgen zu mir«, gab Gleiber ohne Antwort zurück, und sein bärtiges, hochrotes, zerlaufenes Gesicht wurde wichtiger. »Ernste Sachen! Böse Sachen . . .« Er hatte es eilig. Kaum, daß er die Antwort Hocheggers abwartete. Er trat auf die Straße und stieg in die anfahrende Trambahn. Kurz winkte er zurück. Hochegger ging weiter. Er bog in eine geräuschvolle, schmale Seitenstraße ein. Seltsam: vor den Läden standen hin und wieder Leute und schauten vorne auf die Ecke, wo sich vor einer Bankfiliale – immer wieder von zwei Schutzleuten in Reih und Glied gewiesen – aufgeregte Menschen drängten.
»Da laufen's jetzt, die Herrn Kapitalisten . . . Da sieht man's, wer Geld hat und wer keins hat«, hörte Hochegger einen Krämer sagen.
»Wegen meiner können die ganzen Banken verkrachen«, rief eine Gemüsefrau über die Straße. »Unsereins kommt nie zu einem übrigen Pfennig!« Erstaunt strebte Hochegger weiter, unsicher musterte er die wartenden Menschen vor der Bankfiliale. Keine reichen Leute waren es, das sah man auf den ersten Blick. Verängstigte, murrende Kleinbürger, ergraute Rentner, klagende, verhutzelte, altmodische Frauen mit vergrämten Gesichtern schoben sich in kurzen Intervallen dem Eingang zu. Die Schutzleute ließen immer nur zwei Personen eintreten. Bestürzte Fragen umliefen die Herauskommenden: »Was? Bloß mehr dreihundert? . . . Was? Hundertmarkweis? . . . Wie? Nachmittag wollen sie schließen? Überhaupt ganz sperren? Sperren?! Ja, ja, was mach ich denn da? Das ist mein Letztes! Ich hab doch keinen roten Heller mehr! Soll man denn verhungern?«
Die Blicke wurden unstet. Die Mienen entsetzt.
»Ordnung halten, bitte!« riefen die Schutzleute. »Es kommt jeder dran!« Eine heftig gestikulierende Frau zwängte sich nach vorne. »Wenn's doch um ein Uhr zumachen!?« Die Leute hinter ihr drückten. »Das ist ja einfach haarsträubend! Unverschämt!« knurrte ein

älterer Kaufmann in steifem Hut. »Wie im Krieg! – Inflation? – Über sein eigenes Geld ist man nicht mehr Herr! – Gestohlen! – Der Brüning!« schimpfte es durcheinander. Aufsässiger wurden die Leute. Die Schutzleute schlugen einen härteren Ton an. Schon sammelten sich überall auf den Gehsteigen Menschen. »Das saubere Bankrottsystem Schwarzrotgold!« hetzte ein hochaufgeschossener, schadenfroh dreinschauender Mann und fand Zustimmung. Hochegger sah hin. Es war Mantler.
»Alle gehören aufgehängt!« sekundierte eine andere Stimme. Hochegger ruderte durch das aufgeregte Menschendickicht. Atemlos kam er vor seinem Haus an. »Herr Stadtrat? Haben Sie's gsehn? Die Banken zahlen nimmer! Was ist denn das?« rief ihm die vor der Ladentüre stehende Frau Schwinglinger zu. Er sah sie mürrisch an: »Ich weiß auch nichts!« Frau Schwinglinger ging in den Laden und sagte zu ihrem Mann: »Na, und so unfreundlich war er doch noch nie... Hm, der hat sich wohl schon gesichert!« Hochegger keuchte über die Treppen hinauf. Babette kam ihm im Gang entgegen: »Hast Du Geld?«
»Ja, ich schon... Die Stadthauptkasse hat in der Frühe noch ausgezahlt«, antwortete er. »Gott sei Dank! Hm, die Putzfrau hat erzählt, morgen werden alle Banken geschlossen! Es ist kein Geld mehr da! Ist denn das wahr? Inflation soll's geben!« rief Babette. »Wieviel hast du denn? So, sechshundert? Naja, das geht ja... Was ist denn das?«
»Ich weiß nicht!« brummte Hochegger und hing seinen leichten Rock auf: »Da kennt sich der Teufel aus!« Kopfschüttelnd sank er auf einen Stuhl nieder und schwieg.
Umso gesprächiger wurde Babette. Sie stemmte ihre Hände in die Hüften, und mit nüchterner Aufgebrachtheit unkte sie: »Hm ja, wenn das wirklich so wird, hm... Da ist unser bißl Geld auch hin! Ja?... Mann? So was kann's doch nicht geben! Da ist doch jeder kleine Sparer ruiniert! Was machen wir denn da?... Ich hab's vor der Putzfrau nicht machen wollen, sonst wär ich einfach mit dem

Bankbuch los ... Man weiß doch nie! Tja, wir können doch nicht einfach alles futsch gehn lassen! Joseph? ... Unsere paar sauer ersparten Groschen? ... Ich werd verrückt!«
»Das kann's ja nicht geben ... Da muß ja der Staat eingreifen.« Hochegger fand endlich die Fassung wieder. »Inflation, das gäb ja eine Revolution, glatt eine Revolution! ... Ich geh um fünf Uhr zum Gleiber ... Der weiß sicher, was los ist ... Nein-nein, das ist sicher bloß vorübergehend ...«
Sie aßen ohne Appetit. Immer wieder malte Babette die düstersten Bilder. »Es ist bloß gut, daß diese vorlaute Lotte nicht da ist«, warf sie einmal hin und setzte giftig dazu: »Die geht in der Früh weg zum Baden, verstehst? Der ist alles egal ... Wir sorgen ja für sie! So möcht ich's auch mal eine Viertelstunde haben.«
»Ich schmeiß sie ja doch noch hinaus«, erwiderte Hochegger finster.
»Höchste Zeit wär's ... Schon lang solltest du's getan haben«, hetzte Babette weiter. All ihre nachgiebige Art war auf einmal wie verflogen.
»Und jetzt, wenn's überhaupt so wird, da kann sie schauen, wie sie weiterkommt! ... Wir können sie nicht mehr mitfüttern«, benzte sie in ihn hinein. »In so einer Zeit ist jeder sich selber der Nächste ... Du machst immer den Lastesel für alle und jeden.« Das saftige Kalbfleisch schmeckte ihr absolut nicht. Sie schob den Teller weg und bekam eine herzzerreißende Miene. Ein paar Mal schluckte sie. Auf einmal traten Tränen in ihre Augen, und sie rieb daran. »Jetzt, jetzt weil man alt ist und sich ein bißl was errackert hat«, wimmerte sie weinerlich, »jetzt geht alles zugrund! Jetzt steht man wieder da mit gar nichts!« Sie weinte endlich grad heraus.
»So sei doch still! Beruhige dich doch, Babettl!«, tröstete er sie zermürbt. »Es wird nicht gleich so heiß gegessen, wie gekocht wird ... Es renkt sich sicher wieder ein. Sei ruhig, sei still! Ich schau schon ... Das kann ja nicht sein! Sei ruhig. Ich geh nachher zum Gleiber. Ich wett, er kennt sich da aus ...«

Am Nachmittag sah die verstört gewesene Welt schon wieder ausgeglichen und friedlicher aus. Zwar hatten die Banken ihre Türen und Schalter geschlossen, aber die Mittagsblätter, deren dickletterige Überschriften Hochegger, vor den Verkaufsständen stehenbleibend, überflog, brachten allenthalben beruhigende amtliche und nichtamtliche Erklärungen. Kein Sparer brauchte sich zu ängstigen, hieß es, das Reich mit seinem ganzen Vermögen stehe für die Verpflichtungen der Banken ein. Die Maßnahmen seien nur vorübergehend notwendig geworden, die Regierung habe sich zu einer sofortigen Stützungsaktion entschlossen und verhandle bereits wegen vorteilhafter Fusionierung der betroffenen Geldinstitute, so daß schon in den allernächsten Tagen mit einer Ausbalancierung der Schwierigkeiten zu rechnen sei. Das Straßenleben war wie gewöhnlich. Die Sonne schien. Die Menschen gingen ihrer Beschäftigung nach. Die Müßiggänger füllten die schattigen Gartencafés.
Hochegger kam schon bedeutend beruhigter ins Parteihaus, und als Gleiber nur etliche nebensächliche Bemerkungen wie etwa: »Ach das? Das gibt sich bald wieder!« bezüglich dieser Vorkommnisse machte, da verflüchtigte sich sein unsicherer Kummer völlig.
»Ich hab hier was sehr Sonderbares«, sagte, von seinem Schreibtisch aufstehend, der hemdsärmelige Heinrich Gleiber, »ich kann's zwar noch nicht mit aller Bestimmtheit behaupten und will's auch nicht, aber – es handelt sich um deinen Joseph.« Er schob die dünngeränderte Brille, die er nur bei der Arbeit im Büro trug, in die feuchtglänzende Stirn und reichte seinem Freund ein Zeitungsblatt mit einem rot angestrichenen Artikel: »Lies dir das einmal durch ... Wie gesagt, ich glaub's noch nicht ganz, aber die zuverlässigsten Genossen melden mir, daß dein Joseph der Verfasser dieses seltsamen Rundschreibens ist ... Du siehst übrigens schon, wie uns das schadet ... Die Nazis ziehn das auf, als ob die Partei derartige verschwörerische Dummheiten im Sinne hätte ... Das geht nicht! Wenn das der Fall ist, da muß ich rücksichtslos vorgehen ... Du kennst mich, ich bausch solche Sachen nicht gern auf, aber da

müßt ich gegen unsere Freundschaft ... Na, schau dir das Ding einmal durch, vielleicht weißt du, wie weit man das überhaupt vom Joseph annehmen kann.«
Hochegger nahm das Blatt und las die dicke Überschrift: ›Militärische Vorbereitungen zu Staatsstreichzwecken bei der Sozialdemokratie!‹
»Hoho«, brach er aus sich heraus, »jetzt sollen wir schon die Putschisten sein.«
»Lies nur einmal genauer«, sagte Gleiber, der sich wieder an den Schreibtisch gesetzt hatte und sehr beschäftigt tat.
›Ein aufschlußreicher Brief‹, lautete der Untertitel. ›Seitdem die sozialdemokratischen Oberbonzen die Parole ausgegeben haben ‚Wenn schon eine Diktatur, dann machen wir sie‘, spukt es in den Köpfen der kleinen und kleinsten Unterbönzchen‹, höhnte das nationalsozialistische Parteiblatt und fuhr fort: ›Seit dem berechtigten Erstarken der nationalsozialistischen Bewegung und ihrer musterhaft disziplinierten Schutzorganisationen ist den Herrschaften vom Reichsbanner ‚Schwarzrotsenf‘ der Schrecken in die arterienverkalkten Glieder gefahren. Unsere Erfolge lassen die Vollbärte dieses zänkischen Veteranenvereins nicht mehr schlafen. Sie haben Angst um ihre wohlbezahlten Korruptionsposten. Mit beispielloser Hinterhältigkeit suchen sie erneut, ihre Anhänger aufzuhetzen, und suchen sich besonders unter den jüngeren Mitgliedern dadurch beliebt zu machen, indem sie ihnen die niederträchtigsten Lügen über angebliche ‚Nazi-Putschgefahren‘ vorsetzen. Was diese Herrschaften im Sinne haben, mag der nachfolgende Brief, den uns ein günstiger Wind auf den Redaktionstisch geweht hat, beleuchten. Er ist in der Form eines geheimen Rundschreibens angefertigt und natürlich von keiner maßgebenden Parteistelle unerzeichnet, damit die wahren Drahtzieher sich im geheimnisvollen Wasser ihrer Unschuld die schmutzigen Hände waschen können. Wir sind auf jedes Dementi gefaßt und werden es gebührend einzuschätzen wissen. Hier der faksimilierte Brief:

›Geheimhalten!‹

Werter Genosse!

Das Reichsbanner ‚Schwarzrotgold', einst gedacht als Organisation zum Schutze der Republik, ist heute kein proletarisches Kampfinstrument mehr. Dadurch, daß sogar Zentrumsleute und verwaschene Demokraten von Anfang an aufgenommen worden sind, nur weil sie vorgaben, republiktreu zu sein, dadurch, daß die Führung des Reichsbanners in den Händen alter und meist ganz rechtsstehender Sozialdemokraten liegt (siehe Hörsing!), kann aus dieser Front nie ein wirklich kampfgewillter Heerbann aufrechter Sozialisten werden. Nicht umsonst geht – jetzt, da Brüning offen gegen uns Sozialdemokraten regiert – das berechtigte und blamable Sprichwort um:

‚O Reichsbannermann, wenn ich dich in dieser Gesellschaft seh, tut mir das Herz so weh!'

Wir geben allen jungen überzeugten und entschlossenen Genossen zu bedenken, was auf dem Spiel steht.

Die Republik ist für den Arbeiter inhaltslos geworden. Er hat kein Recht mehr in ihr. Brüning hat ihm nur ‚die Not verordnet'. Er regiert autoritär, das heißt, er ebnet Hitler den Weg. Unter seiner Duldung und durch die Unterstützung hoher Reichswehrstellen kann ‚Adolf aus Braunau' sein Bürgerkriegsheer aufrichten. Er erhält nicht nur unwahrscheinlich hohe Geldzuwendungen von den scharfmacherischen Industriellen und Großgrundbesitzern – es ist nicht zu bezweifeln, daß die Kamarilla der internationalen Rüstungsfabrikanten, für die ein kommender Krieg das beste Geschäft ist, den Nazis Millionen und aber Millionen zuschanzt.

Ein neuer Weltkrieg soll wieder entfacht werden, erstens um Sowjetrußland zu vernichten, und zweitens, damit die Erwerbslosen und unbequemen Proleten weniger werden. So denkt man sich im braunen Lager die ‚Ausrottung des Marxismus'.

Entscheide selbst, Genosse, ob du das willst! Die Zeit ist kurz. Jeden

Tag kann Hitler mit seinen bewaffneten Banden die Macht an sich reißen. Dann wehe jedem Sozialisten. ‚Köpfe werden rollen'.
Die Frage steht vor uns: Was nun tun?
Es ist dringend notwendig, daß das Reichsbanner von Grund auf umgebaut wird. Es muß schlagkräftig werden. Keine Phrasen helfen uns darüber hinweg, daß die gewaltsame Auseinandersetzung kommt und kommen muß!
Die Arbeiterschaft *ist* eine unbesiegbare Macht, aber sie muß ihre Macht auch anzuwenden wissen!
Es ist vor allem notwendig, daß wir jungen unerbittlichen Sozialisten uns sammeln und die jetzige Reichsbannerleitung hinwegfegen. Es müssen Genossen hinein, die unser restloses Vertrauen haben. ‚Weg mit Hörsing!' muß unser Kampfruf werden, bis sich die Dinge geändert haben. An seine Stelle muß einer von uns, der militärische und strategische Erfahrung hat und diese Umorganisierung schnellstens durchführt.
Bis dahin aber, Genosse, mußt auch du arbeiten. Heute noch mußt du anfangen, alle wehrfähigen Männer in deinem Betrieb zusammenzufassen. Ihr müßt Kampfkader gründen, die im Augenblick des Losschlagens der Nazi
a) den Betrieb stillegen
b) ihn sofort militärisch besetzen können
c) sofort mit anderen Betriebsgruppen zusammentreten und sich über das Organisatorische und Militärische einigen.
Fang an, Genosse! Lernen wir von unseren Feinden! Kein Bruderkampf mehr mit den Kommunisten. Die Stunde der Gefahr ist da! Schafft ungesäumt die echte Einheitsfront!
Einige aufrechte Genossen.

Kommentar überflüssig! Herr Staatsanwalt, wie ist's?‹ schloß der Bericht.
Hochegger sah auf. Gleiber räkelte sich und schob abermals seine Brille in die Stirn. Seine Augen bekamen eine würdige Härte.

»Was sagst du jetzt?« fragte er seinen Freund: »Nichts mehr, was? Schändlich!« Sein Gesicht verdüsterte sich. »Daraus kann man der Partei den Strick drehen. Wenn wir davon nicht sofort energisch abrücken, haben wir einmal ein Reichsbanner gehabt, obwohl der Hindenburg unser Ehrenvorsitzender ist . . . Wir im Landesvorstand sind uns natürlich sofort schlüssig geworden. Der Parteivorstand ist durch Kurier verständigt. Heut noch kommt unser Dementi heraus . . . Die Kommission fürs Schiedsgericht ist gewählt. Da muß schnell und rücksichtslos gesäubert werden . . .«
»Jaja, selbstredend, da bin ich ganz deiner Meinung, Heinrich. Absolut«, meinte Hochegger. »So was wär ja unser Ruin, aber . . .«
»Aber, willst du fragen, wie komm ich drauf, deinen Joseph zu verdächtigen?« fiel ihm Gleiber ins Wort, und als Hochegger nickte, wurde er heftiger.
»Hm, er hat sich ja seit seinem Kranksein seltsam gemausert! Sogar mit den Kommunisten hockt er zusammen. Im ›Scheringerkreis‹ hat man ihn gesehen . . . Ich hab absolut einwandfreies Material und durchaus zuverlässige Zeugen . . . Uns ist bekannt, daß er den saudummen Brief verfaßt hat, und vor allem, daß er ihn so himmelschreiend dumm verschickt hat . . . Einen besseren Gefallen hat er den Nazis gar nicht tun können . . .« Er kam immer mehr ins gewichtige Poltern und tappte auf und ab. »Ich weiß ja nicht, ob du ihn öfter triffst. Ganz und gar zu seinen Ungunsten hat er sich verändert. Schon lang verhetzt er die besten Genossen und Gewerkschaftler, arbeiten tut er überhaupt nichts mehr, immer schwätzt er bloß rum . . . Naja, wenn's ihm zu wohl ist? Es gibt dutzendweis andere, bewährtere Genossen, die froh sind, wenn sie seine gute Stellung kriegen . . .«
»Heinrich?« fragte Hochegger, und Gleiber blieb stehen: »Heinrich? Weißt du's auch wirklich ganz gewiß? . . . Der Joseph? Ich *kann's* nicht glauben!«
»Da bist du Vater . . . Ich versteh das«, sagte Gleiber unmerklich von oben herab. »Aber verlaß dich drauf, ich tu keinem Unrecht.

Wenn man sein Leben lang so wie ich in der Verantwortung steht, da weiß man, was man zu tun hat.«

»Ich geh auf der Stelle zu ihm!« Hochegger sprang ungewohnt schnell auf. »Ich kann das nicht fassen! Ich red mit ihm, Heinrich ... Und wenn du willst und Zeit hast, ich bring ihn heut noch her.«

»Ich bin nicht die Partei ... So eine Aussprache führt zu nichts«, wies Gleiber ab. »Er soll sich vor dem Schiedsgericht verantworten. Auf's Maul ist er ja nicht gefallen ... Es tut mir leid, Joseph, aber was sein muß, muß sein!« Betreten verließ ihn Hochegger. Auf der Treppe stieß er auf Wetterle und Koller, die er nur flüchtig kannte. Sie sahen geschwind in das verstörte Gesicht des Alten und blickten wieder weg. Er ging vorbei, ohne sie zu beachten. Sie stießen einander an, verzogen die Mundwinkel, und Wetterle flüsterte hastig: »Der hat sicher intervenieren wollen. Nützt ihm aber nichts mehr.«

Wie zertrümmert kam Hochegger auf die schon dämmerigen Straßen. Die Rolläden der Auslagenfenster waren bereits heruntergezogen. Aus den Hausgängen strömten, geschwätzig plappernd, die Angestellten. Hochegger sah mit verschwimmendem Blick auf all diese Menschen, und eine tiefe, bleischwere Traurigkeit befiel ihn. ›Weiß Gott, die sind glücklich‹, tropfte es in sein Hirn. ›Die scheren sich nicht um Politik und um so miserable Parteizänkereien. Hätt ich mich doch auch nie mit all dem eingelassen. Alt bin ich drüber geworden, hm, und gar nichts war's als ewige Kalamität ... Dieses Gift hat mir sogar meine Kinder weggefressen.‹ Verpfuscht kam ihm sein ganzes Leben vor. Eine Weile trottete er schier willenlos weiter. Erst nach und nach fielen ihm wieder Gleiber, das Gespräch mit ihm und sein Joseph ein. Er raffte sich halbwegs auf, stieg in die Trambahn und legte sich unmutig zurecht, was er ungefähr alles zu seinem Sohn sagen wollte.

Überraschenderweise wußte Joseph schon alles und war äußerst siegesbewußt. Es waren etliche fremde Genossen bei ihm, die Hochegger in ihrem Habitus unangenehm an Albert erinnerten. Der Alte erschrak ein wenig und wollte erst gar nichts reden. Er erwähnte nur, als ihm Joseph die Tür öffnete, daß er bei Gleiber gewesen sei.

»Was? Hm, der hinterhältige Fuchs . . . Das dreht er jetzt so, als wie wenn du für mich bei ihm um schön Wetter angehalten hättest. Ein Schuft das!« rief Joseph ungeniert vor den Genossen. Hochegger wurde immer unsicherer.

»Das ist dumm! Setz dich doch hin«, sagte Joseph. Doch der Alte blieb stehen.

»Du kannst ruhig reden, das sind echte Genossen . . . Da, das ist der Neubert, und das der Leinhart«, stellte Joseph vor. Die beiden drückten Hochegger die Hand. Es verging eine stockende Weile. Klara kam mit einem Teller voll Kirschen herein. Neubert und Leinhart griffen zu.

»Vater, setz dich doch . . . Soll ich dir vielleicht ein Bier holen?« wandte sich Klara an Hochegger. Der schüttelte den Kopf und sah schluckend auf Joseph.

»Ja«, sagte er endlich verlegen, »ich glaub, ich stör euch. Wenn du schon alles weißt? Ich bin ein alter Mann, ich . . .«

»Um mich brauchst du dich nicht kümmern . . . Diesmal, glaub ich, geht's zwar hart auf hart. Der Gleiber versteht's, seine Gegner abzuwürgen . . . Sollen sie machen, was sie wollen, nachgeben tu ich nicht«, schnitt ihm Joseph das Wort ab. »Wenn wir Jungen uns nicht endlich rühren, verkommt das Beste an der Partei . . .«

»Aber die Folgen?« fragte Hochegger in die Luft.

»Ah, du meinst, sie schmeißen mich aus der Partei raus, und ich verlier die Stellung? Das meinst du doch?« fragte Joseph.

Hochegger nickte und sah ihn schwermütig an.

»Meinetwegen . . . Schließlich, wenn man für was kämpft, muß man die Konsequenzen auf sich nehmen«, sagte sein Sohn. »Wenn jeder bloß immer fragt, ob er was verliert, dann soll er lieber wegbleiben von der Politik . . . Andere sind dafür gestorben. Ich fürcht mich nicht.« Klara sah mit verborgenem Stolz auf ihn. Die zwei Genossen schwiegen.

»Ja, ihr seid alle jung . . .« brachte Hochegger schwer heraus und wandte sich zum Gehen. Joseph brachte ihn zur Tür. Der Alte drückte im dunklen Gang seinen Körper an den seines Sohnes und hauchte ihm ins Ohr: »Joseph, du weißt, ich verlaß dich nicht!« Und jäh umkrampfte er Josephs Hand.
»Hab nur keine Angst, jetzt wird's erst schön«, erwiderte sein Sohn und wünschte ihm eine gute Nacht.
Neubert und Leinhart waren von der ›Roten Hilfe‹ und hatten die Nachricht von Peters Verhaftung gebracht. Nach einigen Worten über seinen Vater nahm Joseph das Gespräch wieder auf.
»Jaja, ich will schauen . . . Die Prozesse werden ja jetzt schon so massenhaft, daß kein Mensch mehr mitkommt . . . Dem Freundlich geb ich auch eine Liste zum Sammeln. Herrgott, der Peter! Zersetzungspropaganda in der Reichswehr, das wird haarig für ihn«, redete er weiter und kam wieder auf sein Thema. »Ich weiß nicht, ich bin zuversichtlich . . . Wenn wir das fertigbringen, daß wir das Reichsbanner sozusagen zu einem getarnten Rotfrontkämpferbund machen können, wie's mir so vorschwebt . . .« Neubert lächelte ungläubig. Sein hageres, stoppelbärtiges, gegerbtes Gesicht mit den kleinen schlauen Augen blieb beharrlich zweifelnd.
»Sie schmeißen dich raus aus der Partei, und der alte Zimt geht weiter«, sagte er mit seiner ständig belegten Stimme. Er saß da mit ausgestreckten Beinen. Dürr war alles an ihm. Wie ausgetrocknet. Die Kletterweste machte viele Falten. Die Schuhe und Motorfahrergamaschen waren staubig bis über die spitzen Knie herauf.
»Wenn's geht, wenn's irgendwie geht, sei noch hinterhältiger als der Gleiber. Einfach frech alles ableugnen . . . Ich weiß, dir ist das zuwider, aber du nützt uns viel mehr, wenn du es fertigbringst, daß du drinnen bleibst . . . Zum Austritt ist immer noch genug Zeit«, meinte Leinhart und hob seinen kugelrunden, kurzhaarigen Kopf. In seinem starkknochigen Mongolengesicht saß eine breite, großlöcherige Sattelnase. Die Augen waren stechend dunkel und auffallend geschlitzt.

»Wir werden's ja sehen ... Ich bin optimistischer als ihr ... Sogar Severing ist neuerdings für eine Aktivierung des Reichsbanners«, schloß Joseph.
»Wie er sich eben so einen aktivierten Veteranenverein unter Polizeiaufsicht vorstellt«, spöttelte Neubert.
»Darf man dem Peter was in die Untersuchungshaft bringen?« erkundigte sich Klara.
»Ja, aber schick's lieber durch uns ... Ihr dürft auf keinen Fall in Erscheinung treten«, riet Leinhart beim Weggehen.

Der Parteiapparat arbeitete diesmal sehr schnell. Doch die Situation war für Joseph unerwartet günstig. Schon lange rebellierten die klassenbewußteren Teile des Reichsbanners gegen die lahme Führung durch Hörsing. Der redete in einem fort gewaltmäßig daher. Alles blieb dennoch beim alten. Er machte sich nur lächerlich.
Die überwiegend sozialdemokratische Preußenregierung Braun-Severing hatte durch Zörrgiebels blutige Unterdrückung der Mai-Demonstration, durch das Verbot des Rotfrontkämpferbundes, durch Kulanz nach rechts und Terror nach links ihren Fortbestand von den grimmigsten Gegnern der Republik zu erkaufen versucht.
Als Antwort darauf inszenierten der Frontsoldatenbund ›Stahlhelm‹ und die Deutschnationalen mit Unterstützung der Hitler-Partei einen groß angekündigten ›Volksentscheid zur Auflösung des Preußischen Landtages‹. Diese Bedrohung der ›letzten republikanischen Insel‹ in Deutschland wühlte die gesamte Mitgliedschaft und besonders die Jugend der Sozialdemokratischen Partei auf. Viele dieser Arbeiter sympathisierten, der Politik ihrer Führung zum Trotz, mit den Kommunisten. Der Angriff der geeinten Reaktion, so hofften sie, werde nun die ersehnte Einheit der Arbeiterschaft herbeiführen.
Es sah ungemein hoffnungsvoll für Joseph Hochegger aus, als er vor ein Parteischiedsgericht geladen wurde. Die Stimmung war für ihn. Leicht konnte er sich verteidigen.

Das Schiedsgericht kam zu einem Beschluß, der Gleiber außer Rand und Band brachte.
Joseph blieb Parteimitglied. Mit dem Dementi seines Rundschreibens in der Parteipresse war er einverstanden, und auch das Redeverbot für ein Jahr nahm er hin. Es stand ihm ja Einspruch beim nächsten Parteitag zu.
Der alte Hochegger kam etliche Tage darauf zu Gleiber und bedankte sich bei ihm. Ahnungslos und gerührt sagte er: »Heinrich, ich seh's immer wieder, bei uns Alten redet eben doch das Herz mit.« Sein Freund verriet sich nicht. Kofler stand dabei. »Die Papp'n hab'n wir ihm zug'riegelt, vielleicht fangt er's Schnupfen an wie ich«, warf er trocken hin und schob einen Berg braunen Tabak in sein nachgiebiges Nasenloch. Rasselnd zog er ihn hinauf. »Gewarnt ist er«, brummte Gleiber nur.
Die Jungen freuten sich. Josephs Vorstoß wuchs sich fast zu einem Triumph aus. Sein Vorgehen war keine Einzelerscheinung. Und schließlich konnte die Parteileitung Hörsing nicht mehr halten. An seine Stelle trat der aktivere Höltermann, der sofort daranging, das Reichsbanner umzuformen. Es sollte eine durchaus republikanische, halbmilitante Massenorganisation werden. Aus den Ortsvereinen und Kameradschaften wurden jetzt straff gegliederte Schutz- und Stammformationen herausgebildet, kurz als ›Schufo‹ und ›Stafo‹ bezeichnet. Die ›Schufo‹ galt gewissermaßen als Fronttruppe und trug einheitliche Uniform: grüne Hemden mit der Zugnummer im Kragenspiegel, graue Hosen, schwarze Ledergamaschen, blaue Mützen und schwarze Selbstbinder. Eine Hundertschaft hieß jetzt ›Zug‹, besaß eine eigene schwarzrotgoldene Sturmfahne und hielt jede Woche Exerzierübungen ab. Waffen waren freilich verschwindend wenig da, und gezeigt durften sie überhaupt nicht werden. Die ›Stafo‹ als Reserve setzte sich aus den älteren Reichsbannerkameraden zusammen. Diese Männer blieben bei ihren gewohnten grünen Joppen und blauen Schirmmützen. Auch die Sportorganisationen wollten nicht zurückstehen und

traten als ›Wehrschaften‹ auf den Plan. Als sichtbares Zeichen ihres Abwehrwillens gegen die reaktionären Vorstöße wurden Anstecknadeln mit drei Pfeilen in Umlauf gesetzt und allgemein getragen. Niemand konnte zwar enträtseln, was für ein Symbol sich dahinter verbarg, aber die silberglänzenden Pfeile wirkten sehr einprägsam. Joseph wurde ein begeisterter Schufomann. Gläubig rechnete er damit, daß die Proleten des verbotenen Rotfrontkämpferbundes langsam zu den Schutzformationen kämen.

Und da kam ein Morgen. Er las die Zeitung und wurde blaß. Er sprang auf und schlug sich mit der Faust gegen die Stirn. »Das ist ja unmöglich! Wahnsinn!«

Klara stutzte. »Was ist denn los? . . . Was hast du denn?«

Er war schon an der Tür und rief zurück: »Lies selber in der Zeitung! Der Volksentscheid! Ich muß weg.«

Ganz verstört kam er im Büro der Roten Hilfe an, deren Mitglied er, dem Parteiverbot zum Trotz, insgeheim war. Erst ließ man ihn gar nicht zu Wort kommen. Neubert, Leinhart und Peter redeten hitzig aufeinander ein.

» . . . sekkieren uns bis aufs Blut und werden nächstens noch die ganze Partei verbieten. Und vor die sollen wir uns schützend stellen?« schrie Peter.

»Nein!« erwiderte Leinhart. »Das nicht. Über die Verbrechen der Bonzen sind wir uns ja einig. Aber frag mal *den*. Wie der das auffaßt.« Er wies auf Joseph.

»Jaja, immer abstimmen, abstimmen«, warf Neubert höhnisch hin. »Das ist ja die Hauptsache.«

»Es ist also wirklich wahr, ihr Kommunisten stimmt mit den Nazis gegen uns? Ihr macht den Volksentscheid wirklich mit?« Joseph sprach ganz langsam. Tonlos.

»Nicht *gegen* euch, *für* euch, damit euch endlich die Augen aufgehen, verstehst du? Gegen Braun-Severing, die euch doch genauso ans Messer liefern wie uns«, rief Peter und rüttelte Joseph an den Schultern.

Es sah aus, als wolle er vergeblich einen Schlafenden wecken. Joseph stand noch immer starr da, mit großen Augen.
»Ich verstehe euch wirklich nicht. Wollt ihr denn mit Gewalt alles zerschlagen? Ein bißl geschickter wenn ihr wärt, scharenweise kämen die Arbeiter zu euch. Aber nein! Jetzt, wo wir das Reichsbanner endlich so weit haben ...«
Wütend unterbrach ihn Neubert: »Was, das Reichsbanner? Da sollen wir wohl eintreten?« Er bekam böse Augen. »Und dann mit Zörrgiebel: immer auf die Proleten! Hör mir bloß auf mit deinem Reichsbanner. Wenn Nazis oder Stahlhelmer anrücken, dann geht es hübsch brav auf Schmetterlingsjagd.«
»Laß doch das Reichsbanner!« fuhr ihn Leinhart ärgerlich an. »Darum handelt es sich ja gar nicht. Wir möchten bloß eins wissen: wieso waren wir gestern dagegen, und heute sind wir plötzlich dafür? Wer soll sich denn da noch auskennen?«
Joseph atmete kurz auf. Er glaubte, die Stimme eines Verbündeten zu hören.
»Können wir vielleicht was dafür, wenn unsere Zeitung schon wieder einmal verboten ist?« gab leicht überlegen Peter zur Antwort. »Natürlich ist's da kein Wunder, wenn's nicht jeder gleich begreift. Aber ist denn das wirklich so schwer zu erklären?
SA ist erlaubt. SS ist erlaubt.
Der RFB ist verboten.
Der ›Völkische Beobachter‹ ist erlaubt. Der ›Angriff‹ ist erlaubt.
Uns halten sie das Maul zu. In Preußen genau so wie hier.
Panzerkreuzer? Jawohl. Subventionen? Jawohl.
Und für die Proleten? Lohnabbau! Notverordnungen! Maßregelung, Negersteuer.
Glaubt ihr denn, uns ist's so leicht geworden, da mitzumachen? Aber eure Bonzen wollten's ja nicht anders. Sie haben uns ja direkt dazu gezwungen.«
Er schaute Neubert in die Augen, und dann Leinhart. »Du weißt es genau!« rief er. »Und du weißt es genau: immer wieder haben wir es

ihnen angetragen. ›Hebt das RFB-Verbot auf, und wir stimmen nicht gegen euch.‹ Aber die: lieber tausendmal mit den Nazis als einmal mit uns!«
Er bekam rote Flecken auf den Backen und griff sich in den Kragen, als würge ihn was.
»Ach, ihr seid ja alle Reformisten!« warf Neubert dazwischen. »Du auch, Peter. Wie kann man überhaupt auf die Idee kommen, daß die den RFB erlauben? Die gehen doch immer brav an der Leine. Wir müssen eben jede Illusion zerstören, als ob die SPD überhaupt jemals die Einheitsfront will.«
Joseph brüllte ihn plötzlich sackgrob an. »Unser Parteivorstand und die Minister natürlich nicht – aber wir, wir Proleten, wir sind doch für die Einheitsfront! Red doch keinen solchen Blödsinn!«
Auch Peter und Leinhart schauten Neubert ungut an.
»Hoho! Hoho! Reg dich doch nicht so künstlich auf!« rief Neubert leicht verärgert.
Aber Joseph fragte unvermittelt: »Sag mir doch klipp und klar – wollt ihr, daß der Faschismus kommt?« Neubert sah ihn kalt an: »So steht ja die Frage nicht. Zwölf Jahre versuchen wir jetzt schon, die Arbeiter darüber zu belehren, daß der Weg der Zweiten Internationale falsch ist, daß er unweigerlich zum Untergang, zum kampflosen Kapitulieren vor der Bourgeoisie führt«, erklärte er mit unbeirrbarem, verhaltenem Fanatismus. Seine Augen bekamen einen stählernen Glanz. Die Gehemmtheit seiner heiseren Stimme verlieh jedem Wort eine erdrückende Schwere. »Seit dem Spartakusbund anno 17 plagen wir uns und werkeln und werkeln, damit der Prolet endlich nicht mehr an das langsame Hineinwachsen in den Sozialismus glaubt. Aber immer wieder suchen sie den bequemeren Weg. Mit dem Stimmzettel in der Hand wollen sie siegen, und die SPD bestärkt sie darin! Sie weicht jedem Kampf aus, sie sabotiert jede Massenaktion . . . Ja, Mensch, begreifst du denn nicht?! Schau doch hin, wie weit der Prolet gekommen ist! Soll ihn denn erst der blutigste Faschismus darüber aufklären, daß er die Macht nur

durch genau so einen blutigen Kampf erobern muß?« Sein ledernes Gesicht glänzte feucht. Eine Weile stockten alle.
»Aber das wollt ihr doch, scheint's, daß der Faschismus kommt«, sagte Joseph abweisend. »Und einig seid ihr euch selber nicht, wie soll's denn da jemals zur Einheitsfront kommen? Nein, da mach ich nicht mehr mit. Und keiner von unseren Proleten. Verlaßt euch drauf! Mit Hugenberg und Hitler? Wie! Dann schon lieber mit Braun und Severing. Servus!« Sein Kopf war heiß. Er hielt es nicht mehr aus. Wütend drehte er sich um und ging.
Die andern blieben schweigend und betroffen in dem ärmlichen Büro stehen, an dessen Wand zwischen den Fenstern mit Reißnägeln ein Holzschnitt befestigt war: Arbeiter an der Bahre des ermordeten Karl Liebknecht.
»Da habt ihr's – das wird nicht der einzige sein«, sagte Leinhart und wies auf die Tür. »Es kommt nicht auf die Motive an, es kommt auf die Wirkung an.«
»Wirkung, Wirkung«, brummte Neubert verärgert. »Bei denen ist doch Hopfen und Malz verloren. Lauter Spießer.«
Peter sagte halb zu sich selbst: »Schade. Er ist ein grundehrlicher Kerl, der Hochegger . . . Er kommt wieder, bestimmt«, fügte er etwas unsicher hinzu.
»Na, siehst du, jetzt verstehst du vielleicht, warum ich glaub, daß wir einen Fehler machen. Mir ist nicht wohl bei der Geschichte.«

So wie Leinhart fühlten viele in den revolutionären Massen. Zum ersten Male ereignete es sich, daß sie die Parole ihrer Partei nur zum Teil befolgten. Die Aktion versagte. Braun-Severing blieben. Von allen Wahlberechtigten hatten nur neun Millionen und achthunderttausend gestimmt. Und die Kluft zwischen sozialdemokratischen und kommunistischen Arbeitern hatte sich vertieft . . .
Die Lage der Reichsregierung hingegen hatte sich gefestigt. Mit erheblichen Mitteln waren die Banken saniert worden. Der Geldverkehr funktionierte wieder. Die drohende Flut ebbte zurück.

›Bei Licht betrachtet ist die Brüningsche Stützungsaktion eigentlich eine sozialistische Maßnahme. Die Verstaatlichung der Geldinstitute in einem solchen Ausmaß ergibt ungewöhnlich kühne Perspektiven‹, schrieben die Brüning-freundlichen deutschen Blätter.

Und der alte Hochegger kam von seinem Büro nach Hause und sagte zu Babette: »Na, was ich gesagt hab – es wird wieder! Es ist geworden! Patscherl, wer wird denn immer gleich den Kopf verlieren!« Und er streichelte sie zärtlich . . .

8
Es rinnt ins Ungewisse

Der Sommer schien sich langsam selber zu verbrennen, so heiß waren die Tage. Die städtischen Bäder faßten die Fülle nicht mehr. Draußen in den weiten Flußauen vor der Stadt wimmelte es von nackten Menschen. Es gab Erwerbslose, die hier Tag und Nacht während der ganzen heißen Jahreszeit in primitiv zusammengebauten Laubhöhlen und Zelten hausten und nur dann in die Stadt hineinpilgerten, wenn sie zur Stempelstelle mußten. Schon in aller Frühe, wenn aus dem milchigen Dunst der erste rote Streifen am Himmel aufleuchtete, fing im Buschwerk das Leben an. Hunderte kamen zu Fuß oder per Rad zu ihren gewohnten Badeplätzen. Kleinere und größere Lagerfeuer knisterten auf, Stimmen rannen ineinander, und Blechnäpfe schepperten. Die farbigen und weißen Kleidungsstücke hingen in den Zweigen und boten ein verwirrend buntes Bild. Der Lärm wurde allgemach belebter. Dort rannte ein Rudel lachender, schreiender Menschen im Gänsemarsch ins Wasser, fast schon violett glänzte ihre Haut, hochauf spritzte die silbrige Gischt, und die Körper patschten nieder auf die Flut. Irgendwo kreischte ein Grammophon einen Schlagertext herunter, und Paare tanzten dazu. Weiter weg, auf einem größeren, ausgetretenen Platz, liefen Fußballspieler hin und her, und der heftig geschleuderte Ball fiel von Zeit zu Zeit dumpf auf.
Ganz unvermerkt wurden die Blätter an Baum und Busch braun und flatterten lautlos hernieder auf die Erde. Die trägsummende Luft wurde leer, das Vogelgetriller spärlicher, und die Grillenrufe verstummten. Eine schwermütige Stille breitete sich über die Landschaft. In den klaren Sternnächten fiel Tau, und das Wasser wurde allmählich kälter ...
Tag für Tag triumphierten die Zeitungen der Linken über die ›Zerbröckelung der Hitlerfront‹. Die Witzblätter überboten sich in höhnischen Satiren, aus jeder kleinen Glosse erscholl etwas wie ein

schadenfrohes Grabgeläut. Die Nationalsozialistische Partei war in schwerste Bedrängnisse gekommen. Krisen durchrüttelten sie, und ihre Gegner berannten sie von allen Seiten. Ihre Schulden schwollen und schwollen. Kein Buchdrucker lieferte mehr ein Plakat auf Kredit, jede Firma verlangte bei Bestellungen Vorausbezahlung, und die unglaublichsten Skandale hoher SA-Führer wurden in der Öffentlichkeit bekannt.

Die sehr gut informierte sozialdemokratische Presse tischte ihren Lesern fast täglich mit breitem Behagen eine schlüpfrige Liebesaffäre homosexueller Herren aus dem ›Braunen Haus‹ auf. Von dunklen Geldgeschichten und Intrigen, von Zerwürfnissen der Führer wußte sie zu berichten. In München kam es sogar soweit, daß der allgemein als Päderast bekannte Stabsleiter der SA, Roehm, aus Angst, von seinen eigenen Parteigenossen gemeuchelt zu werden, eine geheime Aussprache mit dem Reichsbanner-Major Mayr hatte und ihn um Schutz und Hilfe anflehte. Kurz darauf widerrief er unter bombastischen Drohungen all diese Tatsachen. Die sozialdemokratische Redaktion strengte einen Prozeß gegen ihn an. Roehm erschien einfach nicht vor Gericht, ließ sich ruhig als ›gemeinen Lügner‹ brandmarken und bezahlte die erhebliche Strafe wegen seines Nichterscheinens vor den Richtern. In Franken fielen unzufriedene Teile der SA ab. Der Berliner SA-Führer Stennes, dem ganz Ostdeutschland unterstand, rebellierte plötzlich gegen den Legalitätskurs Hitlers. Sein beträchtlicher Anhang ging mit ihm. Man munkelte, daß auch der fuchsschlaue, scheinbar immer hitlertreue Berliner nationalsozialistische Gauleiter Dr. Joseph Goebbels sich auf die Seite der Oppositionellen geschlagen habe. In überstürzter Eile begab sich Hitler nach Berlin und berief dort eine Konferenz seiner höchsten Funktionäre ein. Stennes wurde abgesetzt und aus der Partei ausgeschlossen, sein Nürnberger Mitspieler Steegmann ebenso. Beide stießen zur hitlerfeindlichen ›Schwarzen Front‹ Otto Strassers und begründeten kleine, vielgelesene, giftspeiende Wochenblätter.

Auch die Bischöfe traten scharf gegen den heidnischen Nationalsozialismus auf und verboten jedem Katholiken, Mitglied dieser Partei zu werden. Mit sehr geschickten Umschreibungen predigten Pfarrer des Landes von den Kanzeln herab gegen die antichristliche Hakenkreuzbewegung. Im Auftrage Hitlers fuhr Göring nach Rom, um beim Papst die absolute Loyalität seiner Partei gegenüber der katholischen Religion zu erklären. Der Vatikan blieb unversöhnlich abweisend.

Im Lande Braunschweig weigerte sich der nationalsozialistische Innenminister Franzen, die Notverordnungen Brünings durchzuführen. Ein schwerer Konflikt mit dem Reich brach aus. General Groener, der Reichsinnen- und -wehrminister, drohte mit der Exekutive und erzwang damit den Rücktritt Franzens. Auf einen Wink Hitlers trat der gemäßigte Nationalsozialist Dietrich Klagges an Franzens Stelle. Er gab vor, die Brüningschen Erlasse zu respektieren, sabotierte sie aber dadurch, daß er seine gewalttätigen Parteigenossen und die SA-Männer ruhig weiterwüten ließ und sie niemals bestrafte.

Nein, nicht nur, daß die Kommunisten die Hitlerbewegung bekämpften, nicht nur, daß Sozialdemokraten und Katholiken gegen sie waren, auch mancher biedere Bürger liebte diese aufdringlich laute, ewig randalierende Partei nicht. Er verabscheute ihre üblen Skandale. Voll Empörung las er von den vielen Untaten und Terrorakten ihrer Mitglieder. Er hatte kein Vertrauen zu einer so marktschreierischen Politik, die jedem alles versprach. Er empfand eine ehrliche Genugtuung darüber, daß es endlich rapide abwärts damit ging. »Gott sei Dank«, sagte er am Biertisch, »Gott sei Dank, daß der ganze Schwindel mit Spott und Schande im eigenen Dreck erstickt!« Und je beflissener und überzeugender die hitlergegnerischen Zeitungen den ›Zerfall der braunen Sumpfpartei‹ prophezeiten, um so befriedigter wurde er. Sein Staatsmann war Brüning, seine Sympathien hingen an den seriösen Parteien der ›Ruhe und Ordnung‹.

Mitten in diesen Triumph hinein aber drang eines Tages wie ein dumpfes Trommelwirbeln eine alarmierende Kunde:
In der ersten Oktoberhälfte sammelten sich Tausende und aber Tausende des Frontsoldatenbundes ›Stahlhelm‹, SA-Bataillone aus dem ganzen Reich und die deutschnationalen Vereine in Bad Harzburg, als habe es nie irgendwelche Unstimmigkeiten zwischen ihnen gegeben, als stünde die ›nationale Front‹ stärker denn je da. Riesige Paraden defilierten an den Stahlhelmführern Seldte und Duesterberg, an Adolf Hitler und dem schnauzbärtigen, bebrillten, bürstenhaarigen deutschnationalen Parteivorsitzenden Hugenberg vorüber. Großindustrielle, Prinzen und ordenüberladene Generale standen dabei. Im Winde flatterten die alten Kriegsfahnen der kaiserlichen Armee und die Hakenkreuzbanner der SA-Stürme. Militärmärsche schmetterten jedem Zug voran.
Was war geschehen?
Geeint hatten sich die Widersacher Brünings, die Feinde des Weimarer Staates! Ihre Interessen liefen zusammen. Hitler brauchte für seine braune Armee Geld und sicherte dafür die endgültige Zerschlagung der marxistischen Arbeiterparteien zu. Die durch die Krise bedrohten Unternehmer erkannten den Wert einer solchen Hilfstruppe. Plump kalkulierten sie: ist erst der Prolet so rechtlos, daß wir die Löhne wieder diktieren können, dann steht *unserem* Aufstieg nichts mehr im Wege. Also unbedingt mit Hitler zur Macht! Die kann man ja dann entsprechend teilen.
Feierlich verkündete das Manifest der ›Harzburger Front‹ unter anderem:
›Wir fordern den sofortigen Rücktritt der Regierungen Brüning und Braun.
Wir erklären, daß wir bei kommenden Unruhen wohl Leben und Eigentum, Haus, Hof und Arbeitsstelle derjenigen verteidigen werden, die sich offen zur Nation bekennen, daß wir es aber ablehnen, die heutige Regierung und das heute herrschende System mit Einsatz unseres Blutes zu schützen!‹

Der gottesfürchtige Reichskanzler saß vereinsamt in seinem Arbeitszimmer in Berlin und vernahm die drohenden Worte. Er wurde ganz still, ging in sich und hielt Zwiesprache mit dem Allmächtigen. Er nahm eine Umbildung seiner Regierung vor. Joseph Wirth, der letzte republikanische Minister, schied aus dem Kabinett.
Der Großindustrielle Professor Warmbold vom I. G. Farben-Konzern übernahm nach vielem Zureden das freigewordene Wirtschaftsministerium.
Und –?
Und Adolf Hitler – es hieß doch in einem fort, er und seine Partei stünden knapp vor dem Untergang? – flog nach Berlin und wurde zum ersten Male in seinem Leben vom Herrn Reichspräsidenten Hindenburg empfangen.
Noch mehr! Zweimal besuchte er auch den einflußreichsten politischen Intrigenspieler, den Chef des Ministeramtes im Reichswehrministerium, Herrn General von Schleicher! Der wandelbare Bürger schüttelte verdutzt den Kopf. Die Welt kam ihm sehr kompliziert vor, die Politik noch unverständlicher und geheimnisvoller. Er glaubte seinen keifenden Zeitungen nichts mehr.
»Hm«, sagte er sich, »hm, muß, scheint's, doch allerhand hinter dem Hitler und seinem Anhang stecken . . . Wenn ihn sogar der Hindenburg empfängt? Da kann doch nicht alles so unseriös bei ihm sein, wie immer geschrieben wird . . .« Eine Zeitlang wartete er unschlüssig ab und verlor kein Wort über die verwickelten politischen Ereignisse.
»Ah!« murrte er schließlich über sein Leibblatt und schob es überdrüssig beiseite, »ah! Sie lügen alle wirklich wie gedruckt! Gar so uneben ist er am Ende gar nicht, der Hitler . . . Man muß ihn eben einmal hinlassen zum Regieren. Wenn er nie dazukommt, wie soll er denn da zeigen können, was er eigentlich kann?«
Allmählich wurde es zur Regel, daß sich ›objektive‹ Betrachter in langen, eingehenden Zeitungsartikeln mit dem Nationalsozialismus auseinandersetzten. Als überzeugte Anhänger der Demokra-

tie äußerten etliche prominente Führer der SPD, gegen eine Beteiligung von Nationalsozialisten an der Regierung sei im Grunde genommen nichts einzuwenden, wenn die betreffenden Herren es mit ihrer Legalität ernst nähmen und die Verfassung einhielten. Langsam, ohne daß die Menschen davon etwas merkten, ohne daß sie etwas davon wissen wollten, gewann der Nationalsozialismus die Hirne...

Es war ein verregneter Herbsttag. Trüb schauten die verrußten Hauswände von der gegenüberliegenden Straßenseite zu den Fenstern herein. Der Lärm klang dumpf und weit weg. In einem hohen, holzgetäfelten, dunkelgebeizten Zimmer des Justizpalastes stand Peter Meidler vor dem Untersuchungsrichter. Neben diesem saß der neugebackene Referendar Fritz Freundlich, etwas weiter weg von den beiden, an einem Schreibmaschinentischchen, der Sekretär, zum Diktat bereit.

»Bitte, Herr Wachtmeister, Sie können sich setzen«, sagte der langschädelige, hagere Richter, fuhr sich, in die Akten blickend, über seinen kurzgeschorenen Graukopf und hüstelte ein wenig. »Es wird etwas länger dauern.« Der Schutzmann, der Peter gebracht hatte, ließ sich auf einem Sessel an der Wand nieder.

»Auch Sie, Herr Meidler, nehmen Sie nur Platz da.« Der Richter deutete auf einen Stuhl ganz nahe vor seinem Tisch und blätterte weiter in seinen Schriftstücken. Peter setzte sich ebenfalls. Er blickte auf Fritz Freundlich. Einen Huscher lang verfingen sich ihre Blicke ineinander. Dann schlug der Referendar schnell die Augen nieder und ordnete verlegen seine Papierblätter. Peter sah ihn noch immer an, doch der andere wagte nicht mehr aufzublicken.

»Also hoffentlich kommen wir heute weiter, Herr Meidler«, fing der Untersuchungsrichter mit seiner eigentümlich gedehnten, klanglosen Stimme an und musterte den Häftling kurz. Er rückte auf seinem Stuhl zurecht, blätterte wiederum in den Akten, reichte dem Sekretär etliche Blätter hinüber, brummte: »Wir können nachher gleich hier fortfahren« und wandte sich erneut an Peter.

Ganz leger begann er zu fragen: »Erzählen Sie mir nochmal. Herr Meidler . . . Sie sind also in der Nacht vom siebzehnten – halt, halt, vom? . . .« Er blätterte schnell und sah geschwind auf. »Wann war das jetzt gleich?« Seine wasserblauen, etwas zerronnenen Augen blieben stehen.

»Ich weiß nichts von einer Nacht. Ich weiß nur, daß man mich am fünfzehnten Juli vormittags im Betrieb verhaftet hat«, antwortete Peter.

»Jaja, natürlich, das wissen wir ja nun schon zur Genüge, am fünfzehnten«, bestätigte der Richter ohne Ungeduld nickend, blätterte und blätterte, las irgend etwas und drückte seinen Finger auf die Stelle des Protokolls: »Und in der Nacht vom vierzehnten zum fünfzehnten?«

»Da hab ich geschlafen«, erwiderte Peter.

»So? Geschlafen? Daheim in Ihrem Bett geschlafen?» tastete der Richter weiter, zog ein gedrucktes Flugblatt aus den Akten und hielt es hin. »Ist Ihnen der Inhalt dieses Flugblattes bekannt? Kennen Sie das?«

»Nein«, leugnete Peter.

»So, nicht?« Der Richter schüttelte ein wenig verwundert den Kopf. »Aber komischerweise hat man dieses Flugblatt in Ihrer Rocktasche gefunden.« Peter verzog auf einmal seinen schmallippigen Mund und lächelte leicht. Er stockte.

»Was lachen Sie?« fragte der Richter strenger. »Stimmt das? Haben Sie dieses Flugblatt nicht gekannt?«

Fritz Freundlich schaute kurz auf. Auch der Sekretär musterte Peter. Wieder verrann eine stumme Sekunde.

»Na, darauf wissen Sie wohl nichts zu sagen?« fragte der Richter und ließ den Häftling nicht aus den Augen.

»Herr Amtsrichter«, lächelte dieser noch immer, »ich weiß ja nicht . . . Das Blatt ist doch sehr zerknüllt, wie Sie sehen . . .«

Der Richter sah das Blatt an, der Sekretär und der Referendar blickten in die gleiche Richtung.

»Ich weiß ja nicht, was für Aborte *Sie* haben, Herr Amtsrichter, aber der unsrige im Betrieb, der ist so, daß man sich das Papier mitnehmen muß«, erzählte Peter ironisch weiter. »Ich mein bloß ... Und da nimmt man eben, was einem in der Eil in die Hand kommt ...«
Der Untersuchungsrichter wurde flüchtig zornrot.
»Sie wollen mir also einreden, sie hätten das Flugblatt bloß zufällig wo gefunden und seinen Inhalt nicht gekannt?« fragte er schärfer.
»Jawohl«, nickte Peter.
»*Das* wollen Sie mir einreden?«
»Einreden nicht ... Es ist bloß so gewesen«, erwiderte Peter unverändert ruhig. Deutlich hörte er den Richter atmen. Fritz Freundlich notierte.
»Wo waren sie am vierzehnten Juli nachts zwischen zwölf und zwei Uhr früh?« fragte der Richter nun ärgerlicher. »Leugnen Sie doch nicht so dumm! Wir haben doch da die Aussage von Fräulein Oberndorfer, Ihrer Genossin.« Er wandte sich an den Sekretär und gab ihm einen Wink. »Bitte.«
»Fräulein Oberndorfer gibt an: Meidler hat zu mir gesagt, ich solle mitgehen. Das war am vierzehnten Juli ungefähr um halb zwölf Uhr in der Nacht. Wie ich ihn gefragt habe, wohin er geht, hat er gesagt, ich soll nur mitgehn, ich werde schon sehen. Wir sind dann über das Marsfeld gegangen, und wie wir schon ganz nahe bei den Kasernenmauern gestanden sind, da hat der Meidler zu mir gesagt, ich soll stehen bleiben und aufpassen, und wenn ich was Verdächtiges sehe, soll ich harmlos zu pfeifen oder zu singen anfangen. Er ist dann ganz zu den Kasernenmauern hingegangen, und wie ich hingeschaut habe, ist er verschwunden gewesen, wahrscheinlich ums Eck. Was er im Sinn gehabt hat, kann ich nicht angeben. Er ist vielleicht eine Viertelstunde oder vielleicht auch ein wenig länger ausgeblieben. Er hat mich gefragt, ob ich nichts gesehen habe. Er hat geschnauft und ist aufgeregt gewesen. So, hat er gesagt, gut hast du aufgepaßt, komm, gehn wir. Ich habe ihn gefragt, warum er mich so-

weit herausgeschleppt hat, da hat er gelacht und gemeint, ob es mich vielleicht interessiert, daß er Bauchweh gehabt hat. Ich habe lachen müssen und gemeint, das hat aber lang gedauert. Er hat dann auch gelacht. Wir sind alsdann stadtwärts gegangen. Der Meidler hat gesagt, er ist sehr müd, und hat mir eine Mark gegeben, ich soll heimfahren. Gemeint hat er, ich kann auch ins Kaffeehaus damit gehen, aber er muß jetzt heim, weil er morgen hübsch früh heraus muß ...«
Der Richter, der bis jetzt unentwegt in Peters undurchsichtige Augen geschaut hatte, winkte ab.
Der Sekretär schwieg und legte das Blatt seitlich von seiner Schreibmaschine auf das Tischchen.
»Wollen Sie das bestreiten?« fragte der Richter viel förmlicher.
»Bis auf eine Kleinigkeit stimmt alles«, entgegnete Peter trocken.
Fritz Freundlich konnte nicht anders, er glotzte fast auf ihn.
»Und was soll das für eine Kleinigkeit sein?« forschte der Richter erstaunt.
»An irgendeinem Tag im Juli war's schon ... Wir sind ja, wenn's so warm war, öfters zum Marsfeld gegangen; aber am vierzehnten in der Nacht, da war's sicher nicht.« Peter kam nicht aus der Ruhe. »Am vierzehnten hab ich geschlafen. Da nämlich haben wir zwei Überstunden machen müssen ...«
»Schon gut!« schnitt ihm der Untersuchungsrichter das Wort ab und winkte dem Wachtmeister. Der erhob sich stramm und ging zur Tür, die rechts hinausführte, öffnete, und ein anderer Schutzmann führte ein siebzehn- oder achtzehnjähriges, ziemlich großes, schlankes Mädchen herein. In dem blassen, mitgenommenen Gesicht schwammen die verängstigten braunen Augen und hefteten sich auf Peter. Unordentlich strähnten sich die dunkelblonden Haare, und zerknittert sah das billige Kattunkleidchen aus.
»Fräulein Oberndorfer!« rief der Richter fast befehlend. »Schauen Sie mich an! Wann waren Sie mit dem Meidler auf dem Marsfeld bei den Kasernen?«

Hölzern stand Rosa da und antwortete sehr leise: »Wir sind sehr oft da draußen gewesen ...«
»Am vierzehnten Juli von halb zwölf bis zwölf in der Nacht auch?« herrschte sie der Richter ungeduldig an.
»Ja«, weinte sie auf einmal.
Der Richter riß den Kopf herum und erstach Peter fast mit seinen Blicken. »Leugnen Sie jetzt immer noch, Meidler?« Er sagte nicht mehr ›Herr Meidler‹. Der Mann vor ihm war bereits Angeklagter.
»Ich hab nichts zu leugnen!« Peter blieb hartnäckig, und obgleich ihn der Untersuchungsrichter daran zu hindern suchte, setzte er schnell hinzu: »Am vierzehnten ist's nicht gewesen!«
»Reden Sie nicht soviel, wenn man Sie nicht fragt!« schrie ihn der Richter giftig an und schlug mit der flachen Hand auf den Tisch.
»Fräulein Oberndorfer?« wandte er sich bedeutend milder an Rosa. »Sie brauchen nicht zu weinen. Wer bei der Wahrheit bleibt, macht's immer am besten ... Wissen Sie genau, daß Sie am vierzehnten Juli zwischen halb zwölf und zwölf Uhr nachts mit dem Meidler bei den Kasernenmauern waren?« Sein scharfes Kinn stand vor, der dünne Hals war gereckt, Ohr und Aug von ihm schienen sprungbereit. Rosa wischte sich die Augen aus und fing stotternd zu wimmern an: »Wi-wir sind sehr oft da hinausgegangen, we-wenns warm gewesen ist ...«
»Hm, thm, so dumm soll der Mensch sein!« Der Richter schüttelte den Kopf und schaute auf Fritz Freundlich, der irgend etwas auf das Papier kritzelte, schnell aufblickte und mechanisch nickte. ›Sehr gut macht sie's, ausgezeichnet‹, dachte er fliegend, und sein Herz klopfte. Der Richter beugte sich wieder vor.
»Hören Sie, was man fragt!« fuhr er Rosa barscher an. »Stimmt das, was Sie gleich am ersten Tag nach Ihrer Einlieferung ins Polizeigefängnis angegeben haben?«
»Ich ke-kenn mich nicht mehr aus, He-Herr Richter! I-ich weiß nichts mehr!« Rosa weinte von neuem auf. »Ich bin damals ganz verdattert gewesen ...«

Peter Meidler rührte keine Wimper. Auch er war gespannt und zufrieden.
Der Richter wurde plötzlich wild: »Herrgott nochmal! Stellen Sie sich doch nicht so dumm! Ich freß Sie doch nicht auf; zum Teufel! Sie haben doch gesagt, Sie haben nie gewußt, was der Meidler macht! Ist er mit Ihnen am vierzehnten Juli auf dem Marsfeld gewesen, ja oder nein?«
›Nur dabeibleiben, nur weiterweinen, nur . . .‹, jagte es durch Freundlichs Hirn.
»Ja oder nein?!« hämmerte der Richter. Eine kurze, stockende Pause zerrann, und wieder wimmerte Rosa: »I-ich weiß e-es nicht genau, i-ich ka-kann mich nicht erinnern.« Fritz Freundlich wagte nicht, das Gesicht zu heben. Eine Hitze rann in seine Wangen. ›Wunderbar! Meine Instruktionen sind nicht umsonst gewesen!‹ jubelte er im stillen und erinnerte sich an die proletarischen Rechtsbelehrungsabende, die er für die ›Rote Hilfe‹ gehalten hatte. Mit zitternder Hand stenographierte er, während der Richter auf die Stuhllehne zurücksank und knirschend den Kopf schüttelte. »Also da hört sich denn doch schon alles auf! . . . Herr Wachtmeister, führen Sie den Meidler hinaus!« Mit raschen Schritten ging der Schutzmann auf Peter zu, packte ihn am Rockärmel und führte den Häftling durch die andere Tür. Eine neue, weit heftigere, bange Spannung überfiel den Referendar Freundlich.
Peter kam mit dem Schutzmann in ein dämmeriges Zimmer und wollte stehenbleiben, aber der Polizist zog ihn weiter, in einen hellbeleuchteten Raum, in welchem ein Sekretär tippte. Der Mann sah nur kurz von seiner Arbeit auf und wünschte dem Wachtmeister einen guten Abend. Die Minuten vertropften unendlich langsam. ›Wenn sie bloß so gut weitermacht!‹ dachte Peter in einem fort und lauschte angestrengt, aber er vernahm keine Stimmen und kein Wimmern mehr. Das Schreibmaschinengeklapper hämmerte und hämmerte dünn, der Wachtmeister stand steif da, mit angeraunzter Miene, und atmete hin und wieder vernehmbar. Gelangweilt ver-

folgte Peter die unregelmäßigen Schläge der Typen auf das Papier. Fritz Freundlich fiel ihm ein. Seine Blicke. Dann wieder Rosa. ›Hm, komisch, die Weiber haben's leicht, sie weinen einfach ... Unsereins kann das nicht.‹

Er sank in ein dösendes Betrachten. Auf und nieder wogte es in ihm. Er blickte durch die hohen Fenster. Die schwarze Dunkelheit war zerteilt von vielen Lichtstreifen, und die glänzten wie lackiert. Es mußte noch immer regnen.

Drüben auf einem Hause tanzten helle, bunte Reklamebuchstaben: ›Persil – das – beste – für – die – Wäsche!‹ Er unterhielt sich eine Zeitlang damit, die immer wieder aufflammenden und verlöschenden Buchstaben zu lesen, und merkwürdigerweise fiel ihm dabei eine schwarzweißkarierte Bluse ein, die Rosa manchmal trug. Er roch gleichsam den Duft des Frischgewaschenseins vom dünnen Stoff, er spürte ihre Haut, ihren warmen Körper darunter.

»Hm, der sekkiert sie aber lang!« brummte er auf einmal unbekümmert.

»Ruhig! Sie dürfen nicht reden!« fuhr ihn der Schutzmann an und faßte ihn härter um den Ärmel, aber Peter hörte ihn kaum.

»Was hat er schon davon«, murmelte er abermals verächtlich. Eine stoische Wut überkam ihn.

»Ruhig, sag ich!« knurrte der Wachtmeister drohend und riß ihn derart heftig am Ärmel, daß er leicht taumelte. Der schreibende Sekretär hielt nicht inne. Es sah eher aus, als ducke er den Kopf noch eifriger in die Maschine. Peter biß die Zähne aufeinander und schwieg. Er entsann sich etlicher Sätze aus dem Flugblatt: ›Wem dienst du, Soldat? Einem System, das von profitgierigen Junkern und Industriekapitänen, von Börsenjobbern, abgetakelten kaiserlichen Generalen und bluttriefenden Rüstungskonzernen beherrscht wird! Für *dieses* verbrecherische Ausbeutergesindel schießt du, wenn es dir befohlen wird, auf deine Brüder, die Arbeiter und Bauern, läßt du dich in einen neuen Krieg gegen die Sowjetunion hetzen, den einzigen Staat, der den Arbeitern, Bauern und

Soldaten gehört! Läßt dich wieder wie anno 14 zur Schlachtbank führen!
Soldat, was bist du? Ein Unterdrückter, ein Ausgebeuteter wie wir. Genosse in der Armee, her zu uns, zu deinen Brüdern! Nichts anderes verlierst du als deine Ketten, aber eine Welt gewinnst du, gemeinsam mit uns Millionen: das befreite Sowjetdeutschland . . .!‹
Er kannte sie fast auswendig, diese Sätze, dennoch entflammten sie ihn aufs neue. Die Regentropfen trommelten leise ans Fenster. Er sah in die schwarze sprühende Dunkelheit hinaus und las wiederum: ›das – beste – für –‹
In diesem Augenblick ging die Tür auf, und der Sekretär des Untersuchungsrichters steckte seinen eckigen Schnittlauchkopf herein: »Meidler nochmal vorführen.«
Abwesend folgte Peter dem Schutzmann. Als er ins Zimmer des Untersuchungsrichters trat, trafen ihn Fritz Freundlichs Augen flüchtig. Sie strahlten. Sahen auf und versanken wieder. Er vertiefte sich in seine Notizen. Peter begriff.
»So!« empfing ihn der Untersuchungsrichter in einer verräterisch gereizten Tonart. »Sie scheinen mir ja ein ganz geriebener Patron zu sein, Meidler Peter, hm? Sie glauben wohl, ich bin so dumm und geh Ihnen auf Ihren Leim?!«
Kalt und stumm schaute Peter in die weitaufgerissenen, wasserblauen Augen.
»Ihr verstocktes Leugnen hilft Ihnen gar nichts! Gar nichts, verstehn Sie!« wiederholte der Richter drohend.
»Ich habe nichts zu leugnen«, wollte Peter ungeschreckt dazwischenreden, aber der erboste Richter wurde auf einmal ganz wild und schrie ihn an wie ein berserkerischer Unteroffizier: »Sind Sie still! Still!« Er schnappte kurz nach Luft und fuhr fort: »So seid ihr, ihr sauberen Kommunisten! Dumme Kinder bringt ihr ins Unglück, und dann leugnet ihr alles feig ab! Pfui Teufel!«
»Ich bin niemand Rechenschaft schuldig und Ihnen schon gar nicht!« erwiderte Peter fest.

Der Richter sprang vom Sitz auf und ballte beide Fäuste. Seine langen, gelben, etwas schadhaften Zähne wurden sichtbar. »Sind Sie still, wenn Sie nicht gefragt sind!« Der Referendar Fritz Freundlich schaute am schlotternden Körper des hageren Mannes empor und spielte den Verwunderten.

»Sie können den feinen Burschen wieder zurückbringen, Herr Wachtmeister«, sagte der Richter etwas beherrschter, und Peter spürte wieder, wie ihn sein Begleiter am Ärmel faßte. »Wir wollen sehen, ob er sich in der Haft nicht doch eines Besseren besinnt.«
Peter war sehr zufrieden. Eine mannhafte Freude durchströmte ihn. ›Dummkopf, nicht einmal aus dem Mädl hast du was rausgebracht‹, resümierte er. ›Wir sind doch stärker als ihr . . .‹
Der Richter schlug empört die Aktendeckel zu. Noch während des Hinausgehens hörte ihn Peter sagen: »Diese roten Hetzer gehören wahrhaftig ausgerottet!« Um seine Mundwinkel spielte ein verstecktes Zucken.

An einem der nächsten Abende besuchte Fritz Freundlich den jungen Joseph Hochegger und berichtete hocherfreut. Selbstbewußt saß er im Lehnstuhl und streckte seine langen Beine aus. Nicht ohne Wichtigkeit rühmte er sich: »Schweigen ist Gold, Genossen, hab ich immer gepredigt, spielt die Goldigen vor Gericht und Polizei. So wunderbar wie der Peter und die Rosa haben mich selten Genossen verstanden.«

Er schnullte an seiner schwarzbraunen Brasilzigarre und blies den feinen Rauch in die Luft. Er beachtete den mittelgroßen, kraushaarigen Menschen gar nicht, der stumm grinsend dasaß und immerzu mit Daumen und Zeigefinger sein großes Ohr zusammendrückte. »Jaso, wer sind denn Sie, Herr Nachbar?« wandte er sich an ihn. »Ich? . . . Hm, Sie haben uns g'stört, Herr Doktor.« Der Fremde hielt lächelnd in seiner komischen Tätigkeit inne und richtete seine Augen listig auf den jungen Referendar. »Das ist der Heindl-Karl, mein Reichsbanner-Gruppenführer«, stellte Joseph vor. »Und das ist mein Freund, der Fritz Freundlich . . . Er wird einmal Rechtsanwalt.« Heindl reichte Fritz seine Hand. Sie war groß wie ein mittlerer, ovaler Bratenteller, um und um behaart und schwer wie Blei. »Hoho... Sind Sie Boxer?« erkundigte sich Fritz und mußte auch lächeln. »Nein-nein, diese Sport'n sind nix wert... Überhaupt, wo schon ein System dahinter is – lauter Bleedsinn.« Heindl schüttelte sein lustiges Gesicht. »Verstehn S', man muß jedesmal was Neues erfinden, wenn man so einen Nazihund erwischt... Zum Beispiel, wie ich's grad dem Sepp erklärt hab, das Sackzerstoßen.« Klara und Joseph mußten lachen. Heindl stand auf und zog Freundlich in die Höhe. »Stellen S' Ihnen einmal her... so, so, ganz nah zu mir her... Verstehn S', darauf kommt's an, daß der andere keinen Zwischenraum kriegt. Sie müssen ihm auf den Leib rücken und dann – sagen wir – zieht er aus und Sie ziehn auch aus... Auf was paßt er auf? Auf Ihre Faust und – ich tu Ihnen nix, nein-nein, nur nicht ängstlich! – verstehn S', dann heben Sie das Knie ganz flink – ratsch! – stoßen ihm die Kniescheibe direkt in die Hoden, verstehn S'... Da liegt er... Das ist die beste Selbstwehr... Wissen S', so Flugzettel, die mögen ja schön sein, aber *ich*, wenn schon einmal eingelocht werden sollt, da müßt es damit was sein... Der Müh wert sein, verstehn S'?« Er setzte sich wieder und drückte seine Ohren zusammen. Er war ein immer heiterer, rauflustiger Metallarbeiter, den nichts anderes beschäftigte als solche Finessen im Zweikampf. Unzählige Schlägereien mit Nazi und SA-Leuten hatte er schon gehabt. Über seinen dunklen Kopf lief eine haarlose Strieme von einem Schlagringhieb. Diskutieren war nie seine Sache, aber wenn es hieß: ›Losgehn!‹, da war er in seinem Element.

»Ich glaub sogar, sie können dem Peter gar nichts machen... Womöglich kommt er ganz frei«, meinte Joseph jetzt und hielt Fritz den ›Vorwärts‹ hin. ›Ganz Deutschland soll in ein einziges Blutbad verwandelt werden!‹ verkündete die Überschrift. Die hessische sozialdemokratische Landesregierung war überraschend gegen die Umtriebe der SA- und SS-Banden vorgegangen und hatte bei einer Haussuchung auf dem Gut Boxheim ein schauerliches Dokument gefunden. Es war ein genau detaillierter Aufstandsplan der Nationalsozialisten. ›Im Falle eines kommunistischen Putsches‹, hieß es vorsichtigerweise darin, seien sofort im ganzen Reiche die SA und SS zu mobilisieren und überall einzusetzen. Selbstverständlich müsse man zur Requirierung aller landwirtschaftlichen Produkte schreiten, und die Bevölkerung habe für die Verpflegung der Kampftruppen aufzukommen. Dann kamen eine Reihe von Anweisungen, wie Verhaftung aller SPD- und KPD-Führer und -Funktionäre und deren sofortige Erschießung . . . ›Verboten sind Streiks jeglicher Art‹ und ›wird mit dem Tode bestraft‹ stand am Ende jedes Absatzes.

»Und da! Da schau dir das erst durch!« Joseph reichte dem Lesenden das lokale Parteiblatt. »Die authentische Femeliste aus unserm braunen Haus!« Die ganze erste Seite der Zeitung war angefüllt von ungeheuerlichen Beschuldigungen gegen die Hitlerpartei. Eine faksimilierte Liste prangte mitten in den Buchstaben. Namen ehrbarer Bürger der Stadt enthielt sie.

»Das ist ja günstig . . . Na, die Bande wird sich schon wieder rauswinden und diverse Meineide leisten«, sagte Fritz. »Vielleicht wirkt sich das ein bißl auf Peter aus.« »Mensch, stell dir vor! Massenhaft sind ängstliche Firmeninhaber und reiche Juden auf unsere Redaktion gelaufen! . . . Ich mag den Gleiber nicht, aber das hat er sehr gut gemacht«, erzählte Joseph.

Tagelang lief wirklich eine Unruhe durch Deutschland. Die Polizei machte mehrere Haussuchungen. Die Akten des ›Boxheimer Dokuments‹ samt allem andern belastenden Material gingen ans Reichsgericht. Der Gutsbesitzer von Boxheim, der nationalsozialistische Abgeordnete Dr. Best, wurde in Haft genommen. Hitler verkündete, seine Partei habe nie derartige Anweisungen hinausgegeben, es handle sich lediglich um eine ›rein akademische Abhandlung‹ eines verworrenen Einzelgängers. Die Reichsregierung wies jede Einmischung in diese Angelegenheit vornehm zurück, bevor nicht die gerichtliche Untersuchung etwas Greifbares ergäbe.

Drei Wochen später fand vor dem vierten Strafsenat des Leipziger Reichsgerichtes der Prozeß gegen den ›ledigen Schlosser Peter Meidler wegen kommunistischer Zersetzungspropaganda in der Reichswehr‹ statt. Die Akten waren beträchtlich angewachsen, die Beweise gering. Als Zeugen erschienen ein Unteroffizier und zwei Mann der Kaserne, die in der Nacht vom vierzehnten auf den fünfzehnten Juli Wache gestanden und die Flugblätter innerhalb der Kasernenmauern gefunden hatten. Außer ihnen war auch noch Rosa Oberndorfer da. Peter blieb wortkarg und gab nichts zu. Nur einmal warf er ironisch hin: »Ich bin ja bloß ein Prolet, bei dem man ein zerknittertes Abortpapier gefunden hat. Ich hab kein Boxheimer Dokument und keine Femeliste verfaßt.« Rosa konnte den Tag nicht genau angeben. Es sah anfangs sehr günstig aus. Der Rechtsanwalt der ›Roten Hilfe‹ zerpflückte die Anklage. Ein Nichts blieb übrig. Seit aber Herr General von Schleicher als tonangebender Mann im Reichswehrministerium saß, war es üblich geworden, daß ein höherer Offizier seiner Abteilung nicht nur als militärischer, sondern auch als juristischer Berater solchen Prozessen beigegeben wurde. Von ihm hing faktisch alles ab.
Peter wurde zu einem Jahr Gefängnis verurteilt. Rosa kam frei.

Die Boxheimer Akten verstaubten in irgendeinem Fach des Reichsgerichts. Die Instanzen hatten keine Eile. Bei einem Prozeß der Nationalsozialistischen Parteileitung gegen die Redaktion des Gleiberschen Blattes stellte sich zudem noch heraus, daß die betreffende Femeliste das selbstgefertigte Produkt eines Schwindlers gewesen war. Die Hitlerpresse jubelte dröhnend. Die gegnerische Redaktion wurde zu einer hohen Geldstrafe verurteilt und mußte widerrufen. Wegen Meineids wanderte der Verfasser der fingierten Liste ins Zuchthaus.
»Da sieht man's wieder! Lauter Lug und Trug! Bloß reklamemäßig aufgebauschter Schwindel!« schimpfte der Bürger über die unbequemen Gerüchte, die ihn beständig in seiner Ruhe störten.

Auf Einladung des Stahlkönigs Thyssen fuhr Adolf Hitler nach Westdeutschland und hielt vor den mächtigen Industrieherren große Aufklärungsreden.
Herr Mantler, der seit einiger Zeit etwas kleinlauter geworden war, strahlte jetzt wieder. Es mußte wieder Geld gegeben haben. Großspurig bezahlte er seine Schulden beim Zigarettenhändler, in der Wirtschaft und beim Schwinglinger. Eines Tages hatte er ein funkelnagelneues, schweres Motorrad und flitzte knatternd damit die Straße auf und ab. Die Leute ärgerten sich über den Spektakel, nur der Metzgermeister grüßte und klatschte hin und wieder mit ihm. Einmal winkte Lotte vom Fenster herab. »Pfui Teufel!« murrte die Schwinglingerin in sich hinein, als sie das sah. »Ist dir der Stadtrat aber ein alter Depp! . . . Warum schmeißt er denn das Mensch nicht schon lang raus?«
Die Reichsregierung hatte Sorgen. Den ganzen Sommer über las man in den Zeitungen von den hochpolitischen Wochenendbesuchen Brünings beim französischen und englischen Ministerpräsidenten. Der Reichskanzler war bei einer Konferenz der Mächte in Lausanne gewesen und hatte die Streichung aller Reparationszahlungen verlangt. Von einem Ergebnis erfuhr man nichts.
Doch diese Dinge beschäftigten fast niemand.
Die Frage, die jedem Menschen im Kopf herumging, war die: Wer regiert uns eigentlich? Wer hat nun jetzt eigentlich die Macht im Staat – Hitler oder Brüning?
»Naja, sehr einfach, sehr einfach . . . da gibt's doch gar kein Reden«, meinte der Friseur Hunglinger einmal, als er Hochegger einpinselte. »Der Brüning schaut, daß wir draußen in Ordnung kommen, und der Hitler säubert herinnen.«
Hochegger wurde wütend.
»Machen S', daß S' fertig werden!« brummte er. »Mir pressiert's!«
Der Friseur schwieg. Als Hochegger bezahlte, sagte er noch ärgerlicher: »So, daß Sie's wissen, mich haben sie als Kundschaft zum letztenmal gesehen . . .«

Der Friseur wurde verdutzt und wollte reden, aber der Stadtrat war schon draußen. Hunglinger blieb eine Weile stumm stehen. »Hm«, sagte er auf einmal, »daß so ein gebüldeter Politiker das net begreift . . . Ich richt mich nach'm Herrn Mantler, da gibt's nix!«

9
»Nicht verzweifeln ...!«

Wir werden den Burschen einmal ein bißl ins härtere Geschirr legen, da kann er sich seine radikalen Zähn ausbeißen«, sagte Gleiber zu seinem Freund Haller. »Da drinnen in der Bibliothek geht's ihm zu gut ... Da sticht ihn bloß in einem fort der Haber.« Er meinte damit Joseph. Haller verstand. Er riß sich ein Haar aus dem Nasenloch und lächelte ein wenig.
»Jaja ... Und – wenn schon überall gespart werden muß, ich find, da könnten wir dort sanft abbauen ... Gar so wichtig ist die Bibliothek gar nicht«, meinte er. »Es ist meiner Meinung nach mehr ein Druckposten für so einen jungen Kerl ... Ein älterer Genosse wär froh, wenn er's mit weniger Gehalt machen könnt ...« Die letzten Sätze klangen arglos und waren einleuchtend.
»Gut!« Gleiber stand auf und streckte sich gähnend. »Legen wir ihn einmal ins Geschirr ... Die neue Besetzung überlaß ich dir ... Du bist ja der Hausherr.«
Die Gewerkschaften verfielen jetzt in dieselbe Sparwut wie Brüning. Bei der Bibliothek wurde zu allererst abgebaut. Joseph kam um seine Stelle, und ein sehr beflissener ›Gleiber-Mann‹, der nur dreimal in der Woche Dienst zu machen hatte, wurde sein Nachfolger. Hans Walcher hieß er, war früher Gärtner gewesen und stand gut in den Vierzigern.
Joseph wurde in den unteren Funktionärapparat der Partei aufgenommen. Man munkelte, auch diese weit geringer bezahlte Stellung sei nur vorübergehend.
Beißend kalte Winde fegten durch die Straßen und Gassen. Wie braun angerostete, zerbrochene Gerippe griffen die kahlen Baumkronen in die leere Luft. Der zerzauste Himmel schwamm grau über die Stadt hin.
Jedesmal, wenn eine neue Notverordnung herauskam, erläuterte der Reichskanzler oder ein Minister durch den Rundfunk ihre Not-

wendigkeit und die Auswirkungen. In verschiedenen Variationen wiederholen sich in diesen Reden stets die Sätze: ›Nur aus dem Gefühl ihrer schweren Verantwortung heraus haben sich Reichspräsident und Reichsregierung zu dieser neuerlichen Krisenmaßnahme entschlossen. Sie verschließen sich keineswegs der Erkenntnis, daß neue, schwere Opfer von jedem einzelnen Staatsbürger dadurch verlangt werden. Eine Zeit aber wie die heutige stellt an jeden verantwortungsbewußten Deutschen die härtesten Anforderungen. Im Interesse der Gesamtheit appellieren wir an den Opfermut des ganzen deutschen Volkes!‹
An den Stempelstellen wurden die Schlangen der anstehenden Menschen immer länger. Der diesmalige Winter begann mit sechs Millionen eingetragener Erwerbsloser. Ungefähr zwei Millionen waren ›ausgesteuert‹. Treppauf, treppab rannten diese Verlorenen Tag für Tag, drückten an die Klingelknöpfe, die Tür ging auf und fiel erbarmungslos wieder zu. Sie schliefen in den eisigen Nächten in Hausgängen, hinter Kehrichttonnen, in Sandbehältern und unter Brücken. Einige erwachten nicht mehr in der Frühe. Starrgefroren blieben sie liegen. Einige hatten Glück und wurden in Haft genommen, aber nur für eine einzige Nacht. Tagsüber gab es Wärmestuben. Doch ein Mensch, der hungert, den treibt es unablässig herum. Der leere Magen scheint in einem fort zu schlenkern und schlägt an die Rippen. Es sticht und schmerzt. Man läuft wieder los, bis jenes verdächtige Surren im Kopf anfängt, bis die Glieder unempfindlich und luftleicht werden, bis der zum Skelett abgemagerte Körper umbricht.
Die Getreidezölle hatten sich verfünffacht, alle Lebensmittel wurden teurer. Die Junker hatten an Brüning nichts auszusetzen.
Dicke Flocken fielen endlich dicht und stumm vom Himmel. Bei den Anmeldestellen für Scheeräumerarbeiten schlugen sich Erwerbslose blutig. Jeder wollte darankommen. Es waren aber nicht genug Schaufeln und blecherne Schippkarren da.
Eines Tages wurde Joseph in eine sehr abgelegene, arme Bauernge-

gend zur Landagitation geschickt. Er fügte sich ohne Murren. Er fuhr ins Unbekannte hinaus und machte lange, anstrengende Landmärsche durch den tiefen Schnee. Jede Nacht schlief er bei irgendeinem notigen Kleinhäusler oder Taglöhner. Beharrlich zog er von Haus zu Haus, von einem Dorf zum andern. Keine Mühe war ihm zu groß. Das verschlossene Mißtrauen der bigotten Bevölkerung, die offenen Drohungen etlicher hitlergläubiger Bauern schreckten ihn nicht. Er hockte müd und fremd in den schlecht beleuchteten Wirtsstuben und fing mit den zufällig anwesenden Leuten behutsam zu reden an. Wie ein weltverschlagener Sonderling kam er in die muffigen, verrußten Bauernkucheln, ließ sich einen Weigling Milch geben, ein Trumm Brot, fragte zuerst von außen herum und kam dann mit Geschick auf das Eigentliche zu sprechen. Er wußte Bescheid über allerhand Rechtsangelegenheiten, und das interessierte jeden Bauern. Er gewann sich langsam das Vertrauen der kleinen Leute. »Da seid's ihr immer ausgschmiert, wenn ihr euch net mit die politischen Sachen befaßt ... Da steht's drin, was man wissen muß«, sagte er nach so einem Disput und zog schließlich Flugblätter, Zeitungen und Broschüren aus seinem nassen Rucksack. Mit der Zeit freute ihn diese schwierige Arbeit, bei der man täglich dazulernte.
In Oberweitelberg hatte er ein ganz besonderes Glück. Da kam er an, als der Steuerexekutor, begleitet von zwei Gendarmen, einem Bauern die Kuh aus dem Stall holte. Der Kleinhäusler schimpfte und ballte die Faust. Die Gendarmen rieten ihm, ruhig zu sein. Die Häuslerin weinte und jammerte. Die anderen Häusler standen rundherum und machten gefährliche Gesichter.
»Noch amal kommst uns net!« schrie der Häusler, und schon sah es aus, als ob er sich auf den einen Gendarm werfen wollte. Angriffsbereit standen die anderen dabei. Durch den auftauchenden fremden Joseph wurden sie abgelenkt, und die Gendarmen mit dem Exekutor und der Kuh machten sich eilig davon. Sofort fing Joseph zu reden an. »Vorläufig, Bauern!« schrie er laut, »vorläufig sind wir alle

noch in der Gewalt dieser Sippschaft, aber die Zeit wird bald anders!« Gib einem Menschen Hoffnung, und du gewinnst ihn. Alle stimmten zu. »Nicht Hitler und nicht Brüning kann euch helfen! Helfen, Bauern, könnt ihr euch nur selber, wenn ihr mit den Arbeitern zusammengeht und dieses ganze Aussaugergesindel zum Teufel haut! Nur der Sozialismus hilft euch!« Er wurde umringt wie ein wundertätiger Wanderprediger. Die Bauern bestürmten ihn mit Fragen. Die Zeitungen wurden ihm aus der Hand gerissen, jeder wollte ein Flugblatt, und die Broschüren waren zu wenig. Nach Feierabend kamen alle beim Heinzen in der Stube zusammen, und man gründete fast feierlich eine Ortsgruppe der Sozialdemokratischen Partei.
So viel Idyllisches und Rührseliges hatte Joseph schon von den Bauern gelesen, immer waren sie als pfiffige, derbe und humoristische Menschen dargestellt. Derweil aber hatte das bäuerliche Leben ein ganz anderes Gesicht. Unsagbar grausam wütete die Krise unter den Häuslern.
»Ja, Herrgott, ich weiß doch was von einer Stützungsaktion der Landwirtschaft? Da heißt's doch immer, der Staat gibt euch Geld, wenn ihr eins braucht?« fragte er erstaunt herum. »Und derweil steht jeder von euch vor der Gant?«
»Hä – hja, Geld? . . . Schon! Aber wer soll denn den sündteuren Zins erschwingen?« lachten ihn die Befragten bitter aus. »Hja, wennst hundertmal in die Stadt fahrst und weiß Gott was für Schreibereien machst, nachher kommen sie, schauen deine Kalupp'n an und erkundigen sich hin und her, und zuletzt heißt's, so was Heruntergewirtschaftetes, das tragt keine Belastung mehr, aus, basta!« Joseph begriff.
»Geld? Das kriegen bloß die Großen, wir Notschnapper kriegen keinen schwarzen Pfennig!« erzählten sie ihm weiter. Er sah herum. Elendiglich baufällig waren die Häuser. Windschief klebten die hölzernen Tennen dran. Kartoffeln, Kartoffeln, Kraut und Kartoffeln, Topfen, saure Milch und vielleicht einmal Nudeln mit einer

Brühe gekochter Dörrbirnen – davon lebten die meisten. Und die Fenster waren da und dort verstopft mit Strohbüscheln oder auch mit Zeitungspapier zusammengeklebt. Das Neueinglasen konnte niemand bezahlen. Angetan mit den abgelegten, viel zu großen, zerfetzten Kleidern der älteren liefen die Kinder herum. Verwahrlost sahen sie aus.
Joseph erinnerte sich an die ›Osthilfe‹ und fand jetzt erst den richtigen Unterbau für seine Agitation.
Die Weihnachtswoche war schon angebrochen, als er endlich wieder in die Stadt zurückkehrte. Nicht ohne Begeisterung meldete er Gleiber die Gründung von vier kleinen Ortsgruppen, und der war gar nicht erbaut davon. Jeder Erfolg eines Menschen, der gegen ihn und seine Politik war, kam ihm nicht geheuer vor. Er witterte sofort eine Gefahr dahinter.
»Naja«, meinte der dicke Alte skeptisch und wich den offenen Blicken Josephs aus, »na ja, das ist ja ganz schön und gut, aber ich kenn sie, diese Pappenheimer! ... Solang man mit ihnen zusammenhockt, stimmen sie überall zu, kaum bist du weg, lachen sie über dich und lassen wieder alles laufen, wie es läuft.«
»Das kann schon sein«, meinte Joseph. »Man muß eben anfangs dahinter sein, aber wenn *ich* noch ein paarmal hinausfahre, bleiben sie alle bei der Stange. Ich hab mir die Leute genau angeschaut ... Der Bauer ist eben anders wie der Städter. Er will seine Leute erst einmal genau kennen, bevor er ihnen traut ... Ich find das auch ganz richtig.«
»Du traust dir aber viel zu«, sagte Gleiber schlissig. »Na gut, schau'n wir einmal ... Hoffentlich krieg ich nicht recht.«
Joseph war ganz froh, einmal ein wenig ausspannen zu können. Luft und Schnee hatte er bis jetzt genug gehabt. Außerdem mußten Klara und er sich einrichten. Die wenigen Ersparnisse schmolzen schnell zusammen. Zum Skiurlaub langte es nicht mehr. Darum folgten die beiden gern der Einladung der Alten, die Weihnachten bei ihnen zu verbringen.

Da saß man also jetzt gemütlich beisammen. Alles hatten die Alten getan, um den Jungen entgegenzukommen. Noch kurz vor deren Ankunft mußte Babette auf Betreiben Hocheggers ihren alljährlichen, reichgeschmückten Christbaum in Lottes Zimmer verstekken. Joseph und Klara nämlich waren längst aus der Kirche ausgetreten und haßten alles, was an fromme, kleinbürgerliche Bräuche erinnerte.
Es gab die übliche Gans. Auf einem Tische lagen etliche Geschenke: drei schöne Hemden für Joseph und ein Kuvert, in welchem bare hundert Mark steckten. Für Klara gab es einen schweren blauen Kostümstoff, ein paar Seifen und Lederhandschuhe.
Das gute Essen heiterte auf. Als Babette den Kaffee servierte, wollte sie nach ihrer Art zu plaudern anfangen. Doch Joseph erzählte in einem fort von seinen ländlichen Erlebnissen und zog daraus politische Nutzanwendungen.
»Wir Städter sind die Allerbeschränktesten. Wir sehn nie über unseren Kreis hinaus«, sagte er einmal. »Lenin hat das am besten begriffen ... Arbeiter, Bauern und Soldaten ... Das ist die einzig richtige Losung. Der Bauer muß her zu uns ... Ich hab viel gelernt da draußen. Ich möcht gar nicht mehr in der Bibliothek hocken und herumtheoretisieren.«
»Schmeckt euch der Kaffee, Kinder? ... Ich hab ihn extra beim Rallinger gekauft«, wollte Babette ablenken, »da wird er täglich frisch gebrannt.« Vergeblich hatte sie schon ein paarmal versucht, mit Klara ein Gespräch über das Kochen anzufangen. Ihr war das Politisieren in der Seele zuwider. Erstens verstand sie kaum etwas davon, und zweitens erfuhr man nur unangenehme Sachen. Und dann konnte ihr Mann wieder die halbe Nacht nicht schlafen.
»Oja, sehr fein! Sehr gut ... Stark!« lobten die Jungen nebenher, und schon nahm Joseph den Faden wieder auf: »Jetzt weiß ich erst, was diese Stützungsaktionen für die Landwirtschaft und die Osthilfe sind ... Wir lesen bloß das Wort, vorstellen kann sich keiner was drunter ... So eine schäbige Gaunerei!«

»Iß doch Kuchen, Joseph ... Nimm doch, greif doch zu!« fiel Babette wieder ein und bot an. Sie kam und kam nicht zu Wort. Nur mit Mühe verbarg sie ihre Langeweile.

»In Tulling, beim Moosbauern, da hab ich ganz was Seltsames erlebt«, hub Joseph von neuem an. »Es war eiskalt die Nacht, und Schnee hat's hergetrieben, ganze Berge ... Ich hab drunten in der Knechtkammer geschlafen. Einen Knecht hat der Moosbauer ja schon lang nicht mehr. Früher hat er vier Küh gehabt, jetzt noch zwei ... Die Knechtkammer ist direkt neben dem Stall ... Ich wach auf in der Finsternis, wind mich aus meinem dicken, dämpfigen Strohsack und hör auf einmal im Stall drüben ein Wispern und Keuchen. Ich denk, es wird eingebrochen, schlüpf schnell in meine Hosen und merk, durch die Türritzen scheint Licht. Ich tapp im Dunkeln ganz vorsichtig hin ... Zum Zuschließen ist sie nicht, sie ist bloß angelehnt und geht leicht auf. Ich zieh sie ein bißl mehr auf und schau in den Stall hinaus ... Richtig, da ist wer draußen ... Alle zwei Kühe stehen unruhig da, die eine trippelt und gaustert herum ...«

»Hast wohl zum ersten Mal in deinem Leben Kälberziehn gesehn?« warf der alte Hochegger dazwischen. Er verstand einiges von bäuerlichen Dingen.

»Nein-nein! Es war ganz was anderes!« wehrte Joseph ab, und nun wurde auch Babette interessierter.

»Ich seh, unterm Barren steht eine schwachleuchtende Stallaterne, und ein Mannsbild macht sich mit dem Kopf der einen Kuh zu schaffen. Er arbeitet und flucht mitunter und bindet ihr mit einem Strick das Maul zu. Ich überleg schnell, ob ich Krach machen soll. Ich such mein Stilett in der Hosentasche, denn wenn schon, denk ich, der Kerl wird auf mich losgehn, wenn ich schrei, und bis der Bauer kommt, weiß der Teufel ...«

»Um Gotteswillen! Was denn?« fuhr Babette erschrocken auf. Gespannt schauten Hochegger und Klara auf den Erzählenden, der fortfuhr: »Es ist mir wirklich unheimlich gewesen. Ich bin erst ganz ruhig stehengeblieben und hab immer wieder überlegt. Da seh ich, der Mensch greift auf einmal an die dunkle Wand, erwischt was und schwingt ein Beil. Es blitzt beim schwachen Licht auf, ich seh, die Schneide steht nach oben, und da haut der Kerl krachend auf das Knie von der Kuh, haut noch mal, das Vieh schnauft und röchelt auf und sackt auf einer Seite zusammen, plumpst in den warmen Mist – ich stürz in den Stall und schrei: ›Ja, Herrgott! Was ist denn los?‹ Ich steh da mit dem Stilett in der Hand, und der andere da vorn im Licht, der glotzt kurz, dann fällt ihm das Beil aus der Hand ... ›Wer da?‹ schrei ich und geb mir einen Ruck – die hingefallene Kuh wühlt im Mist, die andere trippelt erschreckt hin und her und brüllt laut auf, der Mensch rührt sich wieder und greift zum Beil und zur Laterne ... Mir läuft es kalt über den Buckel ... Einer muß hin sein, denk ich, und will schon auf ihn losspringen, da merk ich, es ist der Moosbauer selber ... Mir hat's direkt einen Schlag gegeben ... ›Tja, ja, Bauer, was machst denn da?‹ frag ich, und wie ich die Kuh anschau, denk ich, der ist doch irrsinnig ... Der Bauer steht, rührt sich nicht, glotzt mich immer noch so seltsam an, und dann sagt er sonderbar: ›Herrgott, *du* bist es? Jaso!‹ Und er wird kleinlauter und wispert: ›Du wirst mich doch am End nicht verraten, oder?‹ ... ›Verraten? Warum denn?‹ frag ich. ›Ja, aber Bauer, so sag mir doch, was hast denn mit deiner Kuh angfangen, hast ihr doch den Fuß abghaut, schau doch, das arme Viech?!‹ «

»Jesus, Maria und Joseph!« brach Babette aus sich heraus, hielt die Hände vor den Mund und starrte mit großen, entsetzten Augen auf Joseph.

Rätselnd schüttelte der alte Hochegger den Kopf.

»Hm, das hast du mir noch gar nicht erzählt«, sagte Klara.

»Dafür hörst du's ja jetzt«, antwortete Joseph und berichtete weiter: » ›Verraten tust mich ganz g'wiß net? Ganz g'wiß net?‹ sagt also der Moosbauer. ›Ah, woher denn! Ich versteh's bloß nicht! Schlag s' doch ganz tot, die arme Kuh! Muß doch unnütz leiden, Bauer!‹ sag ich, ›mich geht's doch nichts an, aber so kannst du doch das Viech nicht leiden lassen!‹ Er hat mich immer noch so mißtrauisch angeschaut. Die Kuh ist im Dreck herumgerutscht und hat geröchelt, ein Graus war's... Er geht endlich aus dem Stand raus, ganz zu mir her, fragt nochmal, ob ich ihn auch gewiß nicht anzeig, und meint: ›Hausschlachten ist nämlich verboten... Wenn's aufkommt, nimmt man mir die ganze Kuh und bringt s' nach Wasserburg auf die Freibank... Ich krieg gar nichts und muß noch Straf auch zahln, und das Fleisch wird an die Arbeitslosen als Schadenfleisch verkauft... Der Gendarm und der Tierarzt wenn's wissen, is' aus!‹ Ich hab immer wieder auf die arme Kuh schauen müssen und dräng ihn, er soll's doch ganz totschlagen, das Viech. ›Jaja, jaja‹, sagt er endlich, ›jaja, ich geh gleich 'nauf zum Hausmetzger Hirlinger, daß er s' abschlacht, und‹ – er greift mich auf einmal zitternd an, ganz bitthaft sind seine Augen – ›und gell, du hast nichts gsehn, gell?‹ Ich spür, wie er Angst hat, er schnauft kaum... ›Moosbauer!‹ sag ich, ›kein Wort verrat ich, verlaß dich drauf!‹ Und da erklärt er mir in aller Schnelligkeit sein ganzes Elend. Die graunzende, herumschlagende Kuh kümmert ihn nicht. ›Was wollen wir denn machen, mir Notschnapper‹, sagt er. ›Wenn ich die Kuh dem Metzger von Brandstätt verkauf oder wenn ich sie auf'n Markt nach Wasserburg treib, da bring ich ja kaum das raus, was ich verfuttert hab!‹ Der Metzger, meint er, läßt überall aufpassen, ob die ›Notschlachtungen‹ auch ›echt‹ sind, überallhin schickt er den Gendarm. Ich hab die arme Kuh ganz vergessen. ›Ja, das gibt's doch nicht, das ist ja haarsträubend, das kann doch nicht Gesetz sein!‹ sag ich. ›Woher kommt denn das?‹ Der Bauer zuckt verbittert die Achseln und meint: ›Woher wird's denn kommen? Das ist alles bloß so gemacht, daß die Metzger und die Großkopfeten nichts an ihrem sündteuren Fleischpreis einbüßen! Uns gibt er nichts für unser Vieh, und er wird reich davon! Und wenn sich einer selber hilft, schicken sie den Gendarm... Alles hilft zusamm gegen die kleinen Leut'ln!‹ Ich werd immer baffer. Nochmal beschwört er mich, ich sollt um Gotteswillen nichts verraten, ich krieg schon was, und trübselig sagt er: ›Der Hirlinger nimmt sich doch auch hübsch einen „Stich", und schmieren muß man ihn außerdem noch.‹

›Ich will nichts, Moosbauer! Ich bin doch selber gegen diese Gesetze, gegen den Brüning und die Metzger und Großkopfeten! Ich steh ganz auf deiner Seite!‹ versprech ich ihm nochmal, ›aber jetzt geh schon! Mach, daß der Hirlinger kommt! Leiden lassen brauchst das arme Viech doch nicht!‹

Er nimmt die Lampe, legt das Beil hin und: ›Ja‹, sagt er, ›du bist ein braver Mensch! Du hast ein Einsehn mit uns!‹ . . . Kümmer dich nur nichts, bleib da, und wenn die Bäurin aufwacht und daherkommt, alsdann sagst einfach, es ist schon geschehen, sie soll sich nur niederlegen . . . Gleich bin ich wieder da.‹

Hinaus ist er in den finsteren Schnee. Ich bin einfach im Dunkeln stehngeblieben. Nach einer Zeit ist er mit dem Hausmetzger gekommen. ›Der sagt kein Wört'l‹, hat der Moosbauer gesagt und auf mich gedeutet und das elektrische Licht angedreht. Der Hirlinger ist in den Stand hinein und hat der wunden Kuh zwei wuchtige Hirnschläge versetzt. Sie hat zwei-, dreimal gezuckt und sich gestreckt, aus war's. Die andere Kuh ist vor Angst fast in den Barren gerannt. Wir haben das Riesenvieh in die Tenne geschleppt und mit einem Strick die Hinterfüße zusammengebunden und es hochgezogen an einem Balken. Gleich hat der Hausmetzger das Ausweiden und Hautabziehen angefangen. In aller Früh ist der Bauer nach Wasserburg und hat den Tierarzt geholt, und seine Buben haben rundrum in den Dörfern ›einsagen‹ müssen, daß es beim Bauern Schadenfleisch zu kaufen gibt. Der Tierarzt ist gleich mit dem Gendarm gekommen. Rausgebracht hat er nichts. Der Hausmetzger hat ja die Kuh schon zerlegt gehabt, und er und der Bauer haben gelogen, was das Zeug gehalten hat . . . Endlich drückt der mißtrauische Tierarzt seinen blauen Fleischbeschaustempel drauf und zieht wieder ab. Hernach sind die Leute dahergekommen und haben eingekauft. Der Moosbauer hat einkassiert«, endete Joseph. Eine Weile blieb es still im Kreise.

»Schauderhaft! Zustände sind das! . . . Über sein eigen Sach ist man nicht mehr Herr«, brummte Hochegger kopfschüttelnd.
Nicht zu glauben, meinte Babette, was die arme Kuh alles habe leiden müssen.
»Überschrift – Hilfe für die Landwirtschaft«, rief Joseph. »Zwei Tag hab ich zu essen gekriegt, nicht zum Zwingen, und jetzt steht der Moosbauer ganz bei uns, radikal! Er und alle Häusler!«
Er hielt inne und sah stumm vor sich hin.
»Eins ist sicher, der Brüning muß fallen«, sagte er tief überzeugt.
»Was denn nachher? Nach dem Brüning?« fragte Hochegger leicht bekümmert. Joseph überhörte ihn.
»Wenn wir jetzt noch richtige Landagitation machen, holen wir viel heraus. Die Nazi sind da viel schlauer. Sie arbeiten da draußen mit Hochdruck . . . Wehe, wenn sie uns den Rang ablaufen.«
»Nach dem Brüning kommt der Hitler, und dann ist's aus«, wiederholte Hochegger.
»Entweder oder!« rief Joseph. »Wenn man die Macht will, muß man was riskieren.«
Hochegger schwieg. Babette sagte nichts mehr. Klara sah auf die Uhr. Es war spät. Joseph erhob sich. »Wo treibt sich denn eigentlich die Lotte immer rum?« erkundigte er sich. »Die? . . . Jaja, das gnädige Fräulein hat immer Einladungen . . . Es sind ja allerhand feine Herrn auf unserer Straße«, warf Babette hämisch hin. Hochegger gab ihr einen Wink.
»Und der Albert? . . . Den sieht man überhaupt nie. Schulung auswärts, hab ich gehört, jaja, die SA wird ja immer hin und her geschickt . . . Die Preußen zu uns runter und die unsrigen nach Norddeutschland . . . Hitler sorgt für Vermischung, das ist so seine Taktik«, meinte Joseph. »Vielleicht feiert heut der Mantler mit Lotte Naziweihnachten in der ›Heimat‹ . . . Ich hätt sie ja an eurer Stelle längst rausgeschmissen.«
»Sag's ihm!« Babette wies auf ihren Mann. »Da hörst es wieder, gell, der Joseph ist ganz meiner Meinung . . . Ich hab's auch immer

gesagt, reinen Tisch!« Sie sah wieder auf den Jungen. »Aber der?... Keinen Finger rührt er! Grad wie wenn er Angst hätt.«
»Angst?« wich Hochegger aus. »Ich will bloß meine Ruh haben.«
»Na«, sagte Babette und setzte ihr bestes Gesicht auf, »zieht's halt zu uns! Dann ist sie in Null Komma fünf draußen!« Kampflustig sah sie drein.
»Das geht nicht... Nein-nein, das geht wirklich nicht«, meinten Joseph und Klara zugleich. Hochegger tat einen tiefen Seufzer. Man verabschiedete sich.
Der Schnee lag hoch. Die Straßen waren leer. Kein Windchen rührte sich. Am Himmel glänzten die Sterne ganz klar.
»Die Kuh, hm... Seltsam«, murmelte Klara einmal.
»Tjaja, fast unheimlich«, antwortete Joseph gedankenversunken. Fahl leuchteten die Laternen. Still war es weitum.
Die beiden wateten stumm dahin. Ihre Schritte knirschten. Die Füße durchpflügten den Schnee. Bläulich kristallene Garben rauschten lautlos auf und versanken wieder.
Kein Mensch begegnete den beiden. Hin und wieder leuchtete noch ein Fenster. Dahinter glitzerte ein silbriger Christbaum.
»Den Weihnachtsfrieden hat er verkünden lassen, dieser pfäffische Brüning«, sagte Joseph und stampfte mit einem Male ergrimmt auf den weichen Schneeboden. »So lullt er die Massen ein, und unsere Partei hilft mit bei dem ganzen Schwindel! Beim Vater hab ich's wieder einmal am besten gesehen... Ich hab mich direkt gewundert, daß er keinen Christbaum gehabt hat...«
»Die Kuh geht mir nicht aus dem Kopf«, sagte Klara nachdenklich. »Hm, unheimlich so was.« Joseph hörte sie nicht. Er reckte seinen Kopf aus dem hochgeschlagenen Mantelkragen. Bei jedem Atemzug kam eine kleine, längliche Dampfwolke aus seinem Mund.
»Hitler oder Thälmann! Diesmal geht's hart auf hart!« rief er in die dunkle Kälte hinein und dachte an Neubert und Leinhart. »Der Bürgerkrieg ist sicher. Er muß kommen.«
Klara gab nicht mehr an. Stumm tappten sie weiter...

Am Neujahrstag in aller Frühe kam Hochegger prustend und blaß und aufgeregt zu ihnen.

»Jetzt müßt ihr zu uns ziehn«, flehte er verzweifelt. »Stellt euch vor ... Wir sitzen im Wohnzimmer, das Radio spielt ... ›Prost Neujahr!‹ schreit's überall, und krachen tut's rundum ... Auf einmal – ratsch! – pfeift eine Kugel durchs Fenster und drüben in die Wand. Wir werfen uns alle zwei auf den Boden ... Babettl hat schier einen Nervenschock gekriegt ... Es schießt und schießt weiter ... Gott sei Dank, nach und nach hört's auf, wir sind ins Bett und haben kein Licht mehr gemacht ... Da-das war ein Anschlag. Ich laß mir's nicht nehmen! Das waren Nazi!«

Er zitterte wie Espenlaub.

»Zufall, weiter nichts!«

Joseph wollte ihn beruhigen. Aber der Alte blieb ungläubig. Zerbrochen saß er da, schluckte und schnaubte.

»Und noch was weit Ärgeres ... Der saubere Mantler ... Ich geh neulich in der Früh zur Wohnung raus, da kommt er aus der anderen Tür von nebenan ... Er hat sich dort einlogiert und – und ...« er stotterte verstört, »die Lotte ist in einem fort bei ihm drüben. Ganz offen macht sie's ... Das ganze Haus redet schon drüber ... Wie in einer Mausfall'n sitzen wir.«

Joseph wurde aufmerksamer. Die Nationalsozialisten durchseuchten gewissermaßen die Häuser. In jedem Wohnblock hatten sie ihre Vertrauensmänner, die über jeden einzelnen Einwohner genau Buch führten.

Hochegger fing wieder zu betteln an. Er weinte fast. Alles versprach er. Fast angeekelt wurde Joseph davon.

»Schau, aus der Bibliothek haben sie dich rausgedrängt«, lamentierte der Alte. »Man muß doch weiter denken. Weiß Gott, ob sie dich nicht noch weiter abbauen. Was dann? Dann sitzt ihr auf einmal da, und du kannst stempeln gehn ... Bei uns, dafür garantier ich, bei uns geht's euch nicht schlecht. Miete will ich überhauptkeine, nein, absolut nicht.« Und dann verriet er, Gleiber sei gewiß ein rechtschaffener Mensch, »aber dich, Joseph, dich mag er einfach seit dem letzten Parteigericht nicht mehr . . . Er hat was gegen dich.«

»Soso! Hm«, machte Joseph und überlegte. Er tappte ein paarmal durch das Zimmer. Klara schien auch nachzudenken. Der Alte hörte nicht auf mit seinem Zureden.

›Feigling!‹ dachte Joseph. Laut aber sagte er: »Naja, wir überlegen uns alles. Man kann ja einmal drüber reden. Übers Knie läßt sich so was nicht brechen . . . Wir kommen bald zu euch.« Klara schaute ihn halb erstaunt und halb abweisend an. Er gab ihr einen vielsagenden Augenwink. Der Alte atmete auf wie erlöst. »So darf ich's der Babettl sagen? . . . Kommt ihr recht bald, ja?« fragte er unsicher.

»Am nächsten Sonntag, meinetwegen«, warf Joseph hin und verzog kurz sein Gesicht.

»Schau, schau«, sagte er in anderem Ton zu Klara, als der Alte fort war, »ich hab ja schon immer so einen Verdacht auf Gleiber gehabt, aber daß er so hinterlistig ist, hab ich nicht geglaubt . . . Mensch, und solche Intriganten sitzen bei uns an den ersten Stellen! Aber mich kriegt er nicht, warte!«

»Willst du denn wirklich im Ernst hinziehn?« fragte Klara.

»Ah! Man redet halt mal eine Zeitlang«, brummte er und wurde wütend. »Vor meinem eigenen Vater ekelt mich! . . . Wo man hinschaut, Feigheit, Ducken und Anpassen! Da sollen die Nazi nicht frech werden!« Er ging hin und her, her und hin.

»Übrigens«, er blieb mit einem Male stehen, »was liegt schon dran? . . . Wenn alle Stricke reißen, kann man's ja machen. Ich glaubte immer, es kommt noch weit ärger. Zur Not . . .«

»Nein, das wär das Letzte«, fiel ihm Klara bestimmt ins Wort. Er mußte lächeln.

»Soll uns nie was Schlimmeres passieren«, meinte er und schlug einen noch leichteren Ton an. »Na, gehn wir schon hin am Sonntag.« Klara sagte kein Wort mehr.

Am darauffolgenden Sonntag besuchten sie die Hocheggers abermals, und man beredete alles sehr eingehend. Der Alte jammerte und jammerte. Babette war von einer rührenden Beflissenheit, machte Vorschläge wegen der Möbel und erriet alle möglichen einnehmenden Kleinigkeiten. Fast mütterlich zärtlich wurde sie mitunter. Sie war ganz in ihrem Element und zeigte Klara die Zimmer. Einmal öffnete die Schwiegertochter ganz zufällig eine Tür und blieb wie gebannt stehen. Babette wurde blaß und rot zugleich. »Tja! Ja, was ist denn das?« fragte Klara. »Wer haust denn da? Die Lotte?« Über dem Bett, an der Wand waren zwei kleine Hakenkreuzfähnchen befestigt, dazwischen hingen: in der Mitte ein Hitlerbild, rechts und links davon die Photographien Alberts und des Scharführers Mantler in SA-Uniform. Babette brachte kein Wort heraus.
»Was, das duldet ihr?« rief Klara erstaunt.
»Da schau! So was trifft man da!« sagte sie zu Joseph. Der stutzte, dann trat er ohne ein Wort ins Zimmer, riß die Fähnchen und Bilder von der Wand und zerriß sie. Hochegger war herbeigeeilt. Er stand bestürzt neben Babette und seufzte jämmerlich: »Tja, soweit treibt sie's! So geht's zu bei uns ... Na, das wird wieder einen netten Krach geben!«
»Ja, Herrgott, die muß hinaus!« sagte Joseph verstimmt.
»Nur, wenn ihr zu uns zieht!« klagte Hochegger. »Dann geht's.«
Man ging wieder ins Wohnzimmer zurück und fand eine Zeitlang keinen rechten Faden mehr. Auf alle gutgemeinten Vorschläge sagten Klara und Joseph weder ja noch nein und ließen alles in der Schwebe, aber sie versprachen, öfter zu kommen.

Der Januar verstrich. Die siebenjährige Amtsperiode des Reichspräsidenten Hindenburg ging zu Ende. Die Neuwahl stand in Aussicht. Brüning versuchte den Reichstag dafür zu gewinnen, daß er durch einen Gesamtbeschluß einer Verlängerung der Amtszeit zustimme. Er wollte eine aufregende Wahl vermeiden. Der Gedanke

fand allenthalben Sympathie. Die Aktion schien anfänglich erfolgreich. Plötzlich jedoch tauchten merkwürdige Gerüchte auf: Der Reichskanzler habe eine geheime Aussprache mit Hitler gehabt und dem nationalsozialistischen Parteichef bei dieser Gelegenheit die weitestgehenden Zusagen gemacht. Sogar von einen Angebot der Kanzlerschaft an Hitler wurde gesprochen.
Die Parteien wurden unruhig. Die Verhandlungen mit Brüning zerschlugen sich. Die Neuwahl des Reichspräsidenten wurde angekündigt. Zuerst sah es aus, als stimmten diesmal die Nationalsozialisten für Hindenburg. Als aber ihr Berliner Gauleiter, Dr. Goebbels, bei einer Versammlung im Berliner Sportpalast in die begeisterte Zuhörerschaft hineinschrie, der einzig würdige Nachfolger des greisen Feldmarschalls sei Adolf Hitler, da änderte sich ihre Haltung mit einem Schlage. Hitler war Österreicher. Die braunschweigische Regierung ernannte ihn in aller Eile zum Regierungsrat, und er wurde automatisch deutscher Staatsbürger.
Nun begann es.
Die Fronten teilten sich. Ganz Deutschland kam in Spannung. Die Rechte war uneins, die Linke fand nicht zusammen. Hitler wurde Kandidat der Nationalsozialisten. Die Deutschnationalen und der ›Stahlhelm‹ stellten den Oberstleutnant Duesterberg auf, und die Kommunisten ihren Parteivorsitzenden Thälmann. Etliche Tage lavierte die Sozialdemokratie im Ungewissen, dann ging sie – obgleich sich ihre proletarischen Massen dagegen stemmten – mit den Regierungsparteien und verkündete: ›Wer Hindenburg wählt, schlägt Hitler!‹
Die wildesten Parteisitzungen, die giftigsten Tumulte der Opposition schreckten sie nicht. Der letzte Schimmer ihrer Tradition wich. »Ja! Ja, gewiß doch! Wir sind ihm auch nicht grün, dem Hindenburg!« verteidigten sich die Parteigewaltigen vor ihren Wählern. »Aber uns bewegen rein realpolitische Einsichten. Brüning und Hindenburg sind immer noch das kleinere Übel.«
Gleiber stand vor seinen Massen und ließ sie toben. Mit kaltblütiger

Ruhe rief er in den brodelnden Saal: »Was wollen Hitler und Thälmann? Eine Blutdiktatur! Lieber noch einen verfassungstreuen Feldmarschall als einen verantwortungslosen Nazi oder einen besessenen Bolschewiken! Der Parteivorstand weiß, was er tut! Er bleibt sich treu! Nur nicht verzweifeln, Genossen und Genossinnen, auch unsere Zeit kommt wieder!« Die Jugend meuterte.
»Warum wählen wir denn nicht gleich Duesterberg?«
»Den kennt niemand!« parierte Gleiber den Zwischenruf lakonisch. »Ein Niemand hat keine Aussichten!«
»Die Sozialdemokratie ist jetzt auch niemand mehr!« schrie ein Mann von der dichtbesetzten Galerie herunter. Die Saalwache hob die Köpfe und wartete auf einen Wink. Es sah einen Augenblick lang gefährlich aus. Doch Gleiber überhörte den Zwischenruf und schmetterte weiter.
Joseph war außer sich. In den ersten Tagen überlegte er ernstlich, ob er nicht einfach seine Schufo-Uniform und das Mitgliedsbuch einpacken und es Gleiber vor die Füße werfen sollte. Für was standen denn die SPD-Proleten noch ein? Für die Republik und ihre Freiheit etwa? Nein! Für einen kaiserlichen Feldmarschall und einen doppelzüngigen, reaktionären Kanzler, der sie für seine Zwecke mißbrauchte.
Für welche Abwehr hielten sie sich eigentlich bereit?
Für gar keine! Sollten sie etwa für Brüning und Hindenburg in den Kampf gehen?
Joseph wurde nun zum wütenden Gegner der Parole der Partei. Hunderte, Tausende aus der Jugend folgten ihm. Sie wählten Thälmann. Das blieb nicht unbekannt. Seltsam aber, keiner von ihnen wurde aus der Partei ausgeschlossen. Unter irgendeinem fadenscheinigen Vorwand wurden Joseph nur alle Funktionen genommen. Mitglied blieb er. Er wunderte sich darüber.
»Sie müssen ein schlechtes Gewissen haben«, sagte er zu Klara, und jetzt, nachdem jede Verdienstmöglichkeit geschwunden war, entschlossen sich die beiden, zu den Hocheggers zu ziehen. Man

müsse, meinte Joseph, nur trachten, daß man bis zum Bürgerkrieg bestehen könne.

Hochegger und Babette waren überglücklich. Sie konnten es kaum erwarten, daß die vier Wochen nach der Kündigung vergingen.

Im ersten Wahlgang hatte Hindenburg über achtzehn und eine halbe Million Stimmen erhalten, Hitler elf Millionen und einige Hunderttausend, Duesterberg zwei und Thälmann fünf Millionen. Die Wahl war verhältnismäßig ruhig verlaufen. Aufmärsche waren untersagt, die Polizei hatte außerordentliche Vorsichtsmaßregeln getroffen. Jetzt jedoch wurde plötzlich ruchbar, daß die SA-Abteilungen während des Wahltages in ihren Standorten bereit gelegen hatten. Von einem beabsichtigten gewaltsamen Einmarsch in Berlin war die Rede. Lauernd wartete diese Bürgerkriegsarmee aufs Losschlagen, jeden Tag konnten ihre wohlgerüsteten Kader Deutschland überschwemmen und die Macht an sich reißen. Es sikkerte da und dort durch, daß der General von Schleicher in all diese Pläne eingeweiht sei.

Der zweite Wahlgang entbrannte viel heftiger. Unablässig surrten Automobile mit bellenden Lautsprechern durch die Straßen und spien Tausende von Flugblättern. Die Plakatschlachten und die Kämpfe der Klebekolonnen nahmen nie dagewesene Dimensionen an. Die Polizei war Tag und Nacht auf den Beinen. Wüste Versammlungstumulte und Schlägereien jagten sich Nacht für Nacht. Verwundete wurden in die Krankenhäuser gebracht. Nach dem Ausscheiden des deutschnationalen Kandidaten Duesterberg standen sich Hindenburg, Hitler und Thälmann als Präsidentschaftsanwärter gegenüber. Viele Arbeiter wählten überhaupt nicht mehr. Kommunisten waren sie nicht, Thälmanns Kandidatur empfanden sie als Fehler und zum Mißerfolg verdammt, Hindenburg wollten sie ihre Stimme nicht geben.

Die Entscheidung sah so aus: Hindenburg ging mit neunzehneindrittel Millionen Wählern als Sieger hervor, Thälmann erhielt nur noch vier Millionen, aber ›fast dreizehn und eine halbe Million al-

ler wahlberechtigten Deutschen hatten Adolf Hitler als ihren alleinigen Führer anerkannt‹, schrieb triumphierend die Hakenkreuzpresse. Brüning schwankte und sann auf Kompromisse.
Die sozialdemokratische Preußenregierung Severing-Braun war seit der Entdeckung des ›Boxheimer Dokumentes‹ fieberhaft tätig. Auf Veranlassung des Innenministers Severing wurden von der Polizei seit Monaten zahlreiche überraschende Haussuchungen in SA-Lokalen durchgeführt. Das beschlagnahmte Material war erschreckend. Eine umfangreiche, nicht widerlegbare Denkschrift über die Umtriebe der SA ging dem Leipziger Reichsgericht und der Reichsregierung zu.
Das Kabinett Brüning trat zu einer entscheidenden Sitzung zusammen. Der sehr loyale, streng national gesinnte Reichswehr- und Innenminister General Groener eröffnete die hartnäckige Debatte. Der schon lange kränkelnde Mann steigerte sich hinein in eine moralisierende Anklage und forderte soldatisch das sofortige Verbot und die Auflösung aller nationalsozialistischen Wehrverbände. Er überzeugte. Die anderen Mitglieder des Kabinetts schlossen sich ihm an, nur der General Schleicher war dagegen. Er stand auf und verließ die Sitzung.
Severing hatte seinen großen Tag, als das Auflösungsdekret, vom Reichspräsidenten Hindenburg unterzeichnet, in Kraft trat. Die Sozialdemokratie triumphierte. Die Arbeiter in ihren Reihen gewannen wieder einige Hoffnung. Es sah aus, als sei die staatszerstörerische Nationalsozialistische Partei vernichtend geschlagen. Sie mußte ihre Zeugmeistereien, in denen schon die neuen Uniformen für die SS bereitlagen, von einem Tag auf den anderen schließen. Was sie in der Eile nicht wegschaffen konnte, wurde von der Polizei beschlagnahmt. Ihre Verlage erklärten sich zahlungsunfähig. Die Geschäftsleute erhielten von der Parteileitung jämmerliche Bittbriefe oder Rundschreiben, in welchen sie vertröstet wurden. Die an Versorgung und militärischen Drill gewohnten SA- und SS-Männer tauchten als Zivilisten auf den Straßen auf und mußten mit

Sammelbüchsen die abweisenden Passanten um milde Gaben anbetteln. Sie murrten und meuterten vielerorts. Die Partei stand vor dem endgültigen Bankrott.
Das Großstadtleben bekam wieder ein zivilistisches Gesicht. Wie weggelöscht waren die aufreizenden braunen Uniformen.
An einem regnerischen Tag Ende April brachte ein Möbelwagen die Habschaften Josephs und Klaras zu den Hocheggers. Die Leute im Hause schauten den schleppenden Trägern neugierig nach, als sie über die Stiege hinaufprusteten. Joseph stand unten auf der Straße, Klara oben in den leergemachten Zimmern und ordnete an. Babette machte sich überall nützlich. Der alte Hochegger war förmlich aus dem Häuschen.
Lotte kam aus ihrer Tür, staunte kurz und blickte in die Zimmer.
»Hm, was ist denn da los?... Das soll wohl heißen, für mich ist kein Platz mehr?« sagte sie herausfordernd, maß ihren Vater, dann Babette und zum Schluß Klara.
»Ja, ich hab's satt jetzt, dein stinkfaules Herumtreiben!« fuhr sie Hochegger in einem plötzlichen Anflug von wütendem Mut an.
»Hahaha!« lachte sie verächtlich und wandte sich zum Gehen. »Da gehör ich auch noch dazu! Wir wollen sehn!«
Sie zwängte sich an den Trägern vorbei und lief klappernd die Stiege hinunter.
»Treibt es ja nicht zu stark, ich warne euch!« drohte sie drunten Joseph und ging mit elegant wiegenden Schritten weiter. Ihm stieg das Blut zu Kopf. Am liebsten wäre er auf sie los.
In der nächsten Nacht spielte sich eine widerwärtige Szene vor Hocheggers Wohnungstür ab. Joseph hatte sofort ein Sicherheitsschloß einmontiert, und als Lotte diesmal heimkam, konnte sie nicht mehr hinein. Sie klopfte und hämmerte an die Türe. Niemand gab an. Sie schlug einen Höllenlärm. Die Leute im Haus erwachten, traten vor die Türen und schimpften.
Die alten Hocheggers bestürmten Joseph. Er blieb unnachgiebig. Schließlich aber ging er, schloß auf und sagte kalt: »Geh hin, wo du

magst! Hier hast du nichts mehr zu suchen.« Sie stürzte giftig auf ihn und kratzte ihm die Hände wund. Er gab ihr einen derben Stoß und schlug die Tür wieder zu. Sie plärrte auf und fing an, sich mit den Leuten zu streiten. Er blieb ruhig stehen und hörte sich das Gezänk an. Nach einer guten Weile vernahm er Schritte über die Stiege herauf, die alsbald eiliger wurden. Er guckte durch den Spion und sah den Scharführer Mantler in Zivil.

»Hast du so was schon gesehn? Sie lassen mich nicht mehr in mein eigenes Zimmer!« sagte die zerraufte Lotte zu ihm.

Mantler verzog das Gesicht überheblich und sagte nur: »Na, das wird sich bald geben. Die Bande wird bald ausgeräuchert da drinnen. Komm!« Sie verschwanden in der Tür nebenan. Da und dort vernahm der Lauschende noch etliche ärgerliche Brummlaute. Türen schlossen sich wieder. Es wurde still.

Der alte Hochegger konnte nicht mehr einschlafen.

»Der hat's endlich richtig gemacht«, sagte Babette bewundernd über Joseph.

»Jaja«, gab der Alte kleinlaut zu. Er war gar nicht mehr so sehr erbaut von dem Herziehen Klaras und Josephs.

10
Wetterleuchten

Ich bin im Bild, Fräulein Hochegger, ich bin völlig im Bild ... Ausgezeichnet! Ausgezeichnet!« sagte der Rechtsanwalt Dr. Prankler und machte sich einige Notizen. »Na, da hat er sich ja schön in die Nesseln gesetzt, Ihr Herr Papa ... Das wird ihn allerhand kosten.« Über sein volles, etwas dunkelhäutiges, glattrasiertes Gesicht lief ein Schimmer von gewichtiger Schadenfreude. Die eckig auslaufenden, doch gutgepolsterten Kinnladen quollen über den scharfen Rand des steifen ›Stresemannkragens‹. Wie ein gefrorener, milchweißer Tropfen saß die mattglänzende Perle in der Mitte des sorgfältig gebundenen, modern gemusterten seidenen Selbstbinders. Die Rücken seiner fleischigen Hände waren leicht behaart, ein Brillant- und ein Siegelring prankten an den kurzen Fingern.
»Sie sehen übrigens entzückend aus, Fräulein Hochegger ... Das Blau zu den blonden Haaren kleidet Sie ausgezeichnet ... Kamerad Mantler hat nicht übertrieben«, plauderte er und hob während des Hinkritzelns seine dunklen Augen unter den dichtborstigen Brauen. Er lächelte freundlich. »Mein Kompliment, auch zu Mantler kann ich Ihnen gratulieren ... Ein sehr tüchtiger Mensch.«
»So? ... Jaja«, lächelte Lotte geschmeichelt und sah auf. Das Telefon schrillte.
»Verzeihung!« sagte Prankler und hob den Hörer ab. »Jaja ... Hier Kanzlei Dr. Prankler, bitte. Ja, selber am Apparat ... Was gibt's denn?« Seine Stirn runzelte sich. »Wa-wasss! Zeugmeisterei polizeilich gesperrt! Unerhörte Schweinerei! ... So, naja, nur erfreulich.« Sein Gesicht wurde wieder frei und glatt. »Ja, bin im Bild ... Natürlich! Mein Wagen steht schon drunten ... Ich spreche mit dem Führer im Löwenbräukeller und im Zirkus Krone, sehr richtig ... Und morgen vor den Studenten, ganz richtig! ... Wie? ... Ah! Innerhalb des Saals macht doch die Polizei nichts, ausgeschlos-

sen ... Wache im braunen Hemd, selbstverständlich ... Keine Angst, wir schaukeln das Kind schon! ... Alles, ja? ... Gut! Heil Hitler!« Er legte den Hörer wieder auf.

»Sie sprechen heut abend mit dem Führer?« fragte Lotte leicht bewundernd.

»Tja, jetzt in so Wahlzeiten muß jeder ran ... Vielgeplagt und beschäftigt, wie sie sehen!« erwiderte Prankler und erhob sich. »Naja, lohnt sich ja auch ... Ich schreib also Ihrem Herrn Papa den besprochenen Brief, verstehn Sie? Antwort wird längstens in zwei, drei Tagen da sein ... Sie können ruhig in der Pension weiterwohnen. Er muß für alles aufkommen ... Daß Sie jetzt schon zum Wohlfahrtsamt gehn, das möcht ich vorläufig vermeiden ... Ist immer noch Zeit dazu. Ist auch nicht grad angenehm, so rumzusitzen dort ...« Er sah auf seine goldene Armbanduhr und drückte auf den Klingelknopf am Schreibtisch. »Nur abwarten, ruhig abwarten ... Den Fisch fangen wir schon.«

Lotte erhob sich und blieb mit kokettem Lächeln stehen.

»Übrigens, wenn Sie wollen ... Ich weiß Ihnen ein sehr anständiges, nettes Zimmer im Haus unserer Buchhandlung, dritter Stock, mit Bad ... Bei einer Parteigenossin«, sagte er und warf einen flüchtigen Blick auf die eintretende Stenotypistin, eine dickliche, angealterte Person, die wartend stehen blieb.

»O, sehr liebenswürdig, aber ...« Lotte stellte sich schüchtern.

»Aber bitte, nur keine Angst, der Papa wird ganz klein! Wollen Sie? Ja? Einen Moment.« Er zog eine Visitenkarte und notierte die Adresse. »So, bitte ... Mein Ehrenwort, dort sind Sie ausgezeichnet untergebracht, ein ganz und gar judenreines Haus ...« Lotte dankte einnehmend, und er zeigte seine gelben, mandelförmigen Zähne.

»Es ist nicht mehr nötig, daß Sie dableiben ... Bitte«, sagte er wiederum, machte eine stramme Verbeugung und drückte ihr die Hand. »Wiedersehn! Heil Hitler!«

»Heil Hitler ... Danke, danke sehr!« empfahl sich Lotte.

»Also . . .« Prankler bekam ein beschäftigtes Gesicht, ging auf und ab und diktierte der Stenotypistin.
»Sollten Sie nicht innerhalb von drei Tagen auf die Vorschläge meiner Mandantin eingehen, so ist sie, abgesehen von der gerichtlichen Austragung, gezwungen, das zuständige Wohlfahrtsamt in Anspruch zu nehmen, was Sie als Vater gewiß nicht wünschen dürften«, lautete ein Satz des Schreibens an den ›Titl. Herrn Stadtrat Joseph Hochegger, Hier, Mengelbergstraße 48/III.‹
»So, Fräulein, den schreiben Sie sofort . . . Rasch, ich muß weg«, schloß Prankler und blickte wieder auf die goldene Armbanduhr. Er schien in dem exakten, eckigen Abbiegen des Armes einige Übung zu haben. Die Stenotypistin verschwand durch die Tür. Er ließ sich vor seinem Schreibtisch nieder und schaute süffisant in die Luft . . .
Noch vor etlichen Jahren stand Prankler tief unten. Sein Vater war vermögenslos. Wegen irgendeiner unlauteren Angelegenheit hatte man ihn seinerzeit aus der Anwaltskammer ausgeschlossen. Grollend mußte sich der Mann in seinen besten Jahren in das Privatleben zurückziehen. Das blieb hängen am Sohn. Die neugegründete Kanzlei ging schlecht und blieb anrüchig. Der junge Prankler war sehr ehrgeizig und wenig wählerisch in seinen Mitteln. Der Erfolg wollte und wollte nicht kommen. Die Kollegen beachteten den armen Anfänger nicht. Viele von ihnen waren reich und verfügten über die besten Beziehungen. Er haßte diese Konkurrenten unsäglich. Tag und Nacht zerbrach er sich den Kopf, sann nach allen Möglichkeiten, horchte und blickte scharf herum. ›Nur der Jud ist schuld‹, schlug es eines Tages an sein Ohr. Er sah sich seine Kollegen genauer an. Er forschte verbissen und entdeckte: viele vertraten politische Parteien. Er überlegte, meldete sich als Mitglied bei der Nationalsozialistischen Deutschen Arbeiterpartei an, bekam schnell einige Prozesse, und endlich ging es aufwärts. Er kam von unten. ›Nur nicht mehr hinab!‹ war seine verborgene Losung. Er stürzte sich in die Parteiarbeit mit heißer Gier. Er nahm alles:

Kleinarbeit, Propaganda, Versammlungen und Rechtsberatung. Er verdrängte jeden durch seine robuste Streberei. Er sah, wie er sich auszudrücken pflegte, ›das Nationale hat Zukunft‹, und seine Rechnung stimmte. Jetzt war er ein vielbeliebter Freund des Führers und der anderen Parteiprominenten, ein begehrter Redner, ein mächtiger Anwalt, und – das Geld floß ihm zu. Die Zeit war wie für ihn geschaffen. Niemand mehr konnte Privatmann sein. Er wollte es nicht mehr sein!
Unleugbar: seit den Zusammenbruchstagen anno 18 war das deutsche Gesamtleben – die Wirtschaft und die Finanz, die Politik, die geistigen Strömungen und die kleine Einzelexistenz – nie so zerbröckelt und aufgewühlt gewesen wie in jenem April 1932. Alles floß und floß und trieb einer ungewissen Entscheidung entgegen. Niemand glaubte mehr an die Festigkeit des Bestehenden, jeder spürte fast körperlich das nahe Ende und hatte dennoch Angst vor einer gewaltsamen Wendung. Die Politiker überschrien einander, die Parlamente kamen zu keiner Arbeit, die Regierungen siechten dahin. Im Verborgenen zitterten die ratlosen Industrie- und Bankherren. ›So kann's nicht mehr weitergehen‹, gestand sich der kleine Mann jeden Tag und schloß mit der bangen Frage: ›Aber wo soll's denn hinführen?‹ Durch die Massen der Armen und Ärmsten flutete ein zunehmender gefühlsmäßiger Sozialismus, eine – wie der Nationalsozialist Gregor Strasser gesagt hatte – ›tiefe antikapitalistische Sehnsucht‹. Zur selben Zeit, da die Partei Hitlers sich besonders anstrengte, wieder einmal ihren angeblichen Sozialismus mehr und mehr zu betonen, kam aus den Reihen der Sozialdemokraten das geflügelte Wort von der ›Heilung des schwerkranken kapitalistischen Körpers‹, und leicht hatten es die Kommunisten, den ›sozialverräterischen Kurs dieser kapitalfreundlichen Wegbereiter des Faschismus‹ zu entlarven. Ihre Parole: ›Schafft ein Sowjetdeutschland!‹ hämmerte in die aufnahmebereiten Massen.
Ein emsiges Raten, ein besorgtes Rätseln ging herum. Die Parteien, die Gewerkschaften, Wirtschaftler, Publizisten, astrologische Pro-

pheten, Hellseher und erfolgreiche Reklamefachleute traten mit Plänen zur Behebung der Krise, der Arbeitslosigkeit, mit ›einzig möglichen‹ Sanierungsplänen hervor. Ein tolles Gemisch von kindischem, hochstaplerischem und moralisierendem Bereden aller möglichen Volksschichten ergoß sich tagtäglich in die Öffentlichkeit. An den Biertischen wurde eifrig darüber debattiert. Familien verzankten sich deswegen, und Sekten entstanden. Dazwischen wurde unablässig gewählt: in Preußen, in Bayern und Württemberg zu den Landtagen. Zwar war bereits der einzelne Mensch tief vom Unsinn und von der Zwecklosigkeit solcher Wahlen überzeugt. Er erwartete nichts davon. Er sagte es offen und überall. Dennoch – jeden Tag erhitzte er sich von neuem, lief in die Versammlungen und ging zum Schluß zur Urne. Es war schon fast ein Sport, ein leeres, immerhin unterhaltsames Rechenexempel. Offensichtlich fiel den Oberen und den Unteren nichts Besseres ein. Niemand konnte und wollte sich einen Begriff davon machen, wie denn überhaupt eine wirkliche radikale Änderung der zerfahrenen Zustände herbeigeführt werden könnte.
In den neugewählten Parlamenten war der Leerlauf noch schlimmer. Die Nationalsozialisten hatten ihre Mandate gewaltig vermehrt. Sie waren überall die stärkste Partei. Mit den Gruppen der Rechten brachten sie Mißtrauensanträge gegen die derzeitigen Landesregierungen ein und drangen damit durch. Doch welch eine jämmerliche Groteske: Eben noch waren sie gemeinsam mit ihren deutschnationalen Anhängern Sturm gelaufen. Jetzt, da sie zur Neubildung so eines Kabinetts schritten, versagten diese Mitstreiter.
Unverändert blieb das preußische Koalitionsministerium Braun-Severing, ebenso unerschüttert waltete das katholisch-partikularistische Kabinett Held in Bayern seines Amtes, und keine Verschiebung trat in der württembergischen Zentrumsregierung Bolz ein. Die meisten Landtagssitzungen endeten mit einer wüsten Schlägerei. Die Kommunisten und Nationalsozialisten betrieben eine er-

bitterte Obstruktion. Die Zeit der ›arbeitsunfähigen Parlamente‹ und der ›geschäftsführenden Regierungen‹ begann.
Der Reichspräsident Hindenburg saß auf seinem Gut Neudeck, das ihm seine Nachbarn, die Großgrundbesitzer, und ihre Freunde aus der Schwerindustrie zum Ehrengeschenk gemacht hatten. Sie konnten splendid sein. Die ›Osthilfe‹ deckte einspruchslos alle ihre Ausgaben reichlich. Der alte Feldmarschall war verärgert. Seit der Wiederwahl waren seine reaktionären Anhänger ihm feind. Und mit dem Verbot der SA und SS hatte dieser Brüning ihn ganz und gar in eine giftige Gegnerschaft mit den ›ehrlichen nationalen Kreisen‹ hineingejagt. Mißvergnügt schrieb der Alte einen anklägerischen Brief an seinen langjährigen Kameraden aus dem Weltkrieg, den Reichswehr- und Innenminister General Groener. Wenn schon, verlangte er, dann Verbot aller politischen Wehrverbände. Raunzig klangen die Sätze. Übellaunigkeit klebte an jedem Wort. Das ›Reichsbanner‹ und die ›Eiserne Front‹ gaben eine Loyalitätserklärung ab und kündigten ihre Selbstauflösung an.
Der General Groener trat vor den Reichstag und rechtfertigte sich. Gleiber erzählte an einem Donnerstag-Tarockabend seinen nächsten Freunden, die sich seit Jahr und Tag gewohnheitsmäßig so zusammenfanden, einige Einzelheiten über die denkwürdige Sitzung. »Er ist ja schon lang leidend, der Groener«, sagte er. »Ein durchaus sympathischer, entgegenkommender Mensch ... Ich hab ihn immer mögen. Schon im Krieg ... Ein echter schwäbischer ehrlicher Demokrat, soweit man das von einem General verlangen kann ... Nie hat er Angst gehabt vor der Verantwortung ... Schon wie er dazumal anno achtzehn, wie's im Hauptquartier drunter und drüber gegangen ist, wie jeder der hohen Herrn Offiziere den Kopf verloren hat – wie er dazumal dem Kaiser einfach ins Gesicht gesagt hat: ›Majestät, aus ist's mit der Hohenzollernherrlichkeit! Es gibt bloß noch eins, wenn das Volk noch an die Dynastie glauben soll ... Majestät stellen sich an die Spitze der Truppe und sterben den Helden-

tod wie jeder einfache Soldat‹, das – das ist eine mannhafte Leistung gewesen. Das hab ich ihm nie vergessen . . . Und so ist er immer geblieben, der Groener . . . Unterm Ebert so und jetzt so.«
Er schnaubte schwer. Er sah nachdenklich gradaus.
»Wie er zu reden angefangen hat, jeder hat's gespürt, er zwingt sich . . . Jedes Wort ist ihm schwer geworden . . . Laut hat er gar nicht mehr sein können . . . Naja, das schnoddrige Militärpreußisch hat er ja nie gehabt . . . Ich hab in sein Gesicht geschaut. Ganz ohne Farb war's. Er hat sich immer wieder in Haltung reißen müssen. ›Ein Staat‹, sagt er, ›der noch einen Funken Autorität hat, kann sich nicht bieten lassen, daß so Nebenarmeen bestehen‹ . . . Da haben die Nazi geplärrt. Er hat sie bloß stumm angeschaut, und dann ist eine schnelle Farb in sein Gesicht gekommen . . . ›Wer sich zur Nation bekennt‹, sagt er fester, ›der muß sich auch verantwortungsbewußt in sie einfügen!‹ Und er hebt ein bißl den Arm. Noch schwerer fällt ihm das Reden . . . Es war nichts mehr zu verstehen im Lärm . . . Da geht der Schleicher zu ihm hin und beugt sich . . . Man meint, er will ihm helfen . . . Und da sagt der Groener noch was, wird auf einmal ganz kränklich blaß wie eine Wand und bricht auf seinen Stuhl nieder . . . Er fährt sich einmal ums Hirn, schüttelt kurz den Kopf, stützt ihn und nimmt einen Schluck Wasser . . . Ich kann euch sagen, das werd ich nie vergessen. Ausgeschaut hat's wie ein langsames Hinsterben . . . Wir haben den besten Menschen im Brüningkabinett verloren«, schloß Gleiber. Er griff, so als wolle er seine Bewegung schnell verscheuchen, zum Bierkrug und trank lange . . .
Schleicher hatte Groener gestürzt. Er war sein Nachfolger.
Es wurde nur nebenher erwähnt und kaum bemerkt.
An einem regnerischen Maitag stapfte Hindenburg mit seinem Freund von Oldenburg-Januschau über ein liegengelassenes, verwachsenes Feld.
»Det, Exzellenz, det jeht nich mehr! . . . Da muß'n enerjischer Riejel vorjeschobn wern«, polterte der Januschauer mit seiner fetten

Stimme. »Wat hat denn dieser kathol'sche Lumpenhund für Bolschewik'n in seiner Rejierung? Quasselt da von Parzellierung überschuldeter Jüter ... Will sich verjreif'n an unserm ererbt'n Besitz! Will das Jesindl, den arbeitsscheuen Mob da ansiedeln ... Nee, Exzellenz, da muß reine jefegt werden. Det is ja schlimmer wie Fürstenenteijnung! Det is janz jemeiner Bolschewismus! Dieser windige Muschkot, dieser – wie heißt doch dieser widerliche Gauch jleich – dieser, ja, richtch, dieser Stejerwald, soll ihm das injeblas'n ham, dem Brüning ... Na, solln mal komm'n und siedln ... Runterknalln tu ich die Biester wie die Has'n!«
»*Das* will er?« Der Feldmarschall blieb stehen und umkrampfte den Griff seines derben Stockes fester. Blicklos sah er in die regendurchzogene Luft. Sein grau umbarteter Mund kam noch mehr ins Hängen. Vom Rande seines durchnäßten Jägerhutes lösten sich etliche Tropfen und fielen zur Erde.
»Ehrnwort, das will er! Partout will er uns aufteiln!« erwiderte der Januschauer, und sie nahmen den Schritt wieder auf. »Nischt als Bolschewikn sitzn in seiner Rejierung.«
Am Ende des Monats kehrte Hindenburg nach Berlin zurück. Er berief sofort den Kanzler zu sich. Auf einem Zettel hatte er sich die Fragen notiert. Den hielt er in der Hand. Brüning versuchte zu erklären. Störrisch blieb der unbewegliche Greis beim einfältigen Wortlaut seiner Fragen.
»Rücktritt der Reichsregierung! – Ende des Kabinetts Brüning!« bellten die Zeitungsträger am andern Tag die Passanten an. Die ostelbischen Raubritter hatten wieder einmal gesiegt. Der Skandal um die ›Osthilfe‹, an der sie sich rücksichtslos bereichert hatten, war ruchbar geworden, und außerdem plante der Kanzler die Parzellierung und Besiedlung einiger überschuldeter Latifundien. Das besiegelte sein Schicksal.
Mit fast lauter Adeligen trat ein unbekannter Mann namens Franz von Papen an die Spitze der neuen Reichsregierung. Nicht recht viel mehr wußte man von ihm, als daß er ein eleganter Herrenreiter

sei. Im Krieg war er als deutscher Militärattaché der Washingtoner Botschaft zugeteilt gewesen und dort wegen einer ganz plumpen Spionageangelegenheit auf Verlangen der amerikanischen Regierung entlassen worden.

Während all diese hochpolitischen Veränderungen eintraten, geschahen bei Hochegger im kleinen nicht minder bewegte Dinge. Als der Brief des Rechtsanwaltes Prankler einlief, setzten sich die Alten und die Jungen zu einer Art Familienrat zusammen.

Hochegger selber war gänzlich verstört. Er sah das Schlimmste voraus und konnte nicht mehr an sich halten. Er kam mit Joseph ins Streiten.

»Das auch noch! Beim Prankler? Das ist doch die Nazigröße!« stieß er aufgeregt heraus. »Der weiß alle Schliche und ruiniert mich! Der würgt mich ab mit kaltem Blut! Nur auf mich geht alles hinaus!«

»Ja, Herrgott, jetzt haben wir den Salat schon!« fuhr ihn sein Sohn an. »Zuvor hast du uns ewig gebettelt, wir sollten herziehn, damit du die Lotte losbringst, und jetzt? Jetzt, weil ich dir den Gefallen getan hab und sie hinausgeschmissen hab, jetzt . . .«

»Er meint's ja nicht so! Er regt sich bloß immer so auf!« fiel ihm Babette ins Wort. Joseph war zornrot. Angewidert erhob er sich und ging hin und her. Klara sagte gar nichts.

»Du hast ja recht gehabt, ganz recht, aber was soll ich jetzt tun?« lenkte auch Hochegger verzweifelt ein. »Aufkommen muß ich ja doch, und wenn die zum Wohlfahrtsamt geht, das wird ja der größte Skandal . . . Wirst es sehen, wie die Nazi in ihrer Zeitung über mich herziehn! . . . Standesgemäßen Unterhalt verlangt sie, unverschämt, so was!«

»Tut schon ein und ein halbes Jahr nichts mehr! Wovon hat's denn da gelebt?« warf Babette hin.

»Am besten ist's, du machst dem Rechtsanwalt einen Gegenvorschlag«, sagte Joseph etwas ruhiger. »Wie ich die ganze Gerichtspraxis kenn, wird . . .«

»Um Gotteswillen! Vors Gericht auch noch wegen dem?« unter-

brach ihn Hochegger. »So laß mich doch ausreden, Herrgott!« Joseph stampfte auf den teppichbelegten Boden. »Zahlen mußt du, da gibt's nichts! Aber das, was sie verlangt, ist direkt idiotisch!«
»Ich zahl ja! Ich zahl gern, wenn ich bloß die Sache loskrieg!« jammerte Hochegger.
»Na gut, dann schreib dem Rechtsanwalt oder geh zu dem unsrigen und laß schreiben«, schloß Joseph. Ihm gingen ganz andere Dinge im Kopf herum. Er bereute auch schon längst, daß er hierhergezogen war. Er gab Klara recht. Die hatte sich immer dagegen gesträubt.
»Jetzt ich, ich tät das durchfechten«, meinte Babette kampflustig. »Ich möcht doch sehn, ob sich eine solche Madam alles erlauben kann.«
Hochegger machte ein trübseliges Gesicht.
»Man kann's ja sicher auch so lang hinausziehn, bis sie selber weich wird«, mischte sich jetzt Klara ins Gespräch.
»Ja, das schon, aber sie kann einfach vom Wohlfahrtsamt unterdessen Unterstützungsgelder aufnehmen, und das klagt dann erst recht«, klärte sie Joseph auf.
»Ich geh zu unserm Rechtsanwalt ... Ich hab keine Ruh mehr! So ein niederträchtiges Frauenzimmer, so ein Fetzen!« knurrte Hochegger. Er machte sich fertig und ging.
»Reinkommen tut sie jedenfalls nicht mehr ... Das ist schon was wert«, sagte Babette zu Klara und Joseph und wurde wieder zutraulich. »Ich bin froh, daß ich euch da hab ... Er hätt ja das Rotzmädl ewig nicht angerührt.« Sie war rein verliebt in Joseph. Der hatte das echte Mannhafte, das sie anzog. Fast zärtlich schaute sie auf ihn und meinte abermals: »Und wie ist denn dann das? Wenn wir aufs Tapet bringen, daß sie ewig bei ihrem Nazizuhälter die Nacht über ist?«
Joseph zuckte die Achsel. »Vielleicht ja, aber bei der großen Wohnungsnot und der Arbeitslosigkeit ist der Vater eben verpflichtet, für sie aufzukommen ... Ich glaub sogar, daß das Gericht dann

eher noch was gegen ihn ausspielen kann . . . Daran würde ich lieber nicht rühren.«
»Aber daß sie je wieder ins Haus kommt, das ist ganz ausgeschlossen, was?« fragte Babette.
»Das sicher . . . Wenn der Vater zahlt und sie einfach nicht mehr aufnimmt«, erwiderte Joseph. Babettes Gesicht wurde freier.
»So . . . Wißt ihr was? Dann, Klara, dann richten wir gleich ihr Zimmer für euch ein, komm«, sagte sie und zog die Schwiegertochter mit.
Joseph tappte unlustig hin und her. Seit ihm die Parteifunktionen genommen worden waren, seit er Redeverbot hatte, kam er sich wie gefangen vor. Noch dazu in dieser Abhängigkeit bei seinem Vater. Einmal war er mit Neubert und Leinhart beisammen gewesen und während der Wahlen unter anderem Namen als kommunistischer Redner draußen auf dem Lande aufgetreten, in Orten, wo man ihn nicht kannte. Und doch konnte er sich nicht entschließen, aus der Sozialdemokratie auszutreten und offen zu den Kommunisten überzugehen. Man wirkt nicht von jung auf in einer bestimmten Richtung, ohne daß man mit ihr verwächst. Seine früheren Genossen kannte er. Er fühlte sich mit ihnen verbunden. Viele von ihnen hingen an ihm. Unter ihnen war er daheim. In der Kommunistischen Partei traf er fremde Menschen, hartgesottene, unversöhnliche Sozialdemokratenfresser, die nicht mit sich reden ließen. Es war ihm mitunter, als führten sie eine andere Sprache. Ihm war um die rascheste Einigung der Arbeiter zu tun. Sie aber hielten ihm entgegen: »Jawohl, Einigung von Prolet zu Prolet, aber unter Führung der KP! Was fangen wir denn mit einem führerlosen Haufen an? . . . Und das gibst du doch zu, die SP als Führerin der Massen ist der Tod.« Er konnte, wenn er genau darüber nachdachte, nichts dagegen einwenden. Er schwankte hin und her.
Er fand die Stellung der Kommunisten in der Bekämpfung des Faschismus nicht verständlich genug. Wie reimte es sich denn zusammen, daß sie in den Parlamenten sogar mit ihren Todfeinden, den

Nationalsozialisten, zusammen stimmten, nur um den anderen Parteien oder der Regierung eine Schlappe zuzufügen? Er nahm den Standpunkt der Abwehr aller reaktionären Anschläge gegen die Republik ein. Er war für die sofortige Aufhebung aller Brüningschen Notverordnungen und für die Zurückgewinnung des verfassungsmäßigen Zustandes. Er erlebte es hundertmal, daß die Proleten seiner Partei mit ihm übereinstimmten. Die Kommunisten hingegen fielen mit Hohn über ihn her: »Was Republik? Was Verfassung?! Wir werden noch mal einen Finger dafür rühren, für diesen Schwindel! Nieder damit! Weg damit! Nicht Abwehr! Angriff auf der ganzen Front!«
Das klang ja alles sehr schön, aber vorläufig war die Arbeiterschaft doch wirklich in die Abwehr gejagt. Zuerst hieß es nun einmal: zusammenstehen gegen die hereinbrechende Flut. Darüber waren sich die Arbeiter einig.
Waren die Kommunisten denn so siegeszuversichtlich, während rundherum Tausende neuer Hitleranhänger wie Pilze aus der Erde schossen?
Joseph griff in seine Tasche und umspannte den Browning. ›Fäuste gegen Maschinengewehre und Gewehre!‹ dachte er und wurde noch verdrießlicher. Er tappte ans Fenster und schaute hinunter auf die Straße. Mantler unterhielt sich auf der anderen Seite mit dem Metzger vor dessen Ladentür. Er trug ein in ein schwarzes Tuch eingeschlagenes großes Paket, offenbar einen neuen Anzug, überm Arm. Die Krämerin von nebenan sah den beiden lachenden Männern nicht grade freundlich zu. Mantler schwang exakt den Arm zum Hitlergruß und ging mit beschwingten Schritten über die Straße, auf das Haus zu. Der Metzger blinzelte ihm verständnisinnig nach.
Die Stimmen der beiden Frauen schlugen an Josephs Ohr. Eifrig redeten sie ineinander. »Da kann sich der Joseph ein Studierzimmer einrichten«, hörte er Babette sagen. ›Wird bald ausstudiert sein‹, durchflog es ihn. Draußen im Gang klappte der blecherne Briefka-

stendeckel. Joseph ging nachsehen, riß die Zeitung auseinander und stürzte ins Zimmer der Frauen. »Reichstag aufgelöst! SA-Verbot aufgehoben!« Sein Mund blieb offen stehen. Mantlers Paket fiel ihm ein.

»Was, schon wieder?« sagte Klara und blickte auf die Zeitung. Babette stand einen Augenblick lang unschlüssig da.

»Jetzt kracht's sicher!« sagte Joseph und überflog die Zeitung. »Bei uns in Bayern ist man dagegen . . . Beruft sich auf ein älteres Uniformverbot . . . Hm, dieser Papen fängt gut an.« Er las hastig. »Da, schon kommt ein Konflikt mit der Reichsregierung!« sagte er wie für sich. »Das kann der verdammten Lotte wieder nützen, was?« fragte Babette. Joseph überhörte sie, Klara nickte.

»Was ist denn das für ein Brief?« erkundigte sie sich. Jetzt erst bemerkte ihn Joseph. ›Landesvorstand der Sozialdemokratischen Partei‹ stand auf dem Kuvert. Er war an ihn adressiert. Schnell öffnete er ihn.

›Werter Genosse Hochegger!‹ stand da. ›In seiner letzten Sitzung ist der Landesvorstand zu dem Beschluß gekommen, Dein Redeverbot zurückzunehmen und Dir in Anbetracht der erneuten Reichstagswahlen bestimmte Vorschläge für Landagitation zu machen. Wir bitten Dich, morgen punkt zehn Uhr ins Parteihaus zu kommen. Mit Parteigruß . . .‹

Eine jähe Hitze stieg Joseph ins Gesicht. »Gott sei Dank!« stieß er beglückt heraus und lächelte. »Mir scheint, sie erkennen doch, daß Not am Mann ist.« Er reichte Klara den Brief.

»Was ist's denn?« fragte Babette.

»Ich geh wieder auf Wahlagitation! Wunderbar! Diesmal paßt's mir erst! Da wird's wild hergehen«, erwiderte Joseph aufgefrischt.

»*Du*? Jetzt? . . . Wo soviel passiert?« plapperte Babette erschrokken und wurde auf einmal rot. Einen Moment sah sie sonderbar schmerzvoll auf Joseph. Es war gut, daß weder er noch Klara ihre Fassungslosigkeit bemerkten. Sie riß sich zusammen und schloß die offenstehende Schranktür.

Später, als Hochegger heimkam, überraschte er Joseph in Lottes Zimmer. Die Tür zum Gang stand offen, die Frauen hantierten plaudernd in der Küche.

»Wa-was machst du denn da?« fragte der Alte den Jungen erstaunt und glotzte auf den Tisch. Da lag der Browning und ein Rahmen Patronen. Joseph prüfte die Waffe.

»Ich? Nichts weiter ... Ich geh wieder auf Wahlagitation ... Da, der Landesvorstand hat mir geschrieben«, sagte Joseph.

Hochegger stand noch immer und blickte die Waffe an. »Ja, aber, was willst du denn mit dem Ding da?«

Joseph mußte lächeln und bekam gleicherzeit eine heimliche Wut. »Mit dem? Dasselbe, was ein Soldat im Gefecht mit seinem Gewehr macht.« Er lud den Browning und nahm ihn in die Hand. Hochegger wich zurück und wurde kalkweiß. Er konnte nichts sagen. »Wenn schon, dann müssen andere auch dran glauben«, sagte Joseph mehr für sich. Er steckte die Waffe ein und stand auf. »Weißt du schon? ... Neue Reichstagswahl! SA-Verbot ist aufgehoben ... Da wird der Mantler herumstolzieren.«

Hochegger furchte griesgrämig die Stirn, als schiebe er all das gewaltsam weg, und sagte immer noch ziemlich benommen: »Ich hab die Lotte getroffen ... Hab geredet mit ihr, und ...«

»Was?« Joseph staunte ihn ungläubig an. »Was, du bist ...«

»Mein Gott, was soll ich denn machen? Ich bin mit ihr gleich zu unserm Rechtsanwalt gegangen ... Naja, zahlen muß ich, meinetwegen, aber die Sache ist aus der Welt geschafft ... Sie ist ganz zugänglich gewesen, und der Anwalt hat auch gemeint, so ist's am besten«, redete Hochegger weiter, und jetzt kamen die beiden Frauen. Er verschwieg wohlweislich, daß er Lotte im Kaffeehaus gesucht und sie beredet hatte. Er log alles in einen Zufall um.

»Also so was! Ich versteh dich nicht!« Babette schüttelte den Kopf und sah wieder nur auf Joseph.

»Naja, ihr habt leicht reden!« fing Hochegger auf einmal ärgerlich zu poltern an. »Ich dank schön dafür, daß man mich womöglich in der Öffentlichkeit rumzieht! Und jetzt gar! . . . Ich hab dieses ewige Reiben und Zanken satt! Keine ruhige Viertelstund hat man mehr! *Ich*, bloß immer *ich* soll alles ausbaden!« Er bekam gequollene Schläfenadern. Seine kleinen Augen funkelten giftig. Er knirschte und sah in die halb verblüfften, halb verächtlichen Gesichter der drei.

»I-ich mag gar nichts mehr sagen! Gar nichts mehr sag ich!« preßte er kurzatmig aus sich heraus, gab sich einen Ruck und ging aus dem Zimmer.

»Meinetwegen! Soll er machen, was er will! Ich bin froh, wenn ich eine Zeitlang wegkomme jetzt«, warf Joseph hin und geriet in ein geschwindes Nachdenken. »Wirklich! . . . Wirklich, er ist der echteste Sozialdemokrat, den man sich vorstellen kann! Er ist wie die Partei selber – immer zurückgehen, immer ausweichen, nur um Gotteswillen sich nie wehren!« Er verzog seine Lippen und schüttelte den Kopf.

»Der wird auch nie anders!« seufzte Babette. »Nie!« Die beiden Frauen gingen in die Küche zurück.

Währenddessen stapfte Hochegger ergrimmt im Wohnzimmer auf und ab. Er verwünschte Joseph und Klara, er war wütend auf Babette – sie war an der ganzen Kalamität schuld, nur sie! Sie hatte ewig wegen der Lotte in ihn hineingebenzt, sie hatte die Jungen herbeigezogen und den Joseph aufgehetzt.

»Verdammte Sauweiber!« knurrte er in sich hinein. Der alte kranke Ärger rumorte in ihm, nagte und nagte. Wie ein schlechtbekommenes Essen stieß ihm immer wieder die Zusammenkunft mit Lotte auf. Jämmerlich, erbärmlich kam er sich vor. Erniedrigt hatte er sich wie noch nie. Im Kaffeehaus war er gewesen. Neben Albert, an einem Tisch mit lauter Nationalsozialisten, saß Lotte. Sie tuschelten und lachten ihn scheel an. Auch das mußte er über sich ergehen lassen. Er ließ Lotte durch den Kellner an seinen Tisch bitten. Wieder wurde es da drüben kurz still, Köpfe beugten sich, ein Getuschel und Kichern fing an. Das Herz im Leibe drückte es ihm schier ab vor

Scham und Angst. Spöttisch und siegesbewußt kam Lotte endlich daher, und in einem fort schauten Albert und die anderen so hämisch herüber. Er wäre am liebsten in den Boden versunken und raffte sich dennoch auf. Er redete und redete auf Lotte ein. Er beschuldigte Babette und Joseph, bat und bettelte wie ein geschlagener Hund, er weinte fast, bis sie endlich aufstand, sich vielsagend von den anderen verabschiedete und mit ihm ging. Auf der Straße wurde ihm ein wenig leichter, er versprach und versprach, und beim Anwalt war er der Einlenkende. »Naja, ich hab sowieso ein ganz schönes Zimmer... Heim will ich auf keinen Fall mehr«, sagte Lotte schließlich. Er gab ihr sofort Geld. Man einigte sich. Er atmete auf. Halbwegs versöhnt gingen sie noch ein Stück Wegs miteinander.
»Du, Vater?« wandte sich Lotte an ihn.
»Ja...« gab er an.
»Ich rat dir eins – gib dich nicht mehr mit politischen Sachen ab. Es passiert dir sonst was«, sagte Lotte in einem Ton von fast mitleidiger Warnung. Er roch gleichsam die Gefahr in den Worten.
»Ich?... Von mir kann doch keiner sagen, daß ich mit politischen Sachen was zu tun hab«, antwortete er unterdrückt. »Ich bin ein alter Mann und kümmere mich schon lang nicht mehr drum...«
»Ich mein nur... Der Joseph wird's noch einmal schwer zu büßen haben«, sagte sie wiederum und drückte ihm die Hand...
Alles, jede kleinste Kleinigkeit fiel ihm wieder ein: Lottes selbstsichere Miene. Das fühlbare Wissen um viele geheimnisvolle Dinge in ihren Augen.
Er dachte plötzlich an Josphs Browning, und sein Herz blieb kurz stehen. Er griff sich an die heiße Stirn. Etwas Grausiges stand jäh vor ihm auf. Ob er am Ende Joseph warnen sollte? Aber nein, das ging doch nicht! Er müßte ja alles erzählen und sich verraten.
Er ging wie abwesend zur Tür, öffnete sie, trat in den Gang hinaus und kam in Lottes verlassenes Zimmer. Er wußte selber nicht, wie er hierhergekommen war.

»Joseph!« rief er dumpf. Es würgte in seiner Kehle.
»Der ist weggegangen. Wahrscheinlich ins Parteihaus«, antwortete Klara aus der Küche.
Hochegger schrak fast zusammen. Er starrte kurz, kam wieder zu sich und schaute im Raum herum. Auf dem Tisch lag die Zeitung. ›In Bayern bleibt Uniformverbot weiter in Kraft. – Einspruch der Regierung Held beim Reichskabinett wegen Aufhebung des SA-Verbotes‹, las er. Mechanisch ergriff er das Blatt und ging zurück ins Wohnzimmer ...
Von der Elektrischen aus sah Joseph lebhaft diskutierende Gruppen an den Straßenecken. Vor der Universität hatten sich dichte Menschenhaufen gesammelt. Auf dem Rand des Brunnentroges standen Studenten und hielten Reden. Wild fuchtelten sie mit den Armen. Immer wieder zerriß ein drohendes Geschrei die Abendluft. Überfallwagen mit blauer Polizei sausten auf der Straße daher.
Je weiter die Trambahn ins Innere der Stadt kam, umso häufiger wurden die aufgeregten Gruppen. Vor dem Parteihaus stauten sich ebenfalls viele Menschen. Joseph kam kaum durch. Der Haupteingang mit dem eisernen Gittertor war verschlossen. Schufomänner kontrollierten jeden, der ein und aus ging. Das Stück Hof, das man durch den langen Torgang sehen konnte, stand voller Motorräder mit Beiwagen. Emsig bepackten Genossen sie mit großen Papierpaketen. Von Zeit zu Zeit öffneten die Wachen das Tor, schrien »Achtung! Platz frei lassen!« und die Menschen bildeten eine Gasse. Vier, fünf und sechs schwerbeladene Motorräder ratterten heraus.
Im Parteihaus ging es äußerst lebhaft zu. Jeder rannte, jeder hatte es wichtig. Türen gingen auf und zu, jedes Zimmer war menschenüberfüllt. Das ganze Gebäude, in welchem sich auch die Druckerei befand, brummte. Die Maschinen liefen. Überall wurde fieberhaft gearbeitet.
Joseph gelangte endlich in das Sitzungszimmer des Landesvorstands. Auch hier stand alles dichtgedrängt, und Gleiber gab Richtlinien. »Ach, sehr gut, daß du gleich heut noch gekommen bist! Hör

nur gleich zu!« rief ihm Gleiber nickend entgegen und wandte sich wieder an alle. »Also vor allem den Konflikt unserer Regierung mit Papen ausnützen bei der Agitation, Genossen! Den Gegensatz herausarbeiten – vor allem keine Angriffe auf den Katholizismus, eher Annäherung an den Standpunkt der Bayrischen Volkspartei und ans Zentrum – die Adelsclique um Papen brandmarken, wo es geht, und – wenn's uns auch noch so schwer fällt ...« – er dämpfte seine Stimme ein wenig – »diesmal keine Reibereien mit den Kommunisten ... unsere Taktik muß ungefähr ein Waffenstillstand sein ... in Bezirken mit Arbeiterbevölkerung, wenn's irgendwie geht, alles vermeiden, was uns von den Kommunisten trennt ... Ich glaub, man versteht mich, Genossen!« Er schwitzte. Sein Gesicht war hochrot und belebt.

»Es wird ein sehr harter Kampf diesmal, Genossen! Wir müssen alles aufbieten und das letzte für uns herausholen! Das Hakenkreuz muß geschlagen werden. Unsere Parole muß sein: Nieder mit Hitler und zurück zu verfassungsmäßigen Zuständen! Nochmal: Arbeiten, arbeiten, alles aufbieten! Freiheit!« schloß er. »Freiheit!« antwortete es rundherum dumpf. Jedes Gesicht war ernst und entschlossen.

»Alle Wahlredner treten sofort an!« rief Haller, verlas die Liste und nannte die Versammlungen, die jeder zu übernehmen hatte.

Es war noch Nacht, als Joseph wieder auf die Straße kam. Schon in aller Frühe sollte er aufs Land fahren. Er war belebt.

Die Stadt sah noch unruhiger aus. Doppelte Polizeistreifen mit umgehängten Karabinern patrouillierten überall. »Weitergehen! Weitergehen!« riefen sie ein um das andere Mal den Menschengruppen zu, die sich immer wieder sammelten. Gell schrie es ab und zu aus einem vorbeisurrenden Auto: »Heil Hitler! Heil Hitler!«, und dicht auseinanderschwirrende Flugblätter rauschten auf die Straße. »Heil Hitler! Heil! Deutschland erwache!« antwortete es hundertfach aus der Menge. Die Menschen liefen, rannten und stauten sich wieder. Mit verhaltenem Grimm, mit einer drückenden Kugel auf

der Kehle ging Joseph dahin. ›Wo sind denn wir? Wir?‹ hämmerte es unablässig in ihm, und er wurde bedrückt.
Er kam in die stillen Häuserviertel. Da waren manchmal auf das Pflaster oder auf eine Hauswand die drei Pfeile mit Kreide gekritzelt, meistens aber schon wieder verwischt oder mit einem Hakenkreuz übermalt. Er bog in eine dunkle, enge Seitengasse ein und überraschte eine Klebekolonne. Drei Männer klatschten mit großer Fertigkeit die Wände, die Garten- und Laternenpfähle voll und spähten dabei immer wieder hin und her. Als sie den Fremden kommen sahen, gingen sie harmlos redend weiter. Joseph blieb stehen und las so einen Zettel.

>›Mit Brüning und mit Papen gehst du,
>SP-Prolet, o weh, o weh!
>Die steuern auf das dritte Reich
>Der Arbeitsmann wählt KPD.‹

Irgend etwas wie jähe Rührung und hingerissene Begeisterung stieß in seine Herzgrube. Er schluckte. Er sah, wie sich Köpfe hinter einer Hausecke vorbogen und ging geradewegs auf sie zu. Sein ganzer Körper brauste.
»Für die Einigung der Arbeiterklasse! Nieder mit Papen und Hitler!« schrie er auf einmal ganz selbstvergessen und hob die Faust. Laut hallte es in der leeren Gasse. Die drei kamen langsam aus ihrer Ecke hervor und blieben verdutzt stehen. Joseph verschnellerte seine Schritte.
»Rot Front!« antworteten die Männer und hoben die Faust, als zögerten sie immer noch zwischen Angriff und Flucht.
»Wer bist du denn?« fragte einer der Herankommenden. »Einer von uns?«
»Nicht ganz, aber doch einer *für* euch!« gab Joseph bewegt lächelnd an. Da heiterte sich eins von den jugendlichen Arbeitergesichtern auf und sagte: »Jesus, das ist ja der Hochegger-Sepp! Servus! ... Mensch, was machst *du* denn immer? Immer noch bei der verschis-

senen SPD?« Joseph kannte ihn aus der Bibliothek und von der ›Roten Hilfe‹ her. Lächelnd nickte er: »Halbwegs, jaja . . . Halbwegs!«
»Da! Kannst auch kleben, wenn du willst!« meinte der kleinste von den dreien und gab ihm ein Päckchen so kleiner Zettel. Er hatte ein komisch rundes Pausbackengesicht und schaute beständig verwichtigt drein.
»Jaja, nur her damit! Ich geh sowieso morgen aufs Land, da kann ich euch nützen.« Joseph schob sie in die Tasche.
»Es kleben viel Genossen von der SPD für uns«, erzählte der von der ›Roten Hilfe‹ und lachte breit. »Du kennst doch den Heindl-Karl? Den Lustigen vom Südwerk . . . Der hat den ganzen Betrieb damit gepflastert . . . Sogar ins Büro ist er hineingekommen. Jeden Schreibtisch, jeden Sessel und sogar die Schreibmaschinen hat er damit verziert . . . Ein feiner Genosse, aber rausgehn aus der SPD tut er auch nicht . . . Er lacht immer bloß und sagt, er bleibt bei seiner Schufo, da kommt er am häufigsten zum Raufen mit den Nazi . . . Na, bei uns könnt er das auch haben . . .«
Joseph freute sich. Es rann ihm warm durch die Adern. Jetzt aber wurden Schritte vernehmbar, und von weitem blitzten Helmspitzen im Dunkel auf.
»Geht's weiter«, sagte der kleine Kugelkopf gedämpft, und die drei bogen um die Ecke. Joseph sah sie erneut in eine Gasse einbiegen und trottete ohne verdächtige Eile gradaus weiter. Unangefochten kam er vor seinem Haustor an. Zum ersten Male stieß er mit Mantler zusammen. Der schob gerade sein Motorrad in den Gang. Einen halblangen, dünnen Staubmantel trug er, darunter schauten die schwarzen Breecheshosen und die blankgewichsten Schaftstiefel heraus.
Joseph ging wortlos an ihm vorbei. Ihre Blicke trafen sich kurz. Abwartend sahen sie einander an. »Guten Abend«, sagte Mantler mit leichtem Hohn, und ein hämischer Zug umspielte seine Mundwinkel.

»Grüßen Sie *Ihre* Leute«, warf Joseph hin und trat in den Treppengang.
»Soso, na gut!« hörte er den anderen noch sagen, und eine plötzliche Wut stieg in ihm auf. Absichtlich ging er sehr langsam über die Stiege hinauf, aber Mantler, der im Hof sein Motorrad abstellte, kam und kam nicht nach ...

11
Alarm! Alarm!

Klara kam zur Frau Schwinglinger in den Laden. Ein Pfund Zucker, ein Paket Nudeln, zwei Würfel Margarine verlangte sie. Es war niemand weiter da.

»Ist Ihr Mann wieder auf Wahlagitation?« fragte die Krämerin gedämpft und hastig. »Er hat's mir gesagt, wie ich in der Früh den Laden aufgemacht hab ... Herrgott, ich sag Ihnen, Frau Klara, also den Papen – ich könnt'n glatt derwuzeln, den Schuft, den miserablign!« Sie wog den Zucker und redete unablässig. »Jetzt ist mir alles gleich, ich und mein Mann, wir wählen kommunistisch, da gibt's nix! ... Was hat man denn noch? Der Brüning hat uns kleine Leut schon mit seiner Preistreiberei ruiniert ... Der Zucker kost't fast zweimal soviel, in die Margarine muß schlechte Butter beigemischt werden, daß diese ostpreußischen, polackischen Schlawiner, die Junker, profitieren und ihr verdorbnes Zeug anbringen ... Der Arbeiter muß den Aufpreis zahlen und wird im Lohn gestutzt ... Alles bloß für die Groß'n! Auf'n Brüning, kann ich Ihnen sag'n, schon auf den hab ich Gift g'habt, aber der Papen? ... Also ich sag Ihnen, glatt umbringen könnt ich ihn, den Misthund! Er laßt dieses Nazig'sindel wieder los auf uns! Er, der feine Herr Baron!« Ihr rundes, derbes, rotes Gesicht wurde dunkel. Sie hantierte flink mit der Zuckertüte, ließ sie immer wieder auf den Ladentisch klatschen und schloß sie. »In unsere bayrischen Verhältnisse mischt er sich ein, der Saupreuß, der windige! Der Militärschädl, der scheußliche! ... Überall möcht er's nach seinem Kopf! Bei uns soll's wieder zugehn wie in der Nacht um Sedan! Alles hat aufgeschnauft, wie der Brüning endlich diese Naziradaubrüder verboten hat, und er – er, der Windbeutl, der niederträchtige! –, er hebt das Verbot wieder auf ... Haben S' den Herrn Mantler g'sehn heut? ... Samtdem, daß's verboten ist, schon stolziert er daher mit seiner neuen SS-Uniform ... Ich sag Ihnen, schwarz mit Silberknöpf und Kappn mit silberne Totnköpf ... Aus-

schau'n tun's, diese Kindsköpf, als wie Schlafwagenschaffner ... Nachher ist der Herr Kommissär vorbeigekommen ... Da sag ich zu ihm, Herr Kommissär, sag ich, wie ist denn das? Bei uns in Bayern ist doch das verboten? Der Herr Mantler, sag ich, Sie kennen ihn doch, Herr Kommissär, was ist's denn mit dem, darf der einfach seine SS-Uniform tragen? Und, was glaubn S', Frau Klara, was glaubn S', was er gesagt hat, der Herr Kommissär ... Wann ich Ihnen raten darf, Frau Schwinglinger, sagt er ... Ich werd mir ja die Sach notier'n, aber mischen S' Ihnen nicht in solche Sachen hinein!« Sie griff nach den zwei Margarinewürfeln und legte sie neben den Zucker. Ganz und gar hitzig schimpfte sie weiter: »Was, sag ich, was, Herr Kommissär, sind wir in Bayern oder sind wir in Preußen? Wann Sie nix dagegen machen, ich geh bis zum Ministerium, wenn's sein muß! ... Und, was glaubn S', Frau Klara, was tut er, der Herr Kommissär? Er lacht ein bißl und geht weiter ... Ich kann Ihnen sagen, einen Gift hab ich! Direkt dreinschlagen möcht ich!«
»So, der Mantler? ... Er geht schon uniformiert?« konnte Klara einwerfen, aber die Frau Schwinglinger war noch lange nicht fertig. Sie stützte ihre beiden Arme in die breiten Hüften. »Aber für das garantier ich, diesmal scheißt ihnen der Hund was! Mir in Bayern lassen uns das nicht g'fallen! Ausgeschlossen! Wann da unser Ministerium nachgibt, sind wir ja alle erschossen ... Diesmal wählt alles kommunistisch! Der Saustall muß aufhörn!«
Klara mußte ein wenig lächeln. Sie öffnete ihre Geldbörse und griff nach einem Fünfmarkstück. »Jaja, wenn jetzt aber unsere Regierung Held nicht festbleibt?«
»Wann's das nicht tut, schwimmt sie ... Nachher kommt Revolution!« brauste die aufgebrachte Krämerin weiter. »Und eine richtige ... Ich kann Ihnen sagen, wie der Hitler ang'fangen hat, da haben ich und mein Mann oft g'sagt, er meint's vielleicht ehrlich, aber jetzt? Ich dank schön ... Der macht ja alles mit, was diese großen Herrn woll'n, und sie gebn ihm 's Geld dafür ... Für uns gibt's nix mehr als wie Kommunismus!«

Klara legte das Geld hin, und mechanisch gab die Krämerin heraus. Jetzt trat die Metzgersgattin in den Laden, und Frau Schwinglinger sagte kein Wort mehr.
Klara kam heim. Da saß Hochegger mit aufgetautem Gesicht und sagte: »Bei uns kommt er nicht durch, der feine Herr von Papen! Der Held bleibt fest ... Da lest's! Scharfer Notenwechsel zwischen Berlin und München! Mit Bayern verrechnen sie sich, diese Barone in Berlin! Auch unsere Partei steht absolut zum Ministerium Held! ... Wenn's gar nicht mehr anders geht, appelliert er an den Hindenburg direkt, der Doktor Held ... Hahaha, das haben sich die Herren Papen und Hitler kaum vorgestellt ... Ich kenn doch mein Bayern ... Alles ist wild bei uns.« Er rieb sich die Hände.
»Und zuletzt? Was wird's sein? Diese Herren werden sich schon einigen«, warf Klara ungläubig hin und erzählte das vom Mantler. Hochegger stutzte.
»Wa-was! Was?!« brach er empört aus sich heraus. »Und da soll die Polizei wirklich gar nichts dagegen machen? Ich kann mir's nicht vorstellen! Ich glaub's nicht! ... Hm, unverschämt, so was! Unverschämtheit!« Kopfschüttelnd erhob er sich.
»Du brauchst ja bloß selber herumschauen«, erzählte Klara. »Sonderbar das! Überall in den Läden und sogar schon auf der Straße tauchen diese neu uniformierten Gecken auf ... Kein Mensch schert sich was drum, im Gegenteil, bewundern tut man sie ... Die müssen doch ihre Uniformen längst parat gehabt haben ... Weiß Gott, was da hinter den Kulissen alles vorgegangen ist ... Kaum hat der Papen das Verbot aufgehoben, schon sind diese Bürscherln auf der Bildfläche! Schon haben sie ihre funkelnagelneuen Uniformen ... So blöd kann doch kein Mensch sein, daß er glaubt, so was sei nicht schon lang alles da.« Es stimmte. Obwohl die bayrische Regierung das Uniformverbot ihrerseits aufrecht erhielt, die neuen ›Schlafwagenschaffner‹ sah man sehr oft.
Hochegger wurde um einige Grade zuversichtsloser. Er stand da und blickte auf die sonnbeglänzte Kachelwand über dem Herd.

»Hm«, machte er. Dann aber wurde er wieder fester.
»Ah! Ausgeschlossen!« stieß er heraus. »Bei uns in Bayern geht das nie durch! . . . Sogar unsere Partei ist sich darin mit der Regierung Held einig . . . Wenn alles zusammenhilft, da möcht ich doch sehen!« Er ging aus der Küche.
Klara legte die eingekauften Sachen auf den Tisch. Babette wickelte das Fleisch auf, roch daran und drückte es. »Schön«, sagte sie unbeteiligt, »grad recht . . . Da bleibt auch für's Nachtessen noch was.« Sie griff zu einem Margarinewürfel und prüfte ihn ebenso. Sie strich mit dem Fingernagel drüber und probierte. »Hm, wirklich ausgezeichnet, fast so gut wie reine Butter.« Klara überfiel der Unmut. Sie dachte an ihren Joseph. Jetzt stand er vielleicht draußen in irgendeinem Dorfwirtshaus, füllte eigenhändig die vorgedruckten Plakate aus, um sie später der Polizei vorzulegen und abends zu reden. »Es kommt gar nicht auf Bayern oder Preußen an! Bloß die Arbeiter müssen einig werden«, sagte sie. Babette wusch das Fleisch und meinte halb seufzend: »Mein Gott, jeder Mensch ist doch müd von dem ewigen Hin und Her! Der Wirbel muß doch endlich aufhören.«
»Der hört nicht auf!« hackte Klara boshaft weiter. »Jetzt fängt er erst recht an!« Mit verhaltenem Grimm überflog sie die Gestalt ihrer Schwiegermutter von hinten. Voll und dick war alles an ihr. So, als spräche leibhaftig Hochegger aus ihr, sagte sie: »Ah, ich glaub's nicht! Bei uns will jeder seine Ruh haben . . .« Klara erwiderte nichts mehr darauf.
So wie die Krämerin Schwinglinger, wie Hochegger und Babette, dachte, auf eins gebracht, im Grunde genommen ein großer Teil des Kleinbürgertums südlich der Donau. An jedem Biertisch von Passau bis Füssen, von Ulm bis Freilassing, von Regensburg bis Scharnitz prasselte ein schmetternder Widerwille gegen den ewigen ›Saupreußen‹. In den Familien, in den Krämerläden, beim Friseur, in den Bauernstuben und auf dem Markt – wohin das Ohr auch hörte, überall tobte das gleich heftige, raunzerische, übereinstim-

mende Schimpfen gegen diese ›plärrmäuligen, vorlauten, ekelhaften lutherischen Kartoffelpolacken‹ da droben im Norden. Papen und Hitler – gleichgültig, ob der eine ein Rheinländer und der andere Österreicher war – hierzuland waren sie nichts anderes als ›Spektakelmacher‹ und ›veitstanzkranke preußische Feldwebel‹.

Die ›große bayrische Patriotie‹ war wieder einmal mit voller Gewalt ausgebrochen. Der spezifisch süddeutsche Katholizismus kam wieder ganz zu seinem Recht, der uralte bäuerliche Monarchismus wachte auf – die Regierung Held feierte Triumphe. Je energischer sie gegen das Berliner Reichskabinett auftrat, um so mehr lobte man sie. Zudem kamen auch fast jeden Tag gleichsam blutstarrende Nachrichten vom Wahlkampf in Preußen. Jeden Tag gab es Opfer, die freigelassene SA und SS lieferte regelrechte Jagden auf Gegner, der Terror weitete sich förmlich zum Bürgerkrieg. In Bayern hingegen funktionierte der Apparat der Polizei noch vorzüglich. Nur geringe Plänkeleien kamen vor.

»Bei uns sind wir noch nicht im Wilden Westen wie da droben«, konnte ein Bauernführer sagen, und minutenlanger, frenetischer Beifall erbrauste um ihn. Das Allgemein-Politische verwehte, ja, nicht einmal das immer häufigere Auftauchen der SA- und SS-Uniformen wurde sonderlich beachtet. Mit einem grantigen: ›Ach, diese Saupreußen!‹ schlug der Alteingesessene in der Frühe die verklebten Augen auf, und: ›Wenn nur grad der Teufel einmal die Preußen holen tät!‹ war sein letzter Wunsch vor dem Einschlafen. Vermufft und verärgert war der behäbige Staatsbürger über diese Wahl. Statt daß man sich an solch einladend kühlen Sommerabenden wie gewöhnlich mit aller Ruhe in einen schattig-lauten Biergarten zu einem ›weinenden Radi‹ hinsetzen konnte, Nacht für Nacht nichts als aufregende Versammlungen, die man dann doch besuchte, weil einfach die kampflustige Neugier einen hintrieb. Der Fremdenverkehr litt. Alles war aus den Fugen: Gewohnheit und Familienleben, das Geschäft und der geruhige Alltag, der Kopf und

das Herz. »Schluß machen mit droben!« polterte es rundherum. »Bloß die Preußen haben uns so ruiniert! Bloß die!« Diese Grundstimmung lag über den bürgerlichen Wahlversammlungen.
Und auch die Sozialdemokraten paßten sich diesem Bedürfnis völlig an. Sie wetteiferten darin geradezu mit der ›Bayrischen Volkspartei‹ des Ministerpräsidenten Held. Es war ja auch so: ein Redner, der dies überging, langweilte. Kaum aber sprach er das erste Wort gegen den verhaßten ›Norden‹, schon wachten die Zuhörer auf, und die ingrimmige Begeisterung wuchs orkanartig ...
Aber wider alles Erwarten stützte Hindenburg seinen Kanzler von Papen! Und die bayrische Regierung gab nach, Ministerpräsident Dr. Held nahm das Uniformverbot zurück. SA und SS füllten wieder die Straßen. »Hm, glatt wie anno sechsundsechzig!« brummte der kleine Mann benommen. Er ballte die Faust und knirschte. Und giftig wie die Frau Schwinglinger sagte er: »Jetzt grad mit Fleiß nicht! Daß er auch nicht recht kriegt, der Hitler! ... Jetzt ist mir alles sauwurscht! Jetzt wähl ich erst recht kommunistisch!« Ganz privat wollte er sich rächen. Und dann – wie ein Blitzschlag in dieses seltsame, fast humoristische Durcheinander – diese alarmierende Nachricht:

›*Berlin, 20. Juli 32. Gewaltsames Ende der Preußenregierung! Alle Mitglieder des Kabinetts Severing-Braun vom Reichskanzler ihres Amtes enthoben! Innenminister Severing auf Veranlassung von Papens von zwei Mann und einem Leutnant aus seinen Amtsräumen entfernt. Gleichzeitig Berliner Polizeipräsident Grzesinski und Polizeioberst Heimannsberg amtsentsetzt und verhaftet. Der Reichskanzler hat in seiner Eigenschaft als Reichskommissar für das Land Preußen den ehemaligen Essener Oberbürgermeister Dr. Bracht zu seinem einstweiligen Stellvertreter ernannt. Zum Nachfolger Grzesinskis ist Melcher ernannt.*‹

Es war ein glühend heißer Tag. So gegen zwölf Uhr. Noch ereignete sich nichts Besonderes. Nur der Verkehr schien etwas lebhafter.

Aus den Torbogen der Zeitungshäuser ratterten die schwerbeladenen Autos und bepackten Motorräder. Die Straßenhändler schwangen die ersten Blätter. »Staatsstreich in Preußen!« brüllte einer. Der andere übergellte ihn: »Wie Severing stürzte!« Köpfe hoben sich, Hälse reckten sich, die Gesichter wurden gespannt, Menschen liefen über die Straßen.

»Staatsstreich Papens!« jagte es weiter. Die Menschen kamen aus den Läden und Türen und bestürmten die Zeitungsverkaufsstände. Ein dumpfes Brodeln begann. Da und dort bildeten sich erregte Gruppen, immer mehr und mehr Neugierige stießen dazu. Auf einmal war alles schwarz und dicht und trieb weiter. Jetzt glich die Stadt einem zerstörten Ameisenhaufen.

»Staatsstreich!« bellte es immer wieder. Eine sonderbare Hast kam in die Menschen. Raunende Gerüchte flogen von Ohr zu Ohr. Die Trambahn mußte langsamer fahren. »Nieder mit Papen!« brüllte eine Stimme. »Nie-ieder!« lief es wie ein langes verschwommenes »I« über das Meer von Köpfen.

»Es lebe Sowjetdeutschland!« kam es von woanders her. Schutzleute liefen und drängten sich durch die gestauten Gruppen. Schimpfen wurde laut, kläffte. Auf einem Platz fing es langsam, feierlich, dann aber dröhnend zu singen an: »O Bayern, hoch in E-ehren, du heil-ges Land der Treu!« Viele nahmen die Hüte ab und blieben stumm stehen.

»Heil Hitler! Deutsch-land er-wache! Er-wache!« schmetterte ein kurzer Sprechchor. »Heil! Heil Hitler!« Noch nervöser rannten die Schutzleute.

»Freiheit! Freiheit! Frei-heit!« donnerte es aus einer Gasse, und viele schwangen den Hut oder die Faust und wiederholten: »Freiheit!« Von einer breiten Straße herauf kamen die ersten berittenen Schutzmänner. Im jähen Stocken wurde das Geklapper der Hufe vernehmbar. Ein Auto hupte und hupte, und als es ganz an die Berittenen herankam, flogen – einer raschelnden Wolke gleich – Tausende von rotschwarzen Flugblättern über das leichtscheuende

Pferd. Gelächter scheppterte. Näher und näher kamen die Berittenen. Die Menge, die Gruppen wichen zurück, zerstreuten sich und sammelten sich weiter weg wieder. Auf einer Plakatsäule prangte ein weißblaues Plakat: ›Heute abend 20 Uhr ‚Zirkus Krone' – Reichskanzler a. D. Dr. Heinrich Brüning!‹ Viele kleine rote und schwarzweißrote Zettel klebten darauf. Zum Teil waren sie abgerissen. Die Stadt blieb unruhig. Tausende gingen erwartungsvoll herum und dachten nur noch an die nächsten Stunden. Wo immer sich Bekannte begegneten, erzählten sie sich etwas Neues. Überfallautos fuhren aus der Polizeidirektion. Es hieß, in verschiedenen Betrieben hätten die Arbeiter spontan die Arbeit niedergelegt. Jungkommunisten verteilten Flugblätter, die zum Generalstreik aufforderten. Sie hatten fliegende Kolonnen gebildet, die nicht zu erwischen waren. Sie tauchten in allen Fabriksvierteln auf und verschwanden wieder.
Vor dem Regierungsgebäude, vor den Redaktionen und dem ›Braunen Haus‹ standen stundenlang flutende Massen. Verstärkte Schutzmannsketten hielten sie zerniert. Aus und ein, ein und aus liefen Boten, fuhren Autos oder Motorräder. Neugierige bestürmten sie mit Fragen. Im Hofe des Gewerkschaftshauses drängten sich Hunderte von Schufomännern. Vor dem Gittertor ballte sich eine Menschenmauer, die sich immer wieder zerteilte, wenn wichtige einzelne oder Abordnungen kamen.
Die Staatsregierung war zusammengetreten und beriet seit Stunden. Die Parteien hielten Sitzungen ab. Alles war im Fieber. In die brechend vollen Beratungszimmer stürzten aufgeregte Neuankommende, brachten Botschaften, forderten Entschlüsse oder erteilten schnellhingeworfene Ratschläge. Gleiber stand inmitten der Seinen und regierte wie ein Feldherr. Ab und zu schnauzte er einen Wichtigtuer an, dann wieder erteilte er gedämpfte Weisungen. Vom Nebenraum kam immer wieder ein Genosse und brachte eingelaufene telegraphische Nachrichten.
»Ha! Severing und Braun gehen voraussichtlich zum Staatsge-

richtshof!« verkündete der lesende Gleiber. »Hm, die bayrische Staatsregierung erhebt Einspruch ... Württemberg und Baden schließen sich an. Held hat an Hindenburg telegraphiert und ans Reichsgericht ... Na, da wird's ja dem Papen bald heiß werden!« Er legte die Telegramme weg ...
Fritz Freundlich kam ins Büro der kommunistischen Bezirksleitung und schrie: »Na, was tun *wir* denn? Jetzt müssen wir doch mit der SPD zusammengehn! Das ist unsere letzte Chance!«
»Woher denn? Gar kein Anlaß dazu! Wir können abwarten«, sagte Neubert trocken.
Fritz Freundlich begriff nicht. »Wenn wir allein den Generalstreik ausrufen, der gelingt doch nicht! Wir *müssen* doch jetzt ...« wollte er weiterreden. Der lange, starkknochige Bezirksleiter Leimler fiel ihm ruhig ins Wort: »Fritz, du magst ein guter Rechtsanwalt sein, aber davon verstehst du nichts ... Das ZK wird wissen, was es zu tun hat.«
Fritz Freundlich ließ sich nicht hindern: »Lenin hat gesagt, wenn was zum Sieg führt, ist's wurscht ... Wir müssen jede Gelegenheit ausnützen! Revolution kann doch nicht nach einem Rezept gemacht werden!« Neubert, Leimler, Leinhart und die anderen Genossen lächelten fast mitleidig.
»Mensch, wir können doch nicht einfach von uns aus was machen!« sagte Leinhart. »Solang keine Weisungen vom ZK da sind.« Neubert nickte.
»Jetzt wenn wir anfangen, reißen wir die ganze SPD-Masse mit! Sicher hockt doch die SPD-Leitung genau so zusammen wie wir und wartet auf uns! Warum begreift ihr denn nicht? Wenn's losgeht, schert sich doch kein SPD-Prolet mehr um seine Partei!« sagte Fritz dringender. »Neunzehnhundertachtzehn war's doch genau so ... Spartakus ist los, und alle andern sind mit.«
»Und haben uns nachher sofort verraten!« warf Leinhart hin. Der kleine, dickliche Redaktionssekretär Beutelhofer kam herein und schwang den eben eingelaufenen ›Vorwärts‹. »Da, was hab ich ge-

sagt? Die SPD verrät ungeniert weiter! Da bitte!« Alle überflogen gierig das Zeitungsblatt. »Da, lest doch!« Beutelhofer zeigte auf einen Artikel. Die dicken Überschriften reihten sich aneinander: »Genossen und Genossinnen! Papens Staatsstreich wird am Widerstand unserer Partei zerbrechen! ... Laßt euch nicht provozieren! ... Unverantwortliche kommunistische Provokateure sind am Werk und wollen einen sinnlosen Generalstreik anzetteln ... Folgt nur eurer Partei!« las Leinhart laut, fast jubelnd. Alle redeten durcheinander. Jeder schien höchst zufrieden.

»Na, was sagst du jetzt?« wandte sich Neubert spöttisch an Fritz. Der sagte nur noch: »Ja, vielleicht versteh ich doch noch zu wenig von der hohen Politik ...« und ging. Bedrückt schwang er sich drunten auf sein Motorrad und fuhr zu Hocheggers. Den Klingelknopf drückte er schier ein. Babette kam endlich zum Vorschein und war ziemlich unfreundlich. Er fragte nach Klara. Sogar das Grüßen vergaß er. »Ich weiß nicht ... In der Stadt wird sie sein«, gab Babette Auskunft und blieb an der Tür stehen.

»Und Joseph? ... Ist er nicht zurückgerufen worden?« hastete Fritz heraus.

»N-nein, warum! ... Ist denn was passiert?« Babette staunte ihn unsicher an.

»Passiert? Das grad nicht.« Fritz mußte lächeln. »So, hm, der ist noch draußen? ... Und der alte Herr Hochegger wird wahrscheinlich auch in der Stadt sein?« Er wandte sich schon wieder zum Gehen.

»Ja, ich weiß nicht, wo er ist ... Mittags ist er weg ... Ist's denn gefährlich in der Stadt?« fragte Babette noch einmal geschwind.

»Nein-nein, weiter nicht«, rief Fritz zurück und jagte schon wieder über die Stiege hinunter. ›Dumme Kuh, saudumme!‹ dachte er in einem fort.

Die Trottoire waren voll von sonntäglich gekleideten Menschen. Sie schienen alle einem bestimmten Ziel zuzustreben. Etliche Straßen entlang fuhr Fritz neben ihnen her und wußte, sie gingen alle zu

Brüning. Er fuhr zum Zirkusgebäude. Tausende und aber Tausende umlagerten diesen runden Riesenbau. Hunderte von Autos parkten auf der Wiese davor. Die Einstellhalle für die Fahrräder war überfüllt. Man kam nicht durch. Alles schob und drängte. Lebensgefährlich war es. Fritz stellte sein Motorrad ab und wagte es dennoch. Er kam mit Ellbogengewalt bis zur Kasse und wurde von einem geballten Rudel in die dampfend heiße, brechend volle Halle geschoben. Vorplatz und Arena, die Logen und die ansteigenden Sitzreihen, die schmalen Gänge und Treppen – alles stand voll Menschen, und ein dicker, staubiger Dunst lag über dem Kopfmeer. Die Luft war zum Ersticken, rundherum husteten die Leute. Weißblaue Fahnen und meterlange Streifen hingen an den Wänden und vom Gebälk herunter. Unter der Rednertribüne bildete die erst kürzlich gegründete ›Bayernwacht‹ ein Karree, oben hatten hohe und höchste militärische, weltliche und geistliche Würdenträger Platz genommen. Gegenüber schmetterte die ohrenbetäubende Musik alte bayrische Militärmärsche, und in großen, goldenen Lettern stand auf dem drapierten Rednerpult: ›Mit Gott!‹ In den Logen saßen das reichste Bürgertum, auf den Bänken der beste Mittelstand und auffallend viele Geistliche. Alles in feierlicher dunkler Kleidung. Die Musik verströmte, eine kurze Pause entstand, und mitten in die Spannung hinein dröhnte ein mächtiger Tusch. Die Gespräche versickerten.
»Bayern heil! Bayern heil! Heil! Heil!« erscholl es und hörte sich an wie ›Reibeisen‹ oder so ähnlich. Von einem berstenden Jubel empfangen, trat der mittelgroße, leicht beleibte, populärste Verfechter bayrischer Interessen, der Staatsrat Schäffer, auf das Rednerpult zu. Seine ersten Worte verstand niemand. Erst nach und nach schälten sich einige fettstimmige Sätze aus den Lautwellen.
»Die Verantwortung trifft einzig und allein das Berliner Kabinett! . . . Wir warnen zum letzten Male!« schrie er einmal und hob drohend den Zeigefinger. Wieder deckte ihn Beifallslärm zu.
» . . . meinem hochverehrten Parteifreund, dem Herrn Reichskanzler a. D. Doktor Heinrich Brüning, das Wort . . .« war wieder zu ver-

stehen. Breit war es gesprochen, ungefähr so wie: ›Da seht her, wir haben wirkliche Größen, mit denen wir aufwarten können.‹
Das wilde Klatschen zerblätterte. Eine kurze, bewegte Stille folgte. Die Lorgnons und Theatergläser traten in Funktion. Ein bebrillter, elastischer Mann von mittelgroßem Wuchs, mit scharfgeschnittenem, glattrasiertem Gesicht, aus dem eine schmalgeformte, spitz zulaufende, energische Hakennase sprang, tauchte auf. Der Jubel wurde zum Sturm. Der Mann blieb abwartend stehen. Ganz schmal lächelte er. Kaum die Lippen verzog er. Beherrscht wie ein Puritaner nickte er etliche Male. Eine Mischung von dunklem Fanatismus und haßtiefer Kälte, mönchischer List und pedantischer Korrektheit lag in diesem Gesicht.
›Wer sah so aus, wer denn gleich? . . . Ignaz Seipel!‹ schoß es durch Fritz Freundlich.
»Verehrte Anwesende, Parteifreunde, deutsche Volksgenossen!« begann der Redner endlich. Eingedämmt schien jede Bewegung an ihm. Die ziemlich großen, langen, schmalen Hände verschränkten sich manchmal. Die knochigen Finger bogen sich langsam, so, als preßten sie irgendeine unsichtbare Beute, einen Gedanken oder sonst etwas, bedachtsam, allmählich, aber immer fester zusammen. Ganz, ganz selten machte er eine sparsame Geste. Klanglos, ein wenig blechern hörte sich die angestrengte Stimme an. Ganze Satzreihen blieben seltsam monoton und unerregt. Dann wieder drang eine gewisse krächzende, verhaltene Verbitterung durch, und ab und zu fiel das Ende eines Satzes in eine tiefere, sacht salbungsvolle Tonlage.
»Das deutsche Volk ist durch ungeheure Erschütterungen gegangen. Keine Prüfung blieb ihm erspart«, tastete er vorsichtig weiter und rechtfertigte die Politik seiner Regierung. Mit gemessener Absichtlichkeit schien er jede Polemik zu vermeiden. Er erwähnte die Amtsenthebung der Preußenregierung nur so nebenher. »Entbinden Sie mich, meine sehr verehrten Anwesenden, davon, mich über die augenblicklichen Ereignisse auszusprechen«, wich er vornehm

aus und reckte sich leicht. »Eines aber darf nicht übersehen werden, das deutsche Staatswesen in seiner jetzigen Lage verträgt keine heftigen innenpolitischen Konflikte mehr!«
Es klatschte rundherum und verplätscherte wieder.
›Ich habe einen Geschichtslehrer gehabt ... Ein verknöcherter Mensch, aber sehr interessant manchmal ... Richtig, Botzler hat er geheißen‹, erinnerte sich Fritz. ›Der könnte so reden ... Der hat einmal gesagt: Wenn dir ein Mensch unrecht tut, wirklich unrecht, übergehe ihn, aber vergiß nie ... Erniedrige ihn durch eine vollendet höfliche, verschwiegene Verachtung. Das straft ihn am meisten.‹
Er blickte wie erleuchtet auf den kargen Mann hinter dem Rednerpult. Kein Wort sagte der gegen seinen verhaßten Nachfolger, gegen das schäbige Benehmen Hindenburgs.
»Jede deutsche Regierung steht heute außenpolitisch vor den schwerwiegendsten Entscheidungen«, kam es aus seinem schmalen Mund. »Mein Kabinett hat mit aller Konsequenz die Streichung aller Reparationslasten verfolgt, und die Konferenz von Lausanne war ein vielversprechender Anfang.«
›Er lügt, aber er macht's gut – Lausanne war ein Debakel‹, dachte Fritz.
»Meine verehrten Mitarbeiter und ich als verantwortlicher Leiter der deutschen Politik, wir haben es immer als unsere vordringlichste Aufgabe angesehen, im ganzen Volk den Sinn für eine wahrhaft blutvolle Schicksalsgemeinschaft zu wecken, um so zu einer inneren Befriedung zu kommen. Denn nur der Friede im Innern schafft die Grundlage für eine aktive Außenpolitik«, fuhr der Redner fort; und Fritz begann sich wieder langsam durch die gepreßt aneinanderstehenden Menschen zu zwängen. ›Schicksalsgemeinschaft durch Notverordnungen, hm‹, höhnte es in ihm. ›Wunderbar! ... Er ist nur wütend auf Papen und Hindenburg, weil man ihn nicht dasselbe machen ließ, nichts weiter.‹ Und er dachte an die betrogenen Millionen Arbeiter der sozialdemokratischen Partei. Er war voll

dumpfer Wut und spuckte wie angeekelt aus, als er endlich wieder im Freien war. Immer noch standen die Massen da. Warum eigentlich? Er hätte aufschreien mögen. Eine jämmerliche Bitterkeit befiel ihn. »Der Schwindel auf vornehm, der allergefährlichste!« stieß er heraus, als er sich auf sein Motorrad schwang. Einige sahen ihm erstaunt nach.

Zwei Tage darauf sprach Karl Severing an der gleichen Stelle. So gewaltig war der Zustrom, daß fast in allen größeren Sälen Parallelversammlungen abgehalten werden mußten. Auch die waren überfüllt und wurden polizeilich gesperrt. Alles wollte den kleinen starken Mann sehen, der dem Abgesandten Papens, Dr. Bracht, bei seinem ersten Besuch so kühn gesagt hatte, er weiche nur der Gewalt, und der sich dann doch von zwei Mann und einem Leutnant widerstandslos abführen ließ.

Das Zirkusinnere war diesmal mit roten Drei-Pfeil-Fahnen und großen Transparenten überreichlich geschmückt. Statt der ›Bayernwacht‹ waren heute starke Schufo-Abteilungen aufgeboten, und die Blechmusik dröhnte nicht weniger. Gleibers riesige Gestalt nahm sich neben dem umjubelten Severing aus wie ein Vater neben seinem kleinen Sohn. Ein roter Rosenstrauß schmückte das Rednerpult, und von allen Seiten wurden Blumen geworfen. ›Freiheit‹-Rufe erschollen aber- und abermals. Fäuste hoben sich immer wieder.

Der kleine Mann in seinem lässigen, hellen Sommerjakett sprach enttäuschend milde. Er erzählte der gespannten, aufgepeitschten Menge den aus den Zeitungen bekannten Hergang seiner Amtsenthebung. »Ich hasse Papen nicht«, sagte er einmal, »denn wir Sozialdemokraten wenden uns nicht gegen Personen.« Eine unterdrückte, rumorende Unruhe lief durch die Sitzreihen. Eingehend schilderte der Redner das Kräfteverhältnis der sich befehdenden Gruppen. »Äußerstenfalls hätten wir also die wohl zahlenmäßig starke, aber unbewaffnete ›Eiserne Front‹ und zirka 20 000 zuverlässige Schupoleute hinter uns gehabt; dagegen standen die Reichs-

wehr und die SA und SS, in Waffen starrend«, rief er, und die Gesichter wurden immer länger. »Ein Blutbad wäre unvermeidlich gewesen, Genossen und Genossinnen. Unter diesen Umständen habe ich nicht putschen wollen!«
Ein stoppelbärtiger Arbeiter schrie auf einmal: »Putschen? Was denn?« Die Umsitzenden mahnten ihn erregt zur Ruhe. Schufomänner eilten drängend durch die Reihen.
»Was sagt er?« fragte es.
»Ist denn das Putsch, wenn ein Staatsminister Verschwörer . . .« schrie es wieder, aber schon wurde der vermessene Zwischenrufer an die Luft gesetzt. Blutend erhob er sich im Freien und schrie, als ihn die Polizei festnahm: »Revolution ist erlaubt, sagt er, aber nur dem Papen!« Er kam nicht weiter. Die Schutzleute rissen ihn fort.
Ein viel bedenklicherer Zwischenfall ereignete sich, als Severing in die erste Parallelversammlung kam. Der Saal war sehr hoch und drückend heiß. Ganz oben waren die Lüftungsfenster geöffnet. Der Redner wurde auch hier mit größter Herzlichkeit empfangen. Winke und Zurufe wollten nicht enden. Es gab viele Frauen, die Tränen in den Augen hatten. Gleiber und sein Begleiter wurden fast zugebergt von den Blumen und Sträußen, die man ihnen zuwarf. Lächelnd nickte Severing nach allen Seiten. Gleiber versuchte ab und zu einen Strauß aufzuheben. Sie kamen kaum weiter.
Plötzlich gellte eine Stimme in den Saal hinab: »Genossen und Genossinnen, hört zu!« Alles stockte und hob die Köpfe. Viele Augen suchten den Schreienden.
»Es ist erwiesen, daß die Preußenregierung schon tagelang vorher gewußt hat, was Papen plante!« schrie es weiter.
Die Menge erschrak. Die Menschen sprangen von ihren Sitzen auf. Einige griffen nach ihrem Stuhl, die anderen umklammerten den Maßkrug. »Wo ist er denn, der Schuft?«
»Wer schreit da?« – »Schlagt's 'n nieder! Raus mit dem Hund!« Eine Panik drohte. Inmitten seiner Blumen blieb Severing stehen und erbleichte. Gleiber sah zur Galerie empor und winkte ab.

»Nicht provozieren lassen! Nehmt den Lausbuben fest!« schrie der Schufoführer mit Stentorstimme in den aufgewühlten Saal. Immer noch forschten die Leute herum, suchten und suchten. Vergeblich. »Ist schon weg, der Feigling! Platz nehmen!« kommandierte der Schufokommandant. Die Menschen beruhigten sich halbwegs und setzten sich schimpfend und murrend. Gleiber und Severing bestiegen das Podium. Ein wilder Beifall brach los. Gleiber trat an die Rampe und winkte ab. Es wurde ruhiger.

In diese Stille hinein schrie der unentdeckbare Zwischenrufer: »Fragt den Minister Klepper! Eine Hundertschaft entschlossener Männer war zur Verteidigung bereit! Stennes wollte Hindenburg, Bracht und Papen festnehmen! Severing wollte nicht. Kapituliert hat der Feigling!« Hastig und derart überraschend peitschte es nieder, daß die Menge in den ersten Augenblicken wie gelähmt zuhörte. Sogar Gleiber, der Severing ankündigen wollte, blieb mit weitoffenem Munde stehen und starrte. Jetzt aber schnellte abermals alles von den Sitzen hoch, hin und her, her und hin plärrten die Versammelten, der wüsteste Tumult begann.

Männer sprangen kampfbereit auf die Tische, Frauen weinten schrill auf, Maßkrüge fielen klatschend um, und das vergossene Bier spritzte herum. Gleichsam mit Händen und Füßen arbeiteten die Schufomänner, um die Ordnung einigermaßen aufrecht zu erhalten. Gleiber und der Kommandant zeterten martialisch vom Podium herab.

»Da! Da schaut's! Da is er droben, da! Der Hund!« Etliche zeigten auf ein Lüftungsfenster in der Höhe, hinter dem ein Kopf verschwand. Sekundenlang glotzten die Tausende wortlos empor, und in aller Schnelligkeit rannten Schufomänner durch die Küche, suchten das ganze Haus ab, stiegen hinauf bis in den Dachstock, und erst als einer von ihnen: »Ist schon weg! Gefahr behoben! Fenster werden bewacht!« auf die staunende Menge herabrief, beruhigte sich diese wieder halbwegs. Unter allgemeinem Geschimpf nahm man die Plätze wieder ein. Die Stimmung war verstört. Die

Aufmerksamkeit verflogen. Doch Gleiber warf sich in die Brust und sprach von unerhörter Provokation. Er rühmte die Tapferkeit Severings und rechtfertigte sein Verhalten. »Solche Lausbubengerüchte kennen wir!« donnerte er und schwang die gereckte Faust: »Aber wir warnen jeden! Die Geduld der Arbeiterschaft ist bald zu Ende!« Er brachte es fertig, die Zuhörer mitzureißen. Severing bestritt mit einer gewissen lächelnden Überheblichkeit, was der Zwischenrufer behauptet hatte, und erklärte – immer wieder von begeisterter Zustimmung unterbrochen –: »Genossen und Genossinnen, wenn man so lange Jahre an leitender Stelle im Kampf um die Republik, um Recht und Gerechtigkeit steht wie ich, wenn man so viele Wahlkämpfe und Verleumdungsfeldzüge mitgemacht hat, dann wundert man sich wahrhaftig über nichts mehr. In den nächsten Tagen und Wochen wird wahrscheinlich noch viel mehr über uns gelogen, aber wir werden uns nicht im mindesten beirren lassen und unseren einmal beschrittenen Weg gehen, bis das Ziel erreicht ist – die Befreiung der Arbeiterklasse! Ich möchte schließen mit dem Soldatenlied eines unserer größten Dichter, denn ich betrachte mich heute wie ehedem als einfacher Soldat des Sozialismus!« Und er zitierte Schillers ›Und setzet ihr nicht das Leben ein‹.

In der Vorstadtwohnung Leinharts erschien, offenbar verabredet, in derselbigen Nacht der ›Schwarze-Front‹-Mann Hicklinger und erzählte den Vorfall. Neubert und der Redaktionssekretär Beutelhofer saßen am Tisch. »Ich schwöre bei allem, was mir heilig ist«, sagte der gedrungene, etwa dreißigjährige Mensch, »ich hätte es nicht gemacht, wenn's nicht wahr wär! Stennes selber hat's uns übermittelt... Der bürgerliche Minister Klepper hat ihn mitgebracht in die Sitzung... Es ist wahr, absolut wahr! Stennes hat natürlich sofort verschwinden müssen... Wir haben doch kaum Zeitungen, aber ihr! Ich schwör's, es ist wahr, es ist wahr!«
Eindringlich redete er. Leinhart und Neubert sahen sich an. Beutelhofer behielt den Mann im Auge.

»Ihr wißt doch, wer ich bin! Uns trennt doch fast nichts«, sagte der Fremde wiederum.
»Ich will gar nichts von euch, aber so ein niederträchtiger Verrat, so eine Feigheit, das muß doch angeprangert werden!« Fast flehend sprach er.
»Gut! Gut!« nickte Beutelhofer.
»Hm, ich kann's einfach nicht glauben ... Ich trau den Severing und Genossen alles zu, aber das doch nicht«, sagte schließlich Leinhart, und seine Freunde nickten. Sie blieben bei ihrem Mißtrauen.
Am andern Tag brachte keine einzige Zeitung etwas über den merkwürdigen Zwischenfall bei der Severing-Versammlung. Nirgends hörte man etwas von den Behauptungen des mysteriösen ›Schwarze-Front‹-Mannes.
In Breslau und in Königsberg flogen Bomben in die Wohnungen sozialdemokratischer Funktionäre. Ein Abgeordneter in Königsberg starb an seinen Verletzungen. Täglich stürmten bewaffnete SA-Trupps kommunistische Parteilokale. Täglich gab es Tote und Verwundete.
Damals war es, daß in dem schlesischen Ort Potempa, von einem Gastwirt und Scharführer befehligt, SS-Männer in die Wohnung des Arbeiters Pietrzuch eindrangen und den Mann vor den Augen seines Bruders buchstäblich in Fetzen schlugen, um sich schossen, die Möbel demolierten und wieder abzogen. Das Kabinett Papen sah sich genötigt, eine Notverordnung gegen den Terror in Kraft treten zu lassen.
Die Mörder von Potempa wurden verhaftet und durch ein Sondergericht zum Tode verurteilt. ›Meine Kameraden! Angesichts dieses ungeheuerlichen Bluturteils fühle ich mich mit euch in unbegrenzter Treue verbunden. Eure Freiheit ist von diesem Augenblick an eine Frage unserer Ehre. Der Kampf gegen eine Regierung, unter der dieses möglich war, ist unsere Pflicht!‹ telegraphierte Adolf Hitler an die Verurteilten.
In einer großen Rundfunkrede, in der er seine Notverordnung ge-

gen den Terror begründete und rechtfertigte, wies der Reichskanzler mit großer Schärfe die nationalsozialistischen Kampfmethoden zurück. Hindenburg war über den ›böhmischen Gefreiten‹, wie man Hitler in Adelskreisen verächtlich zu bezeichnen pflegte, sehr ärgerlich. Er ließ ihn kommen, donnerte ihn fünfzehn Minuten lang militärisch an, es fehlte nur noch das schroffe ›Abtreten‹. Die Nationalsozialisten, die bis jetzt eine undurchsichtige Haltung gegen Papen eingenommen hatten, berannten nunmehr das Reichskabinett mit der ganzen Wucht ihrer fanatisierten Propaganda. Auch Hindenburg wurde nicht mehr geschont. Offen wurde seine Absetzung verlangt. Das Urteil gegen die Potempa-Mörder wurde in eine lebenslängliche Zuchthausstrafe umgewandelt.
Vergeblich versuchten die Kommunisten, die Arbeiterschaft für einen Generalstreik zu gewinnen. Sie erinnerten an den glorreichen Sieg über den Kapp-Putsch. Doch die Sozialdemokratie und die Gewerkschaften widersetzten sich mit der Kraft ihrer erfolgreichen Biederkeit und behielten die Oberhand.
Die süddeutschen Regierungen beschlossen auf einer Konferenz, gegen den Eingriff Papens in die verfassungsmäßig zugesicherten Hoheitsrechte der Länder vorzugehen. Bayern meldete seine Klage beim Reichsgericht an. Der Kanzler berief die Landesminister nach Berlin und gab beruhigende Erklärungen ab. Trotzdem standen die meisten auf der Seite der abgesetzten Braun-Severing-Regierung. Das Reichsgericht entschied schließlich ebenfalls für die Verjagten. Sie gingen wieder in die ihnen gnädigst zugewiesenen Amtsräume, berieten, tagten und ließen sich photographieren. Es schien, als wollten sie ihr groteskes Schattendasein nicht glauben. In großen Lettern verkündete die Sozialdemokratie in ihren Zeitungen diesen ›Sieg‹.
Und nicht mehr hundertsieben, nein, zweihundertunddreißig nationalsozialistische Abgeordnete brachte diese Wahl in den Reichstag. In militärischer Ordnung, in voller SA-Ausrüstung hielten sie unter ›Heil Hitler‹-Rufen ihren Einzug. Neunundachtzig Kommu-

nisten erhoben sich und schleuderten ihnen die unerbittliche Kampfansage der revolutionären Arbeiterschaft entgegen ...

In dem neuhergerichteten Zimmer von Lotte, das man – wie Hochegger sagte – ›eigens für's Alleinsein umfassoniert‹ hatte, ging Joseph hin und her. Seine Umgebung interessierte ihn wenig. Vor einer Stunde war der lustige Heindl-Karl dagewesen, hatte gegrinst und gesagt: »Jetzt, Sepp, jetzt geht's bald ans Abmurksen. Jetzt heißt's fest zusammenstehn, ganz fest.« Und er zeigte ihm dabei einen mächtigen Schlagring, den er sich selbst angefertigt hatte. Und nun saß Neubert von oben bis unten verstaubt am Schreibtisch und trommelte mit den Fingern auf die polierte Platte.
»Laßt mich noch etliche Tage überlegen ... Ich bin ja schon lang bei euch, nur meine Kameraden, an denen häng ich eben«, sagte Joseph. »Und du bringst mir die Bücher, ja? ... Nein-nein, das kann doch kein ehrlicher Prolet mehr mitmachen? Das geht nicht mehr!«
Und da fiel ihm dieser grundtreue Heindl-Karl ein, immer wieder, immer wieder. Er runzelte die Stirne, sah geradeaus und schüttelte den Kopf. »Hm, und daß trotzdem die Massen immer noch dran glauben, hm ... Unfaßbar!« Er blieb bedrückt stehen. »Umlernen wirst du ja allerhand müssen«, meinte Neubert und lächelte ein wenig.
»Ganz gleich, aber wenn's zum Kampf kommt, dann will ich wenigstens wissen, es geht für uns«, antwortete Joseph und zog seinen Browning. »Schießen tu ich für meine Klasse, nicht für Verräter.«
»Tja, schießen! ... Das allein macht's auch nicht«, meinte Neubert wiederum. »Denk an die russischen Sozialrevolutionäre und an die Narodnaja Wolja ... Wirkliche Helden waren das! Gesprengt haben sie, geschossen, weggeräumt einen Großfürsten und Zaren um den andern, und doch – was war's schon? Aufgehängt hat man sie, nach Sibirien verschickt, und nichts hat sich geändert ... Die Massen müssen erst her!«

»Hm, jaja! . . . Es wird uns schon nichts mehr anderes übrigbleiben als schießen«, sagte Joseph fast wehmütig.
Drüben drückte der Scharführer Mantler sein Ohr noch mehr an die Wand. Das war eigentlich sein Horchpostenzimmer, daneben, in einem größeren, wohnte er sozusagen richtig. Mit einer langen, sehr spitzen Hutnadel hatte er ein ganz feines Loch durch die Mauer gebohrt. Jedes Wort verstand er und grinste mit angehaltenem Atem.
Klara kam jetzt herein und rief zum Essen. Neubert stand auf.
Vorne im Wohnzimmer saßen Hochegger und Babette und warteten. »Ich weiß nicht, nichts schmeckt mir mehr . . . Und ich hab da hinten so einen verdächtigen Druck, so ein Stechen, wenn ich schnauf . . . Und matt bin ich jeden Tag wie ein Lappen«, jammerte der Alte vergrämt und rieb sich mit dem Handrücken sein Kreuz.
»Stechen?« fragte Babette bekümmert. »Ich tät einmal zum Doktor gehen . . . Du gefällst mir in der letzten Zeit schon lang nicht mehr . . .« Er nickte, und sie sah ihn mit einem schweren Blick an.
Gleich darauf traten Klara und Joseph ein . . .

12
Die Karten werden gemischt

Haben Sie denn immer so einen schweren Atem? ... Immer dieses Röcheln?« fragte der Doktor Homlinski, der damals auch Josephs Knöchelbruch behandelt hatte. Er hielt in der Untersuchung inne und blickte auf den nackten Hochegger, der vor ihm auf dem wachstuchüberzogenen Sofa lag.
»Ch-h-ja-ja«, schnaufte der Patient noch mehr, und sein Kinn versank fast völlig in den Wülsten des kurzen Halses.
»Wer wird sich denn aber auch so einen Bauch anschaffen!« Dabei griff der Doktor ziemlich derb in die weiße, teigigschlaffe Masse, erfaßte einen Wulst und zog ihn ungeniert hin und her. »Da! Sehn Sie! Lauter überflüssiges Fett, das!« Hochegger verzog wehleidig das Gesicht, aber er gab keinen Laut von sich. Da lag er, und wirklich häßlich sah er aus. Der schüttere, grauhaarige Kopf war dunkelrot bis hinter die Ohren, die Schläfenadern geschwollen, die schwammige Weiberbrust hob und senkte sich, gleich einem kugelrunden, gummiballähnlichen Fleischhügel prallte der Bauch empor, und wie hineingesteckt ragten die kurzen, unverhältnismäßig dünnen, blau durchäderten, leicht behaarten Beine aus ihm. Ein etwas dämpfiger Schweißgeruch stieg von ihm auf.
»Drehn wir uns einmal um ... Ja, einfach umdrehn!« sagte Homlinski und grinste. »Drückt bloß den Bauch ein bißchen ein, macht gar nichts.« Ungelenk und ächzend wälzte sich Hochegger herum. Er wußte nicht wo aus und wo ein mit den Armen, streckte sie einfach von sich und prustete noch mehr.

»Hähähähä! Ersticken Sie mir bloß nicht, ja?« spöttelte der Doktor mitleidslos meckernd und fing das Abklopfen an. Empfindlichkeiten ließ er nicht gelten. Rangunterschiede erst recht nicht. Ob Generaldirektor oder Bettler – krank war krank, basta. Er war ein Fanatiker seines Berufs, ungewöhnlich pflichtversessen, und dabei doch ein eigenwilliger, immer etwas gewaltsam heiterer, gutmütiger Mensch mit kleinen, lebhaft glänzenden Augen hinter der scharfen Brille. Das kurze, stoßweise Lachen konnte er nie lassen. Dabei erzitterten seine schwach hängenden Backen und die fleischige Hakennase, breit klaffte der Mund auf, und die unregelmäßig übereinanderstehenden Fangzähne wurden sichtbar. Das winzige, zurückfliehende Kinn wurde noch unansehnlicher.

Einen allzugroßen Respekt vor den Menschen konnte man von diesem Juden aus Posen nicht verlangen. Er schätzte die geistigen Leistungen, ja! Er verfolgte mit hingebungsvoller Gründlichkeit alle Fortschritte der ärztlichen Wissenschaft. Er führte ein einfaches, bürgerliches, ziemlich zurückgezogenes Leben, las gute Bücher und liebte moderne Bilder. Aber sonst? Er stand allem Menschenwerk skeptisch gegenüber. Zuviel hatte er mitgemacht. Als junger Medizinstudent rückte er 1914 ins Feld für ein Vaterland, das ihm fremd war. Lange Zeit war er als einfacher Infanterist in der Front und wurde von seinen stockpreußischen Vorgesetzten und Kameraden wegen seiner jüdischen Herkunft oft bis aufs Blut sekkiert. Durch einen Handschuß verlor er einen Finger, wurde schließlich in einem Lazarett als Heilgehilfe verwendet, und nach Beendigung des Krieges mußten seine alten Eltern vor den Polen fliehen. Der Vater starb an den Schrecknissen, die Mutter kränkelte seither. Alles war verloren. Mit der ihm eigenen Energie brachte sich der junge Student kümmerlich durch, wandte sich später nach Süddeutschland und konnte erst nach seiner Verheiratung mit einer etwas vermögenden Kollegin die bescheidene Praxis eröffnen. Er arbeitete buchstäblich Tag und Nacht und war immer hilfsbereit. Zu ihm kamen die sozialdemokratischen und kommunistischen Arbeiter, die Frauen mit ihren Kindern. Alle mochten ihn, denn sie fühlten, er war einer der ihrigen. Dennoch, wenn er auch überzeugter Sozialist war, ganz gehörte er nirgends hin. Er hatte kaum einen Freund. Vielleicht aus diesem Bewußtsein des schmerzlichen Einsamseins heraus – und wohl auch, weil er eben darin irgendeine Verbundenheit mit tiefen, ewigen Gesetzen suchte – blieb er streng orthodox jüdisch. Dies half ihm über alle Verbitterung hinweg. »Hähähä«, lachte er jetzt wieder. »Hähähä, da ist's nichts mehr mit Biertrinken, Herr Stadtrat! Und Schweinsbraten, Buttersemmeln, überhaupt Fett, das gewöhnen wir uns einmal auf eine Zeitlang hübsch ab, verstehn Sie? . . . Nischt mehr gibt's! Jetzt heißt's einmal fasten bei Mineralwasser und trocknem Brot . . . Drehn Sie sich nur wieder um.« Stumm folgte Hochegger.

»So, also! Die Nieren, verstehn Sie? Da hapert's! Und Ihr Blutdruck, nicht zu knapp! . . . Jaja, hähähä, die sieben fetten Jahre sind rum! Naja, jetzt wo der Papen die Partei langsam ganz abwürgt, ist's ganz gut, wenn man sich auf magere Zeiten gefaßt macht!« spöttelte der Doktor. »Sie können sich anziehen . . . Sagen Sie, was macht Ihr Joseph? Ist er schon Kommunist?« Benommen richtete sich Hochegger auf: »Was? Der? . . . Kommunist? Ich weiß nichts davon.«

»Vergessen Sie's Aufstehen nicht, Herr Stadtrat«, spöttelte Homlinski und setzte sich an den Schreibtisch. »Ich verschreibe Ihnen also da was . . .« Er kritzelte etwas auf seinen Rezeptblock. Die Feder kratzte singend. Mürrisch zog sich Hochegger an und schüttelte in einem fort den Kopf. »Hm, mein Joseph Kommunist! . . . Hm, wer sagt denn das? Wer erzählt denn so was 'rum?«

»Nuja, es ist doch ein allgemeiner Linksruck bei den Jüngeren«, warf Homlinski hin, ohne im Schreiben einzuhalten. Das Telefon klingelte. Er nahm mechanisch den Hörer ab. »Ja bitte? . . . Selbst, ja! . . . Was-ss? Heute früh? Der Kofler? . . . Zwei Kopfwunden? Was, wie? . . . Ich versteh nicht! Wie? . . . Naziüberfall, so? Schon verbunden, ja, ich komm in zirka einer halben Stunde oder – warten Sie, ich seh nach!« Er stand hastig auf, öffnete die Sprechzimmertür. Da stand Wetterle. »Hm . . . Kommen Sie doch heut nachmittag, es geht ja noch, ja? Ich muß gleich weg. Die Nazi haben heut früh den Chefredakteur Kofler überfallen, den alten Mann! . . . So was Feiges!« erzählte der Doktor zwischen Tür und Angel. Hochegger hielt erschrocken im Zuknöpfen inne. »Was? Den alten Kofler?« Er wurde totenbleich.

»Gut ja, dann nachmittag«, grüßte Wetterle und ging. Homlinski schloß die Tür und sah einen Moment auf Hochegger. »Was sagen Sie? Zwei junge Burschen ... Ali soll einer heißen ... Keinen hat die Polizei geschnappt, hm, seltsam! ... Von hinten sind sie über den alten Mann hergefallen, feige Schufte!« Er trat geschwind an den Schreibtisch. Hochegger sagte zögernd: »Herr Doktor?« – ›Ali! Ali!‹ hämmerte es in ihm.

»Ja?« gab Homlinski an.

»In der Nier'n hab ich's ... Jaja, ich spür's jeden Tag. Matt bin ich immer, daß ich kaum die Füß heben kann ... Ich hab gemeint, ob ich nicht einmal eine richtige Badekur machen sollt? ... Hab ja wieder Urlaub«, plapperte Hochegger weiter. Homlinski hob das Gesicht und lugte scharf auf ihn.

»Auskurieren, mein ich ... Ob das nicht das beste wär?« tastete Hochegger unsicher weiter. Der kalte Schweiß stand ihm auf der Stirn.

»Tja ... Sie wollen das privat für sich machen? Meinetwegen ... Gut ist das schon, aber teuer ... Wenn Sie's für besser halten, bitte«, antwortete der Doktor, erhob sich und reichte ihm die Rezepte. »Hier, das dreimal am Tag, in der Früh, mittags vor dem Essen und nachts, bevor Sie sich hinlegen ... Und das alle zwei Stunden einen Eßlöffel voll ... Schmeckt sehr bitter, nur schnell runterschütten, verstehn Sie? ... Jaja, eine Badekur wär ganz gut, sehr gut sogar, Sie müßten da regelmäßig fasten ... Meinen Segen haben Sie. Sicher nützt das viel.« Hochegger griff zitternd nach den Rezepten.

»Hm, was sagen Sie dazu? ... Der alte Kofler ... Nett, nett so was! ... Ali hat einer geheißen, und die Polizei findet keinen ... Großartige Zustände, das!« fuhr Homlinski mehr für sich fort. Hochegger gab es einen Stich. ›Der Ali ist wieder auf zwei Tage da ... Er ist ja nach auswärts kommandiert, ich seh ihn sehr selten‹,

hatte Lotte zu ihm gesagt. ›Ali! Ali! Ali?‹ Rasch verabschiedete er sich.
»Hähähähä, tjaja, ins Bad reisen ... Vielleicht nach Karlsbad, was? Man möcht sich dieses verrückte Deutschland auch mal von außen ansehn, was ... Hähähä«, meckerte ihm Homlinski nach, und das gab ihm wieder einen Stich. Dieser verdammte, ewig höhnische Doktor hatte ihn durchschaut. Langsam nahm er eine Stufe um die andere. Oben flog die Tür zu, und fliegend sauste der Doktor an ihm vorüber. »Zum Kofler! Wiedersehn, Herr Stadtrat ... Gute Erholung!« schrie er und war weg.
›Ali – Ali – Ali!‹ Jeder Tritt schien diesen Namenshall wiederzugeben. Zentnerschwer wurde dem zermürbten Hochegger der Körper. Und – merkwürdig – er zitterte, er bangte, er wünschte, daß man diesen Ali nur ja nie erwischen möge. Niedergeschmettert kam er zu Hause an. »Jaja, wie siehst du denn aus? So blaß! Was sagt er denn, der Doktor?« empfing ihn Babette und sah ihn bekümmert an.
»Schwer in den Nieren ... Ins Bad, meint er, soll ich ... Das wär das beste«, sagte Hochegger und sank ermattet in einen Stuhl.
»Naja, fahrt's halt miteinander«, meinte Klara ernst. »Fahrt's nur ...«
»Das beste wird's sein!« schloß Babette. »Hast Hunger? ... Was willst denn?«
»Gar nichts! Nichts«, plapperte Hochegger mechanisch aus sich heraus und rührte sich nicht. »Bier, Butter, Fett – nichts darf ich mehr zu mir nehmen, ganz fettlos, sagt er.«
»Hm! ... Jetzt so was! Warum hast denn solang gewartet, solang!« seufzte Babette.
»Da, das muß ich einnehmen ... Jeden Tag.« Hochegger zog die Rezepte aus seiner Westentasche und reichte ihr die Zettel. Er schien langsam hinzuschwinden.
»Wo ist denn der Joseph?« fragte er.
»Der ist in die Stadt ... Den alten Kofler haben sie überfallen ... Die ganze Partei ist in Aufregung«, erwiderte Klara. Babette gab

ihr die Rezepte und Geld. »Sei doch so gut, bitte! Geh gleich! Besorg's...«
»Jaja, den Kofler, ja... Ich hab's beim Doktor gehört. Der ist hin zu ihm... Zwei junge Nazi waren's«, hauchte Hochegger matt heraus. Der Gedanke daran erdrückte ihn. Er fuhr mit der Hand über die schwitzende Stirn und ächzte: »Keinen Schutz gibt's mehr für unsereinen, nichts, gar nichts!« Als Klara weg war, seufzte er noch weinerlicher. »Ja, wegreisen... Ins Bad... Es bleibt nichts anderes übrig.« Und zwischenhinein sank unablässig, gleich siedeheißen Bleitropfen, ›Ali, Ali‹ in sein verschrecktes Hirn. Krank war er, ja, jetzt merkte er es erst vollends, schwer krank war er, aufgerieben. »Aber, ich weiß nicht... Da-das war bei meinem Vater selig auch so... Wie er hat sterben müssen, wollt er auf einmal verreisen... Immer reisen... Drei Tag...« murmelte er vernichtet.
»Ah, was redst denn, Joseph?! So arg ist's doch nicht, ah!« fiel ihm Babette mit mühsam verhaltenem Schmerz ins Wort. Resolut drehte sie den brutzelnden Kalbsbraten in der Pfanne um und stieß ihn wieder ins Rohr. »Geh, setz dich doch ins Wohnzimmer, da ist's kühl.« Er stand willenlos auf und tappte aus der heißen Küche.
Jeden Tag brachte die Regierung Papen etwas Neues. Das mußte man ihr lassen, sie verstand es, die Öffentlichkeit in Atem zu halten. Der Mann, der jetzt an der Spitze des Reiches stand, war absolut kein essigsaurer, ewig wägender und zögernder Pessimist und ›Opferer‹ wie sein Vorgänger Brüning. Er war ein schneidiger, optimistischer Kavallerieoffizier mit dem unbedenklichen Pathos aus der Kaiserzeit. Er redete viel, unendlich viel von einem mysteriösen ›Imperium sacrum‹. Er ließ sich ausfragen von ausländischen Journalisten, er sprach bei großen Kundgebungen und täglich durch den Rundfunk. Er konnte aber ebenso kurz angebunden sein. ›Ruck-zuck! Mal Räson schaffen!‹ so ungefähr regierte er, und da er sich bis jetzt, wenigstens äußerlich, scharf gegen die Nationalsozialisten stellte, war ihm das gesinnungsverlotterte, ängstliche Bürgertum gewogen. Mit Energie kurbelte er die Wirtschaft an. Jeden-

falls sah es so aus. Im Abbau der Arbeitslosenunterstützung und der Sozialgesetze hatte ihm Brüning das Feld frei gemacht. Dieses Jahr war schlecht, das nächste mußte besser werden, hoffte der Kanzler. Es war zwar unerfindlich, wieso er in der sich immer mehr verschärfenden Krisenzeit zu einer derartigen Annahme kam, aber er ging einfach davon aus. Er erfand das System der sogenannten Steuergutscheine. Den kleinen und großen Unternehmern wurde ein Teil der bereits eingezahlten Steuern in der Form solcher Gutscheine zurückbezahlt. Sie hinwiederum mußten sich verpflichten, je nach ihrer Leistungsfähigkeit Leute einzustellen. So sollte die Privatinitiative gefördert, die Wirtschaft wieder belebt werden. Im nächsten Jahr konnten die Industrieherren und Gewerbetreibenden zur Steuerzahlung teilweise diese Gutscheine verwenden. Mit anderen Worten: das schlechte heurige und das in Aussicht stehende kommende gute Jahr wurden zu einer einzigen Steuerperiode verkoppelt.

Wenn aber nun das kommende Jahr noch schlechter wurde?

Darüber zerbrach sich Herr von Papen den Kopf nicht. Genug, er hoffte. Die amtlichen Berichte meldeten fast täglich Neueinstellungen, merkwürdigerweise jedoch vermehrte sich zugleich die Arbeitslosigkeit.

Herr von Papen fuhr zur großen Reparationskonferenz nach Lausanne, die damals durch das zweideutige Verhalten Brünings vertagt worden war. Zum ersten Male seit 1918 sprach ein deutscher Kanzler vor den verhaßten ›Feindmächten‹ in französischer Sprache. Ganz so, als seien sie schon die eigentlichen Machthaber, hatten die Nationalsozialisten einen Beobachter mitgeschickt. Der Kanzler hielt eine schwungvolle, wortreiche und geschickte Rede: »Deutschland ist am Ende. Es kann keinen Pfennig mehr bezahlen!« Er verlangte rundheraus: »Streichung aller Reparationslasten!« Die Situation war mehr als günstig. Frankreich zeigte sich zugänglich. Der englische Premierminister setzte sich für die Deutschen ein und vermittelte.

Doch was ging denn daheim in Deutschland vor? Statt zu jubeln, rumorten die Rechtsparteien und die Nationalsozialisten auf das heftigste. Sie kamen wieder mit dem alten Schlagwort von der ›Zerreißung des Versailler Vertrages‹ und mit der ›militärischen Gleichberechtigung Deutschlands‹. Aus vielen Artikeln dieser wilden Opposition klang Schleichers Sprache heraus. Es war offenbar, Hitler und seine Männer *wünschten* gar nicht, daß die Reparationszahlungen endlich aufhörten! Wovon denn dann noch den ergiebigen Propagandastoff hernehmen? Wie denn dann dem kleinen Mann weiterhin plausibel machen, daß einzig und allein diese drückenden Lasten an seinem Elend schuld seien?!

Von Papen kehrte eilig nach Berlin zurück. Konferenzen mit Schleicher, Aussprache mit Hindenburg, Kabinettsitzung und wieder zurück nach Lausanne.

Und jetzt kam das Unglaubliche: Auf einmal sprach der Kanzler gar nicht mehr von der *gänzlichen* Streichung der Reparation, im Gegenteil, großzügig bot er runde zwei Milliarden Reichsmark als Restzahlung an, wenn, ja, wenn man sich dazu bereit fände, militärische Zugeständnisse zu machen.

Da stand der Gentleman Macdonald, der bedachtsame Vermittler, und schnitt eine versiegelt-betroffene Miene.

Und da stand Herriot – breit, sympathisch-grobschlächtig, die beste französische Bürgerbiederkeit – und sah scharf auf den sonderbar vornehmen, überliebenswürdigen deutschen Grandseigneur mit dem etwas borstigen, sorgfältig in der Mitte gescheitelten graumelierten Haar und dem zugestutzten Schnurrbärtchen. Er überblickte dieses scheinbar kultivierte Gesicht, erwischte die Augen und merkte, alles war nur glatt und leer. Der gut geschnittene Gehrock, die helle Weste, die mustergültig gebundene Krawatte, die geschmackvoll beringten Finger und die untadelige Bügelfalte – alles nur eitle Attrappe! Die Gesten und der eingeübte Stimmfall ein einziges Sich-in-Szene-setzen! Und nochmal nahm er ein Auge voll von dieser ganzen Figur, der Franzose Edouard Herriot, und dachte

vielleicht: ›Hm, du hast Amerika gegen dein Volk in den Krieg gerissen, erinnerst du dich! Hast Bombenanschläge und Brückensprengungen machen lassen, Mann, als du noch drüben in Washington Attaché warst ... Hast dynamitgeladene Füllfederhalter hinüberschmuggeln lassen in das damals noch neutrale Land und ganz dumm und plump und unnötig konspiriert ... Bist schmählich davongejagt worden, und Wilson schlug sich auf unsere Seite und machte Krieg gegen Deutschland ... Mon dieu, und jetzt stehst du wieder da und gibst vor, das deutsche Volk zu vertreten!‹
Er ergrimmte plötzlich.
»Mon dieu! Je ne comprends pas très bien!« rief er. »Gestern, Herr Reichskanzler, sagten Sie, Deutschland kann nicht zahlen, heute sagen Sie, es kann wohl zahlen!« Eine Zornröte flog über sein volles, ungeziertes Gesicht. Fest stand der gedrungene Mann da. Dies sagt ein Chronist: ›Entweder, so meinte der Franzose, könne Deutschland, wie der Reichskanzler bisher stets behauptet hatte, nicht zahlen und sei dazu auch nicht fähig, wenn ihm militärische Konzessionen gemacht würden, die ja keinerlei wirtschaftliche Besserung zur Folge hätten, oder Deutschland könne entsprechend den neuen Vorschlägen zahlen‹ – dann aber habe Herr von Papen gestern und früher gelogen!
Das war deutlich. Eine hochgradig gereizte Stimmung trat ein. Dennoch – schwer zu glauben, aber wahr – Papen siegte! Das Lausanner Abkommen kam zustande. Der bislang größte deutsche reparationspolitische Erfolg war erfochten. Im Schwarzwald, wo er einige Tage zuvor insgeheim mit Hitler zusammengekommen war, unterbrach der Doktor Heinrich Brüning seinen Spaziergang. Aschfahl war sein Gesicht, die schmalen Lippen preßten sich noch mehr aufeinander. Niedergeschmettert zog er sich in sein bescheidenes Hotelzimmer zurück. Ein unausrottbarer Haß gegen seinen Nachfolger verzehrte ihn. Schon lange wußte man, daß er hartnäckig die Einigung zwischen dem Zentrum und den Nationalsozialisten betrieb.

Herr von Papen, der Favorit von Lausanne, ließ sich lächelnd photographieren.
Indessen: ›Zwei Milliarden Reichsmark? Zwei Milliarden! Zweimal tausend Millionen!! Zwanzigmal hundert Millionen Mark!!!‹ fegte es durch das Land, und so lange trommelte die Opposition die Zahl dieser unvorstellbaren Summe in die Hirne, bis jeder Mensch sagte: »Unmöglich! Ganz und gar unmöglich! Da gehn wir alle zu grunde! So kann's nicht mehr weitergehen!«
Draußen die fremden Regierungen staunten. Haltlos trieb das deutsche Volk auf und nieder.
Alle und keiner regierten es.
Der Reichskanzler ging mit aller Schärfe gegen die Presse vor. Die Zeitungsverbote jagten einander. Weit schlimmer als jemals in der Ära Brüning wurde die öffentliche Meinung geknebelt. Aber Hunderte und Tausende illegaler Flugblätter flatterten bis in die verstecktesten Winkel.
Den alten Hochegger verfolgte diesmal wirklich das Pech. Nein, das wollte er sich nicht nachsagen lassen, daß er jetzt, wo es brenzlich würde, feig davonlaufe. Von diesem vorlauten Homlinski schon gar nicht. Er kam noch zweimal zu ihm und sagte dann: »Ich hab mir's doch überlegt, Herr Doktor! In die Luxusbäder können die feinen Leute fahren . . . Der Gleiber hat mir da ein billiges einheimisches Bad verraten, das heißt, Bad nicht, mehr ein Kurort . . . Da soll ein Genosse so ein kleines, ruhiges Heim, halbwegs ein Sanatorium, haben . . . Doktor Penzlsbacher, vielleicht kennen Sie ihn?«
»Oja, sehr gut sogar . . . Das kann ich Ihnen nur empfehlen«, stimmte ihm Homlinski zu. »Mein Kollege Penzlsbacher ist ein sehr tüchtiger Spezialist . . . Er wird auch froh sein, wenn er Gäste kriegt.«
»Und wissen Sie, Herr Doktor, bei so einer Zeit, da möcht ich jederzeit parat bleiben für die Partei«, log Hochegger und schnitt eine tüchtige Miene. »Es soll nicht heißen, unsereins vergißt seine Pflichten . . . Da tät's ja womöglich auch noch heißen, ich verkriech

mich.« Ganz bieder und mannhaft sah er den Doktor an und dachte: ›Da hast du's!‹
»Verkriechen hilft jetzt auch nichts mehr, Herr Stadtrat, hähähä«, verabschiedete sich Homlinski von ihm: »Wenn die Nazi einen auf'm Tik haben, erwischen sie ihn überall . . . Na, auf Wiedersehn! Lassen Sie sich's gut gehn, und kommen Sie mir nicht daher wie der Kofler, hähähähä . . . Gott sei Dank, dem geht's ja schon wieder ganz passabel.« Diese letzten Worte ärgerten Hochegger nicht wenig. Eigentlich wollte er vor seiner Abfahrt Kofler noch besuchen. Er war ja auch einer von der ganz alten Parteigarde und der beste Tarocker in der Gleiberschen Runde. Die Jungen zwar, die behaupteten von ihm, er sei nur irrtümlich Sozialdemokrat und gehöre eigentlich ins Lager der landesüblichen Königstreuen, aber das war eine ganz gemeine Unterstellung. Sie haßten ihn wahrscheinlich deswegen, weil er all diese überlauten Nachstrebenden und Linken nicht leiden konnte. Weil er es so meisterhaft verstand, jede Opposition abzuwürgen. Hochegger vergegenwärtigte sich ihn. Sicher hockte der gute Alte zu Hause im hohen Lehnstuhl, mit blauangelaufenem, dickverbundenem Kopf, nur der lefzige Mund und die große, verhöckerte Nase schauten aus dem Verband, und die herausgedrückten Sackaugen glotzten empfindungslos. Fortwährend lief dicker Schweiß über sein Gesicht. Er schnaubte wie ein Walroß, schnupfte immer wieder rasselnd, graunzte in sich hinein und dachte angestrengt nach, wie er diese Schufte, die ihn überfallen hatten, herauskriegen könnte. Und er war bestimmt voll dumpfer Wut über dieses ewige Daheimhocken. ›Also einen Durst hab ich, Amalie! Einen Durst! Grad wie wenn inwendig alles ausbrennt wär‹, klagte er wahrscheinlich fort und fort, und der Maßkrug stand ständig vor ihm auf dem Tisch. Die vier umfänglichen Vogelbauer mit seltenen Wellensittichen, Zeisigen und Kanarienvögeln hingen an den besonnten Fenstern. Es trillerte und zwitscherte, und die altmodische Uhr tickte geruhig dazwischen. Alles hatte den Anstrich kommoder Vorkriegsbürgerlichkeit.

›Die Füß abstreifen, da, bittschön, da haben S' einen Lumpen ... Ich putz nicht für die Straß'n‹, sagte die zaundürre, immer ungute Frau zu jedem Besuch. Und dann kam man in die blitzsaubere Wohnung, und der Kranke schaute einen unerregt, aber verborgen lauernd an und sagte trocken: ›Mein Arsch wär widerstandsfähiger gewesen, aber ausgerechnet auf meinen Saukopf haben's die Lumpen abgesehen gehabt ... Rauskriegen tu ich's, rauskriegen tu ich's, da laß ich nicht nach ... Rauskriegen tu ich's.‹ Er war der berüchtigtste Detektiv in und außerhalb der Partei, und jeden Naziskandal in der letzten Zeit hatte er erschnüffelt und in seinem Blatt groß ausgeschlachtet.
›Am Ende fängt er vom Ali an‹, sagte sich Hochegger, und er unterließ den Besuch.

Es war soweit ganz hübsch in Mergelsbach. Der gepflegte Ort lag inmitten einer reichen Bauerngegend im Rosenheimer Viertel. Nach Süden umsäumten ihn halbrund leicht ansteigende, tannenbewaldete Hügel. Dort in einer Mulde gab es auch einen kleinen, klaren See. Nach Norden, Westen und Osten breiteten sich wogende Getreidefelder aus, dazwischen sattgrüne Wiesen, und weit auseinander standen vereinzelte Bauernhöfe. Das war die Heimat der seinerzeitigen ›Bayrischen Einwohnerwehren‹ der Jahre 18 bis 20, die, gutgeheißen von der Sozialdemokratie, mit den Noskeschen Freischaren die revolutionäre Arbeiterschaft in den Städten aufgerieben hatten. Jetzt hingen in jedem Wirtshaus seit fast einem Jahr Hitlerplakate, obgleich die Bevölkerung zum größten Teil bayrisch-separatistisch oder königstreu war.
Das Heim von Doktor Penzlsbacher – ein sehr gut hergerichtetes Bauernhaus in einem großen Obstgarten – erhob sich ungefähr wurfweit vom eigentlichen Dorf auf einer schwachen Anhöhe, und dahinter begann gleich der Wald. Babette und Hochegger bekamen ein helles, komfortabel eingerichtetes Zimmer mit einer herrlichen Altane. Von da aus sah man weit übers sonnige Land. Die Hocheg-

gers waren sehr zufrieden. Der Doktor selbst nahm es wirklich gewissenhaft mit seinem Beruf und war ein sympathischer, ruhiger Vierziger. Doch was bedeutete denn das? Nacht für Nacht fingen die Hunde im Dorf ein stundenlanges, wütendes Gebell an, und rundherum in den dunklen Flächen tauchten militärisch formierte Scharen auf. Es schoß und schoß, und fortwährende Kommandorufe schreckten den Schläfer aus seiner Ruhe. Und an einem Tag sang es ›O Bayern, hoch in Ehren‹, am andern wieder ›Die Fahnen hoch, die Reihen dicht geschlossen‹. Erst wenn der erste milchige Dämmer über die Felder schwamm, wurde es still.

»Tja, mein Gott«, klärte der Doktor die mißgestimmten Patienten auf, »da läßt sich gar nichts machen ... Die richtigen Bauern sehen's auch nicht grad gern, wenn ihnen die Felder zertrampelt werden ... Es ist wie kurz vor dem Krieg, wir leben eigentlich schon mitten drin ... Einmal ist's der ›Stahlhelm‹, einmal die ›SA‹, einmal die ›Bayernwacht‹. So lang üben sie, bis sie aufeinander losgehn ... Vorläufig sieht's ja noch ein bißl gemütlich aus. Die Verbände scheinen ein stilles Abkommen zu haben, weil sie nie gleichzeitig üben, aber – aber man mag nicht nachdenken, wo das noch hinführt. Man muß sehr still sein, sehr still ...«

Den Hocheggers blieb der Bissen im Munde stecken.

»U-und ist's bekannt, daß wir ...?« fragte Hochegger. Großaugig sah er auf den Arzt. Der lächelte. »Keine Angst. Ich bin mit dem Bürgermeister sehr speziell ... Ich hab Sie schon dementsprechend angemeldet ... Keine Butter, bittschön, Herr Stadtrat ... Nur für die Frau Gemahlin!«

Hochegger zernagte das geschmacklose, harte Knäckebrot. Der Mißmut rumorte in seinem Bauch. Die Gegend wurde ihm unheimlich. Mochte ihn Babette auch noch so beruhigen und all die Schönheit preisen, er rührte sich nicht vom Fleck, er verließ den Garten nur widerwillig.

Klara und Joseph freuten sich, endlich einmal wochenlang allein zu sein. Unverhofft meldete eine Karte die Ankunft der Alten an. Nicht im mindesten erholt kehrten sie heim. Hochegger war eher noch verstörter.

»Ich dank schön, ich dank schön«, murrte er. »Da büß ich meine Gesundheit vollends ein ... Das ist ja schon der schönste Bürgerkrieg da draußen.« Und er erzählte. Interessiert hörten Klara und Joseph zu. Babette war voller Unmut.

»Hakenkreuz und Hitlerei, wo du hinschaust ... Wie in einer Mausfalln bin ich mir vorgekommen ... Er tut mir ja leid, der Doktor ist ein guter, aufrichtiger Genosse, aber den, den trifft's bald ... ich hab mir genug gesehn«, fuhr der Alte fort und verlor zum Schluß die Fassung fast völlig. Er schlug die Arme über dem Kopf zusammen und jammerte zerknirscht heraus. »Ja Herrgott, Herrgott! Soll's denn ewig so weitergehn? Ewig!? Da können wir ja alle miteinander unser Testament machen!«

»Tjaja, der sanfte Severing hat ja alles aufgegeben. Jetzt haben wir's«, warf Joseph hin.

»Severing? Severing? Immer bloß der Severing!« Der Alte verfiel in ein abwehrendes Poltern. »Was sollten wir denn gemacht haben bei der Übermacht? Wenn doch faktisch alles gegen uns zusammenhilft!«

»Generalstreik mit den Kommunisten und – das!« sagte Joseph unerbittlich und zog seinen Browning.

Erschreckt lehnte sich Babette auf die Seite und hielt mit beiden Händen ihre Augen zu. Ruhig stand Klara da.

»Geh mir weg mit dem verdammten Ding! Gib's weg! Da passiert noch was!« Hochegger wehrte abermals ärgerlich ab. Er schüttelte erschöpft den Kopf. »Ich kenn mich nicht mehr aus, aber das weiß ich, Blutvergießen wär ein Verbrechen ... Schad wär's um jeden Genossen ... Ist doch aussichtslos, ganz und gar aussichtslos!«

»So? Aussichtslos?« Joseph fuhr ergrimmt in die Höhe. »Das sagt die Partei schon seit neunzehnhundertvierzehn ... In der Revolution hat der Ebert mit den Generalen die Proleten niederknallen lassen, da war's nicht schad drum, und jetzt, wenn was kommt, geht's

wieder genau so ... Da schreit man sofort Provokateure, wenn die Proleten sich wehren wollen, und verrät sie, liefert sie aus! Das soll kein Verbrechen sein ...«
»Hör auf! Hör um Gotteswillen auf!... Ich bin krank! Hör auf!«
Hochegger drückte sich schnaufend die Ohren zu. Wütend ging Joseph aus dem Zimmer. Eine Weile saßen Hochegger und Babette betreten da. Klara stand unschlüssig am Fenster.
»Ja, Klara?! Klarerl, der stürzt sich ja faktisch ins Unglück! Der wird mir ja noch der ärgste Kommunist ... Red ihm doch zu!« hauchte Hochegger.
»Was? ... Wo *er* steht, da steh ich«, sagte Klara. »Ganz recht hat er!« Dann ging auch sie.
Der Sommer verfloß schneller als die Butter an der Sonne. Hochegger suchte den Doktor Homlinski nicht mehr auf. Zuwider war ihm der. Er konsultierte einen ›neutralen‹ Arzt.
Die ersten milden Septembertage vergilbten. Ein zermürbender Druck lag über allem Leben. Ungestraft konnten die übermütigen SA-Leute Überfälle auf mißliebige Gegner machen. Die Polizei kam immer zu spät, und Anzeigen nützten nichts. Ein verstummtes Grauen ging um. Die Menschen schritten aneinander vorüber und maßen sich mit Raubtierblicken. Selten fiel ein Wort über politische Dinge, und wenn, dann wurde es geflüstert. Eine furchtbare Erbitterung hatte die revolutionäre Arbeiterschaft erfaßt. Es war kaum mehr zu unterscheiden, wen diese verratenen, betrogenen Proleten mehr haßten, die Hitlerleute oder die Sozialdemokratie.
Der Reichstag trat zusammen. Der Nationalsozialist Hermann Goering war Präsident. Die Kommunisten brachten einen Mißtrauensantrag gegen das Kabinett Papen ein und verlangten sofortige Abstimmung darüber. Eine würgende Spannung erfüllte den brechend vollen Sitzungssaal, die Abgeordneten, die Regierungsmitglieder, die Presseberichterstatter und die Tribünenbesucher. Herr von Papen schob unter allgemeinem Tumult dem Präsidenten einen Zettel zur Wortmeldung hin. Goering beachtete ihn in der

Aufregung nicht und schritt zur Abstimmung. Mit einem Male schwang der Kanzler die berühmte ›Rote Mappe‹ mit der Auflösungsorder. Das ganze Haus brach in einen Empörungssturm aus. Papen verschwand. Die Abstimmung wurde trotzdem durchgeführt, und mit überwältigender Mehrheit schlossen sich die regierungsfeindlichen Parteien dem kommunistischen Antrag an. Mit Gepolter und Lärm, mit Verwünschungen auf Papen ging der Reichstag auseinander. Ein Untersuchungsausschuß trat zusammen, der die ›Mißverständnisse‹ zwischen dem Kanzler und Goering klarlegen sollte. Die Nationalsozialisten, bisher die giftigsten Feinde des Parlaments, verteidigten mit einem Male die ›Rechte der gewählten Volksvertretung‹, und es regnete Zeitungserklärungen. Goering beschuldigte den Kanzler und berief sich darauf, daß er den Wortmeldungszettel wirklich nicht bemerkt habe. Herr von Papen warf dem Präsidenten Unkorrektheit in seiner Amtsführung vor. Dieser Lärm um nichts schwirrte hin und her, her und hin.
Resolut setzte inzwischen der Reichskanzler als Termin für die Neuwahlen den 6. November fest. Knapp vier Wochen war es bis dahin. Wieder begann die zerreibende Schlacht. Einen ›Waffenstillstand‹ bot die Sozialdemokratie den Kommunisten an. ›Einheitsfront auf dem Boden des revolutionären Klassenkampfes!‹ verlangten diese.
Da brach mit wilder Wucht der große Berliner Verkehrsarbeiterstreik aus. Alle aufgespeicherte Wut der bis zur Unerträglichkeit in ihrem Lohn gekürzten Proleten entlud sich spontan. Neben dem Kommunisten streikte der Nationalsozialist, neben dem Sozialdemokraten der Parteilose. Das gemeinsame Unterdrücktsein trieb sie zusammen. Mit einem Schlag blieben die Trambahnwagen stehen, die wenigen Omnibusse, die – mit Maschinengewehren gesichert und von Überfallautos begleitet – noch verkehrten, wurden beschossen. Steinwürfe zertrümmerten ihre Fenster, niemand wagte mehr mitzufahren, spärlicher und immer spärlicher verkehrten sie und tauchten nicht mehr auf. Die Untergrundbahn stockte.

Das Riesenräderwerk der Millionenstadt verhedderte sich und stand – stand!
Ungezählte Tausende von hastenden, verstörten Menschen übersudelten die Straßen und Plätze. Es war kein Durchkommen mehr. Alles schien sich festgelaufen zu haben. Dabei griff der Kampf immer noch weiter um sich. Müllabfuhr und Straßenreinigung arbeiteten nicht mehr. Die Gas- und Elektrizitätsproleten stellten Lohnforderungen. Generalstreik drohte. Immer schrecklicher wurde das Durcheinander. Die alarmbereite Polizei war machtlos, Regierung und Behörden wußten nicht mehr aus noch ein. Da und dort kam es schon zu Zusammenstößen. Die Stadt erstickte in Dreck und Unrat. In den Höfen der Mietshäuser standen die überfüllten Mülleimer, rund um sie türmten sich die modernden Berge der hingeschütteten Küchenabfälle.
Wie in den ersten Revolutionsjahren, wenn der Verkehr stillstand, hatte man alle Taxis und verfügbaren Autos mobilisiert. Die abenteuerlichsten Ersatzfuhrwerke sah man an den Haltestellen. Aber dort blieben sie stehen. Die Sympathie der Millionenstadt gehörte den Streikenden. Es war wie eine stille Verabredung: das werktätige Berlin ging zu Fuß.
In überstürzter Eile bewilligte man die Forderungen der Gas- und Elektrizitätsarbeiter. Sie gingen wieder in ihre Betriebe, aber der Kampf wurde nur um so verbitterter. Schüsse fielen bei den Krawallen. Das zähe Ringen ebbte nicht ab. Bereits meldeten andere Städte Sympathie- und umfängliche Teilstreiks. Ein dumpfer Schrecken blähte sich. Abermals mußten die städtischen Behörden nachgeben. Die Müllkutscher und die Straßenkehrer nahmen ihre Arbeit wieder halbwegs auf, doch der Verkehr blieb immer noch lahmgelegt.
Die bedrängte Regierung Papen wurde immer hilf- und ratloser. Ihr Ende war nur noch eine Frage von Tagen. Der revolutionäre Ansturm mußte zum Sieg führen.
Und jetzt griffen Sozialdemokratie und Gewerkschaften ein und er-

klärten den gewaltigen Kampf der Arbeiter für ›ungesetzlich‹, zogen ihre Vertrauensleute zurück und verboten ihren Mitgliedern jede Teilnahme. Auch die nationalsozialistische Parteileitung wurde über die proletarisch-revolutionären Elemente in den Reihen ihrer Bewegung nervös. Das Bürgertum rückte entschieden von ihr ab. Das mußte unter allen Umständen verhindert werden. Die nationalsozialistischen Streikteilnehmer verschwanden mehr und mehr. Mit letzter Kraft, mit einer Hartnäckigkeit ohnegleichen, kämpften die Kommunisten weiter. Sie stürmten die ausfahrenden Kraftomnibusse, sie gossen die Schienenstränge der Straßenbahnen mit Zement aus und warfen schnell hergestellte Drahtgitter auf die Schienen der Untergrundbahn, zerschnitten elektrische Leitungsdrähte und versuchten sogar da und dort Sprengungen. Die Steinbombardements und Schießereien wurden immer gefährlicher. Mit besinnungsloser Brutalität ging die Polizei gegen die Streikenden vor. Die Sozialdemokratie fand kein Wort der Empörung dagegen. Verraten und verlassen, in ohnmächtigem Grimm, verharrten die Kämpfenden, bis der Streik von selber zusammenbrach. Ungehemmt konnte die Berliner Verkehrs-AG jeden mißliebigen Streikteilnehmer maßregeln. Wie ein grotesker Hohn wirkten die papiernen Proteste der Sozialdemokratie und der Gewerkschaften dagegen. Wieder einmal hatten diese beiden Organisationen eine fast schon zerfallene Regierung, wenn auch nur für wenige Tage, gerettet.
Die beklommenen Massen der Arbeiter waren erbittert wie noch nie.
Die revolutionäre Welle stieg.
Stieg sie auch wirklich?
Der Mensch ist das fragwürdigste aller Lebewesen. Einzeln bleibt er immer feig und bequem. Nur aus Irrtum und Zufall oder in der Masse wird er manchmal zum Helden. Ohne jede persönliche Gefährdung einen Stimmzettel abzugeben, dazu gehört blutwenig Mut.

Gewiß, es verloren bei dieser Reichstagswahl die Nationalsozialisten zwei Millionen Stimmen und büßten dreiunddreißig Mandate ein, es verloren die Sozialdemokraten zehn und das Zentrum acht Sitze. Das verängstigte Bürgertum sah auf einmal in Herrn von Papen seinen einzigen und wahren ›Retter‹ und wählte regierungstreu deutschnational. Die Zahl der Abgeordneten dieser Junkerpartei stieg von siebenunddreißig auf einundfünfzig. Und rund hundert Kommunisten – zuvor waren es neunundachtzig – erhielten Mandate. Aber wenn je, so trat es diesmal mit fast vernichtender Offenheit zu Tage, daß derartige Ergebnisse jämmerliche Fiktionen sind, die für die Veränderung eines gesellschaftlichen Zustandes bedeutungslos bleiben. Wieviel anders sahen schon wieder die zu gleicher Zeit stattfindenden Kommunalwahlen in Preußen und anderwärts aus! Da kamen die Kommunisten und die Nationalsozialisten bereits wieder bedenklich ins Hintertreffen, und die vielgeschmähte Sozialdemokratie hielt sich größtenteils, ja, sie gewann sogar da und dort beträchtlich.
Und nichts, gar nichts änderte sich. Die Krise ebbte nicht ab. Furchtbarer denn je war die Arbeitslosigkeit. Alle wirtschaftlichen und politischen Experimente der Regierung verliefen im Nichts.
Mit peitschenden, kalten Regenstürmen hatte der November begonnen. Die Straßenkehrer fegten die letzten Reste der Wahlzettel und Flugblätter weg. Die naßkalten Winde heulten durch die Straßen und Gassen. Das Leben bekam wieder sein gewöhnliches, mürrisch-tristes Gesicht. Ohne Überraschung, fast mit demselben Gleichmut, mit dem man eines Morgens erwachte und den dick herniederfallenden Schneeflocken zusah, las man in der Zeitung, daß das Kabinett Papen zurückgetreten sei. Der Reichspräsident von Hindenburg hatte den General von Schleicher mit der Neubildung der Regierung beauftragt.
Gleiber, Haller, Bangler und Kaufel, der längst wieder auskurierte Kofler und Rauchleitner hockten um ihre Tarocktische. Drüben saß die Runde der Jungen: Wetterle, beständig seinen Strahlenkopf

bewegend, eigentlich uninteressiert am Spiel, aber ewig besserwisserisch plappernd; dann der SAJ-Sekretär Koller, der nie wußte, wo er seine langen Beine hinrecken sollte und ungeachtet des Gespöttes jedesmal nur eine Limonade trank; endlich Josephs Nachfolger in der Bibliothek, der kriecherische Walcher mit seinem viereckigen Gesicht und dem Stiftenkopf. Wie ein glattgeschnittenes Schnittlauchbüschel spießten seine Haare in die Höhe.
Hochegger fehlte schon lange, lange. »Den hat's schwer ... Keinen Tropfen Bier darf er mehr zu sich nehmen ... Die Nieren«, erzählte Gleiber einmal. Nur ab und zu kam das Gespräch auf ihn. Er war auch sonst kaum mehr zu sehen.
»Naja, jetzt kommt halt eine Militärdiktatur ... Ungefähr so wie im Königreich vorm Krieg, weiter gar nichts ... Das haben wir auch überstanden«, brümmelte Kofler aus dem bartlosen Gehänge seines Gesichtes und klatschte mit echter Spielerwut das grüne As auf den Tisch. »Die sticht keiner!«
»Ah, nicht einmal *so* wird's! Hat doch gesagt, der Schleicher, mit Bajonetten kann man nicht regieren ... Soweit läßt er sich ganz vernünftig an«, sagte Gleiber ebenso und warf einen schäbigen Sechser hin. »Da, tragst viel heim ...«
»Und von mir kriegst noch was Schöneres! Da! Ich gönn dir was«, murmelte Haller und gab einen Achter drauf. Während Kofler die Karten einzog, fuhr er lebhafter fort: »Der? Der Schleicher? Ich sag euch, wie sich der mit den Gewerkschaften einläßt, nur nobel ... Der Gregor Strasser scheint doch dem Hitler einen Strich durch die Rechnung zu machen ... Jaja, der Schleicher weiß, ohne uns kann er nichts machen.«
»Dumm ist der nicht ... Ein Fuchs durch und durch, aber er denkt realpolitisch«, meinte Rauchleitner vom Nebentisch herüber.
»Genosse Haller, der Hitler kriegt schon Kopfweh überm Strasser«, ließ sich der immer wichtige Wetterle vernehmen. »Absolut annehmbare Linie für uns.«
»Sicher ist er ein ehrlicher Kerl, der Strasser«, sagte Bangler.

Einige Augenblicke stockte das Spiel hüben und drüben.
Gleiber erinnerte daran, daß Leipart und Graßmann, die Vorsitzenden des Allgemeinen Gewerkschaftsbundes, in fortwährender Verbindung mit Schleicher stünden.
»Jaja, die Erklärungen, die sie rausgeben, die sind sehr geschickt ... Man merkt die gute Schulung dran«, warf Haller ein.
»Eine Loyalität auf beiden Seiten, da muß was rauskommen«, sagte Kaufel. »Ich seh da sehr hoffnungsvoll in die Zukunft.« Immer sprach er etwas gebildet. Ärgerlich war nur, daß man ihn so wenig beachtete.
»Na, nachher ist's ja noch besser ... Vielleicht macht er's Rennen, der Schleicher«, meinte Kofler nebenher und schnupfte rasselnd. Er schob Gleiber seine Dose hin, und der nahm ebenfalls eine starke Prise.
»Jetzt aber weiter, weiter ... Ich möcht mir doch heut noch mein Taxi verdienen«, trieb Haller ungeduldig.
»Das ist ein Wort!« belobigte ihn Kofler und zog einen Grünzehner.
»Der Papen jedenfalls, der hat seinen Hieb«, schloß Wetterle. »Der wird sich nicht schlecht giften, daß unsere Severing-Braun-Regierung so zäh aushält ...«
»Daß der Schleicher einen Blick hat, sieht man ... Amnestie für die Politischen hat er gemacht, die dümmsten Papen-Notverordnungen hat er aufgehoben ... Naja, auch ein General kann ausnahmsweise einmal gescheit sein«, meinte Gleiber gelassen, und als er den Zehner liegen sah, sagte er wieder ganz spielbesessen: »Naja, der hat ja alles! Mit der vollen Hosen ist leicht stinken ...«

13
Der letzte Marsch

Es läutete lang und schrill. Babette und Klara, die im warmgeheizten Wohnzimmer saßen und stopften und strickten, hoben gleichzeitig das Gesicht.
»Die Post ist das nicht. Es ist ja erst vier Uhr«, sagte Babette. »Wir müssen direkt schon Licht machen, ganz Nacht ist's schon.« Sie stand auf und knipste das Licht an. »Der Joseph sitzt ja hinten, er wird schon aufmachen«, meinte Klara ebenso und ließ die hölzernen Rouleaus an den Fenstern herunter. »Wird höchstens wieder ein Bettler oder Hausierer sein ... Den ganzen Tag geht's ...«
Die Glocke schrillte abermals. »Na?« Klara blieb unschlüssig stehen. Jetzt hörte sie Joseph auf den Gang treten und lauschte. Er öffnete die Wohnungstüre. »Jaja! Pee-ter!« vernahm sie seine Stimme. Sehr schnell brach das Wort ab. »Pschscht! Scht!« machte jemand und schien den Schnee von seinen Füßen abzustampfen.
»Komm rein! Mensch, was ist denn mit dir?« sagte Joseph wieder, und die Wohnungstür schnappte ins Schloß. Klara trat in den Gang hinaus. Mit noch zerfallenerem Gesicht, in einem viel zu großen, faltigen Mantel, um und um verschneit, stand Peter Meidler da und wußte nicht, wo er seinen nassen Hut hinlegen sollte.
»Peter! Peter!« Klara kam ihm freudig entgegen, und auch Babette tauchte in der ganz schmal geöffneten Wohnzimmertür auf.
»Pscht! Pssst!« machte Peter wiederum und sah unruhig herum. »Allein seid ihr nicht, was?« Er erhaschte Babette, und seine Stirn furchte sich geschwind. Klara nahm ihm den Hut ab. Er blieb unschlüssig stehen. Babette hatte beleidigt die Wohnzimmertür zugezogen.
»Was ist's denn?« fragte nun auch Joseph gedämpft.
»Nichts ... gar nichts! Kann ich mit euch reden? Ich such euch seit meiner Entlassung wie eine Stecknadel und ...« Peter brach wieder ab und lugte nach der Wohnungstür.

»Zieh dich nur aus ... Komm zu mir rein! Mensch! Mensch!« Joseph freute sich immer noch. Er und Klara wickelten ihn eilsam aus dem nassen Mantel und zogen ihn in Josephs Zimmer. Sofort fiel sein Blick auf das dichtverhängte Fenster, und beruhigter sagte er: »Hm, jaja, ich hab gehört ... Das wird die Schwiegermutter sein, was? Bleibt die dicht?« Klara und Joseph sahen sich kurz an.
»Ja, hm ... die? Die braucht dich weiter nicht zu stören«, meinte Joseph leichthin und forschte weiter: »Aber sag doch, wo kommst du denn her? Was ist's denn? ... Ich hab schon immer gedacht, daß du vielleicht unter die Amnestie fällst ... aber Zersetzungsarbeit bei der Reichswehr? Die sind doch alle nicht amnestiert worden?«
»Ich? Ich hab mein Jahr abgemacht ... Vor vierzehn Tagen bin ich rausgekommen«, erzählte Peter. »Vor lauter Parteiarbeit bin ich noch gar nicht dazugekommen, euch aufzusuchen ... Vor vier Tagen komm ich einmal bei eurem Haus vorbei und geh hinauf, da wohnt ganz wer andrer jetzt, und gestern sagt mir der Neubert eure neue Adresse.«
»So, der Neubert? Herrgott ja, er wollt doch ...« erinnerte sich Joseph.
»Kann ich heut nacht bei euch bleiben?« fragte Peter unvermittelt. »Die Polizei ist nämlich hinter mir her.« Unerregt sagte er es hin. Eine stumpfe Müdigkeit lag auf seinem Gesicht.
Klara und Joseph überlegten.
»Geht's?« fragte Peter wiederum. »Ich mein, es dürft's niemand wissen ...«
»Ja, hm, gehn tut's schon«, antwortete Joseph. »Jaja, Platz haben wir genug, aber wenn's keiner wissen soll?«
»Ja eben«, brummte Peter.
»Was ist denn eigentlich passiert, was denn?« erkundigte sich Joseph.
»Naja, in Berlin haben die Nazi doch gestern die Horst-Wessel-Feier gehabt, die feigen Hunde! Die ganze Polizei hat sie schützen müssen ...« berichtete Peter.

»Richtig ja! Mensch – und direkt auf dem Bülowplatz, vor dem Karl-Liebknecht-Haus! Daß sich da die Proleten nicht gerührt haben!« fiel ihm Joseph ins Wort.
»Wir haben uns schon gerührt, überall waren Gegendemonstrationen nebenher! Sogar geschossen ist worden, aber das darf doch keine Zeitung bringen«, berichtigte ihn Peter. »Auch bei uns haben wir gestern demonstriert. Ist aber schlecht aufgezogen gewesen . . . Na, und heut, wo fast ganz Berlin mit uns aufmarschiert ist, stunden- und stundenlang, da haben wir auch wieder demonstriert, und die saubere SA hat uns denunziert . . . Bei uns draußen im Westendviertel hat's sehr gut funktioniert . . . Gutding zweitausend waren wir, und keine Polizei hat was gewußt . . . Jeder hat dicht gehalten . . . Wir tauchen auf, biegen übers Eck, und da kommen die ersten zwei Schutzleut . . . Ganz überrascht haben sie geglotzt. ›Halt! Auseinandergehn! Verboten!‹ schreit der eine von den Blauen, und schon geht's an bei uns . . . Die zwei ziehn sofort blank . . . Der Frötting ist blind auf sie zu, und der Blaue haut ihm fast den Arm ab, er fällt und schreit auf, ich schwing mich auf die Seite und stell dem andern Blauen den Fuß – wupp – liegt er im Dreck, und wir nichts wie drauf auf ihn . . . Der andere Kosak ist uns ausgekommen . . . Auf und davon ist er . . . Wir hauen und treten, was geht, da rasselt schon der Überfallwagen daher . . . einer und noch einer, und – st! st! st! – fliegen die Blauen mit den Gummiknüppeln runter . . . Wen sie erwischt haben, weiß ich nicht . . . Jedenfalls der Blaue, den wir erwischt haben, ist kaputt . . . Ich bin durchgekommen, und jetzt muß ich eben schaun, daß ich morgen weiterkomm.«
Er erzählte es fast selbstverständlich, mit einer stoischen Wut.
»Tja, verdammt, wie machen wir das am besten?« überlegte Joseph. Er ging hin und her.
»Wenn's geht, ist's gut, wenn's nicht geht, naja, dann kann man nichts machen . . . Ja, wenn ich wenigstens was zum Schießen hätt, aber so? Einfach wieder ins Loch, ohne daß . . .« brummte Peter vor sich hin.

»Wart, wart! . . . Ich geh jetzt vor zur Schwiegermutter«, mischte sich Klara ein. »Ich stell alles ganz harmlos hin.« Sie schaute auf den stehenbleibenden Joseph. »Du hast einen Besuch von einem Genossen . . . Nach einer Weil gehst du weg, als wie wenn's der Peter wär, verstehst? Und nach wieder einer Weil kommst du ganz leise wieder heim . . . So geht's vielleicht . . .«
»Und morgen, das wird sich schon finden«, sagte Joseph. »Ich bring auch was zu essen mit . . . Bleib nur ruhig im Zimmer, wenn ich weg bin . . . Es kommt keiner rein.« Peter nickte. Klara ging ins Wohnzimmer nach vorne. Babette war etwas verstimmt und machte kein Hehl daraus.
»Ich hab ja soweit nichts dagegen, aber grüßen hätt er mich schon können«, murrte sie. »Einen netten Dreck wird er mir gemacht haben mit seinem nassen Zeug . . .«
»Ich wisch schon auf, wenn er weg ist«, versuchte ihr Klara begütigend beizukommen. »Mein Gott, ein Genosse vom Land ist's . . . Der Joseph hat in der Wahlzeit bei ihnen gewohnt . . . Ein bißl ein sonderbarer Konsort . . . Daß er dich nicht gegrüßt hat, war keine Absicht . . . Er fürcht' die Leut ein bißl. Naja, er kommt ja ganz selten in die Stadt rein und kennt sich nicht aus.«
Sie nahm wieder ihre Stopfarbeit auf.
»Ein Stoffel ist er trotzdem.« Babette beruhigte sich halbwegs. Sie redeten von gleichgültigen Dingen. Klara wartete gespannt. Endlich rührte sich im Gang draußen etwas. »Ich will ihm bloß adjö sagen und gleich saubermachen«, sagte sie. Babette hörte das arglose Verabschieden. Die Wohnungstür fiel zu. Klara wischte die Nässe weg, unterhielt sich mit Peter, als wäre er Joseph. Er sagte kaum ein Wort, zog die Zimmertür zu, und Klara kam mit dem freundlichsten Gesicht zu Babette.
»Hab schon weggewischt«, sagte sie und setzte sich wieder hin.
In Lottes Zimmer hockte Peter und las den Leitartikel des SPD-Blattes, dem die Nachricht vorangestellt war, daß Reichskanzler Schleicher von Hindenburg empfangen worden sei, um ihm über die

politische Lage zu berichten. Wahrscheinlich, besagte die Meldung weiter, wird der Kanzler vom Reichspräsidenten die Ermächtigung erhalten, den Reichstag aufzulösen, falls ein Mißtrauensantrag gegen das Kabinett käme. Schleicher würde dann in einer Kundgebung an das Volk den Staatsnotstand erklären und ohne Parlament regieren.

In fetten Lettern verkündete der Artikel folgenden Beschluß: ›Der Parteivorstand der Sozialdemokratischen Partei Deutschlands und der Vorstand der sozialdemokratischen Reichstagsfraktion erhebt stärksten Protest gegen den Plan der Proklamierung eines sogenannten staatlichen Notstandsrechtes. Seine Verwirklichung würde auf einen Staatsstreich hinauslaufen, der dem Volk seine verfassungsmäßigen Rechte raubte und jenen Cliquen zugute käme, die ohne Rücksicht auf die Gesamtheit und vor allem auf die Arbeiterklasse ihre Sonderinteressen vertreten und dabei die Kritik des Parlamentes zu scheuen allen Grund haben. Ein solcher Staatsstreich würde einen rechtlosen Zustand schaffen, gegen den jeder Widerstand erlaubt und geboten ist.‹ Peter lächelte kopfschüttelnd, dann wurde sein Gesicht dunkel und verbittert.

»Pharisäergesindel!« brummte er. Er las nicht mehr weiter. ›Und die Gewerkschaftsführer katzbuckeln vor Schleicher und möchten am liebsten heut alles ausliefern‹, dachte er ergrimmt. ›Schon paßt ihnen der schleimige Gregor Strasser, weil er soziale Töne schwingt ... Sie haben gar nichts dagegen, wenn ihn der Hindenburg zum preußischen Ministerpräsidenten und Vizekanzler machen würde ... Da ist wahrhaftig der Hitler noch ehrlicher ... Er hat den Strasser rausgeschmissen und macht nicht mit. Er geht aufs Ganze. Da kennt man sich wenigstens aus.‹

Durch die Wände drang sehr laut das Radio. Klara hatte den Lautsprecher aufgedreht.

›Hunde! Schurken!‹ Peter stand auf und ballte die Fäuste. Er stand einen Augenblick da wie vor einem unsichtbaren Feind. Seine müden Augen brannten.

›... jeder Widerstand erlaubt und geboten ist‹, fiel ihm ein. ›Möcht wissen wie, wenn sie die Proleten so hinters Licht führen ... Wahrscheinlich wieder zum Staatsgerichtshof laufen, wenn die andern geputscht haben ...‹

»Sie heißt Marie! Marie!
Ich bin verliebt in sie.
Es gibt nur eine,
denn so ist keine
wie die ...
Und steht Marie
am Fenster vis à vis ...«

trällerten vorne die beweglichen Stimmen der ›Comedian Harmonists‹, und auf einmal stand Joseph im Zimmer. »Warte ... einen Moment!« flüsterte er, schlüpfte schnell aus der Windjacke, schüttelte sie ab, ging auf Zehenspitzen in den Gang hinaus und hing sie an die Garderobe.
»So, Gott sei Dank! ... Mensch, die Klara? Wunderbar!« lächelte er zufrieden. »Für was so ein Lautsprecher oft gut ist.« Flüsternd unterhielten sie sich, während Peter gierig den Aufschnitt und die frischen Semmeln in sich hineinschlang.
»Hast's ja direkt hoch bourgeoisiemäßig da«, warf Peter einmal hin und streifte sich die nassen Schuhe von den Füßen. Triefend naß waren seine zerrissenen Socken und stanken nach Schweiß.
»Ja, wenn's für so was gut ist, geht's ja«, entschuldigte sich Joseph fast und holte frische Socken aus dem Schlafzimmer von nebenan. »Da.«
Es ging alles gut. Die Alten ahnten nichts. Peter lag, in Decken gewickelt, auf dem Diwan. Es war mollig warm. Noch nie hatte er so geschlafen. Er schnarchte alsbald, wachte aber nach einiger Zeit in Schweiß gebadet auf und starrte abwesend in das kohlschwarze Dunkel. Sein Mund war ausgetrocknet. Die Luft roch verbraucht. Er griff nach dem Glas Wasser, das ihm Klara hingestellt hatte, und

trank es in einem Zug aus. Die Decken waren ihm zu heiß. Er schob sie nach unten und atmete tief und erschöpft. Eine Armlänge über ihm lief ein fadendünner heller Strich durch die verstummte Finsternis. Er drückte etliche Male die Augen zu und riß sie wieder auf. Der Strich verschwand nicht. Er sah schärfer hin. Verfolgte die Linie vom Anfang bis zum Ende und landete mit seinen Blicken an der Mauer. Jetzt wurde er ganz wach. Lautlos richtete er seinen nassen, dürren Oberkörper in die Höhe und fuhr hauchzart mit dem Finger an der Wand entlang, ertastete ein ganz winziges Loch und drückte drauf. Da? – da war's mit einem Mal stockdunkel. Er hob den Finger wieder, und der Strich war wieder da. Hm?
Er preßte sein Ohr an die Wand und horchte angestrengt. Es war ihm, als höre er ein Schlurfen, dann wieder irgendein Knarzen. Er kniete sich aufs Bett, suchte wieder das Löchlein und probierte durchzuschauen. Er sah nichts als eine undeutliche, schwachverschleierte Helle. Ein Stuhl wurde gerückt, es knackte kurz und war dunkel.
Eine Tür ging leicht quietschend. Er lauschte und lauschte. Es blieb still und rabenschwarz. Lange lag er wach und rätselte in sich hinein.
Sehr früh weckte ihn Joseph. Es war noch nicht sechs Uhr. Er rieb sich die brennenden Augen aus und blinzelte ins Licht.
»Am besten ist's, du haust jetzt ab ... Die Alten schlafen noch ... Drunten ist schon offen, drück kein Treppenlicht an, es sieht dich niemand«, flüsterte Joseph. »Da, nimm die zwanzig Mark mit und steck dir das ein.« Er legte ihm einige kleine Brotpakete auf die Decke. »Was hast du denn?« Peter tastete die Wand ab. Sein Finger blieb auf dem Löchlein stehen. Er winkte Joseph wortlos.
»Was denn? Was suchst du denn? Eine Wanze?«
Peter wandte ihm das Gesicht zu und fragte hauchend: »Wer haust denn da neben euch?«
»Da? ... Ein SS-Mann! Der Scharführer Mantler«, antwortete Joseph ebenso. Immer noch lag Peters Finger auf dem Löchlein, und

sein Gesicht wurde todernst: »Mensch! . . . Da, da schau!« Joseph fixierte die Wand genauer und fand nichts Besonderes an dem unscheinbaren Loch. »Pst! Pscht!« machte Peter, sprang hastig aus dem Bett, schlüpfte in die Hosen und riß ihn ins nebenanliegende Schlafzimmer. Er schloß vorsichtig die Tür und erzählte in aller Eile. Klara reckte sich schlaftrunken aus den Kissen und begriff erst nach und nach.
»Der hat dich die ganze Zeit abgehorcht, alles«, schloß Peter. Ratlos schwiegen die drei eine Weile. »Da-das kann nur die Lotte angezettelt haben, nur die!« sagte Joseph und sah auf Klara.
»Jedenfalls, ich muß schau'n, daß ich wegkomm! . . . Kitt zu und sei vorsichtig, sehr vorsichtig, oder – vielleicht ist das noch besser – laß alles, wie es ist, und führ den Kerl an der Nase rum«, riet Peter und machte sich fertig. Währenddessen erklärte ihm Joseph verschiedene Verstecke: »Du gehst bis Haar, da steigst du – wenn einer bei dem Schnee fährt – in den Autobus bis Ebersberg, und von da aus gehst du auf der Landstraße weiter . . . In Tulling kannst du beim Moosbauern bleiben, der ist sicher, von da aus – ich hab dir da einen kleinen Plan gemacht und Adressen aufgeschrieben – dann gehst du südöstlich . . . In Weixelbaum und Halfing hab ich dir auch was notiert, in Rosenheim und Freilassing, überall sind gute Bekannte von mir.« Ein winziges Zettelchen steckte Peter unter das Schweißleder seines Hutes.
»Ich geh heut noch zur Roten Hilfe und red mit Neubert«, versprach Joseph. «Und paß auf jetzt . . . Ich geh in den Abort, du machst drüben die Zimmertür auf, die Wohnungstür hab ich schon aufgeriegelt – wenn ich die Wasserspülung zieh, gehst du schnell hinaus und ziehst langsam zu . . . Nicht schnell, ganz unauffällig über die Treppen nunter, am besten du machst kein Licht, verstehst du . . . Es trifft dich sicher niemand so früh . . . Das Haustor ist schon offen . . . Servus, mach's gut!« Sie drückten einander die Hände. Joseph schob Peter ins andere Zimmer. Kurz darauf vernahm man das gurgelnde Wasserrauschen aus dem Abort.

Peter begegnete niemand auf der Treppe. Fast menschenleer war die dunkle, verschneite Straße. Die Lichter brannten fahlgelb. Weit weg ächzte ein Milchfuhrwerk schwerfällig daher. Mit hochgeschlagenem Mantelkragen und eingezogenen Schultern, die Hände tief in die Taschen vergraben, stapfte Peter an den paar Menschen vorüber, ging und ging und ging...

Drei Tage darauf demissionierte das Kabinett Schleicher, nachdem Hindenburg dem General die Genehmigung zur Auflösung des Reichstages verweigert hatte.
Wer hatte es gestürzt?
Der ›Osthilfe‹-Skandal war ruchbar geworden. Eine vom Parlament ernannte Untersuchungskommission befaßte sich damit. Die meisten Großgrundbesitzer, die Gutsnachbarn und intimsten Freunde des Reichspräsidenten waren kompromitiert. Hunderttausende und aber Hunderttausende, Millionen von Zuschüssen aus Steuergeldern hatte jeder von ihnen ganz privat für sich verpraßt und verhurt. Da tauchten die wohlbekannten Raubritternamen derer von Oldenburg-Januschau, der Grafen Wolf und Adalbert von Keyserling-Gasterhausen, von Quast-Rabensleben, der Herren Bronsart, von Wolf und Kroek auf. Die Kette wurde immer länger. Die Zeitungsmeute bellte.
»Wa-was, der Januschauer?... Nee, nee!« polterte Hindenburg kopfschüttelnd. Sein leeres Steingesicht verfinsterte sich. Die herabsackende Unterlippe schloß sich. Es war zu peinlich: dieser, sein bester Freund war es gewesen, der ihm – dem Präsidenten des Deutschen Reiches – mit Hilfe einer Sammlung das Stammgut Neudeck anläßlich des achtzigsten Geburtstages zum Geschenk hatte machen lassen. Und jetzt kam heraus: für das Gut war damals keine Schenkungssteuer gezahlt worden, und man hatte es gleich auf den Sohn Hindenburgs, den Obersten Oskar von Hindenburg, überschrieben und damit den Staat gleich noch um die künftige Erbschaftssteuer betrogen! Und zweimal schon hatten die Junker und

Großindustriellen unterdessen gesammelt, um das Inventar und die Bauten von Neudeck zu erneuern! Und nun sammelten sie ein drittes Mal – sammelten ungeniert weiter! – um das Gut rentabler zu machen.
Der alte Generalfeldmarschall wurde mürrisch.
Der Januschauer kratzte sich knirschend. »Deiwel! Deiwel!« Auf der Stelle schickte er seine Mannen nach Berlin. Sie gingen nicht zu Schleicher, sie suchten sofort Hindenburg auf. Der Kanzler hatte doch seinerzeit in der Programmrede schüchtern etwas von den alten Brüningschen Siedlungsplänen erwähnt? Also auch irgend so ein dunkler ›Agrarbolschewist‹, was?
Die heimlichen Beherrscher Deutschlands berannten den Reichspräsidenten. Schleicher erkannte ihre Macht und die Gefahr! Er drohte mit weiteren Enthüllungen.
Und – Hindenburg entließ ihn.
»Hahahaha! Die Schwefelbande is ausjeräuchert! Unser Oller is goldrichtig!« lachte der berserkerische Januschauer krachend und trank seiner Tafelrunde zu. »Hähähä, nischt zu sagen gegen ihn! Alte deutsche Treue! . . . Nu is ausjesorgt! . . . Soll er ihn schon nehmen, den böhmisch'n Pomuchel!«
Im Reichspräsidentenpalais in Berlin tauchte wieder Herr von Papen auf und verhandelte sehr lebhaft. Der grollende Schleicher berief heimlich alle Reichswehrkommandeure zu sich. In Flugzeugen, bei Nacht und Nebel kamen sie an. Mit ihnen und einigen rheinischen Stahlmagnaten wurde ein Staatsstreich mit Hilfe der Reichswehr besprochen. Hindenburg sollte ins Truppenlager Döberitz gebracht werden, um so an der Spitze der Heeresmacht ›für Räson‹ zu sorgen.
Im ›Hotel Kaiserhof‹ hatte Hitler mit den Seinen sein Lager aufgeschlagen. Elegante Autos fuhren vor. Ihnen entstiegen Großindustrielle und Bankiers, deutschnationale Parlamentarier und Prinzen. Die Flügeltüren rauschten, die betreßten Portiers machten Bücklinge, die Journalisten lauerten, Ordonnanzen und hohe SA-

Führer flitzten gewichtig herum. Das uralte preußische Sporenklirren und Hackenzusammenschlagen wippte wieder über die dicken Teppiche. Es ging ein und aus, aus und ein. Draußen – abgeriegelt von einer starken Polizeikette – staute sich das erwartungsvolle Volk, verlangte immer wieder ungeduldig nach seinem ›Führer‹ und brach bei jeder Gelegenheit in wilde ›Heil‹-Rufe aus.

Es war früh am Vormittag. Joseph saß neben Neubert im engen, verstaubten Büro der Roten Hilfe. Draußen vor dem trüben Fenster bleichte der Tag. Die Sonne kämpfte mit dem dunstigen Himmel. Starr ragten die Hauswände empor. Auf den vorspringenden Dächern der altmodischen Erker und Verzierungen lag der angeschwärzte, gefrorene Schnee.
»Weg ist er, ob er durchkommt, fragt sich«, sagte Joseph halblaut und blickte auf die Tür. Nebenan, in einem größeren Raum, zogen Genossen frischverfaßte Flugblätter ab. »Der geht uns nie verloren ... Hätten wir lauter solche«, meinte Neubert. »In Rosenheim haben wir eine starke Gruppe ... Ich werd schauen, daß sie mit ihm Verbindung kriegt und ihm weiterhilft.« Er notierte einige Worte.
»Sag mal, wie ist's denn? ... Heut oder morgen kommt doch Hitler, was macht die KP?« erkundigte sich Joseph.
»Wir? ... Seit einer Woche verteilen unsere Genossen vor jedem Betrieb Flugblätter für den sofortigen Generalstreik ... Drinnen arbeiten die Unsrigen Tag für Tag! Reden und reden und reden ... Zum Verrücktwerden! ... Was glaubst du, die Polizei ist noch lang nicht das schlimmste! Bis sie ankommt, erwischt sie schon keinen mehr ... Aber die eigenen Proleten, die Genossen vertreiben die Unsrigen ... Die SPD-Betriebsräte hetzen und hetzen ... Es hilft alles nichts ... Raufen tun sie miteinander ... Den Gföllner-Leo hat so ein Hund von einem Betriebsrat direkt der Polizei übergeben ... Drunten beim Südwerk haben sie zwei Jugendgenossen windelweich geprügelt ... Irrsinnig! Irrsinnig!« berichtete Neubert.

»Unmöglich! . . . Ja, Mensch, das kann doch nicht sein! . . . Wart ihr denn einmal bei den Gewerkschaften, beim Haller?« fragte Joseph bestürzt.
»Ha-ha, der?!« stieß Neubert bitter heraus. »Weißt du, was der gesagt hat? Gestern war unsere Abordnung dort . . . Weißt du, was er gesagt hat? ›Ah‹, spöttelt der Schuft, ›ah, die Ehre auf einmal! Jetzt sind wir auch recht . . . Ganz gut und schön, das mit der Einheitsfront! Kein Arbeiter ist dagegen. Aber Generalstreik? Jetzt Generalstreik?! Wahnsinn! Einfach Selbstmord bei über sieben Millionen Arbeitslosen, meine Herrn! . . . Ich bin auch für Kampf, absolut! Ich bin kein feiger Reformist, nicht im geringsten, aber ich bin Realpolitiker . . . Ich sag mir – und so sagt sich die ganze Partei, und die Gewerkschaften handeln genau so – ich sag mir, wir lassen uns nicht aus der Legalität treiben . . . Wenn Hitler legal zur Macht kommt, gut . . . Wir stehn da! . . . Meine Herren, das ist mein Auftrag, mehr kann ich nicht . . . Daß sich die Arbeiterschaft unnütz verbluten soll, nein, das kann keiner von uns verantworten . . .‹ Das hat er gesagt!«
Joseph wurde blaß. Den kalten Schweiß trieb es ihm aus dem Hirn.
»Und bei der Partei, bei Gleiber? Wart ihr da auch?« fragte er weiter.
»Oja, der feine Herr hat sich überhaupt nicht sprechen lassen . . . Und unsre paar Leute beim Reichsbanner hat man niedergeschrien . . . So steht's«, schloß Neubert. Sein stoppeliges, ausgemergeltes Gesicht erstarrte zu einem fast wehmütigen Grinsen. Abwesend blickte er ins Leere.
»Mensch, das geht doch nicht! Da-das . . . Ich geh zu Haller, zu Gleiber und geh zur Reichsbannerleitung! Das ist ja Selbstmord! Wahnsinn!« brach Joseph aus sich heraus. Neubert nickte nur mechanisch und sagte: »Gut, geh . . . Versuch's!«
Joseph rannte durch die Straßen wie durch eine schwimmende Unwirklichkeit. Totenbleich kam er ins Büro der Reichsbannerleitung, die sich im Gewerkschaftshaus befand. Der dunkelhäutige

Kreisleiter Bangler, der Ortsvorstand Mögler mit seinem gutartigen Schnurrbartgesicht und dieser altgewordene Schmierenkomödiant mit seiner Lavallierkrawatte, der Gausekretär Kaufel, saßen bei ihrer gewohnten Arbeit. Kaufel konnte Joseph nicht riechen, weil er ihn stets nur wenig beachtete und nie ein Wort über seine Festgedichte sagte. Er strich sein langes, graumeliertes Haar nach hinten und fragte den so unvermittelt Hereinstürzenden ziemlich kühl: »Na, bitte?«
»Hitler kommt heut oder morgen an die Macht!« rief Joseph ohne Gruß und fragte hastig weiter: »Hat man überlegt, was dann geschieht? . . . Was macht das Reichsbanner? Widerstand?« Die drei sahen ihn fast erstaunt an.
»Bayern ist nicht Preußen«, meinte Mögler und verschränkte seine muskulösen Arme.
»Die Regierung Held ist augenblicklich der stärkste Wall gegen die Braunen«, sagte Bangler ebenso, stand auf und ging herum. Er reckte sich. »Das Reichsbanner ist selbstredend alarmbereit, auf das kannst du dich verlassen.« Er war schließlich nur Soldat, der nach den Weisungen von oben handelte.
»Die Kommunisten waren doch bei euch?« fragte Joseph. Wieder blickten alle drei auf ihn. Noch baffer wurden sie.
»Du kommst wohl von ihnen, was? . . . Na, dann weißt du ja alles . . . Wir richten uns einzig und allein nach der Partei!« rief Bangler.
Kaufel sprang ein: »Genosse Hochegger! Was wir zu tun haben, wissen wir. Wir stellen unsern Mann auch ohne die geeichten Übermarxisten, die Kommunisten . . . Jeder einzelne weiß, was er zu tun hat . . . Aber ich glaub, es ist besser, du gehst zu Gleiber. Da erfährst du vielleicht was.«
»Jaja, geh zu Gleiber! Zu Gleiber«, stimmten die anderen mit ein, als wollten sie ihn loshaben. Grußlos, wie er gekommen war, ging Joseph davon.
»Hm, er möcht wohl am liebsten, daß wir unsere Leute für die Kommunisten ins Feuer schicken . . . Ich kenn ihn«, murmelte Kaufel.

Joseph schwang sich auf die schon fahrende Straßenbahn und kam erschüttert im Parteihaus an. Gleiber, hieß es, verhandle mit Regierung und Polizei. Rauchleitner vertrat seine Stelle. »Ja, hm . . . Politisch ist die Sache so: solang die süddeutschen Regierungen gegen Hitler sind . . .« wollte der sich ausbreiten. Joseph hingegen wurde dringlicher.
»Jetzt müssen wir doch mit den Kommunisten gehn! Wir müssen einfach, wir können nicht mehr anders! . . . Selbst wenn der Generalstreik zusammenbricht! Wenigstens haben wir dann bewiesen, daß . . .« rief er fast beschwörend. Er bettelte, als ging's um seine eigene Sache.
Er zitterte am ganzen Körper.
»Aber! Aber, Genosse Hochegger«, unterbrach ihn der kleine Mann und redete ihn nieder. »Jetzt Generalstreik? Jetzt?! Wo uns die Staatsregierung und die Polizei eher unterstützen als hindern! Wo wir gesichert sind! Wir? In Bayern? Das ist doch reines Vabanque-Spiel von den Kommunisten! Dazu gibt sich doch kein Arbeiter her! . . . Generalstreik bei *der* Arbeitslosenziffer! . . . Die Kommunisten wissen ganz genau, daß das ein totgeborenes Kind wär . . . Und bloß aus Prestigegründen, nein! Nein, das können Partei und Gewerkschaften nicht verantworten, das geht nicht! . . . Du hast's ja gehört beim Reichsbanner . . . Und Haller? Da brauchst du gar nicht hingehn . . . Die Gewerkschaften lassen sich absolut nicht drauf ein . . . Es wär die größte Dummheit.«
»Ich versteh das nicht . . . Ich versteh das einfach nicht.« Joseph schüttelte beharrlich den Kopf.
»Was anderes ist's natürlich, wenn die Kommunisten von selber losgehn«, meinte Rauchleitner und zog die Achseln hoch. »Dann kann vielleicht sein, daß wir mitgehn.« Josephs Augen funkelten auf. Er beherrschte sich nur schwer.
»Wie neunzehnhundertachtzehn! . . . Und dann?«
»Aber Genosse Hochegger! Neunzehnhundertachtzehn? . . . Das war doch eine ganz, ganz andere Situation! Ganz was anderes!«

sagte Rauchleitner geschwind. »Ich bin der letzte, der sich gegen den Kampf sträubt...«

Joseph sagte nichts mehr. Er sah den kleinen Mann nur lang und stumm an. Dem schien das ungemütlich. »Na, wenn wir in der Parteileitung auch immer gleich den Kopf so verlieren wollten!« meinte er wie vorhin.

»Wenn sie uns dutzendweise abschlachten, Genosse Rauchleitner, dann sehn wir uns wieder«, warf Joseph düster hin und ging. Er suchte Haller nicht mehr auf.

Die Sonne hatte sich aus dem Dunst geschält. Klar und warm fiel sie in die mittäglich belebten Straßenschächte. Von den Dächern tropfte der Schnee. Merkwürdig verstummte Menschengruppen sammelten sich um gelbe Telegrammanschläge. Herausfordernd spazierten volluniformierte SA- und SS-Trupps von sechs bis zwölf Mann durch das Publikum. Die meisten Menschen gingen mit scheuen Blicken an ihnen vorüber. Ab und zu blieb so ein Trupp vor einem Passanten stehen. Die SA-Männer maßen den Zivilisten von unten bis oben, von oben bis unten, und dann ging der Mann geduckt weiter. Er bog um eine Hausecke und beschleunigte seine Schritte. Nervös patrouillierten die verstärkten Polizeistreifen. Da und dort wurde ein Jude vom Trottoir hinuntergestoßen. Er gab keinen Laut von sich, starrte nur hilflos auf, griff nach seinem Hut und ging über die Straße.

»Haut's es nieder, die fette Judensau! Nieder!« plärrten Passanten. Die Schutzleute rannten herbei. Der Jude verschwand im Gewühl. Ordinäre Flüche flogen ihm nach, und »Heil! Heil Hitler!« kläffte es breit aus dem Gemeng.

Joseph sah nicht auf die Telegramme. Er wußte es: Hitler war Reichskanzler.

Und niemand bäumte sich dagegen auf! Niemand griff an! Er schluckte. Das Weinen stand ihm auf der Gurgel. Er konnte nicht nach Hause gehen. Er wanderte und wanderte plan- und ziellos durch die Straßen. Manchmal hörte er von weitem ein wüstes Ge-

schrei, und die Leute rannten nach einer Richtung. Irgendwo hatte man ein Schaufenster eingeschlagen oder einen Menschen verprügelt. Er spürte keinen Hunger. Er ging und ging und merkte kaum, daß es dunkler und dunkler wurde. Aus verschiedenen Wirtshäusern drang der Gesang von grölenden Stimmen, wurde von kommandoscharfen Rufen unterbrochen.
»Heil – Hitler! Deutsch- land er- wache! Heil!« bellte es schmetternd auf, und das Grölen hub wieder an.
Gelb fiel das Licht der Gaslaternen herab, überstrahlte hin und wieder eine Litfaßsäule oder Plakatwand. Grellfarbige Zeichnungen gaukelten im Schein, und Riesenlettern reihten sich aneinander: ›Jeden Mittwoch und Samstag in sämtlichen Räumen – große Redoute!‹ – ›Venezianische Nacht!‹ – ›Bal paré!‹ – ›Letztes großes Künstlerfest der Kunstakademie!‹
Ganz weit weg krachte ein Schuß. Joseph hob den Kopf, spähte herum und lauschte gespannt. Es blieb still. Nur die Wirtshäuser waren gefüllt. Er gab sich endlich einen Ruck und ging heim. Es mußte schon spät sein.
Klara kam ihm auf dem Gang entgegen, als er die Türe zuzog.
»Endlich! Endlich! . . . Ich hab dich überall gesucht!«
Sie sank an seine Brust, faßte sich aber schnell wieder und erzählte hastig: »Stell dir vor, die Alten sind weg! . . . Einfach fort, weg! Da . . .« Sie gab ihm einen Briefbogen. Die eilig hingeworfenen Sätze lauteten:
›Liebe Kinder! Lebt wohl, seid uns nicht böse. Wir sind weg. Geld liegt im Schreibtisch, der Schlüssel dazu im Apothekerkästchen. Gebt bald Nachricht. Löst, bitte, die Wohnung auf und kommt nach, wenn wir schreiben – Vater und Mutter.‹
›Fahrt auch recht bald weg – Babette‹, war noch hingekritzelt.
Wortlos sah Joseph auf Klara. Eine Traurigkeit stieg in ihm auf.
»Hmhm . . . Wie der Severing, wie alle«, lächelte er beinahe wehmütig.
»Ich bin so um ein Uhr weg und hab dich gesucht . . . So um sieben

oder halb acht bin ich wieder heimgekommen ... Ich denk mir schon, daß so fest zugesperrt ist, geh rein und in die Küche ... Nichts ist angerührt ... Ich ruf, es gibt keiner an ... Ich geh rum, alles ist leer ... leer! Ich wart und wart, sie kommen nicht mehr«, berichtete Klara.

»Und das war einmal ein Prolet wie wir«, murmelte Joseph wie für sich. »Wie wir ...«

Sie tappten durch die verlassenen Räume. Ein muffiger Geruch nach kaltem Zigarrenrauch lag im Wohnzimmer. Die Fenster waren dicht verschlossen und verhängt. Das Feuer war ausgegangen. Da und dort lag ein zerknülltes Stück Papier oder ein Bindfaden. Im Schlafzimmer sah es weit unordentlicher aus. Weit aufgerissen waren die Schränke, die Leibwäsche und Kleider zum großen Teil herausgenommen, liegengelassene Kleinigkeiten bedeckten den Boden, und unangerührt standen die Betten da. Auch hier waren die Holz-Rouleaus heruntergezogen und die Fenster verhängt.

Joseph ließ sich auf Babettes Stuhl vor dem runden Toilettenspiegel fallen und streckte seine nassen Beine gradaus.

»Das Sattwerden, Mensch, – das Sattsein ist das Furchtbarste!« sagte er dumpf. Er hob ein hingefallenes Seidentaschentuch Babettes auf und zerriß es langsam. Er fragte nicht, wohin sich die Alten gewendet haben mochten.

»Soll das nun der Lauf der Welt sein? ... Nein!« Er erhob sich und sah wieder auf die schweigende Klara. Er reckte sich ein wenig, und auf einmal umschlang er seine junge Frau wie überwältigt und küßte sie. »Hoffentlich werden wir nie so, nie!« Lange war er nicht mehr so zärtlich gewesen. Ihre Augen wurden ein bißchen feucht, aber sie lächelte.

»Vielleicht«, meinte sie, »vielleicht ist der Peter doch durchgekommen ...«

14
Die deutsche Nacht beginnt...

Am anderen Tag zitierte die gesamte sozialdemokratische Presse einen heftigen Angriffsartikel auf die Regierung Hitler aus dem Zentralorgan der Partei, dem Berliner ›Vorwärts‹:

›*Die Herren erklären, sie stehen auf dem Boden der Legalität. Wir nehmen diese Erklärung ohne Vertrauen zur Kenntnis und denken nicht daran, uns vom Boden der Legalität abdrängen zu lassen. Wenn er verlassen werden soll: meine Herren, nach Ihnen! Wir wollen aber versuchen, Sie schon vorher davon zu überzeugen, daß Ihnen dieses Experiment verdammt schlecht bekommen würde. Das Mittel der Arbeitseinstellung ist ein legales Mittel. Seine Anwendung zur Abwehr eines Angriffes auf die Freiheitsrechte des Volkes, auf die sozialen und politischen Rechte der Arbeiterklasse, ist hundertmal gerechtfertigt. Aber taktische Vernunft rät, mit ihm hauszuhalten, damit ein entscheidender Augenblick nicht eine abgekämpfte Arbeiterschaft finde. Sehr bald kann alles anders sein – in Zeiten wie den jetzigen ändern sich die Verhältnisse und die Taktik sehr schnell! Heute Generalstreik machen, hieße die Munition der Arbeiterklasse zwecklos in die leere Luft verschießen!*‹

Joseph und Klara gingen auf die Straße. Den ganzen Tag streiften sie herum, nur um nicht allein zu sein. Sie machten es wie alle. Kein Mensch hatte noch Sinn für das Nächstliegende. Man trieb einfach dahin, traf Bekannte, die ebenso herumgingen, sah einander in die Augen, lief einer Zusammenrottung entgegen, reckte den Hals, raunte einander Gerüchte ins Ohr und kam nicht zur Ruhe. Und nachts fand von diesen Verratenen und schon halb Besiegten niemand den Schlaf. Auf der Treppe ging jemand. Durch die Wand drang irgendein Lärm. Man lauschte bedrückt, hielt den Atem an – die Schritte auf der Treppe kamen näher – jetzt! Man griff zum Browning oder zum Messer. Stand da nicht wer vor der Tür? Gleich

wird es klopfen, läuten, hämmern! Schließlich waren es doch wieder nur die weitertappenden Schritte, und man sank schwer in die Kissen. Das wiederholte sich immer und immer wieder. Tausend Gedanken wurden gedacht. Schrecknisse wurden lebendig. Das Herz hörte zu schlagen auf, wenn einem all die Möglichkeiten einfielen, wenn man überlegte, was noch – jetzt gleich – morgen – übermorgen gemacht werden könnte. Und dann zerfloß alles wieder in einer lähmenden Vergeblichkeit. Das Grauen brütete im Dunkel, in das die offenen Augen wehrlos starrten ...
Tags darauf löste die Regierung Hitler – es hatte deswegen mit den deutschnationalen Mitgliedern innerhalb des Kabinetts schwere Auseinandersetzungen gegeben – den Reichstag auf und setzte Neuwahlen für den 5. März an. Der deutschnationale Wirtschaftsminister Hugenberg durfte für dieses Zugeständnis seinen ›Vollstreckungsschutz für die Landwirtschaft‹ in Kraft setzen. Kein Bauer konnte mehr gepfändet, kein verschuldeter Hof durfte mehr zwangsversteigert werden. Die Junker waren zufrieden. Die kleinen Bauern wurden hitlerbegeistert und freuten sich. Sie fuhren in die Städte, um Einkäufe zu machen.
»Schreibst es zu dem andern dazu«, sagten sie zu ihrem altgewohnten Lieferanten. »Was? Nein-nein! Das geht jetzt nicht mehr! Da bin ich bloß der Lackierte«, weigerte sich der Mann und blieb unerbittlich. »Nur wer Bargeld hat, kriegt was! Ich darf ja nicht einmal pfänden lassen!« Verdutzt und mürrisch fuhren die Bauern mit dem leeren Wagen heim. Aber – ha! – bald mußte Geld eingehen! Neue Zollerhöhungen auf Gemüse, Fett, Fisch, Fleisch und Holz waren in Kraft getreten.
»Ja, Sie, das sind doch die gemeinsten Schwindler ... Meine Kundschaft kann sich doch kein Bröckl Schmalz mehr leisten. Die räubern uns ja ganz aus! Die ruinieren jeden! ... Ich weiß nicht mehr, wie ich da noch G'schäft machen soll!« sagte die Frau Schwinglinger zu Klara. »Es hat doch immer geheißen, wann der Hitler kommt, wird alles billiger ... Da hinten bei uns wohnt der Metzler ... Seine

Frau geht ins Putzen, und er hat schon seit einem Jahr keine Arbeit nimmer . . . Fünf Kinder sind da! Ich sag Ihnen, nicht einmal ein Stückl Brot, keinen halben Liter übrige Milch können sich die Leutln kaufen . . . Halbverhungert sind die Kinder, und stehl'n tun's wie die Ratz'n . . . Naja, kann man's ihnen verdenken? . . . Direkte Wucherer regieren uns jetzt!«
»Und vor zwei Jahren, da haben Sie noch Hitler gewählt.« Klara lächelte spöttisch. Die aufgebrachte Krämerin wurde flüchtig rot.
»Jaja, damals! Aber seitdem alleweil kommunistisch!« suchte sie sich zu verteidigen und wurde vertraulicher. »Das heißt, ich will Ihnen was sagen, Frau Klara . . . wir haben eigentlich bloß aus Wut gegen das G'fries, den Mantler, der wo uns soviel schuldig blieben ist, kommunistisch gewählt! Und wegen dem Metzger von nebenan, dem feinen Herrn, der wo alles im Kaufhaus kauft und uns kleine Leut nicht mitkommen läßt . . . Jetzt hat er zahlen müssen, der Mantler, weil ihn mein Mann verklagt hat, aber fragen S' nicht, was der für eine Wut hat auf uns . . .« Sie richtete sich ein wenig auf und sagte fester: »Bis jetzt, ja, nur aus Wut . . . Aber jetzt glauben wir schon bald, daß wirklich bloß der Kommunismus aus dem Schlamassl raushilft!«
»Genossin Schwinglinger, sind S' still . . . Adjee!« sagte Klara. Die halbtaube Logisfrau Mantlers kam in den Laden.
Der Minister Goering säuberte die gesamte Polizei von Republikanern und setzte erprobte Nationalsozialisten an ihre Stelle. Viele Femëmorder kamen zu einem ergiebigen Rang. Ein Gesetz ›zum Schutze des deutschen Volkes‹ – von Hindenburg genehmigt – wurde erlassen. Am dritten Tag nach der Wahlausschreibung wurden der ›Vorwärts‹ und alle sozialdemokratischen Blätter, die den erwähnten Artikel gebracht hatten, auf drei Tage verboten. Bald darauf durfte das Zentralorgan vierzehn Tage nicht mehr erscheinen. Die braune Partei aber, gestern noch bankrott, war nun praktisch die Staatsmacht und hatte Geld! Das ›Karl-Liebknecht-Haus‹ wurde abermals polizeilich besetzt, alles Wahlmaterial der Kom-

munisten wurde beschlagnahmt. Ihre Zeitungen konnten nur unter größten Schwierigkeiten herausgebracht werden. Mit einer Selbstaufopferung ohnegleichen, beständig gehetzt und bedroht, ohne Geld, ohne Essen, ohne Bleibe – so riefen die kommunistischen Funktionäre eine waffenlose Arbeiterschaft zum Widerstand auf. In manchen Dörfern hatten sich die braunen Banden regelrecht einquartiert und ›säuberten‹ nach eigenem Gutdünken. Keine gegnerische Versammlung ließen sie zu. Ein Mensch, der kein Hakenkreuz trug, war nur mehr wert, zertreten zu werden. Das bringt keine Anhänger, das züchtet nur Feinde, wenn auch nur zitternde, versteckte, aber um so verbissenere. Die Gerissensten unter Hitlers Leuten erkannten das.

In jenen Tagen hielten der Stabsleiter der SA Roehm und seine Freunde Heines und Ernst mit zehn ausgesuchten Sturmmännern eine geheime Sitzung ab. »Na, Jung's! Mal herhören!« fingen sie zu reden an: »Wenn Rotmord siegt, hängt man uns dutzend- und hundertweise, vastanden! Schwört mal erst, legt den Eid ab! Wer ein Wort, das hier fällt, verrät, muß weg, vastand'n?« Die zehn Leute hoben ihre Hände und schworen. ». . . na also, die Quatschbude muß brennen, vastanden? Nur so kriegen wir das Kommunistengesindel in die Zange!« schloß Roehm. Da stand ein Mann namens Lobike auf, bleich und ein wenig zitternd. »Melde gehorsamst, ich kann das mit meinem Gewissen nicht vereinbaren!« sagte er strammstehend. Alle schwiegen. Roehm, Heines und Ernst sagten gleicherzeit: »Abtreten!« Der Mann trat durch die Tür und ward nie wieder gesehen . . .

»Nieder mit Hitler! Generalstreik!« dröhnte es durch die Riesenversammlung der Kommunisten. Der Reichsbannerführer gab die Parole: »Lieber tot als Sklav!« Ebenso donnerten Otto Wels, Loebe, Künstler, Gleiber und Rauchleitner. Tausende hoben kampfbereit die Fäuste. Und erschöpfte, völlig heisere Kommunisten, SAPler und Sozialdemokraten hockten zu acht, zu zwölf in irgendeinem versteckten Lokal beisammen, in einer Wohnung oder draußen vor

den Städten, nachts in einer verborgenen Waldlichtung. »Wir wollen ja, Genossen! Alle wollen die Arbeit niederlegen! . . . Auch Sabotageakte, jawohl, jawohl! Aber was denn anfangen? Wie denn? Wenn die Gewerkschaft einfach nein sagt? . . . Totschlagen! Jawohl totschlagen, diese Bonzen, das wär das einzige!« sagten die ergrimmten Betriebsarbeiter. Jeder einzelne von ihnen agitierte in seinem Werk, redete und redete – und dann kam der Betriebsrat und beteuerte: »Genossen! Kameraden, auch ich denk so! Ganz gewiß, aber wenn wir keine Parole haben, wenn das nicht zentral gemacht wird – wir alle verbluten uns.«
»Alles zu seiner Zeit! Den Schlag sparen wir uns für zuletzt auf!« erklärte Haller ruhig. Und so wiederholten es alle lokalen Gewerkschaftsführer.
Konnten sie denn wissen, daß die Vorstände des Allgemeinen Deutschen Gewerkschaftsbundes schon seit Schleicher ganz anders dachten, daß diese Herren Graßmann und Leipart bereits ein Dokument hergestellt hatten, in dem es hieß:

›*Die Gewerkschaften sind durchaus bereit, auch über das Gebiet der Lohn- und Arbeitsbedingungen hinaus, dauernd mit den Unternehmerorganisationen zusammenzuwirken. Eine staatliche Aufsicht über solche Gemeinschaftsarbeit kann durchaus förderlich sein, ihren Wert nur erhöhen und ihre Durchführung erleichtern. Eine wahre Gewerkschaft muß . . . von den politischen Parteien unabhängig sein.*‹

Die Nationalsozialisten bereiteten ihren ›letzten Schlag‹ anders vor. Wo immer sich ihre Gegner versammelten, schlugen sie zu.

›*Das Haus der kommunistischen Zeitung ‚Klassenkampf‘ in Eisleben wurde zerstört. Alle Fensterscheiben sind eingeschlagen, das ganze Mobiliar zertrümmert. In der dahinter liegenden Turnhalle der kommunistischen Sportorganisationen bietet sich dasselbe Bild. In den Krankenhäusern liegen achtzehn Kommunisten, dar-*

unter sieben Schwerverletzte. Der kommunistische Stadtverordnete Koenen hat eine schwere Kopf- und Augenverletzung davongetragen; eine Hand mußte ihm amputiert werden. Die Nationalsozialisten behaupteten, es sei aus dem Gebäude geschossen worden. Die Behauptung ist nachweislich unwahr und erst nachträglich aufgestellt worden, um die Untaten der Nazi zu beschönigen. In Wirklichkeit hat sich der Überfall so abgespielt, daß die SA eindrang, die wenigen männlichen Erwachsenen niederschlug, die ganze Einrichtung zertrümmerte, während die Kinder und Frauen zitternd, in einer Ecke zusammengedrängt, dem Wüten der SA zusahen. Das Kommando der städtischen Polizei hat bisher den festen Willen zur Objektivität gezeigt. Inzwischen wurde aber der Kommandant beurlaubt und die ganze Polizei des Regierungsbezirkes von oben her gründlich ‚gereinigt'.‹

›Gestern nachmittag sollte hier im Gewerkschaftshaus eine Versammlung der Eisernen Front stattfinden. Der Saal war übervoll. Der Redner hatte kaum begonnen, als etwa siebzig Nationalsozialisten ohne Parteiabzeichen, die sich in die Versammlung eingeschlichen hatten, von den vorderen Plätzen aufsprangen und nach dem Kommando ‚Saal räumen!' mit Stahlruten und Gummiknütteln auf die Versammelten losschlugen. Im gleichen Augenblick drangen etwa hundert Mann von außen in den Saal. Eine furchtbare Schlacht begann. Zahlreiche Personen wurden niedergeschlagen, mehrere Frauen sprangen aus dem Fenster, stürzten auf ein Glasdach und zogen sich schwere Schnittwunden zu. Man zählt siebzig bis achtzig Verletzte, unter ihnen zahlreiche Schwerverletzte.‹

Hundertfach, tausendfach wiederholen sich solche Schreckensnachrichten in der republikanischen Presse. Der Mord von Potempa – jetzt war er das Alltägliche. »Es ist wie im Dreißigjährigen Krieg. Raub, Schändung und Mordbrennerei!« schrie ein empörter Pfarrer von der Kanzel herab. Am andern Tag schlugen ihn Unbekannte nieder, und als er heimkam, waren sämtliche Fensterscheiben seines Hauses eingeworfen. ›Nur ein kleiner Denkzettel für dein vorlautes Schnutchen!‹ stand auf einem um einen Stein gebundenen Zettel.

Und fand man einen Toten mit eingetretenem Kopf und zerhauenen Gliedern, und blieben Dutzende von schwerverletzten Antifaschisten liegen – was schrieb die hitlerfreundliche Presse? Was erklärte die Regierung? – ›Rotmord wütet!‹ – ›Der Bolschewismus droht!‹

In Dortmund bellte der morphiumsüchtige Goering, Präsident des Reichstags: »Die Schuld, die meine Beamten verüben, ist meine Schuld! Wenn sie schießen, dann ist das meine Kugel gewesen! Man schwätzt von zweierlei Recht. Jawohl, ich kenne nur zweierlei Menschen!«

An einem Abend brannte das Gebäude des deutschen Reichstags. Vom Erdgeschoß bis zur Kuppel schlugen die Flammen.

Und unausgesetzt, die ganze Nacht hindurch, den anderen Tag und durch die ganze Woche verkündeten die Extrablätter, schmetterte der amtliche Rundfunk, beschwor die Regierung: ›Die Kommunisten haben den Reichstag angezündet!‹

Ein holländischer Maurer namens Marinus van der Lubbe wurde, als er aus dem brennenden Reichstag herauslaufen wollte, von der Polizei festgenommen. Nur Hemd und Hose trug er, aber er hatte das Mitgliedsbuch der Kommunistischen Partei Hollands bei sich!

An der Brandstelle sprach Adolf Hitler die verräterischen Worte: »Das ist ein von Gott gegebenes Zeichen! Niemand wird uns nun daran hindern, die Kommunisten mit eiserner Faust zu vernichten!« Die deutschnationalen Regierungsmitglieder hörten es und sahen einander beklommen an. »Überrumpelt! Übertölpelt«, murmelte einer ganz leise. »Damit würgt er uns alle ab.«

Es war nur noch eine knappe Woche bis zur Wahl, trotzdem weilten in dieser Nacht alle erprobten nationalsozialistischen Fememörder und Führer in Berlin. Keiner hatte Auftrag, in Versammlungen zu sprechen. Alsbald versammelten sie sich alle vor dem brennenden Reichstagsgebäude.

Und zur gleichen Stunde, da ihr Führer drohte, rasten vollbesetzte Polizeiautos, Motorrad- und SA-Stürme durch die aufgeschreckte nächtliche Riesenstadt. Ihre Aktionsleiter hatten genaue Namenslisten und amtlich angefertigte, bereits mit Photographien versehene, gestempelte und unterzeichnete Haftbefehle bei sich und nahmen alle kommunistischen Abgeordneten fest, die sie zu Hause antrafen, rissen linke Schriftsteller, Ärzte und Rechtsanwälte aus ihren Betten und schleppten sie in das Polizeigebäude am Alexanderplatz. Jetzt wurden auch das Haus des ›Vorwärts‹ und alle anderen Arbeiterdruckereien besetzt. Die kommunistische und sozialdemokratische Presse der Hauptstadt und der gesamten Provinz erschienen am anderen Tag nicht mehr.
Noch in der Brandnacht unterzeichnete der Reichspräsident von Hindenburg jenes Blutgesetz ›zum Schutze von Volk und Staat‹, das für den leisesten Widerstand gegen das Regime die Todesstrafe androhte, und Goering erläuterte es mit einem verschärften ›Schießerlaß‹.
»Ah, Sie, fein!« empfing die Frau Schwinglinger Klara am anderen Morgen. »Die Kommunisten haben den Reichstag anbrennt! Jetzt kracht's! ... Ich sag ja, bloß der Kommunismus is was wert!« Gedämpft und hastig stieß sie es heraus. Ihre Backen waren verheißungsvoll rot.
»Was? Auch *Sie* glauben das? *Sie?* Das ist doch der aufgelegte Schwindel!« erklärte ihr Klara beinahe entsetzt. Das waren doch die Nazi selber! Nur sie und keine anderen, damit sie gegen uns Rote vorgehen können!«
Frau Schwinglinger sah sie groß an. Ihr Mund blieb offen stehen.
»Was? ... Die Nazi? Die selber?« brachte sie endlich heraus. »Hm! ... Hm, dann ist's aus! Jeder Mensch glaubt doch, die Kommunisten sind's ...«
Klara drehte sich wortlos um und ging aus dem Laden. Frau Schwinglinger blieb stehen und stehen.
»Hm, jetzt ist alles verloren ... Jetzt bringen sie jeden um«, mur-

melte sie. »Jeden . . .« Ihr einfältiger Mann kam herein, stellte eine Kiste Fadennudeln ab und öffnete sie mit Hammer und Stemmeisen. Sie sagte nichts. Sie stand und stand noch eine gute Weile.
»Zerstampft den Kommunismus! Zerschmettert die Sozialdemokratie!« predigte Dr. Joseph Goebbels.
Kein bekannter klassenbewußter Arbeiter wußte am Morgen, ob er abends noch leben würde. Die niedrigste private Rachsucht wütete. Jeder hatte Furcht vor jedem.
Die deutsche Nacht begann . . .

15
Kapitulation

Dieser Brief erzählt die letzten Erlebnisse von Joseph und Klara Hochegger auf deutschem Boden:
›Bei uns in Bayern hat die Polizei die Nazi bis nach der Wahl ziemlich in Schach gehalten, das weißt Du ja.
Meine letzte Tätigkeit war eine einzige Hetze von Versammlung zu Versammlung, und alle waren überfüllt, meistens schon lang vorher polizeilich gesperrt. Nie war die Stimmung höher, nie die Begeisterung zum Kampf reger. Auch Klara hat es nicht mehr ausgehalten daheim. Wir haben uns ungefähr Mitte Februar voneinander getrennt und sind, glaube ich, im ganzen noch viermal zusammengekommen. Sie hat fast jeden Tag bei den kommunistischen Frauen gesprochen, hat Flugzettel verteilt und ist nachts mit den Klebekolonnen mit. Unsere Krämerin, die Frau Schwinglinger, hat sie schon immer gewarnt, sie soll vorsichtig sein, aber sie hat nicht darauf geachtet. In unserer Wohnung haben fast Nacht für Nacht verfolgte Genossen geschlafen, der Neubert, der Beutelhofer, der Leimler und der Leinhart. Sie wußten, wie riskant es war wegen dem Mantler nebenan, aber sie haben zu Klara immer gesagt: ‚Nur einmal wieder eine Nacht schlafen. Wird schon nichts passieren.'
Es ist ja soweit auch alles gut gegangen bis zuletzt.
Ich wurde von der Partei überall eingesetzt. Ich sagte mir, vielleicht kann ich gerade jetzt am meisten für die Einheitsfront tun. Ich habe auch immer frei von der Leber weg gesprochen, die Sektionsleiter und die ganz Oberen brummten, aber die Proleten waren auf meiner Seite und wollten von dieser Gesellschaft schon lang nichts mehr wissen. Überall in meinen Versammlungen verbrüderten sich die Kommunisten mit uns. Der Sturm der Begeisterung riß mich fort. Ich habe schon das Empfinden gehabt, daß wir einen dunklen Weg vor uns haben, und wollte den Genossen auch nichts mehr vormachen. Die Massen begriffen auch. Ich hoffte auf einen letzten ver-

zweifelten Widerstand, und weil ich annahm, daß die Schufo dabei in erster Linie zu kämpfen hatte, so rechnete ich damit, daß mein Leben nicht mehr allzulang dauern werde. Einmal ging ich zu Rauchleitner und fragte ihn, ob denn die Partei mit einem Kampf rechnet. Gleiber war nie anzutreffen. Er verhandelte fortgesetzt mit dem Vorsitzenden der Regierungspartei und mit der bayrischen Regierung selber, und natürlich hatte er auch viele Versammlungen. Rauchleitner meinte bei dem erwähnten Gespräch, daß unsere Partei wohl nicht das Signal gebe, daß man aber von den Kommunisten erwarte, sie würden im Ruhrgebiet beginnen, und dann würden wir selbstverständlich mitmachen müssen.

Meine letzte und herrlichste Versammlung habe ich zwei Tage vor der Wahl gehabt. Eine halbe Stunde vorher konnte schon kein Mensch mehr herein, und die Parallelversammlung war ebenfalls polizeilich gesperrt. Ich habe damals all meine Kraft in meine Rede hineingelegt und versäumte nicht, von einem möglichen Ende was zu sagen. Der Jubel und Kampfgeist waren trotzdem übermächtig. Nach mir sprach noch der Genosse Breitscheid. Er war unverhofft aus Berlin eingetroffen und gab bereits die Schlacht für verloren. Er konnte auch mit der Stimme nicht mehr heraus, ein kranker Mann. Wir aber glaubten noch an die Schlacht. Diese Versammlung war symptomatisch. Am Wahltag hatten wir Schufobereitschaft. Jede Gruppe war in der Wohnung ihres Gruppenführers versammelt. Wir saßen bei meinem Freund Heindl-Karl. Der war aufgeräumt wie immer und freute sich schon – wie er sagte – ‚auf die Gaudi'. Eine ganze Nacht lang haben wir vergeblich gewartet, daß man uns rufen werde. So haben wir alsdann am Radio das Horst-Wessel-Lied hören müssen. Um vier Uhr früh hat uns Karl heimgeschickt. Er war enttäuscht und benommen.

Am Montag nach der Wahl war die Frage: Was soll werden? Keiner hatte einen Sinn für etwas anderes. Wieder rechneten wir fest damit, Partei und Gewerkschaften würden uns holen. Ich ging von Genosse zu Genosse, von Büro zu Büro. Niemand wußte was.

Am 9. März mittags sagte mir ein Genosse auf der Straße: Heute soll das Gewerkschaftshaus von den Nazi gestürmt werden. Ich ging nach Hause, nahm die zweihundert Mark, die noch da waren, schrieb einen Brief an Klara, sie soll morgen einmal rumhorchen oder zum Gewerkschaftshaus gehen, soll sich lieber verstecken in den nächsten Tagen. Ich steckte alles in ein Kuvert, gab den Brief der Frau Schwinglinger und sagte ihr Bescheid. ‚Verlassen S' Ihnen drauf . . . Hammer und Sichel haben wir ausgemacht', hat mir die versprochen, und gemeint hat sie, ein Mannsbild wenn sie wäre, genau so ginge sie mit. Sie hat mir die Hand gedrückt und nasse Augen bekommen. Ich bin dann zum Gewerkschaftshaus. In der Stadt war es soweit noch ganz ruhig. Auf dem Hauptbahnhof und auf dem Karlstor wehten aber schon die Hakenkreuzfahnen. Auf dem Weg habe ich meinen Freund, den Heindl-Karl, getroffen. ‚Wunderbar', sagte der, ‚da gehn wir miteinander . . . Höchstens noch eine Stunde kann's dauern, dann kracht's.'

Vor dem Gewerkschaftshaus war es schon schwarz von Menschen. Wir sind durch und grad noch hineingekommen. Schon sind die Innentore verbarrikadiert worden. Es schaute sehr ernst aus. Wir meldeten uns auf dem Büro des Reichsbanners. Da waren der Kreisleiter Bangler, der Mögler, der Gausekretär Kaufel und der Haller. Auch den Wetterle und den SA Jotler Koller sahen wir herumlaufen. ‚Jetzt kommt die Entscheidung! Jetzt wird's ernst', sagte der Wetterle immerfort. Karl fragte, warum man uns denn nicht aufgerufen habe. Es seien vorläufig bloß drei Züge eingezogen, sagte man ihm, aber wir sollten nur dableiben. Bangler riet dem Kaufel, dem Mögler und Haller, sie sollten doch sofort die Schreibmaschinen, die Kartotheken und Alarmlisten wegschaffen, das sei noch leicht möglich, Lastkraftwagen ständen zur Verfügung.

‚Awo, so schnell passiert nichts! Gleiber hat doch telefoniert, die Regierung und die Polizei lassen nichts zu', sagte Haller. Er war ruhig und zuversichtlich.

Bangler hat sodann die Verteidigung eingerichtet. Die eisernen

Feuerleitern an den Außenmauern sind bis zur Höhe vom ersten Stock abgeschraubt worden, überall haben wir Stacheldrahthindernisse angelegt und alle Haupteingänge mit Tischen und Stühlen verbarrikadiert. Im Hinterhof, der auf den Friedhof zugeht, sind auch Barrikaden gemacht worden und die Hydranten angelegt, um für's erste einmal stark zu spritzen, wenn die Nazi über die Friedhofsmauer kommen sollten. Hinter jeder Barrikade haben sich Wachen postiert. Jeder von uns fragte nach Waffen, aber, hat es geheißen, es sind keine im Hause. Bloß Donnerschläge waren im Büro. Von uns selber haben wohl etliche Revolver und Brownings gehabt, allerdings nur soviel Schuß als drinnen waren. Der Bangler hingegen hat uns auch diese Waffen abgenommen, und wie wir uns sträubten, sagte er, im Ernstfall werden sie schon wieder ausgeteilt. Ein Ordonnanzdienst mit Motorrädern und Fahrrädern ist organisiert worden. Der Heindl-Karl und ich haben Wache beim Kampfleitungsbüro gestanden. Wir nahmen alle einlaufenden Meldungen entgegen und prüften, ob jemand vorgelassen werden sollte. Dadurch erfuhren wir alles, was passierte.

Von Viertelstunde zu Viertelstunde wurde unsere Lage gefährlicher. Gleiber, der mit dem Vorsitzenden der Regierungspartei in Verbindung stand, verständigte uns fort und fort über alle Vorgänge, die sich draußen abspielten. Stets betonte er, die Absichten und die Haltung der Staatsregierung seien unverändert: wenn die Nazi uns angreifen, sofortiger Einsatz aller Machtmittel. Derweil wurden die feindseligen Menschenmassen vor dem Gewerkschaftshaus immer größer. Genosse Haller als Hausherr telefonierte die Polizeidirektion an. Ja, hieß es, sofort werde eingegriffen und abgesperrt. Inzwischen meldeten unsere Ordonnanzen schon, daß jetzt überall die Hakenkreuzfahnen aufgezogen worden seien und daß uniformierte Nazi bereits mit Infanteriegewehren truppweise in der Stadt herumgingen. Und dann kam die Meldung: der hitlertreue General von Epp und der Stabsleiter der SA Roehm seien ins Ministerium gegangen. Vor dem ‚Braunen Haus' zogen SA-Wachen mit

aufgepflanztem Seitengewehr auf. Trotzdem – Gleiber gab immer die gleichen Zusicherungen. Haller erkundigte sich noch einmal eigens beim Polizeipräsidenten. Auch von da kam eine beruhigende Antwort, wir hätten nichts zu fürchten.
Es war auch so: bis jetzt zerstreuten die vielen Schutzleute die Menge vor dem Gewerkschaftshaus, zu unseren Leuten waren sie sehr höflich, aber auf einmal – so um 6 Uhr – durften keine Meldegänger von uns mehr die Absperrung passieren. Jetzt hockten wir in der Falle.
Die Genossen wurden rebellisch. ‚Waffen her! Unsere Waffen!" schrien alle. Haller und Bangler dagegen lehnten ruhig ab. Wir hatten nur Gummiknüppel, und die waren zu wenig. Die Genossen fingen an, die Tische und Stühle zu demolieren. Jeder wollte wenigstens etwas in der Hand haben. ‚Ruhe! Ruhe! Es passiert gar nichts! Nur den Kopf nicht gleich verlieren!" schrie Haller. Wenn wir gewußt hätten, daß 100 Infanteriegewehre mit Munition, ein leichtes und ein schweres Maschinengewehr, 2000 gegurtete Patronen dazu und 30 Handgranaten da waren, eingemauert in einer Wand, ich glaube, es hätte Mord und Totschlag gegeben. Wir Genossen waren zu allem entschlossen, nur nicht zum kampflosen Untergang.
Um 7 Uhr auf einmal brüllte die Sirene Großalarm. Die Barrikaden wurden verstärkt. Im ganzen Haus ging es zu wie in einem aufgeschreckten Ameisenhaufen.
‚Sie kommen! Sie kommen!" raunte einer dem anderen zu. Hin und her liefen wir, jeder auf seinen Posten. Wir erfuhren, daß ein bewaffneter SA-Zug von 600 bis 800 Mann, voraus eine Musikkapelle, dahinter ein Lastauto mit Maschinengewehren, im Anmarsch sei. Ich habe den alten Haller nie leiden können, aber jetzt bekam ich Respekt vor ihm. Du weißt ja, sie haben ihn viel, viel später festgenommen und so viehisch geschlagen, daß er seither im Irrenhaus liegt.
Alle bestürmten ihn. Er blieb besonnen. Er rief abermals die Polizeidirektion an. ‚Kopf hoch, Genossen!" verkündete er. ‚Ich habe

eben das feste Versprechen bekommen – Überfallautos und ein starkes Aufgebot Landespolizei sind schon unterwegs.' Es vergingen Minuten und wieder Minuten. Kaufler und Bangler und wir alle wurden immer kribbliger. Haller mußte abermals telefonieren. Alle zwei Minuten rief er die Polizei an. Immer die gleiche zuversichtliche Antwort. Unterdessen schossen die Nazi bereits über die Friedhofsmauer hinten, und wir spritzten auf sie. Komischerweise konnten wir sie damit eine Zeitlang in Schach halten. Plötzlich aber bekamen sie Verstärkung, wir mußten – unbewaffnet, wie wir waren – auf die zweite Barrikade zurückgehen. Wir kochten innerlich. Mit den bloßen Fäusten, mit unseren Messern, Stuhlbeinen und Gumminüppeln wären wir am liebsten auf sie losgegangen. Jeden, den wir erwischt hätten, würden wir abgewürgt, erstochen und umgebracht haben, selbst wenn wir alle dabei kaputtgehen sollten, nur endlich, endlich kämpfen!
Etliche Kameraden liefen ins Haus zurück und wollten ihre Revolver und Brownings holen.
Da traf wirklich die Polizei ein. Die Überfallautos nahmen an der Front des Hauses Aufstellung, aber – seltsam – die Mannschaften blieben aufgesessen. Und jetzt kam das Furchtbarste. Der Führer des Nazizuges ging auf den Polizeihauptmann zu und begrüßte ihn lachend. Der Hauptmann lächelte genau so.
‚Verloren! Verraten! Aus!' schrie mein Freund Karl und wurde kalkweiß. Seine Augen von damals vergesse ich nie wieder. Wir standen wie gelähmt da. Hinten im Hof schoß es fort und fort. Vorne krachte es jetzt auch schon, und die Nazi rannten gegen das große Tor.
‚Genossen! Alles in den großen Saal!' donnerte Haller. Wir stutzten. Keiner verstand das. ‚Ich befehle! Alles in den großen Saal!' schrie Bangler noch mehr. Wir folgten. Auf einen Haufen zusammengedrängt warteten wir im Saal auf unsere Richter. Jeder war blaß, verbittert und niedergeschmettert über die Schmach unserer Niederlage. Niemand wußte, was uns allen bevorstand. Wir warteten einfach verstummt aufs Abgeschlachtetwerden. Die Nerven waren

überspannt und taten weh. Mit hart klopfenden Herzen hörten wir den Durchbruch der Nazi, wir hörten das Schreien und Knallen, durch die dunklen Gänge trappten jagende Stiefelschritte, es schoß und brüllte, es war grausig.
Unsere Anführer verhandelten draußen. Auf einmal rief Haller durch die Tür: ‚Genossen! Kameraden! Wir weichen der Gewalt! Wir sind unbewaffnet.‘
‚Freier Abzug ist uns zugesichert! Keinem darf was passieren!‘ schrie Bangler. ‚Raus! Raus! Marsch! Raus!‘ kommandierte ein Nazi hinter ihm. Wir mußten im Gänsemarsch das Haus verlassen, durch eine Gasse von bewaffneten SA-Männern hindurch. Sie bildeten Spalier durch den ganzen Hof bis vors Haus. Es waren keine Hiesigen, es waren lauter fremde Leute. Wut und Haß schauten ihnen aus den Augen. Sie stießen gemeine Drohungen aus. Es sah aus, als wollten sie jeden Augenblick über uns herfallen. Vor mir schob der Genosse Koller sein Motorrad aus dem Haus. ‚Halt! Halt! Moment!‘ plärrte ein Nazi, und es stockte. Schnell schoß der Schuft mit dem Revolver durch die beiden Reifen. Die Luft pfiff, das Motorrad sackte und schepperte ein wenig. ‚Was, du Lümmel! Du Sau!‘ schrie es schon wieder hinter mir. ‚Runter mit den Mistgabeln! Weg damit!‘ Ich drehte mich ganz kurz um. Einem Genossen rissen sie die drei Pfeile vom Rock und spuckten ihm nach einigen wuchtigen Ohrfeigen ins Gesicht. Einige ältere Genossen, Kriegsteilnehmer, hoben die Arme nicht hoch genug. ‚Rauf! Willst du wohl, du Kanaille!‘ bellten unsere ‚Bezwinger‘ und schlugen einem alten Mann den Revolvergriff mit aller Kraft ins Gesicht. Er schwankte stumm und blutete gräßlich.
Vor dem Gewerkschaftshaus mußten wir dann über die Straße gehen und mit Händehoch, das Gesicht auf die Mauer zu, an der gegenüberliegenden Wand Aufstellung nehmen. Ich konnte nicht anders, ich drehte mich noch einmal schnell um. Ein knurrender Nazi gab mir einen Renner in den Rücken, daß ich mit dem Kopf auf die Mauer schlug. Ich hatte aber immerhin gesehen, daß man Maschi-

nengewehre auf uns richtete. ‚Na, gut', dachte ich. ‚Schad, daß dein Leben so kurz war.' Ich spürte schon, wie es in meinem Bauch würgte. Es war so, als wollten meine Gedärme durch die Gurgel herauf. Und dabei hatte ich immer wieder eine Wut, daß wir so jämmerlich waffenlos kapitulieren mußten. Rechts und links von uns standen Nazi mit gezückten Maschinenpistolen, und die Straße war rundherum von SA abgeriegelt. Wir mußten stehenbleiben, standen und standen. Es war zum Einfach-Zusammenbrechen! ‚Hm, die Klara', fiel mir ein. ‚Sie wird weiterkämpfen!' Gern hätte ich sie wenigstens noch mit einem Blick angeschaut, bloß ganz schnell und dann Schluß.
Da rührte sich etwas hinter uns. Ein höherer Nazischuft gab den Befehl, daß wir abgeführt werden sollen. Bis zur Mitte unserer Gruppe hieß es ‚links um!', die anderen ‚rechts um!' So mußten wir immer noch mit Händehoch durch die gaffenden Menschen hindurch, und die waren wie besessen. Sie schlugen auf uns ein, spuckten uns an und schimpften unflätig. Dem einen stießen sie auf das Schienbein, diesem sauste ein Stock übers Gesicht, eine Bestie von einem Weib kratzte mit ihren spitzen Fingernägeln jedem, den sie erwischte, die Backen wund. Das schnitt und blutete. Ein jammervoller Ekel vor den Menschen überkam mich.
Aber merkwürdig, wir gingen und gingen, auf einmal wurden die Leute immer weniger, und zuletzt standen wir in einer ruhigen Straße und blieben zaghaft und stumm stehen. Ich schaute scheu um, mein Nebenmann auch, und dann ließen wir unsere müden Arme herabfallen. Es war niemand mehr da, kein SA-Mann, kein Polizist. ‚Wa-was ist denn das? Hm?' Wir wunderten uns und schauten einander erschöpft in die Augen. Einige weinten. Sie weinten stumm, nur die Tränen rollten ihnen über die blutigen Wangen.
‚Sie haben uns laufen lassen', sagte mein Freund Karl tonlos. Die meisten begriffen es noch gar nicht. Wir trotteten mit hängenden Köpfen weiter. Ich schaute herum, da waren der Wetterle, der Mögler und noch andere bekannte Gesichter.

‚Jetzt, Genossen, jetzt haben wir gelernt, was es heißt: Die Arbeiterklasse ist verlassen, wenn sie sich auf was anderes verläßt als auf ihre eigene Kraft', sagte der Karl wieder. ‚Gehn wir auseinander . . . So fallen wir auf.' Wir drückten einander die Hand. Zu viert, zu dritt, zu fünft, so trennten wir uns und so scheuchten wir wie verjagte Hyänen durch die Straßen. Mit mir gingen der Wetterle und der Karl. Wir kamen von weitem am Parteihaus vorbei. Da stauten sich dunkle Massen, und wir hörten, wie die Nazi die Schriftstücke herunterwarfen. Jedesmal, wenn so ein Packen herunterfiel, johlten die Leute, es sah aus wie ein Hexentanz. Uns war zum Heulen. ‚Ich muß schauen, was meine Frau macht, ob sie nicht auch ausgeräuchert ist', warf ich gemacht unempfindlich hin. Heimlich war ich voller Unruhe und Sorgen um Klara. Ich trennte mich von meinen beiden Begleitern, und als ich allein war, fing ich zu laufen an. Nach einer Zeit ging ich langsamer. Nicht auffallen, warnte ich mich selber. Im Gesicht und auf der Stirn habe ich vom Kopfhinschlagen an die Mauer Schrammen gehabt. Das Blut war schon halbwegs verkrustet. Ich zog meine Mütze mehr ins Gesicht. Es war vielleicht zehn oder halb elf Uhr nachts. In unserer Straße waren noch Wirtshäuser offen, und da und dort leuchtete ein Fenster. Niemanden traf ich. Wie ich so dahingehe, taucht auf einmal eine Frau auf und geht auf mich zu, und wie ich aufschaue, ist's die Frau Schwinglinger.

‚St! Pst, Herr Joseph, gehn S' nicht heim! Der Mantler', sagte sie flüsternd und gab mir ein Zeichen. Wir bogen schnell um die Ecke, und in aller Eile erzählte sie: ‚Ihre Frau steht drunten am andern Eck und wartet, ich hab da aufgepaßt . . . Sie hat Glück gehabt. Sie war so um sieben Uhr in unserm Laden, wir schauen hinaus, da geht der Mantler mit drei SA-Männern in Ihr Haus . . . Frau Klara, sag ich, die kommen zu Ihnen, zu keinem andern. Bleiben S' da, gehn S' hinter die Ladenbudel und legen S' Ihnen hin, ich sperr' derweil den Laden zu. Bleiben S', ich schau nachher.' Wir gingen vorsichtig zu Klara. Die Schwinglingerin war ganz harmlos nach Ladenschluß

hinaufgegangen zu unserem Übermieter, der nie da war. Sie läutete und ist wieder herunter. Richtig, unsere Tür war eingeschlagen und der Mantler mit den drei Männern drinnen. Sie schlugen grad alles kurz und klein, aus Wut, weil sie uns nicht erwischt hatten. Drolligfrech hat sich die Schwinglingerin hingestellt und wie ganz baff gefragt: ‚Ja, meine Herrn, was machen Sie denn da? Die Hocheggers sind heut in der Früh schon weg, ich hab sie gesehen, alle zwei.' Der Mantler, mit einem Mordsrevolver in der Hand, hat sie mißtrauisch angeschaut und barsch gefragt: ‚Wissen Sie vielleicht wohin?'
‚Wie soll denn *ich* das wissen, ich bin doch keine Polizei', gibt ihm die Krämerin zurück.
‚Also dann gehn Sie gefälligst!' hat sie der Mantler angefahren.
‚Bitte, ich geh ja schon', sagt sie und geht die Treppen hinunter.
So, jetzt standen wir also da, ich, nach den Erlebnissen, die ich gehabt hatte, ganz zertrümmert und Klara auch nicht gerade obenauf. ‚Bei mir bleiben, das würd ich nicht raten . . . Es ging vielleicht zur Not, aber morgen?' sagte die Schwinglingerin.
Morgen? – Überhaupt die nächste Zeit? – Das fragte sich jetzt.
Und dann – wohin? Wohin überhaupt?
Da kam der findigen Schwinglingerin ein guter Gedanke. ‚Sie haben doch einen besseren Bekannten? Den feinen Herrn, der wo Sie hie und da mit so einem schönen Auto abgeholt hat?' sagte sie.
Fritz Freundlich! Den hatten wir fast ganz vergessen! Erinnerst Du Dich, wie er uns vorigen Sommer mit dem Auto seines Vaters ins Innland gefahren hat? Das waren Zeiten!
‚Genossin Schwinglinger! Vielleicht sehn wir uns wieder, dann aber . . .' sagte Klara.
‚Jaja, ganz gewiß, Frau Klara . . . ah, entschuldigen S' – Genossin Hochegger, Genosse Joseph!' Die Krämerin war das noch gar nicht gewöhnt. Ganz stelzig und verlegen sagte sie es und tröstete uns: ‚Es wird schon, passen S' auf . . . Alle können S' nicht umbringen . . . Bei mir soll's nicht fehlen.' Sie ist echt geblieben durch und durch, schreibt sogar manchmal.

Wir sind also zu Fritz. Seine Eltern, wußten wir, waren ja auch gleich nach der Wahl weg. Er sollte absolut mit, aber er ist geblieben wegen der verhafteten Genossen und hat immer noch gearbeitet. Er, der Kommunist und Jude, hinter dem sie her waren wie die Spürhunde! Und jetzt, wo er heraußen ist, macht er weiter, unentwegt. Auf der Straße vor seiner Wohnung haben wir lang, lang geläutet. Niemand gab an. Wir versuchten es immer wieder und haben gepfiffen. Wir waren schon ganz verzagt. Es rührte sich nichts. Wir wollten schon weggehen, da ist das Treppenlicht hell geworden, und kurz darauf kam das Dienstmädchen herunter. Droben – es war fast ein bißl komisch – haben uns der Neubert und der Fritz mit vorgehaltenen Revolvern empfangen. Zum Schluß lachten wir alle zusammen. Den Neubert sahen wir da zum letzten Mal. Daß sie ihn in Dachau zum Krüppel geschlagen haben, wirst Du ja erfahren haben.
Fritz gab uns auch noch etwas Geld und mir seinen Skianzug mit seinen Brettln. Die Ausrüstung von der Frau Justizrat hat die Klara gekriegt. Am andern Tag sind wir fort. Es ist doch gut, daß wir als alte ‚Naturfreunde‘ Bergsteigen gelernt haben und Winkel und Steige wissen, wo sich heute noch keiner von den feigen Hitleristen hintraut.
Eins nur, lieber Freund, Du magst es sentimental heißen: Wie wir endlich sicher auf der anderen Bergseite waren, da hab ich doch noch einmal zurückgeschaut, weit hinein in die Richtung unserer gemeinsamen Heimat. Nichts hab ich zwar gesehen als ein paar schneeige Gipfel und Nebel und weit weg einen Streifen graublauen Himmel.
‚Das hat einmal uns fast gehört, uns ganz allein‘, hab ich gedacht. ‚Das *war* Deutschland! Und es wird einmal *ganz* uns gehören!‘
‚So geh! Geh! Weiter, weiter!‘ hat die Klara gedrängt. ‚Hast wohl gar Heimweh, was? Jaja, schön wird's nicht grad sein, aber wir werden ihrer schon Herr . . .‘ Ich muß sagen, ich hab fast zurückgeschaut wie in einen gefährlichen Abgrund.‹

Zweiter Torso
Auf Sand gebaut

1
Vorwärts und nicht vergessen!

Trüb lichtete sich der Tag auf. Gleich schwimmenden Inseln brach da und dort das klare Blau des von Nebel und Dunst umbrämten Himmels aus den Wolken. Der Lärm der erwachten Straßen klang noch dumpf und unentschlossen. Keifende Spatzenrudel schwirrten durch die nackten, starr ausgreifenden Baumkronen und sammelten sich in den kahlen Büschen der Anlagen. Dicke, lange Krusten schmutzigen Schnees zogen sich an den Trottoiren entlang. Die Menschen standen mit gekrümmtem Körper und hochgeschlagenem Mantelkragen, die Hände tief in die Taschen vergraben, an der Straßenbahnhaltestelle und redeten einen anheimelnden Dialekt. Sehr schlampige, ausgemergelte Zeitungsverkäufer tappten mit tropfenden Nasen hin und her und riefen: »Der Daag! – Arwäitazäitung! – Die rote Fahne! – Dos kläine Blaad! – Kraanenzäitung!« Es war trocken und kalt. Die Sonne arbeitete sich langsam aus dem Wolkengemeng.

»Das ist also Wien! Das rote Wien«, sagte Joseph und schaute nachdenklich auf die umliegenden Häuser. »Da haben der Viktor Adler, der Pernerstorfer und der Schumeier gewirkt . . . Und jetzt sind der Otto Bauer, der Breitner, der Renner und der Seitz da.«

»Jaja, überall sind rote Mehrheiten«, antwortete Klara mechanisch. Sie waren beide sehr abgespannt und taumelten knieschwach in ihren nassen Skianzügen, die Bretteln über den Schultern, dahin. Ein unsagbar fremdes Gefühl lag in ihren Gliedern.

Um die Anlagenrundung biegend, kamen sie an einem sehr geschmacklosen, obeliskförmigen Denkmal vorüber. ›Karl Lueger – dem Schöpfer der Anlagen Wiens‹ lasen sie flüchtig und sahen die breite, lange Mariahilferstraße vor sich.

»Was machen wir? Ich bin wirklich kaputt jetzt«, meinte Klara, benäßte ihre trockenen Lippen mit der Zunge und schluckte den schalen Geschmack in ihrem Munde hinunter.

»Ja, ich auch . . . Und aussehn tu ich wie ein Igel«, gab ihr Joseph ebenso zurück und fuhr mit der Hand über seine dichten Bartstoppeln. Müd schauten sie hinum und herum und gingen in das nächstbeste Hotel. Sie nahmen ein kleines zweibettiges Touristenzimmer, wuschen sich, Klara legte sich hin, und Joseph zog den einzigen Anzug an, den er im Rucksack hatte.

»Schlaf nur, schlaf! Ich komm gleich wieder . . . Ich laß mich bloß rasieren«, sagte er und ging. Während er die Treppen hinunterstieg, rechnete er in einem fort still vor sich hin: ›Zwölf Schilling im Tag? Und noch kein Essen . . . Zwölf Schilling sind sechs Mark bloß fürs Schlafen . . .‹

Hundertundsechsundachtzig Mark hatten sie noch.

Er dachte nicht mehr weiter.

Jetzt war es schon viel heller auf der Straße. Die Sonne wuchtete sich halbwegs ins Blau. Er ging ermattet an den Menschen vorüber. Alles schien traumhaft verschwommen. Er riß eine Tür auf, Wärme wehte ihn an. Er setzte sich auf einen Stuhl, und die dienernden weißen Gestalten sagten: »Ergebenster Diener, gnä' Herr . . . Eine Rasur, jawohl bittä . . .« Er sah sein sonnenbraunes, verstörtes Gesicht im Spiegel auftauchen, und jemand bestrich ihn mit schäumender Seife.

»Nich das mindeste bei uns in Breslau . . . Alles übertrieben«, hörte er neben sich sagen und wachte langsam auf.

»Aber der gnä' Herr sind doch jüdisch, wann ich mir die Bemerkung erlauben darf«, sagte der Friseur kulant.

»Natürlich! Warum auch nich! Meine Firma ist die älteste am Platze . . . Ich kann nicht über die geringste Unregelmäßigkeit klagen . . . Nee-nee, da mach ich nich mit, wissen Se!« sprach der Breslauer weiter.

»Also der Hitler is Ihnen ganz recht?« fragte der Friseur. »Mir? . . . Völlig! Ich kann über nichts klagen, im Gegenteil . . .« erwiderte der dicke Herr, und da legte der Friseur seinen Pinsel weg.

»Sie, Herr . . . Also, gelln S'«, sagte er auf einmal resolut. »Rasieren

können Sie sich wo anders lassen! Mich reut schon meine Seifn . . .«
Joseph hob seinen Kopf, der Lehrling, der ihn einseifte, hielt inne.
»Wa-was? Wasss?!« stotterte der verblüffte Breslauer und richtete sich in die Höhe: »Wa-was meinen Sie?«
»Jaja, wissen S' . . . Hier haben S' ein Handtuch . . . Und da, da lauft schon 's Wasser, also gelln S' . . . gelln S', wir brauchen nimmer weiterredn.« Der Friseur wurde noch bestimmter: »Wissen S', bei uns is kein Hitler – habe die Ehre! Ob Sie jetzt jüdisch sind oder was anderes . . . Bei uns im roten Wien is für so was kein Platz, mein Herr! Also, wann ich Sie bitt'n darf . . . Gehn S'! Gehn S' . . . Der nächste Herr, bittä scheen!«
Josephs Augen strahlten jäh auf. Er lachte still, mit offenem Mund. Bewundernd und beseligt blickte er auf den wackeren Friseur. Dessen blasses Gesicht war ruhig und gar nicht weiter unfreundlich. Der noch zögernde Breslauer Jude schüttelte ein paar Mal den kugelrunden Glatzkopf und brummte benommen: »A-also, Sie wollen . . .«
»Nein-nein! Vielleicht rasiert Ihnen in Ihrem Breslau ein Nazi«, fiel ihm der Friseur ins Wort. Der andere Herr war bereits hinter den Stuhl getreten und lächelte leicht. Der Breslauer stutzte noch einmal und wischte sich in aller Schnelligkeit die Seife aus dem Gesicht, brummte und brummte, stand erregt auf und zog wütend seinen vornehmen Gehpelz an. Hochrot war sein feistes Gesicht. Er nahm seinen steifen Hut und warf einen fast drohenden Blick auf den Friseur, der ihn weiter nicht mehr beachtete und schon den anderen Herrn einseifte. Der Breslauer gab sich einen Ruck, riß die Tür auf und schlug sie wortlos zu. »Wissen S' . . . Also, der, was bei uns den Hitler lobt, da ist's aus bei mir, aus!« sagte der Friseur. »Mir Wiener bleiben rot . . .« Er fing an, sein Messer abzuziehen.
»Freiheit!« sagte Joseph halblaut. Er konnte nicht anders. Am liebsten wäre er aufgesprungen und hätte den Mann umschlungen.
»Ah, auch aus'm Reich? Ein Genosse, was?« erkundigte sich der Friseur einhaltend. »Haben S' wegmüssen, was?« Joseph nickte.

Der Lehrling fing an, ihn zu rasieren.
»Hansl, bei dem Herrn nur Klaß mochn, verstehst... Freundschaft«, erwiderte der Friseur und machte sich an die Arbeit. Als Joseph fertig war, verlangte er nichts. Beide drückten einander die Hand.
Klara schlug die Augen halb auf. Wie neubelebt ging Joseph hin und her, her und hin und strahlte noch immer.
»Was ist's denn?« fragte sie schlaftrunken.
»Das rote Wien! Das rote Wien!« sagte er in einem fort und schien nicht mehr müde zu sein. »Das rote Wien!... Da sind wir nicht verloren, im Gegenteil, im Gegenteil!«
»Was denn?« Klara richtete sich auf. Er erzählte. Sie lachten beide glücklich. Sie fühlten etwas wie eine leise Geborgenheit.
»Da bleiben wir vorläufig... Wir müssen bloß schauen, wie wir ganz billig unterkommen... Morgen gehn wir ins Parteihaus... Vielleicht sind schon andere Genossen da, und die Alten, sie hausen am End auch irgendwo«, meinte Joseph, während er sich auszog.
»Jaja, aber jetzt schlaf erst einmal, schlafen wir uns aus«, schloß Klara und drehte sich um. Alsbald schnarchten sie friedlich nebeneinander.
Es war stockdunkel, als sie aufwachten. Um und um schwitzten sie beide von der ungewohnten Wärme der Dampfheizung. Ein stumpfes Brummen ging durch das ganze Haus, brach wieder ab, eine Gittertür fiel metallisch zu, etliche Laute wurden vernehmbar, und gedämpfte Schritte kamen an der Tür vorbei. Ganz dünn hörte man auch hin und wieder etwas wie Tellergeklapper. Joseph drückte die Nachttischlampe an und schwang sich aus dem heißen Bett. Ganz schwer waren seine Füße. Jetzt erst verspürte er die Anstrengungen der letzten Tage. Er rieb sich die Augen aus und schnaubte erschöpft.
»Wo sind wir denn eigentlich?... Wieviel Uhr ist's denn?« fragte Klara und kam langsam zu sich. »Hm, komisch, wie fremd das alles ist...«

Er tappte ans Fenster und lockerte die straffgezogenen Holzjalousien. Tief unten in den lichtüberfluteten Straßenschächten wogte das gewöhnliche Großstadtleben. Da und dort strahlte ein buntes Auslagenfenster. Über den Dächern der hohen dunklen Häuser tanzten farbige Reklamebuchstaben, blinkten auf und verschwanden wieder. »Mensch, neun Uhr! . . . Ich bin schier noch kaputter«, murmelte Klara und setzte sich auf den Bettrand. Dösend sah sie vor sich hin. Er brachte ihr ein Glas Wasser, und sie trank gierig. Sie hob das Gesicht und sah ihn stumm an. Eine schwermütige Leere war in ihrem Blick. Vielleicht dachte sie dasselbe wie Joseph, dieses erste lähmende, noch unfaßbare: Was nun?
Er strich ein paar Mal mit der Hand über ihr schweißverklebtes, strähnig gewordenes Haar und setzte sich neben sie.
»Da können wir natürlich nicht bleiben . . . Da langt ja unser Geld kaum vierzehn Tag«, plapperte sie mechanisch, scheinbar als wollte sie nur irgend etwas sagen. »Hast du Hunger?«
»Hunger? Nein, eigentlich nicht«, gab er ebenso an und setzte sonderbar hinzu: »Die Nacht sollt schon vorüber sein . . .« Sie schwieg wieder und sah ihn an.
»Ja, wenn wir erst einmal Genossen finden«, meinte er, und wieder brach ihm das Wort ab. Unschlüssig saßen sie da. Pausen und Pausen kamen. Jeder hing seinen eigenen wehen Gedanken nach.
»Das kann, das darf doch nicht sein – so ein Deutschland!? Wir *müssen* die Hitlerei doch wegschaffen, wir *müssen!*« sagte Klara stokkend und schluckte schwer.
Joseph hörte zu. Die Worte waren längst verweht, da sagte er: »Jetzt, scheint's, hast *du* Heimweh, oder?« Er lächelte matt und streichelte sie wieder.
»Heimweh? Nein, das ist's nicht«, fing sie wie aus einer Gedankenflucht heraus zu reden an. »Nein, bestimmt nicht . . . Man kommt sich bloß so plötzlich verreist vor, so überflüssig mit einem Mal, verstehst du? . . . Ich weiß nicht, wenn ich so nachdenke, mich schert das gar nicht, daß wir jetzt, wie man so sagt, nicht mehr daheim sind,

daß sie uns den ganzen Krempel kaputtgehauen oder genommen haben . . . Ich bin sogar halbwegs froh darüber, denn man ist schon wieder an all diesem Zeug gehangen. Jetzt hat man das ganze Geschlepp nicht mehr . . . Nein-nein, Heimweh hab ich nicht! Es ist was anderes! . . . Wir haben vielleicht eine große Dummheit gemacht, daß wir weg sind . . . Jetzt hocken wir da, fast so wie auf Abruf, verstehst du, und in einem fort ist man kribblig, will jede Minute ausnützen, will immer was anfangen, was tun und spürt auf einmal, es ist zwecklos, es ist unsinnig, es nützt nichts . . . Da ist kein Zusammenhang mehr, verstehst du, das ist's! . . . Du rennst rum – jaja, auch hier sind sicher Genossen – aber ich weiß nicht, man wird sich nach allem möglichen richten müssen . . . Man hat nicht mehr freie Hand . . . Man ist eben Emigrant, verstehst du, Geduldeter, der kuschen muß . . .«

»Ah wo, hier? . . . Du wirst sehen, wie schnell wir grad von hier aus arbeiten können«, unterbrach sie Joseph.

»Ja, ja doch!« sagte sie ungeduldig. »Das schon! Aber wie können wir zum Beispiel jetzt – morgen – übermorgen – gleich wieder was tun für Deutschland? . . . Nein-nein, du verstehst mich nicht, Heimweh ist das durchaus nicht . . . Ich hab bloß das Gefühl, als wie wenn wir da nie an den Feind rankommen . . .«

»Naja, das ist vielleicht bloß am Anfang das Ungewohnte«, versuchte ihr Joseph einzureden. In ihm rumorten dieselben Gedanken, dasselbe Unruhigsein.

Sie redeten noch lange, lange. Es wurde immer stiller im Haus und drunten in den Straßen. Sie legten sich wieder hin und konnten nicht schlafen. Ein paar Mal klopfte es an den Wänden.

»Hm, ja, da ärgert sich wer und kann nicht schlafen . . . Das erste wird sein, wir suchen uns morgen eine Bleibe«, meinte Klara, und sie schwiegen. Mit offenen Augen lagen sie da. Jeder starrte blicklos in die Dunkelheit. Jeder hing seinen Gedanken nach.

Am anderen Tag fanden sie das Parteihaus und trafen dort einen sächsischen Genossen und einen norddeutschen aus der Branden-

burger Gegend. Sie erfuhren allerhand: Wetterle und Kaufel seien hier, und ›ein‹ Peter Meidler sei vor einigen Tagen aufgetaucht, seither aber wieder verschwunden.
»Der Peter?! . . . Also ist er doch durchgekommen!« riefen sie gleicherzeit und bekamen freudige Gesichter. Der dickliche sächsische Parteisekretär mit seinem runden Kopf furchte die Stirn ein wenig und schnüffelte sie an: »Ihr kennt den? . . . Das is doch 'n Gommunist? Der geht uns ja weiter nichts an.« Joseph und Klara stockten erstaunt und sahen sich an.
»Nee-nee, wißt 'r, Genossn, mit Gommunistn könn'n wir uns hier nich einlaßn«, brümmelte der Sachse. Er war ein rüstiger Fünfziger, hieß Karl Nitschke und kam aus Chemnitz. Er war über die tschechische Grenze entwichen, eine Zeitlang in einem großen Emigrantenlager in Prag gewesen und schließlich hierher geschickt worden. Hier sei's ›gemütlicher‹, meinte er. Seine Frau und zwei Kinder hatte er in Deutschland zurücklassen müssen.
Er trug einen blauen Aktendeckel unterm Arm und machte einen unerregten, fast zufriedenen Eindruck. Sein blondes, nur wenig angegrautes Stichelhaar und sein abrasierter Schnurrbart fingen eben wieder zu wachsen an. Er gab an, demnächst eine Flüchtlingsstelle hier ›aufziehen‹ zu wollen.
»Dazu hat er nämlich aus Chemnitz gleich den Aktendeckel mitgebracht«, spöttelte der jüngere, hagere, scharfgesichtige Brandenburger. »Nu-nu mach aber 'n Bunkt!« Nitschke lächelte gutmütig und gab ihm einen leichten Stoß.
»Übrichens . . . Wie heißt ihr? . . . Hochegger?« erkundigte er sich abermals und schlug seinen Aktendeckel auf. »Hochegger? . . . Soviel ich mich erinnern gann . . . Da ist doch 'n bayrischer Genosse, 'n älterer Herr mit seiner Frau, 'n ehemal'cher Stadtverordneter, da . . .« Er suchte auf einem langen, sorgfältig linierten Papier.
»Das wird mein Vater sein«, erwiderte Joseph, nicht sonderlich erbaut davon. Nitschke sah ihn sofort respektvoller an und gab ihm die Adresse. Joseph und Klara ließen sich den Weg erklären und

warteten nicht länger. Sie hörten nur noch, wie Nitschke ihnen nachrief: »Und Genossn, vorläuf'ch jeden Tag elf bis zwölfe hier einfinden.« Eigentlich interessierten sie die Alten gar nicht so sehr, aber wenn man so plötzlich in eine fremde Stadt verschlagen wird und noch gar nicht weiß, was man anfangen soll, da hungert man nach Menschen, mit denen man zusammenhängt.
In den Zeitungen, die sie kauften, lasen sie von den Folterungen in den neugegründeten Konzentrationslagern. Elftausend derartig Internierte meldete eine Amsterdamer Korrespondenz. Die Länder hatten widerstandlos kapituliert vor Hitler. Nationalsozialistische Reichsstatthalter und Polizeipräsidenten waren überall ernannt. Die bayrischen Minister waren nachts aus den Betten gerissen und im Hemd ins ›Braune Haus‹ gebracht worden. Dort hatte man sie schwer mißhandelt und schließlich wieder laufen lassen. Femmörder und Pervertierte saßen nunmehr in den höchsten Staatsstellungen.
»Da, da schau! ... Also doch nicht so tot«, sagte Joseph und zeigte Klara eine Notiz: »Es scheint, es scheint ...« Beide beugten sie sich in die Zeitung. In Breslau und anderen Städten war es der SA-Führung gelungen, geheime kommunistische Nähstuben auszuheben, in welchen Frauen für Genossen SA-Hemden ›offenbar zu verbrecherischen Zwecken‹ anfertigten. Daneben stand die Nachricht, daß Reichspräsident von Hindenburg den Propagandachef der Nationalsozialisten Dr. Goebbels zum Volksaufklärungsminister ernannt hatte.
Durch die Mariahilfer Straße fuhren Überfallautos. Joseph und Klara wurden stutzig. »Was ist denn? Ist was passiert?« erkundigten sie sich bei einem Passanten.
»Ah, nichts weiter ... Das Parlament tritt heut zusammen, aber der Dollfuß will's verhindern ... Is eh schon wurscht ... Der Dollfuß is wie der Hitler«, erzählte der Befragte gleichgültig. Die beiden schauten einander nur stumm an.
»Rotes Wien«, spöttelte Klara. Joseph sagte nichts mehr darauf.

Sie kamen nach einiger Zeit in die Josephstadt und fanden das Haus, in dem die Alten wohnten. Es war im Vorkriegsstil erbaut. Sie stiegen die breiten Steintreppen zum dritten Stock empor und läuteten. Nach einer Weile wurde die Tür jäh aufgerissen.
»Kinder!« jubelte Babette auf. »Joseph! Klara! Gott sei Dank!« Sie zitterte und hatte Tränen in den Augen.
Die Zimmer waren geräumig und altmodisch prunkvoll eingerichtet. Die reich umhängten Fenster ließen mattes Tageslicht herein. Sie mündeten in einen tristen Lichtschacht. Babette schnaubte immer noch wie von einem Alpdruck befreit. »Gott sei Dank! Gott sei Dank!« Das war alles, was sie vorläufig herausbrachte.
Joseph und Klara blieben unschlüssig stehen und schauten auf die roten Plüschmöbel. Dort stand ein großer Schaukelstuhl, der noch ein wenig hin- und herwiegte. Der Diwan war mit einem imitierten Fell bedeckt, ein Tisch mit vier Stühlen, ein Glasschrank mit verstaubtem Porzellan und unzähligen Nippessachen, ein großer Schreibtisch und ein kleines Nähtischchen, dicke Teppiche und kleine gestickte Deckchen – alles wie aus Großvaterszeiten! Nicht einmal die goldumrahmten Bilder des alten Kaisers Franz Joseph und der Kaiserin Elisabeth fehlten.
»Jaja, setzt euch doch!« rief Babette überglücklich. »Erzählt's doch!« Die beiden ließen sich nieder. Zunächst sprach bloß Babette. Sie weinte und lachte.
»Wir haben 's einfach nicht mehr ausgehalten ... Vorläufig geht das ja ... Da, das ist das Schlafzimmer, und ein Bad ist auch da, und in die Küche kann ich auch ... Wir hoffen ja, daß der Joseph bald eine Beschäftigung kriegt ... Gott sei Dank! Gott sei Dank!« Sie öffnete die weiße, hohe Flügeltür. Ein fast komisch anmutendes, überladenes Ehebett wurde sichtbar, und wieder überall Spitzen und Deckchen, verschnörkelte, weißlackierte Schränke, eine rosarote Ampel und Teppiche und Felle.
Joseph und Klara wurden immer sprachloser.
»Man kriegt ja nichts ... Entweder verwanzt oder sündteuer oder

unkomfortabel... Wir sind ja froh, daß wir das haben... Na, der Vater wird sich freuen!... Habt's Hunger? Wollt's Tee? Den kann ich schnell machen... Ich weiß gar nicht, wann der Vater kommt... Mein Gott, ja, ich bin halt soviel allein... Er muß ja immer mit dem Parteivorstand verhandeln... Hie und da gehn wir ins Kino oder ins Kaffeehaus... Na, weil ihr bloß da seid, jetzt kann nichts mehr fehlen!« Wie ein Wasserfall sprudelte sie.
»Die Wohnung ist natürlich beim Teufel«, sagte Joseph endlich zwischenhinein.
»Was?... Ihr habt nicht aufgelöst?« Babette erschrak. »Alles hin?... Die Nazi?« Sie weinte wiederum. Klara und Joseph erzählten über Deutschland, über die letzten Erlebnisse. Sie hörte kaum hin. »Also alles hin!... Wir sind arme Leut«, seufzte sie fort und fort. Alles andere schien sie nicht zu interessieren.
»Jetzt hör doch mal! Euch geht's doch gut... Was sollen denn da andere sagen?« Klara konnte sich nicht mehr zurückhalten. »Ihr seid doch Nobelemigranten!«
Auch Joseph kochte vor Wut.
Babette nickte nur und jammerte: »Jaja, natürlich, natürlich, wir können ja noch von Glück sagen! Jaja, natürlich, soviel Elend ist... Mein Gott, was wird der Vater sagen, wenn er das alles hört!... Alles, alles futsch! Alles hin, mein Gott!« Sie drehte sich um und fragte hastig: »Wo wohnt's ihr denn?«
»Wir wohnen überhaupt noch nicht«, antwortete Joseph und wollte aufstehen. »Wir müssen uns heut noch was suchen.«
»Bleib sitzen... Bleib! Das wird sich schon finden, wenn der Vater kommt!« fiel ihn Babette fast flehend an, und auf einmal fand sie seine Augen und wurde flughaft rot.
»Wie braun, wie gesund du ausschaust – und – du auch, Klarerl... So junge Menschen!... Gar keinen Anschluß haben wir! Gar keinen Menschen«, schnatterte sie schnell weiter. »Jaja, die paar Parteileute, jaja... Sie drückte ihre Finger wieder in die Augen. »U- und heimatlos ist man!« Es ging ein feiner Duft von ihr aus. Gepflegt

war sie. Ein modernes, enganschließendes Vormittagskleid hatte sie an, das ihr ausgezeichnet zu Gesicht stand.

Joseph und Klara blickten sich nur von Zeit zu Zeit vielsagend an und fanden keinen rechten Anfang. Was wollten sie eigentlich?

»Unsere Logisfrau ist Hausfriseurin«, erzählte Babette endlich gefaßter. »Die kommt überall 'rum. Die weiß sicher ein Zimmer oder so was für euch . . . Sie kommt ja auch bald, und zum Mittagessen muß der Vater ja auch kommen.« Sie setzte wieder die einnehmendste Miene auf und fing zärtlich zu fragen an. »Und wann soll denn das aufhören, das Elend?«

»Das? . . . Solang wir nichts dazutun, nie«, meinte Klara. Babette bekam schon wieder eine weinerliche Miene.

»Mein Gott, ja! Den Hitler! . . . Ich könnt ihn mit meinen eigenen Händen umbringen!« sagte Babette. »Was der alles verschuldet!«

Jetzt sperrte jemand die Gangtür auf, und neben einer weiblichen Stimme hörte man die des alten Hochegger. Behend schwang sich Babette aus ihrem Schaukelstuhl und lief hinaus. »Du! Der Joseph und die Klara!« rief sie laut.

»Da bleiben wir nicht! Soll uns gern haben, die Sippschaft!« raunte Klara Joseph zu.

»So was! Man schämt sich für sie!« erwiderte er ebenso, und sie standen auf.

Keuchend stürzte Hochegger herein. Überwältigt stammelte er. Ungerührt ließen sich Klara und Joseph umschlingen. Sabbernd küßte sie der alte Mann. In der offenen Tür standen Babette und die zaundürre Logisfrau. »So eine Freud . . . Jaja, wenn man seine Kinder wieder hat«, sagte sie anbiedernd. »Und so nette Menschen!« Beide senkten sie den Kopf.

Man setzte sich noch einmal hin. Der alte Hochegger war wie aus dem Häuschen. Joseph und Klara mußten erzählen und erzählen.

»Das ist ganz bestimmt wahr, eine SPD wird's bald nicht mehr geben . . . Aus ist's damit, ganz und gar aus«, fing Joseph das Politisieren an, und wie von der leibhaftigen Bosheit gestochen, setzte

Klara hinzu: »Eigentlich – der Hitler? Er hat's ganz gut gemacht! . . . So wie's war, wird's nie, nie wieder!« Hochegger aber überhörte all das.
»So? . . . Was sagst du? Unsere ganze schöne Wohnung, alles haben die Lumpen?« fuhr er dazwischen.
»Ja, der ganze Zauber ist weg«, entgegnete Joseph fast höhnisch.
»Einfach die Tür eingeschlagen, und – jetzt hockt dieser Mantler drinnen? Dieser Lump! Dieser Räuber! Diese Banditen! . . . Unser sauber zusammengespartes Eigentum!« rief Hochegger bebend.
Babette bemerkte wohl, wie verständnislos die Jungen dreinblickten.
»Gehn wir essen«, sagte sie und ging ins Schlafzimmer nebenan. Sie sah in den großen Spiegel und prüfte ihr Gesicht scharf und schärfer. Sie puderte sich und drückte ihre Frisur zurecht, schlüpfte in den Mantel, stellte sich abermals vor den Spiegel und setzte den fest anliegenden Winterhut auf. Draußen redeten die drei. Sie stand sinnend da und überprüfte ihre ganze Figur. Wieder, immer wieder. Ihr Herz schlug. Sie griff nach einem älteren Damenmantel, der zwischen anderen Kleidungsstücken im vollgepfropften Schrank hing, überlegte kurz und ließ ihn auf einmal wieder zurückgleiten.
»So, Kinder, so geht's weiter . . . Essen wir zuerst einmal. Da können wir weiterreden.« Wieder maßen Klara und Joseph sie unvermerkt und schlugen ihre Augen nieder.
»Ja! Ja, also . . . und da sollt man gar nichts machen können? Gar nichts gegen diesen infernalischen Raub?« stieß Hochegger giftig heraus. Betreten schwiegen die Jungen. Eine beklemmende Verachtung stieg in ihnen auf. Josephs Gesicht wurde schon zornrot. Jeden Augenblick drohte er loszuplatzen. Das entging Babette nicht.
»Gehn wir schon! Kommt!« Wortkarg tappten die Jungen neben den Alten durch die belebte Gasse. Man aß in einem Gasthaus in der Nähe. Hochegger wollte und wollte sich nicht beruhigen, doch Ba-

bette schnitt ihm ungeduldig das Wort ab: »Jaja! Jaja jetzt! . . . Wir sind doch nicht die einzigen, denen's so geht!« Und dann leitete sie mit resolutem Geschick das Gespräch auf die nächstliegenden Dinge. Joseph und Klara spürten zwar einen starken Widerwillen, als sie unumwunden alle nur erdenkliche Hilfeleistung anbot, aber sie kamen gar nicht dazu, sich zu wehren. Mit nüchterner Unbedingtheit begann sie.
Also da war zuerst einmal die Frage nach einem richtigen Unterkommen.
»Ja, und wie steht's denn? . . . Geld habt ihr doch auch kaum noch, was?« fragte sie offen. Sie nickten zögernd.
»Also, das kriegen wir schon!« meinte Babette beflissen und ließ kein Dawider gelten. »Jaja, selbstredend! Selbstredend! Fürs Schlimmste hab ich schon vorgesorgt!« unterstützte sie auch Hochegger.
Die Jungen hatten ihren Kopf ganz woanders. Sie dachten an die Genossen, an das Erlebte.
»Ein nettes zweibettiges Zimmerl, sagt meine Logisfrau, wüßte sie schon . . . Es ist in unserer Gasse. Ganz in unserer Nähe . . . Absolut rein und nicht zu teuer«, plapperte Babette. Aus all ihren Andeutungen ging hervor, daß die Alten ihr Bargeld gerettet haben mußten. Großzügig und splendid zeigten sie sich in jeder Hinsicht. Aber Klara und Joseph wurden immer bedrückter. Sie waren erschüttert darüber, daß es in einer solchen Zeit, nach diesen Ereignissen, noch so unveränderte Menschen gab.
»Warum sagst du denn nichts?« fragten Klaras fassungslose Blicke.
»Sag doch du was!« lag in Josephs Augen.
Wehrlos ließen sie Babette schalten und walten, und die war glücklich. Mit rührender Umsicht besorgte sie alles. Ausgehöhlt von tausend Kleinigkeiten zerrann der Tag.
Andere Menschen hätten sich vielleicht gefreut über all das: Ein nettes, freundliches Zimmer bei älteren, sehr entgegenkommenden

Logisleuten. Das Nötigste auf einen Schub besorgt, noch Geld dazu, und das wiederholte Versprechen der Alten, sie sollten sich nur nicht genieren und kommen, wenn sie etwas brauchten.

Klara und Joseph aber lagen mißgestimmt und müde in ihren Betten. Beinahe erniedrigt und gedemütigt kamen sie sich vor. Alle Gedanken liefen in eine lähmende Leere, und die Fremde schien noch unerträglicher.

»Das ist ja entsetzlich! Grauenhaft!« sagte Klara einmal. »Ich laß mich nie, nie wieder sehen bei ihnen.« Verbittert schluckte sie. Fast einen Ekel empfand sie vor den Alten.

Eine Weile verging, bis Joseph antwortete. Er überflog die Abendblätter, die er seinem Vater abgenommen hatte. Hochegger nämlich pflegte wahllos jede neu herauskommende Zeitung zu kaufen, las schnell die dicken Überschriften, steckte sie ein und knurrte abgerissene Sätze aus sich heraus: »Einfach die Hölle! . . . Diese Banditen! Diese Zuhälter und Sadisten! Den alten Genossen Sollmann haben sie bestialisch überfallen . . . Senf in die Augen geschmiert und ihn festgehalten, daß er sie nicht auswischen konnte . . . Nackt über einen Tisch und mit Stahlruten! . . . Konzentrationslager in Dachau! . . . Da, da, der Gleiber ist verhaftet! . . . Da, sie foltern! Sie schlagen jeden zum Krüppel, diese Bestien!« So ging das immer. Jede neue deutsche Schreckensnachricht bellte er gleichsam schlagwortartig aus sich heraus. Und dann fing er wieder von seiner geraubten Wohnung an.

Gespannt und erschauernd las Joseph.

»Macht dir denn das gar nichts aus?« fragte Klara wiederum.

»Was denn?« fuhr er auf.

»Na, die Alten? . . . Totschlagen sollt man sie! Direkt besudelt komm ich mir vor!« rief sie. Er legte die Zeitung auf die Bettdecke und dachte kurz nach.

»Ja«, sagte er beinahe gleichgültig, »jaja, auch die müßten ausgerottet werden, hm, jaja! . . . Aber eigentlich, sie gehn ja von selber unter. Laß sie schon, wie sie sind . . .«

»Komisch redest du daher!« sagte sie fast beleidigt. »Ich versteh dich nicht!«
Er saß halb aufgerichtet da. Scharf hob sich sein Gesicht vom Licht ab. Er sah geradeaus und schien nichts zu hören. Erstaunt musterte sie ihn.
»Wenn man bei uns von Wien geredet hat«, fing er wieder an, »da hat's immer geheißen, schaut hinüber nach Österreich, nach dem roten Wien, einundvierzig Prozent sozialistisch ... Hm, und heut hat der Bundeskanzler einfach das Parlament auseinandergejagt! Er spielt schon Hitler. Seine SA heißt Heimwehr ... Hm, seltsam, seltsam! Da lies das einmal.« Er reichte ihr die Zeitung. Am 1. März hatten die sozialdemokratischen Eisenbahner einen zweistündigen Proteststreik durchgeführt. Die klerikal-faschistische Regierung Dollfuß-Fey maßregelte schonungslos. Der Nationalrat trat zusammen. Die Sozialdemokraten liefen Sturm gegen die ungerechten Maßnahmen. Es kam zur Abstimmung. Die Kräfte standen gleichmäßig gegeneinander. Die Regierung vermochte immer nur eine *einzige* Stimme mehr aufzubringen als die Opposition. Der linke Führer der österreichischen Sozialdemokratie veranlaßte nunmehr seinen Genossen, den nicht stimmberechtigten Nationalratspräsidenten Karl Renner, zur Niederlegung seiner Funktion. Dadurch gewannen die Sozialdemokraten eine fehlende Stimme. Nun aber legten auch der christlichsoziale und der großdeutsche Vizepräsident ihr Amt zurück, und die Regierung erklärte die ganze Abstimmung für ungültig, da ein Parlament ohne Präsidium nicht anerkannt werden könne. Gerade damals trat Hitler – nach den Wahlen am 5. März – in Deutschland seine schrankenlose Macht an, und das Kabinett Dollfuß beschloß – ermutigt davon – die gänzliche Ausschaltung des Parlaments.
Gestern nun hatten die sozialdemokratischen und großdeutschen Abgeordneten trotzdem eine Nationalratssitzung anberaumt. Die Regierung alarmierte die Polizei, aber als diese das Parlament besetzen wollte, war schon alles geschehen. Die wackeren Volksver-

treter nämlich waren vorsorglicherweise eine halbe Stunde früher als angekündigt erschienen, beschlossen einzig und allein in aller Eile eine Vertagung und gingen bereits wieder aus dem Gebäude, als die Überfallwagen daherflitzten. Die kampfbereiten Arbeitermassen Wiens verlangten stürmisch nach einem Generalstreik, doch die Partei gab sofort beruhigende Weisungen hinaus, und alles blieb beim alten. Soviel ungefähr konnten Klara und Joseph aus den Zeitungskommentaren herauslesen.

»Da werden wir also auch nicht warm werden«, sagte Joseph.

Klara schüttelte den Kopf. »Hm, überall das gleiche! . . . Immer zurückweichen!«

»Wir müssen schauen, daß wir mit Peter zusammenkommen«, sagte Joseph belebter. »Wir müssen arbeiten! Unbedingt was tun! So schnell wie möglich!«

Und da Klara immer noch schwieg, fügte er hinzu: »Totschlagen, meinst du, sollten wir die Alten? Das wär viel zu viel für sie!« Er lächelte zynisch: »Nein-nein. Denk einmal nach, wie dumm und lächerlich jetzt noch so kleinbürgerliche Empfindlichkeiten sind! . . . Die Alten? Wenn schon! . . . Wir wollen und wir müssen uns halten, das ist das Wichtigste. Heikel sein, das gilt jetzt nicht mehr, wenn wir überhaupt was erreichen wollen . . . Jetzt erst seh ich's ganz scharf und klar, wir müssen alles plump und grob ausnützen . . . Diesmal heiligt wirklich der Zweck alle Mittel.« Ein dumpfer Wille schien in ihm erwacht zu sein.

»So kann man's natürlich auch anschauen, aber, ich weiß nicht, mir ist's ganz einfach widerwärtig«, meinte Klara.

»Widerwärtig oder nicht – siegen müssen wir, siegen!« rief er. Da er es aussprach, kam es ihm schon wieder ein wenig komisch und kindlich vor. Über wen denn siegen? So allein und ausgeliefert?

Er legte sich zurück ins Kissen und knipste schnell das Licht aus. Unklare Vorstellungen durchzogen sein Hirn. Zertrümmert lag eine ganze Vergangenheit vor ihm. Unsicher dachte er in eine dunkle Zukunft hinein . . .

2
Der leere Wahn

Ziemlich sinnlos vergingen die ersten vierzehn Tage. Klara und Joseph kamen, wenn auch immer widerstrebend, doch schließlich öfter mit den Hocheggers zusammen und trafen sich fast täglich mit Nitschke, mit dem Brandenburger Kurt Heim, mit Wetterle und Kaufel im Parteihaus. Etliche hatten keinen Paß und nur eine bedingt befristete polizeiliche Aufenthaltsgenehmigung. Arbeit – die sowieso nicht zu finden war – durften sie nicht annehmen, und jede politische Betätigung war streng untersagt. Auch die Partei riet davon ab. Man saß also entweder stundenlang beisammen, erzählte einander die letzten Erlebnisse und diskutierte über die Vorgänge in Deutschland. Oder aber man ging mit dem einen oder anderen ziellos durch die Straßen. Ab und zu wußte einer Näheres über bekannte Genossen zu berichten. Jener war bestialisch abgeschlachtet worden, dieser im Konzentrationslager zum Krüppel geschlagen, nicht wenige zu den Nazi übergelaufen, und einigen wiederum war die Flucht über die Grenze gelungen. Viele schienen überhaupt verschollen. Jede Verbindung war abgerissen.
Behindert in allem, niedergehalten von einer ständigen Beklemmung, verbrachte der Emigrant seinen Tag. Jeder ließ sich willenlos gehen und wartete. Auf was er wartete, konnte er nicht sagen. Man kam sich nur vor wie irgendwohin verschlagen und glaubte immerzu, es hinge vom Himmel herab ein bluttriefender schwarzer Vorhang – dahinter zuckte und flammte das verlorene Deutschland.
Dabei ereigneten sich hier im roten Wien, im republikanischen Österreich, zermürbend gleichartige Dinge, die der Geflüchtete noch gar nicht begriff!
Er war noch zu uneingewöhnt, noch zu ›daheim‹, noch gar nicht da!
Mit einem durch Notverordnung wieder in Kraft gesetzten kriegs-

wirtschaftlichen Ermächtigungsgesetz vom Juni 1917 regierten der listige, zwerghaft kleine, immer kulant lächelnde, vielbewitzelte Kanzler Dollfuß und seine reaktionären Hintermänner ähnlich unumschränkt wie Hitler. Ein Versammlungs- und Aufmarschverbot war verhängt worden. Jede Zeitung, die einmal gerichtlich beschlagnahmt wurde, verfiel der Vorzensur. ›Arbeiterzeitung‹ und ›Kleines Blatt‹ wurden sofort davon betroffen. Der republikanische Schutzbund in Tirol wurde aufgelöst, sein Kommandant eingekerkert. Ruck um Ruck ging das. Es sah aus, als warte die Regierung immer erst die Wirkung eines Schlages ab, um dann den andern folgen zu lassen. Dennoch, die Sozialdemokratische Partei blieb ruhig und stand noch fest da. Die Wiener Genossen waren rührend hilfsbereit. Alle Flüchtlinge hatten bereits ein Unterkommen, und die Frauen verpflegten sie abwechselnd. Es gab auch allerhand interessante Parteiversammlungen, verbilligte Veranstaltungen der sozialdemokratischen Bildungszentrale, und zum ersten Male lernte der gänzlich verzagte reichsdeutsche Genosse bei den Führungen durch die riesigen Wohnhausblöcke die gewaltige Leistung der roten Gemeinde Wien kennen. Ergriffen stand er in Heiligenstadt vor dem mächtigen, kilometerlangen ›Karl-Marx-Hof‹, dessen zweckvoll-einfacher Baustil dem ganzen Gebäude Wucht und Größe verlieh. Die blockigen roten Türme mit den hohen Fahnenstangen ragten stolz in die Höhe, die gespreizten Durchgangstore zeigten sonnige Höfe, umfängliche Kinderspielplätze mit Planschbecken und saubere Anlagen mit Ruhebänken. Er sah Dutzende solcher moderner Riesenhäuser, die nichts, aber auch schon gar nichts mehr von jener tristen Grauenhaftigkeit der üblichen Mietskasernen an sich hatten: den ›Lassallehof‹, den ›Hanuschhof‹, den ›Reumann-‹ und ›Matteottihof‹, einen ›Herweghhof‹ und ›Sandleiten‹, die mustergültig zweckmäßigen Einhaussiedlungen vom ›Tivoli‹ und den ›Liebknecht-‹, den ›Bebel-‹ und ›Goethehof‹. Da war überall Licht und Luft und Grün, da waren äußerst rationell arbeitende, maschinell betriebene Gemeinschaftswaschküchen, in denen die Proletariererinnen in wenigen Stunden fast mühelos eine Tagesarbeit bewältigten, da waren Kinos oder herrliche Versammlungsräume eingebaut, und nirgends fehlte eine edel eingerichtete, sorgfältig sortierte Arbeiterbibliothek mit den neuesten Werken! Und was kosteten diese beneidenswert komfortablen Wohnungen? Nur einen Teil des Wochenlohns betrug die monatliche Miete!

›Erbaut von der Gemeinde Wien aus den Mitteln der Wohnbausteuer‹, las der Emigrant, der das schmähliche, vierzehnjährige Absterben einer Republik erlebt hatte, bewegt an den Vorderfronten dieser Gemeinschaftshäuser und erfuhr: den Reichen hatte die sozialdemokratische Gemeindeverwaltung diese Steuern abgenommen, und für die Arbeiter waren diese Millionensummen verwendet worden, für das Nächstliegende, was sie brauchten, für Wohnungen!

Er dachte zurück an seine Heimat, an seine Partei dort, und er wurde nur noch bedrückter...

Was war das nur? Die Untätigkeit machte von Tag zu Tag entschlußloser. Die Öde blieb. Am Morgen schlug man die Augen auf und zerbrach sich vergeblich den Kopf, was man denn nun mit seiner ganzen Zeit anfangen sollte. Alles schien ausgelöscht – die folgende Stunde, der Tag, die Zukunft, der Wille und die Pläne.

Nitschke allein war gewissermaßen ungebeugt. Er wohnte bei einer älteren verwitweten Genossin, die ihn geradezu verhätschelte. Und er fing auch halbwegs zu organisieren an.

»Wenn wir nicht *mehr* werd'n, is hier ganz scheene«, sagte er zufrieden und schlug seinen Aktendeckel auf. »Wetterle und Kaufel, ihr könnt heute bei der Genossin Biblochner speisen... Kurt, du hast diese Woche 'n Freiplatz beim Betriebsrat Vogelreuter, und ich eß wie gewehnlich daheeme...« Er lächelte ein wenig. Dann wandte er sich an Klara und Joseph und meinte wiederum: »Und ihr? Na, ihr seid ja versorcht! Wenn man so 'n seriösn altn Herrn hat...« Den beiden gab es einen Stich. Sie schämten sich fast. Schließlich aber, was blieb übrig? Und die Alten freuten sich jedesmal und waren nicht knausrig. Joseph und Klara gewöhnten sich an dieses Zusammensein.

Zeitweise hatten sie wirklich das Gefühl, als seien sie sorglose Vergnügungsreisende oder nur studienhalber hier. Die ersten strahlenden Frühlingstage brachten eine ungewohnte Wärme. Die Bäume und Büsche zeigten schon winzige Triebe. Die schwollen schnell, platzten und wurden zarte Blätter. Das junge Paar wanderte oft tagelang in der Stadt herum. Vieles entdeckten die beiden. Da war der breite Ring mit seinen prunkvollen Kaffeehäusern, mit der Universität, dem Rathaus und dem imposanten Parlamentsgebäude. Großartig wirkte das pompöse Barock des Maria-Theresia-Denkmals zwischen den beiden mächtigen Museen, unvergleichlich die Burg mit dem Heldenplatz. Dann die berühmte formstrenge Karlskirche, die belebte Kärntnerstraße mit ihren eleganten Auslagen, der Stefansdom und der sonnige Graben mit der überladenen Pestsäule, die aussah wie ein steingewordener Baumkuchen, der hohe Markt mit den alten ehemaligen Patrizierpalästen, das Belvedere und schließlich der Stolz jedes Wieners: Schönbrunn mit der Gloriette und den seltsam starren, wie nach einem Exerzierreglement zugeschnittenen Park. Viel lieber hatten sie den riesenhaft ausgedehnten Lainzer Tiergarten, der unvergeßliche Ausblicke auf die ganze Stadt bot. Sie sahen hinein in dieses wirre Durcheinander der Straßen und Gassen, in dieses Gemeng der Türme und Dächer, hinüber bis zum Kobenzl, zum Kahlenberg und zum Leopoldsberg. Ja, es war schön! Sie durchstreiften den lieblich gewellten Wienerwald, und immer, immer wieder, wenn sie so auf einer Bergspitze standen, suchten ihre Blicke die deutsche Ferne im zerrinnenden Himmel. Und dann stieg ein bitteres Gefühl in ihnen auf ...

»Hast du gelesen, der Neubert, hm, in Dachau! War schon fast an der Grenze! Den Beutelhofer haben sie umgebracht und Selbstmord angegeben, und der Leinhart soll auch tot sein«, sagte Joseph, und wie von selber redete es aus ihm weiter: »Eine Selbstmörderzelle ist in Dachau. Da bringen sie die neueingelieferten Genossen hin, ziehn sie nackt aus und schlagen sie so lang, bis keiner mehr einen Muckser tut. Dann schütten sie kaltes Wasser über sie, und wenn der Halbtote wieder aufwacht, halten sie ihm einen Strick hin. Er soll sich aufhängen ... Tut er's nicht, geht das Foltern weiter ...«

Was sie auch taten, ob sie mit den Genossen zusammen waren oder die tausend merkwürdigen Gassen Wiens durchstreiften, mochten sie sich auch mehr und mehr mit der Politik der österreichischen Partei beschäftigen und begieriger die Zeitungen verfolgen, ob sie an den Abenden den lärmenden Prater aufsuchten oder kleine Besorgungen machten – beim Essen und Reden und Rasten, beim Hinlegen und sogar in den Schlaf hinein verfolgte sie dieses schmerzliche, zerreibende Darandenken. Immer fragte es in ihnen: ›Was wird der machen? Lebt der noch! Was tun die Massen?‹ Die nächsten und fernsten Bekannten tauchten auf: der Homlinski, der Kofler, der Bangler, die Schwinglingerin – alle, alle!

Und dann drückte wieder der Stein in der Herzgrube. ›Und wir? ... Und was tun die Sozialisten der Welt? Was geschieht denn hier?‹ Auch die heftigsten Diskussionen, die sie miteinander führten, halfen nicht darüber hinweg.

»Nein! Nein, so jämmerlich wie die Deutschen sind sie hier nicht! Nein, die wehren sich!« widersprach Joseph seiner Frau, wenn diese verdächtigend wetterte. »Aber – es ist ja auch nicht mehr so wichtig, ob der Severing ein Verräter war, ob die SPD mit Wels nochmal in die Krolloper zur Reichstagskomödie gegangen ist und vor Hitler gekuscht hat ... Auch daß sich jetzt der Parteivorstand in Prag installiert hat und große Töne anschlägt, alles unwichtig! Auf die Proleten kommt's an! ... Das einzig Wichtige ist, Verbindung mit ihnen kriegen! Arbeiten! Arbeiten!«

Indessen, wenn er sich zutiefst fragte, wie denn dieses ›Arbeiten‹ aussehen sollte, dann wurde ihm alles nur noch unklarer. Er wurde völlig verdrossen.

»Bald sind wir in Österreich auch so weit«, warf Klara verächtlich hin. Er schwieg...
Nitschke und der alte Hochegger, die bereits fester bei den Parteistellen Fuß gefaßt hatten, brachten es in dieser Zeit fertig, daß man einen Wiener Obmann ernannte, Räumlichkeiten zur Verfügung stellte und eine Flüchtlingsstelle errichtete. Kleider- und Wäschesammlungen wurden veranstaltet, und auch ein geringes Taschengeld erhielten die Emigranten. Über die Neuangekommenen führte man Listen, und am Ersten und in der Monatsmitte fand eine Zusammenkunft statt.
Allmählich kamen auch weitere Flüchtlinge aus allen Teilen Deutschlands an. Die meisten hatten bei Nacht und Nebel ihre Wohnung oder ihr Versteck verlassen und eine abenteuerliche Flucht hinter sich. Erschöpft, nur mit dem, was sie auf dem Leibe trugen, so standen sie da, und es gab erbitterte Zusammenstöße mit Nitschke. Denn der war wieder ganz Sekretär und blieb unzugänglich, bis er nicht die nötigen Unterlagen hatte. Da war der alte Hochegger recht am Platze. Er gab vor allem einmal Geld, schlichtete die Streitigkeiten und dämpfte den cholerischen Nitschke.
Eines Tages trafen auch der SAJ-Sekretär Koller und Josephs Freund, der Heindl-Karl, ein. Im ganzen zählte die Emigrantenschar nun fast zwei Dutzend Köpfe. Darunter waren Frauen, ältere Eheleute und Jugendgenossen. Es gab viele Neuigkeiten, und langsam kamen die, welche einander mochten, sich näher. Karl schloß sich seinen beiden Freunden an und wußte viel zu berichten. Gleiber war zweimal verhaftet gewesen, dann aber freigelassen worden. Mutig hatte er sich benommen. Kaum aus der Haft, hatte er seine vertrauten Genossen gesammelt und mit ihnen geheime Besprechungen abgehalten. »Und nachher – auf einmal war er weg, weiß der Teufel, wenn er nicht weggeräumt worden ist, der hat sich pfeilgrad einen Schützengraben gebaut und tarockt«, sagte er. »Na, der Kofler! Mensch, den haben sie schwer verhauen, aber jetzt lassen sie ihn in Ruhe. Ich hab ihn auch nie mehr gesehen.«

»Und was hast du im Sinn?« erkundigte sich Joseph.
»Ich? Ich laß mir bloß mein Haar wieder wachsen . . . Dann geh ich wieder 'nüber!« antwortete Karl.
»'nüber? . . . Dein Haar, was willst du denn?« Klara und Joseph wurden neugieriger.
»Wirst schon sehen«, gab er geheimnisvoll zurück. Er war, obwohl sie ihm die Vorderzähne ausgeschlagen hatten, heiter. Die Haft in der Polizei, meinte er, habe ihm eigentlich das Leben gerettet, in Dachau wär er vielleicht krepiert, nur irrtümlich hätten sie ihn laufen lassen.
Bei einer solchen Emigrantensitzung erfuhren Joseph und Klara auch, daß es noch andere Flüchtlingsstellen gebe, eine jüdische, eine von der ›Liga für Menschenrechte‹ und eine kommunistische, die illegal von der ›Roten Hilfe‹ gehalten werde. Sie gingen mit Karl und suchten alle ab. Den Peter Meidler kannte niemand.
»Warum willst du grad den?« fragte Karl.
»Weil er sicher illegal arbeitet . . . Der muß doch Verbindungen haben«, erwiderte Joseph. »So können wir doch nicht weitermachen . . . Einfach dahocken und warten?«
»Nein-nein, da hast du recht . . . Ich brauch bloß einen guten Zahnarzt«, meinte Karl und grinste sonderbar. Doch man brachte nichts aus ihm heraus.
Sie gingen durch die verschiedensten Speiselokale der ›Wök‹ und der ›Mittella‹ und gaben schließlich die Hoffnung auf, Peter je wieder zu treffen. Müde und verzagt machten sie sich auf den Heimweg. Karl blieb einmal unter einer Laterne stehen, zog seinen kleinen runden Taschenspiegel heraus und betrachtete seine Zahnstumpen. Er fuhr mit dem Finger unter die Mundecken und entdeckte da und dort einen heilen Backenzahn. Breit warfen sich seine roten, etwas lefzigen Lippen. »Was interessiert dich denn da so? Weg ist weg«, meinte Klara scherzhaft.

›Wök‹ – Wiener öffentliche Küchen; ›Mitella AG‹ – Mittelstandsküche

»Jaja, das schon. Ihr könnt euch doch erinnern? Ich hab ziemlich blanke, schneeweiße Zähne gehabt«, sagte er.

»Jaja . . . Und?« Klara und Joseph sahen ihn an.

»Herrgott ja! Geld müßte ich haben . . . Die Zähn müssen wieder her!« sagte Karl im Weitergehen.

»Vielleicht läßt sich das machen . . . Schau erst einmal, was so was kostet«, schloß Joseph. Er und Klara dachten gleicherzeit an die Alten.

»Herrgott! . . . Du? . . . Jaja, ich frag gleich morgen rum!« brach Karl beglückt aus sich heraus und schaute Joseph treuherzig in die Augen. Dann ging man auseinander. Die beiden sahen dem merkwürdigen Freund nach. Wippenden Schrittes, so, als lächelte er beständig in sich hinein, verschwand er um die Ecke.

»Hm, was will er bloß? Komisch! . . . Ob er sich ein Mädl angeschafft hat?« murmelte Joseph kopfschüttelnd. Beide lächelten. Sie gingen in ihr Haus.

Kurz vor dem Einschlafen meinte Joseph aufgefrischter: »Jetzt wird's mir langsam ein bißl leichter . . . Mit dem Karl und dem Peter, siehst du, da wär vielleicht was zu machen . . . Die andern, der Wetterle, der Kaufel und alle, die reden bloß immer, wie geht's mir morgen . . . Nun ja, wir haben leicht reden . . . Es ist ja schließlich verständlich, den meisten geht's miserabel schlecht . . . Aber bloß noch das? . . . Wir müssen doch wieder ganz von vorn anfangen. So zu zweit, zu dritt . . . Mit ganz kleinen Zellen, verstehst du?«

Klara wandte das Gesicht nach ihm.

Es war ungläubig.

»Hm, jaja, schon«, sagte sie. »Aber weißt du, wie mir das vorkommt? Wie wenn da ein riesiger Felsstein liegt, und wir paar täten immer an ihm kratzen . . .«

»Jetzt versteh *ich* dich nicht mehr«, antwortete er verwundert.

»Naja, ganz einfach . . . Auch ich bin dabei, wenn wir was machen, aber so romantisch, hm? Auch jetzt kommt's immer noch drauf an, daß wir mit den Massen kämpfen«, erklärte sie ihm.

»Hm, jaja, mit den Massen! Aber die müssen wir erst wieder finden«, schloß er. Sie drehten sich um und schwiegen ...
Sehr früh am anderen Morgen kam der Vater zu ihnen. Das war noch nie vorgekommen. Er tat sehr verwichtigt.
»Jetzt hab ich einen Weg, jetzt!« hastete er heraus. »Dieser Mantler, wart nur! ... Stellt euch vor, ich hab Aussicht auf einen Parteiposten in Innsbruck! Ich möcht mich da drunten doch ein bißl einrichten! ... Ach, dieser Hund, der Mantler, jetzt, jetzt wisch ich ihm eins aus!« Die Jungen musterten ihn verständnislos. Sie hatten dies alles schon längst vergessen.
»Paßt auf! Der Koller, der hat eine sichere Deckadresse ... Ich hab schon an die Frau Schwinglinger gedacht, aber das ist zu auffällig ... Nein-nein, ich versuch's einmal mit dem Koller seiner Adresse ... Dem helf ich, dem Banditen!« plapperte der Alte, und immer hitziger wurde er. Die Jungen wollten fragen. Er überstürzte sich.
»Der muß mir nach Dachau! Den Hund liefere ich! ... Ich hab meinen Plan, ich hab ihn!« Er wurde fast heiter. »Nein-nein, ich sag euch nichts ... Ich mein bloß, wir müßten die Schwinglingerin drauf aufmerksam machen, daß sie uns dann berichten kann ... Was, ob man ihr einmal harmlos schreibt?«
Alles klang so dunkel, und es wurde auch nicht klarer, als Hochegger dazusetzte: »Jaja, du sagst immer, wir müssen kämpfen ... Arbeiten! Ich tu jetzt was, da paßt auf! ... Man muß jeden einzelnen von diesen braunen Schuften aufs Korn nehmen!« Er stand auf und schwang die Faust, er sah aus wie eine wildgewordene Lustspielfigur. »Jaja, der alte Hochegger – wart nur! Wart! Ich – ich zeig's ihnen, diesen Verbrechern, die Deutschland ruiniert haben!«
Sein asthmatisch gequollenes Gesicht verfiel auf einmal in ein konvulsivisches Zucken. Wie todwund wimmerte er: »Alles haben sie uns geraubt! Vertrieben haben sie uns! Nie! Nie mehr können wir heim! Nie! In der Fremde muß man 'rumbetteln! Ach, aach!« Haltlos sackte sein Kopf in die Brust. Er ächzte. In Deutschland wurden

Hunderte und Tausende verfolgt, eingekerkert, zu Tode geschunden, den Emigranten ging es bitter elend. Das alles überhörte er.
»Jaja! Jaja!« wehrte er abgerissen ab. »Ja . . . Aber bin ich nicht als Ehrenmann alt geworden? . . . Und jetzt? Das soll der Dank sein! Diese Bestien!«
»Ja, Herrgott! Jetzt hör schon auf!« rief Joseph endlich ungeduldig und fragte ziemlich barsch: »Also, was willst du?« Der Alte sah kurz auf, faßte sich halbwegs und verlangte nur, sie sollten der Schwinglingerin eine gleichgültige Karte oder einen Brief schreiben und um Antwort bitten, weiter nichts.
Benommen blickte er auf Joseph. Sein Kinn begann wieder zu zittern.
»Unsere Heimat! . . . Da, wo man Kind war und alt geworden ist, Joseph! Da-das kann doch kein leerer Wahn sein?!« jammerte er rührselig. »Ich geh ja ein, wenn ich daran denk!« Es sah wirklich aus, als dorre er langsam ab. Gelb und aufgeschwommen war sein Gesicht, stumpf seine Augen. Er roch gleichsam nach Untätigkeit. Tag und Nacht schien ihn das Heimweh zu quälen.
Er ging endlich.
»Eins ist mir bloß schleierhaft – was hat er eigentlich im Sinn?« rätselte Joseph. Klara schüttelte den Kopf. »Schreib schon . . .«
Sie nahmen einen Kartenbrief, denn die, hatte man ihnen gesagt, würden am wenigsten von der Postzensur geöffnet. Ganz harmlos schrieben sie an die Schwinglingerin: ›Liebe Tante!
Auf unserer Reise haben wir auch das schöne Wien besucht, wie du siehst. Wir senden Dir von hier aus die besten Grüße. Habt Ihr auch so herrliches Wetter? Hier blüht schon alles. Jeden Tag sehen wir uns neue Schönheiten der Donaustadt an. Wir werden viel berichten können, wenn wir heimkommen. Acht Tage bleiben wir noch hier, dann geht es in das sonnige Italien und ans Meer. Bitte, sei doch so gut und schreib uns gleich nach hierher einen kurzen Kartengruß, wie es Dir und Deinem Mann geht. Sei umschlungen von Deiner Nichte Kathi.

Von meinem Mann ebenfalls herzliche Grüße, schreibe gleich.‹
›Kathi‹, das begann mit Ka und endete mit i, also Klara und Joseph.
Dies hatten sie mit der Krämerin beim Auseinandergehen noch
ausgemacht. Als Adresse gaben sie eine Wiener Genossin an, die
eine kleine Pension betrieb.
Soviel sie auch nachdachten, sie konnten sich nicht erklären, was
der Alte plante. Babette konnte ihnen auch nichts sagen darüber.
»Ich weiß nicht, immer schimpft er auf den Mantler«, erzählte sie
und klagte über sein ewiges Traurigsein. Voll sah sie Joseph an und
meinte nebenher: »Ein alter Mann wird er halt, und leiden tut er an
all dem.« Sie hingegen blühte jeden Tag mehr auf. Dieses bequeme
Leben schien ihr zu behagen. Es fiel ihr sogar schwer, ein schmerzliches Gesicht zu machen. Sie fand auch eine einleuchtende Entschuldigung. Sie sagte: »Nein, jetzt grad nicht! Das soll der Hitler
nicht erleben, daß ich meinen Humor verlier! . . . Kommt's Kinder,
gehn wir ein bißl spazieren!« Das Ende war meistens ein Kaffeehaus oder ein kleiner Einkauf. Jedenfalls verplapperten sich dabei
die Stunden mit Leichtigkeit. Ab und zu beschenkte sie die beiden
Jungen und zwinkerte vielsagend mit ihren belebten Augen. »Der
Vater braucht's ja nicht wissen, gell? . . . Langsam wich der erste
Schrecken. Die Emigranten richteten sich ein, so gut es ging.
Der gewitzte Wetterle verfaßte aus dem Sammelsurium der deutschen Nachrichten ›Stimmungsbilder aus dem dritten Reich‹ und
lieferte Aufsätze an die Gewerkschaftszeitungen. Kaufel schrieb
flammende Gedichte gegen die Hitlerbarbarei und süßliche Erinnerungen aus der Glanzzeit der deutschen Sozialdemokratie. Ab und
zu hielt der eine oder der andere unter einem angenommenen Namen Vorträge bei einer SAJ-Gruppe oder sonst einer Organisation.
Die Frauen verrichteten Flick- und Wascharbeiten für die Genossen oder kolportierten, wie Heim und Koller, die massenhaft auftauchenden Emigrantenblätter und Zeitschriften. Wieder andere
vertrieben Bücher aus der Parteibuchhandlung und sammelten
Abonnenten für den in Karlsbad erscheinenden ›Neuen Vorwärts‹

der SPD. Nitschke befaßte sich nur noch mit den bürokratischen Arbeiten bei der Flüchtlingsstelle. Viele wollten – wie sie das von einer gleichbetitelten Broschüre heruntergelesen hatten – ›neu beginnen‹ und kamen dabei auf die merkwürdigsten Einfälle. Der Sachse Lehmke zum Beispiel, ein ehemaliger biederer Schreinermeister, strich tagelang in der Stadt herum, suchte die Märkte und Krämereien ab und erkundigte sich eingehend nach dem Herkommen der Heringe. Er notierte genau, machte Tabellen und Statistiken und wollte einen Heringsboykott gegen Deutschland ins Leben rufen. Bei jeder Zusammenkunft meldete er sich zum Wort und schmetterte: »Genossen und Genossinnen! Heringe und Pellkartoffeln sind bekanntlich die einzige Emigrantenmahlzeit! Wer einen reichsdeutschen Hering kauft, unterstützt Hitler! Also aufgepaßt! Kein Mitleid mit der Barbarei!«

Ein kleiner, verhutzelter Rheinpfälzer mit einer stämmigen Frau zwickte in einem fort seine kranken Augen hinter den scharfen Brillengläsern zusammen und vertrat die Ideen der frühen Anarchisten. Der Sozialismus sei international, sagte er, infolgedessen müßten alle Länder dezentralisiert werden, aufgeteilt in lauter kleine Länder, wenn möglich überhaupt in Dörfer, nur so sei ein kommender Weltkrieg zu vermeiden und der Nationalismus ein für allemal vernichtet. Die meisten plusterten sich dagegen auf und wiesen ihn grob zurecht: »Na, hör mal, so ein Gequatsch . . . Dann kannst du ja gleich Urmensch werden!« Viele lachten mitleidig. Der kleine, pickelgesichtige Mann mit seinen ungeschickten Bewegungen aber dozierte unverblüfft weiter: »Genossen, ein Krieg von Dorf zu Dorf? Kleine Länder vertragen sich, und außerdem – wo die natürliche Heimatliebe aufwacht, gibt's kein so dummes Zeug wie Nation mehr!« Er wollte weiterreden, aber seine vollbusige Frau zog ihn einfach auf den Sessel nieder, und wieder lachten alle.

Ein Passauer Ortskrankenkassenangestellter namens Michl Galter, dick, schlampig, brummig und ständig nach Bier riechend, knurrte von Zeit zu Zeit: »Gott sei Dank, daß es noch Österreich

gibt! Sonst tät ich mich glatt aufhängen! Am ganzen Ruin sind bloß die Preußen schuld!« Und wenn man ihm nachwies, daß Hitler, Goering und Roehm Bayern oder Österreicher seien, wurde er giftig. »Jaja, aber entartet! Entartet!« warf er hin. »Deutschland muß zertrümmert werden! Die Preußen müssen in die Diaspora wie die Juden, eher wird keine Ruh nicht!« Dann schwieg er wieder. Seine Frau war noch in Passau. Allem Anschein nach war ihm das ganz recht. Sie ließ ihm ab und zu Geld zukommen, und wenn er nichts mehr hatte, pumpte er Hochegger oder Joseph an. Schnell hatte er herausgebracht, wo was zu holen war. Sobald er Geld hatte, verschwand er wochenlang aus dem Gesichtskreis seiner Genossen. Traf ihn wirklich einmal einer, so erzählte er allerhand geheimnisvolle Geschichten und Klatsch und intrigierte gegen den und jenen. Einmal, als er wieder so aufknurrte und gegen die Preußen wetterte, hielten sich norddeutsche Genossen darüber auf. Er sah verstellt staunend auf und brummte gelassen: »Anwesende sind natürlich ausgeschlossen! *Wir* sind ja Sozialisten!« Von da ab hielt er sich zurück. Um die Politik im ›Gastlande‹ und insbesondere die der österreichischen Sozialdemokratie kümmerten sich die wenigsten. Jeder war froh, noch Haut und Leben zu haben. Ein gewaltsam aus dem gewohnten Zusammenhang herausgerissener Mensch, täglich geplagt von den kleinsten privaten Miseren, immer unsicher dem nächsten Morgen entgegenbangend und ganz ohne jede Zukunft – um was kann denn sein enges, sorgendes Trachten schon noch kreisen? Nur um das Sattwerden, um das Durchkommen durch die kommenden Tage!
Das Gefühl internationaler Verbundenheit aller Proletarier, die Solidarität, schien bei vielen dieser emigrierten Deutschen ausgelöscht zu sein. Jeder war mehr oder weniger ein haltlos dahintreibendes Menschenwrack...
Einmal waren die Arbeiterbezirke von ganz Wien in Aufregung. In den Sektionslokalen sammelten sich die Massen. Kleine, heftig diskutierende Gruppen sah man auf der Straße. Es hieß, einige grö-

ßere Betriebe streikten. Verstärkte Polizeistreifen mit Karabinern tauchten auf, und Überfallautos flitzten nach allen Richtungen.
Die Emigranten saßen im Lokal der Flüchtlingsstelle beisammen. Wie eh und je berieten sie.
Joseph kam mit Klara hereingestürzt und konnte sich nicht mehr zurückhalten.
»Wir hocken da, und in der Stadt geht's hart auf hart! . . . Der Schutzbund ist aufgelöst!« Er wandte sich an den wuchtig gebauten Wiener Obmann Lorisch: »Wird die Partei denn das glatt hinnehmen? Da muß doch was geschehen!?« Bedrückt und bestürzt schauten die Versammelten drein.
Die großartig disziplinierte, militärisch glänzend durchgebildete und sehr gut bewaffnete proletarische Selbstschutzorganisation der österreichischen Partei, diese in ganz Westeuropa einzigartig dastehende, bewunderte Arbeiterarmee hatte ein Federstrich des kleinen Kanzlers abgeschafft? Und nichts geschah dagegen?
Doch! Doch! Lorisch runzelte leicht verärgert seine Stirn und wies Joseph zurecht. »Genosse Hochegger junior, nur nicht so hitzig! Du bist, mir scheint, da sehr wenig informiert!« sagte er. »Die Partei hat den Schlag sofort pariert . . . Ich kann euch im Vertrauen mitteilen, Genossen, der Schutzbund bleibt natürlich weiter bestehen . . . Ganz das Gegenteil von dem, was Herr Dollfuß erwartet hat, tritt ein – er wird sogar noch größer, unser Schutzbund, er kriegt bloß einen anderen Namen . . . Der Parteivorstand berät eben . . . Morgen kommt schon der Aufruf in der Arbeiterzeitung heraus, ihr werdet ihn ja lesen – jetzt kommen die Parteiordnerschaften, was das gleiche ist . . . So wie bei euch in Deutschland lassen wir uns nicht abmurksen, merkt euch das!« Die letzten Worte klangen nicht ohne Schärfe.
»Und außerdem«, fuhr er fort, »wir haben der Regierung noch einen saftigen Hieb versetzt! . . . Das habt ihr wahrscheinlich überlesen, oder ihr wißt gar nicht, was es damit auf sich hat . . . Genosse Seitz, unser Bürgermeister, hat in seiner Eigenschaft als Landes-

hauptmann von Wien den hiesigen Heimatschutz aufgelöst...
Eine Wiener Heimwehr gibt's von heute ab nicht mehr!«
»Soso? Na gut«, brummte Joseph unüberzeugt und sagte nichts mehr.
Nitschke, der neben Lorisch stets den Vorsitz führte, erhob sich.
»Genossen und Genossinnen, wie ich unseren lieben Obmann und Genossen Lorisch kenne, wir können uns, glaub ich, beruhichen ... Für uns ist auf alle Fälle gesorcht!« Er setzte sich, und die Gesichter entspannten sich wieder.
»Es ist zum Kotzen!« sagte Joseph beim Auseinandergehen zu seinem Freund Karl. »Ich geh überhaupt nicht mehr hin! ... Genau so eine Politik des Zurückweichens treibt die österreichische Partei wie die deutsche! Und die Proleten gehn ihr auf den Leim! Schau dir bloß diesen Burschen, den Lorisch, an! Wenn man was sagt, möcht er einen am liebsten rausschmeißen! ... Wie er schon daherredet! Wie ein dreimal verbonzter Schullehrer! Daß er nicht gleich sagt: Halt's Maul, unsere Angelegenheiten gehn dich einen Dreck an! ist alles ... Mensch, so leb ich nicht weiter! Da ist man bloß gnädigst geduldet, weiter nichts ... Die Genossen sind die wunderbarsten Menschen der Welt, aber die Bonzen sind die gleichen wie bei uns, wenn nicht noch ärger! Sie geben sich alle noch so einen verdächtigen radikalen Anstrich, und wenn's drauf ankommt, sind sie die niederträchtigsten Kompromißler! ... Arme Proleten! Pfui Teufel!« Er war ganz und gar giftig.
Die Nachmittagsblätter wurden ausgerufen. Klara kaufte eines. Joseph fraß die Überschrift in sich hinein.
»Da! Da! Haha!« lachte er bitter heraus. »Da haben wir's ja schon! Dem Rekurs des Wiener Heimatschutzes gegen die Auflösung durch den Wiener Landeshauptmann ist vom Bundespräsidenten stattgegeben worden! Was wird er uns jetzt wieder erzählen, dieser Idiot, der Lorisch? ... Was ist der Seitz schon noch? Ein Hampelmann, weiter nichts!«
Er schrie es so laut, daß ihn Passanten bösartig musterten.

»Schweigen ist Gold«, murmelte der Heindl-Karl. »Scheiße ist alles!« Klara nickte. »Man wünscht schon bald, daß der Dollfuß alles vernichtet, dann vielleicht jagen die Proleten dieses ganze Bonzenpack zum Teufel!« knurrte Joseph. Ergrimmt stapfte er weiter. Alle drei gingen sie eine Weile wortlos dahin.
Karl zupfte ihn und grinste.
»Ich hab schon einen Zahnarzt...«
»Einen Zahnarzt? Zu was denn!« fuhr ihn Joseph fast grob an und blieb stehen.
»Er ist Genosse ... Ganz schenken, sagt er, kann er mir's nicht ... Wenn ich ihm nach und nach hundert Schilling zahlen könnt, tät er mir's machen ... Ganz wie ich will ...«
Joseph stand plötzlich still. Sein Gesicht rötete sich. Auch Klara hob den Kopf.
»Was ist's denn? – Jesus, das ist er, der Peter!« sagte Karl. In großen Sätzen sah er Joseph auf den Mann zulaufen, der drüben in einem Rudel Spaziergänger verschwand. Klara und Karl folgten eilsam. Als sie auf der anderen Seite ankamen, lachte ihnen Joseph breit entgegen.
»Er ist's wirklich! ... Endlich! Endlich!«
Peter stand da. Er trug einen billigen, aber nagelneuen Anzug, fixierte Karl zuerst ein wenig mißtrauisch, drückte endlich jedem die Hand, und man ging weiter.
»Mensch! Mensch, Peter? Wo kommst du her? Was machst du?« fragten alle gleicherzeit, und Joseph hing sich an seinen Arm.
»Pst! Pst ... Hier heiß ich Ludwig«, flüsterte Peter schnell. »Macht's nicht so auffallend ...«
Lauter sagte er: »Tja, ich hab leider heut keine Zeit ... Viel, viel Arbeit! Aber morgen oder übermorgen ... Gib mir deine Adresse ... So, ja ... Ich komm bis um elf Uhr, es kann aber auch eine halbe Stunde später werden, wartet auf mich, bestimmt!« Er notierte, verabschiedete sich hastig und verschwand.
Eine Weile blieben die drei stehen und fanden kein Wort.

»Morgen kommt er ja . . . Geht's weiter«, rief Klara endlich.
»Also, was ist das mit deinem Zahnarzt? . . . Hundert Schilling, hm . . . Vielleicht bring ich's aus dem Alten raus«, begann Joseph wieder in gewöhnlichem Ton.
Die Abendblätter tauchten auf. »Diese Woche keine neue Notverordnung!« stand drüber.

3
Ungewohnte Wege

Und ihr sitzt da einfach da und wartet«, redete Peter eindringlich auf Klara und Joseph ein, als er am nächsten Tag in ihrem Zimmer saß. »Ihr habt bis jetzt noch nicht einen Finger gerührt... Mensch, und wir wissen nicht, wo wir das Geld für die Flugblätter aufbringen sollen... Hier in den Betrieben gärt's gegen diese beschissene SPÖ... Da und dort streiken sogar einmal etliche Betriebe, wenn die Arbeiterzeitung verboten wird! Und für den Grenzdienst haben wir zu wenig Leute... Kruzifix! Ihr glaubt wohl noch immer an irgendein Wunder, was?« Er war völlig verändert. Er hatte nichts mehr von dem bedrückten Mürrischsein von einst.
»Den Doktor Bell haben sie erschossen, das wißt ihr doch... Der Reichstagsbrandprozeß kommt bald! Man muß vorarbeiten!... Drüben haben sie Genossen geschnappt, die Flugblätter abgezogen haben und Zeitungen gehabt haben... Zwei Jahre Zuchthaus!... Immer wieder reißt die Verbindung ab... Du bist doch Bergsteiger?« wandte er sich an Joseph, und dieser nickte.
Der Heindl-Karl kam zur Tür herein.
»Und was tust denn du?« fuhr ihn Peter an. »Wartest du auch, bis du grau wirst?«
Ziemlich überfallen meinte Karl: »Nein-nein... Ich will nämlich wieder 'nüber, aber ich brauch Zähne...«
»Schon wieder das Gebiß!« mischte sich Klara ungeduldig ein.
»Und was willst du drüben machen? Du wirst doch geschnappt! Du gehst doch hopp?« fiel Peter ein. Karl schüttelte grinsend den Kopf: »Nein-nein, mein Lieber! Gift kannst drauf nehmen, mich erwischen sie nicht.« Er zog ein blauweiß gestreiftes Matrosen-Trikothemd aus seiner Brusttasche. »Ich walz nämlich als Neger 'nüber... Ich hab da noch allerhand zu tun.« Die drei musterten ihn, als zweifelten sie an seinem Verstand. Dann lachten sie hell auf. Er aber blieb hartnäckig dabei.

»Ich hab nämlich schon alles ausprobiert . . . Ich sag dir, du kennst mich nimmer, wenn meine Haar erst ganz gewachsen sind, und wenn ich die Zähne hab . . . Die Farb geht nicht ab . . . Monatelang hält sie sich. Ich kann baden und mich waschen, soviel ich mag, ich bleib Neger!«
»Krieg ich die hundert Schilling?« wandte er sich geschwind an Joseph.
»Geld habt ihr auch? . . . Woher denn? Herrgott, das ist ja wunderbar . . . Um wieviel kann man euch schröpfen?« fragte Peter.
»Wir haben zwar nichts oder wenigstens bloß das, was wir brauchen, aber wenn ich genau weiß, wir kommen endlich zu einer richtigen illegalen Arbeit – wieviel wär da nötig?« erkundigte sich Joseph. Er und Klara waren aufgefrischt. Peter rechnete, dann sagte er mit großer Bestimmtheit: »Also, wenn's geht . . . Ihr geht an die Grenze! Für eine Bude ist gesorgt . . . Und du, Karl« wenn du absolut 'nüber willst, den Paß kann ich besorgen, aber hör zu, so bloß deine kleinen Privatangelegenheiten, das geht grad nicht. Zu brauchen ist jeder . . . Ich kenn dich ja, feig bist du ja nicht und blöd auch nicht . . . Wenn das mit dem Neger geht, du kannst allerhand nützen . . . Also wie ist's? Übermorgen komm ich, und wir bereden alles . . . Wieviel bringst du auf, Sepp?«
Joseph drückte herum. Sagen ließ sich nichts. Es kam doch auf die Alten an und auf ein geschicktes Plausibelmachen.
»Was? Deine Alten sind auch da? Die haben das Geld?« Peters Augen funkelten auf. »Viel?«
»Wir glauben schon», erwiderte Klara statt Joseph. »Und knauserig sind sie nicht. Vor allem die Schwiegermutter, bei der sitzt's lokker . . .« Sie sah ihren Mann offen an und meinte: »Du erreichst ja alles bei ihr.«
»Wunderbar! Geh hin! Preß raus! Gewöhn dir endlich die Anständigkeit ab . . . Bring, was du kriegst . . . hundert, zweihundert, meinetwegen eine Million!« rief Peter und wurde immer belebter.
»Und mein Gebiß?« fing Karl wieder an.

»Wird schon . . . Also übermorgen!« schloß Peter und stand auf. Karl sah in den Spiegel und fuhr sich durch seine noch immer zu kurzen Haare. »Sie ringeln sich schon«, meinte er. »Und mit dem Rasieren, das hab ich auch schon probiert . . . Es wird immer besser.« Tatsächlich hatte er ein kinderpopoglattes Gesicht. Sie gaben ihm vierzig bare Schillinge und versprachen, das andere schon aufzubringen.

Joseph machte sich auf den Weg zu den Alten. Ein Stück ging er mit Karl zusammen. »Nichts mehr gilt, als der Nutzen für die Klasse! Alles andere muß raus aus uns!« sagte der zum Schluß und drückte ihm die Hand.

Mit einem sonderbar beklommenen Gefühl stieg Joseph nach einiger Zeit die Treppe hinauf. Er überlegte und überlegte, was er den Alten sagen sollte. Es fiel ihm nichts Einleuchtendes ein. Immer wieder befiel ihn ein quälendes Widerstreben. Er kam sich wie ein Verräter vor oder wie ein Mensch, der einen Diebstahl plant. Zögernd setzte er einen Fuß auf die Stufen, dann den anderen. Sein Herz schlug. Er schluckte. Er leichter Ekel stieg in ihm auf. Mit Gewalt redete er sich zu: ›Hm, was denn, hab ich denn überhaupt mit den Leuten was zu tun! Was gehn sie uns an? . . . Sie spielt die Dame und privatisiert! Er schlüpft rum, um wieder wo unterzukommen . . . Will sich von den Proleten zahlen lassen und gehört gar nicht mehr dazu!‹ Aber die Wut, die er so sehr wünschte, kam nicht. In seinem Kopf wurde alles nur noch unklarer. Er bereute schon wieder, daß er dem Peter was versprochen hatte. Am liebsten wäre er umgekehrt und davongelaufen. Doch nun stand er vor der Tür und spürte, daß er zitterte. Zaghaft drückte er auf den Klingelknopf. ›Ach was, jetzt ist's schon, wie's ist!‹ ermannte er sich und drückte fester, als er wollte. Drinnen schrillte die Glocke. Er erschrak fast und ließ seinen Arm schnell herabfallen.

Gleich darauf schlurfte jemand vorsichtig an die Tür heran. Ein leises Kratzen hörte er. Jetzt mußte jemand durch den Spion blicken. Da ging schon die Tür auf, und Babette tauchte auf mit strahlendem

Gesicht. Sie trug einen seidenen, großgeblumten Morgenrock und duftete diskret nach schwerem Parfüm.

»A-ach du bist's, Joseph?« lächelte sie und wurde einen Huscher lang rot. »Ist Klara nicht dabei?«

»Nein«, brachte er kaum heraus, und sie ließ ihn eintreten.

»Ich bin nämlich auch allein ... Vater rennt ewig rum! Geh nur voraus, du weißt ja!« rief sie ihm nach und schloß die Tür, zweimal verriegelte sie und ließ die Schlüssel stecken, ging bis zur Zimmertür, drehte sich aber plötzlich wieder um und zog die Schlüssel dennoch ab.

Joseph blieb unschlüssig im noch verdunkelten Zimmer stehen. Die leeren Tassen und Überreste des Frühstücks standen noch auf dem Tisch. Die Tür zum Schlafzimmer stand halb offen, und der süßliche Geruch strömte in den Raum.

»Setz dich doch! Da, bitte, hast noch Hunger? Ein bißl Kaffee ist noch da, aber kalt ... Was gibt's denn!« plapperte sie überaus freundlich und goß die Tasse voll. Unvermerkt schielte sie von der Seite auf den steif Dastehenden, der sich nun endlich setzte. Sie stellte ein Knie auf den Sessel, und der Schlafrock klaffte auseinander, die zartseidene rosa Spitzenwäsche wurde sichtbar. Sie zog schnell mit einer Hand zu und schob mit der anderen die Tasse über die Tischfläche. Ein bißchen schämig verzog sie ihre Mundwinkel und hockte sich neben ihn. »Soll ich dir eine Buttersemmel streichen, oder? ...«

»Ich mag gar keinen Kaffee! Danke, ich hab eben gefrühstückt, nein – ich komm – wie lang wird denn der Vater aus sein? – Wo ist er denn hin?« fragte er verwirrt und stockend.

»Der? Ich weiß nicht ... Er ist jetzt immer so komisch ... Gar nichts spricht er. In einem fort ist er grantig, und dann läuft er weg und kommt weiß der Teufel wann ... Was wär's denn, hm? Ich errat's glaub ich!... Jaja, mein Gott, ihr müßt doch auch leben«, redete sie weiter und rückte noch näher an ihn heran. Flughaft, mit leicht aufgebrochenen Lippen, sah sie ihm ganz offen ins benommene Ge-

sicht und sagte mit einer leise verhaltenen Stimme: »Geld, was? ... Geld?« Er nickte mechanisch, wollte etwas sagen, aber da geschah etwas Unerwartetes. Jäh schnellte sie gegen ihn, ihre weichen, nackten Arme umkrampften sein Genick, er spürte ihren duftenden, warmen Leib und hörte nur: »Joseph! Ach, Joseph, du, du!« Ihre Lippen drückten sich an die seinen, ihre Zunge schlüpfte in seinen Mund, sie hauchte wie erstickt und kreischte kurz auf. Eine Hitze rieselte von ihr über ihn, und seine Augen verschwammen.
»Joseph! Joseph! Du! Du-hu, i-ich-i-ich hab – a-aach!« keuchte sie und zerrte an ihm. Ihr Schlafrock war heruntergerutscht, weiß und voll prangte ihre Schulter. Er hörte Herzschläge und wußte nicht, waren es die seinen oder die ihren, und er spürte das nachgiebige Fleisch der vollen Brüste, sah wie durch einen Nebel die roten vorgesprungenen Warzen und stand auf einmal und sank mit ihr auf den Diwan ...
Nach einer langen Zeit saßen sie nebeneinander. Sie den Arm um ihn, den Kopf an seiner Brust, er willenlos und verstummt, immer nur ins Leere starrend.
Die Schlüssel in der Tür wurden hörbar. Schnell schwang sie sich in die Höhe, zog ihren Schlafrock zu und sagte arglos laut: »Na, vielleicht ist's das Vaterle?« Sie sah ihn versteckt schelmisch an, tätschelte ihm schnell mit der Hand die Wange, reckte sich kurz und ging ins Schlafzimmer nebenan.
Die Logisfrau war es. Ihre geschwinden Schritte klapperten draußen. Im Schlafzimmer quietschte die Tür, und Joseph hörte Babette freundlich reden: »Das Frisieren, Frau Maleisl, lassen wir auf morgen ... Ich hab Besuch und geh gleich weg. Mein Schwiegersohn ist da ...«
»Soso, jaja, gnä' Frau, jaja ... Das geht sich gut 'naus, ich muß sowieso nochmal weg! Dann ist's nicht so eine Hetz für mich«, antwortete die Logisfrau und sang ihr überfreundliches, blechernes: »Gutn Taag, küß die Hand, gnä' Frau!«
Wie neubelebt rauschte Babette ins Zimmer zurück.

»Na, na, aber was hast du denn?« fragte sie den reglos dahockenden Joseph und setzte in lautem Konversationston hin: »Also, ich zerbrech mir ja schon immer den Kopf, was braucht ihr denn? Ich hab ja noch was extra, das weiß er nicht . . . Da, ist's genug! Da! Nimm's nur! Schau doch nicht so komisch! Ja! Ja, behalt's nur . . . Ich zieh mich bloß schnell an, dann gehn wir miteinander, ja? Hast du Zeit, ja?« Joseph hielt einen Tausendschillingschein in der Hand und glotzte auf ihn. Dann hob er das Gesicht und starrte sie an.

»So sei doch kein Kind! Ja! Ja, behalt's nur!« hastete sie gedämpft und lächelte ihn einnehmend an. Er sprang auf, wollte weg, doch sie stellte sich mit ausgebreiteten Armen vor die Tür, und ihr Gesicht wurde ängstlich und gespannt: »Bleib doch! . . . Joseph! Verrat uns doch nicht, um Gotteswillen!« Er blieb wortlos stehen. Blick in Blick, so standen sie einige Sekunden einander gegenüber.

»Gut, ja, zieh dich an«, murmelte er dumpf und ließ sich auf einen Sessel nieder. Ein flüchtiger Schimmer von Triumph huschte über ihr Gesicht.

»Ist's schön Wetter draußen? Ja? . . . Du mußt mir bloß noch sagen, was ich anziehen soll . . . Wieviel Uhr ist's denn schon? Mein Gott, gleich ein Uhr! Und der Mann kommt und kommt nicht!« sprudelte sie und trippelte ins Schlafzimmer. Er saß da und fühlte eine bleierne Mattigkeit in allen Gliedern. Ganz leer war sein Hirn. Wenn jetzt Hochegger oder irgendein Mensch hereingekommen wäre und hätte geschrien und ihn gewürgt oder niedergeschlagen, er hätte es ohne eine Regung geschehen lassen. Er wußte nicht, war es Tag, war es Nacht, war das um ihn überhaupt Wirklichkeit. Nur *einen* lahmen Wunsch hatte er: sich nackt auszuziehen und unter einer Dusche fort und fort zu waschen.

Und dann klapperten wieder die Schritte der Logisfrau, wieder gingen die Schlüssel, und still war es. Es roch verbraucht rundherum. Und dann ereignete sich abermals etwas, das er nie für möglich gehalten hätte und nur stumpf begriff. Im Hemdhöschen, die hohen Stöckelschuhe an, mit straff gezogenen Seidenstrümpfen und etlichen Kleidern überm Arm kam Babette zu ihm herein, stellte sich kokett lächelnd vor ihn hin und hielt sich bald das eine, dann wieder das andere Kleid an den Körper: »Was gefällt dir besser? Das oder das? Was soll ich anziehen?« Er ermannte sich und verzog sein gefrorenes Gesicht.

»Da-das ... das Blaue«, sagte er ohne bestimmten Ton. Es erinnerte ihn an Klara.

»Hm, hast einen guten Geschmack! Das macht mich auch schlanker ... Dankschön!« plauderte sie geschmeichelt weiter und küßte ihn flüchtig. Mechanisch ließ er's geschehen. Ungeniert begann sie sich anzuziehen. »Man wird so dick, wenn man einen alten Mann hat«, redete sie weiter, nahm das hohe, aalglatte, blauglänzende Korsett in die Hand und zeigte ihm einige vernähte Stellen im Innenfutter: »Da drin hab ich unser ganzes Geld eingenäht gehabt ... Hübsch, was? Hätt's aber gar nicht gebraucht.« Sie legte das anschmiegsame Ding um und spannte es um den fülligen Leib. Joseph sah leer hin. Auf einmal bekam ihre ganze Gestalt etwas Soldatisch-Strammes. Sie hakte die letzten Häkchen ein, befestigte die Strumpfhalter und warf mit berechneter Gelassenheit das dunkle Kleid über den Kopf. Langsam rann es an ihrem Körper herab.

»Langt dir denn das Geld?« fragte sie, richtete ihr Haar und kämmte das seine flüchtig zurecht. Jetzt erst fiel ihm die Banknote wieder ein, die er noch immer in der Hand hielt.

»Ja, dankschön«, gab er an und steckte sie ein. Babette war fertig.

»Ab und zu kann ich euch schon helfen ... Komm nur, wenn du was brauchst! Soviel natürlich geht nicht immer«, sagte sie im Hinausgehen und bekam wieder glänzende Augen. »Kommst du jetzt öfter, ja? ... Sooo oft hab ich schon auf dich gewartet.« Sie steckte den Schlüssel in die Tür.

»Nein-nein, das geht nicht, – ich komm nie wieder«, antwortete er dumpf. Einen Augenblick lang wurde ihr Gesicht bestürzt und hoffnungslos. Dann aber sagte sie zart und leicht, als zweifle sie nicht im geringsten: »Ah! Du kommst schon wieder! Recht bald, gell?« Die

letzten Worte klangen herausgehaucht schmeichelnd. Er gab keine Antwort mehr und schritt durch die offene Eingangstür.
»Jetzt holen wir die Klara zum Essen ab . . . Bist du dabei?« fragte sie auf der sonnigen Straße, als sei nichts gewesen. Er schüttelte fortwährend den Kopf. »Nein-nein? Die ist gar nicht daheim . . . Ich muß auch gleich weg.« Halbwegs hatte er die Fassung wieder. »So? . . . Bring mich noch zur Straßenbahn«, sagte sie kälter, und er folgte. »Also, laß dich bald wieder sehn«, verabschiedete sie sich von ihm, als sie einstieg. Sein Kopf nickte, ohne daß er's wollte. Er fuhr stadteinwärts, er ging die Mariahilferstraße hinauf, dem Gürtel zu, und bog schließlich in die Kasernengasse ein.
Er ging willenlos und ohne Ziel . . .
Der alte Hochegger saß mit Koller um dieselbe Zeit in einem kleinen, ziemlich leeren Kaffeehaus in der gleichen Gasse und unterhielt sich gedämpft und sehr eifrig. In einem fort lugte er spähend nach allen Seiten. Er schien sehr aufgekratzt. Wieder und wieder überlas er den kurzen Brief eines Unbekannten, worin dieser mitteilte, ›die gewünschten Besorgungen seien erledigt worden‹.
»Jaja, da kannst dich drauf verlassen, Genosse Hochegger . . . Wenn mein Freund das schreibt, dann stimmt's . . . Der ist zuverlässig und absolut unverdächtig«, bekräftigte Koller. Der Alte sah ihm in die Augen und dachte kurz nach.
»Hm«, machte er dann, als errechne er etwas, »vorgestern ist der Brief abgestempelt? . . . Wenn er den meinen gleich aufgegeben hat, dann hat ihn der Betreffende schon? Da müßt also vielleicht schon was geschehen sein . . . Da muß ich dann sofort mit meinem Joseph reden . . . Ich dank dir schön, Genosse Koller, dankschön . . .«
»Nichts zu danken, das ist bloß Solidarität«, meinte Koller und sah flüchtig durch das sonnbeschienene, verstaubte Fenster. »Da! Da schau! Geht da nicht der Sepp? Jaja, das ist er . . .« Er wollte auf und hinaus.
»Einen Moment . . .« stockte Hochegger und stimmte dann doch zu: »Jaja, hol ihn rein! Das trifft sich gut . . . Aber, gell, was wir geredet

haben, da-das braucht er nicht wissen . . . Das mach ich schon allein mit ihm ab . . . Jaja, hol'n nur.« Koller lief schnell hinaus und kam gleich darauf mit Joseph herein. Der sah verstört aus und blickte immer nur seinen Vater an.
»M-m, du riechst ja so gut . . . Hast dich verschönern lassen, was?« witzelte Koller und schnupperte.
Joseph wurde jäh rot, dann erinnerte er sich – am Morgen hatte er sich rasiert, und vor dem Weggehen hatte ihm Babette die Haare zurechtfrisiert.
»Jaja«, log er.
»Was ist denn mit dir, Joseph? Du gefällst mir gar nicht. Was hast du denn?« erkundigte sich Hochegger leicht besorgt. »Hat's Verdruß gegeben, oder hast kein Geld mehr?« Und wieder – wie merkwürdig das ist, wenn man ein schlechtes Gewissen hat und sich aus der Enge lügen will: man denkt plötzlich in den kleinsten Kleinigkeiten scharf und ist ungewohnt findig! – wieder log Joseph: »Jaja, kein Geld hab ich mehr – und, Herrgott, ich möcht was tun, irgend was!«
Es war wirklich so: außer dem Tausender von Babette hatte er nur noch fünfunddreißig Groschen in der Tasche.
»Na, das wird sich schon geben! Solang ich hab und kann, da zerbrich dir den Kopf vorläufig gar nicht«, versuchte ihn der Alte zu trösten und gab ihm einen Zwanzigschillingschein: »Da, fürs erste! . . . Wie geht's denn der Klara?«
Joseph spürte einen Stich, sagte aber dennoch: »Naja, wie's halt geht . . .«
»Wo ist sie denn?« fragte der Alte.
»Daheim sitzt sie«, plapperte Joseph, und jetzt fiel ihm ein, wie er Babette angelogen hatte, und daß es ihr der Alte wohl erzählen würde, und auf einmal kam etwas Unerklärliches über ihn, eine Art von brutaler Gleichgültigkeit, ein fast hämisches, gewaltsames Sich-über-alles-Hinwegsetzen. Beinahe bösartig und lasziv dachte er an das Erlebnis mit Babette, eine Art von kalter Wonne durchlief ihn, und sein Gesicht wurde ausgeglichen.

»Ich fang jetzt einfach was an, so halt ich das nicht mehr aus! So verkommt man ja immer mehr!« sagte er.
»Was anfangen? Joseph?« rief Hochegger, nichts Gutes ahnend, und bekam eine bestürzte Miene. »Du wirst doch nicht?... Neinnein, ich kenn das! Laß gut sein!... Das sind so die Zustände in der Emigration... Ich hab's auch oft, jeder hat's!... Solang ich kann, brauchst du und die Klara nicht untergehn... Laß gut sein, Joseph!... Was willst du denn? Einen Kaffee oder einen Schnaps... Nachher gehn wir miteinander zum Essen.«
»Ja, einen Kognak«, antwortete Joseph. Es sah aus, als sei er erleichtert.
»Gut, einen Kognak!... Einen Kognak, Herr Ober!« Hochegger rückte näher an seinen Sohn heran. »Hat die Schwinglingerin schon was hören lassen?«
»Bis jetzt nicht... Vielleicht ist jetzt was da, ich bin ja schon seit der Früh weg«, antwortete Joseph, und schon wieder bangte es in ihm: ›Herrgott, Kindskopf, verrat dich bloß nicht!‹
»Ich mein, ich kann euch ja jetzt allein lassen... Herrgott, halb drei ist's schon! Du meine Güte!... Ja, ich muß sowieso gehn! Dankeschön, Genosse Hochegger! Also, und wenn wieder was ist, die Verbindung klappt«, sagte Koller aufstehend und drückte jedem die Hand. »Freundschaft!« Mit langen Schritten ging er aus dem Lokal.
»Was machst du denn mit dem? Ob der so ganz dicht hält?« wandte sich Joseph an seinen Vater; der aber lobte Koller über den Schellenkönig und kam endlich mit der eigentlichen Sache heraus.
»Also, paß auf, Joseph, der Mantler, der geht hopp, da wett ich... Bloß, man müßt's gewiß erfahren, und wenn da, verstehst du, wenn da die Verbindung mit der Schwinglingerin klappt, wunderbar! Bloß die könnt uns übermitteln«, fing er zu erzählen an. Joseph verstand kein Wort.
»Du und die Klara, ihr sagt immer, man muß kämpfen, man muß kämpfen, man muß was tun... Ich hab jetzt was getan... Ich sag

dir, einzeln müssen wir diese Kanaillen ruinieren, genau wie sie uns ruiniert haben... Da kenn ich kein Gewissen!« fuhr der Alte fort und wurde immer fuchtiger. »Einfach die Wohnung rauben, da kennt er mich schlecht!«
Er beugte sich noch mehr auf Joseph zu und sagte fast flüsternd: »Du kannst dich doch erinnern? Ich hab doch, wie ich die Wohnung bezogen hab, die scheußlichen Sopraporten, diese altmodischen, wilhelminischen Stuckverzierungen über den Türen, weghauen lassen. Kannst du dich erinnern?... Und dann hat der Maurer alles glatt gemacht, aber die ausgebesserten Flecken über den Türen – grad im Wohnzimmer und im Schlafzimmer – diese Flecken sind geblieben, weil's in der Eil nicht hat austrocknen können, die Mauer... Verstehst du? Immer hat die Nässe durch den Anstrich durchgeschlagen...«
Joseph nickte völlig dumm.
»Ja, und diese Sopraporten, die reiten den Schuft hinein, paß auf«, erklärte Hochegger und zog eine Kopie aus seiner Brieftasche. »Da, lies dir das einmal durch... Ich glaub, das hab ich sehr geschickt gemacht... Ich kann dir sagen, ich bin kein rachsüchtiger Mensch, aber *da* wenn mir 'nausgeht, da freu ich mich...«
Der erstaunte Joseph las:

›Sehr geehrter Herr Mantler!
Sie werden es sonderbar finden, daß ich als Gegner an Sie schreibe, aber ich bin nicht der verrannte Fanatiker, der glaubt, daß es in der Nationalsozialistischen Partei keine anständigen Menschen gibt. Ich möchte dennoch betonen, daß sich in *meiner* politischen Gesinnung nichts geändert hat, aber damit will ich Sie nicht belästigen.
Der Grund meines Schreibens ist ein privater, rein menschlicher. Um Sie in keiner Weise zu gefährden, habe ich diesen ungewöhnlichen, aber, wie ich Ihnen versichern kann, absolut sicheren Weg gewählt und ersuche Sie, falls Sie mit meinem Vorschlag einverstan-

den sein sollten, mir nur eine Karte ohne Absender mit folgendem Wortlaut zu senden: ‚Lieber Onkel, von unserem gemütlichen Stammtisch sende ich Dir und Deiner lieben Frau beste Grüße, auf Wiedersehen – Erich.' Sobald dies geschehen ist, erfahren Sie alles weitere. Also nun zur Sache: Sie sind nunmehr der Inhaber meiner Wohnung. Sie konnten sich jedenfalls davon überzeugen, daß sie keineswegs ein ‚Schlemmerparadies' ist, und werden den Eindruck gewonnen haben, daß ich mich schlicht und ehrlich in all den Jahren meiner Tätigkeit in Deutschland fortgebracht habe. Die Zeiten haben es mit sich gebracht, daß ich aus Verdienst und Heimat verjagt worden bin und mich nun um eine Existenz im Ausland umsehen muß. Ich will mich nicht beklagen. Es geht Hunderten so. Ich will nur als deutscher Mann keinem zur Last fallen und mein Leben ehrenhaft beschließen.

Sie können sich denken, Herr Mantler, daß ich mir im Laufe der Jahre was erspart habe. In der Eile meiner Flucht aber konnte ich diese meine sauer erworbenen Sparpfennige nicht mehr mitnehmen, und deshalb wende ich mich an Sie. Die Sache bleibt völlig unter uns und soll sich für Sie rentieren. Ich rechne aber auf Ihre menschliche Anständigkeit, wie Sie auch auf die meine rechnen können. Um es also kurz zu sagen: In meiner Wohnung befinden sich – je in eine feuerfeste kleine Kassette verpackt – erstens der wertvolle Familienschmuck (Ringe, Broschen, Arm- und Halsketten und Anstecknadeln) und zweitens nicht unbeträchtliche Beträge in ausländischer Währung (dreihundert englische Pfund, hundert Dollar und sechshundert Schweizerfranken). Sollten Sie bereit sein, mir den Schmuck und eventuell ein Drittel dieses Vermögens zu verschaffen, so soll alles andere Ihnen zu Recht gehören, sehr geehrter Herr Mantler. Ich bitte um die ausgemachte Nachricht und lasse Ihnen sodann den genauen Plan der Verstecke zugehen.

Erwägen Sie selber, ob dies unbillig ist. Sie sind ein junger Mensch, ich bin alt. Sie haben eine Zukunft vor sich, ich nur noch einige

Jahre Leben. Ich glaube, wenn Sie einmal Ihr Herz sprechen lassen, werden Sie sich mit mir einigen.

Bestens grüßend

Ihr Joseph Hochegger senior

Adresse (bitte ohne Nennung meines Namens): Xaver Gründler, Wien XII, Rosenhügelstr. 43‹

Hochegger schmunzelte: »Verstehst du mich jetzt? Kennst du dich aus! In die Falle geht er, paß auf! . . . Nächte hat mich der Brief gekostet! Alles hab ich bis aufs i-Tipferl überlegt.« Er rieb sich die Hände.
»Und damit wir's auch ganz gewiß erfahren, mein ich, sollt uns die Frau Schwinglinger Botschaft geben«, erklärte der Alte weiter. Sein Sohn schüttelte den Kopf.
»Was hast du denn! Was sagst du?« fragte Hochegger unsicher.
Joseph maß ihn leicht verächtlich: »Und was hast du nun schon davon?«
Enttäuscht rief Hochegger: »Haben? . . . Hitler wird bleiben noch und noch. Was bleibt uns schon noch übrig? Nur die Rache an solchen Quälgeistern wie Mantler . . . Einzeln kann vielleicht jeder von uns noch ein bißl was machen, aber sonst? Ich wüßte keinen Weg. Als Masse hat uns der Hitler zugrund gerichtet . . . Ich mach mir keine Hoffnungen mehr.« Es klang müd und traurig.
Joseph brach das Gespräch ab: »Ja, gehn wir! Es ist drei Uhr. Zum Essen ist's auch nicht mehr Zeit . . . Ich hab auch gar keinen Hunger mehr . . . Wohin gehst du?« Hochegger zahlte.
»Ins Café Schottentor . . . Da sitzt die Babett jetzt«, gab er dann zur Antwort. »Kommst mit?«
Joseph lehnte ab. »Nein, ich muß heim . . . Klara wird warten.«
Zwei Tage später war der erste Mai. Die Regierung hatte den Aufmarsch der Arbeiter verboten. Nicht einmal das kaiserliche Österreich hatte solche Maßnahmen gewagt. Dollfuß drohte bei Zuwiderhandlungen mit der Einsetzung aller Machtmittel. ›Genossen

und Genossinnen, wir dürfen also nicht wie alljährlich demonstrieren, wir werden an diesem Tage nur spazieren gehen, nur einen Bummel machen . . . Spazierengehn kann man niemandem verbieten‹, kündigte die Arbeiterzeitung an. Und dann fragte sie – wie sooft schon – ob denn die Regierung glaube, dauernd gegen ›die überwiegende Mehrheit der städtischen und industriellen Bevölkerung, gegen 41 Prozent des ganzen österreichischen Volkes‹ regieren zu können.
Joseph ging dahin, wie aus einer schweren Narkose erwachend. Matt und gleichgültig war er. Wirr schwammen durch seinen Kopf allerhand Erinnerungsfetzen. ›Langsam geht er ein‹, dachte er über seinen Vater, ›und sie wird ihn empfangen, als sei gar nichts geschehen . . .‹
›Spazierengehn tun sie am ersten Mai‹, fiel ihm die Partei ein. ›Klara?‹ stand auf einmal undeutlich fragend in ihm auf. Merkwürdig, im Augenblick konnte er sie sich nicht einmal vorstellen. Das Erlebnis mit Babette züngelte noch immer wie kleine Stichflammen durch ihn. Und dann wurde ihm wieder schwer zumute.
›Klara? . . . Klara? . . . Klara?‹ fragte es in ihm. Er wollte eigentlich gar nicht heimgehen, überhaupt nicht mehr, und ging dennoch in die Gegend, wo er wohnte. ›Was denn schon? Sentimentaler Idiot!‹ schimpfte er sich kraftlos. Er erinnerte sich an Peter, dann wieder der letzten Worte Hocheggers: ›Einzeln vielleicht . . . Als Masse . . . zugrund gerichtet . . .‹ Ganz verwirrt stieg er die Treppen zu seiner Wohnung empor. Ab und zu schlug sein Herz stärker. Klara war nicht da. Ein Zettel lag auf dem Tisch: ›Wo bleibst du? Es ist halb vier Uhr! Wetterle war da, wollte Dich sprechen. Dringend! Der Prager Parteivorstand der SPD hat wegen uns geschrieben. Wir sind ins Parteihaus und warten auf Dich, komm gleich nach. K.‹
Er blieb ruhig sitzen und betrachtete von Zeit zu Zeit abwesend die klaren Schriftzüge. Ausgelargt war er wie ein altes Rad. Keinen zusammenhängenden Gedanken konnte er fassen. Es fing schon langsam zu dunkeln an im Raum. Er hatte einen tiefen Ekel, jetzt mit

Menschen zusammenzukommen. ›So ist's vielleicht, wenn man stirbt‹, floß es melancholisch durch ihn, ›man will gar nichts mehr. Man wünscht sich bloß, daß es immer dunkler wird...‹ Dann brummte er stumpf: »Was geht mich die SPD noch an!« Es wurde noch finsterer. Er knipste kein Licht an.

Viel später kam Klara heim. Er hockte noch immer da. Baff und etwas erschrocken sah sie ihn an. Seine Miene war stumpf.

»Ja, Mensch, was ist denn mit dir?... Wir warten und warten?! Wo warst du denn?« fragte sie.

»Was wollen wir schon noch mit den Wels und Konsorten!« wich er aus, stützte den Kopf auf den Arm und furchte mißmutig die blasse Stirn. »Mich kotzt das alles an!«

»Hast du denn Geld gekriegt?« fragte sie.

Er nickte und zog die Tausendschillingbanknote aus der Tasche.

»Von wem? Von ihr oder von ihm?« Groß waren ihre Augen. Sie hielt den Atem an.

»Vo-on ihr«, erwiderte er, und sein Kopf fiel auf die Tischplatte. Er schnaubte wie verröchelnd.

Sie sah schweigend über sein Haar hinweg, blickte wieder flüchtig auf die Banknote, wurde rot und blaß und schluckte. Sie empfand eigentlich keine Eifersucht. Es war ihr nur, als sei etwas ihr völlig fremdes um ihn, als wäre er ein anderer Mensch. Sie dachte an Babette, erinnerte sich an viele, viele kleine, unauffällige Begebenheiten zwischen ihnen und ihr. Sie vergegenwärtigte sich ihre Gestalt, ihr Gesicht, ihr Lächeln und ihre Freundlichkeit. ›Komisch‹, überlegte sie, ›sie hat etwas, das kenn ich nie...‹ Und unwillkürlich straffte sie ihren Körper. Wie von ungefähr wurde ihr jede Ader, jede Muskelregung bewußt, und sie hörte, wie ihr Herz gelassen schlug.

Wieder fiel ihr Blick auf seinen Haarschopf und blieb stehen.

»Ich hab mir's ja schon immer gedacht« sagte sie ohne Erregung, aber nachdenklich. »Daß du das auch nie gemerkt hast, hm?«

Er hob langsam sein Gesicht und schaute unsicher auf sie. »Kinds-

kopf!« lächelte sie, und mit jener spielerischen Beherrschung, die nur Frauen mit einem fast männlichen Selbstbewußtsein aufzubringen vermögen, setzte sie hinzu: »Er ist ihr zu alt . . . Aber wir müssen auseinanderkommen mit ihnen . . . Sie gehn uns gar nichts an, ich hab's immer gesagt.«
Er nickte stumm.
Sie setzte sich hin und war wieder ganz die alte.
»Stell dir vor, der Parteivorstand will dich auch einsetzen für die illegale Arbeit an der Grenze . . . Wenn jetzt übermorgen der Peter daherkommt, was dann?« erzählte sie, und nach einigem Nachdenken sprach sie weiter: »Ich hab lang überlegt . . . Der Wetterle natürlich, der macht sich schon wieder kreuzwichtig . . . Aber mit ganzem Herzen sind wir doch nimmer bei der SPD. Ich schon gar nicht.«
»Was meinst du?« fragte er immer noch unbelebt. Er schien noch gar nichts zu begreifen, und das machte sie ärgerlich. »Herrgott! Sonst warst du doch nie ein Waschlappen!« fing sie gutmütig zu schimpfen an. »So ein bißl Dummheit mit einer geilen Gans wirft dich um! Und da quatschst du immer von arbeiten und kämpfen! Mannsbild! Da willst du illegal arbeiten?!«
Mit aller Gewalt suchte er sich aufzuraffen. Er schämte sich. »Vielleicht . . . ich weiß ja nicht . . . Vielleicht . . .« kramte er aus sich heraus.
»Einheitsfront . . . Das eine mit dem andern verbinden. Es kommt bloß darauf an, ob's geht«, erwiderte sie, ihm ins Wort fallend.
»Und wenn's nicht geht?« fragte er.
»Reden wir erst einmal mit dem Peter darüber«. schloß sie. Dann stand sie auf, ging an die Kommode, nahm einen Topf und holte Wasser in der Küche, entzündete den Spiritusapparat und richtete das Abendbrot her. Er betrachtete sie in einem fort mit träumerisch hingegebenem Wohlgefallen, etwa wie ein Mensch, der nach langer Zeit seinen besten Kameraden wieder getroffen hat und eine große Zärtlichkeit in sich spürt . . .

4
Experimente

Im Parteihaus ging es sehr lebhaft zu. Im Zimmer der sogenannten ›Journalabteilung‹, in welchem die deutschen Emigranten meistens zusammenkamen, gingen Schutzbündler aus und ein, ein und aus. Ab und zu verschwanden Angekommene hinter einer Tür, und man hörte undeutliches Reden. Motorradfahrer hockten da und unterhielten sich. »Meidling?... So? Da soll's klappen?« sagte einer. »In Floridsdorf wollen die Kommunisten schon wieder einmal Teilstreiks anzetteln«, wußte ein anderer und fragte: »Wohin, Franzl?... So, die Rudolfsheimer wollen auf die Mariahilferstraße. Hm, es ist ja Bleedsinn, ewig so Teilaktionen! Entweder ganz oder gar nicht! Was versprechen sich denn die Kommunisten davon? So und so viel werden wieder gemaßregelt, aus!« Ein dritter meinte: »Ganz recht hat der Parteivorstand! Es ist schon so, die Massen sind nicht mehr wie früher... Wannst sie aufrufst, kommen sie nicht!... Der Obe hat doch gesagt, es kann einmal die Zeit kommen, wo die Losung ausbleibt, alsdann muß jeder selber wissen, wieviel's geschlagen hat!... Wo sind die Massen denn gewesen, wie der Schutzbund aufgelöst worden ist? Daheim sind s' blieben! Da mach Revolution!« Der zweite rief erneut: »Jaja, in Simmering und in der Brigittenau, da kann's schon sein, daß was zusammengeht... Das wird ein Batzen Wirbel, juchhee!« Dazwischen erzählte einer den neuesten Dollfußwitz: »Er hat sich neulich schwer mit'm Seitz zerstritten.« – »Warum denn?« – »Na, weil 'n der Seitz nicht im Kinderplanschbecken baden hat lassen!«
»Au! Auweh! Geh kitzel mich einer, daß ich lachen kann«, spöttelte ein anderer.
»Na, Genossen, jedenfalls gibt's heut Nacht allerhand, was?« erkundigte sich Wetterle und tat informiert wie immer.
»Für euch Emigranten ist's besser, ihr bleibt weg... Wenn einer

Obe – Otto Bauer

hopp geht, weisen sie ihn aus«, riet der birnenköpfige Funktionär ab.
Klara, Joseph, Wetterle und der Heindl-Karl verließen das Parteihaus. Unablässig surrten die Motorräder aus dem Torbogen. Drüben auf dem Trottoir gingen zwei Wachmänner und sahen jedem nach, der davonfuhr oder herausging.
»Also, hör mal, der Nitschke hat ein Schreiben ... Ich weiß nicht, wo er heut ist, gestern war er da ... Ein Schreiben, das dich betrifft«, fing Wetterle an.
»Jaja, Klara hat mir's schon erzählt«, nickte Joseph. »Weiß schon ...«
»M-mhm, interessant, was? Grad auf dich kommen sie! Auf dich sollen die Genossen daheim noch das größte Vertrauen setzen, interessant, was? ... Ich ...«
»Na, vielleicht braucht man dich für was Besseres«, unterbrach ihn Klara mit leisem Hohn. Sie konnte diesen ewigen Schwätzer und Herumschnüffler nicht leiden. Er hatte die Fähigkeit, stundenlang zu diskutieren und dabei doch nichts zu sagen. Er kannte bereits alle einflußreichen Nationalräte und Parteigewaltigen und fand die Politik der österreichischen Partei glänzend. Auf jeden Einwand wußte er lange, gewundene Erklärungen zu geben, und dabei lächelte er immer so zerschlissen, fast gönnerhaft, als wollte er sagen: ›Na, das verstehst du eben nicht ... Marxistisch geschult bist du eben zu wenig.‹
»Ich find das übrigens ausgezeichnet organisatorisch: um die ganzen deutschen Grenzen so – so Horchposten und Verbindungszellen, sehr gut ... Na, Vogel und Wels verstehen sich ja drauf«, fing er wieder an. »Langsam rollen wir die Front wieder auf ...« Seine gequetschte, tonlose Stimme machte das Interessanteste langweilig, vor allem schon deswegen, weil er am liebsten in einem fort weiterredete und jede Unterbrechung überging.
»Was machst du heut abend?« fragte ihn Joseph.
»Ich? Mh-mh, schön daheimbleiben, was denn sonst?« erwiderte er

geschwind und sprudelte schon wieder weiter: »Übrigens, ganz interessant, was der hiesige Parteivorstand so für eine Meinung wegen dem Maiverbot hat . . . Man sagt allgemein – und das dürfte ja auch stimmen – wenn die Wiener Arbeiter morgen so an den Stacheldrähten und Maschinengewehren vorbeidefilieren, das wirkt vielleicht viel aufreizender auf die Massen als viele Propagandareden. Daß so ziemlich ganz Wien morgen bummelt, ist sicher . . .«
Joseph bekam langsam eine unterdrückte Wut.
»Na, der Dollfuß hat ja in punkto Maiverbot einen netten Lehrmeister – unsern Genossen Zörrgiebel anno 29 in Berlin«, warf er hin. Das endlich brachte Wetterles Beredsamkeit ein wenig ins Stocken. Er fuhr sich in seine strahlenförmigen Haare, lächelte kurz. »Naja, das war natürlich ein riesiger Fehler . . . so was hab ich nie befürwortet, im Gegenteil!« Und sie brachten ihn los.
»Herrgott, ich hab so Bauchweh, so . . .« murmelte der Heindl-Karl und sah bedrängt rundherum. Klara und Joseph lachten, denn sie waren der Meinung, das beziehe sich auf Wetterles Gespräche. Doch Karl war gar nicht nach Lachen zu Mute.
»Einläufe sind doch nicht das Rechte«, meinte er wiederum.
Seine Begleiter staunten. Er flitzte im Geschwindschritt über die Straße und verschwand in einer öffentlichen Bedürfnisanstalt.
»Was hat er denn jetzt wieder?« fragten sich Klara und Joseph gleicherzeit. Neugierig und unruhig wurden sie. Als Karl zurückkam, fingen sie zu forschen an. Er betrieb seine Vorbereitungen zur illegalen Arbeit wirklich gewissenhaft. »Ich hab nämlich jetzt die ganze Zeit bloß Spionagebücher aus der Arbeiterbibliothek studiert . . . Ist auch an sich ein schönes Lesen, das! Und ich hab viel gelernt, sag ich euch! Besonders von der Mademoiselle Docteur . . . So eine könnten wir jetzt auch brauchen«, rückte er endlich mit der Sprache heraus und erzählte, wie diese Meisterspionin Pläne und Nachrichten über die feindlichen Linien herübergebracht habe. »Ein Mannsbild, bei dem ist's schon schwerer . . . Bloß im After«, meinte er, und man sah ihm an, wie er diese seltsamen Manipulatio-

nen geübt hatte. Dann zog er die beiden in einen Hauseingang, lugte flugs herum und streifte seinen Rockärmel hinauf.
»Da! Das ist die erste Probe ... Weggehn tut das nimmer«, erklärte er, indem er auf einen braunschwarzen Fleck auf seinem Arm deutete, ungeniert drauf spuckte und fest daran rieb. »Da! Da! Nichts geht weg. Ausgeschlossen! ... Kaum mit'm heißen Sodawasser bring ich's weg.«
»Mensch, du machst dich ja krank ... Du bringst dich ja um.«
Klara und Joseph wollten ihm abraten. Er aber blieb dabei und wurde sogar ernst.
»Ah! Und wenn schon ... Den Unsrigen drüben geht's noch viel schlechter«, sagte er treuherzig. »Wenn nur der Peter was zustand bringt, daß man auch weiß, wie und wo ... Ob's jetzt unsere Partei oder die Kommunisten sind, wurscht! Die Arbeiter sind ja einig. Sie müssen bloß wissen, daß wir heraußen was tun.« Dann fing er wieder vom Zahnarzt an. »Das Abschleifen hat er schon angefangen.« Joseph gab ihm das fehlende Geld, und er wurde schier gerührt. »Wenn nur wir uns aufeinander verlassen können, da kann nichts fehlen«, schloß er. Sie gingen weiter. Abgemagert war er. Wie allzuschwere Gewichte hingen seine riesigen Hände an den Armen, die sich leicht hin und her bewegten. Vorgebeugt, ein bißchen hauchend ging er. Mitgenommen sah er aus. Sein Gesicht war kellerfarben, und trotz aller scheinbaren Heiterkeit schien er unausgesetzt von einer verzehrenden Unruhe geplagt zu sein.
»Da, mein Lieber, da gefällt's mir schon gar nicht«, sagte Karl wieder nach einer Weile, und es klang verdrossen: »Das ist noch schlimmer wie bei uns ... Wir haben nichts gehabt ... Mich reut heut noch mein Browning, den mir der Bangler abgenommen hat ... Den deinen hat er ja auch, was? Jetzt freut sich vielleicht ein Nazihund drüber ... Die da haben aber alles, massenhaft Waffen, den Schutzbund und eine einige Partei, und kuschen wie die Pudel ... Da bleib ich nicht. Es sieht grad aus, als wie wenn die Führer bloß ihre Ruh haben wollen, und die Proleten sind wieder einmal die Pet-

schierten! ... So eine Scheiße! ... Schau her! Da, da!« Er schlurfte mit seinen Schuhen über das Pflaster. Übersät war alles von papiergestanzten Hakenkreuzen: »Hast du schon einmal von uns so was gesehn, außer in Parteilokalen? Ich nicht!«
Karl war Prolet. Er kümmerte sich nie viel um Politik. Wo man ihn hinstellte, kämpfte er. So aber wie er fragte sich jeder, der, aus dem deutschen Niederbruch kommend, die Taktik der österreichischen Sozialdemokratie genauer verfolgte. In ihrem Parteivorstand saßen die wort- und schriftgewaltigsten Linken der II. Internationale: staunenswert belesene marxistische Rabulisten, ungewöhnlich tüchtige Fachmänner aus allen Gebieten und hinreißende Redner, die imstande waren, die Massen im Nu in revolutionäre Begeisterung zu versetzen! Und die Arbeiter hingen an ihren Führern, sie liebten einige fast schwärmerisch, die Partei war einig und stand gerüstet da! Noch war fast kein Waffenlager des Schutzbundes angetastet! Tausende von Gewehren und Handgranaten, Dutzende von Maschinengewehren, genügend Munition und Sprengstoffe ruhten jederzeit greifbar in den Verstecken! *Eine* entsprechende Parole, und die Arbeiterschaft des ganzen Landes ging wohlorganisiert und siegesgewiß in den Kampf! Hieß es denn nicht in dem berühmten Linzer Programm, ›falls die Bourgeoisie den Boden der Demokratie verläßt‹, würde die Partei die Proleten zu gewaltsamen Gegenaktionen aufrufen? Hatte nicht der populäre Wiener Bürgermeister Seitz im Parlament das Schlagwort geprägt vom ›heiligen Recht des Proletariats auf Waffen‹?
Seit dem Staatsstreich des Kanzlers Dollfuß gab es keine Demokratie mehr. Die sich jagenden Notverordnungen rasierten gleichsam weg, was an sozialen Errungenschaften in Gesetz und Verwaltung verankert war. Der Kollektivvertrag der Bauarbeiter wurde aufgehoben, die Löhne in dieser Branche empfindlich herabgesetzt, ihre Arbeitslosenunterstützung rücksichtslos gekürzt, viele bekamen überhaupt nichts mehr. Dann fing der Raub der Wiener Gemeindesteuern an. Auf einmal stockte die Bautätigkeit des ›roten Wien‹. Es

war kein Geld mehr da. Der Staat hatte die dafür bestimmten Abgaben größtenteils an sich gerissen. Vergeblich versuchte der Nachfolger des berühmten Dr. Breitner, der jetzige sozialdemokratische Finanzreferent im Rathaus, Dr. Danneberg, diese Verluste auszugleichen. Er kam gar nicht dazu. Schon eine Woche darauf dekretierte eine neue Notverordnung die Aufhebung der gemeindlichen Lustbarkeitssteuern für die Bundes-, Landes- und Stadttheater, verbot jeden Streik in lebenswichtigen Betrieben und jeden politischen. Die Arbeitermassen wurden ungeduldig. Die zahlenmäßig sehr schwache Kommunistische Partei und kleine linke Gruppen verbreiteten illegale Flugblätter, die zum Generalstreik aufforderten. Der Doktor Danneberg hingegen blieb unverzagt und begann von neuem umzurechnen. Er schien rein verliebt in solch diffizile Rechenexempel und opferte seine Nächte dafür. Er war das einflußreichste Mitglied des Parteivorstandes. Ihm kam nicht in den Sinn, die kampfgewillten Massen zur Gegenwehr aufzurufen. Im Gegenteil, er war als Kompromißgenie geradezu berüchtigt und rühmte sich dessen auch noch auf der Oster-Reichskonferenz der SPÖ, die erst vierzehn Tage zuvor stattgefunden hatte.

»Ich bin ein Packler und bin stolz darauf!« hatte er in seinem damaligen Hauptreferat unter dem Beifall der sorgfältig gesiebten Delegierten ausgerufen und dazugesetzt: »Wir werden alles tun, um eine friedliche Lösung der politischen Wirrnisse zu ermöglichen. Wir wissen, wir werden Zähne und Klauen dabei lassen müssen. Die Entscheidung liegt vor uns!« Und der vielgeliebte Führer der Linken, Otto Bauer, gewissermaßen das revolutionäre Gegengewicht gegen diesen Opportunisten, verteidigte in der Diskussion Dannebergs Standpunkt.

»Unser Obe, der is Klaß«, sagten die österreichischen Genossen ehrfürchtig von ihm und hoben dabei die Faust halbhoch: »Ein Revvvolutionär! A so!« Sie schätzten ihn alle wegen seiner Bedürfnislosigkeit. Er ging jahrelang im gleichen Anzug und führte ein sprichwörtlich bescheidenes, zurückgezogenes Leben. Sie hatten

einen beinahe rührenden Respekt vor all dem gelehrten Vielwissen; viele konnten weinen, wenn er eine seiner großen Reden hielt; sie glaubten blind an die Richtigkeit seiner Ansichten, und seine Parole ›Freiheit oder Tod!‹ war auch die ihrige.
Otto Bauer beschäftigte sich seit dem Ausbruch der Dollfußdiktatur damit, im Namen der Partei der Regierung ein ums andere Mal Bündnisangebote gegen die bedrohlich zunehmenden Nationalsozialisten zu machen. Indem er beständig das deutsche Beispiel heranzog, prägte er in seinen Artikeln und Reden die Worte von einer ›außerordentlichen Situation‹, in welcher man der Regierung auch ›außerordentliche Maßnahmen‹ bewilligen müsse. Immer wieder betonten er und der Parteivorstand die Bereitwilligkeit der Sozialdemokratie zur offenen Mitarbeit, und je öfter Dollfuß ablehnte, um so demütiger bettelte er.
Er ging sogar soweit, dem faschistischen Regime eine Ausschaltung des Parlaments auf zwei Jahre zuzugestehen, wenn nur die Partei sich einigermaßen betätigen dürfe, wenn man sich dazu verstehen wollte, die Presse- und Versammlungsfreiheit innerhalb der gesetzlichen Schranken wiederherzustellen. Mit verdächtiger Besorgtheit wiesen die Parteivorsitzenden ab und zu darauf hin, daß die Arbeiterschaft nur noch schwer zurückzuhalten sei. Und Dollfuß, Fey und Starhemberg lachten immer dröhnender. »Für diese Führer«, sagten sie höhnisch und ungeschreckt, »für die werden sich die Arbeiter nicht mehr schlagen!«
Und morgen war der erste Mai.
An allen Zugangsstraßen um den Ring brachten Polizei und Militär bereits Drahtverhaue an und die schweren Maschinengewehre in Stellung. Die Assistenzkörper der Heimwehr traten in Aktion.
»Hm, Dollfuß gibt den Roten die letzte Ölung, ihr Tod wird eh nimmer lang ausbleiben«, spöttelte ein vierschrötiger Mann, und seine mollige Begleiterin lachte. »I bin nix neigierig auf Politik . . .«
»Gehn wir Rudolfsheim zu . . . Schaun wir umeinander«, sagte Joseph zu seinen Begleitern. »Vielleicht rührt sich heut noch was.«

Die Partei hatte doch, um die rebellischen Massen zu befriedigen, schon längere Zeit die Losung ausgegeben: ›Immer initiativ bleiben, immer sich rühren, immer zeigen, daß wir da sind!‹
Sie wanderten über den Gürtel hinaus, fast bis zum Schönbrunner-Park. Nichts rührte sich. Etwas zahlreicher als sonst waren die Wachmannspatrouillen, und karabinerbewaffnete Heimwehrhilfspolizisten sah man.
Die drei marschierten nach Ottakring. Da erfuhren sie, hatten sich hin und wieder kleinere und größere Haufen gesammelt, waren mit Freiheit-Rufen eine Zeitlang herumgezogen und schließlich mühelos von der Polizei zerstreut worden.
Mit der Linie 8 fuhren Joseph, Klara und Karl bis zur Philadelphiabrücke und suchten Meidling ab. Es war schon geschlagene Nacht. Auf dem großen Platz tauchten ab und zu berittene Schutzmänner auf. Vorne vor dem Arbeiterheim, gegenüber dem Meidlinger Bahnhof, stauten sich dichtere Gruppen, die allem Anschein nach ins Haus wollten. An den Ecken und vor den Hauseingängen standen Neugierige, die die Polizisten und Heimwehrmänner verächtlich maßen. Hin und wieder flog ein Hohnruf über die Straße. Derbe laute Witze wurden mit Beifallgelächter quittiert.
Joseph wandte sich an einen Genossen, den er schon öfter im Parteihaus gesehen hatte. »Freundschaft, Genossen! Ist denn gar nichts gewesen?«
»Jaja, is' schon vorbei . . . Vor a Stund habn mir eh demonstriert, aber das hat kein'n Witz g'habt . . . Waren ja ganze Regimenter Kiewerer da und haben's gleich weitergebn . . . Sollst gsehn habn, wie schnell als da die Wachleut da waren«, erzählte der Befragte.
»Und morgen?« erkundigte sich Joseph weiter.
»Da? Na, da bummeln wir um den Ring rum und pflanzen die Wachleut«, bekam er gemütlich Auskunft. »Und am Nachmittag trifft sich alles im Stadion!« Im Stadion sollte die eigentliche Maifeier

Kiewerer – Kriminalbeamte

der Partei stattfinden. Draußen an der Stadtperipherie seien schon einige größere Versammlungen unter freiem Himmel gewesen, wußten einige zu berichten.
»Ja, was sagt denn der Parteivorstand zu all dem? Der Bauer, der Danneberg, der Seitz, was meinen denn die zum Aufmarschverbot?« forschte Joseph weiter.
Ein dürrer, ellenlanger Mensch in Netzhemd und Joppe warf seinen Zigarettenstummel weg, zertrat ihn und zuckte mit den Achseln: »Na, was kann ma machn? . . . Was die möchtn, is unerforschlich wie Gottes Ratschluß!« Einige lachten kurz. Jeder nickte resigniert und gleichgültig.
Vier Wachmänner traten auf die dichte Schar vor dem Arbeiterheim zu und riefen: »Auseinandergehn! Weitergehn! . . . Oder geht's ins Haus!«
»Wir gehn ja eh! Das sehn S' doch!« antworteten einige. »Wir möchtn ja eini, aber es is ja pumpvoll!« wieder welche. Der Haufen zerrann langsam, und die Leute verliefen sich.
»Freundschaft, Genossen! Morgn beim Randi am Ring! Servus!« riefen etliche den drei Deutschen nach. Nickend grüßten die zurück.
Die Straßen waren wie immer. Nichts Ungewöhnliches lag im lebhaften Verkehr. Das Sonntagspublikum amüsierte sich. Morgen war ja ein Feiertag.
»Die letzte Ölung!« murmelte Joseph, und Karl nickte. Sie verabredeten die Zusammenkunft am nächsten Morgen und trennten sich.
Strahlend hell brach der erste Mai an. In aller Frühe kam Peter mit einem klobigen fremden Menschen. Groß und ausgedörrt war der, breit seine Schultern und eckig die Bewegungen. Aus den flachen, verwitterten Backenfeldern des lederbraunen, vielzerfalteten, etwas gewalttätigen Schnurrbartgesichtes sprang eine lange, scharfe Hakennase, deren flaumhaarige Spitze leicht angeblaut war. Eine gewisse draufgängerische Verschlagenheit lag in diesem Gesicht. Das Zäpfchen des hageren Halses zeigte einen kleinen

Kropfansatz. Der Mann schien in einem fort verschwiegen zu schmunzeln und blieb ziemlich wortkarg. Er mochte zirka vierzig Jahre alt sein, trug einen zerknitterten grünen Jägerhut mit Gamsbart, eine glatte graue Lodenjoppe mit verwaschenen grünen Aufschlägen und eine ebensolche Hose. Die schwergenagelten Gebirgsschuhe kratzten stumpf auf dem Boden. Der ganze Mann roch penetrant nach Rauchtabak.
»Also, wie ist's? Haben die Alten . . .?« fragte Peter unvermittelt, hielt aber sofort inne, als er Josephs verdüstertes Gesicht sah, und stellte den Fremden flüchtig vor. »Das ist ein Tiroler Genosse . . . Mangstl! Bergführer und Jäger . . .« Offenbar stimmte das mit dem ›Jäger‹ nicht, denn er grinste kurz. Joseph war einen Augenblick lang verstört, wurde rot und blaß zugleich und nickte nur wortlos.
»Jaja, wir haben schon was«, fiel Klara rasch ein und musterte den Fremden von der Seite. Der saß da und ließ seine Augen überall hinwandern.
»Der Mangstl bringt euch hin, wo ihr wollt . . . Er kennt jeden Weg und Steg an der Grenze«, erzählte Peter. »Ihr könnt euch ganz auf ihn verlassen.«
»D'Grenz? . . . Wie mei Gilettaschl«, nickte der Bergführer, linste auf Joseph, auf Klara und fragte ironisch mit seiner bassig kratzenden Stimme: »Sind die Genossen Bergsteiger?«
»Selbstredend! . . . Und prima Skifahrer dazu«, antwortete Peter.
»Ganz gute?« Der Tiroler strich durch den dünnen, langen Schnurrbart und ließ Joseph und Klara nicht aus den Augen.
Die beiden nickten leicht lachend. »Oja, wir nehmen's schon mit wem auf, wenn's sein muß.«
»Na, dann fehlt ja nix.« Mangstl gab sich zufrieden. Er zog aus seiner äußeren Joppentasche die Weichselrohrpfeife mit dem bunt bemalten Porzellankopf, prüfte den Zug, stopfte sie und fing ungeniert zu rauchen an. Dicke Qualmwolken stieß er aus seinem zahnluckigen Mund.
»Der Mangstl fährt heut noch weg . . . Er weiß schon alles. Er trifft

euch am nächsten Samstag in Innsbruck auf dem Bahnhof und bringt euch die Nacht unter . . . Ihr müßtet in der Früh hier wegfahren . . . Am andern Tag bringt er euch an den Standplatz . . . Habt ihr was dagegen?« wandte sich Peter belebt an Joseph und Klara. »Das andere bereden wir noch . . . Also Mangstl, schau dir die zwei nochmal genau an! Du kennst sie wieder? Ja?« Der Tiroler nickte und brummte etwas in seinen Bart. Noch einmal und noch einmal lugte er auf die zwei, stand auf und sagte: »Guet!«
Peter trat mit Klara in eine Ecke und unterhielt sich flüsternd. »Wunderbar!« stieß er einmal heraus, und sie gab ihm eine Hundertschillingbanknote, die er Mangstl überreichte. »Da Mangstl! Also abgemacht?«
Der Tiroler schmunzelte zufrieden und knitterte den Schein zusammen. »Was der Sepp sogt, is g'sogt!« Er zog seinen ledernen Zugbeutel, schnürte ihn auf, legte den Schein hinein und band ihn wieder zu.
»Ich hol dich übermorgen abends so gegen sieben Uhr ab«, sagte Peter zu Joseph. Klara staunte. »Geht ihr denn nicht zum Maiaufmarsch?«
Hämisch schüttelte Peter den Kopf: »Nein, wir haben andere Sorgen . . . Paßt auf, wie schön die Proleten spazierengeführt werden! Wie sanft das alles verläuft! . . . Und morgen steht in der Arbeiterzeitung, wie erhebend das alles war . . .« Dann ging er mit Mangstl.
Joseph und Klara machten sich fertig. Es war wirklich nicht anders: Hunderte und tausende Wiener Arbeiter spazierten unerregt an den Stacheldrähten vorüber. Sie trugen rote Nelken, die überall angeboten wurden. Sie trafen Bekannte und machten, auf die drohend gerichteten Maschinengewehre deutend, verächtliche Bemerkungen und Witze, und manchmal sammelte sich auch eine Schar Jugendlicher, zog eine Straße lang mit zerflatterndem Gesang, überall flogen ihnen Freiheit-Rufe entgegen, und dann zerstreuten die Wachmänner diese Ansammlungen wieder. Die Straßenbahnen waren umgeleitet, aber sie fuhren. Die Sonne schien. Es war mun-

tere Feiertagsstimmung. Joseph und Klara stießen auf den Meidlinger Genossen von gestern.
»Freundschaft! Servus!« lachte der. »Na, da schaut's es euch an! ... Das is unsere Dollfußgarde ... Wannst hinbläst, fall'n s' um!« Und er deutete auf sechs magere, mickrige, stahlbehelmte Hilfswehrler, die um ein Maschinengewehr standen. »A Sprüngerl, a Schmiervaserl (Handgranate), und du hast das MG in der Hand!«
Er hob den Zeigefinger und spöttelte: »Aber der hohe Parteivorstand hat's ja g'sagt: Mir laßn uns net einschüchtern und net provozieren ... Servus, Genossen!«
Er lief seinen Freunden nach.
Es wurde Mittag. Ohne jeden Zwischenfall verliefen sich die Demonstranten, verschwanden in den vollbesetzten Wirtshäusern oder fuhren heim zum Essen.
Als Joseph und Klara in die stilleren Straßen der Josephstadt einbogen, begegneten ihnen die Hocheggers. Beide waren im Sonntagsstaat. Babette trug ein fesches, helles Frühjahrskostüm. Ganz kurz überhuschte ihr Blick Klara, dann strahlte sie auf und sah Joseph voll und freudig an: »Grüß euch Gott, Kinder!« Sie lächelte ihr bestes Lächeln.
»Das ist gut, daß wir euch treffen ... Da! Da schau! Es klappt schon!« rief Hochegger eifrig und zog eine Ansichtskarte aus München hervor. »Der saubere Herr Mantler geht schon auf den Leim ...« Er las laut und fidel: »Lieber Onkel! Von unserem gemütlichen Stammtisch sende ich Dir und Deiner lieben Frau beste Grüße, auf Wiedersehen – Erich! ... Ist das nicht zum Kinderkriegen! Sogar genau an den Wortlaut hält er sich ... Dumm wie die Nacht und habgierig, das sind sie, die Banditen!«
»Was denn?« fragte Klara.
Sie sah auf Joseph. Der wurde leicht verlegen. Er hatte ihr noch gar nichts erzählt.
»Ah, weiter nichts ... Der Vater macht eine Privataktion«, warf er hin.

»Hat euch die Schwinglingerin schon geschrieben?« erkundigte sich Hochegger. Die beiden verneinten.
»Hm, hoffentlich gibt sie bald Nachricht . . . Ich hab bereits meinen zweiten Brief losgelassen, da!« meinte Hochegger verwichtigt und gab Joseph einen Durchschlag. Während des Dahingehens lasen die Jungen. Unterhalb der feuchten Mauerstellen, teilte Hochegger Mantler mit, befänden sich die Kasetten.
»Seit er das treibt, ist er ganz glücklich . . . Gell, Vaterl!« sagte Babette. So gern wollte sie sich bemerkbar machen, immer wieder schielte sie verstohlen auf Joseph. Der aber nahm kaum Notiz von ihr. Absichtlich schien er auszuweichen. Ein Kribbeln lief durch ihren Körper, Verlangen und Ärger vermischten sich, ihr beleidigter Stolz fing zu knistern an, doch über alles hinweg rann immer wieder eine verhaltene Wollust.
»Geht's doch mit zum Essen . . . Kommt's!« lud sie schmeichelnd ein. Resolut lustig schob sie ihren Arm unter den Klaras. »Komm, Klarerl, das Beste darfst du dir raussuchen . . .«
»Nein, leider«, log Joseph zuerst zögernd, dann sicherer. »Wir sind bei Genossen eingeladen, und nachher fahren wir zum Stadion.« Ein enttäuschter Blick Babettes traf ihn.
»Stadion? . . . Was ist denn da?« fragte sie ahnungslos.
»Jaja, die Maifeier«, murmelte der Alte und schlug ein wenig verlegen die Augen nieder.
»Ach so! Bei der Hitz? Das Gedräng! . . . Das paßt sich für uns alte Leut nimmer. Vaterl will ein bißl hinausfahren nach dem Essen. Ins Freie«, schwätzte Babette weiter, und Hochegger nickte mechanisch. »Schad! Schad, es wär so schön gewesen miteinand . . .« Sie ließ Klara los. Joseph schaute stumm auf seinen Vater. Der wich seinem Blick aus. Man ging auseinander.
Klara lächelte im Weitergehen und lugte auf Joseph. »Schau! Schau! Wie schön du dich schon verstellen kannst . . . Hast, scheint's, doch schon ein bißl was gelernt.« Er verzog ebenfalls seine Mundwinkel und nickte. »Eigentlich – wenn man sie so an-

schaut«, stichelte sie weiter, »sie versteht sich aufzumachen, da gibt's nichts... Sie hat so den richtig versteckten bürgerlichen Charme...«

»Hör schon auf! Hör auf!« wehrte Joseph stirnrunzelnd ab, und sie kicherte lautlos in sich hinein. Dann erzählte er ihr die Angelegenheit mit dem Brief Hocheggers an Mantler.

»Jetzt soll's dann erst alles umsonst sein!« meinte sie. »Wenn er zum Beispiel nie erfährt, was weiter passiert ist, da kann er doch nicht mehr schlafen? Das wurmt ihn doch zu Tod?«

»Ja, ich weiß auch nicht«, schloß Joseph, und sie traten in die ›Wök‹ am Schwarzenberg-Platz. Da ging's zu wie in einem Ameisenhaufen. Ein und aus fegten die Gäste. Der ganze Raum roch nach dampfigem Fett, die weißgedeckten, kleinen Tische waren dicht umlagert, Teller- und Messergeklapper vermischte sich mit den plappernden Gesprächen zu einem häßlichen Lärm.

Schließlich standen die zwei in einer drückend überfüllten Straßenbahn, kamen mit ungezählten festlich gestimmten Arbeitern an der Endhaltestelle am Prater an und wallten mit diesem tummelnden Heer dem Stadion entgegen. Ungeheuer war der Andrang. Frauen, Kinder, Männer, Greise und Jugendliche, alles war auf den Beinen. Sechzigtausend faßte das mächtig aufstrebende, gemauerte Rund dieses mustergültig angelegten, riesigen Sportplatzes mit seinen amphitheatralisch aufsteigenden Sitzreihen – weit mehr als siebzigtausend Menschen waren gekommen und begeisterten sich an den turnerischen Massenvorführungen der Arbeitersportverbände, an den farbenfrohen Volkstänzen, an den Fahnenparaden der Ordnertruppen und an den proletarischen Musikdarbietungen. Stehend, mit erhobener Faust, sangen die Tausende die Internationale. Urgewaltig stiegen die Töne zum wolkenlosen Himmel. Die Kinder und Frauen schwangen rote Fähnchen. Ein Bild – unvergeßlich! Drunten in den Ehrenlogen saßen die Männer des Parteivorstandes, daneben ein höherer Polizeikommissar, der die Reden zu überwachen hatte. Eine Lautsprecheranlage war vor

dem Rednerpult angebracht. Eine spiegelglatte Glatze, seitlich von Grauhaar umrahmt, tauchte auf. Ein grauer, sorgfältig zugeschnittner Vollbart wurde sichtbar, und wilder Jubel brach los. Karl Seitz, der Wiener Bürgermeister, begann mit voller Stimme und weit ausholenden Gebärden zu sprechen. Ätzend ironisch geißelte er das Dollfußsystem, immer wieder unterbrach ihn der hervorbrausende Beifall: »Hoch! Hoch Seitz! Hoch unser roter Bürgermeister! Hoch die Partei!« Er hielt inne und fand einen neuen, gut überlegten, prägnanten Satz. Nach ihm tauchte der hagere holländische Vertreter der Gewerkschaftsinternationale, Schevenels, auf und begrüßte das Wiener Proletariat. In stockerigem Deutsch, mit einer sympathischen Stimme, stieß er seine Worte heraus, und ebenso hingerissen dankte die Masse. Stunden und Stunden verrannen. Immer erfand sich dieses Volksfest neue Abwechslungen. Die Fußballer traten an, die Kurzstreckenläufer. Plötzlich hob alles die Köpfe und begann zu schreien, zu pfeifen, zu johlen. Ein Hakenkreuzflugzeug umkreiste hoch in den Lüften das rebellische Rund. Langsam verschwand es wieder. Wieder erschollen Hochrufe auf Partei und Seitz. Irgendwo aus den ganz oberen Reihen rief ein einziger Mensch: »Die Dritte Internationale, die Kommunistische Partei, die Sowjetunion – sie leben hoch!« Es klang dünn und vereinsamt.
»Schreist umasonst ... Mir san eh nix neigierig!« spöttelten da und dort etliche Genossen. Es wurde langsam Abend. Noch einmal erhoben sich alle und sangen die Internationale. Wie Hackfleisch aus einer Fleischmaschine rannen die Massen aus dem Stadion ...
Auf der breiten Praterstraße ritten zu dritt, zu viert mitten durch die Menschenrudel Schutzleute.
Die Fronten der Wiener Gemeindehäuser waren dem Tag entsprechend geschmückt. Aus den Fenstern hingen kleinere und größere rote Fahnen. In den umfänglichen Höfen hatten schon vormittags die proletarischen Inwohner Versammlungen abgehalten, und beim Einbruch der Dunkelheit wollte man sie wiederholen. Seit den

Mittagsstunden aber waren die Wohnhausblöcke leer und still, wie ausgestorben. Alles war zum Stadion geeilt. Nur hier und da spielten daheimgelassene Kinder im Hof.
In einer Gemeindewohnung, hinter verhängten Fenstern, wurde schwer gearbeitet. Hinter einer Schreibmaschine, mit danebenliegenden langen Adressenlisten, saß ein dicknasiger Arbeiter und rollte unablässig Kuverts ein, die er beschriftete. Reichsdeutsche und österreichische Firmenaufdrucke hatten diese Kuverts: ›Das D-Rad, die Weltmarke!‹ – ›Holuska-Schinken‹ – ›Pfaff-Nähmaschinen-Werke‹ – ›Stoewer-Triumph-Werke‹ und so weiter. Stöße von dünnen Prospekten waren auf den Tisch geschichtet. Ein Genosse mit schiefgeschlagener Nase faltete Flugblätter in Preislisten, kuvertierte sie und beklebte sie mit Briefmarken oder stempelte ›Drucksache‹ darauf und häufte sie aufeinander. An einem hereingebrachten Küchentisch zogen Peter und ein Genosse in Eisenbahneruniform auf einem Abziehapparat Flugblätter ab und schnitten sie zurecht:

›*Wie ist Hitler zu seinem Wahlsieg am 5. März gekommen?*

Dadurch, daß er, weil Sozialdemokraten und Kommunisten sicher die Mehrheit errungen hätten, eine Bande von Fememördern unter Führung von Roehm, Heines und Ernst beauftragte, den Reichstagsbrand anzulegen! Hitler, Goebbels und Goering haben diesen teuflischen Plan ausgeheckt, um dieses Verbrechen den Kommunisten in die Schuhe schieben zu können. Und Du, deutsches Volk, hast ihren Schwindel geglaubt! Die Welt weiß längst, wer den Reichstag angezündet hat, weiß längst, daß van der Lubbe als Werkzeug benutzt wurde. Hunderte und Tausende Unschuldiger sollen dafür bluten, einfach weil sie klassenbewußte Arbeiter sind! Torgler, Dimitroff, Taneff und Popoff haben mit dem Reichstagsbrand nicht das mindeste zu tun! Thälmann ist unschuldig eingekerkert wie alle anderen Kämpfer! Heraus mit ihnen! Unruhe über Deutschland, solange, bis die Bestie des Nationalismus niedergerungen ist!‹

Oder:

›Eltern! Deutsche Mutter, deutscher Vater!

Wollt Ihr Euren Sohn gewaltsam zum Päderasten erziehen lassen? Gebt ihn heute noch in die Hitlerjugend des Herrn Baldur von Schirach! Überlaßt ihn den homosexuellen Hyänen vom Schlage der SA-Führer Roehm, Ernst und Heines!
Deutsche Eltern! Freuet Euch! Bald wird Hitler Krieg machen! Frohlocket, daß Eure Söhne alsbald zerschossen und zerfetzt in den Schützengräben verfaulen dürfen, daß Ihr und sie den glorreichen Gastod für eine Verbrecherbande, die augenblicklich Eure Heimat beherrscht, sterben dürft. Opfert! Opfert – bald dürft Ihr wonniglich für Morphinisten, Hysteriker, Päderasten, Brandstifter verrecken!‹

Alle halfen jetzt zusammen und verstauten die Papiere und Kuverts in ihre Mappen.
Es fing draußen schon langsam zu dämmern an. Ab und zu vernahm man Stimmen von Heimkehrenden.
Der Dicknasige trieb an: »Macht's, macht's . . . der Genosse Eizelsberger möcht doch eine saubere Stube haben, wenn er heimkommt.« Sie stellten alle Möbel wieder an ihren gewohnten Fleck.
»Mensch, das wird fein . . . Der Sepp und die Klara sind ausgezeichnete Bergkraxler«, sagte Peter zum Eisenbahner. »Hast du die Sachen bis zum Mittwoch?«
Der Befragte nickte.
»Geht in Ordnung! Hoffentlich paßt alles.«
»Mensch, daß die Zeitungen noch nicht da sind aus Prag!« Peter wandte sich an den Genossen mit der zerschlagenen Nase. »Verdammt!«
»Det wird ooch werdn«, gab der ruhig zurück. »Jieb mal Zaster! Ich hab'n Hunger wie 'n Wolf!«
Peter gab jedem fünf Schilling. Einzeln verließen die Genossen die Wohnung.

»Also – nicht vergessen, Mittwoch Lainz, beim Ludicek ... Gibt auch Abendessen«, rief er jedem noch nach ...
Tief in der Nacht sagte Joseph zu Klara: »Herrgott, froh bin ich, wenn wir endlich was zu tun kriegen! ... Und ins Gebirg jetzt, eigentlich ganz fein! Wenn nur der Peter Wort hält.«
»Sicher!« antwortete Klara. »Dieses rote Wien ist auch zum Kotzen! Nur weg und Arbeit!«
Und bei Hocheggers im Schlafzimmer saß Babette halb entkleidet vor dem großen ovalen Toilettenspiegel und rieb sich das Gesicht mit Creme ein. Der großblumige, schwarze Schlafrock warf viele Falten. Sie hatte die Beine übereinandergeschlagen, beugte das Gesicht immer wieder ganz nah an die Spiegelfläche, prüfte scharf ihre dünnen Krähenfüße um die Augen, massierte die weiche Haut und sagte zwischenhinein: »Weißt du, Vaterl, ewig geht das auch nicht, daß wir die zwei aushalten. Man hat's doch grad auch nicht mehr so dick! Der Joseph müßt doch was in der Partei kriegen können. Ist doch ein junger Mensch!«
Sie drückte den Deckel auf die Cremedose, streifte den Schlafrock ab und entkleidete sich völlig.
»Tja, hm, jaja ... Aber wie soll er, wenn nicht einmal ich was krieg? Ewig wird mir vom Parteivorstand was versprochen ... Jaja, ewig geht das freilich nicht! Ich weiß überhaupt nicht, wie das werden soll«, brümmelte Hochegger, der schon im Bett lag. Sie stand groß und nackt vor dem Spiegel und betrachtete sich. Ihre weiße Haut schimmerte in der abgedämpften Beleuchtung rötlich. Etwas eigentümlich Obszönes lag in dieser Entblößtheit. Sie strich mit den Handflächen von den Rippen nach den leicht sackenden, fülligen, großwarzigen Brüsten und atmete tief. Ihre vollen Arme rannen aus den runden Schulterhügeln, die breit hervortretenden Hüften mündeten in die fleischigen Oberschenkel, die strammen Waden saßen wie schwungvolle Sesselbeine auf den auffallend kleinen Füßen. Nachdenklich prüfte sie jede Muskelregung, jede Falte und reckte sich zufrieden. Irgend etwas fiel ihr ein, und ein ganz kurzer

Huscher von Ärger flog über ihr versalbt glänzendes Gesicht. Sie ergriff das Nachthemd und stülpte es über.
»Mein Gott, ja . . . Sie tun mir ja immer so leid«, seufzte sie. »Es ist ein Elend!« Gähnend kroch sie ins breite Bett und knipste das Licht aus. Lange noch lag sie mit offenen Augen da . . .

5
An die Arbeit

Nirgends stirbt die Illusion des Außergewöhnlichen schneller als in der Emigration.
Gewiß gab es unter den deutschen Flüchtlingen in Wien einige, die nicht viel mitgebracht hatten. Zum Beispiel die Hocheggers, die nur wie tausend andere um Stellung, Wohnung und Heimat gekommen waren. Dann den Nitschke, der auch aus dem Verdienst gejagt worden, dem eine beschwerliche Flucht gelungen war, und dessen Familie in Chemnitz bitter unter der Naziherrschaft zu leiden hatte. Schließlich den verschrobenen Rheinpfälzer, der etliche Wochen in einer immerhin erträglichen Polizeihaft gewesen war, dessen resolute Frau aber bis zum Verkauf und zur Auflösung des kleinen Drogeriegeschäfts in ihrem kleinen Heimatsort ausgeharrt hatte. Mit Hilfe eines SA-Führers, von dem sie sich notgedrungen schwängern ließ, kam sie mit dem erlösten Geld und allem Nötigen an Kleidern und Wäsche in Wien an. Ihrem Pantoffelhelden von einem Mann verschwieg sie selbstverständlich alles. Das viele Übelbefinden legte sie als Folge eines Nervenzusammenbruchs aus. Sie drang sofort darauf, daß man sich wohnlich einrichtete. Möbel wurden auf Abzahlung gekauft, zwei leere Zimmer mit Küche gemietet, und dann kujonierte sie ihren Mann so lange, bis er einen Arzt ausfindig machte, der die Auskratzung besorgte. »Ein Gewächs«, log sie, und ihre ahnungslose Ehehälfte mußte es wohl oder übel glauben.
Am allerwenigsten hatte der Passauer Michl Galter erlitten. Er nahm einfach seiner Frau alles übrige Geld, nächtigte jede Nacht bei einer anderen Prostituierten und entging so seiner Verhaftung. Zum Schluß halfen ihm Zigeuner weiter, so daß er ungeschoren österreichischen Boden erreichte.
Doch die anderen alle? Furchtbares erfuhren die Helfer auf den Flüchtlingsstellen. Immer wieder übersteigerte sich das Schauerliche und stumpfte sie allmählich ab.

Menschen waren da, die hatten Unbeschreibliches erlebt, Grauenhaftes überstanden ...
Ein Schiffbrüchiger, ein Wrack, eine scheue Kreatur war so ein mit dem Leben Davongekommener. Verstümmelt, abgerissen, verhungert, vernichtet tauchte er eines Tages auf.
Nitschke saß wie ein hundertfach geeichter Türwächter im Vorzimmer des Büros, hemdsärmelig und leger, bei heißem Wetter auch ab und zu ein Glas Bier vor sich, und fing unangegriffen zu fragen an: »In unserer Partei, Genosse? In der SPD?«
Mechanisch nickte der Mann und sah ihn hohl an.
»Naja, Genosse, nimm's nich krumm ... Wenn de keen Ausweis hast, keen Mitgliedsbuch und ooch nich bekannt bist, gönn wir vorläuf'ch nichts machen ... Da müßn ma äbn erscht nachrecherschiern, hilft nichts ... Gönntst ja ooch 'n Gommunist sein od'r was andres ... Muß doch alles seine Ordnung haben, nich wahr?« plapperte er bieder weiter und notierte Name, Stand, Geburt, Herkunft, Organisation und so weiter.
»Nu äbn«, fügte er ein wenig zutraulicher hinzu. »Hier is es nischt ... Die meist'n machen wieder wech ... nach Prach ins Lacher oder nach der Schweiz ... Wir hier sin ja bloß 'n baar ... Is nischt hier, nich viel los in Wien ...«
Stumpf hörte der andere zu. Er fragte wohl auch lahm, wie er denn nach Prag oder in die Schweiz kommen sollte.
Der Sachse lächelte gemütlich: »Nu, zu Fuß äbn ... Nadiirlich! ... Is doch keen Geld da ... Is ja scheenes Wett'r! ... Das haben schon viele jemachd.« Der Neuling sah ihn nur hilflos an. Nitschke schien zu warten, bis er endlich aufstand.
Der Emigrant blieb demütig geduckt und reglos. Er ging wieder, wie er gekommen war. Er erschien geduldig am anderen Tag, und am nächsten Tag wieder. Er ließ alles folgsam über sich ergehen. Er sah vielleicht zufällig einmal den wohlgenährten, gutgekleideten Lorisch, der meistens eine dicke, teure Zigarre rauchte, und freute sich, daß dieser herablassend mitleidig sagte: »Naja, man kann dem

Genossen ja vorläufig ein Hemd und Unterzeug geben . . . Geben S'
ihm auch fünf Schilling . . .« Der kleingeschundene Emigrant
dankte beglückt nickend. Er gab schließlich exaktere Antworten
auf alle Fragen. Ja, noch mehr! Ganz merkwürdig – am andern Tag
kam er rasiert daher. Man sah ihm an, er hatte vergebliche Versuche gemacht, seinen verschlampten Anzug zu bürsten und zu flikken. Allmählich traf er andere, die ihm mit Kleinigkeiten beistanden, so gut sie konnten. Endlich wurden seine Angaben für richtig
befunden, und er reihte sich klaglos ein. Mit der Zeit kamen auch
die winzigen Gewohnheiten wieder zum Vorschein: Kautabak ständig in einem Gebißwinkel. Oder sorgfältige Frisur. Oder die alten
Hosen wieder in Bügelfalten und die vertretenen Schuhe auf Hochglanz gewichst. Oder wieder ein kleines gelbes Ringlein im Ohr.
Oder den gespitzten Bleistift und ein Notizbuch in der äußeren Joppentasche, seine eigentümlichen Redewendungen, die bezeichnenden Gebärden und dergleichen alltägliche Kleinigkeiten mehr.
Und keinem zwang er seine erlebten Leiden auf. Gleichgültig begegnete er jedem ›Neuen‹, der vielleicht noch Ärgeres mitgemacht
hatte. Ein gewöhnlicher Mensch war er wieder wie alle anderen, die
hier zusammenkamen. »Genosse«, sagte er wie eh und je.
In einem Arbeiterheim waren der Brandenburger Kurt Heim, Koller und Michl Galter untergebracht. Sie hausten zu dritt in einem
Zimmer. Wenn sie nicht eingeladen waren, gab ihnen der Wirt außer dem Frühstück auch noch das Mittagessen.
Der Passauer war in der letzten Zeit ziemlich widerborstig. Nirgends trieb er Geld auf.
Einmal, als ihnen der Kellner das Essen hinstellte, raunzte er:
»Hmhm, Suppn und Rindfleisch! Und einen Durst hab ich, daß mir
die Gurgel kracht! . . . Jaja, der Hitler stabilisiert sich, und uns
bleibt bloß das miserable Bettlmanndasein übrig! Nette Aussichten!«
Der Kellner, ein alter Genosse, sah ihn kurz an.
Heim und Koller schwiegen beschämt.

Mürrisch rührte Galter mit dem Löffel in der dampfenden Suppe und brummte weiter: »Appetit hab ich absolut keinen! 's Geld für a Bier wär mir lieber!«

»Na, hör mal! Schäm dich doch!« Heim konnte sich nicht mehr zurückhalten und wurde blaß.

»Ist doch ein ausgezeichnetes Essen!« warf Koller ebenso hin. Der Passauer hob seinen Bulldoggenkopf und linste giftig auf Heim.

»Was ich sag, das geht dich gar nichts an, verstehst!« sagte er.

»Was?« brauste Heim auf, und sein dürrer Oberkörper reckte sich leicht.

»Seid's doch ruhig! Herrgott!« wollte Koller vermitteln. Der Kellner wurde gerufen.

»Mensch, trau dir net! Ich rat dir's!« schnaubte der Passauer dumpf, und sein Gesicht wurde rot.

Da – bauz! – schlug ihm der Brandenburger mit aller Wucht eine mitten hinein. Der Löffel schnellte in die Höhe, die Suppe spritzte. Koller sprang auf und machte ein hilfloses Gesicht. Im Nu hieben die zwei aufeinander und begannen zu raufen. Genossen und Gäste, der Kellner und der Wirt kamen herbei und versuchten sie zu trennen.

»Du Hund, du elendiger!« schnaufte Galter.

»Du Feigling, bist davongelaufen! . . . Scheißkerl!« brüllte der Brandenburger gell. Eine Gruppe hielt Galter, die andere Heim. Wutbebend maßen die Gegner einander und kläfften sich an.

»Ja! Ja, Genossen! Was sagen denn da die Wiener? Seid's doch vernünftig! Schämt's euch doch!« jammerte Koller händeringend.

»Laßt's mich aus, sag ich! Aus!« Galter versuchte sich loszumachen. Er stieß und rang und schrie: »Was, von so ein' Bürscherl? . . . Ich als alter Genosse! Da hast ja du noch auf der Brennsupp'n g'schwommen, wie ich schon . . .«

Heim bekam Schaum vor den Mund, zitterte, stieß unartikulierte Laute heraus und brach auf einmal in den Armen der ihn Haltenden zusammen. Er verbiß sich und schlug um sich.

Den Galter drückte eine Gruppe zur Tür und schob ihn ins Freie.
»Anfall!... Wasser!... Steckt ihm einen Löffel in die Zähn, sonst...« schrien die Leute durcheinander. Man übergoß den Brandenburger, hielt seine Arme fest, er reckte sich, einer drückte ihm einen Löffelstiel in die Zahnlücke am rechten Mundwinkel und drückte, bis der Mund aufbrach. Mit großen, verdrehten Augen, blau angelaufen und zerbrochen wimmernd, erwachte Heim aus seiner Epilepsie. Koller weinte fast. Man brachte den Anfälligen auf das Zimmer und legte ihn aufs Bett. Der Wirt rief die Flüchtlingsstelle an. Lorisch kam nach einer halben Stunde und brachte einen Arzt mit. Aber Heim hatte sich schon wieder erholt.
Koller bestürmte Lorisch: »Ich bleib nimmer da! Nein, ich schäm mich zu Tod! Ich zieh aus! Der Michl hat schon immer so gebenzt... Nein, da bleib ich nimmer!«
»Ja, ich geh auch weg! Meintwejen auf die Straße!« sagte Heim tonlos.
»Jetzt nur keine Aufregung... Der Galter ist doch schon weg! Der kommt nicht mehr rein, Genossen!« beruhigte Lorisch. »Euch will man gar nichts hier! Euch mag man sogar sehr gern... Dem Galter wasch ich schon den Kopf! Der kann sich auf was gefaßt machen!«
Er gab jedem drei Schillinge und Koller noch extra Geld für ein Beruhigungsmittel für Heim, drückte jedem die Hand und ging mit dem Arzt.
Galter tauchte nicht mehr auf. Wahrscheinlich streifte er vergeblich in der Stadt herum, um irgendeinen Genossen zu treffen.
Etliche Tage darauf telefonierte die Polizei bei der Flüchtlingsstelle an.
»Ja?... Was?... Hm, schauderhaft! Jaja, ich komm gleich hin, Herr Kommissär!« sagte Lorisch. »Jawohl, bitte!... Schönsten Dank, schönsten Dank! Meine Verehrung, Herr Kommissär!«
Er nahm den Hut und rannte an Nitschke vorbei. »Mit'm Galter is was passiert! Ich schau gleich nach!«
Schon war er draußen. Nitschke kam nicht zum Fragen.

Galter hatte den alten Trick versucht: Kinder in ein Lokal mitgenommen, sich als ihr Vater aufgespielt und bestellt.
Nach fünf Krügeln Bier war er weggegangen, wollte sich aus dem Staub machen und war festgenommen worden.
»Na, sagt er, is ja alles wurscht, ganz wurscht... is ja eh aus! Wurscht, ganz wurscht!« erzählte der Polizeikommissar. »Nur unangenehm... Was bleibt uns übrig, wir müssen Rapport erstatten, und vielleicht wirkt sich das auf alle Emigranten aus.«
»Hm! Fix nochmal! Ist dir das aber ungeschickt!« sagte auch Lorisch. »Kann ich zu ihm?«
»Hm... Er liegt schon im Schauhaus!« gab der Beamte zurück.
Lorisch bekam große Augen. Er fand das Wort nicht gleich.
»Er hat sich nämlich erhängt! Mit dem Leintuch erhängt!« sagte der Kommissar abermals. »Drum war ihm wahrscheinlich alles so wurscht!«
Lorisch besah sich die Leiche. Starr, dick, gebläht, mit einem stumpfen Ausdruck im Gesicht, lag sie da. Die Augenlider waren halb zugeklappt, blaurot sackte die Zunge etwas aus den schadhaften, gelben Zähnen.
Die Flüchtlingsstelle, die Partei kamen in Aufregung. Hin und her, her und hin telefonierte es. Der ganze Organisationsapparat, alle Einflüsse und Beziehungen mußten aufgeboten werden, und schließlich gab es ein tristes Begräbnis mit Emigranten und nur wenigen Wiener Genossen. Nitschke hielt eine einfältige, kurze Trauerrede und schloß mit den Worten: »Möcht auch ihm die Ärde leicht werdn, Genossn! Er is auch 'n Opfer der Hitlerbarbarei! Trotzdem, Freiheit!« Er schwang seinen kurzen Arm mit der Faust, die andern folgten.
»Das muß jetzt anders werdn! Die Genossn missn mehr zusamm ghaltn werdn, dann kann so was nich vorgomm'n!« sagte er auf dem Heimweg. »Einiche gomm'n gaa nich, wenn man se bestellt... Bloß wenn's Geld gibt, sin se alle da... Genosse Lorisch hat mir schon gesaacht, er wird schärfer durchgreif'n.« Er stapfte fest auf den Bo-

den, die Waden unter den wollenen Strümpfen strafften sich, seine Breecheshose schlotterte ein bißchen.

Der Rheinpfälzer, der mit seiner Frau neben ihm herzottelte, stimmte ihm zu. Koller und Heim schwiegen. Auch der Heindl-Karl sagte nichts. Wetterle schaute geringschätzig drein, und Kaufel machte eine würdige Miene, als denke er über einen Reim nach.

»Zum Beispiel die jungen Hocheggers!« nörgelte Nitschke weiter. »Sind sich wohl zu gut, daß sie 'nem Gameradn, 'n Genossn auf's Begräbnis gehn... Tun überhaupt so, als jehört'n se nich zu uns, weil se von ihr'n Altn Jeld kriech'n!... All'n Respekt vor dem Alt'n, der is immer da, wenn er jebraucht wird... Er hat sich auch entschuld'cht, daß er zum Bejräbnis nich gomm'n kann, aber die Jungen?... Nich mal treffen dust de se, wenn de hinjehst... Scheen, das muß ich schon saach'n, scheen is das nich, scheen is anders!«

»Ich hab den Joseph gestern noch im Parteihaus gesehn... Er war beim Nationalrat Heinz... Ihr wißt doch, er ist doch von unserm Parteivorstand angefordert zum Grenzdienst«, erzählte Wetterle.

»M-m, interessant, daß sie sich grad ihn raussuchen... Übrigens, ich hab's ihm gesagt wegen der heutigen Beerdigung; hab ihn kurz gesprochen. Er hat's sehr wichtig gehabt und hat gemeint, es wird ihm kaum Zeit dafür bleiben.«

»So?... Soso, er jeht an de Grenze?« Nitschke wunderte sich. »Da bin ich gar nicht unterrichtet von... Da muß ich gleich mal 'n Genossn Lorisch fraach'n... Daß man uns da gar nich fraacht?« Seine Miene wurde leicht beleidigt.

Solche kleinen Eifersüchteleien und Reibereien waren ja weiter nicht schlimm. Gefährlich war nur das gegenseitige Überdrüssigwerden, jene schleichende Emigrantenkrankhait, vor der sich niemand schützen konnte. Du kommst tagtäglich mit den gleichen Menschen zusammen, wohnst mit etlichen oder auch nur mit einem wochen-, monatelang im gleichen Zimmer – es ist gar nichts. Jeder lebt, wie er eben lebt. Keiner legt dem anderen was in den Weg. Aber da kommen die lächerlichen Kleinigkeiten, wiederholen sich ein-,

zehn- und hundertmal, und plötzlich hält es der andere nicht mehr aus. Nichts weiter ist's, als – sagen wir – das Schmatzen beim Essen, das Schlürfen aus dem Suppenlöffel, das Zwitschern mit den Zähnen, um einen Speisenrest herauszubringen, oder Nasenbohren oder irgendeine immergleiche Wortwendung, vielleicht auch nur eine Geste oder das gewohnte Dreinschauen.
Und du hast nichts zu tun, und er hat keine rechte Beschäftigung, und ihr schaut euch immer nur an und riecht und spürt einander. Einmal hebt der andere seine Hand schirmend vor seine Augen, mit Gewalt versucht er, dich nicht zu hören, plagt sich dazu, dich als nicht vorhanden zu betrachten. Aber es geht nicht. Jede Pore seiner Haut, jeder Nerv, jeder Atemzug füllt sich an, der Appetit vergeht, eine nicht mehr bezwingbare Gereiztheit breitet sich aus, wird zur Abneigung und schließlich zu einem lähmenden Haß, zu einer unerklärlichen, verbissenen Feindschaft, die einfach einmal losbrechen muß!
So ging es Heim und Koller. Zuerst, nachdem Galter weg war, freundeten sie sich an, jetzt waren sie schon weit kühler und wortkarger zueinander. Wetterle und Kaufel, die sich nur täglich trafen, waren auch nicht mehr gut aufeinander zu sprechen. Den Rheinpfälzer mit seiner Frau mochte keiner, der Heindl-Karl war jedem zuwider wegen seines Grinsens. Jeder fand an jedem etwas auszusetzen. Joseph und Klara beargwöhnten die meisten. Den Nitschke ertrug man nur deshalb, weil ihn viele nicht ernst nahmen, was ihn hinwiederum ärgerlich und boshaft machte. Den alten Hochegger sah man nur bei den Zusammenkünften oder zufällig einmal, und das war gut so. Seine Frau war bis jetzt nur wenigen zu Gesicht gekommen. »Vaterl«, pflegte sie zu sagen, »Vaterl, gell, ich brauch nicht hin ... Mich laßt aus'n Spiel. Ich versteh das nicht.« Sie saß lieber in den schönen Ringkaffeehäusern, ging ins Theater und in die Kinos und amüsierte sich auf ihre Weise.
Sie hatte sich in der kurzen Zeit völlig verändert. Weggeweht waren all ihre früheren Hausfrauentugenden. Moden interessierten sie,

zum Kosmetiker ging sie jede Woche, und merkwürdigerweise hatte sie auch keinen Sinn für Sparsamkeit mehr. Sie saß da und lugte auf die Männer rundherum. Es war, als sei ihre heftige Weiblichkeit nun auf einmal aufgebrochen und treibe sie unruhig herum. Manchmal träumte sie von Joseph, ein Widerwille gegen Klara überkam sie in solchen Augenblicken, eine böse Gier flammte in ihr auf und zerrann wieder. Vielleicht fühlte sie nur tief und haltlos, daß es kein Zurück mehr gab, daß alles langsam hinschwand, was einmal ihr ein und alles gewesen war, und wollte das ihr verbliebene Leben noch bis zur Neige auskosten . . .

Und Joseph und Klara, die saßen in einer Nacht mit Peter und etwa zehn Genossen in einer Villa, ganz draußen im Lainzer Tiergarten, und besprachen viel. Der Hausherr, ein bekannter Wiener Anwalt, hatte die Gesellschaft bewirtet. Seine lange, hagere, etwas kunstgewerblich zurechtgemachte Frau mit dem dichtbraunen, glattgekämmten, in der Mitte gescheitelten Haar und den großen, gutmütigen Augen servierte jetzt, nachdem das Dienstmädchen zu Bett geschickt worden war, den duftenden Mokka in winzigen Porzellantassen. Unterdessen geschahen Dinge, die Joseph und Klara in leichtes Erstaunen setzten. Ein breitschultriger, dunkelhaariger, ungefähr vierzigjähriger Mann, stämmig, mit rundem Gesicht und listigen kleinen Augen, packte einen Koffer aus. Er legte eine österreichische Eisenbahneruniform, ein braunes, vorschriftsmäßiges SA-Hemd, dazugehörige Breecheshosen, Schaftstiefel und Mütze über einen Stuhl.

»Also, das hab ich . . . Und die Ausweise sind auch da«, sagte er leger und legte falsche Pässe, Eisenbahnerlegitimationen und andere Schriftstücke auf den Tisch. Er lächelte und pfiff leise durch die Zähne. »Firma Pecherl is Klaß, liefert alles Gewünschte . . .«

Die anderen betrachteten und betasteten das Zeug und lächelten ebenso zufrieden.

»Ausgezeichnet! . . . Na hörst, Franz! Du hast, mir scheint, mit der Bundesbahn und mit'm SA-Kommando ein Abkommen«, lachte ein

jüngerer Bursch mit einer dicken, großlöcherigen Stupsnase und hielt sich das SA-Hemd an den Körper. »Ein wenig zu lang . . .«
»Und mit die verschiednen Konsulate, bittä!« ulkte der Pecherl und verwies auf die Schriftstücke: »Da, einen echten Engländer, einen Schweizer, eine Dame aus Bukarest und eine aus Oslo, bittä scheen! . . . Hab die Ehre, gehorsamster Diener . . .!«
Ein anderer Genosse öffnete Pakete und legte hauchdünne, sehr hübsch faksimilierte illegale Zeitungen auf den Tisch. ›Neue Zeitung‹ – ›SA-Mann, her zu uns!‹ – ›Die rote Standarte‹ – ›AIZ‹ – ›Der Gegenangriff‹ waren darunter. Der kleine ernste Mensch unterhielt sich mit Peter halblaut und strich sich immer wieder den perlenden Schweiß aus dem blassen Gesicht. Peter nahm ab und zu so einen kleinen Packen Zeitungen in die Hand und notierte eine Zahl in sein winziges Notizbuch.
»Also, Genossen, damit wir weiterkommen«, sagte schließlich der Hausherr freundlich und klatschte in die Hände.
Alles wurde aufmerksam.
Er musterte Joseph und Klara und fuhr fort: »Wir haben heute zwei neue Genossen in unserer Mitte, und ich darf doch wohl flüchtig aufklären . . .«
Jetzt rührte sich Joseph und gab ein Zeichen. Alle blickten auf ihn.
»Ja, bitte, Genosse?« fragte der Hausherr.
»Ihr seid doch alle Kommunisten, Genossen?« begann Joseph leicht gehemmt.
»Sozialisten«, sagte der Hausherr, und einige nickten. Fragend standen die Augenpaare da.
»Mein Freund Peter . . .«
»Ludwig!« verbesserte Peter.
»Ja, also unser Freund Ludwig kennt mich ja, kennt uns«, fuhr Joseph fort und deutete auf Klara. »Ich war in Deutschland wohl Mitglied der Roten Hilfe, aber ich bin bis heute noch Sozialdemokrat . . . Ich will das bloß sagen, damit keine Mißverständnisse entstehen . . .«

»Ich ja auch!« unterbrach ihn Pecherl. Der Hausherr und der junge Genosse mit der dicken Stupsnase nickten ebenso. »Wir auch.« Joseph wurde ein wenig verwirrt.

»Willst eine Rede halten?« fragte ihn Peter spöttisch, und Klara bekam ein verständnisloses, unwilliges Gesicht.

»Nein-nein, ich möchte bloß sagen, ich bin vor einigen Tagen vom Parteivorstand der SPD aufgefordert worden, an die Grenze zu gehn zum illegalen Dienst«, antwortete Joseph. Eine kurze Pause entstand. Klara saß mit niedergeschlagenen Augen da.

»Ich muß mich heute oder morgen dazu äußern«, erzählte Joseph weiter.

»Ja . . . Hm«, Peter stockte. »Ja, was willst du eigentlich damit sagen? . . . Ich versteh nicht recht.«

»Ich soll doch aber, wie du mir gesagt hast, auch wegen euch . . .« wollte Joseph weiterreden und brach ab, da ihn Peter immer noch auf dem Korn hatte.

»Bist du denn noch mit Leib und Seele Sozialdemokrat?« fragte er.

»Nein, da-das grad nicht, nein-nein, aber . . .« stotterte Joseph. Klara vergaß fast das Atmen. Immer noch war ihre glatte Stirn leicht gefurcht.

»Was wir wollen, ist sehr einfach, Genosse«, nahm nun der mondsichtige Hausherr das Wort. »Es kommt darauf an, in Deutschland und natürlich auch hier wie überall die Arbeiterschaft, die revolutionäre Arbeiterschaft zusammenzubringen . . . Die Frage ist die: Wo sind unsere Kräfte, wie sind sie, auf wieviel können wir rechnen, und wo können wir mit unserer Arbeit ansetzen! Das ist vorläufig unsere dringlichste revolutionäre Aufgabe, und ich glaube, da kann sich kein klassenbewußter Arbeiter ausschließen.«

»Du kapierst jetzt, ja?« sagte Peter, der sich mit Klara flüsternd unterhalten hatte. Joseph nickte.

»Na, da können wir ja weiterreden.« Peter schmunzelte. »Wenn die Firma Wels und Co. uns da unfreiwillig unterstützt, um so schöner! . . . Doppelt genäht hält besser!«

»Ich nämlich möcht mir's gar nicht anders vorstellen«, sagte die lange Hausfrau und sah freundlich auf Joseph. »Wenn's um die Revolution geht, mir scheint, da könnt ich alles tun.«
Sie hatte eine wohltuend mütterliche Stimme, aber es klang unüberzeugend. Wahrscheinlich gehörte sie zu jenen grundguten, bürgerlichen Frauen, die teils dadurch, daß sie unter dem Einfluß ihres sozialistischen Mannes stehen, und teils durch ihre natürliche Hilfsbereitschaft für die Bewegung nützlich sind.
Endlich beriet man. Klara belächelte Joseph insgeheim. Der nämlich wurde immer lebhafter, machte sachliche Einwände und hörte genau auf jedes Wort. Man sah ihm an, wie er sich freute.
»Wir haben bis jetzt drei Kuriere . . . Vorige Woche haben sie leider wieder einen geschnappt . . . Ist schon in Dachau«, sagte ein rothaariger deutscher Genosse mit zerschlagenem Gesicht, das einen merkwürdig nackten Eindruck machte. Es war sommersprossig von der Stirn bis zum Kinn. Die Wülste über den braunen Augen zeigten keine Spur von einem Brauenhaar, und auch die Lider waren kahl. Die gesattelte Nase war schief, und eine dicke, weiße Narbe lief darüber. Er war Norddeutscher und erst vor etlichen Wochen nach Wien gekommen. Er mußte viele Schrecknisse hinter sich haben, denn ganz gleichgültig sagte er das hin: »Ist schon in Dachau.« Man nannte ihn hier ›Justus‹. Über sich selbst sprach er fast nicht. Ja, auf dem ›Heuberg‹ sei er im Konzentrationslager gewesen, meinte er nebenher, hielt Joseph das SA-Hemd an den Körper und bat ihn, die Eisenbahnerlitewka zu probieren. »Mensch, knorke!« schloß er. »Bist 'n reiner Hitlerstolz!« Und Peter sagte: »Jaja, das ist nämlich alles für dich!«
Die Sitzung wurde überhaupt sehr aufschlußreich für Joseph und Klara. Zum erstenmal bekamen sie eingehende Berichte über illegale Gruppen in Südbayern, hörten von neuesten Schlichen und Erfahrungen bei der unterirdischen Arbeit und wurden informiert über die Methoden der Hitlerspitzel in Wien, an der Grenze und in Deutschland. Mund und Augen rissen sie oft auf. Das war ein zähes,

beständiges Überlisten, ein ungemein schwieriger Kleinkampf mit tausend ständigen Gefahren. Nicht nur plumper Mut und Geistesgegenwart, vor allem eine immerwache Kombinationsgabe gehörten zu einem illegal arbeitenden revolutionären Antifaschisten. Auf ihn fiel die Verantwortung für eine Reihe gleicher Kämpfer, für ein ganzes Netz sonderbarster Querverbindungen. Er mußte nicht nur geschulter Marxist im engen Sinne der Parteidoktrin sein, vielfach stand er beim geringsten Einbruch der Gestapospitzel ohne Verbindung, ganz allein auf seinem Posten und mußte mit sicherem Instinkt initiativ bleiben, mußte mit einer gewiegten Kaltblütigkeit verstehen, jede Möglichkeit, jede Veränderung auszunutzen, und durfte dennoch nie das große revolutionäre Ziel aus den Augen lassen.

Aber gerade *das* war es ja, was nicht nur Joseph und Klara, was Hunderte unbeirrbarer Proletarier nach der deutschen Tragödie suchten.

»Also gut, du gehst? Du nimmst von den Welsleuten natürlich, was du kriegst...« sagte Peter. Er kam nicht weiter.

»Ja! Ja, endlich! Endlich was Richtiges tun!« antworteten Klara und Joseph fast zu gleicher Zeit.

»Jetzt nur schnell weg... Gleich alles geregelt und weg!« drängte Klara. Ihr Gesicht war überhaucht von einer fast kindlich-freudigen Entschlossenheit.

»Immer bloß ein paar Leute weggehen«, sagte der Sommersprossige. Es war schon nach Mitternacht. Der Rechtsanwalt kurbelte seinen geräumigen Viersitzer an und brachte einen Teil der Gäste in die Stadt. Mit zwei interessant beklebten Koffern, die etwa von einem Weltenbummler stammen konnten, stiegen Klara und Joseph vor ihrem Hause ab und verabschiedeten sich. Die genau detaillierten Weisungen hatten sie, immer wieder murmelten sie Stichworte und Straßennummern vor sich hin, als sie in ihrem Zimmer waren. Sie waren beide völlig aus den Häuschen. Lange, lange konnten sie nicht schlafen.

Ihm fiel das ein. Ihr jenes. Sie kramten in ihrem Hirn, und ihre Herzen trommelten.
»Zu den Alten gehn wir gar nicht mehr! Wir verschwinden einfach«, sagte Joseph.
»Selbstverständlich!« antwortete Klara.
»Aber – was machen wir denn mit dem Karl?« erinnerte sich Joseph.
»Ja, Herrgott, hm?« besann sich Klara, und schnell setzte sie dazu: »Den müssen wir Peter ans Herz legen . . . Neinnein, den Karl dürfen wir nicht verlieren!«
Der nächste Tag war jener, da man in allen deutschen Städten die von Goebbels inszenierten ›Bücherverbrennungen‹ mit SA-Aufmärschen und feierlichem Pomp durchführte. Studentische Abteilungen fuhren mit Lastkraftwagen durch die Straßen und ›säuberten‹ Leih- und Staatsbibliotheken, die Buchhandlungen und manchmal auch die Wohnungen von ›marxistischer‹ und ›undeutscher Zersetzungsliteratur‹.
Joseph war am Morgen weggegangen, um bei der Pensionsinhaberin, deren Adresse sie angegeben hatten, nachzufragen, ob nicht ein Brief eingelaufen sei. Nichts ließ die Frau Schwinglinger hören. Er wurde unruhig und machte sich Vorwürfe, daß sie ihr geschrieben hatten. Vielleicht war der Krämerin etwas passiert?
Er ging zum Westbahnhof und kaufte alle noch erlaubten deutschen Zeitungen. Sie waren voll von Berichten über die Aktion ›Wider den undeutschen Geist‹, wie der Propagandaminister die Bücherverbrennungen betitelt hatte. Sie enthielten auch lange Listen mit den Titeln ›empfehlenswerter‹ und ›verfemter‹ Bücher, kurz die ›weiße‹ und die ›schwarze Liste‹ genannt.
Joseph wurde plötzlich lustig darüber. Kreuzfidel kam er heim.
»Einen Moment! . . . Rühr dich nicht!« sagte er zu Klara. »Wart ab! Frag mich nichts!« In aller Eile warf er sich in SA-Uniform, schichtete die paar alten Bücher und Notenhefte auf den Tisch und stellte sich stramm hin.

»Du bist wohl angestochen, was?« Seine Frau musterte ihn und schüttelte den Kopf.
»Ruhig!... Einen Moment!... So, jetzt hör zu!« sagte er mit schwerverhaltenem Lachen, schnitt eine martialische Miene, nahm ein Buch und warf es auf den Boden, indem er salbungsvoll zu reden anfing:

»Gegen Klassenkampf und Marxismus, für Volksgemeinschaft und idealistische Lebensauffassung! Ich übergebe den Flammen die Schriften von Marx und Kautsky!«

Er sah schnell wieder auf die Zeitung und ließ ein anderes Buch fallen:

»Gegen moralischen Verfall! Für Sitte und Familie und Staat! Ich übergebe der Flamme die Schriften von Heinrich Mann, Ernst Gläser und Ludwig Renn!«

»Ja, Mensch, bist du denn blödsinnig geworden?« fiel Klara lachend ein und wollte das Zeitungsblatt erhaschen.
Er riß es weg. »Nur ruhig! So was muß man hören!« Und schon fing er von neuem an mit seinen seltsamen Manipulationen:

»Gegen Gesinnungslumperei und politischen Verrat! Für Hingabe an Volk und Staat! Ich übergebe der Flamme die Schriften von Friedrich Wilhelm Förster und Carl von Ossietzky!«

Abermals klatschte ein Buch auf den Boden:

»Gegen seelenzerfasernde Zersetzung des Sexuallebens! Für den Adel der menschlichen Seele. Ich übergebe der Flamme die Schriften des Sigmund Freud!«

»Also jetzt hör schon auf mit dem verrückten Gequassel!« unterbrach ihn Klara ungeduldig. »Steht denn das etwa in der Zeitung?... Das stimmt doch nicht! Das ist doch glatt erfunden... So was machen doch nur notorisch Geisteskranke!«

»O doch, es stimmt, es ist wirklich wahr!... Da lies selber!« lachte Joseph heraus und reichte ihr das Blatt.
Tatsächlich: Bei Hereinbruch der Dunkelheit, umzäunt von Fackelträgern, standen gestern nacht in allen deutschen Städten um einen Scheiterhaufen schwarze Massen, und Goebbels hatte für das Verbrennungszeremoniell eigens diese krachend kraftmeierischen Flammensprüche gedichtet. Andächtig rief sie der jeweilige Ansager, bevor er ein Buch ins Feuer warf. Der tierische Ernst dieses mittelalterlichen Ausbruches stimmte fast mitleidig.
»Karl May und Wotan«, rief Joseph und schlüpfte aus dem SA-Hemd. »Und immer die allerkleinsten Pinscher, die Zwerge, sind die irrsinnigsten! Der Dollfuß kann auch nicht mehr schlafen... Absolut will er den Deutschen den Rang ablaufen.«
Der kleine, schwerhörige, nervöse österreichische Bundeskanzler hatte um die gleiche Zeit zwei neue Notverordnungen in Kraft gesetzt und schien unausgesetzt darüber nachzudenken, wie er seine Zwitterdiktatur vervollständigen könnte. Der erste Erlaß verbot allen Verbänden mit Ausnahme der Heimwehren und der ostmärkischen Sturmscharen das Tragen einer einheitlichen Uniform. Der zweite verschob willkürlich jede Wahl zu den Landtagen und Gemeindevertretungen bis zum 31. Oktober 1933.
Es scheint etwas Wahres an der Behauptung zu sein, daß Menschen von überaus kleiner Gestalt, mit irgendwelchen körperlichen Mängeln noch dazu, ein immerwährend griesgrämiges, mißtrauisches Gefühl des Zurückgesetztseins in sich verspüren. Sicherlich handeln sie aus dieser Grundhaltung heraus, wenn sie einmal zur Macht gekommen sind. Vielleicht quält sie nur dauernd das tragikomische Empfinden, man könnte sie sonst zu wenig bemerken...
»Tjaaa – da schau! Daaa!« sagte Joseph auf einmal überrascht. »Hm, das ist ja direkt ein Kriminalroman!... Der Mantler, der...«
Klara sprang hinzu und blickte in die Zeitung. Unter den Lokalnachrichten stand, daß der SS-Mann Mantler mit seiner Frau Lotte und der SA-Mann Albert Hochegger, offenbar wegen illegaler

staatsfeindlicher Betätigung, in ihrer gemeinsamen Wohnung Mengelbergstraße 48/III verhaftet worden seien.

›Die Neben- und Unterwohner im Hause‹, hieß es in dem Bericht, ›hörten schon seit einigen Tagen zu tiefer Nachtstunde verdächtiges Hämmern und Klopfen und verständigten die Polizei. Als diese eindrang, überraschte sie die drei Verhafteten beim Aufstemmen der Wände oberhalb der Türen. Zweifellos sollten in diesen Aushöhlungen Dinge versteckt werden, die das Licht der Öffentlichkeit zu scheuen haben. Die drei gaben keine Auskunft darüber. Interessant nämlich ist in diesem Zusammenhange, daß die Wohnung früher dem derzeit flüchtigen sozialdemokratischen Stadtrat Hochegger, dem Vater des Albert Hochegger und der Lotte Mantler, einer geborenen Hochegger, gehört hat. Der gewesene Stadtrat wohnte dort mit seinem ältesten, ebenfalls flüchtigen Sohn Joseph bis etwa 10. März dieses Jahres. Es erscheint nicht ausgeschlossen, daß die drei Verhafteten, Albert Hochegger und das Ehepaar Mantler, geheime Verbindungen mit den Geflüchteten hatten. Die Untersuchung ist noch im Gange.‹

Joseph legte die Zeitung auf den Tisch und klatschte mit der flachen Hand darauf: »Was sagst du bloß? . . . Der Alte! Jetzt hat er also seinen Zweck erreicht, aber ich glaub, der wird Augen machen.«

»Daß die Schwinglingerin gar nichts hören läßt?« fiel Klara ein. »Es wird ihr doch nichts passiert sein?«

Joseph tappte auf und ab. »Hmhm . . . jaja, ich hab's auch schon gedacht . . . Paß auf, jetzt lamentiert der Alte wieder! . . . Gehn wir hin?«

»Ach was, wir schicken's ihnen, bevor wir wegfahren . . . Ich hab keine Lust mehr, sie zu sehen«, wehrte Klara ab.

Die Schwinglingerin schien ihr immer noch durch den Kopf zu gehen.

Sie fingen an, den Koffer zu packen. Sie schrieben dem Heindl-Karl einen Brief an die Flüchtlingsstelle, worin sie ihm mitteilten, daß sie auf einige Zeit weg müßten, er solle kein Wort darüber verlieren

und könne ihr Zimmer bis zum nächsten Monatsersten bewohnen, wenn er Lust habe.
Peter kam und schimpfte nicht wenig.
»Was? . . . Ihr glaubt wohl, ihr reist mit Sack und Pack gemütlich in der Welt rum?! Nett so was! Wie wollt ihr denn da auf die Berge kommen? Idioten!« belferte er. »Wenn's dann brenzlich wird? . . . Schön naiv seid ihr!«
Er zwang sie, das Zimmer weiter zu behalten und nur das Notwendigste in Rucksäcken mitzunehmen. Er instruierte sie noch einmal genau, und am anderen Tag in der grauen Frühe fuhren sie nach Innsbruck.

6
Zwischenspiel

Der alte Hochegger und Babette saßen beim Frühstück. Sie waren beide verstimmt. Sie wußten eigentlich nicht recht warum.
»Hm, also so was, nicht einmal sich verabschieden!« murrte Babette. »Das find ich schon allerhand! . . . Hat man geholfen und geholfen, und das ist der Dank! Das hat man von seiner Gutmütigkeit, geh mir zu!« Ärgerlich schob sie das halb aufgegessene Butterkipferl weg.
Hochegger hörte sie kaum. Er vertiefte sich immer wieder in den kurzen Brief, den Joseph und Klara geschrieben hatten, und in die Zeitungsnotiz.
»Hm, also der Ali und die Lotte auch, hm, tja«, stammelte er benommen.
»Jetzt auf einmal! Jetzt sind das wieder deine Kinder!« fuhr sie ihn ungut an. »Die verdienen das genau so wie dieser Mantler . . . Ich hab kein Mitleid mit ihnen!«
Er schwieg eine Weile, las und las wieder.
»Siehst's ja beim Joseph und der Klara! Keins schert sich um uns! Gehn einfach weg und sagen kein Wort, basta!« nörgelte Babette weiter. »Sehr nett so was! Sehr liebenswürdig!« Sie maulte und wurde immer verdrießlicher.
»Genossen? Geh mir zu! Wenn man nichts mehr ist, hört das alles auf . . . Ich hab's immer gesagt«, brummte sie abermals. Hochegger wurde traurig darüber. Schwer atmend erhob er sich und tappte auf und ab.
»Was ist denn der Koller für einer? . . . Wahrscheinlich genau so wie der Joseph?« fragte sie. »Er gibt sich wahrscheinlich auch bloß ab mit dir, weil du immer alles zahlst . . . Ich bin froh, wenn du mir keinen mehr ins Kaffeehaus mitbringst . . . Alle wollen sie bloß was von uns, und wenn wir einmal nichts mehr haben? . . . Ich kenn mich aus, ich hab genug jetzt!«

»Mein Gott! Jaja, freilich, freilich . . . Jaja, ich geh jetzt, ich schau nach bei der Pension, ich geh ins Parteihaus . . . Willst nicht mitgehn?« stotterte Hochegger. »Essen wir dann zusammen, ja? . . . Oder treffen wir uns im Kaffeehaus? Man kann ja nie wissen, wie lang alles dauert . . . Ja? Ja?« Unsicher schaute er nach ihr.
»Jaja! Ich weiß überhaupt nicht, ob ich was eß . . . Kannst ja nachschaun im Kaffeehaus! . . . Was will man denn schon machen? Man hockt halt rum, daß die Zeit vergeht«, murrte sie, und er ging.
Noch eine Zeitlang saß Babette stumm da und sah abwesend vor sich hin. Mit einem unterdrückten Seufzer erhob sie sich und trat ins nebenanliegende Schlafzimmer. Sie kramte in der Schublade ihres Nachtkästchens und fand eine ältere Photographie Josephs als Schufomann. Sie setzte sich hin und besah dieses Bild lange. Ihr Kinn erbebte, sie schluckte und bekam feuchte Augen. Immer wieder betrachtete sie dieses junge, fast faltenlose, ruhige Gesicht. Ordentlich und gerade saß die Mütze auf dem Kopf, ihr Schirm beschattete die Stirn, völlig arglose Augen schauten geradeaus, nur ganz sanft waren die Backenknochen angedeutet, unter der ebenmäßigen Nase lag ein männlich gesunder, ganz leicht gehobener Mund, das Kinn war oval und ohne Härte. Dann kamen der glatte, schmale Hals und die breiten Schultern. Ein leichter Schauer überlief Babette, einen Druck in der Herzgrube verspürte sie, dann floß das Blut warm und wärmer durch ihre Adern, gespann wurde jeder Muskel ihres Körpers und löste sich wieder. Zuletzt war sie bleiern matt.
Liebte sie diesen Menschen eigentlich?
Vielleicht.
Ein weher Schmerz übermannte sie. Etliche große Tränen rannen über ihre Wangen. Hing sie wirklich mit Joseph ganz tief und uneingeschränkt zusammen?
Nein.
Sogar Ärger und Haß gegen ihn, die jetzt in ihr aufstiegen, hatten etwas Halbes.

Die Schwermut des Angefangenen und plötzlich Abgebrochenen zerquälte sie so. In vielen Minuten, Stunden und in all den unruhigen Nächten seither hatte sie immer wieder eine gierige, unsagbar lüsterne Neugier überfallen. Eine heftig lechzende Phantasie rumorte unablässig in ihr. Und war immer wieder zerronnen in einer faden Vergeblichkeit. Und war jetzt nur noch das!
Vorsichtig tupfte sie mit einem Wattebausch die nassen Wangen trocken und puderte ihr Gesicht.
»Frau Maleisl!« rief sie und sagte zu der im Türspalt auftauchenden, dienernden Logisfrau: »Ich geh gleich weg! Sie können schon abdecken und aufräumen, bittschön.« Und während sie sich fertig machte, stieß plötzlich eine wilde Rachsucht in ihr zerrüttetes Herz. Joseph tauchte flüchtig in ihrem Gedankengemeng auf und zerglitt wie ein wesenloser Schatten. Hochegger fiel ihr ein. Sie schnaubte kurz und hart, und ihre Miene wurde kalt und hämisch. Sie straffte ihren Körper, als habe sie mit einem Male einen dunklen Entschluß gefaßt, und eine trotzige, schamlose Gleichgültigkeit überkam sie ...
Eintönig wie immer verliefen die Tage für die Hocheggers. Die Schwinglingerin gab keine Nachricht. Babette und der Alte saßen zwar gewohnterweise im Kaffeehaus zusammen, besuchten ab und zu ein Theater oder Kino, aßen, redeten, wohnten und schliefen miteinander, langsam aber, ohne daß sie es selber merkten, wurden sie sich immer fremder. Er ging seiner Wege, und sie war froh, daß er so wenig fragte.
»Stell dir vor! Dieses Elend wieder!« erzählte er einmal bekümmert. »Der Heindl-Karl, ein guter Freund vom Joseph, ist schwer krank ... Gefährlichen Hautausschlag und einen Darmkatarrh, nicht zu sagen! Er hat kein Geld, keinen Paß und keinen Menschen!«
»So, hm ... Heindl-Karl? Wer ist denn das wieder?« erkundigte sich Babette teilnahmlos und hörte nur nur halb hin. Karl hatte sein Negerexperiment gemacht und war, obwohl er sich durch die

Einläufe fast ruiniert hatte, drauf und dran gewesen, über die bayrische Grenze zu gehen. Durch die verschmierten Poren aber kam keine Luft mehr an die Haut. Da und dort platzte sie, kleine eiternde Pickel entstanden und brachen auf. In einem schauerlichen Zustand mußte der vermeintliche Mohr ins Krankenhaus gebracht werden, und unter gräßlichen Qualen schälte sich sein ganzer Körper. Die teils erstaunten, teils angewiderten Patienten verhöhnten den seltsamen Kranken mitleidslos, die Polizei schnüffelte bereits und ordnete die Ausweisung des mittellosen, lästigen Emigranten an.
Insgeheim gab Hochegger etliche hundert Schilling. Er bestürmte die Flüchtlingsstelle, er stritt mit Nitschke und Lorisch, er rannte von Büro zu Büro und ließ nicht locker, bis die Polizei wenigstens einen Aufschub der Ausweisung bis zur vollkommenen Genesung Karls erwirkte. Er sorgte sich beständig um den Kranken und suchte ihn fast täglich auf. Seine alte, tiefeingewurzelte Hilfsbereitschaft wurde wieder lebendig. Dennoch, sie war anders als die ehemalige: väterlich gütig, ein bißchen betulich, gänzlich unberechnet und nicht mehr beeinflußt von Politik.
Er glaubte nicht mehr an den Sturz Hitlers in Deutschland, der alte Hochegger. Er hatte sich abgefunden mit seiner Hoffnungslosigkeit. Über sechzig war er schon. Vielleicht fühlte er in wehen Augenblicken etwas von der eisigen Vereinsamung des langsamen Absterbens. Joseph und Klara waren gleichsam davongelaufen vor ihm, Albert und Lotte hatte er verloren, sein Weib entglitt ihm, und er grämte sich eigentlich nicht einmal darüber. Die Tage und die Wochen schwanden leer dahin. Früher trug er den Stock mehr aus Gewohnheit, jetzt brauchte er ihn. An die Brille wollte und wollte er sich nicht gewöhnen, doch wenn er sie ablegte, wurde er hilflos.
Welch eine Wandlung hatte er doch in dieser kurzen, schmerzlichen Zeit seit seiner Flucht aus Deutschland durchgemacht! Gleichgültig, immer gleichgültiger wurde ihm seine Täglichkeit. Er bangte

nicht mehr vor dem Morgen und Übermorgen, vor der Zukunft. Er war frei von Angst und Furcht und ausgeglichen wie noch nie.
Es war rührend, wenn er so zitterig dastand bei einer Emigrantenzusammenkunft und müde sagte: »Jaja, Genossen, ist ja alles recht und schön, jaja! Der hat recht und der auch! Ist doch in Gottesnamen gar nicht so wichtig! Zu was denn streiten? Uns geht's doch allen gleich! Wir müssen doch zusammenhelfen, versteht ihr? . . . Die jüngeren von uns, jaja, die können ja noch einen Umschwung in Deutschland erleben, aber wir Alten? Zusammenstehen, daß keiner untergeht, das, mein ich, wär jetzt das Wichtigste!« Er verbreitete sich auch manchmal über Pläne zur Behebung des Emigrantenelends. Fast einfältig gutmütig half er jedem. Wenn Nitschke oder Lorisch ihn davon abhalten wollten, wenn sie ihn darauf aufmerksam machten, daß er doch bloß ausgenützt werde, dann sagte er unangefochten: »Laßt's mich aus! Soll er schon seine Freud haben, der arme Teufel! Mir tut's ja auch wohl . . .« Er kam auf die Idee, in privaten, besser gestellten Kreisen Sammellisten herumgehen zu lassen, um Geld für die mittellosen Genossen zu bekommen. Lorisch und Nitschke mißbilligten das scharf, denn – meinten sie – das diskreditiere die Partei, als gäbe sie nicht genug. Er schwieg und versuchte es mit geringem Erfolg allein. Redakteure und höhere Parteifunktionäre spendeten. Dieses Helfen und Kümmern und Sorgen tat ihm wohl.
Man sagt, wenn ein Mensch alles verloren hat, verbleibt ihm nur noch das Herz, und das verbindet ihn mit den anderen Menschen. Vielleicht war's beim Hochegger schon soweit.
Der Sommer flutete in diesen Wochen sonnig und prall ins Land. Das Buschwerk und die Bäume der Anlagen, die Wälder und Hänge des Wienerwaldes prangten in sattem Grün. In den Gärten und Parks der Stadt rieselten die Springbrunnen. Noch pompöser als sonst nahmen sich die vielen Denkmäler aus. In den samtenen Wiesenflächen lagen vielfarbige Zierbeete wie riesige, sorgfältig aufgetischte Torten. Jeder Tag in Wien lächelte aufgelockert. Vor den gro-

ßen Ringkaffeehäusern hatte man improvisierte Vorgärten angebracht. Sie erstreckten sich halb über die breiten Trottoirs. Um die frischgestrichenen Zäune blühten Topfblumen. An jeder Ecke erhob sich ein Buchsbaum oder eine Palme; tagsüber beschatteten große Sonnenschirme aus Segeltuch die weißgedeckten kleinen Tische, nachts leuchteten farbige Ampeln darauf, und vergnügt schwatzten die eleganten Gäste.
Draußen in Grinzing und in den umliegenden Weingegenden stellten sich die Heurigenwirte auf Fremdenverkehr um. Es kamen aber nur Einheimische, und die knauserten, weil sie sparen mußten. Auswärtige Gäste blieben aus. Die vielgerühmte Wiener Heiterkeit, das leichte Sich-über-alles-Hinwegsetzen waren dünn gesät. Nur die oberen Zehntausend oder Schwerverdiener vom Film und Theater konnten sich so was leisten. Scharenweise bevölkerten ausgezehrte Bettler die Straßen, tagtäglich fielen Verhungerte um und wurden schnell weggeschafft. Krise und Arbeitslosigkeit und die planlose Politik des Kanzlers, der alle reichsdeutschen Experimente Hitlers nachahmte, verbitterten die Massen. Dollfuß rief die ›Vaterländische Front‹ ins Leben, ein Sammelbecken für alle antimarxistischen Elemente. Sie machte sich in geräuschvollen Umzügen und Kundgebungen bemerkbar. Der Klerus und die Monarchistenkreise waren stets dabei. Jenes jämmerliche Geschäftsjudentum, das ehemals in Deutschland die Sozialdemokratie und beim Zunehmen der Reaktion das katholische Zentrum als Wall gegen den ›braunen und roten Bolschewismus‹ stützte, übersteigerte sich nun in Österreich in vaterländischer Gesinnung. Es gab reichliche Spenden und jubelte dem kleinen Mann vom Ballhausplatz zu. Die verärgerten Spießbürger, die wildgewordenen Hausbesitzer, denen das Mieterschutzgesetz der Gemeinde Wien schon lang ein Dorn im Auge war, rückgratlose Künstler und ausgepowerte Erwerbslose, die Arbeit erhofften, füllten diese gemischte Front.
Die Nationalsozialisten warfen jeden Tag Papierböller, ihre Stu-

dentengruppen krawallierten in den Hörsälen der Universität und der Technischen Hochschule, warfen Tränengasbomben und zertrümmerten die Einrichtung. Die Polizei schritt schließlich ein. Renitente Professoren, die offen mit Hitler sympathisierten, legten gegen ›diese Vergewaltigung des akademischen Rechtes‹ Verwahrung ein. Der ganze Verwaltungskörper des Staates war durchseucht von Nationalsozialisten, die ausspionierten und sabotierten, wo es ging. Der Starhembergische steirische Heimatschutz trat eines Tages geschlossen zu den Nationalsozialisten über. Er hatte die meisten Waffen.
Über all diese Vorkommnisse durfte jedoch die Presse nicht viel verlauten lassen. Das Kabinett wollte stets als ›Herr der Lage‹ dastehen. Eine neue Notverordnung verfügte, daß vorwitzige, mißliebige Zeitungen bei dreimaliger Beschlagnahme nur noch durch die Post versandt werden durften.
Geheime Unterhändler berieten mit hohen Funktionären Hitlers. Immer wieder erwog die starke Regierung des kleinen Mannes mit dem winzigen, aufgedrehten Fliegenbärtchen, ob es nicht doch sehr nützlich wäre, sich mit den Nationalsozialisten gegen die Roten zu verbünden. Die braune Gefahr wurde immer größer, und die Arbeitermassen innerhalb der Sozialdemokratie radikalisierten sich zusehends. Doch der Parteivorstand in der Wienzeile hoffte und hoffte, durch gutes Zureden den Kanzler umzustimmen. Die ›Arbeiterzeitung‹ brachte fast täglich lange Artikel mit neuen Angeboten zur Mitarbeit. Die Herren Minister in den Räumen des Gebäudes am Ballhausplatz vergnügten sich über dieses ruckweise Kleinerwerden ihrer roten Gegner. Schmunzelnd wurde das ›Komikerblatt‹ – so nannten sie die Arbeiterzeitung – herumgereicht. »Wir wollen s' wieder einmal beschlagnahmen lassen, daß ihr die Luft eher ausgeht«, spöttelte Herr Fey. Genau so kulant lächelte Dollfuß und meinte: »Da hat's keine G'fahr mehr . . . Die werden schon noch katholisch!«
Und da sie sahen, die Roten bellen nur drohend in die Luft oder win-

seln – was taten die Minister? Nach einer Verfügung, wonach jedem Landes- und Bundesbeamten die Zugehörigkeit zur Nationalsozialistischen Partei untersagt wurde, verboten sie diese am 22. Juni völlig. Sicherheitsdirektoren wurden für alle Bundesländer ernannt. Österreich aber ist ein Land des Fremdenverkehrs.
Tausende und Zehntausende von Reichsdeutschen erholten sich alljährlich in dem nahen, billigen Tirol, in Vorarlberg, im Salzburgerland, in Kärnten und in der Steiermark. Rudelweise kamen im Sommer die deutschen Vereine und Vergnügungsreisenden nach Wien.
Adolf Hitler, erbost über seinen ungehorsamen Landsmann Dollfuß, holte zum Gegenschlag aus. Er erließ ein Gesetz, demzufolge jeder Reichsdeutsche, der die österreichische Grenze passierte, tausend Mark zu entrichten hatte. Die Wirkung war katastrophal. Der Fremdenverkehr des kleinen Nachbarlandes war fast ruiniert. Obwohl nun das Wiener Kabinett die gleiche Maßnahme ergriff, – mußte jeder Mensch darüber lächeln, jeder wußte, wie sinnlos sie war. Welcher Österreicher und Wiener ging denn zur Sommerfrische nach Deutschland? Nur ein paar Geschäftsreisende waren geschädigt.
Ganz nach deutschem Muster errichtete Dollfuß ein Propagandaministerium und unterstellte es dem Tiroler Heimwehrführer Dr. Steidle, der schon lange nach einem Regierungsposten gierte. Dieses Amt gab sich wohl den Anschein, als sei es eine hochpolitische Instanz, hatte aber nur für Fremdenwerbung zu sorgen. Mit einer gewichtigen, drolligen Heftigkeit betrieb es mittels erheblicher staatlicher Zuschüsse in allen anderen Staaten Verkehrspropaganda für das schöne Österreich und versprach alle möglichen Reise-, Kur- und Aufenthaltsvergünstigungen. Die Hotelbesitzer bequemten sich nur widerwillig, ihre Preise herabzusetzen, und gaben erst nach, als die Regierung versprach, ihnen die Verluste auszugleichen. Die wenigen Amerikaner, Engländer, Franzosen und Holländer wogen den deutschen Ausfall nicht auf. Es wurde – wie

man in Wien zu sagen pflegt – ›ein stierer Sommer‹. In den geschädigten Sommerfrischgegenden verlor Dollfuß täglich an Sympathie, die verbitterten Geschäftsleute und Gastwirte wurden Hitlermänner. Die Nationalsozialisten gewannen an Anhang.

Ungewollt und unbewußt, befangen in ihrem ewig ängstlichen Wägen, hatte die Sozialdemokratie dem Kanzler den Weg für seine Politik freigemacht, die Bevölkerung verstimmt und das Land unermeßlich geschädigt. Ein entschlossenes Eingreifen der kampfgewillten Arbeitermassen, und das Kabinett wäre zur einseitigen Stellungnahme gezwungen worden oder hätte zumindest bedeutende Zugeständnisse machen müssen. Die scheinbar berechtigte, ›volksverbundene‹ Opposition der Nationalsozialisten wäre entlarvt worden, die hoffnungshungrige, tatendurstige Jugend und die verzagten demokratischen Volksteile hätten sich in diese zweckvolle, aktive Freiheitsfront eingereiht, denn jeder Mensch verlangte nach sichtbaren Taten und ertrug diesen Dämmerzustand der Unschlüssigkeit nicht mehr.

Dem allen versuchte der sozialdemokratische Parteivorstand auf seine Weise abzuhelfen. Er rief auf zu einem Volksbegehren für die Veranstaltung von Neuwahlen. Er schickte seine Funktionäre herum mit Einzeichnungslisten. Die sollten dem Bundespräsidenten Miklas zur Entscheidung vogelegt werden. Die ›Arbeiterzeitung‹ buchte jeden Tag die steigende Zahl der Eingezeichneten – hunderttausend, zweihunderttausend, eine Million – aber das Ministerium machte auch dieser Groteske ein leichtes Ende: Wahlen gab es einfach nicht. Wozu denn die Notverordnung vom 11. Mai?!

Die Parteiführer in der Wienzeile polterten, wie undemokratisch das sei.

Dollfuß zwang sie, in ihren Zeitungen, bei Androhung des gänzlichen Verbots und hoher Strafen, fortan amtlich-politische Ergüsse ohne Kommentar abzudrucken. Jedes Flugblatt mußte der Polizeibehörde vorgelegt werden, und schließlich schrieb die Regierung den Tagblättern auch die Schriftgröße und -art vor, um, wie es hieß,

›dem gewissenlosen Sensationsgeschrei der Skandalblätter beizukommen‹. Das Mietengesetz wurde neu geregelt, die Beiträge der Unternehmer zur Arbeitslosenversicherung wurden den Gehaltskürzungen angeglichen, und Erschwerungen im Religionswechsel und Kirchenaustritt traten in Kraft.

Der Druck erzeugte keinen Gegendruck mehr. Die Sozialdemokratie verharrte in ihrer Agonie. Von seiten der Regierung konnte alles geschehen. Langsan wurden große Teile der Arbeiterschaft mutlos, stumpf und zermürbt.

Draußen an den Donaugestaden in der Lobau lagen Sonntag für Sonntag ungezählte Tausende Proleten, sonnten sich und badeten, fuhren Paddelboot und diskutierten über die politische Lage, über die unverständliche Haltung des Parteivorstandes. Die Kommunisten vermengten sich mit den Gruppen der Enttäuschten, fingen zu reden und zu fragen an.

»Jaja, hast eh recht, aber ihr wollt's bloß die Partei spalten . . . In Rußland stimmt auch nicht alles«, warfen die Sozialdemokraten hin.

»Wir wollen nicht spalten! Wir wollen nur Klarheit und dann Einheit«, antwortete der Kommunist. »Daß in der Sowjetunion schon alles so ist, wie es sein soll, behauptet doch kein Mensch, aber dort gehört alles uns, und es geht vorwärts von Tag zu Tag . . . Und bei uns? Da geht's abwärts, immer weiter abwärts . . . Streikverbot, Lohnkürzungen, bloß noch vaterländisch Organisierte und Heimwehrler kriegen Arbeit . . . Bald wird im Rathaus statt dem Seitz ein Regierungskommissär sitzen! . . . Rote Mehrheit? Was haben wir davon? Kuschen müssen wir, und der Parteivorstand will immer noch packeln! . . . In Rußland gibt's kein Packeln, schaut hin, da haben wir die Macht. Die ganze Welt muß zugeben, wieviel Erfolge wir haben da drüben!«

»Ja, hm, daß wiss'n wir eh, Genosse! Aber wart nur, wann der Dollfuß 's Rathaus angreift oder die Arbeiterzeitung und die Partei verbieten will, da kracht's!« hielten ihm die Genossen entgegen. Sie

hingen mit erstarrter Gewohnheit an ihrer Partei. Sie gaben die Fehler zu, aber sie waren müde und verdrossen. Alle hatten sie den Aufstieg erlebt. Sie wohnten in den ›roten Festungen‹ der Gemeinde. Sie glaubten wie dahindämmernd an die Führung, sie warteten schwermütig auf die Kampflosungen. Sie sahen über die Flächen und in den Fluß und hörten den heiteren Massenlärm: rundherum – das waren alles Genossen, Tausende, Zehntausende, Hunderttausende!
Und sie atmeten ruhig und fühlten sich geborgen, verbunden und geschützt!
Einmal fuhr Hochegger mit Julius Deutsch eine Strecke im Parteiauto.
»Dieses Elend! . . . Soviel Bettler«, sagte der Alte durch die Fenster blickend.
»Jaja, die Krise! . . . Aber der Wiener läßt jeden mitkommen . . . Sollt sich der Dollfuß beispielsweise einmal einfallen lassen, gegen die Bettler vorzugehen, da gäb's Aufruhr in allen Kreisen!« meinte Deutsch.
In Wien betrieb man festliche Vorbereitungen. Für den darauffolgenden Sonntag war der große Katholikentag angesagt. Am Samstag machte die Polizei – um das Elendsbild der Straßen zu reinigen – brutale Razzien auf die Bettler und fing sie zu Hunderten ein.
»Hm«, murmelte Hochegger für sich. »So ein Giftkerl, der Dollfuß! Grad wie wenn er den Deutsch im Auto gehört hätte und ihm was zu Fleiß tun möcht . . .« Er ging mit seiner Frau durch die geschmückten, dichtbesetzten Straßen. Da schmetterten die Musikkapellen, da wehten Hunderte von Verbandsfahnen katholischer Vereine, da marschierten die Heimwehrformationen und Polizei und Bundesheer, und die langen, vorangetragenen Kreuze schwankten leicht, fader Weihrauchgeruch stieg da und dort auf, dicke Geistliche aus aller Herren Länder marschierten mit. Rot, rund und simpel glänzten ihre schwitzenden, zufriedenen Gesichter. Dann kam wieder ein Zug mit ländlicher Bevölkerung. Der Vater, die Mutter, die

Tochter und das Kind trugen die schmucke Tracht. Das Bild war bunt und lockend.

Da und dort störten die Nationalsozialisten. Sie johlten, warfen papierene Hakenkreuze und wurden von den schnell herbeigeeilten Wachleuten verprügelt oder festgenommen. Aber sie tauchten immer wieder auf – da, dort, überall – und zuletzt erwischte man sie auch nicht mehr.

»Das muß man ihnen lassen, Schneid und Courage haben s', die Burschen«, sagte so mancher sozialdemokratische Genosse. »Respekt! Feig sind die nicht! Von den Unsrigen hörst und siehst nichts!«

Der Aktive, der tollkühne Angreifer hat immer das Herz des Volkes. Er gewinnt, selbst wenn er hundertmal zurückgeworfen wird. Das bedachten die sozialdemokratischen Führer nicht. Sie hemmten den natürlichen Massentrieb, sie verhinderten jede Gegendemonstration der berühmten ›roten Mehrheit‹, sie trieben hunderte verzweifelter Arbeiter in die Arme der draufgängerischen Nationalsozialisten.

Die deutschen Emigranten, die das alles mitansehen mußten, wurden von Tag zu Tag kleinlauter. Jene geduckte Scheuheit, die jeder noch so gut aus den letzten Tagen in der Heimat kannte, wachte wieder auf. Bei den Zusammenkünften drehten sich die Reden nur noch darum: ›Was passiert mit uns? ... Wo machen wir jetzt dann hin?‹

Lorisch stand auf, warf sich in die Brust und sagte fast gebieterisch: »Genossen, ihr braucht keine Angst zu haben. Ja, ich sag's offen, vor ein paar Wochen hat's für die Partei schlecht ausg'schaut, aber jetzt ist's soweit, daß sich jeder Genosse sagt, wenn's zu was kommt, wir lassen uns nicht kampflos abmurksen, wir gehn nicht freiwillig in die Gefängnisse und Zuchthäuser – Konzentrationslager haben wir ja bei uns nicht, und es wird auch nie so was geben bei uns! Genossen, die Partei steht jetzt zu allem bereit da!« Er gefiel sich stets in solchen Andeutungen. Er tat informiert wie Wetterle. Darum

mochten sich die beiden auch und stimmten immer überein. Forschte jedoch der eine oder andere Genosse genauer, so schnitt Lorisch fast brüsk die Debatte ab und sagte: »Darüber kann ich nicht reden! Ihr müßt mir schon glauben!«
Alle hörten das Geräusch dieser Worte, niemand schöpfte Hoffnung daraus, im Gegenteil, nur noch kleingläubiger wurde jeder. Einige gingen völlig unter in einer stoischen Gleichgültigkeit. Partei, Politik, Österreich und Deutschland und Hitler und Dollfuß – nichts interessierte sie mehr. Zerstäubt und verweht waren Vergangenheit und Zukunft.
»Was geht mich der ganze Mist an!« sagte Kurt Heim zu seinem Zimmerkameraden Koller, als ihn der einmal fragte, ob er nicht mitginge zu einer sozialdemokratischen Versammlung. »Ick will mein Leben jeniessn! Das andere is mir piepe! Ick nehm, wo mir was jeboten wird . . .« Als ehemaliger kaufmännischer Angestellter wußte er, daß nur Kleider Leute machen, er legte Wert auf anständiges Aussehen. Er ging auch, wenn er wieder Geld hatte, in die großen Cafés und sonderte sich mehr und mehr von seinen Genossen ab. Einmal traf er die Hocheggers im Café ›Schottentor‹ und unterhielt Babette etliche Stunden lang ausgezeichnet. Hochegger freute sich, daß seine Frau von diesem Genossen eingenommen war. Heim wußte Witze von Saufgeschichten, schlagfertig konnte er plaudern, er machte den besten Eindruck. »Na, jnä' Frau langweil'n sich wohl ooch nich zu knapp, wat?« fragte er Babette, als der Alte draußen war, und umflog sie mit einem kühnen, schmeichelhaft heischenden Blick.
»Und ob! Mein Mann ist ja immer unterwegs! Der reine Emigrantenvater!« erwiderte sie leicht seufzend. »Man kennt ja auch keinen Menschen, mit dem man sich ab und zu unterhalten könnte.«
»Oh!« tastete der forsche Heim weiter und schlug mit geschickt gespielter Verschämtheit die Augen nieder. »Wenn Sie's nich als aufdringlich anseh'n . . . Ick könnte Ihnen Wien man schon zeijen. Ick hab schon ausjiebig rumjeschnüffelt . . .«

Er lächelte dabei und hob die Augenlider wieder. Er sah sie fest an. »Gern! ... Oja, wenn Sie wollen«, antwortete Babette und wurde flughaft rot. Gerade dieses Ganz-woanders-her-Sein Heims reizte sie. Jener jähe Instinkt, der solch bürgerlich-abenteuerhungrigen Frauen eigentümlich ist, witterte: Der ist ganz fremd und verschwiegen!
Beide lächelten anzüglich. Zwei, drei beredte Blicke, und man verstand.
Bald darauf kam Heim zu Koller und erzählte ihm etwas von geheimnisvollen Transaktionen, die ihm gelungen seien. »Nährt 'n Mann«, log er und packte seine Siebensachen zusammen. »Ick hab ne andre Bude.« Koller, der eigentlich gar nicht an ihm hing und in der letzten Zeit mehr schlecht als recht mit ihm ausgekommen war, sah ihn weltfremd und ein wenig neidisch an. Als er ihm die Hand drückte, beschlich ihn sogar eine leichte Wehmut. Mit ausgesuchter Höflichkeit bedankte sich Heim beim Wirt, bei den Kellnern und allen Genossen für all das Gute und Nette, das er durch sie gehabt hatte, und zog ab.
»Ich gönn's ihm! Is ein fescher Bursch und ein klasser Genosse«, sagte der Wirt, und alle waren seiner Meinung. »Hat wenigstens einer wieder was.«
Heim war nur noch selten zu sehen. Ganz zufällig trafen ihn manchmal Genossen, und er tat stets sehr erfreut. Es schien ihm gut zu gehen. Er sprach von Geschäften und bezahlte gern einmal eine Lage Bier, wenn er Zeit und Laune hatte. Immer hatte er gut gebügelte Hosen, immer war er frisch rasiert und roch nach Kölnischem Wasser.
Er saß täglich mit Babette in einem Kaffeehaus, wo kein Bekannter hinkam. Ab und zu besuchte er sie auch und blieb eine ziemlich lange Weile. Sie gab ihm alles. Sie kleidete ihn ein, verschaffte ihm ein Zimmer in der Nähe und wachte eifersüchtig, daß er ihr nicht entglitt. Oft kam sie in aller Frühe zu ihm.
»Nee-nee, Schätzchen! Nee, mein Mäuschen! ... Ick hab doch gar

keene Ursache, dich zu betrügen«, beruhigte er sie schmeichelnd und lobte ihr neues Kleid, ihr gutes Aussehen: »Sieh mal, mein Typ bist de, elejant bist de, injespielt sind wa uff'nander! Wat will ma denn mehr? ... Dummchen ... Nee-nee, gar keene Ursache nich!« Und ihr schmollendes Gesicht strahlte auf wie das einer Achtzehnjährigen. Alle ihre Zweifel verflogen.
»Solang dein Oller nich Lunte riecht, is det das reinste Paradies!« schloß er übermütig und stichelte: »Na, wat hast ihm denn heut wieder vorjelogen? ... Na, beicht mal scheen! ... Sowat amüsiert mir köstlich!«
Sie versank haltlos in dieses späte Glück wie in eine Flut von lauwarmer Milch.
Der alte Hochegger saß die meisten Tage im kahlen Krankensaal am Bett des langsam gesundenden Heindl-Karl, kratzte sich bekümmert an den Schläfen und meinte: »Hm, jaja, jetzt wirst bald raus müssen ... Ich überleg schon die ganze Zeit, was man weiter machen könnt! ... Der Koller hat mir die Adresse vom Joseph verraten. Auch vom Parteivorstand hab ich sie erfahren, aber er gibt keine Antwort. Er läßt nichts mehr hören ... Der wüßt vielleicht, was man machen soll mit dir ...« Er bekam einen hohlen, starren Blick und sagte tonlos: »Daß er nichts hören läßt, hm? Ich hab doch nichts gegen ihn. Ich hab ihm nie weh getan ... Ihm nicht und der Klara nicht ... Hm, seinen alten Vater so im Stich lassen, hmhmhmhm!« Mechanisch wackelte sein Kopf.
»Ach was! Wird schon, Vater Hochegger, wird schon! ... Ich treib ihn auf, verlaß dich drauf! Ich wasch ihm den Kopf, das garantier ich!« versprach Karl und lächelte munterer. »Dankschön! Dankschön für alles! ... So wie ich's gemacht hab, kann man dem Hitler nicht beikommen ... Der Joseph ist ein gewitzter Kerl! Zu dem muß ich. Verlaß dich drauf, ich find ihn ...«
Und da bekamen die Augen des alten Mannes einen müden, wehen Glanz ...

7
David gegen Goliath

Tief im unwegsamen Karwendel, in einer schiefen, verlassenen Hütte auf einem einsamen, kahlen, schnee- und eisverkrusteten Berggipfel hausten Joseph und Klara seit Wochen wie Urmenschen. Sie durften nicht einmal ein Feuer anzünden und mußten sich mit einem Spiritusapparat behelfen, wenn sie Konserven wärmten oder sich vom Wasser des zergangenen Schnees Tee bereiteten. Denn drüben an der nahen bayrischen Grenze – überall in den Schutzhütten und auf den zackigen Graten – lauerten SA-Wachen und spähten beständig jedes Fleckchen Berg mit ihren scharfen Feldstechern ab. Die Nächte waren bitter kalt. Dicknebelig stieg die Frühe herauf, und tagsüber war es brennend heiß. Nur der leichte Flugwind, der manchmal über die Gipfel hinstrich, brachte kühlere Luft mit. Unter größten Mühen, mit Steigeisen und Seilen, waren sie hier heraufgekommen, und ungefähr jede Woche brachte ihnen der Mangstl das Nötigste. Jetzt erfuhren sie, daß er einer der tüchtigsten Wildschützen sei, einen kleinen, nebenherlaufenden Handel mit geschmuggelten österreichischen Virginiazigarren, Zigaretten und anderen in Deutschland hochverzollten Waren betrieb, sonst aber Holzknecht war und als Biedermann galt. Er war ein geldgieriger Mensch, der wegen des geringsten Betrages stundenlang feilschte, und er haßte Hitler und die Nationalsozialisten schon deshalb, weil sie den Grenzverkehr so verschärft hatten und die ergiebigen Fremden nicht mehr hereinließen. Er war ihnen aber auch nicht gewogen, weil sie ›sündhaft und glaubenslos‹ waren, was ihm – dem sonderbar abergläubischen, etwas bigotten Katholiken – als das Ärgste erschien. Freunde und Mittelsmänner hatte er überall, vom Bodensee bis nach Salzburg, hüben und drüben kannte er die ›Sekten‹ der Pascher seinesgleichen. Er brachte jeden Genossen über die Grenze; mochten auch immer wieder Schleichwege entdeckt werden, er wußte zehn neue. Nur eins, man durfte ihn nicht loben. Sonst nämlich verlangte er mehr für eine derartige Mission und wurde aufsässig, wenn man nicht endlich nachgab. Man mußte ihm deutschen Schnupftabak geben, echten ›Schmalzler Brasil‹, möglichst fett. Den tränkte er in flüssigem Schmalz und verpackte ihn in luftdichte Schweinsblasen. »Er muß rutsch'n und derf doch nit papp'n«, pflegte er zu sagen, wenn er die geöffneten Stanniolpäckchen, die ihm der deutsche Genosse mitbrachte, anroch und reibend mit den Fingern prüfte.

Jetzt, wenn sie lauschend und spähend hinter den Steinen des schmalen Felsvorsprungs lagen und in die Tiefe sahen, der Joseph und die Klara, wenn sie weit drunten, wo die dichtdunklen Tannenwaldungen aufhörten, auf den umgatterten, grünschimmernden Hängen winzig klein die weidenden Kühe erblickten und ab und zu, windhergetragen, das dünne Gebimmel ihrer Glocken hörten – jetzt hatten sie kein bedrängendes Heimweh mehr!

Die glitzernde Isar tauchte da und dort streifenlang auf, wenn die Berge ihren Lauf freigaben; Scharnitzer Hausdächer wurden sichtbar, und weiter drüben blinkte Mittenwald. Wie weiße Zündholzschachteln sahen die fernen Häuser aus, nadeldünn und sonnbeglänzt ragten die Kirchturmspitzen in die Höhe, und weit weg schälte sich langsam die abfallende Ebene aus dem glasigen Dunst. Die Isar schwamm wie ein breiter Silberstreifen durch die unregelmäßig abgezirkelten Flächen und durch die verstreuten, spielzeugähnlichen Dörfer.

Nein, jetzt waren die beiden mit all dem fast mehr verhaftet als ehedem! Nun wußten sie ganz tief: Emigrant ist man nur, wenn man untätig abseits bleibt; unwiederbringlich verliert man das Vertrauen der Genossen in der Heimat, wenn man verbindungslos dahindämmert und nicht täglich und stündlich mit jenen stillen, unbeugsamen Kämpfern für ein anderes, ganz anderes Deutschland gleich und gleich zusammenarbeitet. Gerade dadurch, daß sie wieder mit alten, bekannten Genossen zusammenwirkten, daß sie mit anderen ›Grenzwachen‹ und den verschiedensten revolutionären Gruppenbildungen ständig in Berührung kamen, erstarkte ihr sicheres Gefühl von der Verbundenheit der Proletarier der ganzen Welt. Noch schien freilich alles ziemlich zerfahren in Deutschland. Der eine wußte oft vom andern nichts, hier arbeitete eine Dreier- oder Fünfergruppe mit größter Aufopferung und Findigkeit, daneben eine intakte Betriebszelle, die hinter jenen geheimnisvollen Dreien oder Fünfen eine Spitzelorganisation vermutete, und dort wieder hatte die Gestapo selbst eine vorzüglich funktionierende revolutionäre Scheingruppe eingebaut, die verheerenden Schaden anrichtete. Die Sammlung fehlte noch. Aber in Moskau und im Ural, in Wien, Prag, Paris, in Saarbrücken und Amsterdam, in London und Kopenhagen, in Zürich und Genf wußten die Kämpfenden voneinander, und nicht – mit Gewalt und raffiniertester List nicht! – war diese einmal geschlossene Kette zu zerreißen. Irgendwo vor dem Mikrophon einer Sendestation las ein Mensch deutsche Gedichte, Erzählungen oder hielt einen harmlosen Vortrag. Und im Reiche Hitlers lauschten Genossen im Besitz einer Geheimchiffre und bauten aus bestimmten Buchstaben Worte und aus Worten Nachrichten. Oh, wer Sowjetrußland am Radio hörte, riskierte, eingesperrt zu werden! Aber war etwa ein Vortrag über deutsche Frühgotik, aus Zürich gesendet, staatsgefährlich? Oder Rilkegedichte aus Prag? Oder ›Goethe im modernen Weltbild‹ aus Wien? Oder ›Verdis Sendung‹ in deutscher Sprache aus Rom? Nein, die Macht der barbarischen Tyrannen in Deutschland war nicht grenzenlos! Mochten diese sinnlosen Gewalthaber Hunderte in Konzentrationslagern zu Tode schinden lassen, mochten sie alle ausländischen Zeitungen verbieten, vergeblich war das Heer der bezahlten Schnüffler in allen Kreisen, wirkungslos blieb die Knebelung jeder freien Meinung; mochten Goebbels und Goering auch noch soviele unauffällige Spitzelzentralen in allen Weltstädten zur Emigrantenüberwachung einrichten – durch die leere Luft, durch den schwingenden Äther riefen die Genossen einander die Warnungen, die wichtigsten Nachrichten und die Losungen für die nächste Wegrichtung zu!

Joseph mußte, wenn ein Kurier zu wenig Zeit hatte, mit Mangstl in hellen Nächten gefährliche Abstiege machen. Dann hockten die drei auf den flachen, feuchten Stümpfen abgesägter Bäume in einer abschüssigen Waldlichtung, auf die der Mond sein bleiches Licht warf. Scharf hoben sich die Konturen der Gesichter ab. Mangstl entging nichts. Jedes Eichkätzchenhüpfen, Ästeknacken, das leise Piepsen schlafender Vögel, das lautlose Schwirren der Fledermäuse – alles unterschied er exakt. Er, der Waldmensch, schien ein unablässig witterndes Tier zu sein, das die kleinste Gefahr gleichsam roch.

»Soso, also ganz auf dem Boden der Dritten Internationale? Nur das Zugeständnis, daß ihr in Deutschland je nach den Verhältnissen und der gegebenen Lage handeln wollt, von Fall zu Fall?« fragte Joseph halblaut. »Soso, vierzehn Mann stark . . . Drei absolut zuverlässige SA-Männer, wunderbar! . . . Geh einmal zu Himsel, Riedlingerstraße 18/II links, drück ihm die Hand und zieh dabei den Mittelfinger ein . . .«

»Achtzehn zwei links«, murmelte der Genosse nickend. »Gut . . .«

Er äußerte seine Wünsche, Flugblattverteilung müßte weit sparsamer betrieben werden, für klare theoretische Kampfaufsätze wäre ein großes Bedürfnis, die Texte der kleinen Klebezettel hätten sich sehr bewährt, Anleitungen zu Diskussionen über das Wirtschaftliche würden gebraucht. Am Ende berichtete er über Verhaftungen, über die Zustände in Dachau, über den und jenen ›umgefallenen‹ Genossen.

»T-ha, soso, der Kofler will eine Vogelhandlung aufmachen, das paßt zu ihm!« Joseph lachte. »So, der Homlinski? Jaja, gewußt hab ich schon, daß er Frontkrieger ist . . . Daß er bleibt, hab ich mir gedacht . . . Merkwürdig, so Juden hängen mehr an Deutschland als wir! . . . So, die Krankenkassen haben sie ihm genommen, aber er lebt? Trotzdem kommen die Proleten zu ihm? Hm, geht denn das so ohne weiteres?«

»Jaja, auf der Krankenkasse kriegt man schon so Scheine, wo die jüdischen Ärzte angegeben sind, aber da schert sich keiner drum... Die, die Angst haben, bleiben weg, aber die andern gehn alle hin«, erzählte der Genosse.

Mangstl schnupfte rasselnd. Wie das Aufschnarchen eines schlafenden Mastschweines klang das. Die drei standen auf.

»Also, verstehst du?« Joseph neigte sich mehr ans Ohr des Genossen. »Dreimal im Zug die Klosett-Tür auf- und zumachen, wenn der Schaffner, der die Fahrkarten kontrolliert, daherkommt... Gleich wenn der Zug aus Mittenwald hinausfährt, verstehst du?... Er sagt bloß: ›Fest zudrücken!‹, und du gehst ihm unauffällig nach... Merk dir's!«

»Jaja«, nickte der Genosse.

»Mangstl, ich wart auf dem linken Steig... Wie lang wirst brauchen?« wandte sich Joseph an den hinterdrein zottelnden Führer.

»Wenn's guet geht, anderthalb Stund... Muaßt halt wartn«, gab der zurück.

Mit einem schnellen Handdruck trennte man sich. Joseph legte sich flach auf die moosige Erde und legte den Kopf auf die Hände. Ruhig atmend sah er in den bleichen Nachthimmel. Er hörte die sich entfernenden Schritte, manchmal rieselten Geröllsteine, Äste knackten, und still wurde es.

»Vierzehn und fünf sind neunzehn Mann und sieben sind sechsundzwanzig und achtundneunzig sind hundertundvierundzwanzig«, rechnete er brummelnd, lag und lag, bis er die wohlbekannten Tritte Mangstls hörte. Langsam ging es aufwärts, allmählich hörte der Wald auf, und da und dort zwängte sich nur noch eine verkrüppelte Tanne aus den Felsen. Seil und Steigeisen traten in Funktion, jeder Schritt mußte berechnet und genau erwogen werden. Kälter, immer kälter wurde es, aber die beiden Kletternden schwitzten. In solchen Nächten blieb der Mangstl meistens über Nacht. Er rollte sich zusammen wie ein Igel und stank fürchterlich. In der Frühe rieb er das Gesicht mit verharschtem Schnee ab, schnitt ein pfundschweres Stück Speck klein und verzehrte es mit einem Trumm Brot. Dann zündete er seine Pfeife an und machte sich auf den Weg. »Jesses, dös hätt i bald vergessn ... Briaf!« Er wandte sich an der Tür um und kramte etliche verschwitzte Kuverts und Zeitungen aus der inneren Joppentasche. Die Sendungen waren alle an ein Innsbrucker Kolonialwarengeschäft adressiert. Der erste von den Briefen war vom Parteivorstand der SPD in Prag. Er enthielt lediglich eine kurze, geschäftsmäßige Mitteilung, daß die Berichte eingelaufen und zum Teil erfreulich seien. ›Gruppe Ost wünscht stärkere Beachtung, beklagt sich‹, hieß ein Satz, und das Geld sei per Innsbruck angewiesen.

›Teebestellung nach eingelaufenen Mustersäckchen möglich, doch müßten Sie zwecks mündlicher Verhandlung über Abschluß einer Großlieferung am 1. IX. lfd. Js. nach hier kommen. – Hochachtungsvoll – Lohr & Söhne, Wien VI‹, lautete das Schreiben Peters und hieß für Joseph und Klara, daß sie bis zum angegebenen Datum wieder zurückkommen sollten. Das letzte Kuvert enthielt zwei Briefe. Einen vom alten Hochegger und einen vom Heindl-Karl.

›Liebe Kinder! Über den Parteivorstand erfuhr ich Eure Adresse endlich. Koller und Nitschke wußten nur, daß Ihr in besonderem Auftrag weg seid. Auch Wetterle konnte mir nichts Näheres sagen. Wenig schön war es, ohne Abschied von Eurem alten Vater zu nehmen, einfach wegzufahren. Ich habe mich oft geängstigt, und auch Babette ist immer unruhig. Hoffentlich geht es Euch gut. Wenn Ihr was braucht, schreibt ruhig. Wir wünschen Euch das Beste und denken immer an Euch. Hoffentlich sehen wir uns einmal wieder. Die Schwinglingerin hat endlich geschrieben. Es geht ihr gut, und sie läßt Euch herzlich grüßen, Ihr sollt aber nur ganz selten schreiben. Ali und Mantler sind nach Dachau gekommen, die Lotte ist erst vor einer Woche aus der Polizeihaft entlassen worden. Unsere Wohnung ist jetzt beschlagnahmt. Uns geht es wie immer. Schreibt bald, wir sind Euch nicht böse. Herzlichst Euer Vater und Babette‹, schrieb der Alte. Zitterig schief war seine große Schrift. Babette hatte keinen Gruß beigefügt. Karl, dessen bleischwere Hände zum

Schreiben nichts taugten, hatte sich kurz gefaßt: ›Liebe Freunde! Alles ist nichts geworden, bin seit zwei Monaten im Spital und aus Österreich ausgewiesen, wenn ich gesund bin. Vater Hochegger grämt sich sehr. Er hat mir viel geholfen und ist der beste Mensch von der Welt! Ich will zu Euch, wenn es geht. Der P. hat mir erst gestern Botschaft gegeben, daß er mich aufsucht. Euer alter Freund Heindl-Karl.‹

Joseph und Klara redeten viel über ihn, und mit einer leichten Rührung dachten sie an den Alten. Wenn man lange Zeit fern vom Getrieb der Stadt ist, sind solche Nachrichten, mögen sie auch noch so simpel sein, ein wohltuendes Erlebnis.

»Verdammt! Daß der Peter sich gar nicht um den Karl gekümmert hat!« Joseph ärgerte sich und wurde nachdenklich. »Ob er vielleicht glaubt, der taugt nichts?« Sie grübelten besonders über den Satz in Karls Brief: ›Es ist alles nichts geworden‹, denn sie kannten seine Hartnäckigkeit doch. Wohl war zu vermuten, daß sich Karl durch seine Experimente krank gemacht hatte, aber vielleicht war er schon an der Grenze gewesen und hatte wieder zurückmüssen? Sie kannten sich nicht aus und schrieben einen Brief an Peter, den Mangstl fortbringen sollte.

Die Zeitungen waren schon eine Woche alt. In Deutschland war das ›Gesetz zur Verhütung des erbkranken Nachwuchses‹ in Kraft getreten, das die zwangsweise Unfruchtbarmachung einführte. Erbliche Epileptiker, Schwachsinnige, Blinde und Taube, Alkoholiker und Schizophrene konnten sterilisiert werden.

»Und selbstredend notorisch unverbesserliche Staatsfeinde wie etwa wir«, spöttelte Joseph.

Ein eigenes Erbgesundheitsgericht, das die eingelaufenen Anträge von Fall zu Fall prüfte, war errichtet worden. ›Der Entwurf zu einem solchen Gesetz‹, hieß es, ›hatte bereits seit dem Juli 1932 vorgelegen.‹ Im Auftrag der Regierung Brüning war er vom seinerzeitigen preußischen Landesgesundheitsamt ausgearbeitet worden.

Auf dem Tempelhofer Feld in Berlin hatten Unbekannte die soge-

nannte ›Hindenburgeiche‹ abgesägt. Dafür bekamen alle kommunistischen Konzentrationslagerhäftlinge drei Tage lang kein Mittagessen.
Sehr aufschlußreich war der Bericht über ein Schreiben der Hitlerregierung an die Gemeinden der Länder. Man gab zu, daß politische Zwischenfälle in den proletarischen Bezirken einzelner Großstädte zu befürchten seien, und schlug seltsame Gegenmaßregeln für den Fall, daß ›einzelne Bezirke in den Besitz der Aufständischen kommen würden‹, vor: sofortige Absperrung von Licht, Gas und Wasser!
»Schau, schau ... Hitler diktiert von oben herab Generalstreik, wenn's gegen uns geht«, lächelte Joseph wiederum. Er las Klara laut einen Augenzeugenbericht über die Köpenicker Bluttage vor, bei denen der Gewerkschaftsangestellte Schmaus, der sozialdemokratische Reichstagsabgeordnete Stelling, der Reichsbannerführer von Essen und ein Dutzend Personen getötet worden waren, weil die Menge sich gegen die SA gewehrt hatte.
Ohne Hall zerblätterten die Worte des Lesenden in der Luft des steinernen Meeres.

›Gegen 2.30 Uhr früh‹, berichtete der Augenzeuge, ›wurden aus dem Keller der alte Gewerkschaftsführer Schmaus und ein zweiter Mann gebracht, der so zerschlagen war, daß ich ihn nicht erkennen konnte. Der Mund war eingerissen, die Haare abgeschoren, am Kopfe klafften mehrere blutende Löcher. Das ganze Gesicht war blutig unterlaufen. Der Truppführer trat vor, hielt eine Ansprache für die toten SA-Leute und erklärte: ,Herr Ministerpräsident Stelling, bitte!' Daraufhin erhob sich neben mir der Mann, den ich wegen seiner schweren Verletzungen nicht wiedererkennen konnte. Es war der Reichstagsabgeordnete Johannes Stelling! Stelling, der sich kaum noch bewegen konnte, wurde aufgefordert, die Hosen herunterzulassen. Dann wurde er über einen Tisch gelegt und mit einer anderthalb Meter langen und etwa zwei bis drei Zentimeter breiten Latte geschlagen. Wei-

tere Schläge wurden mit Schleppsäbeln, Rohrstöcken und dünnen Baumästen auf Oberschenkel, Gesäß und Rücken geführt. Während Stellings Schmerzensschreie in ein leises Wimmern übergingen, wurde er mit denselben Werkzeugen über den Kopf gehauen. Dann verlor er das Bewußtsein. Vier Männer faßten ihn und warfen ihn in den Garten. Daraufhin wurde der alte Schmaus vorgeführt. Er wurde genau so wie Stelling geschlagen, allerdings nicht über den Kopf. Dann wurde er wieder abgeführt. Später wurde ein neunzehnjähriges Mädchen herangeschleift. Mit den Worten: ‚Du marxistische Hure, du Sau!' wurden ihr die Kleider vom Leibe gerissen, daß sie nur Schuhe und Strümpfe anhatte. Dann wurde sie erst über Rücken und Gesäß, darauf umgedreht und mit Rohrstöcken über den Leib und die Brüste geschlagen. Nun wurde sie aufgesetzt und bis zum Zusammenbrechen über den Kopf geschlagen, worauf man sie hinaustrug...
Inzwischen kam meine Frau, die vor Schrecken über mein Aussehen in Schreie ausbrach. Dafür wurde sie auch geschlagen, bis sie zusammenbrach. Bei den Schlägereien war ich Augenzeuge, wie zwei Inhaftierten die Beine auseinandergerissen und sie auf die Geschlechtsteile geschlagen wurden.‹

Joseph ließ das Zeitungsblatt fallen. Er und Klara schauten schweigend ins Leere. Ergriffen und erschüttert waren ihre Gesichter. Es sah aus, als gedächten sie all der Leidenden und der Ermordeten in Hitlerdeutschland.
»Ich kann mir's nicht anders vorstellen«, sagte Klara nach dieser stummen Weile. »Das muß die kranke Angst sein . . . Jaja, die Angst und Furcht treibt sie in den Blutrausch . . . Ich glaub, davon ist jeder angesteckt, der letzte SA-Bandit . . . Grad in der letzten Zeit, im Februarwahlkampf in Deutschland, da hat mir einmal . . . Ja, richtig, das war der Genosse Hückel, der von der SAP . . .«
»Ja, was ist aus ihm geworden?« fragte Joseph.
»Er ist in der allerletzten Zeit zur KP übergegangen und hat für uns

bei der SA gearbeitet . . . Soviel ich weiß, haben sie ihn erstochen«, erzählte Klara weiter. »Der hat uns einmal erzählt, wie das ist, wenn so ein SA-Sturm Überfallbefehl oder Mordauftrag kriegt . . . Die Führer und Unterführer, das sind meistens alte, ausgesuchte Verbrecher, die bleiben kalt und ruhig, saufen sich einen an und brüllen herum in den ordinärsten Ausdrücken. Das gibt ihnen bei den SA-Leuten den Nimbus von eisernen Helden . . . Die SA-Männer selber, besonders die Jungen, die zittern und bibbern und sind nervös und zerfahren wie fiebernde Hunde vor der Jagd . . . Man erzählt ihnen in einem fort von den scheußlichsten und ekelhaftesten Greueln, die wir begangen haben sollen . . . Sie werden immer verstörter und wilder, sie kriegen flackernde Augen, und daß sie nicht die Zungen raushängen, ist direkt ein Wunder . . . Sie sind verschreckt, ängstlich und fürchten sich grausig, sie können's gar nicht mehr ertragen, bis es losgeht . . . Dann jagt man sie mit Gebrüll und ganz niederträchtig-gemeinen Spötteleien los . . . Und grad diese Feiglinge sind die allerschlimmsten Bluthunde alsdann . . . Sie stechen und hauen und schießen aus reiner Angst . . . Sie verbeißen sich wie angeschossene Tiger ins Quälen der Opfer . . . Das hat der Hückel immer und immer wieder gesagt . . .«

»Und wie werden's wir machen?« fragte Joseph. »Wir, wenn's einmal losgeht für uns?«

»Wir?« Klara besann sich. »Jaaa . . . In Rußland im Bürgerkrieg war's doch so: die Weißgardisten haben dem Proleten erst gezeigt, was Sadismus und Grausamkeit ist . . . Sie haben die Unsrigen gepeinigt, das ist nicht zu beschreiben . . . Daß dann die Unsrigen anfangs auch wilde Viecher geworden sind, kann keiner leugnen . . . Und jetzt, wenn zum Beispiel morgen Revolution und Bürgerkrieg angehen, wenn – sagen wir – alle aus den Konzentrationslagern rauskommen, die metzgern und schinden sicher genau so . . . Die andern haben's ihnen ja vorgemacht und eingebläut. *Die* denken bloß an Rache . . . Da haben wir noch einmal schwere Arbeit.

Wenn's einmal so weit ist, das wird furchtbar sein . . . Hitler hat ja buchstäblich Deutschland vertiert . . .«
Wieder schwiegen sie lange in die glasklare Luft. Sie legten ihre Decken vor die Hütte und ließen sich von der Sonne rösten, ihre nackten Körper waren schon dunkelviolett wie Indianerleiber.
»Der größte Fehler von uns war vielleicht, daß wir nie die Menschen sortiert und nochmal und nochmal geprüft haben . . . Jetzt holen wir das vielleicht nach. Das ist das Allerwertvollste an der Illegalität, daß jeder einzelne jede Minute, jede Stunde, jeden Tag das Schwerste lernen muß . . . Ich bin schon fast der Meinung, je mehr wir Zeit kriegen, um so besser ist's«, sagte Joseph einmal aus einer Gedankenreihe heraus.
Klara antwortete nicht darauf. Sie zerkaute nur einen Zwieback und spielte mit etlichen Steinchen auf ihrer dunkelbraunen Brust. Ihre dichten Haare fielen fettig und strähnig nach hinten und sahen an den Schnittenden wie gerupft aus. Die breite hohe Stirn mit den sanften Schläfenbuchten war fast gar nicht gefurcht und glänzte wie ein schimmernder Gletscher, die Brauen lagen wie gebogenene, langhaarige Raupen auf den schiefabfallenden Wänden der Augenhöhlen, rund wölbten sich die ruhigen, dunklen Augen, nur ganz sacht traten die Backenknochen hervor, und straff waren die glatten Wangen. Die nur wenig gesattelte Nase fiel an ihrem Ende stumpf ab, und zwischen ihr und dem energisch vorspringenden Kinn hob sich der weichlinige, rotlippige Mund.
Joseph hielt mit beiden Händen die ›Wahrheit‹, das in der Tschechoslowakei gedruckte illegale Blatt der österreichischen Sozialdemokratie, vor sein Gesicht und las den Satz: ›Früher hat die österreichische Bourgeoisie französisch gesprochen, heute spricht sie italienisch, die österreichischen Arbeiter aber, sie werden ‚russisch' antworten.‹ Um seinem immer offener hervortretenden Schützer und Förderer der Heimwehren, dem Duce Mussolini, untertänigste Dankbarkeit zu erweisen, hatte das Wiener Kabinett sein Unterrichtsministerium angewiesen, in den Schulen statt des

obligatorischen französischen Sprachunterrichts den italienischen einzuführen. Immer deutlicher wurde, daß Rom sich mit Berlin um die Errichtung des Faschismus in Österreich stritt. Mussolini brauchte für seine politischen Zwecke ein ›unabhängiges‹ Österreich, einen gestärkten Donaublock, um gegen alle Eventualitäten gesichert zu sein. Die österreichische Sozialdemokratie, die sich tagtäglich mehr entmachtete, spielte bei dieser Spekulation keine Rolle mehr, der deutsche Gegner war viel gefährlicher.
Kopfschüttelnd rief Joseph: »Immer trompeten diese komischen Herrn Parteivorstände radikale Töne in die Massen, und die Proleten glauben das!... Da trumpfen sie jetzt wieder mit ›russisch‹ auf, aber wehe, wenn linke Oppositionsgruppen Ernst machen wollen! Dann schmeißt man sie als Kommunisten aus der Partei raus... Rußland, das ist ja weit weg, und dort geht's vorwärts, jaja! Aber bloß bei uns keine Kommunisten, die verpatzen uns alles, die verhetzen uns die ganzen Arbeiter!... Oja, links darf man schon sein in der Partei, aber nur beim Reden! Einzelne Linke braucht man doch!... Weiß du, wie mir das vorkommt? Wie die Antisemiten, die etliche jüdische Freunde haben, Nein-nein, schwören sie dir, ich bin absolut nicht gegen die Juden, ich verkehre gern mit ihnen, bloß der Haufen, die jüdische Masse – das geht nicht!... Herrgott! Hergott, *muß* es denn durch diese Simpel überall zum Faschismus kommen?!«
Er zerfetzte das Blatt.
»Es muß, scheint's! Es muß! Eher gehn den Proleten die Augen nicht auf!« schloß Klara.
So diskutierten sie oft stundenlang. Langsam rückte die Sonne westwärts, und rasch wurde es kühler. Sie gingen in die Hütte, zogen sich an und verzehrten ein Stück Dauerwurst mit Brot oder rösteten – wenn der Mangstl welche mitgebracht hatte – Eier mit Speck.
Rundherum glühten die Berggipfel wie himbeerfarbene Zuckerhüte, und die Nebel deckten die Täler zu. Sie stiegen immer höher,

und man hatte den Eindruck, als könnte man über die undurchsichtige, milchweiße Decke von einem Berg zum andern gehen.
Einige Tage später brachte Mangstl einen Genossen herauf, der nur noch aus Haut und Knochen bestand. In seinem Rucksack war das zerknitterte SA-Hemd. Nur so war er durch die Wachtlinien gekommen.
»Und über der Grenze hätt mich bald die österreichische Patrouille verhaftet! Gott sei Dank, laufen haben wir ja gelernt, und 's Holz war ja dicht«, erzählte er und war gar nicht weiter erschreckt darüber, daß Grenzer und der Heimwehrmann ihm nachgeschossen hatten.
»I hab nit Zeit ... I steig wieder obi«, sagte Mangstl und ging. Er war kritisch. In einem fort, berichtete der Genosse, habe er geschimpft über die saudummen Grenzer herüben und drüben. Solang gäben sie schon nicht nach, bis Krieg käm, hatte er gemeint und schließlich die Achseln gezuckt. ›Naja, sollten sich schon die Köpf einschlagen ... Vielleicht bei so einer Unordnung ging's Geschäft leichter und besser als jetzt!‹
Sie hockten sich in die Hütte und wickelten sich in die Decken. Der brennende Kerzenstumpf und die angehängte Taschenlaterne warfen zwei schwache Streifen Licht über ihre Köpfe. Heißhungrig verschlang der deutsche Genosse alles, was ihm Klara vorsetzte. Erschöpft sah er aus.
»Willst nicht schlafen? Wir können ja morgen über alles reden«, fragte ihn Joseph. »Ach wo!« wehrte der ab und strich sein langes, schweißverklebtes Haar aus dem totenschädelähnlichen Gesicht. Er aß und aß. Klara mußte dreimal Tee machen.
»Ist denn der Bergführer auch wirklich sicher?« erkundigte sich der Genosse. »Ich hab ihm meine letzten zehn Mark geben müssen ... Er hat mich so sonderbar angeschaut, und gemeint hat er, wär schon hübsch wenig für die Müh ... Wie ich dann narrisch worden bin und gesagt hab, er soll sich schämen, bei uns drüben verrecken die Genossen und werden totgeschlagen, da hat er sein Gesicht

verzogen und gemeint, er ist doch kein Deutscher ... Und überhaupt, er war seltsam ... Gebrummt hat er, ich sollt's halt allein versuchen, da raufzusteigen ... Ich hab nichts mehr gesagt, und da ist er endlich los mit mir ... Ich hab eine Wut im Bauch gehabt, mehr wie Hunger! Am liebsten hätt ich ihn abgemurkst ... Hm, zuletzt, wie wir uns angeseilt haben, ich weiß nicht, da hab ich ein bißl 's Gruseln gekriegt ... Ewig und ewig hab ich denken müssen, der Hund läßt dich am End irgendwo absausen ... So ein widerlicher Patron!« Brummig war er. In einem fort suchten seine unruhigen Augen im düstern Raum herum.

»Naja, er kann schon hie und da ekelhaft sein, aber er ist absolut verläßlich ... Es hat noch nie was gefehlt bei ihm«, beruhigte ihn Joseph und fragte, ob denn die Genossen nicht gesagt hätten, er solle Schnupftabak mitbringen.

»N-nein ... Schnupftabak? ... Davon hab ich gar nichts gewußt«, gab der Genosse etwas irritiert an.

»So-so, hm«, machte Joseph wortkarger und lugte zu Klara hinüber. Sie ließen ihn reden.

»Hm, ha, *das* wenn ich gewußt hätt! Mensch! Schnupfen tut er also gern? ... Hahaha, wart, das nächste Mal bring ich ihm gleich ein Pfund mit, daß er zugänglicher wird!« Der Totenkopf lachte und fuhr gleich wieder fort: »Jaja, schlecht steht's bei uns ... Mit keinem kriegst du Verbindung ... So Kleinigkeiten muß man doch wissen! Darauf kommt's doch an! Hängt doch, weiß der Teufel, was davon ab oft! ... Ja, in der letzten Zeit sind wieder viel geschnappt worden ... Der Rauchleitner sitzt jetzt auch in Dachau ... Den haben sie arg verwichst, und wie er alsdann zum Arzt gebracht worden ist, hat der zu ihm gesagt: ›Was, bloß so wenig? Schad't nichts ... Wenn ich als deutscher Arzt einen Marxisten unter die Finger krieg, da widerstrebt's mir, ihm zu helfen.‹ Tja, so ist es ... Vom Gleiber weiß man gar nichts mehr. Er ist wie vom Erdboden verschwunden. Zweimal war er verhaftet, ist aber immer wieder rausgekommen ... Der Bangler – das müßt ihr ja wissen – der ist durch. Soll in der

Tschechoslowakei sitzen ... Der Mögler ist neuerdings auch weg ... Sausen ja alle ab, die Feiglinge ...«
»Soso«, unterbrach ihn Joseph. »Aber schau mal, solche Feiglinge sind auch wir ...«
»Ach, ihr? Von euch weiß man doch, aber die andern hocken sich einfach hin!« lobte der Genosse. »Ihr arbeitet doch!«
»Wir? ... Wir machen nichts«, fiel Joseph wieder ein. »Wir schau'n uns bloß von da heroben Deutschland an ... Und, sag einmal, wie ist eigentlich die Stimmung so bei den Genossen?« Klara, die wie eine reglose Schattenfigur im Dunkel saß, schien den redseligen Genossen unablässig zu fixieren. Joseph gähnte.
»Die Stimmung? ... Tja, da könnt man viel erzählen ... Das ist schwer zu sagen. Es fehlt eben immer noch an der straffen Zusammenfassung«, tropften die Worte des Befragten weiter. »Man darf sich nichts vormachen, zu merken ist nicht viel von uns nach außen hin ... Oft scheint's, als hätten sich überhaupt alle verkrochen ... Die KP-Gruppen, ja, da siehst und merkst du manchmal was, jaja ... Kennt ihr den Feichtl? Den kleinen Dicken mit dem Hitlertropfenfänger unter der Nase? ... Der macht's gut.«
»Der Feichtl, jaja ... Soso! ... Ob ich ihn bestimmt kenn, weiß ich nicht einmal ganz gewiß, bei uns wird er wahrscheinlich anders heißen«, sagte Joseph und gähnte wieder. »Seid ihr denn schon so müd ... Wieviel Uhr ist's denn schon? ... So, elf erst ... Wollt ihr denn schon schlafen?« fragte der Genosse. »Ja, wir sind den ganzen Tag rumgestiegen«, log Joseph. »Wir sind ziemlich kaputt heut ... Gehn wir schlafen.«
Der Genosse stockte und wandte ihm sein kahles, blasses Gesicht zu. Die Einbuchtungen und die Augenhöhlen waren kohlschwarz, Stirn, Nase und Backenknochen glänzten gelbweiß im schwachen Licht.
»Da raufzukommen, das war allerhand«, nahm er seine Rede wieder auf. »Aber komisch, ich bin noch gar nicht müd ... Wenn man nach so langer Zeit einmal wieder frei reden darf, das macht ganz

frisch ... Ich könnt noch die ganze Nacht so weitermachen. Ich spür noch gar keinen Schlaf ...«
»Das ist immer so beim ersten Mal ... Jeder ist überreizt«, antwortete Joseph. »Naja, morgen ist ja auch noch ein Tag, da haben wir Zeit ... Legen wir uns schon hin.« Er gähnte und gähnte, als bringe er den Mund nicht mehr zu. Er machte sich eine Liegestatt neben Klara zurecht. Als er so dastand, ragte seine sehnig-hagere Gestalt als gespenstisch großer Schatten an der Wand empor. Stumm sah der Genosse hin.
»Wenn du noch Tee willst, ein bißl ist noch da«, sagte Klara.
»O, dankschön, jetzt hab ich genug«, antwortete der Genosse und streckte sich aus: »Probieren wir's halt einmal mit dem Einschlafen.« Jetzt gähnte auch er, und seine Kinnladen knackten dabei. Joseph verlöschte den tropfenden Kerzenstumpf, nahm die Taschenlaterne von der Wand, tappte auf seine Decken zu, legte sich hin und machte dunkel. Pechschwarz war der Raum. Ganz leise drückte sich Joseph an Klara und lispelte ihr mit angehaltenem Atem ins Ohr: »Vorsicht! Nicht einschlafen!« Er merkte, wie sie nickte. Sie hüstelte unverdächtig, legte sich auf die Seite und spähte immer in die Richtung, wo unter dunklen Deckenhügeln der Fremde lag. Sie dachte mitunter schneller und riß dann ihre ermattenden Augenlider wieder nach oben. Sie überlegte tausend Dinge, und ein klein wenig belebter klopfte dabei ihr Herz. Auch Joseph lag schlaflos und grübelnd da. Manchmal schien er nicht zu atmen. Er rührte sich nur ganz selten. Dann wieder schnaufte er voll und regelmäßig. Es war kalt in der Hütte, doch es roch muffig. Der Genosse fing nach und nach laut sägend zu schnarchen an. Joseph schälte sich aus den Decken, und als Klara im Dunkel seinen Arm erwischte, wehrte er stumm ab. Er richtete sich auf, suchte tastend die Türe und stieß sie weit auf. Das bleiche Licht des hohen Mondes fiel in einem breiten Streifen in den Raum und übergoß den schlafenden Fremden. Frische, feuchte Nachtluft kam herein.
Das Schnarchen brach bröckelnd ab, und aufschreckend sagte der

Schläfer: »Wa-was ist's denn? . . . Wo-o bin ich denn, he-hm?« Jäh warf er den Kopf in die Höhe und starrte. »Nichts weiter, ich laß bloß frische Luft rein . . . Schlaf nur!« antwortete Joseph halblaut. »Schlaf nur! . . . Stört's dich?«
»N-n-nein-nein!« stotterte der Genosse und sank wieder zurück. Eine Zeitlang warf er sich hin und her auf dem harten Lager, und endlich schnarchte er wieder. Zwei Augenpaare verfolgten jede seiner Bewegungen.
»Was tun wir?« hauchte Klara nach langer Zeit.
»Ich weiß nicht«, gab Joseph ebenso leise zurück. »Morgen . . .« In ihre folternde Ungewißheit sägte das Schnarchen.
»Weg muß er! Zurück darf er nimmer«, lispelte Klara abermals. Joseph gab keine Antwort. Es war ihr nur, als zuckte er im Dunkeln mit den Schultern. Wieder versickerten Minuten und Minuten. Ein wehes, dünnes Wimmern wurde auf einmal laut. Der Genosse rang allem Anschein nach mit dem Ersticken, reckte sich, sein Schnarchen brach ab und bekam etwas langhin Kratzendes, und nun jammerte er zerstoßen aus dem Schlaf: »I-ich wei-eiß nichts, au-hu-hu-u, auweh-au-u-hu-u . . . Jaja, jaaaa, i-i-ich, tu a-aalles, u-uhu-au-u-u-u, bitte, bitte-ee . . .« Es klang wie ein unheimliches, unterdrücktes Weinen. Seufzend ging der Atem des Träumenden, jäh stockte das Gewimmer, sekundenlang blieb es totenstill. Klara und Joseph sahen, wie der dunkle Mund im totenblassen Gesicht zufiel, sie vernahmen ein Schlucken und warteten gespannt. Der Fremde wälzte sich auf die andere Seite und schlief wieder weiter. Manchmal, nach Stunden, stieß er irgendein unverständliches Gebrumm aus sich heraus.
Schon mit dem ersten blassen Dämmer krochen Joseph und Klara aus ihren Decken. Wie gerädert waren sie von den Spannungen der durchwachten Nacht. Die Nebel brauten in den Tiefen, über den Gipfeln stand der ausgebleichte Himmel, und der fast farblose Mond verflüchtigte sich immer mehr.
Ruckartig fuhr der Genosse mit Kopf und Oberkörper in die Höhe,

als er die beiden Hüttenbewohner herumstolpern hörte. Er glotzte benommen und rieb sich die verklebten Augen aus. »Ist's denn schon so weit? ... Herrgott!«
»Kannst schon noch liegen bleiben! Schlaf nur ... Pressiert nicht«, beruhigte ihn Joseph. Der Fremde besann sich, reckte und streckte sich gähnend und schüttelte sich fröstelnd in seinen Decken. Dann kam er ganz zu sich. Er setzte sich auf und fing schon wieder zu erzählen an: »Ja, ihr habt's auch nicht schön da.« Er suchte wieder in der düsteren Hütte herum. »Die Genossen haben's schon immer gesagt, was ihr alles leistet ... Respekt! ... Ja, also, hm, zusammengefaßt muß alles werden, Zentralleitungen in allen Bezirken, organisatorisch hapert's arg ... Der Feichtl meint, wenn man nie weiß ...«
»Halt doch's Maul, das interessiert uns nicht!« unterbrach ihn plötzlich Joseph grob. Verdutzt prallte der Fremde zurück, faßte sich schnell und fragte: »Was? ... Ich versteh nicht! Ich denk, ihr seid für Südbayern ...«
»Nichts sind wir! Wir haben's doch gestern schon gesagt, daß wir bloß so für uns da heroben sind! Wir kennen deinen Feichtl nicht! Den gibt's überhaupt nicht!« fiel ihm Joseph abermals ins Wort, und eine harte Entschlossenheit wehte über sein unrasiertes, flaumbärtiges Gesicht. Klara war flugs an das Kopfende des vermeintlichen Genossen getreten und hatte ihm den Rucksack, auf dem er die Nacht über gelegen war, weggerissen. Joseph warf sich auf den Liegenden und hielt seine Arme fest.
»Wa-was ist's denn? Herrgott! Mein Gott, Ich-chch ...« stieß der Überwältigte heraus und bekam große, verlorene Augen. Klara griff ihn ab, suchte seine Taschen durch und zog einen blanken Browning, ein feststehendes Messer und eine Geldbörse heraus. Anfangs wehrte sich das Geripp von einem Menschen noch, suchte zu beißen, stieß mit den Füßen, schließlich aber blieb er matt und stumpf liegen.
»Deine letzten zehn Mark, hast du gesagt, da, das paßt uns!« sagte

Klara und zählte: »Dreihundert Schilling und zweihundert Mark . . . Kleingeld, Patronen . . . Kannnst's ausrichten beim Gestapokommando, die Roten danken schön! Sie werden's gut verwenden und können alles brauchen.«
Joseph ließ den reglosen Mann aus. Der blieb liegen und fing auf einmal grauenhaft hilflos zu weinen an.
»Ge-genossen!« heulte er und zuckte zusammen wie ein geschlagener Hund, als sich Joseph das verbat. »Ja, ich hab gelogen . . . Ja, u-uau, ich bin verloren . . . Sie haben mich so geschlagen, hungern lassen, wieder geschlagen, bis-bis – a-achchch, bringt mich um! I-i-ich – was – soll – man – a-ach, au-uhu-u – – bringt mich um, so-sonst tu-un sie's! A-a-ch, au-uhu-uuu . . .« Es schüttelte ihn. Da lag er wie ein Bündel Elend. Seine nackte, kellerfarbene Brust mit den gekräuselten Haaren trat aus dem aufgerissenen, verklebten Hemd, die Knochen standen hervor, da und dort waren rotunterlaufene Vernarbungen.
»Wen hast du denn schon ans Messer geliefert?« erkundigte sich Joseph unbarmherzig und steckte den Browning ein. Der schwache, zitternde Mensch richtete sich endlich auf und versuchte seine schwimmenden Augen auszuwischen, aber immer, immer wieder kamen ihm die Tränen.
»Dreizehn Wochen in Stadelheim, seit Pfingsten in Dachau, da-das hält nicht einmal ein Vieh aus! . . . Bringt mich um! Ich will sterben! Bringt mich um . . . Man tut ja zuletzt alles, sogar seinen eigenen Dreck frißt man, a-ach, ihr wißt ja nicht . . . Schieß mich tot oder wirf mich über den Berg hinunter, das fällt nicht auf«, wimmerte der Mann fort und fort.
Endlich, nach langer Zeit konnten sie mit ihm reden. Ja, er hatte vier Genossen verraten, er sei nichts mehr als ein stumpfes Werkzeug, sie hätten die vier verhaftet, geprügelt zum Nichtwiedererkennen und ihn nebenan in einer feinen SS-Uniform warten lassen, dann hereingeführt.
»Lachen hab ich müssen und auf den und den deuten müssen . . . Ja,

der ist das, der hat Beiträge kassiert . . . ja, der war bei der Roten Hilfe, jaja . . . Und dem Bechtler, dem hab ich den blutigen Kopf heben müssen, gegraust hat mir, umfallen hätt ich können, und hab lachen müssen, na, Bechtler, wir kennen uns doch, du weißt doch, du hast doch die RH-Marken verkauft, da hat mich der angespien . . . Na, hau ihn, marsch, da, hau! hat der SSler kommandiert, wird's bald, marsch, und hat den anderen SAlern einen Wink gegeben . . . Ich hab gehaut mit der Stahlrutn wie irrsinnig . . . Bringt mich um!« stöhnte er.

Er brüllte es heraus wie ein todwundes Tier.

Klara und Joseph wurden blaß und schwitzten. Draußen brannte schon die Sonne. Sie hockten und hockten.

Den letzten Genossen, den Staffinger, habe man geschnappt beim Grenzübergang, und er sei schwach geworden von den Folterungen und habe gestanden, erzählte der Mann. Seither wüßte man von dem Berg und von den beiden Roten da heroben.

»Geht weg! Heut noch oder morgen . . . Mich haben sie geschickt zum Ausschnüffeln . . . Geiderer, hat der Polizeihund und der SA-Kommandant gesagt, deine Genossen bringen dich sowieso um die Ecke, wenn sie dich erwischen . . . Geh über die Grenze, kill die zwei und bring das Material, alles, verstehst du? Wenn nicht, passiert was . . . Wenn ja, geht's dir gut«, berichtete er weiter und wurde endlich etwas ruhiger. »Geht weg! Es kann sein, daß noch und immer wieder so Hunde kommen, oder sie schießen einmal so ganz zufällig von einem Berggipfel 'rüber . . . Sie lauern jetzt bloß, bis ich komm . . .« Er wußte alles über die Innsbrucker Spionagezentrale der Nationalsozialisten, kannte die Scharnitzer Spitzel und die auf der Eisenbahn. Stundenlang beichtete er. Die drei hatten keinen Hunger und Durst mehr.

»Und wieder für uns arbeiten, wie wär's da?« fragte Joseph. »Natürlich herüben?«

Der Fremde schüttelte nur schwer den Kopf

›Nein, ich nimmer . . . Ich nimmer . . . Wenn ihr nichts macht, ich

sorg schon, daß ich wegkomm . . . Mit mir ist's aus! Alles aus!« sagte er tonlos und starrte mit erloschenen Augen vor sich hin.
Es wurde Nacht. Klar und hell stand der Mond in der sternigen Himmelsmitte.
»Iß Mensch, iß schon!« wollten Joseph und Klara Geiderer nötigen. Der schwieg und hockte da.
»Kommt der Bergführer bald?« fragte er einmal.
»Vielleicht . . . Gehst du denn zurück?« fragte Klara.
Die Augen Geiderers richteten sich auf sie. Sie hatten einen sonderbaren Glanz.
»Geht's ihr nur weg, ihr!« sagte er. »Ich wart schon . . .« Durch die Luft drang ein schwacher, kurz rollender Pfiff. Das war Mangstl. Joseph antwortete ebenso und kroch vor die Türe. Das Kratzen genagelter Schuhe wurde in der Stille vernehmbar, abbröckelndes Steingeröll rieselte in die Tiefe. Joseph beugte seinen Kopf über den Stein und sah Mangstls Hut und die breit ausgreifenden, langen Arme.
»Geh weiter« rief er.
»Jaja«, gab es unten keuchend an. Die Figur des Bergführers tauchte ganz auf. Steine knirschten. Da auf einmal – es geschah in Sekunden – hörte Joseph hinter sich einen leichten Schrei, dann hastige Schritte, blitzschnell richtete er sich auf und sah nur noch, wie die Gestalt Geiderers umbrach und lautlos in die Tiefe sank. Ein kurzes Surren erschütterte die ruhige Luft, der Körper sauste schwarz hinab, kleine Steine fielen hinterher, und ganz leise, so als knacke ein dürrer Ast, hörte sich der Auffall irgendwo da drunten an.
»Was ist's?« fragte Mangstl stumpf, und Joseph stand mit gepreßter Brust da. Alles Blut war aus seinem Gesicht gewichen. Seine Gurgel war wie zugeschnürt.
»Aus! . . . Hm, entsetzlich!« stammelte Klara, in der Tür auftauchend.
»Obi? . . . Hi-huit! Da müssn wir gleich weg! Auf der Stell!« stieß

Mangstl heraus. »Packt's z'samm!« Kaltblütig trieb er die zwei Genossen zur Eile. Das meiste ließen sie liegen und stehen. Nur was sie in die Rucksäcke brachten, nahmen sie mit. Sofort begann der schwierige Abstieg. Mit zitternden Händen, bebenden Herzens umkrampften Joseph und Klara immer wieder einen stützenden Felsstein, manchmal glaubten sie schon, die Glieder müßten versagen, und gänzlich erschöpft kamen sie ins Tal. Keine Ruhe gab Mangstl. Er trieb und trieb.
Am andern Tag passierte ihr Zug die tirolisch-salzburgische Grenze...

8
Die Reise nach Prag

Oberflächlich besehen machte Wien den immergleichen Eindruck: Von der Frühe bis zum Mittag schläfrig und verspielt, von da bis zum Abend süßlich lächelnd, und in der Nacht, wenn sich alles unangenehm Nüchterne ins Dunkel schob und nur noch das tausendfarbige Licht über Ring und Plätze, durch die eleganten Straßen und die skurril verengten Gassen flutete, dann hatte dieses seltsame Häusergemisch etwas von einer bezaubernden, seidenrauschenden, pompösen Mätresse aus der theresianischen Zeit, die trotz ihres sichtlichen Alters noch entwaffnend zu locken verstand. Alle ihre Reize spielten noch einmal, ihre unverwelkliche, verschwenderische Pracht riß hin, ihre deliziös-katholische, warme melancholische Heiterkeit bestrickte ... Freilich mußte man anders als Joseph und Klara dorthin kommen. Die suchten sofort Peter auf. Der hauste in einem großen, ungastlichen, fast immer halbdunklen Tiefparterrelokal in der Piaristenstraße, das einem Steindrucker gehörte. ›Klemens Pfahler‹ stand noch auf dem Türschild. Der Inhaber der Werkstätte, ein religiöser Sozialist, war im Frühjahr mit einigen vermögenderen Gleichgesinnten nach Spanien gereist, um dort mit Hilfe von Syndikalisten und Anarchisten einen fruchtbaren Landstrich zu erwerben und ein urchristlich-kommunistisches Kollektiv zu begründen. Vorsichtigerweise hatte sich der Mann nicht polizeilich abgemeldet, seinem Hausherrn die Miete bis Herbst bezahlt und ihm gesagt, daß einer seiner Bekannten einstweilen seine Geschäfte weiterbetreibe.
Der Raum war kahl und hatte einen Steinboden. Zwei dickglasige Kellerfenster ließen in halber Höhe den öden, betonierten Hof sehen. In einer Ecke stand ein hoher eiserner Ofen, an der hinteren Wand hatte der Steindrucker seine Presse, Werktische und Materialien zusammengestellt und sie mit einer Segeltuchplane überdeckt, eine türlose Öffnung führte in die nebenanliegende, kammer-

große Dunkelzelle, und vorne endlich, in der Ecke unterhalb der Fenster, waren zwei Matratzen hingelegt, aus denen da und dort das Seegras hervorbrach. Davor stand ein sehr massiver, großer Tisch mit einer Schreibmaschine, mit Papieren, einem Spiritusapparat, leeren Konservenbüchsen, angeschmuddelten Töpfen, vollen Aschenbechern, Flaschen und allem möglichen darauf.

»Scheiße, Mensch!« war das erste Wort Peters, als die zwei Ankömmlinge berichtet hatten. »Hm, ja, leider, er war Kommunist, der Geiderer, leider . . . Hm, die Hunde!« Er knirschte. Er sah seine Freunde an. Mitgenommen und erschöpft waren sie. Sie setzten sich endlich auf die nachgiebigen Matratzen und ließen die Köpfe hängen. Peter ging auf und ab.

»War natürlich das beste, was er hat machen können, aber – hm«, knurrte er und kratzte sein Schläfenhaar. »Verflucht! . . . Paßt auf, ob da nicht die Münchner Polizeidirektion mit Innsbruck und Wien in Verbindung tritt und eure Auslieferung verlangt. Sie drehn das einfach auf gemeinen Mord! . . . Wir müssen zum Genossen Ludicek . . .«

Er meinte den Rechtsanwalt, bei dem die Sitzung vor der Abfahrt Josephs und Klaras gewesen war. »Jedenfalls darf kein Mensch wissen, daß ihr hier seid . . . Niemand«, redete er weiter.

»Ja, das geht nicht gut . . . Der Prager Parteivorstand muß was erfahren . . . Die Verbindung muß doch sofort abgestoppt werden! Fallen doch soundso viel Genossen drüben rein«, sagte Joseph.

Wieder kratzte sich Peter. »Verflucht, verflucht!« Er wurde selber ein wenig ratlos. Alle drei überlegten und berechneten.

»Bleibt da . . . Ich such Ludicek auf! Macht niemandem auf . . . Es wird ja sowieso keiner kommen, aber rührt euch nicht, wenn's läuten sollte . . . Servus! Ich bin in ein bis zwei Stunden wieder da«, sagte Peter hastig und nahm seinen Hut. Ehe die anderen etwas sagen konnten, war er weg.

Klara und Joseph blieben eine gute Weile schweigend sitzen. Jetzt erst fiel ihnen ein, daß sie noch immer ihre Rucksäcke umgehängt

hatten. Sie legten ab. Ihre Glieder waren wie ausgelaugt. Sie warfen sich fast gleicherzeit und ohne ein Wort auf die Matratzen. Über den betonierten Hof tappten manchmal Schritte. Sie hörten sie wie von ganz weit. Hin und wieder fiel oben die Haustüre zu, und jemand ging über die Treppen hinauf.
Auf einmal war es still. Sie schliefen. Eine Lumpensammlerin schrie langgezogen. Sie wachten halb auf, und das eintönige Geschrei klang durch die Dämmerwände ihrer Schlaftrunkenheit wie das hemmungslose Weinen Geiderers. ›Au-u-uhu-uu‹, blieb in ihren Ohren und zerrann wieder.
Sie hörten Peter nicht zurückkommen. Er betrachtete sie eine Zeitlang. Wirklich verwildert sahen sie aus. Verstaubt und verklebt waren ihre Kleider und Gesichter. Nach Schweiß rochen sie beide.
Peter setzte sich hin und überdachte, was er mit Ludicek besprochen hatte. Auf alles waren sie gekommen. Grade in diesem Hochsommer war Österreich unsicherer denn je. Die Nationalsozialisten arbeiteten fieberhaft. Die deutsche Regierung warf Unsummen für die ›Eroberung‹ des kleinen Nachbarlandes aus. Hitler schien unbedingt seine Heimat gleichschalten zu wollen. Jeder Nationalsozialist bekam für einen Böllerwurf bis zwanzig Schilling und für jeden Tag in der Haft sechs Schilling. Das war doppelt soviel wie der Höchstsatz der österreichischen Arbeitslosenunterstützung.
»Na, hörst? A Depp werd i sein, wenn die Unsrigen eh nie was machn... Bei die Nazi, wannst was machst, das steht doch dafür! Das zahlt sich doch aus!« sagten Hunderte von Erwerbslosen, die nicht mehr aus und ein wußten. Halbwegs standen sie immer noch im ›roten Lager‹, sie haßten den ›kropferten Zwerg‹, wie sie Dollfuß nannten, und also krachten die Petarden Tag für Tag. In dem bayrischen Lager Lechfeld bei Augsburg wurden die geflüchteten Nationalsozialisten zu einer ›österreichischen Legion‹ zusammengefaßt, militärisch gedrillt und für einen Einfall nach Österreich vorbereitet.

Der kleine, nervöse Bundeskanzler Dollfuß fuhr zu Mussolini nach Riccione und bat den Duce um Schutz. Er war zur rechten Zeit gekommen. Mussolini wollte kein allzu starkes Deutschland als Nachbarn, hingegen durch ein Bündnissystem seinen mitteleuropäischen Machtbereich vergrößern. Einmal, im Januar, kurz vor dem Beginn der Herrschaft Hitlers in Deutschland, hatten die österreichischen Sozialdemokraten einen Strich durch die Pläne des Duce gemacht. Waffen, Munition und anderes Kriegsgerät für ein ganzes Armeekorps waren von Italien aus nach der österreichischen Waffenfabrik Hirtenberg gerollt worden, um von da aus nach Ungarn zu gelangen. Die wachsame Sozialdemokratie deckte diesen Bruch des Friedensvertrages auf. Die Westmächte verlangten, daß die Waffen wieder nach Italien zurückgebracht würden. Der Zwischenfall wurde schließlich beigelegt, aber die Waffen wanderten insgeheim in die österreichischen Heeresmagazine und wurden an die Heimwehr verteilt.

Dies hatte der Renegat Mussolini den Sozialisten nicht vergessen. Dollfuß bekam bei seinem Besuch in Riccione weitgehende Zusicherungen gegen Deutschland, aber er mußte versprechen, die sozialdemokratische Partei in seinem Lande mit Stumpf und Stiel auszurotten. Dollfuß lächelte kellnerkulant wie immer, nickte und ging auf alles ein.

Das Asylrecht für sozialistische deutsche Emigranten war jetzt außerordentlich erschwert. Alles hing von den oberen österreichischen Polizeifunktionären ab, und die waren fast durchweg treue Hitleranhänger. Sie leisteten den deutschen Behörden die besten Spionagedienste.

Die Gefahr für Joseph und Klara war also groß. Ihre falschen Pässe mußten vor allem ausgewechselt werden. Das machte nicht viel Schwierigkeiten.

Peter weckte sie, erzählte, und man besprach sich eingehend.

»Vorläufig müßt ihr hier hausen ... Den Koffer aus eurer ehemaligen Bude bring ich schon her«, sagte Peter. »Tja, aber, verdammt,

das mit dem SPD-Parteivorstand? ... Hm ...« Ganz unvermittelt erinnerten sich Klara und Joseph dabei an den Heindl-Karl und erkundigten sich nach ihm.
»Der? ... Dieser Tage wird er aus dem Spital kommen«, antwortete Peter. »Ja, richtig, den können wir am Ende ganz gut brauchen ... Ich hab ihn absichtlich nie aufgesucht bis zuletzt, damit man die Verbindung nicht merkt bei den SPlern ... Er versteht's auch. Er ist bloß unglücklich, daß er nichts tun kann ... Immer hat er nach euch gefragt.« Von Hochegger erzählte er, wie er sich kümmere, wie er zusehends älter werde.
»Und, ich weiß nicht, da muß es auch einmal was mit seiner Frau gegeben haben ... Sie scheint Seitensprünge zu machen und powert ihn langsam aus«, sagte Peter so nebenher, aber er wußte nichts Genaueres. Es interessierte ihn auch nicht.
Joseph und Klara sahen sich vielsagend an.
»Tja, ich überleg eben ... Ich fahre heute noch nach Innsbruck ... Es muß alles umgestellt werden«, sagte Peter wiederum.
»Herrgott, daß ihr auch noch immer Sozialdemokraten seid!« schimpfte er und setzte abrupt dazu: »Du fährst morgen oder übermorgen auf alle Fälle nach Prag, Joseph ...«
Er schien ein bißchen zerfahren zu sein.
»Jedenfalls bleiben wir jetzt einmal hier!« warf Joseph ein. »Hast du einen Rasierapparat?« Peter nickte und gab ihm Pinsel und Seife dazu. Sie machten sich's ein wenig bequemer und zogen sich um. Der Hunger stellte sich ein. Peter ging und brachte Wurst und Brot. Klara kochte Tee. Gierig schlangen die beiden alles in sich hinein.
»Sag einmal, wenn sich jetzt der Geiderer nicht übern Berg hinuntergestürzt hätt, was hätt'st wohl mit ihm gemacht?« fragte Peter einmal so zwischenhinein und lugte auf Joseph. »Hätt'st ihn einfach laufen lassen?«
Die Essenden hielten eine Sekunde lang inne.
»Laufen lassen?« meinte Joseph nach einigem Besinnen, »das wär

uns am End zu gefährlich vorgekommen . . . Ich weiß nicht genau, aber ich glaub, ich hätt schon recht stark an die vier verratenen Genossen denken müssen, bevor ich ihn weggeräumt hätt, den Geiderer . . . Gleich in der Früh, ja, wie ich noch eine Wut gehabt habe, wie wir ihm alles abgenommen haben, wie ich auf ihm war, da – glaub ich – wär's leichter gegangen, aber wie er dann zu wimmern und zu weinen angefangen hat und erzählt hat . . .«

»Du hast selbstredend sehr richtig gehandelt, wie du ihm gesagt hast, ob er nicht für uns mitmachen will«, sagte Peter. »Die Pfaffen haben uns da viel gelernt . . . Gewinnen ist besser als weg damit . . . Wir haben SA-Männer drüben, die sind prima Genossen . . .«

»Das mag schon stimmen«, mischte sich Klara ein. »Du schimpfst uns immer noch Sozialdemokraten. Ist ja wurscht . . . Aber ich will dir was sagen, ich bin nicht fanatisch, gar nicht, aber ich glaub, bevor uns der Klassenkampf nicht so was wie eine selbstverständliche Religion wird, bevor gewinnen wir auch nie . . . Ich hätt den Geiderer trotzdem weggeräumt, ich schon . . . Bei den vier Genossen bleibt's ja nicht . . . Ich glaub, ich hätt deswegen genau so gut geschlafen wie jetzt . . .«

»Religion? Uije, komm mir bloß damit nicht!« wollte Peter widersprechen.

»Ah, häng doch nicht so am Wort!« fuhr Klara lebhafter fort. »Religion oder sonst was . . . Wenn wir nicht glauben an unsere Sache, die Vernunft allein macht's auch nicht! Da gibt's so hochgebildete Herren, die stehn alle mit dem Maul bei uns . . . Sie reden dir ein Loch in den Bauch, sie wissen jedes Tipferl im marxistischen System . . . Und Parteisekretäre gibt's, die sind noch schlimmer . . . Ich kann mir nicht helfen . . . Wir müssen erst alles Bürgerliche auslöschen in uns, einfach weg muß das . . . Wir müssen überhaupt nicht mehr verstehen, daß wir *nicht* recht haben könnten, das mein ich . . .«

»Bravo!« sagte Joseph. »Das hab ich auch immer gemeint!« Er taute auf und fuhr fort: »Stell dir vor, jeder Prolet der Welt wird – sagen wir einmal – davon angesteckt wie, ja, wie meinetwegen die Wiedertäufer seinerzeit . . . Sie wissen, sie glauben verbissen, bloß ihre Sache ist die richtige . . .«

»Religion ist Opium fürs Volk!« unterbrach ihn Peter.

»Quatschkopf! . . . Wenn das auch der Marx gesagt hat, wenn's auch hundertmal stimmen kann in bezug auf die Pfaffenreligion oder auf all den Mist mit dem Überirdischen, so wie's ich jetzt mein, muß was dran sein!« redete Joseph weiter. »Wo kommt das her, daß man unsre Genossen in Deutschland zu Tod foltert, und sie bleiben doch aufrecht . . . Wie kann das sein, daß sie, bevor man ihnen mit dem Beil den Kopf abhaut, doch noch Briefe schreiben: ›Unsre Sache siegt, Rot Front, es lebe Sowjetdeutschland‹ und so? Wie kann es sein, daß die Genossen rauskommen und trotzdem weiterkämpfen? . . . Daß sie, nach diesem Zusammenbruch, immer noch standhaft bleiben? . . . Du, da gibt's Genossen, die haben drei Tage und eine ganze Woche lang nichts zu fressen, und sie laufen als harmlose Zuschauer den ausrückenden SAlern nach und schaun sich das alles stundenlang, tagelang an! Jeden Handgriff merken sie sich, jeden Trick, damit sie wissen, wie der Gegner übt und wie er zu fassen ist . . . Ach, was brauch ich dir das alles zu erzählen – sie glauben, sie können nicht mehr leben ohne das!«

»Glauben, hm!« Peter blieb skeptisch. »Schaff die wirtschaftlichen Grundlagen, und jeder Mensch verändert sich . . . Die Sowjetunion . . .«

»Herrgott! Peter?« Klara wurde wütend. »Da schau doch einmal das sogenannte ›rote Wien‹ an! Was haben die Sozialdemokraten alles für die Arbeiter fertiggebracht! . . . Der Prolet wohnt schön, seine Kinder haben Schulgelderleichterungen, haben Gratisbäder, Licht und Luft . . . Die Kinderaufnahmestelle, der Wilhelminenberg für die Verwahrlosten und Waisen . . . Schau dir die Bildungsorganisation der Partei an, alles wunderbar . . . Und? . . . Die Proleten sind kleine Spießbürger geworden. Sie sehen, es geht schief, aber sie machen die Politik der Bauer, Deutsch, Renner und Danneberg mit . . . Sie suchen zum größten Teil genau so wie die Oberma-

cher den bequemen Ausweg und wollen nichts wissen vom Bolschewismus! Sie sagen, oja, Rußland! Großartig, aber keine Methode für uns! ... Sie glauben einfach nicht ans Endziel! Sie finden die Pakkelpolitik besser und meinen – grab da nur einmal ganz nach bei so einem Genossen! – und meinen, vielleicht geht's mit dem Überlisten, mit dem Herausschinden! ... Ich hab blutwenig wirkliche, ganz klare Genossen gefunden, die einfach ...«
»Der Schutzbund ist absolut kommunistisch!« sagte Peter dreinfallend. »Wenn's losgeht, die SPÖ wird Augen machen ...«
»Hoho, abwarten!« rief Joseph. »Dich macht auch der Wunsch blind ... Vorläufig hat ihn der SPÖ-Parteivorstand noch fest in der Hand, wenn's auch noch so gärt unter den jungen Genossen!«
»Aber die wissen, daß die Sowjetunion das Endziel ist«, rief Peter.
»Nein! Tausendmal nein!« Joseph sprang plötzlich mit heißem Kopf auf. »Das wär ja schon fast Irrsinn! ... Die ganze Welt muß es sein! Für uns Deutschland, für die Genossen hier Österreich, für die Franzosen Frankreich, für die Engländer ...«
»Jajaja! Jetzt machst du wieder Wortklaubereien – Sowjetdeutschland!« suchte Peter klarzumachen.
»Ja, meinetwegen auch Sowjeteuropa! Ja!« fuhr Joseph fast ergriffen fort. »Aber, siehst du, wir müssen bei Deutschland bleiben, unbedingt! Da und nicht in Moskau ist unsere letzte Schlacht zu liefern ... Ich werd schon bald patriotisch, ich sag immer wieder Deutschland, nichts wie Deutschland geht uns das meiste an!«
»Du bist ja schon der reinste Otto-Strasser-Mann!« spöttelte Peter.
»Jetzt hör aber auf!« rief Klara giftig. »Was ist's denn, wenn wir zum Beispiel jetzt alle nur mehr Sowjetrußland und wieder Sowjetrußland schreien und denken und predigen ... Auf einmal verlieren wir den Zusammenhang mit Deutschland und sind nichts mehr nutz ... Das geht einfach nicht! Der Otto Strasser ist bloß noch ein größerer Scharlatan als Hitler und all die Kreaturen um ihn ...«
»Aber auch wir werden unsern Lenin und Stalin haben, verlaß dich drauf ... Die einfachen Genossen draußen, da ist jeder heute schon

ein Stoßbrigadler und was du sonst noch willst!« warf Joseph ein.
Sie stritten und stritten, wie es eben zu gehen pflegt, wenn Menschen lange in der Einsamkeit nachgedacht und um Klarheit gerungen haben. Sie vergaßen ihre Umgebung, den Tag, und auf einmal war es dunkel.
»Kruzifix!« stieß Peter heraus und machte Licht. »Ich sollt ja – hm, die kommen ja gleich ...« Er riß den großen, dicken Vorhang vor und besann sich. »Der Teufel soll's holen, wir müssen ja heut noch den Aufruf zur Gründung eines Reichtagsbrandprozeß ...«
Er verschluckte sich fast bei dem langen Wort und lächelte. »Der Prozeß ist ja bald, wir müssen die Öffentlichkeit mobilisieren für Torgler und Dimitroff und Genossen ... Da, habt ihr das ›Braunbuch‹ schon gesehen? ... Nicht? ... Ja, hm, was machen wir? Ich will nicht, daß euch einer sieht ...« Er warf einen Blick auf die Tür zur Dunkelkammer. »Da die ganze Zeit sitzen, ist ja blöd ... Einmal geht doch wer hin ...«
»Ach was! Wir sehn doch soweit ganz passabel aus ... Gib deinen Schlüssel her. Wir wollen auch einmal wieder Wiener sein ... Was kann schon passieren?« sagte Klara ungeziert. Sie wanderten die Lerchenfelderstraße hinunter. Vom Volksgarten her kam Musik. Das Parlament zeichnete sich scharf ab. Der Ring strahlte wie immer. Die Straßenbahnen surrten vorüber, die Autos hupten, die tummelnden Spaziergänger verschwanden in den buntleuchtenden Vorgärten der Kaffeehäuser, und die Zeitungsverkäufer brüllten. Ab und zu tänzelte einer nach der Melodie der nahen Musik.
Wunderbar mild war die Luft. Wolkenlos wölbte sich der dunkle, sternbetupfte Himmel, und ein hohes Rauschen lag über der Stadt ...
Wie aber der Teufel sein wollte, als sie so schlendernd Arm in Arm unter den schwarz-schattenden Bäumen dahingingen, lachte sie auf einmal ein Gesicht an und rief: »Jesus, der Sepp! ... Klara? Servus!« Es war der lange Koller. Sie erschraken darüber, denn jetzt wußten es Lorisch und Nitschke und alle, daß sie hier waren.

Unverdächtig lachten auch sie und taten erfreut. Sie gingen mit ihm auf den Donaukai zu und setzten sich auf eine Bank. Auf die Fragen Kollers gaben sie ausweichende Antworten. Sie seien nur für einen Tag da wegen Besorgungen, morgen ginge es wieder weg. Sie ließen ihn erzählen. Er war ziemlich gleichgültig und verdrossen, aber er wußte einen Haufen Neuigkeiten. Wetterle und Kaufel waren gewissermaßen wieder ganz ins Parteileben hineingewachsen. Der eine gelte als verfemter Dichter und halte in der Bildungsorganisation eigene Leseabende, der Wetterle reise im Land herum und spreche in den Ortsgruppen über Deutschland. Neue Genossen seien auch gekommen. Einer aus Nürnberg namens Riethleitner, ein Schmied vom Land um Rosenheim herum, der habe interessante Sachen über die katholischen bayrischen Bestrebungen erzählt.

»Die haben die Losung ›Zertrümmert das Reich!‹ ausgegeben. Es gibt sogar Tendenzen für den Zusammenschluß der süddeutschen Länder... Die Leute sind meistens Adlige und bayrische Geistliche. Sie wollen so was wie eine österreichisch-bayrische Monarchie... Du kennst dich nicht recht aus damit«, erklärte er nebenher.

»Und was machst du?« fragten sie ihn.

»Tja, ich?... Mein Gott, ich hock eigentlich bloß so rum«, sagte er ein wenig traurig. »Dem Nitschke helf ich schon ab und zu. Mit den Mittagstischen, da wird's jetzt auch schon windiger... Hm, abends erwisch ich oft nichts... Naja, meine Bude im Arbeiterheim hab ich ja noch. Ich bin jetzt allein, der Heim ist weg. Der ist jetzt ein feiner Maxe. Ich weiß nicht, was er eigentlich treibt... Er läßt sich nicht mehr sehen. Ich wart jetzt noch ein bißl ab, dann geh ich wieder zurück, heim... Direkt liegt ja nichts weiter vor gegen mich, und meine Mutter ist auch umgezogen... Was soll ich denn da?«

Er sah abgemagert aus. Seine langen Beine waren noch dünner. Die Hosen schleißten da und dort, Rock und Weste glänzten, und das offene Hemd sah schmuddelig aus.

»Hungern kann ich auch in Deutschland«, meinte er. Politik interessierte ihn allem Anschein nach schon lange nicht mehr.
»Wißt's das vom Gleiber schon?« fragte er, und als die zwei verneinten, fuhr er fort: »Da hat's doch immer geheißen, der ist verschwunden ... Jetzt wissen wir's ... Ihr wißt doch, er hat seine zwei Töchter im Kloster erziehen lassen ... Unser feiner bayrischer Reichsstatthalter von Epp, dem er in der Revolution das Leben gerettet hat, der hat ihm einen Schutzbrief ausgestellt und soll ihm das geraten haben ... Der Gleiber ist im Kloster. Er hat sich ja mit diesen dicken Patres immer gut verstanden und soll auch ab und zu bei ihnen zum Bierprobieren eingeladen gewesen sein ... Die Genossen sagen sogar, er ist ganz fromm geworden und wartet auf die Monarchie in Bayern ... Das, sagt er, ist das einzig Senkrechte ... Vielleicht betreibt *er* die ganze katholische Propaganda ... Wer kann wissen?«
Joseph vergegenwärtigte sich den mächtigen Alten. Lebendig stand er vor ihm. Er, der Urbayer im Guten und im Schlechten! Er, der eigentlich, wenn man's genau ansah, nur Politik betrieb, um seine temperamentvolle Verschlagenheit, seine beständige Lust am Intrigieren zu beschäftigen! Die Kunde paßte zu ihm. Ja, er war einer von jenen bayrischen Sozialdemokraten, die sich den Leitsatz eines Parteigenossen, der Landbürgermeister geworden war, zu eigen gemacht hatten: ›Man muß doch sozialdemokratisch sein! Das ist die einzige Partei, die uns wieder den König bringt! Nur im Königreich war ein schönes Machen!‹
Und sicher war Gleiber tief in seinem Innersten seit jeher ein typisch bayrischer Katholik gewesen. Die nämlich hingen nur gewohnheitsmäßig am Dogma der Kirche, im Grunde genommen glaubten sie allesamt an gar nichts. An keinen Gott, an keinen Staat, an keine Idee und am allerwenigsten an die Menschen. Aus einem fast blutsmäßigen Wissen um die Vergeblichkeit alles Irdischen waren sie die geborenen, humorvollen Nihilisten, wie man sie so vielfach unter katholischen bayrischen Bauern trifft. Sie bezwei-

felten auch den Zweifel noch und blieben dabei absolut nüchtern, amüsant und heiter-genießerisch. Sie waren die echtesten, schlitzohrigsten, schlauesten Ungläubigen und liebten nichts als sich. Sie waren aber eben deshalb vielbeliebt, weil jede ihrer Freundschaften sozusagen nur bis an die Haut ging, weil ihnen fremdes Schicksal naiverweise zutiefst gleichgültig blieb, weil sie kulante, nette Privatmenschen waren. Und sie überstanden zuletzt immer alles, denn einer, den nichts angreift, erfreut sich der besten Gesundheit und triumphiert zum Schluß. Er steht, die andern sind gefallen, und der Lebende hat recht. Man kam gut mit ihnen aus – nur: man mußte sie unwichtig nehmen und durfte ihnen nie etwas glauben.
Joseph lachte gerade heraus: »Der? . . . Der überlebt auch noch den Hitler, paß auf!«
Klara schüttelte nur den Kopf. Dann murmelte sie halblaut: »Aber uns nicht!«
»Und dein Vater«, fuhr Koller fort, »mit dem ist's ein Elend . . . Eure Stiefmutter, ich möcht ja nichts sagen, aber . . .«
»Kannst ruhig reden! Tu bloß nicht so spießig!« warf Klara hin.
»Tja, die soll da einen Liebhaber . . . Vielleicht hat sie auch mehrere, und denen hängt sie alles an . . . Der Vater Hochegger macht nichts dagegen, er ist der feinste Genosse, den's gibt . . . Jedem hilft er, bloß, er kann kaum mehr«, meinte Koller und schloß fast wehmütig: »Er ist ja ein alter Mann. Gesund ist er auch nimmer . . . Oft hat er nach euch gefragt. Sucht ihr 'n nicht auf?«
»Jaja, wenn wir wiederkommen . . . Jetzt geht's nicht«, log Joseph ausweichend, und endlich im Weitergehen trugen sie Koller auf, kein Wort von ihrem Hiersein zu sagen, zu niemandem. Sie gaben ihm zehn Schilling, und er schwor alle Eide.
»Hm, wenn du weiter ihr Liebhaber geblieben wärst, weiß der Teufel, vielleicht wär's nützlicher gewesen«, sagte Klara einmal leichthin, als sie allein waren. Sie lächelte fein, aber er sah es nicht.
Tief in der Nacht kamen sie bei Peter an. Der Raum war dick verraucht und sah noch verwüsteter aus. Am anderen Tag fuhr Joseph

allein nach Prag. Er war zu pflichtbewußt und wollte seine Angelegenheiten mit dem Parteivorstand in Ordnung bringen. So unschlüssig und zweispältig zwischen Sozialdemokratie und Kommunisten zu stehen, das ertrug er nicht mehr länger. Er war ziemlich bedrückt, als er im Zug saß. Die ganze vorhergegangene Nacht hindurch hatte er mit Peter und Klara hartnäckig diskutiert. Bis nahe ans Streiten waren sie manchmal gekommen. Er sagte: »Einheit!« Die beiden anderen stimmten wohl ab und zu für seine Ansichten, aber sie meinten: »Durch Klarheit zur Einheit!« Das war schließlich ein gut gefundenes Schlagwort. Er hielt ihnen tausend Beispiele entgegen, wie er das meine – »Einheit«, und Peter nickte, doch er wandte ein: »Du gibst doch zu, so wie es war – Weimarer Staat – das kann doch nie, nie wieder kommen in Deutschland, also! . . . Auch Hitler und Goebels haben uns Kommunisten viel abgesehn – die Aufhebung der Länderhoheit zum Beispiel, wenn sie auch noch vorläufig auf dem Papier steht – die Zukunft gehört uns, unbedingt, wenn's auch langsamer geht, als wir alle glauben und wünschen, ganz wurscht! Sowjetdeutschland ist das Ende, der Anfang! . . . Und nur die klare bolschewistische Linie der Diktatur des Proletariats führt vielleicht schneller dorthin, aber wenn sie immer wieder von diesen sozialdemokratischen Opportunisten vermanscht wird, die jetzt auf einmal auch revolutionär tun, dann sind wir geliefert, dann nämlich werden die Proleten bloß immer wieder von uns abgedrängt, dann kommt die Einheitsfront nie!«
»Es geht jetzt nicht mehr, nein . . . Du hast's doch gesehen und erlebt: alle Genossen, die zu uns auf den Berg gekommen sind – sie wollen nichts mehr wissen von Wels und Co. . . . Sie sind schon Kommunisten, aber wenn sogar wir von außen her immer noch so hin und her schwanken und nichts dazu tun, daß sie sich klar entscheiden, das ist doch fast schon idiotisch, verbrecherisch!« hatte Klara dazugesetzt.
Vielleicht war Joseph zu sentimental, vielleicht zu pedantisch. Peter mochte recht haben, ein ›ewig opportunistischer Versöhnler‹

war Joseph, und er hatte viel vom Besten seines Vaters in sich, wenn er's auch nicht wahr haben wollte: zuletzt ging es ihm immer um das rätselhafte Herz des unvorbereiteten, instinktiv reagierenden Proleten, um den Trieb der Massen zur Einigung.
Trotz allen Erkenntnissen, trotz all seiner Belehrbarkeit – harte Dogmatik blieb ihm immer fremd, und das zerquälte ihn so. Jetzt war er eigentlich ganz hilflos. Er wollte einfach hingehen zu den Welsleuten und ihnen ruhig sagen: ›Ich bin kein Sozialdemokrat mehr! Ich kann da nicht mehr mitmachen! Ich bin Kommunist!‹ Er verbiß sich in diesen Entschluß. Eigentümlich zerfahren und beinahe kindlich redete er sich unablässig zu: ›Wenn sie zu reden und zu erklären anfangen, dreh ich mich um und geh. Ich laß mich auf nichts ein. Nein-nein, auf nichts mehr!‹
Draußen vor den Coupéfenstern flog das heiter besonnte, leicht gewellte Mähren vorüber. Es erinnerte an Oberbayern. Friedlich arbeiteten die Leute auf den Feldern. Die Hügelzüge waren braun bewaldet, die Dörfer und Flecken auffallend sauber, ihre niederen, seltsam unländlichen, großfenstrigen, glatten Häuser liefen meistens an einer breiten Straße entlang und endeten unvermittelt. Selten hatte eines davon einen ersten Stock. Und die Städtchen heimelten an und waren belebt. Die Schlote rauchten.
»Ich will Ihnen was sagen, dies Ländchen hier gefällt mir ausgezeichnet . . . Die Menschen sind Zivilisten . . . Sogar der Soldat ist noch ein honetter Bürger!« sagte ein mittelgroßer, bebrillter Mitreisender mit einer grauumrahmten, spiegelglatten Glatze, der sich in einem fort mit dem Taschentuch den Schweiß aus dem feuchten Gesicht fächelte. »Sehr nett, so was! Prima! . . . Und man ißt und trinkt gut, man hat Sinn für's Gemütliche . . . Demokratisch eben, demokratisch, aber ich will nichts sagen . . . Mir ist Politik zuwider . . . Nein-nein. Geschäft, ja! Solide Tätigkeit, gut . . . Wir Juden wollen nichts mehr wissen von diesen politischen Dingen . . . Keiner kann's uns verübeln . . . So oder so! Links – rechts, ich dreh die Hand nicht um . . . Geht's schief dabei, hackt man immer bloß auf

uns ein! Wir sind die Sündenböcke... Nein-nein... Wie gesagt, dieses Ländchen gefällt mir...« Er war Deutscher. Man erkannte es an Stimme und Dialekt. Sein Gegenüber, ein jüngerer, martialisch gebauter Mann mit dichtem blonden Haar und einer weinroten Nase, nickte: »Wer meecht'n nichts woll'n als ewigen Fried'n...«
Joseph sah durchs Fenster. Die Gegend wurde flacher und eintöniger. Große Rübenfelder kamen. Fern am Horizont stiegen leichte Dunstwolken auf.
Plötzlich – er wußte nicht wie – dachte er an seinen Vater. Sonderbar, er verspürte eine leise Sehnsucht nach ihm. Ganz lebhaft stand der alte Mann vor ihm. ›Er hilft und wird betrogen, hm... Er scheint wieder da anzufangen, wo er einst begonnen hat... Nur – jetzt ist's vielleicht bloß noch eine Art von Zuflucht‹, reihte es sich in seinem Hirn aneinander. Babette kam ihm in den Sinn, ganz so, ohne einen Hauch von Interesse. Es fiel ihm nur die Luft von damals ein, der Geruch der Zimmer. Er hatte das Gefühl, als ziehe er eine modrige Kommodenschublade auf, und er sah eine grelle, große Blume, gestickt auf den schwarzen Grund eines zusammengelegten Schlafrockes.
Das aber war nur ein unklares Bild, und es rührte ihn nicht im geringsten. Es verschwamm. Das Seltsame dabei war nur, daß Klara wie schattenhaft hineingewebt in dieser langsam verlöschenden Erinnerung auftauchte und genau so spurlos zerrann. Er wunderte sich darüber. Er liebte sie doch echt und tief. Er hing an ihr wie am besten Kameraden. Sie war nicht aus seinem Leben wegzudenken, und doch – was war das nur? – war es tiefste Gewohnheit oder so etwas wie beständige Allgegenwart?
Er konnte sich's nicht erklären, warum auch *sie* so schnell und gleichgültig zerglitt.
Er dachte nur ruhig an sie, aber nicht bildhaft...

In Prag wimmelte es von Emigranten. Alle Schichten waren hier vertreten: geflohene katholische Publizisten und Politiker, bekannte Sozialdemokraten und Kommunisten, Schriftsteller, Redakteure, Schauspieler, Filmleute, reiche und arme Juden, Otto-Strasser-Anhänger, zweideutige Typen, von denen man nicht wußte, waren sie Spitzel oder kleine Hochstapler, und furchtbar ausgehungerte Proleten. Wo man ging und stand, hörte man Deutsche, die einander Gerüchte zuraunten oder die letzten Ereignisse erzählten. Die winklig-enge Stadt schien vollgepumpt von Menschen und durchrüttelt von einem übersteigerten Verkehr.
Und es kam alles ganz anders, als sich's Joseph vorgestellt hatte. Der Parteivorstand empfing ihn mit größter Liebenswürdigkeit. Jeder war neugierig, und Fragen über Fragen bestürmten den Neuangekommenen. Vogel wollte Auskünfte über die deutschen Genossen in Wien, Aufhäuser kritisierte kopfschüttelnd die Politik der SPÖ, der altgewordene, zusammengeschrumpfte, schon tattrige Stampfer fragte nach der Stimmung in Südbayern, und Wels endlich war belebt und fing sachlich-geschäftlich zu verhandeln an. »Großartig, daß Sie hergekommen sind, Genosse! Sie haben sich sehr bewährt... Hm, ja, mit der Verbindung ist's ja nun wieder eine Weile Essig dort... Na, gut, daß wir Sie mal dahaben... Verpusten Sie sich mal hier... Schöne Stadt... Schaun Sie sich mal Prag an, unseren Betrieb, die Lager und so... Sie müssen wahrscheinlich von hier zur bayrischen Grenze... Da sitzen jetzt die Genossen Mögler und Bangler... Geht nicht recht vorwärts... Sie müssen mal Dampf dahinter machen... Arbeit gibt's massenhaft....«
›Arbeit‹, das war immer ein anspornendes Stichwort für Joseph. Vielleicht dachte er auch, man müsse nichts unversucht lassen, und vergaß ganz und gar, was er eigentlich sagen wollte. Er schrieb eine kurze Karte an Peter und Klara, daß er wahrscheinlich nicht so schnell zurückkommen könne, und blieb.
Er suchte die Lager und Kollektive der proletarischen Emigranten auf. Die jüdischen und sozialdemokratischen Unterkünfte waren

gut organisiert. Die Geldspenden der verschiedenen Hilfsfonds flossen zwar nicht mehr so reichlich wie am Anfang, aber die tschechische Partei tat ihr möglichstes. Deutscher Ordnungssinn und preußischer Organisationsgeist herrschten in den meisten sozialdemokratischen Gemeinschaften. Findig und zweckvoll war alles geregelt. Mit den Zuschüssen war eine gewisse Eigenversorgung aufgebaut worden. Die Genossen machten Gartenarbeit, Küchenhilfe, Wohnungsdienst, die Frauen kochten und wuschen, Bildungsvorträge und Diskussionen, Ausflüge und körperliche Übungen wechselten regelmäßig. Die Reibereien, welche es gab, wurden durch die Besonnenen beigelegt. Der Emigrant war geborgen. Freilich, im Vergleich zu der geringen Wiener Emigration war dieses Untergebrachtsein ein Leben wie in einer armenhausähnlichen Kaserne.

Erschreckend war aber vor allem die Abgestumpftheit gegenüber den deutschen Vorgängen. Joseph traf viele bekannte Genossen und unterhielt sich mit ihnen. Immer wieder stieß er bei ihnen auf lähmende Bedrückung. Die meisten glaubten und hofften nur wie eingelernt, forschte man tiefer, dann merkte man, daß sie keinen Ausweg mehr sahen. »Naja, naja, umbringen kann er die ganze Arbeiterschaft nicht, der Hitler! Aber der hält sich noch lange, sag ich«, meinte ein junger Münchner Genosse, dem eine breite, weiße Narbe über den Kopf lief. Ein dicklicher Schwabe warf gleichgültig hin: »Vielleicht gibt's Krieg, dann ist's aus mit ihm ... Wissen kann man nichts.« Die meisten endeten mit der stereotypen Redewendung: »Was bleibt vorläufig übrig? ... Abwarten und Tee trinken.« Manchmal, wenn er mutlos herumsah, kam es Joseph vor, als stünde er vor einem Häuflein dahinvegetierender Versprengter eines aufgeriebenen, kampfunfähig gemachten großen Heeres.

Weit, weit schlimmer erging es den kommunistischen Emigranten, die hier wie überall verfemt waren. Sie bekamen von den armen tschechischen Ortsgruppen nur wenige Mittel, und die langten nicht hin und nicht her. Ihre Kollektive waren trotz allen Bemühungen trostlos. Da gab es oft kein Mittagbrot, abends nur selten etwas, und nie Geld. »Und die große Dritte Internationale? Rußland?... Hilft das gar nicht?« fragte Joseph. Rührend war es, da stellten sich Genossen um ihn, und einer sagte mit seiner dünnen Stimme: »Du mußt nicht glauben, Genosse, daß wir deswegen schwach werden!... Die Dritte Internationale muß für die ganze Welt sorgen... Dafür kann die Sowjetunion allein nicht aufkommen. Sie darf sich nicht schwächen. Wenn die wackelt, ist es ganz aus mit uns...« Und er schnürte seinen Leibriemen um ein Loch enger: »Der Japaner lauert schon lang, und alle helfen ihm...«

»Wir holen alles nach, wenn wir Sowjetdeutschland haben... Da lassen wir uns nichts mehr abgehn«, lachte ein kleiner Franke mit munteren Augen, aber hektisch roten Flecken auf den Backen.

Da lagen Menschen zusammen auf den schlechten Strohlagern, zu zwölf, zu zwanzig und mehr, die hatten alle Schrecknisse der deutschen Hölle hinter sich und mußten sich tagsüber durchbetteln. Grau und grau vertropfte die Zeit. Mochten auch die geschulten, eisern disziplinierten Genossen noch so kalkulieren, einteilen und aufklären, das Elend machte viele zu politischen Nörglern. Enttäuschungen gab es genug. Die Schwere zerbrach manchen. Auch hier in der scheinbar sicheren Emigration war jeder gehetzt und gehemmt und verfolgt, und die Untätigkeit dehnte die Tage ins Endlose, die Nächte wurden zum Grab, das Warten in dieser Gedrücktheit glich einem verzehrenden Martyrium. Ja, wer wenigstens noch politische Arbeit machen konnte, war besser dran. Viele gingen todesmutig in den abermaligen Kampf der ›inneren Illegalität‹ nach Deutschland und leisteten Unsägliches. War es nur Rache oder war es letzte Verzweiflung, was diese Menschenruinen fast selbstverständlich dazu trieb, immer wieder dazu trieb? Joseph dachte unwillkürlich an das letzte Gespräch mit Peter in Wien, und eine jähe Erschütterung ergriff ihn. »Sie glauben! Glauben trotz allem!« glitt es über seine Lippen, und wie von ungefähr wehte ein dumpfer Mut in seine Bedrückung. Alles an ihm versteinte sich gewissermaßen,

und sein Haß gegen die deutschen Tyrannen wurde unauslöschlich. Und nicht nur gegen sie!
Denn war es nicht ungeheuerlich? Hier lagen rudelweise vernichtete Menschen, alle Qualen hinter sich und alle Leiden vor sich. Nächte gab es in diesen stickigen, tristen Räumen: Alles schlief. Auf einmal fing einer im Traum zu schlagen an, schrie wie am Messer, wölbte seinen Leib empor und rang mit unsichtbaren Gegnern. Alle schreckten aus dem Schlaf.
»Na, wat denn? Wat denn? . . . Nu mach mal'n Punkt, Mensch! . . . He, du? Idiot. Wat haste denn nu schon wieda? Hat dir wohl die Jestapo wieda am Schlawittchen, wat?« Grob weckte ihn der ärgerliche Nebenmann. Verstört richtete sich der Schlagende auf, zitternd sah er im Raum herum, und es kam ihm vor, als wäre er wieder im Konzentrationslager, als lägen Leichen um ihn herum.
»Laß man, Jeorg, sei man ruhig!« tröstete ein anderer den Erwachten gutmütig und ging zu ihm. »Da! Hast wohl Hunga, wat? Ick hab noch ne Schrippe, da, iß man!« Stöhnend sank der Mann zurück, kaute gierig und schlief nach einer Weile wieder ein. Die einen weinten und wimmerten, die andern fluchten im Schlaf.
Joseph traf eines Tages die Rosa Oberndorfer auf der Straße. Ihre Beine waren noch dürrer, ihre Arme völlig ohne Fleisch, und das blasse Gesicht war scharf geworden und hatte bläuliche Lippen.
»Oje, ha, der Sepp . . . Hm, jaja, ich bin auch da«, lächelte sie und hüstelte in einem fort leicht keuchend. Sie war monatelang in einem bayrischen Gefängnis gewesen, weil man absolut aus ihr herausbringen wollte, wo Peter sei. Alles hatte sie über sich ergehen lassen müssen. »Hm, und jetzt schreibt er mir kaum noch, der Hallodri«, sagte sie ungeschmerzt. »Was macht der denn in einem fort in Wien? . . . Soso, illegal? Jaja, ich möcht auch wieder, aber die Partei hat's mir vorläufig verboten . . . Ich muß warten.«
Sie lag mit fünf Frauen in einem leeren Zimmer auf Strohsäcken. Die eine Genossin hatte die viehische Ermordung ihres Mannes miterlebt, die andere war monatelang im ›Columbiahaus‹, der be-

rüchtigten Berliner Folterkammer der Gestapo, gewesen, jene kam aus dem Frauenkonzentrationslager bei Ansbach. Die ›Columbierin‹ sprang nachts oft wie mondsüchtig auf und warf sich auf ihre schlafende Nachbarin. Der muffig-schwarze Raum gellte. Alle mußten zusammenhelfen, um die Tobende zu überwältigen. Sie brach schließlich schluchzend um, und durch Mark und Bein drang ihr Heulen: »Ich kann doch nichts dafür! . . . Au-u-uhu, au-u, 'ck bin doch keen Mensch mehr!« Noch einmal erlebte man in diesen Elendsheimen die Furchtbarkeit der deutschen Folterknechte. Es roch gleichsam nach ihren ›Heldentaten‹.
»Und was machst du sonst, wie geht's dir?« fragte Joseph die Rosa. Sie lächelte ein bißchen verschämt und zuckte mit den Achseln.
»Naja, es gibt ja manche nette Herren«, sagte sie. Er nahm sie zum Essen mit, er gab ihr Geld. Sie klagte nicht weiter.
Er ging durch die Straßen und sah die eleganten Menschen an, die Auslagen, die einladenden Automatenrestaurants. Er sah, der Bürger lebte hier gut. Die Frauen lächelten, und die Männer zwinkerten mit den Augen. Schnittige Autos surrten den Wenzelsplatz hinauf.

9
Die Kette schließt sich

Erst gegen Ende September ließ sich Joseph vom Parteivorstand zu Mögler und Bangler schicken. Er verfolgte damit bestimmte Absichten. Er wollte auch die dortigen illegalen Verbindungswege mit der Heimat kennenlernen und die brauchbaren Genossen ausfindig machen. Bangler und Mögler hatten sich in dem kleinen Grenzgebirgsort bereits behäbig seßhaft gemacht und waren rundum bekannt. Bangler war es sogar mit Hilfe eines tschechischen Genossen, der eine Konzession dazu hatte, gelungen, einen kleinen chemischen Betrieb einzurichten. Der nährte ihn und Mögler vollauf. Der frühere Reichsbanner-Kreisleiter nämlich war in Deutschland Apotheker gewesen.

Die Gegend war sehr hübsch, dichtbewaldetes Mittelgebirge, wunderbar saftige Täler mit silbernen Bächen. Auffallend war nur, daß die ziemlich arme Kleinbauernbevölkerung fast durchwegs nationalsozialistisch war. Das aber genierte Bangler und Mögler nicht weiter. Sie gaben sich als ruhige Geschäftsleute und betrieben die illegale Arbeit mit großem Geschick. Die Kuriere waren ›Vertreter‹ irgendwelcher Firmen, und da sie – was bei den Grenzdeutschen immer einnimmt – in der Art von SA-Männern in Zivil auftraten und stets das Hitlerregime über den grünen Klee lobten, fanden sie überall Sympathie und manchmal sogar unfreiwillige Unterstützung beim Hinüberbringen des geheimen Materials.

Joseph war dennoch verdutzt, als ihm der erste beste Ortseinwohner das Häuschen zeigte und die Namen Bangler und Mögler wußte, die sich in Wirklichkeit ›umgetauft‹ hatten. Er warnte seine Genossen, aber die fühlten sich vollkommen sicher und maßen dem allem keine besondere Bedeutung bei. Bangler zeigte nur seine herübergerettete automatische Repetierpistole und meinte kaltblütig, es sollt's nur einer versuchen, ihnen zu nahezukommen.

Mit vorsichtiger Taktik forschte Joseph und erfuhr so ziemlich alle

Gruppen und wichtigen Genossen in der Heimat. Er tastete weiter und erkundigte sich über ihre politische Stellung zur Frage Einheitsfront und KP. Hier aber wurden Bangler und Mögler auf einmal wortkarger und mißtrauischer.
»Sepp? Sepp?... Ich hör dich laufen«, spöttelte Bangler listig. »Wir sind auch nicht mehr die alten SPDler... Der Parteivorstand hat's ja manifestiert – nach der Machtübernahme zeitweilige Diktatur, aber die machen *wir*, verstehst du? Nicht die Kommunisten... Mit so Moskauer Methoden kommen wir nicht weiter... Bei uns blitzt du da ab. Wir sind vollkommen frei vom typischen Emigrantenradikalismus.«
Mögler, der ganz unter Banglers Einfluß stand, hob seinen Kopf und nickte: »Jaja, wir haben jetzt Übung und Erfahrung genug. Nur nichts übers Knie brechen. Ruhig und systematisch aufs Ziel zu.«
Joseph ließ das Thema fallen und erkundigte sich nur noch nach privaten Kleinigkeiten. Dabei stellte sich heraus, daß Geiderer in diesen Punkten die Wahrheit gesagt hatte.
»Und was sagt ihr zu unserm Häuptling Gleiber?« warf Joseph spöttisch hin und erzählte. Die beiden Genossen bezweifelten das Gerücht. Sie hingen noch immer an ihrem alten Reichsbannerkameraden.
Endlich, nach drei Tagen, fuhr Joseph nach Prag zurück. In Pilsen stieg ein wohlgenährter, gutgekleideter Mann in den vierziger Jahren ein, setzte sich ihm gegenüber und sagte ohne Umschweife: »Ah, das ist der Herr, der bei seinen Kameraden Bangler und Mögler war, was?« Seine kleinen, dunklen Augen blinzelten vergnügt.
Joseph stutzte, aber in seiner Verblüffung bejahte er.
»Sind sehr nette Menschen, riesig nett.« Der Unbekannte wollte das Gespräch weiterfädeln, Joseph aber sagte plötzlich sackgrob: »Ihre Unterhaltung interessiert mich absolut nicht.« Der Herr stockte, bekam ein maliziöses Gesicht, stand auf und nahm seinen Strohhut. »Na entschuldigen Sie... Ich kann mich ja auch woanders hinsetzen!« Joseph überlegte blitzschnell, ob er den Spion

nicht anfallen sollte, ließ ihn dann aber doch laufen. Bis Prag ärgerte er sich über seine Dummheit. Er schrieb sofort einen Brief an Bangler und warnte ihn. Er meldete das auch beim Parteivorstand, und man nahm es zur Kenntnis.
Wels war wütend über die unvorsichtigen Genossen. Er wollte Joseph Vorschläge machen, da aber unterbrach ihn der – jetzt, in diesem Augenblick, war er so weit. Nun sagte er die einfachen, simplen Worte, die er sich auf der Herfahrt von Wien zurechtgelegt hatte. Trocken kamen sie über die Lippen, doch sein Gesicht war entschlossen. Wels schwieg eine Sekunde lang und biß sich auf die Lippen. Scharf sah er den jungen Genossen an. Dann sagte er ruhig: »So?... Na, halten wollen wir niemand... Lassen Sie sich's gut gehn bei der anderen Fraktion.« Er stand auf und trat ans Fenster. Noch einmal sah Joseph in sein verwittertes Gesicht mit den schwimmenden Sackaugen. Er umflog die ganze kantigmassige Gestalt von den grauen Haarspitzen des vierschrötigen Kopfes bis zu den Schuhen. Eine kurze, peinlich Pause setzte ein.
»Übrigens – unser letztes Programm kann jeder ehrliche Kommunist unterschreiben«, sagte Wels und sah dabei, die Hände auf dem Rücken zusammengelegt, durch die trüben Scheiben. »Auch wir sind für die Anwendung der proletarischen Diktatur.« Es klang ein wenig abweisend. Im Fluge überdachte Joseph die Haltung der Sozialdemokratie von 1914 bis zu jenem 23. März 1933, als die ganzen Abgeordneten der Partei noch einmal in die Kroll-Oper-Reichstagssitzung gegangen waren und für Hitler das Dekorum einer ›wahren Volksgemeinschaft‹ geliefert hatten, während schon Hunderte und Tausende klassenbewußter Arbeiter in den Konzentrationslagern zu Krüppeln geschlagen wurden.
Wels blickte flüchtig auf den unschlüssig dastehenden jungen Menschen. »Es gibt keinen unehrlichen Kommunisten! – Rot Front!« rief Joseph unvermittelt und hob die Faust halb hoch. Zum ersten Mal in seinem ganzen Leben kam dieser Kampfruf über seine Lippen, und seltsam überrieselte es ihn dabei.

»Na schön«, machte Wels achselzuckend, und Joseph ging.
Auf der Stelle fuhr er zum Bahnhof. Es war ihm zu Mute, als ergreife er die Flucht.
In Wien hatte sich inzwischen allerhand zugetragen. Die vorsichtigen Erkundigungen und Ausforschungen unverdächtiger Mittelsmänner bei der österreichischen Polizei hatten ergeben, daß von den deutschen Behörden bis jetzt wegen Geiderers Verschwinden noch nichts unternommen worden war.
Klara war bei Ludicek untergebracht, und Joseph konnte auch dorthin ziehen. Peter war in tiefster Arbeit. Das ›Hilfskomitee zur Rettung von Torgler, Dimitroff, Taneff und Popoff‹ hatte im Verein mit der verbotenen Kommunistischen Partei und deren Nebenorganisationen zwei große Protestversammlungen gegen die deutsche Blutjustiz zustandegebracht. Eine dritte wurde polizeilich verboten. Doch die Zeitungen brachten jeden Tag Auszüge aus dem ›Braunbuch‹ und Artikel über die Tätigkeit des Komitees. Die Öffentlichkeit war alarmiert. Die Genossen verteilten unablässig Flugblätter, welche die Lügen der Hitlerregierung entlarvten. Kein Mensch glaubte mehr an die ›kommunistische Reichstagsbrandstiftung‹. Jeder war von der Unschuld der in diesem Zusammenhang Verhafteten überzeugt. Die Welt erfuhr von den wahren Brandstiftern.

Bei den alten Hocheggers war eine große Veränderung eingetreten. Koller, der seine Rückkehr nach Deutschland wahr machen wollte, war in seiner Not zu Hocheggers Wohnung gegangen, um den Alten um das Fahrgeld anzuflehen. Ganz bestürzt erzählte ihm die Logisfrau, die Herrschaften seien ausgezogen, und als er weiterfragte, erfuhr er alles. »Na, erlauben Sie mir, Herr! . . . Die Frau, was der arme Mann g'habt hat, das war ja eine ganz niederträchtige Hur«, begann die Friseurin Maleisl. »Da hat sie so einen Herrn Heim g'habt . . . Also, hörn Sie! Dem hat sie alles angehängt, und dem armen alten Herrn, ihrem Mann, hat sie's faktisch g'stohln . . . G'rauft haben die zwei zuletzt, weil sie ihm auch das letzte Geld noch nehmen wollt, das Schandweib! . . . Hörn Sie! So was! . . .« Sie stand und staunte. Die Hände hatte sie in die knochigen Rippen gestemmt, und weiter empörte sie sich: »Der arme, seelengute, alte Herr Hochegger!« Sie verfiel in einen weinerlichen Ton und bekam schließlich nasse Augen. »Also so was! . . . Das Mensch, was seine Frau war, das war ja eine Megäre! . . . Gelln S', so heißt man das, ja? . . . Also hörn Sie! Erlauben Sie mir! Sie rauft mit dem alten Herrn, und wie ich reingestürzt bin, also so was! Ausdrücke hat die Person g'habt, nicht zum Sagen! . . . Und alsdann sind s' ruhig worden, und, was ich Ihnen sag, der seelengute, dumme, alte Herr gibt ihr so an die paar tausend Schüllüng . . . Ganz blaß ist er gewesen, zum Umfallen! Mir hat er so leid getan . . . Und alsdann sind s' auseinandergegangen. Sie ist, soviel mir bekannt ist, mit ihrem Falott nach dem Süden . . . Na, also hörn Sie! Verstehn Sie so was? Ich hab dem alten Herrn so zugered't, er soll bleiben, aber er hat nicht mehr bleiben mögen . . . Ich hab einen so einen großn Respekt vor ihm g'habt . . . Ein feiner Mann, ein nobler Mensch, ein gebüldeter Herr!« Jetzt weinte sie wirklich.

Hochegger war anfangs völlig verstört. Genossen, die ihn trafen, fürchteten, er könnte Selbstmord verüben. Schließlich zog er zu einem älteren Genossenehepaar in ein kleines Kabinett.

»Und dein Karl, weißt du, was der macht?« berichtete Peter dem Joseph. »Der ist jetzt wieder eiserner Sozialdemokrat . . . Die Partei hält ihn seit seiner Ausweisung . . . Er sagt, zu der deutschen Partei gehört er nicht mehr, er ist Österreicher . . . Der Schutzbund, sagt er, das ist das Feinste . . . Er möcht, wenn's angeht – und er glaubt felsenfest dran – er möcht das Kriegführen nicht wieder versäumen.«

»Aber du sagst doch immer, der Schutzbund ist kommunistisch?« hielt ihm Joseph entgegen.

»Im Moment, wo gekämpft wird, ja!« antwortete Peter. »Vorläufig hat ihn eben noch der Parteivorstand in der Hand . . . Er ist Herr

über die Maschinerie und hat das Geld.« In der nebenan liegenden Dunkelkammer räkelte sich jemand und schnaufte. Klara und Joseph sahen überrascht auf und fragten gedämpft: »Hast du Besuch?«
»Ja«, nickte Peter. »Der Justus schläft sich aus. Er ist immer unterwegs. Ist heut früh erst aus Innsbruck gekommen. Dort stimmt wieder alles ... Der Mangstl macht seine Arbeit nach wie vor gut, und der Pecherl fährt jetzt dort die Strecke Innsbruck–München. Er ist dahin versetzt worden.« Justus, das war der deutsche Genosse mit der kaputt gehauenen Nase und den vielen Sommersprossen, und der Eisenbahner Pecherl, den hatte Joseph auch damals bei der Zusammenkunft im Hause Ludiceks kennengelernt. Er hatte die Dienstuniform und das SA-Hemd gebracht.
Peter murmelte noch leiser: »Der Justus ist glänzend. Vorigen Monat war er vierzehn Tag drunten in der Weststeiermark beim Alpine-Streik ... Den haben die Nazi gegen Dollfuß angezettelt, direkt von oben herab, von der sauberen Direktion Apold und Zahlbruckner ist er kommandiert worden ... Aber die revolutionären Vertrauensleute haben ihn weitergetrieben ... Da bekam's die Alpine doch mit der Angst zu tun. Jetzt sitzt vom Dollfuß ein Regierungskommissär drin und packelt mit den Herrn Direktoren ... Die beteiligten Nazi werden natürlich geschont ... Jetzt geht's nur noch ärger gegen die Roten unter den Kulis, die beim Streik mitgemacht haben ...«
Die Alpinen Montan-Werke gehörten Herrn Thyssen und versorgten die deutsche Rüstungsindustrie mit Eisenerzen und Stahl. Sie waren die stärkste Stütze der Nationalsozialisten, eine Art reichsdeutsche Zentrale der Hitlerbewegung in Österreich. Unmenschlich wurden dort die Arbeiter schikaniert. Nichts anderes als Leibeigene waren sie, und sie standen so in der Abhängigkeit vom Unternehmer, daß jeder Nationalsozialist sein mußte. Gleichsam von der Wiege bis zum Grabe mußte der Prolet seine dumpfe Gefangenschaft ertragen. Die Mutterfürsorge wurde von Ärzten aus-

geübt, die fanatisch auf Hitler schworen, das Kind kam in die nationalsozialistisch geleitete Werkschule, der Leiter des Spitals, Dr. Presmer, hatte es vollkommen in der Hand, politisch mißliebige Angestellte und Arbeiter langsam krepieren zu lassen. Wollte aber wirklich einmal ein solcher Gefangener woanders Arbeit suchen, dann schickte die mit allen Kapitalisten versippte Direktion dem Nachbarunternehmen derartige Auskünfte, daß der Bewerber nie eine Stellung fand. Um sich vor dem Verhungern zu retten, kam der unglückliche Mensch schließlich wieder zurück, und sein Sklavenleben wurde noch grauenhafter.

Der eingesetzte Regierungskommissär tat den abgebrühten Montangewaltigen nicht weh, im Gegenteil, die Regierung Dollfuß erließ sofort eine neue Notverordnung, nach welcher die Bergarbeiter nicht mehr vierzehntägig, sondern monatlich ausbezahlt wurden. Das erschwerte ihnen die Kontrolle der Gedinge, und die Unternehmer profitierten dabei.

Die einstige Elite der österreichischen Arbeiterbewegung, die Eisenbahnergewerkschaft, hatte man inzwischen ruiniert und lahmgelegt, sanft und kulant und nur mit papierenen Dekreten. Zuerst wurde sprunghaft abgebaut. Alle unzuverlässigen Elemente wurden ausgekämmt, die Löhne grausam gekürzt, und das Mitbestimmungsrecht der Arbeiter durch ihre einstigen Personalvertretungen war abgeschafft worden. Wer sich weigerte, in die ›Vaterländische Front‹ einzutreten, wurde schonungslos entlassen.

Die Sozialdemokratische Partei wehrte sich immer noch nicht. Es gab stürmische Sektions- und Bezirksversammlungen. Die Arbeiter begriffen die Langmut des Parteivorstandes nicht mehr. Sie rebellierten. »Zum Kampf! Kämpfen, bevor es zu spät ist! Kampf, sonst geht es uns genau so wie den deutschen Genossen!« schrien sie den Rednern, den Sektionsleitern zu. Die aber beteuerten und fanden tausend Wenn und Aber. Die Worte des unvergessenen Viktor Adler: »Dem Kiebitz ist kein Einsatz zu hoch!« riefen sie den überlauten Draufgängern entgegen, dann wieder zitierten sie mit

Brusttönen: »Wir lassen uns weder einschüchtern noch provozieren!« oder sie meinten mit Otto Bauer: »Zu einem Wege der Gewalt kann uns nur der Gegner zwingen!«
»Er zwingt uns doch eh schon! Jeden Tag zwingt er uns!« brüllte es rundum. Die Arbeiter fieberten.
»Gewalt, Genossen, ich mach euch drauf aufmerksam, Gewalt, was heißt das?« Der bedrängte, schwitzende Parteiredner hob seinen Zeigefinger und fuhr eindringlich salbungsvoll fort: »Gewalt, sagt Genosse Otto Bauer, heißt der Bürgerkrieg! Den Bürgerkrieg, Genossen, das müssen wir uns immer überlegen, den will die Partei nicht, und wenn er kommt, dann sollen Dollfuß-Fey die Verantwortung dafür tragen ... Stellt's euch einmal vor, Genossen, wann einmal ganze Straßenzüge und Gemeindebauten vergast werden ... Ich mach euch drauf aufmerksam, Genossen, wir Sozialdemokraten haben unsere Waffen und den Schutzbund nicht für den Bürgerkrieg, sondern nur darum, um damit die Demokratie und unsere verfassungsmäßigen Rechte zu verteidigen ...«
»Die Demokratie schwimmt doch eh schon! Gibt's doch schon lang nimmer! Schmarrn! Geseires!« plärrte ein Ungeduldiger. Wieder setzte wüster Lärm ein.
Nun aber kam es auch den gewiegten und geeichten Parteimännern vor, als müsse etwas geschehen.
Und also geschah auch was. Die Vorstände der Gewerkschaften versammelten sich und beschlossen vier Punkte, die das Signal zum unwiderruflichen Widerstand abgeben sollten. Schlicht und schwerwiegend hörten sie sich an. Den Massen wurde bekannt gemacht:
a) wenn die Partei verboten,
b) wenn die Gewerkschaften aufgelöst,
c) wenn ein Regierungskommissär ins Wiener Rathaus gesetzt wird,
d) wenn Dollfuß eine faschistische Verfassung in Kraft setzt,
dann geht der bewaffnete Aufstand los. Die gespannten Massen wurden ein wenig zuversichtlicher. Nichtsdestoweniger verhandel-

ten die einflußreichen sozialdemokratischen Führer unentwegt mit Dollfuß und zeigten sich immer nachgiebiger.

Joseph und Klara wollten eben gehen, als im Türrahmen der Dunkelkammer der erwachte Justus auftauchte. In Hose und offenem, verschwitztem Hemd stand er da und streckte sich gähnend. Verklebt war sein sommersprossiges, nacktes, feuchtes Gesicht, die dicke Narbe über der eingeschlagenen Nase glänzte weiß.
»Mensch, bleibt doch noch 'n bißchen«, rief er den beiden zu. »Looft doch nicht gleich weg ... Na, wie war's in Prag?« Und während sie sich setzten, sagte er zu Peter: »Mensch, hast du nischt zu fressen? Mir kracht der Magen.« Er ging an den Tisch, schnitt sich ein Trumm Brot ab, wickelte eine Wurst aus und verzehrte sie. Gleichgültig hörte er hin, als Joseph erzählte.
»Bei uns hier hat sich ooch allerhand verändert ... Nu is der Fey Vizekanzler«, sagte er zwischenhinein. »Der kleene Dollfuß wollt et eijentlich 'n bißchen anders, da hat ihn der italienische Jesandte zur Räson jebracht ... Na, mal tanzen, Männeken! ... Ran mit der Mussolini-Heimwehr an die Roten!«
In den kahlen Hof fiel die milde Oktobersonne. Joseph sah auf die ›Arbeiterzeitung‹, die auf dem Tisch lag. Viele weiße Zensurflächen hatte sie. Vor zirka einer Woche hatte der Arbeitersängerbund ›Alsergrund‹ im Stadion sein vierzigjähriges Jubiläum gefeiert. So zahlreich wie am ersten Mai waren die Massen zusammengeströmt, und der Bürgermeister Seitz hatte eine schwungvoll-bissige Rede mit vielen Ausfällen gegen Dollfuß gehalten. Die ›Arbeiterzeitung‹ wollte den Text bringen. Daraufhin wurde ein erstmaliges Verschleißverbot über sie verhängt. Man bekam sie nicht mehr im Straßenhandel und mußte sie durch die Post bestellen. Hunderte, Tausende empörter Arbeiter kamen täglich ins Parteihaus an der Wienzeile und bestellten. Der ganze Apparat mußte umgestellt werden, aber die Auflage stieg sogar. Treu standen die Massen zu ihrem Organ. Doch Tag für Tag – ganz systematisch betrieb die Behörde diese

langsame Vernichtung – wurden die vorlagepflichtigen Exemplare der druckfertig gerichteten Zeitung noch einmal extra gründlich zensuriert, so daß der Verlag stets eine zweite, viel später herauskommende Auflage drucken mußte. Diese kleinlich-jämmerliche Bosheit reizte die Arbeiterschaft bis aufs Blut. In den Großbetrieben flackerten kurze Proteststreiks auf, in den proletarischen Bezirken wurde demonstriert, doch darüber durfte keine Zeitung etwas verlauten lassen.

»Na, und wat woll'n wa denn noch? Konzentrationslager ham wa ooch schon in dem niedlichen Ländchen! Für die Nazi, heißt es, und uff die Roten is et gemünzt«, spöttelte Justus kauend. Das ›Anhaltelager Wöllersdorf‹ war errichtet worden. ›Konzentrationslager‹ durfte nicht gesagt werden, das klang den kulanten Herren im Ballhausgebäude zu derb.

Joseph erinnerte sich an Lorischs Brusttöne von damals, als er gesagt hatte, sowas würde es in Österreich nie geben. Die Gleichartigkeit der Entwicklung mit Deutschland war erschreckend. Nur – diese Diktatur war noch grotesker! Aus einem Bauern, einem Offizier und einem Adligen bestand sie. Einer mißtraute dem anderen. Dollfuß log Fey an, der wieder ihn. Starhemberg wiederum wußte nie, was die beiden gegen ihn aussheckten.

Und über all dem thronte als Präsident der kinderreiche, frömmelnde Gymnasialprofessor Dr. Miklas, den einst die republikanischen Parteien gewählt hatten. Er hatte nur Sinn für die genaue Erfüllung seiner religiösen Pflichten als Katholik. Von Zeit zu Zeit hielt er eine salbungsvolle Rede, mit der er alle Maßnahmen dieser Diktatur zu rechtfertigen suchte. Dabei zitterte sein herabsackendes Doppelkinn unter dem mondrunden Gesicht, als kämpfe er mit den schwersten Entschlüssen.

»Jetzt machen sie ja einen außerordentlichen Parteitag, die Herren Austromarxisten . . . Jaja, sie tun was, damit man sie nicht vergißt«, höhnte Peter grimmig. »Da werden wahrscheinlich die vier Punkte der Gewerkschaften nochmal zitiert und parteioffiziell gemacht.«

Justus mischte sich jetzt wieder ins Gespräch und stieß ein trockenes Gelächter heraus: »Von Belgien kommt Vandervelde, von Frankreich Léon Blum und aus der Schweiz der alte Grimm, aus England und Polen kommen Gäste . . .«
»Det Männeken vom Ballhausplatz wollt ihnen det Verjnüjen verbieten . . . Sie wollt'n sich keene Überwachung jefallen lassen und ham jedroht, sie mach'n allet illejal sonst.«
»Jaja, drum haben sie doch die ausländischen Größen eingeladen . . . Die müssen den internationalen Schutz abgeben«, meinte Klara.
»Und Dollfuß war gnädig . . . Jetzt dürfen sie also«, schloß Peter.
»Aber keinen Aufmarsch, keine Versammlungen, wo die Ausländer sprechen . . . Ganz brav muß alles gehn.«
»Die besten Arbeiter der Welt – und solche Führer!«
Joseph konnte sich nicht mehr halten. Traurige Empörung lag in den Worten.
In das versteckte Tiefparterrelokal Peters kamen jetzt öfters oppositionelle Genossen und Schutzbundfunktionäre und diskutierten. Abgehetzt, müde und bedrückt waren sie manchmal. Die gefährdeten Waffenverstecke mußten immer wieder ausgeräumt werden. Waffen und Munition brauchten ihre Pflege. Stunden- und tagelang umstreiften die Genossen oft die Häuserblöcke und die geheimen, unauffälligen Keller, ohne an sie heranzukommen. Eine ganze Woche verging oft, und immer noch patrouillierten verdächtige Gestalten und Wachleute um das Geviert. Es war eine unendlich mühevolle Arbeit, den ganzen riesigen Apparat dieser weitverzweigten Geheimmagazine instandzuhalten und die Umgruppierungen, die Neuankäufe und Transporte zu bewerkstelligen. Es gab Zeiten, da durchfuhren Möbelwagen mit Handgranaten, Maschinengewehren und Gewehren, harmlose Kofferträger mit Patronen und Verschlußstücken Tag und Nacht die Stadt, und niemand wußte, daß sie, hartnäckig umlauert, nicht an ihren Bestimmungsort gelangen konnten. Dieses dauernde Wachen und ange-

strengte Vorsichtigsein, dieses unausgesetzte Berechnen und Bangen zerrte an den Nerven.
»Wenn's nicht bald angeht, sind wir erledigt«, sagte der dicknasige junge Genosse aus Ottakring.
»Das Schmiervaserl-(Handgranaten-)Lager im zwölften Bezirk haben wir schwimmen lassen müssen . . . Nicht zum Drankommen war . . . Die ›Kiewerer‹ luchsen rum wie die Hyänen . . . Fix nochmal!« fluchte ein hagerer, hochgewachsener Funktionär mit trüben Augen. Trotz seinen dreißig Jahren zeigten seine Haare schon graue Stellen. »Aber beim Parteitag, Freund, da wird aus'packt!« meinte ein anderer Genosse und erzählte von einer Resolution der Linken, die eingebracht werden sollte. Er las einige Sätze laut vor:

»Die Politik der Parteiführung seit dem März dieses Jahres ist eine Politik des Abwartens, eine Taktik, die sich alle Termine, alle Kampfsituationen vom Gegner vorschreiben läßt.«

»Naja, det is doch nischt Neues!« fuhr Justus höhnisch dazwischen.
»Wart ab! . . . Kusch!« wies ihn der Wiener gutmütig lächelnd zurecht und las wiederum:

»Wir müssen zum Angriff übergehen mit einem klaren Forderungsprogramm, mit einem Ultimatum an die Regierung. Unsere Minimalforderungen haben zu lauten: Aufhebung aller Notverordnungen, Wiederherstellung aller Arbeiterrechte, Unterstützung für alle Arbeitslosen, Auflösung und Entwaffnung aller faschistischen Formationen . . .«

»Wunderbar! Glänzend!« sagten Klara und Joseph gleichzeitig und waren begeistert. »Wieso?« rief Peter, und alle schauten erstaunt in sein ergrimmtes Gesicht.
»Wo stehn denn die Bauern? In der Heimwehr und in den ostmärkischen Sturmscharen! Oder bei den Nazi!« warf er abermals aus sich heraus. »Und was soll denn das alles heißen: Aufhebung der Not-

verordnungen, Wiederherstellung der Arbeiterrechte und so weiter? ... Nehmen wir doch einmal an, die Regierung kuscht ... Sie löst die Heimwehren und all diese Banden auf, was dann? ... Dann ist der Bürgerkrieg da, oder die – aber das gibt's ja gar nicht, das ist ja kindlich naiv. Wenn, sagen wir einmal – es kann ja nicht passieren, es gibt doch gar kein Zurück mehr – aber wenn alles wieder einigermaßen lauwarm demokratisch weiterginge – eure eigene Parteileitung würde die gemeinsten Notmaßnahmen befürworten müssen, genau so schikaniert würde der Prolet, genau so hungern müßte er. Denn die Wirtschaftskrise hört ja dadurch nicht auf, die Kapitalisten können gar nicht mehr anders. Und *das* wollt ihr wieder? Diesen alten Zimt, der über kurz oder lang wieder zum Faschismus führen tät?« Seine Backenknochen zeigten eine leichte Röte.
Alle schwiegen. Es wäre so viel dazu zu sagen gewesen.
»Dann eben eine gemeinsame Regierung der Bauern und Arbeiter«, nahm endlich der hagere, graumelierte Genosse schüchtern das Gespräch wieder auf.
Peter und Justus schüttelten den Kopf.
Grad umgekehrt. Eine Regierung der Arbeiter und der Bauern! Nein, nein – das ist keine Haarspalterei. Solange nicht feststeht, daß das revolutionäre Proletariat wirklich führt, läuft alles schließlich wieder auf das ewige Kuschen und Packeln hinaus.
»Ja, zu was haben wir denn dann die Waffen und den Schutzbund?« fragte ein Wiener. »Na, zum Kampf nich! Zur Abwehr, vastehste!« höhnte Justus. »Wenn die andern ihre Kanonen und Haubitzen alle beisammen haben und uff euch losjehn, erst dann is es euch gestattet, mit euren paar Knarren loszuknallen ...«
Mit hängenden Köpfen gingen sie auseinander.
Einmal stieß Joseph auf seinen Freund Karl. Der war lustig und aufgeräumt wie in seinen besten Zeiten. »Ah! Ah! Mit dem Diskutieren da! Geh mir zu damit! ... Ich bin halt kein gelernter Marxist, ich bin einfach ein Roter, aus!« wehrte er alle Einwürfe und Vorhaltungen Josephs ab. »Ich sag dir, feine Genossen, die Wiener, zünftige Bur-

schen!... Die stehn da, besser wie bei uns!« Er war vollkommen zufrieden. So im Dahingehen lugte er einmal nach allen Seiten, dann grinste er und raunte seinem alten Freund ins Ohr: »Weißt, was wir jetzt machen? Jugendgenossen, Schutzbündler und ich?... Insgeheim einen Tank! Bloß bei der Nacht können wir schuften, und 's Material dazu ist schwer zu kriegen, aber da paß auf, das wird ein Meisterstück!«
»Möcht'st mir wohl einen Bären aufbinden, was?« zweifelte Joseph lächelnd.
»Wenn ich dir sag!... Auf der Stell darf ich tot umfalln... Ich darf dich bloß nicht hinführen... Kein Mensch weiß was davon!« schwor Karl und pfiff leicht durch die Zähne. »Herrgott, da wenn's angeht... Mein Lieber, wie wir 'neinpretschen!«
»Wenn's losgeht! *Wenn*!« spöttelte Joseph.
»Freunderl, es geht los! Verlaß dich drauf!« sagte Karl. Er blieb dabei.
Dann kam der Parteitag. Aus allen Gauen des Landes strömten die Delegierten zusammen. Die ausländischen Gäste erschienen. Im Favoritener Arbeiterheim war Hochbetrieb. Wieder sprach Danneberg, und Otto Bauer sekundierte ihm.
Die Linken meldeten sich.
Es kam zeitweilig zu hartnäckigen Debatten. Stürmisch ergriff Karl Seitz das Wort und riß alle mit. Geschickt wurde immer wieder ein ausländischer Gast eingeschaltet. Die Linke – so hoffnungsvoll und mit banger Spannung zusammengebracht – versagte kläglich. Ihr Redner war schwach. Und zuletzt zogen sie ›im Interesse der Parteieinheit‹ sogar ihre Resolution zurück. Die vier Punkte waren parteioffiziell angenommen, und als besonders bedeutsames Ereignis galt, daß man einen sechzigköpfigen Parteirat aus Delegierten der Betriebe aufstellte. Denn – wie hatte doch Dollfuß verlauten lassen? – ›mit ehrlichen Arbeitern wird verhandelt, aber nicht mit den jetzigen Führern!‹
Also wurde weiter verhandelt, weiter die Entscheidung – ›sie liegt

vor uns!« hatten Danneberg und Otto Bauer verkündet – hinausgeschoben, weiter suchte man ›eine friedliche Entwirrung‹.
Die stenographischen Berichte, welche die Arbeiterzeitung brachte, zeigten viele, viele weiße Zensurflecke.
Die Arbeiter warteten.
Warteten und hofften. Aber härter wurden die Notverordnungen, immer stärker bauten Dollfuß und Fey die Polizei und die Bürgerkriegskader der Heimwehr aus. Immer schikanöser überwachten sie die Presse und die Versammlungen. Da saß jedesmal ein trockener, süßsauer dreinblickender Polizeioffizier neben dem Redner und hielt während des ganzen Referats seine Mütze in der Hand. Kaum fiel ein Wort, das ihm nicht gefiel, war's gefehlt. Der Uniformmensch setzte seine Mütze auf, erhob sich und rief in die empörten Arbeitermassen: »Die Versammlung ist aufgelöst! Den Saal verlassen!« Es stockte, es schrie, es fluchte, Redner und Versammlungsleiter mußten alle Kraft aufbieten, um die Genossen zu beruhigen. Schließlich leerte sich der Saal, und draußen standen schon dicht und dick Polizeikordons.
Sämtliche Republikfeiern wurden kurzerhand verboten. Die getarnten Versammlungen wurden ausgehoben und die Veranstalter empfindlich abgestraft.
Der November lief hin. Kalt und öd wurde es. Die Bäume und Sträucher waren leer. Dick und still fiel der Schnee hernieder. Nicht mehr wie früher fanden Tausende hungriger Erwerbsloser Räumerarbeit. Die Gemeinde mußte sparen. Die Regierung hatte sie langsam ausgeplündert. Die leeren Kassen gaben nichts her. Nur vereinzelte Rudel schippten den hohen Schnee weg. Weiße, lange Berge schlängelten sich an den Trottoiren entlang. Viele dieser zerlumpten Elendsgestalten, die da schufteten und rackerten auf den Straßen – was trugen sie im Knopfloch ihrer verschmierten Joppe?
Das rotweißrote Bändchen der ›Vaterländischen Front‹.

10
Hintergründe

Im mächtigsten Wiener Gemeindebau, draußen in Heiligenstadt, im ›Karl-Marx-Hof‹, saßen Anfang Dezember einige Genossen mit Peter und Joseph zusammen und schrieben an den Helden des deutschen Reichstagsbrandprozesses, Georg Dimitroff, diesen Brief:

›*Lieber Genosse Dimitroff!*
Im Namen vieler übermitteln wir Dir unsere heißesten Grüße. Millionen horchen hin auf Deine mutigen Worte, Millionen gibst Du neue Kraft damit. Dein Kampf wird nicht umsonst sein, er ist auch unser Kampf. Die große Armee des bewußten Proletariats steht geschlossen hinter Dir.
Wir bitten Dich, Genosse Dimitroff, um einige Zeilen. Mit proletarischen Freiheitsgrüßen . . .‹

Mit einer gewissen scheuen Feierlichkeit setzten die Versammelten ihre Namen darunter. Am anderen Tag ging der dicknasige Genosse im ganzen Bau von Tür zu Tür, und in kurzer Zeit war der Bogen mit den Unterschriften voll beschrieben.

Georg Dimitroff, bulgarischer Kommunist, ein Mann von größtem marxistischen Wissen und einem hinreißenden Talent, den Gegner immer an den schwächsten Stellen zu treffen, hatte in diesem Prozeß eine ungeheure Leistung vollbracht. Seine Unerschrockenheit, seine nie erlahmende, panthergeschmeidige Schlagfertigkeit brachten den Gerichtshof und die Belastungszeugen unausgesetzt in die größte Verlegenheit. Seine Fragen, seine Aussagen und Zwischenbemerkungen waren von einer geradezu vernichtenden Schärfe. Alle erzwungenen und bestellten Anschuldigungen, die endlosen Zurechtweisungen des vor den Würdenträgern des III. Reiches dienernden Vorsitzenden Bünger, die brutalen Entfernungen aus dem Gerichtssaal – nichts brachte diesen Mann aus der

Ruhe. Er lächelte, wenn irgendein eingeschüchterter Zeuge oder ein gehässiger Nationalsozialist besonders grobe Lügen vorbrachte, er zitterte nicht vor dem fettwabbelnden preußischen Ministerpräsidenten Goering, als dieser, grimmig wie eine Bulldogge, statt einer Aussage eine wüste Schimpfkanonade aus sich herausdonnerte. Uneingeschüchtert vom frenetischen Beifall der SA- und SS-Zuhörer, der die Drohungen Goerings begleitete, stellte der Mann auf der Anklagebank seine verfänglichen Fragen. Der mit gespreizten Beinen dastehende Goering verfiel in schäumende Raserei.

»Für mich sind Sie ein Gauner, der nach Deutschland gekommen ist, um den Reichstag anzuzünden! Sie gehören direkt an den Galgen!« plärrte er den beherrschten Bulgaren an. »Ich bin sehr zufrieden«, sagte Dimitroff und sah dem gefürchtetsten Mann Deutschlands kalt in die wutflimmernden Augen. »Sie haben wohl Angst vor meinen Fragen?« Das traf. »Was fällt Ihnen ein, Sie Gauner? Sie werden noch Angst vor mir lernen, wenn Sie aus der Macht des Gerichtes in *meine* kommen!« Der tobende Goering entlarvte sich völlig, und der beflissene Vorsitzende ließ den Bulgaren abermals abführen.

Die ganze Welt verfolgte das ungleiche Leipziger Duell: dem gewaltigen Machtapparat Hitlers stand ein tief überzeugter, durch alle Kerkerschikanen nicht gebeugter Kommunist gegenüber und ließ sich nicht einschüchtern! Im Gegenteil, er griff an! Er wurde zum vernichtenden Ankläger seiner Ankläger!

Die ohnmächtigen deutschen Arbeiter erwachten wieder, die bedrückten Proleten Österreichs bekamen neuen Mut, die revolutionären Massen der Welt liefen Sturm und siegten in diesem *einen!*

Weihnachten rückte heran. Just am heiligen Abend sprachen die deutschen Machthaber die vier für sie so unbequemen Unschuldigen frei und verurteilten ihr eigenes Werkzeug van der Lubbe zum Tode. Der deutsche Spießbürger sagte sich gerührten Herzens: »Unser guter Adolf! Da, die ganze Welt schreit immer, bei uns geht's

ungerecht zu, und unsere Regierung ist doch so gut!« Daß dagegen Torgler, Dimitroff, Taneff und Popoff weiter in Haft blieben, übersahen sie ruhigen Mutes.
Durch die Arbeitermassen aber ging ein ergriffener Jubel. Der deutsche Faschismus hatte seine erste Niederlage erlitten.
Im illegalen Büro der Wiener ›Roten Hilfe‹ schufteten Peter, Justus, Joseph und Klara fieberhaft. Dieser revolutionäre Erfolg mußte ausgenützt werden. Die Schlußrede Dimitroffs vor den Richtern wurde von den Wiener Genossen gedruckt und überall verbreitet. Hingerissen lasen die Arbeiter das unscheinbare Heft. »Jaja! Der ist anders als unsre packelnden Führer!« sagten sie. »Einen solchen brauchen wir!« Furchtbar drückte die Ungewißheit auf sie. Dollfuß hatte Standgerichte eingeführt, und in den ›Kammern der Arbeiter und Angestellten‹ saßen schon Regierungskommissäre aus dem Heimwehrlager.
Otto Bauer dagegen grübelte darüber nach, wie die päpstliche Enzyklika ›Quadrogesimo anno‹ nun eigentlich im Sinne des Klassenkampfes auszulegen sei. Dieses vatikanische Dokument knüpfte bewußt an die sozialpolitischen Traditionen des Katholizismus aus der Zeit des scharfsinnigen Papstes Leo XIII. an. Ihr Grundsatz war eine patriarchalische Wohltätergesinnung gegenüber der Arbeiterschaft. ›Wer Knecht ist, soll Knecht bleiben!‹ sagt das berühmt gewordene Wort eines Kölner Bischofs. Und die göttliche Vorsehung herrscht. Und die staatliche ›Ständeordnung‹ ist das Bindeglied. Das hatten die Faschisten in Italien und die Nationalsozialisten in Deutschland durch die Zusammenfassung der Berufsgruppen unter Regierungsaufsicht wahrgemacht. Nichts anderes wollte Dollfuß. Natürlich mußte alles spezifisch österreichisch und sichtbar katholisch sein.
Der durch sein bürgerliches Verantwortungsbewußtsein gehemmte sozialdemokratische Führer Otto Bauer verabsäumte nicht, sein umfassendes Wissen aufzubieten, um den revolutionär erregten Arbeitern noch einmal nachzuweisen, wie sie sich auch in

diesen Rahmen eingliedern und sich dennoch ›marxistisch‹ betätigen könnten. Der Kampf um die *Auslegung* der Enzyklika, meinte er, sei im Grunde genommen die gegebene Form des Klassenkampfes in der heutigen Situation.
»Jetzt weiß ich nimmer, solln wir jetzt Betbrüder werden oder Kommunisten?« sagte der Dicknasige aus dem ›Karl-Marx-Hof‹ zu Peter und schüttelte verwirrt den Kopf. »Ich glaub bald, die vom Parteivorstand gehn jeden Tag in die Kirch und lesen bloß noch heimlich den Marx...«

Als Weihnachtsgeschenk hatte das Kabinett Dollfuß einen zwangsweisen Abbau aller verheirateten weiblichen Bundesangestellten für den Februar 1934 angekündigt, das Betriebsrätegesetz für die Bundesbetriebe und gemeinwirtschaftlichen Anstalten aufgehoben und das Ministerium für soziale Verwaltung beauftragt, die ihm genehme Personalvertretung einzusetzen.
Das Gesetz für den freiwilligen Arbeitsdienst wurde rigoros verschärft. Ledigen Arbeitslosen unter fünfundzwanzig Jahren, die ohne triftigen Entschuldigungsgrund von der Dienstzuweisung keinen Gebrauch machen, hieß es da, wird auch noch die Notstandshilfe entzogen.
Ausgehungerte Proleten, um und um mit zerfetzten Kleidern behangen, liefen barfuß im Schnee. Der Magen knurrte, der Körper schlotterte, die Lungen waren krank. Sie sollten drunten beim Reichsbrückenbau über die Donau mitschuften, Steine schleppen, im Wasser stehen, mit erstarrten Händen die Eisenteile zusammenschrauben.
Ach, was denn? Ein Böllerwurf, und man hatte Geld und bei der Verhaftung ein Dach über dem Kopf.
Es krachte wieder heftiger auf den Wiener Straßen. Da und dort entrollte sich mitten auf einer belebten Straße eine riesige Hakenkreuzfahne. Auf dem Schwarzenbergplatz trugen zwei zerschlampte Bettler einen schweren Diwan. Mitleidig schauten die

Vorübergehenden hin. Die Träger stellten ihre Last nieder, warteten eine Weile und packten wieder an. Ein großes schwarzes Hakenkreuz prangte auf den Pflastersteinen.
Die Mandatare in den Arbeiterkammern verloren ihren Posten. Eine vom Sozialministerium ernannte Verwaltungskommission aus Deutschnationalen, Christlichsozialen und Heimwehrgewerkschaftern besetzte die Stellen. Die Bilder von Marx, Engels, von Bebel und Liebknecht, von Lassalle und Viktor Adler mußten entweder verhangen oder von den Wänden entfernt werden. Es sah aus in einem solchen Büro, als ginge die Angestelltenschaft alsbald auf eine lange Reise.
»Ist eh schon alles hin! Terror! Einzelterror!« verlangten verzweifelte Genossen in den Sektionssitzungen. »Alles kaputtmachen!« Wie verkohlt blickten ihre Augen aus den fiebernden Gesichtern.
»Das überlassen wir ruhig den Nazi... Sollen sich die Faschisten nur gegenseitig die Köpfe einhauen... Wir können nur gewinnen dabei!« wies der Sektionsleiter eine solche Zumutung zurück.
Andere wieder sagten gewiegt: »Es kann vielleicht bald die Zeit kommen, wo Dollfuß uns um Hilfe bitten muß, Genossen!«
Ein dumpfes Brodeln ging durch die Parteimassen.
»So eine schmale Grundlage, mach ich drauf aufmerksam, Genossen, hat überhaupt noch keine Regierung gehabt... Auf die Dauer kann sich Dollfuß einen Zweifrontenkrieg gegen uns und die Nazi nicht leisten. Das muß doch zusammenbrechen!« belehrte der Redner eindringlicher.
»Und dann kommen die Nazi!« kam ein Zwischenruf.
»Abwarten, Genossen! Die Partei ist gerüstet!... So wie in Deutschland geht's bei uns nicht!« parierte der Redner und wurde pathetischer. »In dieser ernsten Situation kommt alles darauf an, daß die Partei einig und geschlossen bleibt, Genossen! Ich erinnere euch daran...«
»Erinner uns lieber an nix mehr, is besser!« fiel abermals ein Genosse ein.

»Ja, fix nochmal, Dollfuß *kann* ja gar nicht mehr solang mit den Nazi gut Freund bleiben! In Genf, beim Völkerbund, hat er's doch gesagt! Bloß deswegen stützen ihn doch die kapitalistischen Mächte! *Er* natürlich in seiner Eingebildetheit, er meint, die ganze Sympathie geht auf ihn persönlich, das Pferd! . . . Frankreich und England *und* vor allem Mussolini haben doch nur so laut zugestimmt aus Abneigung gegen den Hitlerfaschismus!« Das war die hundertmal gehörte Leier.
Nur die allerwenigsten wußten, daß Dollfuß währenddessen unter dem Druck der schwergeschädigten Fremdenverkehrsinteressenten in den westlichen Bundesländern heimlich Mittelsmänner zu Hitler geschickt hatte und flehentlich um Verhandlungen zwischen seiner Regierung und den Nationalsozialisten bitten ließ. Sogar sein Schirmherr Mussolini wußte das nicht!
Und Hitler zeigte sich großmütig und ernannte den Leiter des illegalen Kampfes gegen Dollfuß, den ausgewiesenen nationalsozialistischen ›Landesinspekteur‹ Habicht, zu seinem Bevollmächtigten. Der Wiener Diktator nahm diese boshafte Demütigung ruhig hin und lud den verhaßten Habicht ein.
Laut und heiter feierte der eingesessene Wiener Bürger Silvester und Neujahr. Die Straßen leuchteten, die Kaffeehäuser waren übervoll, die Musik schwebte süßlich über den Köpfen, durch die eleganten Straßen johlten die Betrunkenen, und die angeheiterten Damen warfen Luftschlangen. Da und dort krachte es. Man wußte nicht, war es ein Böller oder hatte jemand das ›Neujahr angeschossen‹. Im Schnee standen verwahrloste Hungergestalten, reckten die blaugefrorenen, mageren Hände und murmelten ihre Bettellaute.
Das Feysche Bürgerkriegsheer war nun vollständig. Die Heimwehrassistenzkorps waren vereidigt und restlos in den Sicherheitsdienst gegen die Terrorakte gestellt. Die als Warnung dienenden Standgerichte, welche man vor einiger Zeit errichtet hatte, funktionierten wunschgemäß. In Linz war ein reicher Bauernsohn wegen

viehischer Ermordung einer Dienstmagd, die er geschwängert hatte und wegen Aussicht auf eine Geldheirat loswerden wollte, zum Strang verurteilt worden. Doch der Angeklagte war Katholik und gehörte der gehobenen Bauernschaft an. Der fromme Bundespräsident Miklas begnadigte ihn zu lebenslänglichem Kerker. Anders in Graz: Dort stand der etwas schwachsinnige, wandernde Hilfsarbeiter Peter Strauß vor den Standrichtern. Bettelnd war er zu einem Bauern gekommen und brutal davongejagt worden. Verbittert hatte er Rache genommen, eine Scheune in Brand gesteckt – aber er war Prolet und mußte an den Galgen. Der um Begnadigung angeflehte Miklas blieb diesmal taub und verrichtete unbewegt seine täglichen Gebete. Die Grazer Arbeiter liefen aus den Betrieben und streikten, durch die Straßen und Gassen der Stadt gellten die wütenden Schreie: »Mörder! Christkatholische Bluthunde! Henker!«

Die Empörung zog so weite Kreise, daß der Hingerichtete schließlich mit allen kirchlichen Ehren begraben werden mußte.

»Da hat er schon was!« murmelte in Wien ein Verhungernder, nahm einen Strick, band ihn ans Fensterkreuz und sprang in die Tiefe. In seiner Tasche fand man einen zerknitterten Zettel mit ungelenken Schriftzügen: ›Daß mich der Dollfuß fein auch kirchlich eingraben laßt.‹

»Es geht gegen uns! Nur gegen uns!« Die Arbeiter bestürmten in allen Städten ihre Obmänner und Vertrauensleute. »Nieder mit dem kropferten Giftzwerg!«

Herr Habicht flog an einem klaren Januartag in einem deutschen Flugzeug gegen Wien. Oberhalb des Stiftes Melk, nur wenige Kilometer von der alten Donaustadt entfernt, erreichte ihn ein Funkspruch, er solle wieder umkehren, dahin zurück, woher er gekommen.

»Nanu?... Der Kleine hat wohl auf die Finger geklopft gekriegt! Na, ein andermal!« sagte der nicht viel größere Herr Habicht, verzog sein bartloses Lausbubengesicht und schwang sich wieder ins

Flugzeug. Es lief an, es surrte, stieg in die Luft, und zuletzt war es nur noch ein ferner, knatternder Vogel mit reglos ausgespreizten Flügeln.

Der rabiate, immer nur auf seine Machtstellung bedachte Monarchist Major Fey war im letzten Augenblick hinter die Schliche seines Kanzlers gekommen. Im Ballhausgebäude mußte Dollfuß eine derbe Rüge über sich ergehen lassen, und am gleichen Tage erschien in allen Zeitungen das amtliche Kampfmanifest gegen die Nationalsozialisten. Schärfste Strafen für staatsfeindliche braune Verbrecher waren darin angekündigt.

Gleicherzeit aber verhandelte im Auftrag Starhembergs hinter dem Rücken des Bundeskanzlers der Heimwehrführer Graf Alberti mit dem Nationalsozialisten Frauenfeld und dem von Hitler entsandten Prinzen Waldeck-Pyrmont. Fey schickte seine Polizei und ließ den Grafen verhaften. Als er ausplaudern wollte, wurde er kurzerhand ins Konzentrationslager Wöllersdorf gebracht.

Feys Übergewicht in der Regierung nahm täglich zu.

In wenigen Tagen sollte der italienische Unterstaatssekretär des Äußern, Suvich, nach Wien kommen. Dollfuß war kleinlaut und unsicher. Er bangte, wie ihn Mussolini nach all diesen Zwischenfällen behandeln würde. Sein internationales Ansehen als ›Hitlerbezwinger‹ war ramponiert. Vielleicht verständigte sich jetzt Mussolini gar selber mit Hitler über Österreich.

Listig und bauernschlau, immer nur von dem Bestreben beseelt, einen interessierten Partner gegen den anderen auszuspielen, um sie zum Schluß alle beide zu betrügen – das war Dollfuß.

Er fand auf einmal die besten Worte für die kujonierte Arbeiterschaft. In einer großen, salbungsvollen Rede forderte er die Proleten und ›ehrlichen Arbeiterführer‹ auf, doch endlich am Aufbau und an der Verteidigung der Unabhängigkeit Österreichs, des gemeinsamen Vaterlandes ›aller Gutgesinnten‹, mitzuarbeiten. Das war ein neuer Ton. Das machte Eindruck. Die Christlichsozialen, die eine Anbahnung mit den Sozialdemokraten suchten, waren zu-

frieden und glaubten ihrem Kanzler. In den demokratischen Ländern wie Frankreich, England und bei der Kleinen Entente nahm man gleichfalls an, dies sei eine entschiedene Abwendung der österreichischen Regierung vom Faschismus. Und in Italien? Da wurde man stutzig.
»Wir sind eben doch nicht in Deutschland! Bei uns find't man sich immer wieder z'sammen ... Das ungemütliche Piefkalische mag man bei uns net«, sagten alte, mürb gewordene Arbeiter und atmeten auf. Das ›Piefkalische‹, will sagen ›Preußische‹, war ihnen seit jeher in tiefster Seele zuwider.
Mit nicht allzu freundlichen Gefühlen entstieg der Unterstaatssekretär Suvich in Wien dem Sonderzug. Die Photographen erhaschten die lächelnden Gesichter der hohen Herren und knipsten ihren Händedruck. Große, prunkvolle Empfänge und Bankette gab es, aber zum Ärger von Dollfuß und Fey gelang es dem wichtigtuerischen Heimwehroberbefehlshaber Starhemberg, eine volle Stunde unter vier Augen mit Suvich zu verhandeln. Der Bundeskanzler war sehr nervös. Sein gewohnter hoher, steifer Umlegkragen, den er wahrscheinlich nur trug, um wenigstens etwas größer zu erscheinen, drückte ihn. Der ganze Ring mußte mit doppelten und dreifachen Polizeiketten dicht abgesperrt werden, als Suvich abends mit dem Kanzler die Oper besuchte. Überall aber tauchten nationalsozialistische Sprechchöre auf, Petarden krachten, und gegenüber dem Burgtheater flammte – grad bevor die hohen Herrschaften aus dem Auto stiegen – ein großes, brennendes Hakenkreuz auf. Es krachte rundherum, und die Fensterscheiben des Theaters klirrten. Die verwirrte Polizei hatte alle Hände voll zu tun. Herr Suvich kräuselte seine Stirn ein bißchen. Es stand schlecht um die Autorität dieser freundnachbarlichen Regierung! Man mußte schnell helfen, sonst war es zu spät. Suvich machte weitere Zusagen, und das etwas angeblaßte Gesicht des Bundeskanzlers hellte sich langsam auf. Mussolini versprach endlich die bedingungslose Unterstützung. Dollfuß rieb sich vor dem Zubettgehen die Hände. Er freute

sich zum ersten Male aufrichtig über die dummen Nationalsozialisten. »Alwine«, sagte er zu seiner pompösgestaltigen Frau, »jetzt ist unser Land gerettet, unser Österreich!« Und er streichelte zärtlich über die Köpfe seiner Kinder. »Jaja, der Pappi hat's wieder gut gemacht! Der Pappi macht's immer fesch!«

Am anderen Tag wurde über die ›Arbeiterzeitung‹ wegen eines Artikels über Suvich abermals ein Verbreitungsverbot auf die Dauer von zwei Monaten verhängt. Nichts mehr von einer Einigung mit den Arbeitern wollte Dollfuß wissen und hören. Jetzt begannen – Hieb für Hieb – die aufreizendsten ›antimarxistischen‹ Maßregeln. Bei den öffentlichen Arbeiten fand kein freigewerkschaftlich Organisierter mehr Verwendung. Unvorhergesehen durchstöberten Polizeibeamte die Leihbibliotheken und Buchhandlungen und beschlagnahmten wahllos Werke ›entsittlichender‹ und linksverdächtiger Schriftsteller.

Und – jaso! Der neugewählte sozialdemokratische Parteirat trat zusammen. Zehn Tage waren seit der anbiedernden Rede Dollfuß' vergangen, und nichts davon hatte mehr Gültigkeit, aber betulich und ernst und würdig verfaßte dieser Rat eine Antwort.

Joseph und Klara wollten an der Grenze auf einem anderen Berg eine Verbindungsstation einrichten. Bei Peter saßen rebellische Funktionäre und Arbeiter aus Graz, aus Bruck, aus Linz und Wien. Und Pecherl war aus Innsbruck gekommen. Justus kam dazu. Auch der Dicknasige aus dem ›Karl-Marx-Hof‹ und jener hagere, stille Mensch mit dem jungen Gesicht, den trüben Augen und den schon angegrauten Haaren hatten sich eingefunden.

»Wie ist's also bei euch? Der Arbeiterrat steht, wenn's angeht?« fragte Peter den Grazer. Der nickte, und sein dichtes, strähniges Blondhaar fiel ins flaumbärtige Gesicht. »Wir sind fünf Mann, jeder hat seine Funktion«, antwortete er.

»Ausgesiebt?« erkundigte sich Peter. Der Grazer bejahte fast militärisch.

Jeder hatte so in seinem Wirkungsfeld die geschulten, entschlossenen Genossen und Schutzbündler zusammengefaßt. Geheimkuriere dieser Oppositionsgruppen fuhren beständig durchs Land, um die Verbindung aufrechtzuerhalten. ›Nicht Verständigung, nicht Parteirat, der packelt, sondern revolutionär handelnde Arbeiterräte!‹ hieß die Losung. Tief in der Nacht gingen sie vorsichtig auseinander. Nur Pecherl, Justus und Peter blieben.

»Na, was hast du denn? Red'st ja gar nichts?« fragte Peter den Eisenbahner. »Hast wohl einen Wurm, weil der Parteirat so lahmarschig geantwortet hat? ... Hm, nochmal bieten sie alles an, bloß damit sie bestehen bleiben dürfen! Bloß daß ihr Veteranenverein beisammenbleiben und hin und wieder eine Versammlung abhalten darf, bloß deswegen liefern sie die ganzen Proleten aus.«

»Da guck mal ... Kiek dir das an ... Da schreibt Sozialminister Schmitz«, Justus reichte ihm die christlichsoziale, regierungstreue ›Reichspost‹, »im neuen Österreich gibt's keine so dummen Sachen wie Parteien und Gewerkschaften mehr ... Nee-nee, ooch nicht gestreikt darf mehr werden ... Und det vasuchn die Bauer und Genossen den Proleten mundgerecht zu machen ... Pfui Deibel!« Er spuckte klatschend auf den Pflasterboden.

Pecherl machte den Mund auf und schnappte schwer nach Luft.

»Was hast du denn?« fragte Peter abermals.

»Ah, nichts!« gab Pecherl trüb zurück. Er schaute schweigend ins Leere, so als blicke er in eine grenzenlose Weite. »'s ist doch unsere Partei! Man hängt dran«, murmelte er kaum hörbar und stand auf. Peter und Justus schüttelten den Kopf und sahen einander fragend in die Augen, als Pecherl zur Tür der Dunkelkammer ging.

»Nicht gehn sie ab von«, lispelte Justus, »nich ums Sterben ...«

Da krachte es furchtbar. Die zwei sprangen wie emporgeschleudert in die Höhe. Sie rissen ihre Gesichter herum. Vor dem dunklen Türloch schwankte Pecherls gedrungene Gestalt, klappernd fiel ein Browning zu Boden, und es roch nach Pulver. »Ach-chch«, röchelte der Umfallende. Seine noch einmal zuckenden Füße ragten aus der Dunkelkammer und streckten sich starr.

»Mensch?« stammelte Peter. Kalkweiß war sein Gesicht. Starr glotzte auch Justus. Wie gelähmt standen sie beide. »Hat sich totjeschossn wejen dem Schwindel!« brachte endlich Justus heraus, und mit einem Satz sprang er auf die Leiche zu, zog sie an den Füßen in den hellen Raum. Mitten in der Schläfe saß der Schuß. Ein kleines, rotes Loch war es, daraus sickerte das Blut. Das traurige Gesicht war ruhig.

»Mensch! Laß, laß! . . . Wir müssen weg! Schleunigst weg! Auf und davon! . . . Herrgott, Herrgott!« rief Peter nervös, und wollte die Papierstöße zusammenfassen, um sie in einen schnell herbeigezogenen, aufgerissenen Koffer zu werfen.

»Da, da . . . Alles hinein! Weg damit!« keuchte Justus ebenso und warf die Stöße in den Ofen. »Alles rein! Nur weg, dalli!« Er zündete einen Ballen an. Sie stopften und gossen Spiritus drauf. Es flammte schnaubend.

Sie achteten nicht auf die Leiche. Sie räumten nur weg, und immer, immer wieder hielten sie inne und lauschten atemlos. Es blieb still um und um.

In der ersten Frühe verließen sie das Haus. Niemand war auf der frostweißen Straße. Ihre Schuhe klapperten auf dem Trottoir. Nah pfiff ein Zug. Das stoßende Fauchen wehte durch die nebelgraue Winterluft.

Ein Betrunkener hing an einer Laterne und plärrte heiser: »Häil E-esterreich, hä-i-il dididie Käisastadt!«

»Mensch, wohin? Wohin?« stieß Peter einmal heraus.

»Weg! Weg! Einfach weg!« erwiderte Justus fliegend und zog seinen hochgeschlagenen Mantelkragen enger. Planlos hetzten sie durch die eisige Winterfrühe. Erst nach einer langen, langen Weile meinte Justus gefaßter: »Vaflucht! Ist ja schad um 'n Franz! Aber det hätt der Dußl doch ooch in Innsbruck besorjen könn'n . . . Allet hat er uns vermasselt.«

»Innsbruck! Herrgott, der Sepp und die Klara!« erinnerte sich Peter. Sie wurden langsam ruhiger und gingen in das erstbeste Volks-

kaffeehaus, das eben geöffnet wurde. Dort ließen sie sich Briefpapier geben und verständigten in aller Eile die Genossen und die ›Rote Hilfe‹.
»Ja, es hilft nichts, wir müssen über die Grenze«, schlug Peter einmal flüsternd vor. Justus besann sich und nickte. Es blieb wirklich nichts anderes übrig.
»Na, unsere Pässe stimmen ja«, sagte er raunend. Sie zahlten und verließen das leere Lokal. Der Tag stand schon grau über den Häusern. Die Straßen lebten auf. Die beiden gingen der Innenstadt zu, zur Schwedenbrücke. Dort war eine Haltestelle der Straßenbahn, die sie in knapp einer Stunde über die Grenze nach Preßburg brachte.
So gegen acht Uhr in der Frühe schlüpfte der Bergführer Mangstl in das enge, noch dunkle Kabinett, wo Joseph und Klara schliefen. Der Berg war ungeeignet gewesen. Heute oder morgen wollten sie wieder nach Wien zurück. Mangstl knipste das Licht an und hielt ihnen ein Telegramm hin: »Da, dies ist grad komma.«
Sie rissen die verklebten Augen auf und lasen: ›Bleiben. Rückkehr Ludwigs ungewiß – Tante.‹
»Verhaftet!« stieß Joseph heraus und schwang sich aus dem Bett.
»Seid's schtill! Aus ist's!« flüsterte Mangstl und sah sonderbar drein. Gleicherzeit glotzten sie ihn verständnislos an: »Was denn?«
»Da, horcht!« Mangstl deutete zum Fenster.
Auf den Straßen brummte dumpfer Trommelwirbel, und Marschschritte kamen näher. Da und dort hörte man undeutliches Geschrei und Johlen.
Die Heimwehr zog in die verschneite Gebirgsstadt und besetzte alle amtlichen Gebäude. Absetzung der derzeitigen Landesregierung, Verbot der Sozialdemokratischen Partei und Selbstauflösung der Christlichsozialen Partei forderte sie.
Dollfuß war derzeit in Budapest und sagte in einer Rede: »Bin ich eigentlich brutal? Man sehe mich an, brutal bin ich gewiß nicht . . .«
In Wien liefen die wildesten Gerüchte um. Im Nu waren die auslän-

dischen Zeitungen ausverkauft. ›Heimwehrputsch in Innsbruck! Entscheidung in Österreich!‹ stand über einer.
Im sozialdemokratischen Parteihaus an der Wienzeile ging es zu wie in einem Bienenhaus. Kuriere kamen und gingen, Motorräder surrten weg, die Sitzungen jagten einander, und unablässig liefen telefonische Meldungen ein. In den Gängen und Redaktionsräumen der ›Arbeiterzeitung‹, im zweiten Stock, diskutierten die Redakteure heftig. Besucher und Genossen standen da und bildeten Gruppen. Wetterle und Kaufel waren darunter.
»Ausgeschlossen – das kann er ja gar nicht machen, unser Millimetternich!« sagte Wetterle zu einem hageren, bartlosen Redakteur, und Kaufel machte wie gewöhnlich ein würdig-ernstes Gesicht dabei.
»Was kann der nicht alles!« meinte der Redakteur achselzuckend. Viele Gesichter waren besorgt. Der bebrillte, schlanke, schwarzhaarige Chefredakteur Pollak rief einmal mit seiner blechernen Stimme: »Landeshauptmann Schlegel ist bereits auf dem Weg nach Wien! Er macht nicht mit ... Wahrscheinlich wird's zu einer Konferenz der Landeshauptmänner kommen und einen Kompromiß geben ...«
»Fey steckt natürlich hinter dem ganzen Putsch!« sagte Wetterle wiederum. »Der hat bloß gewartet, bis unser Millimetternich nach Budapest ist ... Der wird Augen machen, wenn er zurückkommt! International glaubt ihm doch kein Mensch mehr was ... So was kann er jetzt absolut nicht brauchen ... Ich bin ganz der Meinung vom Genossen Pollak, ein Kompromiß wird's geben ...«
Doch Dollfuß kam und hieß alles gut. Die Heimwehren marschierten bereits in die anderen Hauptstädte der Bundesländer ein und stellten die gleichen Forderungen.
Erst am vierten Tag stiegen Joseph und Klara in den Zug und fuhren nach Wien zurück. Der Innsbrucker Putsch war fast ein wenig drollig gewesen. Zuerst sah er gefährlich aus, dann lächerlich. Ein Heimwehrmann hatte einen Handwerksburschen, der aus einem

Haus kam, angerufen und, weil der nicht stehengeblieben war, von hinten durch die Lunge geschossen. Schließlich hieß es, der Landeshauptmann Schlegel zahle den Putschisten die Rückfahrt nicht mehr. Darauf hatten sie die Stahlhelme abgelegt und ihre Hahnenschwanzmützen aufgesetzt, um ›zivilisierter‹ auszusehen. Nun waren Dr. Steidle und Starhemberg nach Innsbruck gekommen, und es gab mordsmächtige Reden. Nur achthundert Mann stark war die eingerückte Besatzung. Niemand schätzte sie sonderlich, weil sie auch noch die letzten paar Fremden vertrieben. Die Christlichsozialen haßten diese unnützen ›Krawallierer‹ und waren mit den Sozialdemokraten in der Mehrheit. Aber keiner trieb die putschistischen Banden aus der Stadt, und erst, als sie gar keinen Widerstand sahen, besetzten sie die sozialdemokratische ›Volkszeitung‹ und das Parteihaus und wurden herausfordernd aufsässig.
»Na, wenn doch von Wean nix kommt . . . Alloan gehn mir net los«, sagten die Innsbrucker Parteileiter bis zuletzt. Und dann war es eben vorüber.
Joseph und Klara saßen bedrückt und schweigend zwischen den Skifahrern und geschwätzigen Mädchen im Zuge. Nur wenige andere Reisende waren sonst da. Die Wintersportler machten ihre bekannten Späße und lachten, als sei gar nichts geschehen. Wohin man hörte, niemand sprach auch nur ein Wort über die Ereignisse. Draußen vor den Fenstern hingen die weißen Berge schwer zu Tal. Seltsam, alles war so friedlich, und doch hatten Joseph und Klara wieder das verdächtige scheue Gefühl wie zuletzt in Deutschland. Man musterte seinen Nebenmann bereits ungewiß und forschend. Man sagte wenig oder gar nichts.
»Da, lies das einmal.« Joseph reichte seiner Frau ein Zeitungsblatt. Ein beleibter grauhaariger Herr mit Stutzbart und Knickerbockerhose sah ihn scheel an. Sah hin und wieder weg.
Klara überflog die Meldungen. Ja, die Landeshauptleute waren zu einer Konferenz nach Wien gefahren. Doch Fey kam einem Kompromiß zuvor. Er hetzte seit einigen Wochen seine Polizei auf die

Waffenlager der Roten und verhaftete schnell hintereinander die höheren Funktionäre der Schutzbundleitung.

In dem kleinen Industrieort Schwechat vor Wien war – so sagte die Meldung – ›eines der größten Waffenlager der marxistischen Verschwörer von der Polizei beschlagnahmt worden.‹

Klara hob nur ihr Gesicht. Joseph fand ihre Augen. Sie verstanden einander.

Hinter Salzburg murmelte Klara: »Da kommen wir ja grad recht.«

Stumm nickte Joseph. Sein Herz schlug mit den Takten des rollenden Zuges.

11
Die Verdammten erwachen

In Wien war eine nackte graue Frühe, als die Reisenden den Westbahnhof verließen. Die feuchten, dunstigen Nebel verwichen nur langsam auf den schmutzig-schneeigen Straßen und Plätzen. Dösig und verschlafen sahen die Fenster der umliegenden Häuserfronten in den gleichgültigen Tag. Das erste schüchterne Rauschen des Lebens kam wie aus einer Vermummung. Die näherkommenden Trambahnen schälten sich wie frostüberzogene Ungeheuer aus den milchweißen Schleierwänden und surrten dumpf. Die Menschen gingen mit tropfenden Nasen eilsam stapfend dahin. Joseph und Klara überlegten eine Weile.

»G'horsamster Diener, die Herrschaften! Taxi gefällig?« Ein Chauffeur kam auf sie zu und lüpfte seine Mütze.

»Nein, danke«, antwortete Klara kurz.

»Pardon! Hab die Ehre!« sagte der Mann viel kühler und entfernte sich.

Sie trotteten müd und langsam durch den unfrohen Morgen.

Es wurde allgemach heller.

»Tja, was jetzt?« fragte Klara schließlich.

»Jetzt sind sie sicher schon da«, sagte Joseph, und sie brachen auf. Sie fuhren den Gürtel hinunter, Ottakring zu. Gegen halb neun Uhr standen sie im illegalen Büro der ›Roten Hilfe‹. Den dicknasigen Genossen vom ›Karl-Marx-Hof‹ und einige Unbekannte trafen sie an. »Hm, Momenterl«, machte der Funktionär und kratzte sich. Er fertigte die anderen Genossen ab und ließ sie gehen. Erst als es ganz still war, erzählte er.

»Hm, meiner Seel, der Justus und der Peter, die haben Zeit g'habt, daß sie weggekommen sind! . . . Fix aber auch, der Pecherl! . . . Wir müssen auch umziehn! Macht Arbeit, die Umstellung!« Er sah die beiden an und schien nachzudenken.

»Tja, mit euch? Hm . . . Was macht man bei der Situation? . . . Mir

scheint, warm möcht's da nimmer werden bei uns«, sagte er wiederum, und auf einmal zerfloß sein breites, derbes Gesicht lächelnd. »Halt! . . . Da hab ich doch neulich einen Genossen 'troffn. Mir scheint, der kennt euch gut . . . Reichsdeutscher auch, Karl heißt er . . . Der sagt mir, euer Vater ist krank, und fragt . . .«
»Der wohnt im Reumannhof«, fiel ihm Klara ins Wort und lebte auf.
»Bei Genossen, ja. Unsere Adresse ist vorläufig ›Neues Wiener Tagblatt‹ . . . Schaut euch die Inserate an . . . Wir inserieren: ›Miezl, alles vergeben, kehr zurück oder schreib‹ . . . ›Karl, gib ein Lebenszeichen an die Expedition unter ‚Herzeleid'‹ . . . ›Stammtischfreunde, Liebhaber echt Wiener Gesellligkeit, werden ersucht, ihre Adressen mitzuteilen‹ . . .«
Der Genosse las es aus einem winzigen Kalender. »Unter den Chiffren dieser Anzeigen könnt ihr uns schreiben.«
Klara und Joseph mußten ein wenig lachen über diesen Verständigungsweg und notierten die Stichworte.
»Trotzdem vorsichtig schreiben«, schärfte ihnen der Dicknasige ein. Er prüfte ihre Pässe. »Naja, da könnt ihr eh wo einziehn«, schloß er beruhigt. »Auf die Reichsdeutschen sind s' jetzt schlecht zu sprechen bei der Polizei, aber Schweizer und Dänische, das is ja Klaß . . .«
Die beiden verabschiedeten sich und waren in kurzer Zeit im ›Reumannhof‹. Die Logisfrau, eine aufgeschwemmte Fünfzigerin mit gutmütigem Gesicht, empfing sie schon nach den ersten Worten mit gewinnender Freundlichkeit.
»Jaja, jaja, kommen S' nur gleich 'rein, Genossen, jaja.« Sie ging voraus und öffnete die Türe des hellen Kabinetts. »Jaja, Vaterl, was ich da aber bring! Da wird man aber, mir scheint, eine Freud haben . . . Da! Da . . . Bittschön, Genossen!«
Behutsam traten die zwei Jungen ins Zimmerchen, und sogleich lief die Frau und brachte Stühle. »Soso! Jaja, jetzt *die Freud! Die* Überraschung! Gell, Vaterl! Setz'n, Genoss'n, setz'n!« Zärtlich sah sie aufs Bett hin und strahlte dabei.

Der alte Hochegger richtete sich mühsam in den Kissen auf, über sein gelbes, zerfallenes Gesicht lief ein freudiger Huscher, und die leicht verglasten Augen glänzten kurz auf. »Ki-inder? Jo-oseph ... Klar'l?«
Es klang schwach und keuchend. Er streckte die Hand aus. Der ganze Arm zitterte dabei. Schweratmend sank der Alte in die Kissen zurück. Die Logisfrau griff an ihre feuchten Augen und ging leise hinaus.
Joseph und Klara standen benommen da und blickten nieder auf den Kranken. Jetzt hatten seine Augen wieder den schwermütigglasigen Schimmer, und auf dem Gesicht lag rieselnder Schweiß. Die Hand war heiß und abgemagert. Der Arm hing matt und reglos über die Bettkante. Klara bog ihn ab und schob ihn unter die Decke.
»Red'ts doch! Sa-agts d-hoch was«, hauchte der Alte wieder heraus, und immer wieder plusterten sich seine eingefallenen, stoppelbärtigen Backen auf, mühsam blies er den Atem durch seine blutleeren, bläulichen Lippen.
Endlich fand Klara das erste Wort, rückte den Stuhl näher ans Bett und beugte sich über den Liegenden: »Ja, Vater, was fehlt dir denn? Was sagt denn der Arzt?«
Hochegger wackelte bloß ein paarmal mit dem Kopf: »'s Herz halt u-und die Nie-iern.« Seine feuchte Stirn bekam etliche Furchen, und ganz von ungefähr fand seine matte Hand die ihre.
»Vielleicht ins Spital? Wär doch besser«, sagte jetzt Joseph. Merkwürdig laut sprach er, als redete er mit einem Schwerhörigen.
»Ge-geht ja ni-nimmer ... 's Geld i-is auch baba-bald aus«, brachte der Alte heraus. Seine durchsichtigen, geäderten Lider klappten halb zu. Schwer und schwerer atmete er, und es roch nach krankem Schweiß und Medikamenten.
Klara sah auf Joseph. Der senkte wie beschämt die Augen und kaute an seinen Lippen. Draußen vor dem Fenster schwamm bleiches Sonnenlicht, und der zergehende Schnee auf dem blechernen Vorsprung tropfte wie das leise Ticken einer Totenuhr in die Stille.

Der Alte rührte sich nicht mehr. Nur seine Brust hob und senkte sich.
»Er schläft«, flüsterte Klara und zog ihre Hand zurück. Joseph schluckte. Sie gingen auf den Zehenspitzen aus dem Kabinett und kamen zur Logisfrau in die Küche. Bewegt, manchmal in ein seufzendes Weinen fallend, erzählte sie, wie der Alte immer wieder gefragt habe nach ihnen, und daß er ›ihr wohl wegsterbe‹, und so allein einen verlassenen Genossen ins Spital, nein, das hätten sie und ihr Mann nicht übers Herz gebracht, und der Arzt meine, das Herz hör eben auf einmal auf, arg leiden müßt er nicht, der Genosse Hochegger. Die Frau habe auch einmal geschrieben, um Geld, und sei jetzt verkommen mit ihrem ›Stenz‹. Die alte Logisfrau habe den Brief gebracht und ihr alles gesagt. So ein Elend! Ein so guter Mensch, was der Genosse ist, den könnt und dürft man doch nicht im Stich lassen bei dieser schweren Zeit! Vom Hundertsten kam sie ins Tausendste, und schließlich wußte sie sogar Rat: Unten, die Genossin Feiderer, die was eine Wittiberin sei, habe ein zweibettiges, recht reines Zimmer für die Genossen.
Gleich ging sie mit, und die Genossin Feiderer sagte bereitwillig ja. »Ja-ja-ja! Ich bin ja so froh! So froh, daß der Genosse Hochegger das noch erlebt hat, und die Genossen können jederzeit kommen . . . Er wird's, mir scheint, recht, recht gern mögen das«, verabredete die dicke Logisfrau mit den beiden. »Bloß dreimal nacheinander klopfen, Genossen! Nicht läuten, das tut dem Kranken ja so weh . . .« Dann ging sie wieder nach oben.
Eine lange Zeit hockten Klara und Joseph stumm im neuen Zimmer und schauten ins Leere. Sie hörten sich gegenseitig atmen und wußten nicht, was sie einander sagen sollten.
Die Genossin Feiderer klopfte sacht an die Tür. »Herein, bitte«, sagten sie gleicherzeit, und die Frau brachte die Anmeldezettel. Sie war ausgehmäßig angezogen und roch nach Sonntag. Als sie fort war, fiel ihnen ein, daß es Samstag sein mußte. Sie packten endlich ihre Rucksäcke aus und richteten sich ein wenig ein.

»Lang geht's nicht mehr mit ihm ... Herrgott, eigentlich, was hat er uns getan, daß wir so roh zu ihm waren?« sagte Joseph einmal nachdenklich.
»Hm, nichts, gar nichts«, antwortete Klara ungewiß. »Wir müssen uns kümmern um ihn.«

Von Paris aus hatten einflußreiche Politiker in der letzten Zeit oft und oft Reisen nach Wien unternommen. Der Führer der französischen Sozialdemokratie, Léon Blum, saß mit seinem Genossen Jouhaux viele Male zusammen und beriet. Man zog den Außenminister Paul-Boncour heran, um ihn und die französische Regierung dazu zu bewegen, auf Dollfuß mäßigend einzuwirken. Die französischen Sozialisten fürchteten um das Schicksal ihrer österreichischen Brüder. Paul-Boncour telegraphierte mit Wissen des Ministerpräsidenten Daladier an das Wiener Kabinett, es möge mit der Sozialdemokratie einen Kompromiß schließen. Der Sekretär des Internationalen Gewerkschaftsbundes fuhr nach Wien und suchte auf Anraten der österreichischen sozialdemokratischen Führer einen Vertrauensmann des Kanzlers auf. Dieser wieder gab Dollfuß zu wissen, daß die Gewerkschaftsorganisationen entschlossen seien, seine Politik, so schlecht sie ihnen auch scheinen möge, zu akzeptieren, wenn er die von der Heimwehr gestellten Forderungen, insbesondere jene auf Auflösung der Sozialdemokratischen Partei, zurückweisen würde.
Dollfuß lächelte und schüttelte verneinend den Kopf. »Hascherln! Waaserln!« murmelte er selbstzufrieden in sich hinein. Die Polizei verhaftete weiter sozialdemokratische Mandatare und jeden Schutzbundfunktionär. Die Mitglieder des Parteivorstandes hingegen berieten hartnäckig weiter. Sie warteten immer noch darauf, ob einer der ›vier Punkte‹ einträte. Sie wußten, daß der französische Gesandte vor etlichen Tagen beim Bundeskanzler gewesen war. ›Ich möchte Sie bloß davon verständigen, daß ich jetzt alle meine seinerzeitigen Zusagen in bezug auf die Sozialdemokraten

zurücknehmen muß‹, das ungefähr hatte Dollfuß zu diesem Herrn gesagt. In Paris hatten die reaktionären und nationalistischen Banden einen Tag und eine Nacht lang die Straßen beherrscht, um gegen das Linkskabinett Sturm zu laufen, die Sozialisten und Kommunisten antworteten mit Gegendemonstrationen, ein lauer Generalstreik flackerte auf. Es kam zu Straßenkämpfen und – das Kabinett mußte zurücktreten. In Rom freute sich Mussolini über diese innenpolitischen Schwierigkeiten der Franzosen. Berlin betonte mit Stolz, wie ruhig es in Deutschland sei. In Wien war die Heimwehr sehr zufrieden. Dollfuß war guter Dinge: französische Interventionen hatten keine allzugroße Bedeutung mehr. Rom gab die Wegrichtung.
Ratlos saßen Deutsch und Bauer im Parteivorstand. Nervenzerreibend wurden die rebellischen Funktionärsitzungen. »Losschlagen!« forderten die Arbeiter. Aus Linz kam ein Kurier zu Otto Bauer und Deutsch und brachte einen Brief des Schutzbundführers Bernašek, der die entschlossenen Sätze enthielt:

›*Wenn morgen, Montag, ... mit einer Waffensuche begonnen wird, oder wenn einer der Vertrauensmänner der Partei bzw. des Schutzbundes verhaftet werden sollte, wird gewaltsamer Widerstand geleistet und in Fortsetzung dieses Widerstandes zum Angriff übergegangen werden.*
Dieser Beschluß sowie seine Durchführung sind unabänderlich ...‹

Der Parteivorstand wies diese Eigenmächtigkeit streng zurück und erinnerte abermals an die ›vier Punkte‹. Julius Deutsch brauste auf. Ihm unterstand seit der Verhaftung der militärischen Leiter Eifler und Löw der Schutzbund. »Unsere Befehle abwarten!« diktierte er mit krebsrotem Gesicht. Er verstand, was Verantwortung hieß. Im Kriege war er Offizier und am Anfang der Republik Kriegsminister gewesen. Er dachte soldatisch parteidiszipliniert.
Man schrieb den 11. Februar. Es war ein trüber Wintersonntag ohne Schneefall. Draußen auf den Hängen und Breiten um Stre-

bersdorf bei Wien hielt die Heimwehr eine große Gefechtsübung ab. Hoch zu Roß, auf einem Schimmel, sprach zum Schluß der Minister Fey also zu den strammstehenden Bataillonen:

»Ich kann euch beruhigen: Die Aussprachen von vorgestern und gestern haben uns die Gewißheit gegeben, daß der Kanzler Doktor Dollfuß der Unsrige ist. Ich kann euch auch noch mehr, wenn auch nur mit kurzen Worten, sagen: Wir werden morgen an die Arbeit gehen, und wir werden ganze Arbeit leisten . . .«

Er stand gestreckt in den Steigbügeln und ließ sich wieder in den Sattel sinken. Der Schimmel wieherte kampflustig, die Heimwehr plärrte jubelnd und zog stadtwärts.

Die Männer des roten Parteivorstandes im Gebäude an der Wienzeile vernahmen die drohenden Worte, verfaßten ein polemisierendes Flugblatt dagegen und berieten weiter. In den Kneipen lachten die betrunkenen Heimwehrler einander glucksend zu: »Prost, Franzl! Juchhu, morgen halten wir Kehraus bei den Roten!« In den sozialdemokratischen Sektionslokalen der ganzen Stadt saßen die Vertrauensleute und Arbeiter. Beschlüsse wurden gefaßt und wieder verworfen. Boten fuhren zur Wienzeile und kamen wieder. Die Proleten meuterten. »Was? Packeln? . . . Waffen! Waffen!« Der Parteivorstand erschrak. Die Massen waren nicht mehr zu halten. Man mußte den Kanzler unbedingt noch einmal warnen davor! Warnen vor den eigenen Genossen!

Morgen, so wurde beschlossen, sollten abermals genehme Arbeiterführer mit einflußreichen christlichsozialen Mandataren zusammenkommen und über die Möglichkeit eines friedlichen Ausgleichs beraten. Kein Zugeständnis an die Diktatur war den roten Vorständen zu groß. Sie hatten alles zu verlieren, die Arbeiter nichts mehr als ihr Leben.

Die Nacht ging nieder. Frostig, sternlos und schwarz . . .

Klara stand vor dem Bett des kranken Hochegger und legte ihm den Eisbeutel auf die haarige, heiße Brust. »So, Vater, und jetzt mach ich dir noch ein warmes Supperl«, sagte sie zärtlich. Die Logisfrau war weggegangen zum Einkauf, und Joseph wollte nach Karl suchen.
Der Tag hing fad und farblos vor den Fenstern, dann regnete es. Die dicken Tropfen trommelten an die Scheiben und zerrannen.
Klara ging in die Küche, schüttelte Haferflocken in einen Topf, ließ kaltes Wasser darüber rinnen und zündete die Gasflamme an. Drunten im Hof klapperten Schritte, und Männerstimmen redeten ineinander. Hin und wieder flog eine Wohnungstür zu, und jemand lief eilends über die Steintreppen hinunter. Die Küchenuhr an der weißen Wand tickte geruhig und zeigte halb elf Uhr. Klara stand schweigend und nachdenklich da und rührte mit dem Kochlöffel im langsam warm werdenden Brei.
»In Floridsdorf meutern s' eh schon. Keiner . . .« verstand sie deutlich. Dann ging die Stimme in einem Gemurmel unter. ›Hm, wie man da alles heraufhört‹, dachte sie. ›Hochparterre, bei uns heißt's erster Stock.‹
Jetzt wurde es lauter im Hof. Das Gerede wurde heftiger. Klara sah, wie ungefähr ein Dutzend Arbeiter in den gegenüberliegenden Trakt liefen. Sie gestikulierten heftig. Der Hausgang verschlang sie.
Sie nahm den kochenden Breitopf von der Flamme und blies in den Dampf. Die Schlüssel in der Wohnungstür knirschten. Schwer bepackt kam die Genossin Lotterer in die Küche und blieb stehen: »I weiß net . . . Es muß was los sein . . . Generalstreik, sagen s', soll sein, aber die Tramway fährt noch . . . Bloß Wachleut sieht man soviel . . . In Floridsdorf soll'n alle Betriebe streiken, heißt's . . . Es muß was los sein . . .«
Sie legte ihr dickes Einholnetz auf den Küchentisch und fragte: »Wie geht's ihm denn, unserm Vaterl?«
»Was? . . . Generalstreik?« Klara stockte einen Augenblick und

ging zum Lichtschalter. Sie knipste an, die Lampe brannte. »Leider nicht, leider!« sagte sie enttäuscht, vergaß aber ganz, das Licht wieder auszuknipsen. Die dicke Genossin Lotterer legte schnell ihren Mantel ab, band die Schürze um und war wieder ganz Hausfrau. »Soso, a Schleimerl habn S' g'macht, Genossin, soso, das is recht.« Sie beugte sich über den Topf und rührte. »Haben S' auch a bißerl a Butter 'nei, ja?«
»Nein-n-nein«, antwortete Klara abwesend. »Hm, in Floridsdorf streiken sie . . . Hm, Generalstreik?« Die Genossin Lotterer kochte von neuem den Brei auf. Das große Stück Butter zerrann. Sie rührte und blies. »Jaja«, antwortete sie, »gesagt wird sogar, in Linz soll'n s' schießen, aber das glaub i net . . . Da tätn doch die Wiener Genossen schon lang meutern . . . Lassen S' das Licht nur brennen, Genossin, ist eh so finster . . .« Sie stellte den Topf wieder weg, kostete und holte einen Teller aus dem Küchenschrank. »So, jetzt aber . . . Meiner Seel, 's Vaterl wird schon Hunger haben . . . So spät ist's schon.« Sie ging mit der Suppe ins Kabinett. Klara hörte sie reden. Unschlüssig schaute sie immer wieder in den Hof. Da standen Arbeiter zu dritt und viert zusammen, und neue kamen dazu.
»In Linz kracht's schon seit in der Früh . . . Irrsinn!« verstand sie, und wieder fiel das Wort ›Floridsdorf‹. Klara dachte an Joseph, an den Generalstreik, an kampfdurchtobte Straßen – auf einmal zuckte das elektrische Licht und verlöschte. Es gab ihr einen Ruck. Nein, niemand hatte es ausgeknipst, drüben redete die Genossin Lotterer dem Kranken zu. Unsicher sah Klara nach der Glühbirne. Ihr Herz setzte eine Sekunde lang aus, sie wagte kaum zu atmen, dann jagte das Blut heiß durch ihre Adern – das Licht flammte nicht mehr auf. Sie rannte aus der Küche und ins Kabinett. Verschwommen sah sie, wie die Genossin Lotterer dem Kranken die Suppe einlöffelte.
»Vater! Genossin Lotterer, Generalstreik!« stieß sie heraus. »Ich muß weg, zu Joseph!« Sie stürzte weg. Sie kam aus dem Haus, der Regen spritzte auf sie nieder, sie lief den Gürtel hinab, stadtwärts. Ge-

schäftsleute standen vor ihren Ladentüren, Gruppen vor den Häusern. »Stromstörung«, flog an ihr Ohr. Es trieb sie weiter. Da, mitten auf dem Geleise, stand schon die erste Straßenbahn. Die Fahrgäste saßen noch in den Wagen und lasen ruhig ihre Zeitungen. Schaffner und Führer warteten mit mürrischen Gesichtern. Leute kamen dazu, schauten auf die nassen Schienen nieder und hinauf, wo die Anschlußstangen reglos mit den Drähten zusammenliefen.
»Was ist denn das? Geht's bald weiter?« fragte ein Herr den Schaffner. Der zuckte mit den Achseln: »Weiß ich?« Der Herr machte ein betroffen-beleidigtes Gesicht. »Generalstreik!« schrie Klara auf einmal laut. Die Leute sahen der Davoneilenden mit sonderbaren Mienen nach und raunten begriffsstutzig: »Hm, Generalstreik? ... Generalstreik? ... Gibt's doch nimmer!«
Der Regen hörte langsam auf. Klara kam vor das Parteihaus in der Wienzeile. Da strömten die Menschen heraus. Manches Gesicht kam ihr bekannt vor. »Vierzig Tote in Linz!« hörte sie. »In die Sektionen!« sagte jemand. Leer und tot stand das dunkle Haus mit breiten, kurzen, flachen Turm da. Die Tore hatten sich geschlossen. Das rote Hauptquartier war geräumt. Auf der Pilgrambrücke stauten sich stehengebliebene Trambahnwagen. Sie waren schon leer, doch die Schaffner und Fahrer standen unschlüssig da.
»Geht's doch heim! Generalstreik!« riefen ihnen Genossen zu.
»Hm, jetzt, weil's nichts mehr nützt!« brummte ein Fahrer mißmutig. Ein dichtes Rudel Menschen schob sich weiter. Mit dem ging Klara.
»Jetzt steht Wien still! Kein Strom mehr! Jetzt geht's los!« rief ein bärtiger Mann. »Jetzt gibt's Blut!« Durch die Straßen fuhren Überfallwagen, Berittene tauchten auf, Heimwehrabteilungen mit geschultertem Gewehr und Stahlhelmen marschierten dahin. Klara konnte nicht mehr denken. Immer wollte sie überlegen: ›Ja, was tu ich denn? Was soll ich gleich machen, was denn?‹ Aber sie trieb einfach weiter. Sie wußte nicht einmal, waren die Menschen, die neben ihr hergingen, Genossen oder nur Neugierige. Sie kam zum Ring.

Da zogen lange Reihen Bundesmilitär an der Oper vorüber. Dumpf klangen die Schritte.
»Das Rathaus wird besetzt!« raunte jemand. Und Feldgraue zogen bereits Stacheldrähte.
Die Mariahilferstraße hinauf rollten Trainwagen, Kanonen und vollbesetzte, maschinengewehrgespickte Lastautos mit Truppen. Gaffer blieben stehen, Leute rotteten sich und liefen weiter, Gerüchte flogen herum, und das Pflaster klapperte unter den eilsamen Pferdehufen.
Ein ausgezehrter, zitternder Mann reckte sich auf einmal. Sein Hals war dünn und gespannt, sein dürrer Arm hob sich, und die knochige Faust ragte in die Luft: »Nieder mit Dollfuß!«
Die Luft zerriß jäh.

Joseph stand in den Gängen des Ottakringer Parteisekretariats. Dicht drängten sich darin die Arbeiter. Es war dunkel, und der Bretterboden knarrte unter den schweren Schritten. »Raus mit den Waffen! Her damit!« schrien viele. Junge und alte Proleten, Knaben und grauhaarige Männer drückten sich dem Büro entgegen. Dort saß der alte Sever mit seinen Funktionären und rief jedesmal ruhig und laut: »Ruhig Blut, Buama! Nur den Kopf net verliern! Mir gehn los! Jeder kommt dran!«
Auf ihn hörte jeder, ihn liebten alle, ihm glaubten sie.
Ein stämmiger Genosse in Motorradfahrermontur stampfte daher und drückte sich durch die Wartenden: »Die Simmeringer schießen schon – Bundespolizei rückt auf den Reumannhof – Die Floridsdorfer kämpfen auch schon!«
»Genossen! Auf geht's! Wir bleibn net z'rück!« rief der massige Nationalrat. »Macht's mir keine Schand!«
»Freiheit!« dröhnte es, und nun liefen alle Hals über Kopf weiter, durch die Gänge und über die Treppen, in die Keller und Bereitschaftsräume. Pickel sausten in die Mauern, rieselnd spritzte der trockene Mörtel auseinander, ein großes Loch war es zuletzt, und

ein Mann stand davor und holte Gewehre heraus. Gierig griffen die Hände danach, die Schlösser knackten, die Patronen klapperten. »Was? ... Ein Reichsdeutscher? Du auch?« Der austeilende Schutzbundfunktionär hielt inne und maß Joseph von oben bis unten.

»Gib ihm! ... Is eh einer von uns! Feig schaut er net aus!« rief ihm ein junger Genosse zu, und die anderen nickten. Joseph umspannte den glatten, kalten Schaft, und es wurde ihm heiß dabei. Ein wirrer Strudel von Erinnerungen durchrieselte ihn – damals, in Deutschland, im Gewerkschaftshaus – Reumannhof – Peter – Karl –. Er spürte ein großes, unsagbares Glück wie eine warme Fontäne in seinem Herzen.

Wien glich einem Heerlager. Die Luft roch nach Krieg. Knatternde Gewehrschüsse tackten in allen Richtungen, dann ratterten Maschinengewehre. Die sozialdemokratischen Mandatare, die noch bis zum Mittag mit den Christlichsozialen verhandelt hatten, verließen das Sitzungszimmer und wurden festgenommen. Das Rathaus war besetzt. Der rote Bürgermeister Seitz mußte gewaltsam aus seinen Amtsräumen herausgeschleppt werden. Zerstoben und verflogen war der Parteivorstand. Die Arbeiter schossen und fragten nicht mehr nach ihm. Nur einige Führer waren in den Kampfleitungen. Die große, mächtige Partei, was war sie jetzt noch? Nichts mehr als eine neblige, zerstreute, ferne Masse. Das revolutionäre Proletariat ging seinen eigenen Weg. Die unbekannten, immer zurückgedrängten Helden standen hinter den Barrikaden. Zum ersten Male wurden Dollfuß, Fey und Starhemberg nervös und unsicher.

Vor dem Reumannhof kam Klara nach langem vergeblichen Suchen gegen fünf Uhr am Nachmittag an. Tausende standen dichtgedrängt auf der breiten Gürtelstraße. Arbeiter, stumm knirschend und mit geballten Fäusten, Proletarierfrauen mit verbitterten Gesichtern blickten hinüber auf den hohen Eisenzaun, auf das mäch-

tige Gebäude. Da und dort war ein Fenster eingeschossen, und die splitterigen Scheiben zackten, die Mauern zeigten Gewehreinschüsse. Die ganze Straße war abgeriegelt von Polizei mit Stahlhelmen und Karabinern, etliche leere Überfallwagen standen vor dem Eingang. »Nichts haben sie uns gesagt«, murmelte und flüsterte es in der starren, dunklen Masse. »Wir wären doch alle angetreten . . . Nicht einmal den Generalstreik haben wir gewußt.«
»Niedergeschlagen haben sie jeden! Geschossen haben sie, die Hund', wie Irrenhäusler. Einfach nei' und jeden niedergemacht!« erzählte ein anderer Arbeiter. »Auf den Stiegen liegen die Toten . . . Wo du hinschaust, siehst Blut . . . Man weiß gar nichts.« Vom Liebknechthof herüber drang heftiges Gewehrschießen.
»Fix nochmal! Und da stehst da und kannst nicht helfen!« fluchte ein junger Genosse.
Klara zwängte sich schiebend durch die murrenden Menschen und kam auf die leere, breite Straße. »Genossin, bleiben S'!« wollte sie ein Arbeiter zurückhalten. Sie ging wie traumwandlerisch auf die Polizistenkette zu. Etliche Wachmänner hoben die Arme sperrend und schüttelten den Kopf. Sie zog ihren dänischen Paß.
»Ich muß hinein . . . Ich bin Ausländerin! Ich will heut noch weg aus Wien! Ich wohne bloß vorübergehend bei Lotterer, erste Stiege . . . Da liegt ein Kranker . . . Ich muß unbedingt«, drang sie in den Wachmann. Gespannt verfolgte die Menge ihre Bewegungen. »Da schau . . . Die hat Courage!« sagte ein Mann. Zwei Polizisten brachten Klara bis unter den Torbogen. Einer blieb stehen, der andere verschwand mit ihr im Hause. »Es ist ganz bestimmt wahr, gnä' Fräulein? . . . Ehrenwort?« fragte der Wachmann Klara, als sie vor der Tür Lotterers standen.
»Aber? . . . Sie sehn doch, ich hab doch die Schlüssel, da . . . Bitte!« Klara verscheuchte kaltblütig sein Mißtrauen und schloß auf.
»Gut, ich will nicht stören, alsdann wart ich . . . Beeilen S' Ihnen, bitte«, erwiderte der Wachmann kulant und blieb vor der Tür stehen. Klara ging in die Küche. Sie war leer. Sie tastete den Herd ab

und fand eine Streichholzschachtel. »Frau Lotterer?« rief sie und erschrak merkwürdigerweise dabei. Sie trat auf den engen, dunklen Gang. Die Tür zum geräumigen, nach vorne hinaus gelegenen Schlafzimmer der Eheleute stand offen. Sie sah nach den Fenstern. Eine Scheibe war durchschossen. Das gelbe Licht des angezündeten Zündholzes flackerte. Am Boden glitzerten Glasscherben, und da war eine dunkle, dünne Rinne, die sich bis zur Tür zog. Klara spürte etwas Glitschig-Rutschiges unter ihren Füßen. Sie wollte hinschauen, da verlöschte das brennende Hölzchen. Im Dunkel tastete sie sich nach dem Kabinett und griff ins Leere. Auch diese Tür war weit offen. Eine kalte, verbrauchte, medizingeschwängerte Luft schlug ihr entgegen.

»Vater?« rief Klara behutsam und schluckte. Nicht einmal atmen hörte sie den Kranken. Sie zündete abermals ein Streichholz an. Es fiel ihr aus der Hand und verlöschte leicht zischend auf dem Boden. Nur undeutlich waren in der Schnelligkeit ein übers Bett herabsackender Oberkörper, viele dunkle Flecken auf der hellen Decke und irgendeine schwarze Masse aufgetaucht. Klara erschauerte jäh und würgte einen Aufschrei hinunter. Es war stockstill. Sie fühlte, wie ihre Knie weich wurden, und riß sich mit aller Gewalt zusammen. Sie zündete abermals ein Streichholz an und entdeckte vor ihrem Fuß einen Kerzenstumpf auf dem Boden, bückte sich hastig und brannte den dünnen Docht an. Die Kerze war naß, und der feuchte Docht knisterte sengend. Langsam glomm er auf.

»Vater–Va–terl?« hauchte Klara, und jetzt schälte sich das Bild aus der Finsternis. Hochegger hing starr aus dem Bett, mit gestreckten Armen. Sie rüttelte ein wenig an ihm. Er war kalt und tot. Der Eisbeutel lag auf dem Boden. Schief über das blutbefleckte, herabgerutschte Plumeau, mit Kopf, Brust und klammernden Armen über die Bettkante hängend und mit ungeschlacht gereckten Beinen lag die Genossin Lotterer da. Zwischen Backenknochen und Schläfenbucht war ein rissiges, schwarzblutendes, verkrustetes Loch. Überall rundum waren kleine Blutlachen und Spritzer. Ein Schwindel

befiel Klara. Sie biß die Zähne fest zusammen. Ihr Hirn schien sich sekundenlang zu drehen. Sie straffte alle ihre Glieder, stapfte mit der brennenden Kerze auf die Wohnungstür zu und riß sie mit einem Ruck auf.
»Fertig bitte?« fragte der wartende Wachmann.
Klara sah ihn flammend an und brachte nur dieses eine Wort heraus: »Umgebracht!« Er sagte nichts, zog die Tür zu und stelzte hinter ihr her, über die steinerne Stiege hinunter.
»In Ordnung? Erledigt?« fragte drunten der andere Wachmann. Der andere schien ihm ein Zeichen zu geben. Wortlos gingen sie hinter der Besucherin her. Die Polizeikette auf der Straße öffnete sich. Klara schritt hindurch und verschwand drüben in der Menschenmauer. Von allen Seiten fragte es auf sie ein. Tausend bange Augen umzäunten sie. »Jaja, da haben's ja auch den Genossen Münichreiter rausg'holt . . . Halbtot schon. Jetzt wollen s' ihn hängen!« sagte ein Mann. Klara kam kaum zum Erzählen.
Auf einmal reckten sich im Dunkel die ergrimmten Fäuste, und gellend schrien Hunderte: »Mörder! Mörder!«
Die Wachleute auf der Straße machten kehrt und griffen nach ihren Karabinern.
»Weitergehen! Marsch! Auseinander!« bellte eine Kommandostimme durch die schwimmende, neblige Finsternis. Die Menge wich in die Anlagen zurück, aber immer und immer wieder schrie es: »Mörder! Mörder!«
Denn das, was Klara erlebt hatte, ereignete sich in jenen Nächten unzählige Male. Krieg, wirklicher Krieg durchstampfte die Stadt und das unglückliche Land.

12
Wir kommen wieder!

Tausende liefen so versprengt wie Klara in Wien herum. Frauen suchten ihre Männer, Genossen den Anschluß an die Kämpfenden. Nicht Hunger und nicht Durst hatten diese Irrenden, keine Kälte fühlten sie, nur ihr Inneres schien zu verbrennen. Es war wie am Anfang der Hitlerherrschaft in Deutschland. Man schlich durch die Straßen und fand die Augen der Gleichgesinnten. Man sah scheu nach allen Seiten, raunte einander hastig Nachrichten und Gerüchte ins Ohr und ging wieder weiter. Ruhelos weiter durch den knatternden Tag, durch die zerschossene Nacht.
In allen Arbeiterbezirken wurde erbittert gekämpft. Die Schutzbündler hielten anfangs die Außenbezirke der Riesenstadt besetzt, machten da und dort tollkühne Ausfälle gegen die überlegenen Streitkräfte der Regierung, mußten wieder zurück, drangen erneut vor und verschanzten sich schließlich in den Gemeindebauten. Nur die Innenstadt, das Regierungsviertel, ließen sie unbehelligt. Vielleicht glaubten die Kampfleitungen, von außen her Zuzug zu bekommen, um dann in konzentrischem Angriff ganz Wien zu erobern. Aber Niederösterreich blieb im großen und ganzen ruhig. Die südlich von Wien gelegenen Industriestädte warteten auf die Parole, da und dort kam es wohl zu kleinen Gefechten, sie blieben aber bedeutungslos.
»Die Eisenbahn fährt!« stellten die Wiener Kämpfer wie zu Tode getroffen fest. »Der Generalstreik ist nur halb . . . Die Exekutive kann Truppen heranziehen! Verloren!«
»Das Radio funktioniert! Warum hat man es nicht genommen?« fragten die in der Stadt Herumirrenden und schauten einander ohnmächtig in die Augen. Jede Viertelstunde verkündete die Regierung, daß sie vollständig Herrin der Lage sei.
Die erste Nacht war schaurig schwarz. Kein Licht brannte. Die Lokale hatten geschlossen. Nur die langsam dahersurrenden Autos

schossen ab und zu aus ihren Scheinwerfern gespenstisch helle Streifen übers Pflaster. Wie fremdartige, phantastische Drachen oder Tiefseetiere krochen sie herum, mit großen, unruhigen, feuerspeienden Augen. Dann sah man im Lichtschein Menschen auf den Trottoiren, da eine Gruppe, dort eine, weiter weg einen Haufen, dazwischen verlorengegangene Einzelgänger. Sie verwehten wieder wie ein Spuk im Dunkel.

Unablässig krachten die Schüsse und knatterten Maschinengewehre. Ihr Tacken hörte sich an wie das Rattern schnell laufender Nähmaschinen. Im Karl-Marx-Hof, in Floridsdorf, in Favoriten und Simmering, im Margarethenviertel und in Meidling und in Ottakring kämpften die Schutzbündler unerschüttert. Die Brigittenauer wußten ihre Waffenverstecke nicht und mußten untätig bleiben. Die eingeweihten Funktionäre waren vorher verhaftet worden.

Nach einer schweren Nacht brach ein ungewisser Tag an. Viele, die geschossen hatten, gingen an ihre Arbeit, um nicht aufzufallen.

»Die Zeitungen erscheinen!« raunten die planlos Herumgehetzten einander zu. »Da! Wie hat das nur sein können? Die Buchdrucker sind doch in der besten Gewerkschaft? Warum geben sie sich dazu her, pfui Teufel!«

Wie gelähmt lasen sie die erzwungenen amtlichen Kundgebungen der Regierung. Genossen hatten gegen ihre im Kampf stehenden Genossen die Lettern gesetzt: ›Rotes Gesindel‹, ›Bolschewikenbrut‹, ›Marxistenbande‹, und keiner brachte die Rotationsmaschinen zum Stehen!

»Warum haben wir denn keine Flugblätter? – Wie steht's denn? ... Weiß niemand was?« fragten alle.

Über den Häusern kreisten Flugzeuge und warfen Flugzettel ab. Sie flatterten hernieder, die Menschen rannten danach und rissen sich darum. ›Arbeiter! Eure Führer haben euch auf den Barrikaden allein gelassen. Otto Bauer und Julius Deutsch sind bereits in Prag gelandet!‹ stand darauf. Und mitleidtriefend verkündete die Regie-

rung: ›Besinnt euch! Haltet ein im Bruderkampf! Hinein in die ‚Vaterländische Front' aller gutgesinnten Österreicher!‹
Klara kam mit einer Genossin vor den Platz des 12. November. Eine Gaffermenge umstand das Denkmal der Republik. Heimwehrler und Polizisten verhüllten die Büsten von Viktor Adler, Reumann und Hanusch. Über die Quersäule oben spannten sie eine rotweißrote Kruckenkreuzfahne, auf die drei anderen viereckigen Blöcke klebten sie Plakate mit den Bildnissen von Dollfuß, Fey und Starhemberg.
»Das wird sich auch net haltn . . . Papier gegen Stein«, murmelte ein alter Mann und ging brummend weiter. Ein anderer Unbekannter näherte sich ihm und zwinkerte vielsagend mit den Augen: »Is eh net für lang, Genosse!« Die beiden nickten einander stumm zu.
Die Briefträger trugen die Postsendungen aus wie immer. »Was? Ihr streikt's auch nicht? Ihr schämt's euch nicht?« fielen Klara und ihre Begleiterin einen ihnen bekannten Genossen an.
»Wir müssen ja! Alles arbeit' . . . Ich hab fünf Kinder«, flüsterte der magere Mensch und fing zu weinen an. Mit hängendem Kopf tappte er weiter. Sie kamen an die Drahtverhaue in der Lerchenfelderstraße, zeigten ihre Pässe, und der schmuddelige Feldgraue mit dem Stahlhelm ließ sie ohne weiteres durch.
»Warum schaun's nicht, daß sie in die innere Stadt kommen? . . . Geht doch so leicht. Keiner wird untersucht«, murmelte Klara. »Wer dieses Viertel hat, hat doch alles.« Ihre Begleiterin gab keine Antwort.
»Wenn sie als Hochzeitsgesellschaft daherkommen . . . Mit Zylindern, in Schwarz und mit Meßbuch und Kreuz . . . Kein Mensch ahnt was . . . Ein, zwei, drei Bomben, und alles fliegt auseinander, die ganze Regierung!« Klara hörte nicht auf. Ihre Genossin stieß sie und machte ihr ein Zeichen.
Als sie am Lerchenfelder Gürtel ankamen, drang heftiges Gewehrgeknatter von Ottakring herüber. Die Thaliastraße hinauf surrte ein mit Panzerplatten versehenes Lastauto. Schwerbewaffnete

Heimwehrler standen droben. Die Maschinengewehre rechts und links vom Führerdach fingen auf einmal zu krachen an. Kinder, Frauen und Männer, alles jagte schrill schreiend und entsetzt in die Häuser. Die Fliehenden purzelten übereinander. Im Nu war die Straße leer. Klara und ihre Genossin, die weit weg hinterdrein gingen, schauten wutrot hin. Etliche Heimwehrler winkten lachend, als wollten sie sagen: ›Fesch, was? Schneidig! Da schaugt's!‹ Die verstörten Menschen bogen sich wieder aus den Haustüren, lugten scheu nach vorne und ballten zähneknirschend die Fäuste. »Die feigen Rotzer! Die Hunde! . . .«

Überall auf dem Pflaster lagen Patronenhülsen und Glassplitter. An manchem Haus war ein Fensterkreuz eingeschossen. Das Schießen hackte jetzt dröhnend. Die Straßen und Gassen gaben einen scheppernden Widerhall.

»Da können S' nicht weiter! Sehn S' doch! Marsch, zurück!« Die Wachmänner hielten die Vordringenden barsch auf. Sie mußten wieder umkehren. Ganz weit vorne, mitten auf der Straße, lag ein Toter. Niemand beachtete ihn.

»Zuletzt ist er nach Ottakring! Er muß doch dort sein«, sagte Klara verzweifelt. »Er hat doch den Karl dort suchen wollen und ist nicht mehr gekommen.«

»Das hilft jetzt nichts . . . Wen's trifft, den trifft's«, meinte ihre blonde Genossin. »Mir tut's leid, daß ich kein Mann bin.«

Ihr ruhiges Gesicht wurde hart dabei.

Sie irrten weiter, stundenlang. Immer wenn sie nahe an ein Gefechtsgebiet kamen, wurden sie vertrieben, und sie versuchten es woanders. Vergeblich. Sie spürten ihre Füße kaum mehr. Mechanisch warfen sich die Beine nach vorne, traten auf, hoben sich, traten wieder auf, fort und fort. Wenigstens hatte der Regen aufgehört. Stumpfgrau hing der Himmel über dem Häusermeer.

Die Herren Minister im Ballhausgebäude gaben den ausländischen Journalisten optimistische Auskünfte, aber es war ihnen höchst unbehaglich zumute. Dollfuß überlegte, ob er die unnachgiebigen Arbeiter nicht mit einer Amnestie überlisten sollte. Fey und die Militärs waren dagegen.

In der darauffolgenden Nacht erzitterte plötzlich der Boden. Erschrocken horchten die Menschen auf. Es donnerte unausgesetzt langhin. »Endlich! Sie sprengen!« rief Klara, als sie mit der Genossin in deren kleinem, engem Zimmer hockte. Niemand ahnte, was vorging. Die Exekutivtruppen bombardierten erbarmungslos die dichtbewohnten Gemeindehäuser, denn die Schutzbündler waren nicht zu besiegen. Die Volltreffer hagelten in die Mauern, es krachte ächzend, die Mörtelwolken staubten auf, die Steine rieselten, die Möbel fielen um, der Plafond brach mit einem dumpfen Krach herab und begrub kochende Frauen, spielende Kinder und Greise. Irrsinnige Klageschreie gellten. »Hört's auf! Ergebt's euch, um Gotteswillen!« Proletarierinnen bestürmten schlotternd ihre Männer. Es stank nach Gas. Die Rohre waren durchschossen. Das Wasser troff. Weinend, jammernd und zerstoßen rannten die Schutzlosen in die Keller. Eine Stiege schwankte. Wu-umm! tat es wiederum, die Decke sauste nieder. Nichts mehr als Wehschreie zerpeitschten die Nerven der kämpfenden Schutzbündler. Hungernd und frierend wehrten sie sich heldenhaft gegen die modern ausgerüstete, schonungslose Übermacht.

Und so war es im Karl-Marx-Hof, so war es in Floridsdorf, in Ottakring und überall. Die Munition wurde knapp, die Verbindungen waren zerrissen, die abgeschnittenen Gruppen wußten nichts voneinander, kein Essen war da, und keine Rast gab es. Eisern hielt die Exekutive die Wohnblöcke umklammert, die Gewehre erreichten den weit entfernten, aus schweren Geschützen feuernden Gegner nicht mehr, und wo ein Kundschafter sich einfand, da brachte er Hiobsbotschaften. Das Licht brannte teilweise wieder, die Massen in Wien und auf dem Land nahmen nicht teil am Kampf; ja, in der Brucker Gegend führe Koloman Wallisch, und es stehe gut, in Linz und in Steyr sähe es nach Sieg aus, aber der Schutzbundführer des Kreises West, Eduard Korbel, dem die Bezirke 6, 7, 13, 14, 15 und 16

unterstanden, habe alles verraten, sei jetzt Regierungsspitzel und locke viele Kameraden in die Falle. Ottakring war isoliert, Hietzing erledigt, Meidling in der Flanke gefährdet. Eine Riesenlücke war in den Kampfring der Schutzbündler gerissen, und die Brigittenauer wußten immer noch nichts von ihren Waffen.
Eduard Korbel, ein Schullehrer, hatte seinerzeit siebentausend Schilling zu Waffenkäufen von der Schutzbundleitung erhalten und sie unter fadenscheinigen Vorwänden unterschlagen. Ein Verfahren verdächtigte ihn, aber er konnte damals nicht ausgestoßen werden, denn er wußte zu viele Verstecke. Jetzt rächte er sich und lieferte – in der ganzen Stadt herumstreifend – viele Genossen ans Messer. Und immer verkündeten die amtlichen Radiomeldungen die ›Siege‹ der Regierungstruppen. ›Brüder, Arbeiter, besinnt euch!‹ lockten die Dollfußflugblätter. Die Zeitungen logen. Niemand wußte etwas. Das bedrückte die Kämpfer furchtbar. Die, die tagsüber arbeiteten, kamen nachts nicht mehr zu den Kampfplätzen. Sie konnten nicht mehr. Jetzt nämlich scheuten die Regierungstruppen sich nicht mehr, auch am Tage die Kanonaden fortzusetzen. Solange dauerte das Bombardement, bis verzweifelte Frauen blutbespritzte weiße Tücher aus irgendeinem Granatloch hängten, das früher ein Fenster gewesen war. Nun wagten die Soldaten in die Häuser einzudringen, doch auf den Stiegen und Gängen wehrten sich die Schutzbündler wie die Löwen. Jeder Meter Boden mußte ihnen abgerungen werden. Das Blut spritzte. Brüllen und Schreie zerrissen die Luft. Da lag einer mit aufgeschlitztem Bauch, die warmen, noch dampfenden Därme hingen aus dem zuckenden Leib, er schrie und wurde zertreten. Dort hing ein Erschossener über dem Treppengeländer. Ein nackter Kinderfuß ragte aus einer Verschüttung. Eine tote Frau mit aufgelösten Haaren rutschte blutüberströmt über die steinernen Stufen herab.
Der Wiener Erzbischof ließ in allen Kirchen für die Gefallenen der Exekutive beten, und jetzt, nachdem die Schutzbündlerarmee langsam zurückweichen mußte, gab der Bundeskanzler einen General-

pardon heraus: wer sich bis zwölf Uhr ergebe und die Waffen abliefere, bleibe straflos. Einzelne Trupps glaubten und ergaben sich. Sie wurden festgenommen. Man sah lange Züge Verhafteter mit hochgehaltenen Armen. Die Gefängnisse wurden übervoll, niemand konnte sitzen oder liegen, dichtgedrängt standen die Verlorenen. Remisen, Kasernen und andere Baulichkeiten mußten die Eingefangenen bergen. Es gab kein Essen, kein Wasser, nichts. Bestialisch schlugen die Heimwehrler auf die Häftlinge ein. Wie zu Tode gehetzte Tiere ballten sich die wehrlos Verprügelten in einer kahlen Zellenecke. »Hurengesindel! Rote Kanaillen! Marxistenhunde! Halunken!« plärrten die Wachtmannschaften und stachen und hieben, wohin sie trafen.
Da lag der schwerverwundete arbeitslose Schutzbündler Münchreiter in einer dunklen Zelle. Zwei Schüsse hatten ihn niedergestreckt im Kampf. Er wälzte sich von Zeit zu Zeit vor Schmerz. Sein Körper bog sich hoch. Er biß die Zähne aufeinander, um nicht zu schreien. Er fluchte nur ingrimmig, wenn sich ein Büttel an seinen Qualen ergötzte. Auch der tapfere Kommandant der Floridsdorfer Feuerwehr, der Ingenieur Georg Weissel, wartete auf seine Aburteilung. Unerschrocken hatte er mit wenigen Bewaffneten gegen polizeiliche Übermacht gekämpft. Auch jetzt zitterte er nicht. Ebenso erwartete Emil Swoboda sein dunkles Schicksal. Die Schnellgerichte verurteilten blindwütig. Die Standgerichte trafen die letzten Vorbereitungen. Die Galgen wurden schon gezimmert, die Henker seiften die Stricke ein. Gehängt mußte werden, und bald gehängt.
Klara las endlich im ›Neuen Wiener Tageblatt‹ die Losung und fand in das Versteck der ›Roten Hilfe‹. Da waren fremde Genossen, die Tag und Nacht schufteten. Versprengte und Gefährdete wurden verborgen, mit falschen Papieren und Geld versehen und auf die Flucht gebracht. Hier erfuhr sie auch, daß Peter und Justus in Preßburg und Brünn die ersten Empfangsstationen organisiert hatten, und atmete etwas auf. Sie blieb sofort und half mit. Es gab alle Hände voll zu tun.

Verwundete tauchten auf und berichteten gräßliche Einzelheiten. In Ottakring habe ein Granatsplitter die Frau des tapferen Nationalrates Sever getötet. Die Straße liege voller Leichen. Das Arbeiterheim sei eine Ruine. Ebenso der ›Karl-Marx-Hof‹, der ›Goethe-‹ und der ›Schlinger-Hof‹.

»Tja, hm... Joseph... Ich weiß nicht! Sepp haben wir ihn geheißen... Der war bei uns«, wußte ein Ottakringer zu berichten. »Wie wir durch die Kanäle sind, mir scheint, ist er uns verlorengegangen...« Klara wurde nur blaß.

»Jaja, ein paar Reichsdeutsche waren dabei... Bei uns im Marxhof auch... Der Karl! Ein feiner Bursch... Bis zuletzt hat er geschossen... Durch den Fuß hat er eine gekriegt... Drunten im Kanal, wie wir so dahinwaten im stinkenden Dreck, auf einmal zuckt eine Lampe auf... Wir schießen, die vier Wachmänner fallen... Einer von uns schreit auf und – platsch – haut's ihn in den Dreck, wir schaun hin, er haut nochmal und rührt sich nimmer... Der Franzl greift in den Morast, hebt ihn auf, aus ist's mit ihm... Wir sind dann glücklich durchgekommen... Ich weiß nichts mehr«, erzählte ein anderer mit verbundenem Kopf und sank erschöpft nieder. Einfach um brach er und legte sich sofort einschlafend auf den Boden.

Ausgehungert, halb erfroren, mit zerriebenen Nerven, nur mit Gewehren, primitiven, selbsthergestellten Handgranaten und Maschinengewehren hielten die dezimierten Schutzbündler vier Tage und vier Nächte lang stand, sie trotzten den Kanonen und Haubitzen, den Panzerautos und Tanks; nicht Lügen und Listen konnten sie zum Wanken bringen. Doch ihre eigene Gutmütigkeit beeinträchtigte ihre Kampfkraft. Mit knurrendem Magen standen sie vor den vollen Lebensmittelläden und wagten nicht zu requirieren, was sie brauchten, Zivilisten ließen sie passieren, und nachher waren es Spitzel; sie sprengten nicht, sie verhafteten zwar die Insassen einer Reihe von Polizeirevieren, aber sie sperrten sie nur in die Keller, weiter nichts. Und als die vordringenden Exekutivtruppen die

Wachtmänner befreiten, fielen diese wie wilde Tiere über festgenommene Schutzbündler her und schlugen sie zu Krüppeln.
Am Montag hatte der Kampf begonnen, jetzt war es Donnerstag. Vereinzelte Gruppen Versprengter fochten noch außerhalb der Stadt, langsam zerbröckelte das Schießen. Die Arbeiter der Welt schauten ergriffen und erschüttert auf. Etwas Ungeheures war geschehen ...
Millionen Mutloser und Gedrückter gewannen wieder Glauben und Zuversicht!
Und den halbtoten Münichreiter schleppten die Henker an den Galgen und hoben ihn in die Schlinge. In wildem Paroxismus schrie er: »Es lebe die Sozialdemokratie! Freiheit! Es le–e–ebe Seitz! Es lee–ebe ... Und jetzt könnt's mich alle am Arsch le–ecken!«
Und Weissel schrie, bevor ihm der Strick die Kehle zuschnürte: »Es lebe der revolutionäre Sozialismus!«
Und Swoboda und der Führer der Grazer Metallarbeiter, Stanek, gingen furchtlos in den Tod, und Koloman Wallisch sagte, als er sich in Ketten geschlagen vor den Standrichtern noch einmal aufbäumte: »Ich bitte nicht um Gnade, ich brauche keine Gnade!« Ruhig folgte er dem aufsässig-groben Henker. ›Freiheit!‹ war sein letztes Wort.
Und so traten noch fast ein Dutzend den letzten, düsteren Weg an.
Über die unendlichen Ozeane hin, um die ganze Erdkugel, wo immer Unterdrückte leben und leiden – ihre Herzen schlagen höher bei all diesen Namen.
Wieviel Tote der Schutzbund hatte, wußte niemand. Sie wurden verscharrt wie die räudigen Hunde, in die Donau geworfen oder in der Anatomie zersägt und zerschnitten.

Draußen auf den schneeüberkrusteten Landstraßen, über schlammige Wiesen und Tümpel zog ein Häuflein schlotternder Floridsdorfer Schutzbündler dahin. Der Magen knurrte und schmerzte. Sie griffen nieder und aßen den körnigen Schnee. Der Wind pfiff

grausam. Die meisten hatten keine Mäntel und Windjacken, zerrissen und gefroren waren ihre klebrigen Kleider. Die Kälte biß. Die Schuhsohlen waren durchtreten. Die nackten Fersen schmerzten bei jedem Schritt. Eis und Schnee schnitten in die Schwielen und Blasen der Haut. Zuletzt war so ein Fuß nur aufgerissenes Fleisch, und sein Blut vermischte sich mit dem Schnee und Dreck. Wie die Trümmer des geschlagenen napoleonischen Heeres anno 1812 über die unabsehbaren russischen Schneewüsten, so wankten diese siebenundsechzig dahin. Ihre frosterstarrten Hände blieben an den Eisenteilen der mitgenommenen Waffen kleben. Man riß sie weg, und ein Stück Haut hing am Gewehrlauf. Die Wunde brannte.
Auf einem Bahndamm lagen Heimwehrler und zogen sich sofort zurück, als sie die Flüchtlinge sahen. Auch die Gendarmen im ersten öden Ort liefen davon. Dann tauchte ein Panzerzug auf der Bahnlinie auf und schoß. Die zu Tode Gehetzten warfen sich nieder und drückten ihre Leiber auf die naßkalte Erde. Nach einer Weile ging es wieder weiter. Im nächsten Dorf wurden für die letzten sechs Schillinge etliche Laib Brot gekauft und heißhungrig verschlungen. Ein Einödhof kam. Erstaunt glotzten die paar Menschen. »Hunger!« sagte einer aus der Schar. »Heimwehr!« Der Bauer maß sie zögernd und schenkte ihnen einen Laib Brot. Der war weg, man sah es kaum. Wasser tranken einige.
Im nebligen Dunst dumpfte ein Rattern daher. Zwei Überfallautos fuhren heran, die fünfzig Polizisten schwärmten aus, aber als sie sahen, auch Geschlagene verstehen sich noch zu wehren, da kehrten sie um und stiegen wieder auf die Wagen, fuhren weiter und wollten den Fliehenden den Weg abschneiden. Kampfgeübt und unerschrocken bildeten die bedrängten Schutzbündler eine Vorhut, die das Feuer eröffnete. So gedeckt zogen sie seitwärts ins weite Feld. Die Polizeiwagen verschwanden im Nebel.
Über holprig-lehmige Äcker stolperten die Erschöpften. Da fiel einer hin, dort sackte einer zusammen. »Es geht nimmer!« wimmerte ein dritter und weinte auf. Sie schleppten ihn eine Zeitlang mit.

»Laßt's mich liegen, laßt's aus!« hauchte er, und keuchend setzten sie ab.
»A-ch was, geht's nur«, klagte der Mann. Zwei andere legten sich hin und ließen den Haufen ziehen.
»Krepiern wir eben, geht's nur! Geht's!« baten sie und blieben liegen.
»Wir kehren um! Nein, wir gehn zurück! Laßt's uns!« sagten nach einer Weile wieder einige und hockten sich störrisch auf die klebrige Ackerfurche. Alles Einreden half nichts. Es dämmerte schon. Dikker wurde der schwimmende Nebel über den Flächen.
Die Ortschaft Straßhof stand auf einmal vor den Flüchtlingen. Trist und klobig ragten die niederen Bauernhäuser aus dem Schnee und Schmutz.
»Aufpassen!« warnte der Führer. Die Genossen dampften vor Schweiß. »Durst!« keuchten einige und ließen sich nicht mehr abhalten. Sie liefen nach Wasser und wurden von den Gendarmen, die im Überfallwagen nachgekommen waren, angegriffen. Sie schossen. Ein Wachmann fiel klatschend in den Morast der Straße und blieb liegen. »Mensch, was ist das? Hans, schau nach! Pirsch dich hinein«, raunte der Führer des wartenden Häufleins und rief halblaut nach: »Aber gib gleich ein Zeichen, hörst!« Der Hans nickte und kam nicht mehr zurück.
»Der ist weg, weiter... Hilft nichts!« sagte der Führer. Eisüberzogener Sumpf kam und dann dunkler Wald. »Hört's! Ruhig! Hört's doch! Da rührt sich was!« Die Vordermänner hielten inne und lugten scharf in die unbestimmte Dämmerung. Gestalten liefen von Baum zu Baum. Die Schutzbündler bauten ihre Maschinengewehre auf, warteten schußbereit, und da zogen sich die Gendarmen auch schon zurück.
Die Weiterziehenden bogen auf den Damm der Nordbahn zu. Etliche zogen ihre Handgranaten und gingen zum Eisenbahnerblockhaus, in dem ein gelbes Licht flammte. Mit hastiger Wucht rissen sie die Tür auf und schwangen die bewaffneten Fäuste. Der bärtige Ei-

senbahner stieß einen dumpfen Laut aus und hob zitternd die Arme.
»Nana, wir wolln dir nix! Erklär uns bloß den Weg«, sagte schließlich einer der Ausgesandten und lächelte ein wenig. Der Eisenbahner fuhr sich um das Hirn und glotzte entgeistert auf sie, als habe er eine spukhafte Erscheinung vor sich. Endlich kamen ihm die Worte wieder.
»Nein-nein, gar nix, Genoss'n . . . Kein Gendarm war da . . . Nix hat sich g'rührt«, sagte er zum Schluß. »Viel Glück! Viel Glück! Freundschaft!« Die zwei Genossen winkten über den Damm hinunter. Die anderen unten fingen mühsam zu klettern an. So erschöpft waren sie, daß sie sich kaum mehr schleppen konnten. Ein Maschinengewehr rutschte ihnen aus und fiel polternd über das schiefe Gestein. Sie holten es nicht mehr.
»War eh schon kaputt, laßt's nur . . . Zahlt sich nimmer aus!« sagte einer. Schnaufend kamen sie auf den Bahndamm, an den Gleisen entlang ging sich's ein wenig leichter. Einer spähte herum und entdeckte eine dunkle Strohhütte. Sie liefen hinunter und fanden sie offen. Sie sanken um, übereinander, quer und schief, und schliefen sofort ein. Einer wimmerte im Traum. Der andere schlug um sich. Nur der Führer und zwei Genossen kundschafteten nach dem Weg. Mutlos waren auch sie schon, aber der Führer sagte: »Bevor nicht alles probiert ist, geb ich's nicht auf.«
Sein Begleiter sagte todmüde: »Dös scheint überhaupt nicht mehr aufhören, fix nochmal.«
Die drei kamen zurück und mußten die Schlafenden mit Gewalt aus dem dünnen Stroh zerren. Ein leichtes Raufen wurde daraus. Keiner wollte mehr weiter. Einfach hinlegen und krepieren.
»Buama! Es is eh nimmer weit! Mir scheint, keine halbe Stund nimmer!« munterte sie der Führer auf, und endlich schwankte der Haufe wieder von dannen. Ein junger, ausgezehrter Mensch unter ihnen fing plötzlich grausig zu weinen an. Es klang furchtbar durch die stockdunkle Nacht. »Sei doch still, Loisl, sei nur still . . . Gleich habn wir's!« trösteten ihn etliche und nahmen ihn unter die Arme.

Jetzt lachte er krachend und stoßweise. Er schrie, er tänzelte, er sang heiser und schauerlich irr: »Mei Kaisastadt, mei Wean! Hahähä-ha ... U-und es wird Madeln ge-gebn ...« Seine Zähne klapperten. Er riß sich bellend los und legte auf die anderen an. »Heimwehrhund! Jeden mach ich kalt! Hu-und!« Sie überwältigten ihn. Er sank wie abgebrochen in ihre zitternden Arme und schluchzte unablässig.

»Auweh! O jegerl!« rief ein Vordermann. Sie standen fassungslos am Ufer des breiten, fahl aufscheinenden Marchflusses.

»Aber das *muß* die Grenz sein«, sagte einer.

Der delirierende Genosse, den zwei mit sich schleppten, plapperte heiser singend: »Die schee-ene blaue Do-Donau ... Mei Wean!«

»Jaja, Loisl, gleich sind wir daheim! Eh gleich!« redete ihm einer zu. Etwas abseits berieten sich leise der Führer und einige Vordermänner. Dann stiegen sie tastend zum Ufer hinunter. Man hörte ihre schlurfenden Schritte. Die drei Männer tauchten unten auf der Fläche auf, und das Eis grollte leicht. »Ist zug'froren ... Wenn das Eis nur tragt«, brummte ein Genosse unter den Zurückgebliebenen, und sie verfolgten die dunklen drei Gestalten, die mit ihren Gewehren vor sich herstocherten. Manchmal vernahmen sie ein Knistern. Die Eisdecke splitterte. Das Wasser gurgelte. »Hoppla! Vorsicht!« hörten die Wartenden und sahen einen Mann schief einsinken. Seine Begleiter streckten ihm die Gewehre hin, und er zog sich hoch. Dann kamen die drei wieder zurück.

»Es hilft nichts. Wir müssen durch ... Tief ist ja das Wasser nicht«, sagte der Führer. »Es muß gehn. Paßt nur jeder auf den andern auf.« Sie stellten die Maschinengewehre hin und ließen sie zurück.

»Nein-nein, ich geh nicht ins Wasser! U-au-U-huau, ich laß mich nicht ertränken, nein, Hü-ülfe!« plärrte der Irre jäh auf und wehrte sich. Ein baumstarker Mensch nahm ihn auf die Schultern. Eisern hielt er den Schlagenden umklammert. So stiegen sie auf die nachgiebige, schwankende Eisdecke und tappten behutsam Schritt für Schritt vorwärts, ins Ungewisse hinein. Viele Male brach das Eis

durch, peitschend sackte einer ins Wasser. Schließlich wateten die meisten bis zum Bauch im schneidend kalten Fluß. Mit letzter Kraft rangen sie sich vorwärts. Fluchen und Wimmern, abgehackte Schreie und stumpfes Heulen, das alles vermischte sich mit dem Geräusch des aufgewühlten, gurgelnden Wassers. Eis kam wieder. Alle griffen danach. Die scharfe Kante zerschnitt die Hände, warm rieselte Blut, und spritzend brach das Eis ab. Als die ersten Männer drüben waren, wußten sie nicht mehr, war ihnen kalt oder glühheiß. Eine fliegende Mattigkeit rumorte in ihren Gliedern. Sie sanken ein im Morast und brachten die Beine nicht mehr heraus. Sie ächzten wie Sterbende.
»Nur nicht stehnbleiben! Das ist gefährlich, Buama! Weiter, daß uns warm wird!« riet der Führer, und der Boden wurde endlich fester. Mit einem Ruck griffen die vorderen nach ihren nassen Karabinern. Im Dunkel standen zwei Uniformierte. »Pardon!« sagte der eine. Zwei, drei Sekunden dauerte das Gegenüberstehen. Da fing einer der Uniformierten fremdartig zu reden an. Den ermatteten Schutzbündlern fielen die Gewehre aus den Händen.
»Gerettet! Endlich!«
Sie wankten hinter den Uniformierten her, ins nahe Gasthaus.
». . . kommt nicht wie-hieder, das . . .«, sang der haltlos über die Schulter des Baumstarken hängende Irre. Es klang wie ein herausgeschütteltes schwaches Weinen.
»Doch, doch Loisl! Mir kommen schon wieder! Die Roten kommen immer wieder!« tröstete ihn der Führer. »Wieder . . .« Das Wort ging unter. Im hellen Gasthausraum sanken sie zusammen. Sie blieben liegen wie ein wirrer Knäuel.
Der tschechische Polizist begann zu zählen und notierte. Siebenundsechzig waren ausgezogen, siebenundvierzig brachte der Zählende noch zusammen.
Uherskaves heißt der kleine Ort. Er und diese Flucht sind in die Geschichte aller Verfolgten und Unterdrückten eingegangen . . .

Klara arbeitete noch bis ungefähr Mitte März im illegalen Bergungsdienst der österreichischen ›Roten Hilfe‹. In einer rieselnden Regennacht brachte sie Joseph über die Grenze. Es war schwierig und gefährlich, denn er hatte einen Schuß im Oberschenkel und kam nur mühselig und mit großen Schmerzen vorwärts. Nach seiner Genesung wurde er mit Klara von der Kommunistischen Partei ins bayrisch-tschechische Grenzgebiet geschickt und nahm die Verbindung mit den Gruppen in der Heimat auf.

Die anderen deutschen Emigranten zerstreuten sich erst nach und nach in alle Windrichtungen. Vielleicht kämpfen etwelche von ihnen, vielleicht warten sie auf ein Wunder, das Hitler stürzt, vielleicht sind sie untergegangen.

Die Emigration ist eine erbarmungslose Dreschmaschine. Staub verfliegt, die Körner bleiben, und ein Korn wird hundert.

Editorisches Nachwort

Editorisches Nachwort

Diese Publikation des Romans ›Der Abgrund‹, des ersten Buches, das Graf in der Emigration geschrieben hat, ist als späte Einbürgerung eines bedeutenden Stücks Exilliteratur beabsichtigt. Es markiert den Anfang eines Weges in die unfreiwillige Vergessenheit, die auch nach dem Krieg noch mehrere Jahrzehnte gedauert hat. Sie hat sein politisches, zeitkritisches Werk dem Blick der Leser entzogen und allenfalls die verfälschende Legende vom verjährten weißblauen Heimatdichter am Leben erhalten.
Mit dem ›Abgrund‹ erweist sich Graf hingegen als hochbewußter Augenzeuge der Vorgänge, die zur politischen Katastrophe von 1933 führten. Aus dem Blickwinkel des Betroffenen und des undogmatischen kritischen Linken erzählt er vom Untergang der Weimarer Republik, die vor den Nationalsozialisten kapituliert, und von den anschließenden Ereignissen in Österreich, das im Klerikalfaschismus des ›Minimetternich‹ Dollfuß versinkt. Graf berichtet von den ›hochpolitischen Veränderungen‹ und führt ebenso die ›im kleinen nicht minder bewegten Dinge‹ vor. In einer – auch heute sehr diskutablen – Verbindung von faktischer und fiktiver Literatur verknüpft er den zeitgeschichtlichen Rückblick mit dem Bildnis einer auseinanderbrechenden Familie.
Darüber hinaus enthält diese zeitgeschichtliche Chronik eine genaue Rechenschaft über die Ursachen der Katastrophe, deren Beginn Graf mit dem Rücktritt des letzten sozialdemokratischen Reichskanzlers Hermann Müller (Ende März 1930) datierte. In dem ideologischen Disput der beiden Arbeiterparteien, den taktischen Abgrenzungsbemühungen ihrer Parteiführungen, in der Uneinigkeit der Linken sah Graf die Hauptursachen der Niederlage. Sein kritischer Nachdruck gilt dabei der Sozialdemokratie: er stellt sie als eine Bonzokratie von zwar gutwilligen, aber legalitätsbessessenen Funktionären dar, hebt die Erstarrung ihres Apparats her-

vor, benennt ihre Entfremdung von den kampfwilligen Massen, ihr Zaudern vor dem faschistischen Gegner und die phantasielose Austrocknung ihrer Zielvorstellungen als Gründe für den Sieg der Nationalsozialisten. In dem intimen Rahmen des Familienporträts der Hocheggers hat er diese Kritik personalisiert und sehr differenziert ausgeführt.

Bei der auch heute häufig diskutierten Frage, woran die Weimarer Republik gescheitert ist, wird immer wieder mechanisch auf das Anwachsen der republikfeindlichen extremen Gruppen von rechts und links verwiesen. Grafs Antwort ist eine andere: die Gespaltenheit der Arbeiterklasse und die Schwäche der Sozialdemokratie ermöglichten den geschichtlichen Weg in den Abgrund. Graf beläßt es in seinem Roman nicht bei einem moralischen Protest gegen Ungeist und Diktatur der Nazis – er sucht politische Begründungen aus der Perspektive von ›unten‹, aus der Sicht des einfachen Mannes, dem es – wie Graf 1930 bemerkte – darauf ankommt, ›den Menschen darzustellen, wie er in Wirklichkeit ist, mit seinen Schwächen, seinem Dreck, seiner Verlogenheit und all seinen inneren und äußeren Hemmnissen‹.

Im zweiten Teil des Romans erleben die nach Wien versprengten Flüchtlinge ein ähnliches Schicksal: hier wie in Deutschland siegt ein faschistisches Regime, weil die Funktionäre der Arbeiterbewegung in der Praxis zögern; ihr Handlungsverzicht, ihre Ohnmacht, ihr Mangel an realistischem Weitblick und ihre innere Unentschlossenheit führen zu einer spiegelbildlichen geschichtlichen Situation.

Von der Masse der Verzweifelten und Versprengten, der Irrläufer und resignierenden Pessimisten setzt Graf eine Gegenfigur ab; sie verkörpert seinen eigenen Versuch einer Selbstbestimmung. Der junge Joseph Hochegger löst sich in Deutschland von den überkommenen Vorstellungen einer Partei, die ihre programmatischen Ziele noch im Wilhelminismus gefunden hat, trennt sich in der Emigration auch von der Leidensrolle des Vertriebenen und wandelt

sich zu einem aktiven Mitglied des illegalen Widerstands. Graf fügt hinzu: »Emigrant ist man nur, wenn man untätig abseits bleibt; unwiederbringlich verliert man das Vertrauen der Genossen in der Heimat, wenn man verbindungslos dahindämmert und nicht täglich und stündlich mit jenen stillen, unbeugsamen Kämpfern für ein anderes, ganz anderes Deutschland gleich und gleich zusammenarbeitet.« Der Roman endet mit zwei Sätzen, die in der Form der Sentenz einen Ausblick auf Zukunft geben: »Die Emigration ist eine erbarmungslose Dreschmaschine. Staub verfliegt, die Körner bleiben, und ein Korn wird hundert.« In den feierlichen Sätzen hallen wie Echos die Bibelweisheiten und die handgreifliche Anschaulichkeit in Grafs bäuerlicher Heimat nach. Der Antifaschist wendet die politische Aussicht in den Tonfall eines Menschen, der im sprachlichen Realismus seiner ländlichen Erfahrung wurzelt, der weitab vom Schematismus des proletarisch-revolutionären Romans auf seinen Blick für die konkreten Details, auf die Sprachtradition und Bildgewißheit seiner Herkunft sich verläßt.
Graf hat diesen Roman wie keinen anderen in seinem Werk als Chronik öffentlicher Zeitgeschichte angelegt. Nach eigener Angabe ist das Buch ›in den ersten vier Monaten nach dem Zusammenbruch des Aufstandes der österreichischen Arbeiter im Jahre 1934‹ entstanden. Mit der Atemlosigkeit des umgetriebenen Beobachters hat er den zeitlichen Abstand zwischen den Erlebnissen und ihrer Niederschrift annulliert: der Roman ist bis zum Datum seiner Abfassung herangeführt. Als Romancier hat sich Graf damit auf eine geradezu absolute Gegenwärtigkeit verpflichtet.

Der Schriftsteller hat Deutschland am 12. Februar 1933 verlassen. Er folgte einer Einladung des Wiener Arbeiterbildungswerks zu einer alljährlichen Vortragsreise in Österreich. Einige Wochen später reiste ihm seine damalige Frau Mirjam nach und fuhr ebenfalls nach Wien. Als der Schriftsteller von den Bücherverbrennungen erfuhr und im ›Berliner Börsencourier‹ las, daß seine Werke – mit

Ausnahme des autobiographischen Romans ›Wir sind Gefangene‹ (1927) – auf einer *Empfehlungsliste* statt im Verzeichnis verbotener Werke standen, veröffentlichte er am 12. Mai 1933 in der ›Wiener Arbeiterzeitung‹ einen Aufruf mit der Überschrift ›Verbrennt mich!‹ und reihte sich freiwillig in die Gruppe der verfemten Autoren ein. Er forderte in diesem offenen Brief nach Deutschland ›die Vertreter dieses barbarischen Nationalismus, der mit Deutschsein nichts, aber rein gar nichts zu tun hat‹, dazu auf, seine Bücher ebenfalls zu ächten: ›Nach meinem ganzen Leben und nach meinem ganzen Schreiben habe ich das Recht, zu verlangen, daß meine Bücher der reinen Flamme des Scheiterhaufes überantwortet werden und nicht in die blutigen Hände und die verdorbenen Hirne der braunen Mordbanden gelangen!

Verbrennt die Werke des deutschen Geistes! Er selber wird unauslöschlich sein, wie eure Schmach!‹ Danach sollen die Bücher Grafs in einer besonderen Veranstaltung der Münchner Universität verbrannt worden sein. Planvoll und ohne Rücksicht auf eigenen materiellen Schaden zog er in den nächsten Monaten einen Schlußstrich unter seinen seit 1927 erheblich gewachsenen Erfolg in Deutschland. An die ›Reichsstelle zur Förderung des deutschen Schrifttums‹ schrieb er am 7. November 1933 einen Protestbrief mit einem kompromißlosen Bekenntnis: ›Ein Werk, meine Herren, ist für einen wesentlichen Schriftsteller immer so etwas wie eine Fahne. Die Fahne seines unverfälschten Menschentums und seiner politischen Gesinnung.

Darum empfinde ich es als unverwindbare Schmach, wenn die derzeitigen deutschen Regierungsstellen und Sie als deren Amtsverwalter in literarischen Angelegenheiten es immer noch dulden, daß Bücher von mir heute noch in Deutschland verbreitet werden dürfen. Ich rechne nun damit, daß Sie meine literarischen Erzeugnisse in meiner Heimat ausrotten.‹

Seine Verbindung zu reichsdeutschen Verlagen hatte er bereits gelöst. Am 5. März 1933 war er aus dem Schutzverband deutscher

Schriftsteller, Gau Bayern, ausgetreten. Im Juni war er ausgebürgert worden, am 29. März 1934 wurde ihm durch Annonce im ›Reichsanzeiger und Preußischen Staatsanzeiger‹ die deutsche Staatsbürgerschaft aberkannt. Die Chronik dieser – jeden Anlaß nutzenden – Abrechnung mit den Nazis belegt, wie rasch sich Oskar Maria Graf nach seinem – mehr zufälligen – Abschied von Deutschland als Emigrant verstand, wie offen er eine politisch-moralische Position gegen den Faschismus bezog, wie genau er das Exil als eine schriftstellerische Aufgabe begriff.

Der Kommunist Johannes R. Becher, der auf einer Reise zwischen Juli und September 1933 sich um Verbindungen zu den unterschiedlichen Emigrantengruppen bemühte, hielt in einem Rechenschaftsbericht fest: ›In Wien zeigte sich die Intensivierung der Arbeit ganz deutlich. Oskar Maria Graf war in einer begeisterten Arbeitsstimmung, und es war ihm bereits gelungen, eine kleine Gruppe von Schriftstellern mit sich in Verbindung zu bringen. Dadurch machte sich eine gewisse Aktivierung unserer eigenen Schriftsteller wieder bemerkbar, die sich jetzt mit Oskar Maria Graf in Verbindung gesetzt hatten.‹ Nach dem gescheiterten Aufstand der Arbeiterorganisationen in Österreich gegen das klerikalfaschistische Regime Dollfuß übersiedelte Graf im Frühjahr 1934 in die ČSR, nach Brünn (Brno).
Bereits am 11. September 1933 hatten Wieland Herzfelde, Anna Seghers, Oskar Maria Graf und der illegal in Deutschland arbeitende Jan Petersen die Monatsschrift ›Neue Deutsche Blätter‹ gegründet. Die Zeitschrift, die bis August 1935 erschien, war nach Klaus Manns ›Die Sammlung‹ das zweite literarische Organ emigrierter deutscher Schriftsteller. Es diente von Anfang an der Aufgabe, die Einigung der zersplitterten und politisch zerstrittenen Gruppen zu einer antifaschistischen Front voranzubringen. Das Geleitwort zum ersten Heft der Zeitschrift umschreibt zugleich ein politisches Programm des Romans ›Der Abgrund‹: ›Wer schreibt,

handelt. Die ‚Neuen Deutschen Blätter' wollen ihre Mitarbeiter zu gemeinsamen Handlungen zusammenfassen und die Leser im gleichen Sinn aktivieren. Sie wollen mit den Mitteln des dichterischen und kritischen Wortes den Faschismus bekämpfen. In Deutschland wüten die Nationalsozialisten. Wir befinden uns im Kriegszustand. Es gibt keine Neutralität. Für niemand. Am wenigsten für den Schriftsteller. Auch wer schweigt, nimmt Teil am Kampf. Wer, erschreckt und betäubt von den Ereignissen, in ein nur privates Dasein flieht, wer die Waffe des Wortes als Spielzeug oder Schmuck verwendet, wer abgeklärt resigniert – der verdammt sich selbst zu sozialer und künstlerischer Unfruchtbarkeit und räumt dem Gegner das Feld (...) Wir wollen den Prozeß der Klärung, der Loslösung von alten Vorstellungen, des Suchens nach dem Ausweg durch gemeinsame Arbeit und kameradschaftliche Auseinandersetzung fördern und vertiefen.‹

Das Ziel der antifaschistischen Einheitsfront, im Frühjahr 1934 als offizielle Politik von SPD und KPD noch nicht formuliert, ist in diesem Roman vorweggenommen. Der geradezu romantischen Sehnsucht einer Jugend, die gegen die eingefahrene Altenriege der Sozialdemokraten opponiert und das Aktionsbündnis mit kommunistischen Gesinnungsgenossen sucht, ist er zugeschrieben.

Es gehört zur besonderen Situation Grafs als nicht gebundener Einzelgänger, daß sein Buch zwischen eben jene Fronten geriet, die er mithelfen wollte zu überbrücken. Die Veröffentlichung wurde erheblich verzögert, weil er zunächst keinen Verlag für sein Manuskript fand. Der Amsterdamer Querido Verlag lehnte eine Publikation ab, da er annahm (wie Graf berichtet), ›daß damit nicht nur dieses Buch, sondern seine ganze Produktion in Österreich verboten werden würde. Das könne er im Interesse der ihm anvertrauten emigrierten Autoren nicht wagen‹. Wieland Herzfelde, der die Rechte für den Malik Verlag erwarb, ließ das Buch in einer Druckerei der Verlagsgenossenschaft für ausländische Arbeiter (Vegaar) in der Sowjetunion herstellen; er sah sich mit Einwänden deutscher Kom-

munisten konfrontiert. Es wurden Änderungen gefordert, die Graf rundweg ablehnte. So zögerte sich die Veröffentlichung bis zum Herbst 1936 hin. Bereits 1935 war hingegen eine russische Übersetzung des Buches in der Sowjetunion erschienen.
In Besprechungen parteigebundener Rezensenten wurde Kritik von beiden Seiten geübt. Von sozialdemokratischer Seite wurde die Verbreitung massiv behindert, wie der Autor bemerkte: ›Otto Krille leitet im Zürcher ‚Volksrecht' die Kampagne, hier in Prag Herr Emil Franzel – derzeit ‚Volkssozialist' –, und es ist ihnen tatsächlich gelungen, daß dem Malik Verlag von allen Schweizer Parteibuchhandlungen ein Brief geschrieben wurde, er solle die gesandten Bücher wieder zurücknehmen, sie stünden wegen rein kommunistischer Tendenz zur Verfügung und auch, weil das in der Schweiz verboten sei!!!! Genau so machen sie's hier [gemeint ist in der ČSR, Anm. des Herausgebers]. Nette Zustände, was?‹
Heinrich Mann, im September 1935 in Paris mit dem Vorsitz eines vorbereitenden Ausschusses zur Bildung einer Volksfront betraut, hat in einer Grußadresse an Oskar Maria Graf versucht, den Roman aus den parteipolitischen Auseinandersetzungen herauszuheben: ›So und nicht anders erfaßt man die wirkliche, körperliche Geschichte, die Geschichte aus der Masse der Leute heraus. Das haben Sie machen können, weil Sie dazu gehören und als Schriftsteller die Kraft Ihres Volkes haben. Das gesunde Volksempfinden, mit dem andere großtun, ohne es überhaupt zu kennen, Sie haben es von selbst und geben es wieder, gewollt oder ungewollt. Sie sind einer der Glücksfälle der deutschen Opposition: zuerst durch das, was Sie sind, nach Herkunft, Körperbau und geistigem Wuchs; sodann durch Ihr kräftiges Lebensalter. Sie werden länger in Blüte stehen, als der Verfall Ihres Volkes noch währen kann. Sie werden die Volksfeinde überdauern. Wie Sie jetzt den Abgrund ‚Deutschland' höchst bildhaft enthüllt haben, sollen Sie später ein Land und Volk zeigen außerhalb des Abgrundes, dem es entronnen sein wird, bis hinauf in das Licht.‹

Der Roman wird hiermit in der Textfassung der Erstausgabe von 1936 vorgelegt. Kleinere Verschreibungen und Druckfehler sind stillschweigend korrigiert. In Grafs Nachlaß befindet sich ein Korrekturexemplar, das erhebliche Streichungen und einen zusätzlichen Schluß enthält. Diese – wohl nicht vollständige – Überarbeitung war für eine geplante, aber nicht zustande gekommene Veröffentlichung des Romans in Deutschland gedacht. Erst 1976 ist diese Fassung unter dem Titel ›Die gezählten Jahre‹ veröffentlicht worden. In ihr sind viele Passagen der Kritik an der Weimarer Sozialdemokratie getilgt; vermutlich war daran gedacht, das Familienporträt stärker hervortreten zu lassen. Wir haben uns dafür entschieden, die Erstausgabe vorzulegen, da in ihr die Spontaneität und Urteilsschärfe des erzählenden Augenzeugen stärker bewahrt sind.

Die Unmittelbarkeit der historischen Quelle, die dieser Roman darstellt, hielten wir für wichtiger als eine geglättete und stilistisch verbesserte späte Fassung.

Februar 1981   *Wilfried F. Schoeller*